Experimento

John Darnton

Experimento

Traducción de
Josefina Meneses

CÍRCULO de LECTORES

*Para Kyra, Liza y James,
con recuerdos de Jingo
y de la Casa de las 1.000 habitaciones*

Y para Nina, con incontenible amor

Sin duda se acerca una revelación;
sin duda el segundo Advenimiento está próximo.
¡El segundo Advenimiento! Apenas tales palabras se
    pronuncian
una vasta imagen salida de *Spiritus Mundi*
mortifica mi visión: en algún lugar de las arenas
    del desierto
una forma con cuerpo de león y cabeza de hombre,
con mirada vacía y tan implacable como el sol,
mueve sus lentos miembros, mientras a su
    alrededor
se agitan las sombras de los furiosos pájaros
    del desierto.
Las sombras caen de nuevo; pero ahora ya sé
que veinte siglos de pétreo sueño
se convirtieron en pesadilla a causa de una meciente
    cuna,
¿y qué torva bestia, cuya hora al fin llegó,
se arrastra en dirección a Belén, ansiosa de nacer?

W. B. YEATS

AGRADECIMIENTOS

Muchas personas han contribuido en la redacción de este libro, con consejos, con apoyo, o con los frutos de sus investigaciones, algunos a sabiendas y otros sin darse cuenta. Entre otros, quisiera dar personalmente las gracias:

Al doctor Keith Campbell, del Instituto Roslin, el cocreador de *Dolly*, por haberme explicado con gran paciencia el proceso de clonación.

A Steve Jones, escritor y profesor de genética del Laboratorio Galton del University College London, por sus brillantes ideas.

A Jason Carmel, estudiante de medicina, por sus soberbias e infatigables investigaciones sobre la clonación, el ADN, los telómeros, las autopsias y el proceso de envejecimiento.

A Arthur Kopit, por su amistad y por sus contribuciones y sugerencias literarias.

A los doctores Paul Skolnick, Daniel Lieberman y Stephen Ludwig, por compartir generosamente conmigo sus conocimientos médicos.

A Malcolm Gladwell y Lawrence Wright, por sus artículos en el *New Yorker*, que aportaron un material básico, y a Gina Kolata, reportera científica del *New York Times*, por el material de su innovador libro, *Clone*.

A Larry Lieberman y Trisha Harper por sus informes sobre el terreno acerca de Arizona.

A Gilly y Harry Lventis, por su amable compañía y por su gentil hospitalidad en Barbados.

A Catherine Mullally, por el material acerca de la cultura gullah.

A Stephanie Hughley, por sus consejos sobre viajes, y a Nancy y Caesar Banks, por recibirme en su acogedor Weekender Lodge en Sapelo Island, Georgia.

A Linda Lake, investigadora del *New York Times,* por su ayuda.

A Joe Lelyveld, director ejecutivo del *New York Times,* por haberme concedido un permiso de excedencia, y a Martin Gottlieb, subdirector de la sección de cultura, por hacer posible que me lo tomara.

A Peter y Susan Osnos, por sus sabios consejos.

A Kathy Robbins, mi agente, por sus impagables consejos y por sus comentarios literarios.

A Neil Nyren, de Penguin Putnam Inc., por la firmeza y la brillantez con que corrigió el manuscrito.

A Liza Darnton, por sus sensatos comentarios acerca del original.

Y, naturalmente, a Nina Darnton, por proporcionarme absolutamente de todo, desde sugerencias acerca del argumento y los personajes, hasta cambios en la trama, pasando por el apoyo físico y espiritual.

CAPÍTULO

I

Skyler y Julia avanzaron sigilosamente hasta la puerta del sótano de la casa grande y miraron a su alrededor para cerciorarse de que nadie los vigilaba. La brisa estremecía el húmedo aire y agitaba los líquenes que colgaban de los viejos robles, cuyas copas se cerraban sobre lo que antaño fuera la avenida principal... produciendo un seco y susurrante sonido.

Al menos, estaba anocheciendo, lo cual significaba que serían difíciles de detectar a la sombra de la vieja mansión... aunque no tan difíciles si alguien aparecía por la parte posterior del edificio.

Skyler sentía el temor como un hormigueo en la ingle, y desde allí se extendía hacia el estómago y llegaba hasta los brazos y las piernas.

«Esto es una locura», pensó.

Si los sorprendían... Ni siquiera alcanzaba a imaginar cuál sería el castigo. Nada similar a esto había ocurrido nunca en el Laboratorio.

No sabían a ciencia cierta lo que iban a hacer. Realmente, no tenían más plan que introducirse en la sala de archivos y, una vez allí, tratar de encontrar algo que les aclarase lo que le había ocurrido a Patrick. Tenían que intentarlo, tenían que tratar de encontrar alguna pista, pues de lo contrario el motivo de su desaparición nunca se conocería. Seguiría siendo un misterio para siempre, como el de otros que se esfumaron de la isla para no volver.

Aquel mismo día por la mañana, parecía que Patrick se encontraba bien. Desayunó con los otros del grupo de edad y se fue a gimnasia y luego a ocuparse de sus tareas. Pero a primera hora de la tarde comenzaron a circular rumores: lo habían convocado para un reconocimiento médico, pero no para el rutinario examen semanal sino para un reconocimiento médico especial. Eso era indicio de que algo anómalo ocurría, tal vez de que habían descubierto que Patrick tenía alguna terrible enfermedad. Y efectivamente, los médicos mayores convocaron una reunión antes de la cena para informarles de que a Patrick «lo habían reclamado». Como siempre, la frase fue pronunciada de modo ambivalente: con tristeza, sin duda, ya que los médicos querían a Patrick lo mismo que a todos los demás, pero también con una nota reverente, como si Patrick hubiera hecho una especie de noble sacrificio.

Al llegar a la puerta, Skyler se acercó más a Julia. Percibió la familiar fragancia de su cabello y eso hizo aumentar su determinación. Cogió el tirador y lo hizo girar lentamente. No ocurrió nada. Sujetó el tirador con firmeza, alzándolo al tiempo que empujaba suavemente la puerta con la otra mano y, de pronto, la puerta cedió. Así que no estaba cerrada. Era lógico: los rectores del Laboratorio no estaban preocupados por la seguridad.

A fin de cuentas, ¿quién iba a ser lo bastante estúpido para abrirla?

Se deslizó sigilosamente al interior y escuchó a su espalda los ligeros pasos de su compañera. Julia respiraba entrecortadamente. Cuando él cerró la puerta, las sombras se abatieron sobre ellos. Por encima de sus cabezas, oyeron pasos que hacían crujir las viejas tablas del suelo y un tenue murmullo de voces. Skyler aguzó el oído, pero no fue capaz de identificarlas. Una era aguda y se parecía un poco a la de Baptiste cuando estaba nervioso o furioso. Skyler experimentó un tropel de complicadas emociones y una extraña sensación de nostalgia. ¿Qué ocurriría si, simplemente, fuesen arriba y exigieran una explicación satisfactoria? Miró brevemente al exterior. El viento había arreciado y los líquenes oscilaban colgando de las ramas de los viejos robles. Sobre la isla estaba cayendo el crepúsculo. «¿Qué buscamos?»

Julia ya se hallaba al otro lado de la habitación. Él fue rápidamente hasta una fila de archivadores y tiró de uno de los cajones, pero éste no se abrió. Skyler vio que estaba cerrado mediante una larga barra de hierro que corría por toda la parte delantera y se encontraba sujeta a uno de los laterales por medio de un candado. Miró curiosamente a su compañera. Ella conocía el lugar, la sala de archivos, por sus tareas ocupacionales de la tarde. Julia iba allí a quitar el polvo y a poner orden, aunque, como es natural, no le estaba permitido tocar las máquinas ni los archivadores, ni tampoco los gruesos libros de texto que llenaban las estanterías. No obstante, mientras recargaba las impresoras, amontonaba papeles y fregaba los suelos, se había fijado en muchas cosas. Había tomado por norma observar cuidadosamente a los operarios del ordenador y en una ocasión, a solas, incluso intentó poner en funcionamiento el aparato.

Sin que Skyler lo advirtiese, ella ya se había sentado frente al ordenador. Pulsó una tecla e inmediatamente un verdoso resplandor inundó la sala. ¡Maldición! ¡Aquello no lo tenían previsto! Julia se quitó la camisa. «¿Qué está haciendo?», se preguntó Skyler, pero enseguida comprendió. Julia cubrió la pantalla con la camisa y luego metió la cabeza debajo. El resplandor quedó amortiguado por la tela.

Skyler se apartó y quedó montando guardia con la espalda contra una pared. Sus ojos ya se habían acostumbrado a la penumbra y estudió la sala. Las paredes interiores estaban talladas en la roca y encaladas, mientras que los muros exteriores estaban construidos con bloques de hormigón ligero. El suelo era de linóleo, y las planchas de insonorización del techo tenían parduscas manchas de humedad en un rincón. El mobiliario era escaso: el ordenador al que Julia estaba sentada y otro situado sobre un sencillo escritorio de madera, archivadores metálicos, una estantería, una lámpara de pie y un sillón de piel sintética con un desgarrón en uno de los brazos.

Miró a Julia, que ahora que tenía algo concreto que hacer parecía extrañamente sosegada, y admiró su sangre fría. Él jamás había puesto el pie en la sala de archivos, y se sentía como si hubiese entrado sin autorización en una zona prohibida.

Observó las ventanas tratando de ver algún movimiento en el exterior, aunque sabía que el auténtico peligro se hallaba más cerca: en la escalera. Si los descubrían, probablemente sería porque el propietario de alguna de las voces que sonaban arriba decidía de pronto bajar. ¿Y si algún ordenanza necesitaba algo de allí? Trató de no pensar en ello. La cabeza de Julia seguía oculta; casi la oía pensar mientras oprimía las teclas probando distintas combinaciones. Luego ella retiró la camisa de la pantalla y lo miró con un fantasmal resplandor bañándole las mejillas.

—Acércate, Sky —susurró.

Acudió presuroso junto a ella y, por encima de su hombro desnudo, vio la pantalla en blanco.

–No puedo hacer nada –dijo Julia angustiada–. No sé manejar el aparato. Es inútil.

Apagó el ordenador. El verdoso resplandor se redujo hasta no ser más que un punto y luego desapareció por completo. Julia se levantó y se puso de nuevo la camisa. Skyler, tras mirar por última vez hacia el exterior, se aproximó a la segunda puerta de la sala. Desde el momento en que la vio, supo que tendría que abrirla. Sospechaba que conducía a un lugar acerca del cual venía escuchando rumores desde tiempos inmemoriales. Cuando eran niños, aquel sitio había tenido un lugar preeminente en los sombríos rincones de sus temerosas fantasías.

Hizo girar el tirador de latón.

En el centro había una blanca mesa metálica, con lámparas cenitales sobre ella que producían una brillante luz. El suelo tenía una ligera inclinación que conducía a un desagüe. Junto a las paredes había gran cantidad de gabinetes llenos de instrumental médico. En un rincón, junto a una cama, botellas de gas con tubos de goma y una máscara. Skyler jamás había visto una sala que estuviese tan inmaculadamente limpia.

Entró en la sala lentamente y Julia lo siguió. Hacía calor y olía a cerrado. Había otra puerta más, gruesa y pesada, como la de un frigorífico para carne. Cruzó la estancia y asió el tirador de la puerta. Ésta se abrió enseguida, hacia dentro, revelando un negro hueco. Skyler encontró un interruptor y lo accionó. Un blanco resplandor lo cegó momentánea y piadosamente hasta que al fin logró enfocar la vista en la terrible imagen que tenía ante sí. Allí, tendido sobre una mesa de mármol, había un cuerpo.

Al principio le pareció una pequeña estatua, pálida y encogida en una postura extraña. Yacía de espaldas. Los pies estaban apuntando hacia fuera, como en posición de reposo. Bajo el cuello y extendiéndose en pequeños círculos en torno a las axilas, había una zona coloreada por un extraño tinte amarillo verdoso. Los genitales masculinos, echados hacia un lado, estaban hinchados, llenos de fluido. Skyler trató de no mirar el pecho, pero sus ojos eran inevitablemente atraídos hacia él. El pecho no existía. En su lugar había un hueco, una hendidura, como la de un pescado destripado. A ambos lados pendían recortados pedazos de piel, como postigos de una ventana, y la caja torácica se había colapsado hacia dentro en torno a un oscuro orificio rodeado por un rojo cerco de sangre seca.

Era Patrick.

Skyler dio un respingo al tiempo que Julia se colocaba a su altura y le rozaba el brazo. Notó el envaramiento del cuerpo de ella cuando vio el cuerpo, y oyó que la respiración se le cortaba.

–Mira –exclamó Skyler con voz estrangulada–. El corazón no está.

Notó que Julia volvía a respirar. Permanecieron unos segundos observando mudamente el cadáver.

–Pero... ¿por qué? –preguntó ella al fin.

Él no supo responder.

Volvieron sobre sus pasos, apagaron la luz y cerraron la puerta. En la sala de archivos, Skyler montó guardia mientras Julia examinaba con manos temblorosas el escritorio y el ordenador, asegurándose de que no quedaban vestigios de la presencia de ambos. Cuando llegaron al exterior y cerraron la puerta tras de sí, miraron rápidamente en torno para cerciorarse de que no había moros en la costa.

Corrieron tan deprisa como les fue posible y no se detuvieron hasta haberse adentrado en el bosque. Ni siquiera allí, en el que para ellos había sido el único refugio seguro de toda la isla, se sentían ya a salvo.

Se detuvieron jadeando. Ella se sentó en el suelo y él se recostó en un árbol. Cuando habló, Julia lo hizo en voz tan baja que él podía seguir percibiendo los rumores de los pequeños animales que se movían entre la maleza; intentó escuchar al tiempo la voz y los sonidos.

–No lo entiendo –dijo Julia–. ¿Por qué tuvieron que vaciarlo de ese modo? ¿Qué enfermedad tenía?

–No lo sé, pero era algo mortal. Rápido y mortal.

–¿Y cómo lo sabemos?

–¿Por qué, si no, iban a cortarlo de ese modo?

–¿Crees que sufría alguna terrible enfermedad?

–Quizá sea eso lo que tratan de averiguar.

–¿Será infecciosa? ¿Nos habremos contagiado?

–Sólo estuvimos allí unos segundos.

–Le faltaba el corazón, ya lo viste. ¿Dónde está? ¿Para qué se lo habrán llevado?

–No lo sé... Tal vez lo estén analizando o algo así.

Al escuchar su propia voz, Skyler se dio cuenta de que le faltaba convicción.

—No sé —dijo Julia, que se puso en pie y comenzó a pasear dando vueltas—. Esto es horrible... y me da miedo. Hay tantas cosas que no sabemos... Pero algo está ocurriendo.

Skyler supo a qué se refería su compañera. Durante meses, las dudas y las sospechas de Julia habían ido aumentando a ritmo aún más rápido que las de él. Y cuando se veían en sus reuniones secretas, unas reuniones que a ambos les parecían cada vez más y más arriesgadas, ella, tarde o temprano, abordaba el tema que se estaba convirtiendo en su obsesión.

—Patrick no ha sido el primero en morir... —reflexionó Julia, y Skyler agradeció que no llamara a Raisin por su nombre—. Ni tampoco el primero en ser convocado a un reconocimiento médico especial. ¿Por qué nunca descubren nada anormal en los reconocimientos médicos normales?

—Pues no sé. A veces sí que lo descubren.

—Pero no siempre. ¿No ves que parece como si ellos supieran de antemano que algo va mal?

Lo veía. Y, como frecuentemente le ocurría, advirtió que lo había visto sin verlo; que la idea anidaba ya en algún recoveco de su mente, sólo que él no se había molestado en examinarla hasta que Julia le había llamado la atención sobre ella. Julia era así, de mente rápida e inquisitiva. Era capaz de hacer frente a realidades que él trataba de eludir.

Asintió con la cabeza y la miró en la penumbra. El largo cabello le colgaba en mechones sobre las mejillas. Sus brazos le parecieron pálidos cuando los tendió hacia él.

—Es horrible —dijo—. Simplemente horrible.

La atrajo hacia sí y los dos quedaron fuertemente abrazados. Habían hecho aquello centenares de veces, pero aún, al primer contacto, seguía habiendo aquella descarga... lo prohibido. El Laboratorio no permitía el contacto entre chicos y chicas, y ahora que ya eran mayores, la prohibición se complementaba con un castigo tan severo que nadie sabía en qué consistía, pues nadie había violado jamás la norma. Hasta que ellos lo hicieron.

Skyler comenzaba a calmarse y se dio cuenta de que no había dejado de temblar desde que había descubierto el cuerpo de Patrick.

—Tenemos que volver —dijo ella apartándose y mirándolo a los ojos–. En los dormitorios notarán nuestra ausencia. ¿Y si viene alguien?

Skyler se daba cuenta de que Julia tenía razón, de que lo que estaban haciendo era peligroso, pero no deseaba separarse de ella. Le desagradaba la perspectiva de quedarse a solas con sus pensamientos.

Caminaron juntos tomados de la mano todo el tiempo que se atrevieron, hasta llegar a las inmediaciones del campus. Allí se separaron y se dirigieron a sus respectivos barracones, pasando ante la lejana casa grande. La luna llena ascendía sobre el horizonte y Skyler distinguió la mansión por entre las sombras de los robles que la rodeaban. Los líquenes que colgaban de las ramas oscurecían la fachada, pero la luna se reflejaba en las ventanas superiores dando la sensación de que éstas se hallaban iluminadas por dentro.

Skyler se volvió un momento a mirar hacia atrás y vio a Julia deslizándose desde detrás de un árbol hasta el pedestal de la estatua de una diosa griega. Iluminada por el resplandor de la luna, su imagen grácil y vulnerable se le quedó grabada en su mente para siempre.

Tumbado en el fino colchón que cubría su camastro de madera, Skyler escuchaba los sonidos de las respiraciones de los que dormían a su alrededor, algo que llevaba toda la vida escuchando. Trataba de no pensar en Patrick. Casi le parecía que los ritmos estaban ligeramente alterados, que se notaba la ausencia de uno de ellos.

Estaba seguro de que se oficiaría un funeral y Baptiste pronunciaría unas palabras, como lo había hecho en otros servicios. Skyler tampoco quería recordar aquellos otros servicios.

Tratando de distraerse, pensó en el pasado, cuando él era joven y todo era distinto. La isla era para él un universo inexplorado. Cómo le encantaban aquellos paseos científicos por el bosque, para conocer las plantas y los insectos. Qué feliz se había sentido en las señaladas ocasiones, como el cumpleaños de Baptiste, en las que las puertas de la casa grande se abrían para ellos. Cómo le encantaban las noches que pasaban a la intemperie observando los cielos a través de telescopios para conocer las estrellas; por las mañanas, al despertar, se quedaba quieto e inmóvil, identificando a los pájaros por sus trinos y contemplando cómo los primeros y pálidos rayos del sol rielaban sobre las aguas.

A los pequeños les llamaban jiminis, aunque nunca les habían explicado el origen ni el significado de tal palabra. Todos eran más o menos de la misma edad, con un par de años de diferencia como máximo, por lo que se sentían especialmente unidos.

Durante los años de infancia, en el Laboratorio se sintieron seguros y bien. Ni a Skyler ni a ninguno de sus compañeros se les ocurrió nunca preguntarse por qué ellos no tenían padres, aunque sabían que los niños del continente –«del otro lado»– sí los tenían. Les decían que, en realidad, los médicos mayores eran sus padres, y que eran muy afortunados por tener «veinte padres en vez de dos», veinte venerables figuras que atendían a los niños según principios científicos y los trataban a todos por igual.

Y, en cualquier caso, Skyler y los otros jiminis eran especiales. Eran «pioneros de la ciencia», partícipes de un nobilísimo experimento. En aquel paraíso isleño vivirían largas y fructíferas existencias, bajo un régimen de pureza mental y salud corporal. Con suerte, nunca conocerían «el otro lado», aquel vertedero de contaminación y violencia. «El otro lado» sólo lo conocerían a través de las películas y los programas de televisión que, en ocasiones especiales, les permitían ver.

Pero la isla no era un completo paraíso. Estaban expuestos a los interminables reconocimientos médicos, las píldoras y las vacunas, las muestras de sangre y orina, la calistenia y las normas que prohibían practicar juegos que encerrasen riesgos de lesiones físicas. Y luego estaban también los ordenanzas, tres en total, y los tres parecidísimos y con el mismo peculiar mechón blanco en el cabello, que los mandaban como severos hermanos mayores. Resultaba difícil no sentir antipatía hacia ellos.

Skyler recordaba con claridad el lejano momento, ya hacía de ello más de diez años, en que comenzó a sentir las inquietudes. Tenía por entonces catorce años. Como tantos otros de sus recuerdos, aquél también estaba ligado a su mejor amigo, Johnny Ray, o Raisin, como el propio Skyler le había apodado.

Empezó un día de verano, tras la clase de ciencias en el aula de conferencias, una gran estructura diáfana de madera que se alzaba sobre bloques de hormigón. Aunque las ventanas de ambos lados se encontraban abiertas, el cálido y denso aire apenas se movía.

Por encima de la pizarra había un dístico escrito con elegante caligrafía:

> La Naturaleza y sus leyes yacían ocultas en la noche;
> Bacon dijo «¡Hágase Newton!», y todo se iluminó.

Habían recitado al unísono la Primera Ley de Rincon, llamada así porque tal era el nombre del fundador del Laboratorio, el doctor Rincon, que no vivía en la isla y al que ellos sólo conocían por sus enseñanzas y sus investigaciones: «Sólo la vida humana es sagrada; su protección y su prolongación son nuestra gran tarea». Las enseñanzas científicas les eran repetidas hasta la saciedad, y ellos las aprendían recitándolas y memorizándolas. Aprendieron la tabla periódica de elementos, el nombre de cada parte del cuerpo, los reinos biológicos y las distintas familias de lenguas, todos los planetas conocidos de todos los sistemas solares conocidos, e incluso los códigos de cuatro letras de las secuencias de ADN relacionadas con ciento veinte genes de enfermedades. Aquel día en particular les devolvieron corregidos los ejercicios del último examen. Casi todos recibieron notas altas. Fuera del aula de conferencias, Raisin llevó aparte a Skyler.

–Supongo que te das cuenta de que todo esto es una farsa –dijo Raisin.

–¿El qué?

–Los ejercicios, las notas. Ni siquiera leen lo que escribimos.

–¿Cómo lo sabes?

–Hice una prueba. A partir del tercer párrafo, no puse más que tonterías, verdaderos disparates.

Mostró su ejercicio y la nota que habían escrito al final: MUY BIEN.

–No creo que les interese si aprendemos o no. ¿Tú nunca lo has pensado?

Skyler se dio cuenta de que sí, de que algunas veces le había dado esa sensación, aunque nunca la había expresado con palabras.

–Pero, entonces, ¿para qué nos enseñan?

Raisin se encogió de hombros.

–No lo sé. Quizá para tenernos ocupados.

Durante los días que siguieron, Raisin no dejó de despotricar de las restricciones que limitaban sus vidas: los libros de las bibliotecas que no podían leer porque eran «inadecuados», los programas que la televisión anunciaba pero que ellos no podían ver, juegos de riesgo a los que no podían jugar, las preguntas que los maestros médicos jamás contestaban.

Una calurosa tarde, a través de las ventanas abiertas, les llegaron, como no era raro que sucediese, lejanos gritos arrastrados por el viento, los sonidos de niños pequeños jugando en la guardería. La guardería era una pequeña isla cercana a la que se podía llegar a pie cruzando un banco de arena cuando la marea estaba baja. Pero a los jiminis no se les permitía ir allí. Ni tampoco los niños pequeños eran llevados nunca al continente.

–¿Nunca se te ha ocurrido preguntarte por qué no los vemos nunca? –le preguntó Raisin más tarde–. ¿Qué habría de malo en que los viéramos?

Había en la isla otro grupo, al que a los jiminis sí les estaba permitido tratar: el gullah, una pequeña comunidad de personas de raza negra. Skyler y Raisin habían oído –aunque no sabían dónde– que se trataba de descendientes de esclavos, y que muchos años atrás habitaban la mitad meridional de la isla. Ahora apenas eran una docena, en su mayoría pescadores que vivían en cabañas en la costa occidental. Algunos abastecían de pescado a la casa grande, y los jiminis se sentían fascinados por esos seres que, silenciosos y rodeados de misterio, caminaban por los senderos transportando relucientes pescados envueltos en grandes hojas con forma de abanico arrancadas de las palmeras.

–Ellos tienen barcos –dijo Raisin–. ¿Por qué nosotros no los tenemos? ¿Por qué la única embarcación que hay en el Laboratorio permanece encerrada en el cobertizo para botes?

Al final, Skyler se irritó y le exigió a Raisin que dejara de hacer preguntas absurdas e inquietantes.

–¿A qué vienen tantas preguntas? –gritó.

–Se supone que las preguntas forman parte de la ciencia –contestó Raisin con una sonrisa–. Se llama el método científico, ¿recuerdas?

Y luego, poco a poco, fueron sucediendo una serie de cosas extrañas. Skyler también comenzó a hacer preguntas. A hacérselas a sí mismo. Al principio fueron preguntas sin importancia. Luego llegaron otras de mayor relieve.

Un domingo por la mañana, durante el Dogma, con la vista alzada hacia Baptiste, tuvo una extraña sensación. Hasta hacía bien poco, el Dogma lo había embelesado. Los servicios habían dado forma a su semana del mismo modo que la ciencia daba significado a su vida. Aun antes de que comprendiera el pleno significado de las palabras, le encantaba escuchar a Baptiste recitarlas, comenzando en tono bajo para luego ir alzándolo y terminar prácticamente a gritos y agarrado con ambas manos a los laterales del atril. Skyler lo contemplaba hechizado desde su asiento.

Pero aquel domingo no estaba sintiendo nada. Observó el símbolo dibujado en la pared, la serpiente bicéfala enrollada en torno a un cetro. Observó la gran foto del doctor Rincon, con bata blanca y mirando confiado al frente, como si estuviera viendo un futuro en el que reinarían la razón y la ciencia. Y observó a Baptiste, cuyo negrísimo cabello estaba peinado hacia atrás de modo que acentuaba un cráneo que parecía tan estrecho como la hoja de una hacha. Y no sintió nada.

El jefe de los médicos mayores habló.

Se refirió a «la belleza de la razón y la organización, contrapuesta al caos de la superstición y la religión». ¿Qué quería decir? Habló de que «el péndulo del ciclo histórico-cultural oscila en nuestra dirección». Las palabras que antaño le hacían sentirse un privilegiado, ahora le sonaban a hueco: todo aquello de que ellos eran especiales, criados en el Laboratorio como acólitos de la ciencia. Una tribu elegida: más fuerte, más saludable, más pura, más longeva. Y lo de que se les mantenía lejos del «otro lado» para evitar que fueran contaminados por la «moderna Babilonia» de Estados Unidos. Pero ahora, al escuchar todo aquello, Skyler no sabía qué sentía... Ni siquiera sabía si sentía algo.

Qué extraño le resultaba. Baptiste seguía hablando, pero Skyler bloqueaba sus palabras. Miró a aquel hombre que, hasta donde alcanzaban sus recuerdos, había sido la fuerza magnética que ocupaba el centro de su vida. Y entonces empezó a experimentar aquella peculiar sensación. Gradualmente, mientras lo miraba, Baptiste comenzó a parecerle más pequeño, frágil, con motas de gris en el cabello y patas de gallo en torno a los ojos. Incluso parecía –¿sería posible?– ligeramente ridículo.

Skyler estiró el cuello para ver a Raisin. Y pudo darse cuenta –por su postura, encogido, como ocultándose– de que su amigo estaba pasando por una epifanía similar. Sus ojos se encontraron y Skyler pudo ver en los de Raisin un brillo de desafío. En aquel momento, entre los dos se cruzó un mudo e inmencionable secreto: la apostasía.

Al año siguiente, la inquietud se agravó. Las preguntas no desaparecieron y siguieron produciéndose extraños sucesos. Una muchacha llamada Jenny estuvo seis días en el pabellón quirúrgico, y cuando regresó les dijeron que, debido a una enfermedad en su ojo izquierdo, habían tenido que extirpárselo, y en su lugar Jenny llevaba uno de cristal. Un muchacho fue llamado a mitad de la mañana, lo tuvieron dos días en el pabellón y luego, del mismo modo misterioso, lo dejaron salir. El médico que lo atendió dijo que habían logrado tratar con éxito su enfermedad.

Raisin, alto y desgarbado, con el cabello siempre de punta, como el pelaje de un animal, estaba sufriendo un extraño cambio. Siempre había sido distinto. Era epiléptico y sufría ataques súbitos. Aunque los médicos mayores nunca lo dijeron claramente, tanto él como Skyler sabían que la enfermedad les molestaba: cualquier cosa que no fuera la salud perfecta era considerada un fallo.

Raisin había dejado de tragarse la píldora que todas las noches tenían que tomar los jiminis con la cena. Aseguraba que la píldora le quitaba energías. A Skyler le demostró con orgullo cómo la ocultaba bajo la lengua cuando el ordenanza las repartía, para luego guardarla con el resto en una lata bajo la cama. Allá donde fuera, llevaba siempre escondido un juguete infantil, un soldado de madera de diez centímetros de largo, tan viejo y manido que gran parte de la pintura azul y roja había saltado. Lo llevaba en el bolsillo incluso cuando hacían marchas forzadas en torno al campus. A veces, por la noche, cuando los demás dormían, sacaba el soldado de madera y jugaba con él; Skyler era el único al que le había enseñado el juguete.

Raisin estaba cada vez más al límite de la rebelión. Se había convertido en el blanco de las críticas durante las sesiones de autorreprobación que tenían lugar en el Laboratorio. Los ordenanzas lo habían denunciado por distintas infracciones, y el muchacho había pasado horas y horas con el médico psicólogo. En tres ocasiones lo castigaron por desobediencia, y se vio obligado a pasar la noche solo y hambriento, encerrado en «la Caja», un viejo gallinero situado junto a los pinos de diez o quince metros de altura, asustado por el sonido de los animales que se movían en las sombras. A la mañana siguiente recibió una cálida bienvenida al grupo y le ofrecieron un opíparo desayuno. Durante unos cuantos días después de eso, Raisin guardó un buen comportamiento, pero esta actitud no duró mucho.

El único suceso afortunado fue que Skyler y Raisin y muchos de los otros jiminis habían cumplido ya los quince años, con lo cual los estudios concluyeron, y en su lugar les fueron asignadas tareas cotidianas. Skyler era cabrero. Todos los días sacaba del establo a un grupo de escuálidas cabras, lo conducía hasta lejanos pastos y volvía a encerrarlo a última hora de la tarde, cuando el sol ya estaba bajo en el cielo. Aquel trabajo le producía una cierta sensación de libertad.

A Raisin siempre le encomendaban las peores tareas, pero en una de ellas había una ventaja oculta. Una vez a la semana lo enviaban a recoger miel de las colmenas de los bosques –un trabajo que pocos tenían valor para realizar–, y tales ocasiones se convertían en motivo de fiesta. Raisin abandonaba sus tarros de miel e iba a reunirse con Skyler. Lejos del Laboratorio, los dos amigos podían hacer lo que se les antojase.

A veces, en la soledad del bosque, Raisin sufría un ataque, y Skyler aprendió a atenderlo. Cuando el muchacho sufría las convulsiones de la epilepsia, Skyler le introducía un palo entre los dientes para evitar que se tragara la lengua. Después lo acunaba en sus brazos y, cuando Raisin recuperaba el conocimiento, le murmuraba palabras de consuelo. El muchacho volvía en sí como si regresara de negras profundidades abismales, confuso y con la cabeza en blanco. Como es natural, ninguno de los dos decía nada a nadie acerca de los ataques.

En la parte más remota del bosque septentrional, Skyler descubrió una pequeña pradera a la que únicamente se llegaba a través de un angosto pasaje situado en el cauce de un barranco. El lugar estaba lleno de rocas y árboles. Skyler lo rodeó de ramas y maleza y lo convirtió en un improvisado aprisco para las cabras. Si las encerraba allí, podía disfrutar de plena libertad. A partir de entonces, los horizontes de los dos muchachos se expandieron. Durante unas pocas horas disponían de plena libertad para recorrer la zona salvaje del norte. Exploraban los pantanos y los densos bosques, recorrían los senderos hechos por las pisadas de los jabalíes y los ciervos. Retozaban por los campos y se subían a árboles tan altos que desde sus copas alcanzaban a ver las blancas crestas de las olas del océano. El hecho de que tales actividades peligrosas estuvieran rigurosamente prohibidas las hacía aún más divertidas.

Cierto día de primavera, cuando la alta hierba se mecía a impulsos de la brisa del mar y el aire olía a savia fresca de los pinos, les sucedió algo extraordinario.

Hallándose las cabras a buen recaudo en el improvisado aprisco y los tarros de miel ya llenos, los dos muchachos estaban tumbados de espaldas en una pradera cuando Raisin, que sujetaba una paja entre los labios como si fuera un cigarrillo, se volvió de pronto hacia Skyler y le dijo que quería explorar la costa occidental.

–Pero ahí están los gullah –protestó Skyler.

–Pues precisamente por eso, gilipollas –contestó Raisin utilizando una de las palabras malsonantes que había aprendido viendo la televisión.

Y antes de que Skyler pudiera poner más objeciones, Raisin se incorporó y echó a correr. Skyler lo siguió, pero le costó Dios y ayuda seguir el ritmo de su amigo. Corrieron por un sendero en dirección a la orilla y luego cruzaron chapoteando una zona pantanosa. Raisin aumentó su ventaja. Skyler veía a su amigo zigzagueando entre los árboles y haciéndose cada vez más pequeño en la distancia, hasta que al fin desapareció por completo. Momentos más tarde, Skyler oyó un grito seguido por un largo gemido. Inmediatamente reconoció el preludio de un ataque de epilepsia. Para cuando llegó junto a él, Raisin estaba caído de espaldas, sufriendo convulsiones y con los ojos en blanco.

Sin perder un momento, Skyler se echó sobre su compañero y le puso un palo entre los dientes. Ladeó la cabeza y apretó con todas sus fuerzas, tratando de utilizar su cuerpo como lastre para contener las convulsiones y mantener a Raisin pegado al suelo. Parecía un luchador de lucha libre inmovilizando a su adversario. Poco a poco, la intensidad de los espasmos fue disminuyendo y al fin el cuerpo del muchacho se relajó. Pero cuando Skyler se iba a incorporar, algo fino y fuerte como un látigo lo golpeó en el brazo. Por un instante pensó que a Raisin le había salido una cola. Luego, cuando se levantó y dio vuelta al cuerpo de su amigo lo vio: le había picado una serpiente y todavía permanecía con los colmillos clavados en la parte posterior de la pierna de Raisin. Skyler cogió una rama y golpeó con ella al reptil hasta que soltó a su presa. Siguió golpeándolo en la cabeza hasta que dejó de moverse, y luego volvió corriendo junto a su amigo.

—¡No lo muevas, chico!

La orden había sonado tras él y a su izquierda. La obedeció instantáneamente, sin pararse a pensar. Alguien lo apartó a un lado y un par de manos negras como el carbón desgarraron los pantalones de Raisin, dejando al descubierto un rojo verdugón y dos pequeños orificios de color negro azulado sobre la piel blanca. Un cuchillo hizo cuatro rápidas incisiones entrecruzadas. El viejo de pelo canoso se inclinó sobre la herida y procedió a succionar el veneno ruidosamente. Volvió la cabeza, escupió y volvió a chupar y a escupir repetidamente, hasta que lo que cayó sobre los arbustos y el follaje no fue más que sangre. Raisin comenzó a rebullirse.

—Sujétalo —dijo el negro, y Skyler obedeció.

El viejo hizo incisiones más profundas y volvió a Raisin de costado para que la sangre cayera sobre el suelo.

—Todas las precauciones son pocas —explicó—. No era una serpiente cualquiera. Era una mocasín de agua.

Raisin no tardó en despertar, y el viejo ordenó a Skyler que se lo cargase a la espalda. El chico obedeció y siguió al corpulento negro, que vestía una holgada sudadera azul y pantalones de pernera ancha del mismo color. Siguieron por el sendero hasta que llegaron a un claro y Skyler percibió el olor de las marismas. Frente a ellos había un grupo de cipreses, y a un lado una cabaña hecha con tablas pintadas de azul y no mayor que un garaje. Mientras entraba en la cabaña con Raisin a cuestas, Skyler miró a su izquierda y vio una masa de agua que llegaba hasta la herbosa orilla. Había un viejo embarcadero de madera y, atado a él —a Skyler se le detuvo el corazón por un instante cuando lo vio—, un bote con un motor fueraborda.

—Ponlo ahí —dijo el viejo, señalando una destartalada cama de estructura metálica cubierta con una colcha.

Skyler se moría de ganas de hacer todo tipo de preguntas, pues nunca se había encontrado en un lugar como aquél, con tantos objetos nuevos e intrigantes, pero guardó silencio mientras el viejo vendaba la herida de Raisin e incluso le cosía el desgarro del pantalón.

—Es mejor que no contéis nada de esto —dijo—. A esa gente con la que vivís no le gusta que habléis con desconocidos. Si se lo contáis a alguien, tendréis que véroslas conmigo... y yo tengo mis mañas.

El hombre dirigió una torva mirada a Skyler, que permanecía muy quieto, sentado en un sillón excesivamente mullido. Y en aquel momento el muchacho reconoció al negro: era uno de los pescadores que llevaban lo que conseguían atrapar en sus redes a la cocina de la casa grande.
—No diremos nada, se lo prometo —dijo Skyler.
—Y tanto que no diremos nada.
Raisin se había incorporado en la cama repentinamente sorprendiéndolos a ambos.
El viejo llevó a Skyler hasta una ventana y señaló hacia el patio posterior, en el que la maleza crecía por entre viejas piezas de motores. Al fondo se alzaba un arce de los pantanos, de cuyas ramas colgaban diez o doce objetos redondos y brillantes que giraban, resplandecientes, al sol. Más tarde, Skyler comprendería que eran tapacubos.
—Yo tengo mis mañas —repitió el viejo—. ¿Has oído hablar del yuyu? —Skyler negó con la cabeza—. Es magia. Si decís algo de esto, será lo último que digáis. Abriréis la boca para hablar, y ningún sonido saldrá de ella.
Raisin le preguntó intrigado cómo se llamaba.
—Nunca digo mi nombre a quien no me dice antes el suyo.
Skyler y Raisin se presentaron torpemente. Era algo que nunca habían hecho.
—Yo soy Kuta.
—¿Y por qué te pusieron ese nombre? —preguntó Raisin.
—¿Por qué te pusieron a ti Raisin?
—No sé. Es un simple mote.
—Mi nombre es más que un mote. Es una historia.
El viejo se acomodó en el sillón y Skyler se sentó junto a Raisin en la cama.
—Kuta es una palabra gullah, una lengua que hablan los de por aquí, aunque de eso vosotros no sabéis nada. Significa tortuga. Me llaman así porque cuando nací era tan pequeño que cabía en la palma de la mano de la partera y nadie esperaba que viviese. La partera dijo: «Este niñito no es más grande que una tortuga». Y tenía razón. Pero yo sacudía bien las piernas, y las seguí sacudiendo y logré vivir. Continuaron llamándome Kuta incluso cuando crecí y me hice mayor.
—¿Y eso qué es? —preguntó Raisin señalando una trompeta que colgaba de un clavo de la pared.

—Eso —dijo Kuta, orgulloso—, es mi instrumento. —Fulminó a Raisin con la mirada y añadió—: ¿Siempre haces tantas preguntas, o es la serpiente la que habla?

Pero no aguardó a oír la respuesta. Les contó una larga historia de su juventud, de los tiempos en que tocaba la trompeta con bandas de jazz que actuaban en el continente. Habló de los bares de Nueva Orleans y de su vida durante las giras, cuando tocaba a diez dólares por noche, los perdía jugando y se despertaba por la mañana junto a mujeres hermosas cuyos nombres no lograba recordar.

—No hay nada como la vida del viajero —declaró frotándose la grisácea barba que le cubría la negra y curtida barbilla—. Hace que uno sea más tolerante. Es bueno para el alma. El hombre necesita viajar tanto como los peces necesitan el océano.

Y mientras Kuta hablaba, Skyler miró a Raisin y advirtió la fascinación en su compañero.

Aquel primer día la visita de los dos muchachos duró más de una hora. Kuta los despidió a la puerta de la cabaña, recostado el grueso corpachón contra la jamba.

—¿Podemos venir otra vez a visitarte? —preguntó Raisin antes de marchar.

Kuta se acarició reflexivamente el mentón.

—Ya sabéis que os está prohibido acercaros por aquí.

Un largo silencio. Al fin, el viejo los miró de arriba abajo, como tomándoles la talla.

—De acuerdo. Supongo que no habrá inconveniente, siempre y cuando no se lo contéis a nadie. Y menos aún a esos condenados ordenanzas. No quiero problemas.

Mientras volvían hacia el Laboratorio, Raisin a la pata coja y Skyler prestándole el apoyo de su hombro, no dejaron de hablar. Skyler llevaba años sin ver a Raisin tan entusiasmado. Parecía como si de pronto se hubiera abierto ante ellos todo un mundo nuevo y lleno de posibilidades.

—Debemos tener cuidado —dijo Skyler cuando ya se aproximaban al campus—. ¿Serás capaz de caminar sin cojear?

—Pues claro que sí.

Y fue capaz.

Los muchachos regresaron al cabo de seis días. Encontraron a Kuta sentado bajo una palmera, remendando la red que tenía extendida sobre la arena ante sí. Raisin se adelantó y fue a sentarse sobre una roca a metro y medio de distancia. Se quedó observando en silencio cómo las huesudas manos negras metían y sacaban de la red una aguja de ocho centímetros. Skyler se sentó junto a él y ambos permanecieron tiesos y mudos hasta que al fin Kuta rompió el silencio.

–¿Y tú qué miras, chico?

Raisin se encogió de hombros y, esbozando una sonrisa, contestó:

–Te miro a ti.

–¿Qué pasa? ¿Nunca habías visto trabajar a nadie?

–Sentado, no.

Y así quedó establecida una amistad inusitada.

Skyler y Raisin visitaban a Kuta una vez cada dos semanas, siempre que lograban encontrarse y siempre que reunían valor para hacer la escapada. Caminaban cautelosamente por el sendero, pendientes de que nadie los observase y luego, al llegar a la cabaña, miraban a través de un cristal para cerciorarse de que Kuta estaba solo. Siempre lo estaba. Se había casado dos veces, pero sus dos mujeres vivían en el continente y llevaba años sin verlas. Parecía recordar con igual afecto a sus dos esposas y le encantaba hablar de ellas, en especial de lo buenas que eran en la cama.

Aquel tipo de charla intrigaba a Skyler y Raisin. Hacía un año que habían separado a los chicos de las chicas, y en el Laboratorio el sexo era un tema tabú. Los dos muchachos hicieron tal cantidad de preguntas acerca de aquel asunto, que un día Kuta se echó a reír y, palmeándose la rodilla, les prometió llevarlos a los dos a una casa de Charleston que él conocía. Esa perspectiva los dejó literalmente sin aliento. Raisin se apresuró a aceptar el ofrecimiento, y puso muy mala cara cuando Kuta le dijo que era una broma.

Raisin siempre estaba pidiéndole a Kuta que los sacara en el barco. «Sólo para ir a pescar», suplicaba, aunque Skyler sospechaba que eran otras sus intenciones. Y Kuta siempre estaba poniendo excusas: el barco necesitaba reparaciones, el motor tenía mal una válvula, la marea no era la adecuada. Al fin, un día el viejo miró a Raisin a los ojos y le dijo:

–La gente de la casa grande me arrancaría la piel. Son dueños de prácticamente toda la isla. ¿En qué clase de lío quieres meterme, chico?

Sin embargo, el viejo parecía encantado de hacer las veces de preceptor y guía de los dos muchachos. Les llenaba la cabeza de leyendas de gullah. Les contaba, por ejemplo, la historia de unos antepasados que habían descendido de un barco negrero en aquella misma isla y, nada más desembarcar, se metieron directamente en el océano para regresar a África y se ahogaron todos. A veces, cuando hablaba del Laboratorio, se ponía serio, y aseguraba que la estricta doctrina que allí enseñaban era «totalmente absurda». Le parecía sumamente extraño que a los chicos les pusieran tantas inyecciones.

–Os convierten en acericos vivientes... ¿y para qué? –preguntaba, y parecía encantarle decir cosas subversivas–. Yo no veo qué tiene de malo correr –proseguía–. Para convertirse en hombres, los chicos tienen que estirar las piernas. Y tampoco sé qué tiene de malo salir de la isla. Es absurdo que tengáis que pasaros la vida encerrados aquí.

Para ellos, el viejo era una ventana al mundo exterior, la única persona que conocían que no formaba parte del Laboratorio. Les encantaban las visitas clandestinas a la cabaña. Sentados en la cama de los muelles rotos, bebían las palabras que Kuta pronunciaba. La trompeta siempre estaba en la pared, colgando de su clavo, y en las ocasiones especiales, es decir, cuando el espíritu lo impulsaba, Kuta la descolgaba y tocaba unos acordes, con los carrillos hinchados como pomelos.

Kuta tenía televisor, pero ellos preferían oír la radio, que por las tardes siempre estaba sintonizada con el programa de un *disc-jockey* llamado Bozman que hablaba gullah con voz cantarina.

–*Disya one fa all ob de oomen. Dey a good-good one fa dancin.*

Y Kuta traducía:

–Dice que éste es para todas las mujeres. Que es buena música de baile.

La transmisión radiofónica que llegaba desde el continente resultaba tan apasionantemente ilícita que les hacía sentir escalofríos de emoción.

Skyler se daba perfecta cuenta de que, con tanto hablar de libertad y sexo, el descontento de Raisin no hacía sino aumentar. El muchacho mencionaba cada vez con más frecuencia su sueño de llegar al «otro lado». Según pasaban los meses su rebeldía aumentaba más y más, y siempre andaba metido en problemas de un tipo u otro. Comenzó a enfrentarse a los ordenanzas, contestándoles mal y tratándolos sin el menor respeto. Y los castigos dejaron de hacerle mella. Le afeitaron la cabeza con el propósito de humillarlo, pero él parecía lucir su calva como si fuera una distinción honorífica. Lo dejaron sin comer y adelgazó en silencio.

Una mañana, Raisin fue convocado por el médico psicólogo. Se había recibido una denuncia según la cual habían visto a Raisin masturbándose, cosa que él no negó. Ni tampoco negó que escondía las píldoras de la cena; incluso parecía que le resultaba divertido conducir hasta el barracón a tres ordenanzas que, tras efectuar un registro, encontraron el frasco con las tabletas escondido debajo de la cama de Raisin.

Los mayores tomaron la decisión de confinarlo en el campus; lo habían retirado hacía ya tiempo de la tarea de recoger miel, lo cual significaba que ya no podía escaparse a ver a Kuta. Skyler era consciente de lo insoportable que le resultaría a su amigo la prohibición. Una tarde descubrieron a Raisin en el bosque y solamente Skyler supo dónde había estado el muchacho. Lo sacaron del barracón y lo hicieron dormir tres noches en la Caja. Skyler trató de ir a visitarlo. La primera noche se acercó lo suficiente como para oírlo hablando consigo mismo mientras jugaba con el soldado de madera, pero tuvo que marcharse cuando alguien se aproximó. La noche siguiente descubrió que los ordenanzas habían colocado perros guardianes en torno a la Caja. Los feroces ladridos mantuvieron a Skyler alejado.

Al cabo de poco tiempo, a Skyler ya sólo le fue posible ver a Raisin en contadas ocasiones y desde lejos. Distinguía su calva cabeza cuando el muchacho sacaba la basura de la casa de la comida, en las ocasiones en que no estaba limpiando los retretes o realizando cualquier otra tarea disciplinaria. Se pasaba días enteros encerrado en el sótano de la casa grande y, según los rumores, por las noches lo metían en un cuarto cerrado. Fue Patrick quien le contó esto a Skyler con mucho tacto, debido a la gran amistad existente entre los dos muchachos.

Una calurosa mañana, mientras Skyler caminaba por la parte alta del campus, al pasar junto a la huerta oyó que alguien susurraba su nombre. Miró en torno pero no vio a nadie. Volvió a oírlo, procedente de un sembrado de maíz cuyas plantas llegaban hasta la cintura.

Se metió entre ellas y allí estaba Raisin. Lo habían enviado a desherbar y tenía la cabeza y las mejillas tiznadas. Su cabello había crecido un poco, tenía los ojos enrojecidos y acuosos y estaba casi esquelético. Su mirada parecía la de un animal acosado.

—Tengo que marcharme —dijo al tiempo que agarraba a Skyler por el brazo con tal fuerza que casi le hizo daño—. Y tú tienes que acompañarme. Las cosas que he averiguado allí abajo, en el sótano... no tienes ni idea de lo que sucede. Es horrible. Hemos de desaparecer de aquí.

Skyler sintió una gran desazón. Estaba asustado. Raisin actuaba de forma tan extraña... El muchacho tenía blancas manchas de saliva en las comisuras de los labios y hablaba de modo farfullante. No tardarían en aparecer otros jiminis y —Skyler sintió una punzada de culpabilidad— sabía que se metería en un lío si lo veían con Raisin.

Sin embargo, Raisin era su amigo, su mejor y más antiguo amigo. Y lo necesitaba. Skyler estaba dispuesto a escucharlo y a seguirle la corriente.

—Quiero que me acompañes —dijo Raisin—. Sé cómo podemos escapar. Mañana por la noche. Nos reuniremos en el cobertizo de los botes y nos llevaremos el barco. Iremos al otro lado. Nos marcharemos de aquí para siempre. Llegaremos a un lugar seguro.

Skyler accedió. Sentía el temor agarrado al estómago. Sus compañeros se aproximaban.

—A las ocho en punto —susurró Raisin—. A las ocho en punto en el cobertizo de los botes de la casa grande. ¡No te retrases!

Al día siguiente, según la hora fijada se aproximaba, Skyler notaba que el corazón se le iba encogiendo. Estuvo pendiente de las campanadas del reloj de pie de la casa grande y lo oyó dar las siete. Metió en un hatillo todo lo que deseaba llevarse: dos camisas, un par de calcetines, un pequeño cortaplumas, un libro de bolsillo sobre Charles Darwin.

¡El continente! ¿Cómo sería?

Tenía las manos y los pies fríos a causa del miedo. «Soy un buen amigo —se dijo—. Un amigo leal.»

Luego ocurrió algo imprevisto. A lo lejos se oyó un ruido, un pequeño estrépito que sonó como la rotura de unos cristales. El sonido parecía proceder de la casa grande, aunque Skyler no estaba seguro de ello. Aguzó el oído pero todo estaba en silencio.

Cinco o diez minutos más tarde, se oyeron unos pesados pasos avanzando por el sendero que conducía al barracón de los muchachos. La puerta se abrió y entró un ordenanza. El hombre dirigió una larga mirada al dormitorio, puso una silla contra la puerta y se sentó en ella con los brazos cruzados. Los otros jiminis se quedaron atónitos, pues nunca había ocurrido nada como aquello.

Poco a poco, los chicos fueron acomodándose para pasar la noche. Skyler comprobó que las respiraciones se iban acompasando, y atisbó varias veces por encima de las ropas de cama. Pero el implacable ordenanza seguía en su puesto frente a la puerta.

Skyler esperó y esperó hasta que, al fin, también él se quedó dormido.

Despertó poco antes del amanecer. La silla seguía junto a la puerta, vacía. Por lo demás, nada había cambiado. Se levantó de la cama, se vistió, dejó su hatillo debajo de la cama y fue a la puerta. Cuando salió al exterior, vio que el cielo oriental comenzaba a iluminarse.

Corrió hasta el cobertizo de los botes. Y al llegar el corazón se le cayó a los pies. La cerradura estaba rota y la puerta entreabierta. Se acercó a paso de lobo, terminó de abrir la puerta y miró al interior. La luz era tenue. En el interior se veía la lengua de agua entre las dos estrechas pasarelas situadas a lo largo de las paredes. Se oía el sonido del agua batiendo contra los pilares del embarcadero. En el otro extremo, las puertas que daban al exterior estaban abiertas y a través de ellas se divisaba la bahía. ¡El barco había desaparecido!

Fuera, a metro y medio de la puerta, vio un pequeño objeto. Se inclinó a recogerlo. Era el soldado de juguete de Raisin.

Aquella misma tarde supo que Raisin no había conseguido llegar al continente. Perdió el rumbo en las marismas, les dijeron, el barco fue arrastrado por las peligrosas corrientes de la marea alta, volcó y Raisin se ahogó. Descubrieron el bote flotando boca abajo a un kilómetro de la costa. Cuando le dieron la vuelta encontraron a Raisin, con los pulmones llenos de agua y el rostro fantasmalmente azulado. Tenía una pierna atrapada bajo un banco de madera.

En el servicio fúnebre, Baptiste avanzó la teoría de que la fuga había provocado en Raisin un ataque de epilepsia. Logró pronunciar unos cuantos elogios acerca del fallecido. Julia, Patrick y muchos otros jiminis lloraron a lágrima viva; en la desgracia de Raisin había una nota trágica que los tocaba a todos, y eran conscientes de que su mundo no volvería a ser el mismo. En cuanto a Skyler, estaba tan abrumado que ni siquiera fue capaz de llorar. Sentía que había perdido a su único hermano.

Atribuyó parte de la culpa de lo ocurrido a Kuta. Durante un tiempo dejó de ir por la cabaña, pero comenzó a echar de menos al viejo y volvió a hacerle visitas de cuando en cuando. Seguía disfrutando de la cálida compañía del negro, pero ya no era lo mismo. Cuando eran tres, el viejo hablando y los dos muchachos bebiendo sus palabras como si fueran vino, Skyler se había sentido como en familia.

Tumbado en su cama, Skyler se maravillaba del cerebro humano. Llevaba una década tratando de no pensar en Raisin ni en su muerte. Había intentado construir barricadas mentales que le impidieran recordarlo pero su cerebro lo había conducido a ese mismo destino tras dar un largo rodeo.

Notó que tenía las manos y los pies fríos, como en aquella lejana y aciaga noche.

Metió la mano debajo de la cama y tanteó en busca del objeto. Al no encontrarlo inmediatamente, temió que hubiera desaparecido, pero sus dedos no tardaron en dar con él. Cogió el soldado de madera y lo escondió bajo la fina manta.

Raisin muerto. Y ahora Patrick. ¿Quién sería el próximo? ¿Cuántos más caerían? ¿Tendría razón Raisin cuando decía que ninguno de ellos se encontraba seguro?

CAPÍTULO

2

Jude Harley había ido al West Side para efectuar una entrevista; luego, decidió regresar caminando a la redacción de su periódico, en la Quinta Avenida. Encontró un atasco de tráfico en la Cuarenta y seis y observó que un taxista tocaba largamente el claxon produciendo un gran escándalo. Detenido en plena calle, bloqueando el tráfico, había un camión de plataforma cargado de vigas de acero. De pie sobre ellas, tres obreros de la construcción tocados con cascos amarillos miraban hacia arriba. Jude siguió la dirección de sus miradas. Treinta pisos más arriba, una grúa subía una viga que se estremecía al extremo del cable como un lápiz en equilibrio. El claxon del taxi sonó de nuevo.

A Jude no terminaba de gustarle el nuevo y reluciente Midtown. No era que añorase los viejos días de los camellos y las prostitutas, sino simplemente que muchas de las nuevas tiendas eran demasiado llamativas y ostentosas. El comercialismo puro y duro había vuelto a triunfar. Pasó ante una tienda y le echó un vistazo al escaparate. Vio las estatuillas del Empire State Building y de Miss Libertad, platos con la línea de los rascacielos reproducida en ellos, muñecos de más de un palmo de altura de Charlie Chaplin, Madonna y Elvis. Hasta hacía no mucho, el local había sido uno de sus bares favoritos, un oscuro antro con reservados de madera, una gramola automática con discos de Sinatra, y una pintura al óleo tan ennegrecida por el polvo y el humo que sólo los clientes más antiguos sabían que representaba a Joe Louis asestando el golpe definitivo a Max Schmeling.

Aquélla era otra de las pegas del cambio: le hacía sentir a uno viejo. Y la madurez de los treinta años, habiendo dejado al fin atrás la primera juventud, razonablemente seguro en su trabajo, soltero y sin compromiso y viviendo en el tumulto de la mayor ciudad del mundo, si había algo que uno no deseaba sentirse era viejo.

Siguió caminando en dirección este, pasando ante las altísimas torres de oficinas de la Sexta Avenida y, al llegar a la Quinta Avenida, enfiló hacia la zona residencial. Para ser una mañana de sábado, no había mucha gente en la calle, aunque la multitud se hizo más densa en las inmediaciones del Rockefeller Center. Como Jude no tenía prisa por llegar al trabajo, se metió por un pasadizo comercial lleno de agencias de viajes, librerías y tiendas de dulces. Su reflejo aparecía y desaparecía intermitentemente en el cristal de los escaparates.

Jude Harley tenía el rostro alargado y angular. Su cabello, oscuro y largo, le caía sobre los ojos cuando se inclinaba sobre el teclado para escribir uno de sus artículos. En una ocasión una mujer le había dicho que su aspecto era proteico: en determinados momentos parecía normal y corriente, pero en otros –visto en la esquina de una calle con el cuello de la gabardina subida, o con la vista fija en las llamas de un incendio, o contando un chiste escandaloso durante una cena– su aspecto era atractivo y sumamente seductor. La descripción lo había halagado, pero... Si estaba tan bien, ¿cómo era que llevaba ya tres meses sin pareja?

Llegó a la plaza situada a un nivel más bajo que el de la calle. Con el buen tiempo, la pista de hielo había desaparecido y en su lugar se alzaba un bosque de sombrillas. Lástima. Le gustaba contemplar las evoluciones de los patinadores. Pero en la plaza había algo que lo hacía sentir incómodo; incluso años atrás, cuando era un recién llegado a la ciudad, ya había notado la opresiva sensación de anonimato que producía aquel lugar. De pronto, sin saber por qué, pensó en Holden Caufield, el personaje de *El guardián en el centeno*, el eterno adolescente en busca de su lugar al sol, yendo a patinar con la bonita chica a la que había invitado a salir, y sintió un aguijonazo de soledad.

Siguió caminando Quinta Avenida arriba. Por lo demás, es decir, profesionalmente, las cosas le iban bien. En el *New York Mirror* le estaban encargando trabajos cada vez más interesantes, y cada semana aparecían tres o cuatro colaboraciones suyas firmadas. Si seguía así, tal vez algún día conseguiría una columna, un púlpito desde el que le sería posible airear su talento a los cuatro vientos. Le gustaba el turbulento mundo del periodismo dirigido a las masas, y sabía que a él se le daba particularmente bien. Tenía buenos codos y excelentes reflejos. En una ocasión tuvo una entrevista de trabajo en el *New York Times* y le echó atrás la petulancia del redactor jefe que habló con él y esa redacción que parecía tan poco animada como la oficina principal de una empresa de seguros. Decidió no acudir a la segunda entrevista.

Había algo más: una novela que escribió años atrás y que había tratado inútilmente de colocar en casi todas las editoriales de la ciudad al fin había sido publicada. Para su sorpresa, las ventas estaban yendo bien, gracias en gran medida a la briosa campaña de promoción y publicidad que estaba haciendo el editor. Tenía que admitir que experimentaba una sensación de euforia cuando entraba en una librería y veía en los exhibidores la familiar portada: una sobrecubierta azul en la que aparecía un grotesco rostro de escayola blanca. El título, *La máscara de la muerte*, estaba impreso en letras plateadas y en relieve.

En la calle Cincuenta y cuatro, Jude se detuvo ante un café ambulante, un remolque de aluminio propiedad de Bashir, un afgano. A Bashir le encantaba hablar, sobre todo acerca de los taliban, los fundamentalistas que se habían hecho con el control de su país natal. Dos años atrás, cuando el *Mirror*, tratando de obtener una imagen más respetable, comenzó a publicar reportajes internacionales, Jude viajó a Afganistán para efectuar una serie de reportajes sobre los campos de refugiados. A Bashir le encantó encontrar a alguien que al menos conocía los nombres de las capitales de provincia de su país, por lo que trataba a Jude como a un amigo muy especial.

Pero aquella mañana Jude no tenía ganas de charla, así que dejó sobre el mostrador los cincuenta centavos de su café –con leche y doble de azúcar– y dirigió al propietario una muda inclinación.

En su cadenciosa jerga neoyorquina, Bashir le preguntó si se había enterado de que otra aldea del norte de Afganistán cuyo nombre Jude no terminó de entender del todo también había caído en manos de los taliban.

Jude contestó que no, que no se había enterado.

–Ahora ya controlan el noventa por ciento del país –dijo tristemente Bashir–. La situación sigue empeorando.

Jude asintió comprensivo.

–No sé qué sucederá. Mi pobre país. La forma como allí tratan a la gente es horrible.

–Lo sé –dijo Jude cogiendo el café, metido en una bolsa de papel marrón, que el otro le tendía.

Ambos hombres permanecieron por un momento en silencio.

–Que tenga usted un buen día –exclamó Bashir de pronto sonriendo y dejando ver un diente de oro.

–Lo mismo digo –contestó Jude.

Entró en el edificio del periódico pensando en Bashir y en la gente como él, que tenía auténticos problemas y se esforzaba denodadamente por salir adelante. El café ambulante parecía tan sólido y acogedor... En una ventanilla lateral había pegadas fotos de hermosos niños de cabello negro; la calderilla se amontonaba sobre un paño de cocina tendido sobre el mostrador mientras Bashir se afanaba en servir a sus clientes entre el aroma del rico café colombiano. El afgano estaba abriéndose paso en el mundo, tratando de llegar a ser alguien. Con un aguijonazo de remordimientos burgueses, Jude se encontró envidiando a Bashir: la certeza de sus creencias, su tenacidad, e incluso las convicciones políticas que servían de eje a su vida. Pero, sobre todo, admiraba la pasión que animaba su vida.

El *Mirror* ocupaba tres pisos del número 666 de la Quinta Avenida, un anodino rascacielos que, pese a su insignificancia, alcanzaba la suficiente altura como para que el rojo número de neón se divisara sobre la neblina que a veces cubría el centro de Manhattan. La visión del número 666 en el cielo había hecho que a un bromista versado en la Biblia se le ocurriera llamar al periódico «la Bestia». Para los instruidos, el nombre era también una alusión al periódico que aparecía en *Primicia,* la novedad de Evelyn Waugh.

El mote resultaba también satisfactoriamente descriptivo. El propietario del *Mirror* era R. P. Tibbett, un magnate de la construcción neoyorquino que estaba intentando crear su propio imperio mediático y que había trasladado su centro de operaciones a Washington, para estar más cerca de los políticos a los que financiaba. Tibbett utilizaba descaradamente el periódico para sus venganzas y sus coacciones. Más que el buque insignia de la flota Tibbett, el *Mirror* era su cubo de basura. Cuando el propietario deseaba obtener más licencias de televisión, machacaba inclemente el tema en las páginas de su periódico, y cuando quería despellejar a un enemigo, cosa que cada vez sucedía con más frecuencia, utilizaba para ello la prosa, aguda como un estilete, de sus mejores escritores. A fin de disimular su vergüenza, los reporteros se aferraban a la mística de que su periódico estaba dirigido al pueblo y «en contacto con el hombre de la calle», aunque no resultaba muy claro lo que significaban ni lo uno ni lo otro.

En el vestíbulo, Jude pasó ante el expositor que exhibía el periódico del día –el mezquino Tibbett ni siquiera era capaz de regalar el diario a quienes lo hacían– y sintió un escalofrío al ver el titular sensacionalista: LA GRIPE ASESINA AMENAZA LA CIUDAD. Por lo visto, había dos personas en el hospital.

El ascensor se detuvo en el tercer piso y, cuando las puertas se estaban cerrando, una mano se metió entre ellas y las hizo abrirse de nuevo. Al ver los largos y curvados dedos y el anillo con el ópalo, a Jude se le cayó el alma a los pies. Conocía aquel anillo. Betsy entró en la cabina y sorprendida abrió mucho los ojos, pero enseguida puso cara de palo.

–Ah, eres tú –dijo gélida.

Jude, perplejo, no supo qué contestar, pues decir: «Sí, soy yo» le parecía tonto. Así que se limitó a contestar con un «Hola».

Betsy, con la vista fija en las puertas de la cabina, no respondió. En el silencio se oía el chirrido de los cables del ascensor. Betsy era reportera, compañera de trabajo de Jude. Los dos habían vivido juntos durante casi un año hasta que, hacía tres meses, ella lo echó, aunque sería más exacto decir que él decidió marcharse pero dejó que Betsy salvase al menos parcialmente su orgullo al permitir que lo pusiera de patitas en la calle. Jude recordó lo furiosa que Betsy se había puesto durante algunas de las últimas peleas que tuvieron mientras eran pareja. Incluso en una ocasión lo abofeteó, haciéndole una pequeña herida en la mejilla con su anillo. Ella le había gritado que él era incapaz de sentir nada, que era un «deficiente emocional». Y añadió que ¿qué otra cosa podía esperarse, sobre todo teniendo en cuenta la desastrosa infancia que Jude había tenido? Y, dicho esto, se echó a llorar, algo que él detestaba.

Sin embargo, sexualmente hablando, habían pasado ratos fantásticos. En las noches en que ambos estaban de guardia, se metían a hurtadillas en el archivo y hacían el amor entre cajas de periódicos microfilmados. Jude miró a la joven con el rabillo del ojo y le dio la sensación de que estaba recordando lo mismo que él. El ascensor llegó al piso de Betsy, y ésta le dirigió una media sonrisa y un «Hasta luego» inexpresivo pero razonablemente cordial, como diciéndole: a estas alturas ya me importas tan poco que soy capaz de tratarte como a un conocido cualquiera. Cuando ella abandonó la cabina, Jude experimentó una grata sensación de alivio.

Las puertas del ascensor se abrieron, y Jude salió a su piso.

—Buenos días, Barry —le dijo al recepcionista, un tipo cuyo rubio y engominado bigote estilo Dalí le daba el lúgubre aspecto de un búfalo de agua.

—Vaya, pero si está aquí el gran novelista.

Jude bufó por dentro. No estaba de humor para sarcasmos. La redacción tenía el aspecto habitual de los sábados: la gente iba vestida con ropa informal, esperando que en algún lugar se produjera una catástrofe antes de la hora de cierre. Sólo había de guardia una docena de reporteros, y todos ellos mantenían las cabezas bajas para evitar las miradas de los redactores jefe.

Jude necesitaba algo interesante sobre lo que escribir. La entrevista que acababa de realizar había sido un fracaso. Recientemente, había terminado una serie de artículos sobre el control de armas, sazonada con estremecedoras historias de niños que, después de encontrar revólveres cargados, habían disparado con ellos contra sus compañeros, y ahora deseaba algo sencillo y rápido que le permitiera desengrasarse las neuronas.

Jude miró hacia la sección de Local. Leventhal, el redactor jefe de los fines de semana, estaba reunido con sus adjuntos. Aquello no era un buen indicio. Cuando Jude comenzó a trabajar en el periódico, oyó decir a un veterano que de una conferencia de redacción jamás había salido un buen reportaje, y hasta ahora no había tenido motivo alguno para contradecir tal axioma. Sin embargo, Leventhal sentía simpatía hacia él o, al menos, parecía respetar su trabajo. Si surgía alguna noticia interesante, era posible que Leventhal se la encargase.

Jude se sentó a su escritorio y encendió el ordenador. La pantalla se iluminó, marcó su clave y no tardó en comenzar a mascullar maldiciones. El piloto de los mensajes estaba encendido y Jude sabía lo que eso significaba: preguntas acerca de la fiabilidad de su reportaje. No se equivocaba y, al revisar el texto, el alma se le cayó a los pies. Había largos párrafos escritos en el tipo de letra que se utilizaba para las observaciones, colocados allí por algún corrector anónimo. Se pasó las tres horas siguientes revisando sus notas, verificando hechos y llamando a informantes a los que no les hizo la menor gracia desperdiciar parte de un sábado hablando con él por teléfono. Como venganza, se tomó un buen rato para almorzar.

Al poco rato de volver del restaurante, su teléfono sonó. Era Clive, uno de los redactores de Local, que le habló en voz baja y tono de conspirador. Clive estaba en deuda con él, pues en más de una ocasión Jude lo había ayudado a dar forma a un reportaje. Cuando sus miradas se cruzaron desde extremos opuestos de la redacción, Jude comprendió por la expresión de su compañero que se disponía a devolverle el favor.

–Un asesinato que tiene buena pinta –le anunció Clive a través del teléfono–. No tengo muchos datos, pero a juzgar por el teletipo, el suceso parece bastante extraño. Mutilación. Quizá sea un asesinato ritual o un ajuste de cuentas de la mafia.

–¿Quién es la víctima?

–Todavía no la han identificado.

–¿Dónde?

–No demasiado lejos. Tylerville. Cerca de New Paltz.

Jude hizo unos cálculos rápidos. Podría llegar allí en una hora y media, quizá dos; dispondría de una hora para investigar y de media para escribir el artículo. Podía tenerlo listo para antes del cierre. El lunes era un buen día para los periódicos. Los lectores estaban empezando la semana y buscaban algo sobre lo que charlar junto al proverbial dispensador de agua. Experimentó la habitual sensación –un ligero incremento en la velocidad de su pulso– y se dio cuenta de que ya estaba enganchado, sintonizado.

Caminó ociosamente hasta la sección de Local y se detuvo junto a Leventhal, el cual no le hizo el menor caso hasta que Jude carraspeó.

–¿Qué pasa? –preguntó Leventhal distraído.

–Ya he terminado de corregir el trabajo sobre el control de armas –dijo Jude inexpresivo.

–¿No has salido esta mañana a cubrir una noticia? ¿Cuál era?

–La vidente que se hizo rica jugando a la Bolsa. Nada interesante. Esa mujer vive en una casucha de la Cocina del Infierno, cerca del ferrocarril. Si no tienes nada para mí, quisiera irme. Esta noche tengo que ir al norte del estado.

–¿Adónde, concretamente?

–A New Paltz.

–New Paltz –repitió Leventhal alzando ligeramente una ceja–. ¿Qué se te ha perdido por allí?

–Poca cosa. Voy a cenar con unos amigos.

Leventhal hizo una pausa y pareció sumirse en una honda cavilación.

–Bueno, ya que vas a estar en la zona...

Hizo la comedia de buscar entre los papeles que tenía sobre el escritorio, pese a que el teletipo en cuestión estaba perfectamente a la vista. Al fin lo cogió y, sin decir nada, se lo tendió a Jude con aparente desgana, como diciendo: esto no parece gran cosa, pero tal vez dé para algo.

Mientras volvía a su mesa, Jude se felicitó por la estratagema. Estaba seguro de que tendría éxito porque actuaba sobre dos reflejos sumamente arraigados en los jefes de redacción: el deseo de desembarazarse de un asunto de dudoso interés, y el de desbaratar los planes privados de un reportero. Cogió su abrigo y un cuaderno de notas nuevo y salió de la redacción tras hacerle a Clive la V de la victoria con los dedos.

CAPÍTULO

3

Skyler permanecía tumbado en la cama escuchando los trinos e identificando a los pájaros por ellos. Se oía el canto de la curruca de pecho amarillo, y la imaginó saltando de rama en rama. Luego sonó el aflautado grito del chachalaca, y recordó su aspecto cuando el pájaro erizaba las plumas para librarlas del rocío de la mañana. A lo lejos, se oía el trino del vireo de ojos blancos, al que Kuta llamaba «el borracho» por la peculiar y confusa cadencia de su trino.

En lo primero que había pensado al despertarse había sido en Patrick. Lo mismo le había ocurrido todas las mañanas durante la pasada semana, desde que Julia y él descubrieron el cadáver. La imagen de éste, encogido y abierto en canal sobre la fría mesa, no se le iba de la cabeza. Una parte de sí, la parte que escuchaba con gran atención a los pájaros, quería olvidarla. Pero le resultaba imposible.

Quizá hoy ocurriese por fin algo que pusiera término a la cadena de sucesos turbadores y alarmantes. La muerte de Patrick había reavivado las dudas que Skyler llevaba años tratando de arrumbar. Naturalmente, se había celebrado el consabido servicio fúnebre. Un sencillo ataúd de madera fue colocado bajo la foto del doctor Rincon, y Baptiste pronunció el elogio. Pero Skyler no prestó atención. En vez de ello, con las preguntas acumulándosele en su mente, recordó las heridas que había visto en el cadáver.

Y Julia. Pensar en ella era como un bálsamo para su febril imaginación. Ahora que su mundo se había vuelto del revés y recelaba de muchas personas a las que en tiempos había querido y en las que había confiado, Skyler necesitaba a la muchacha más que nunca.

Evocó la imagen de Julia, su larga melena oscura, su risa argentina... Y la plenitud de sus muslos y sus caderas, que nunca dejaban de excitarlo. Un cuerpo que era para él una fuente de sabiduría. Y aquella mente, siempre más viva y despierta que la suya propia.

¿Desde cuándo estaba enamorado de ella? Le resultaba imposible decirlo, pero le parecía que llevaba toda la vida albergando tales sentimientos.

La recordó de niña y casi se sonrojó al pensar cómo los seguía, a Raisin y a él, y cómo echaban a correr y le daban esquinazo. En una ocasión la condujeron hasta lo más profundo del bosque y una vez allí la abandonaron. A los dos amigos la broma les pareció graciosísima y regresaron riendo al campus. Pero según las sombras de la tarde se fueron alargando y Julia no regresaba, Skyler comenzó a sentir la mano del miedo cerrándose sobre su estómago. Aunque incapaz de manifestar su creciente alarma, no dejó de otear el lindero del bosque hasta que al fin, cerca ya del anochecer, divisó una pequeña mota blanca –¡la camisa de Julia!– y experimentó tal sensación de felicidad y alivio que incluso dio un pequeño salto de alegría.

Y poco después de eso se llevó un segundo susto, aún mayor que el primero.

Una noche, en la época en la que a los chicos y las chicas aún se les permitía estar juntos, se dirigió a la casa de la comida para cenar y al llegar vio que Julia no estaba allí. A la mañana siguiente abordó a otra de las muchachas del grupo de edad y le preguntó por ella. La muchacha le contestó en voz muy baja.

–¿No te has enterado? La llamaron para un reconocimiento médico y luego pasó al quirófano. Nadie sabe qué tiene, pero parece grave.

Skyler se pasó cinco días sin dormir ni apenas comer. En la clase de ciencias, únicamente pensaba en ella. Llegado el atardecer del quinto día, ya no fue capaz de aguantar más. Durante la cena, fingió que tenía retortijones de estómago y lo enviaron al barracón. Mientras los demás estaban en el comedor, se escabulló, cruzó el patio hasta la casa grande y se dirigió a la ventana de la planta baja que daba a la enfermería. La abrió y entró, y allí estaba ella, sentada en la cama, dirigiéndole una resplandeciente sonrisa. Skyler corrió a su lado.

–He tenido suerte –dijo Julia–. Algo no iba bien, pero me han operado y ahora ya estoy repuesta.

Se volvió en la cama y se levantó la chaqueta del pijama para mostrarle la espalda. Un vendaje blanco de veinte centímetros de ancho le rodeaba la cintura.

–Me quedará una cicatriz enorme.

Julia volvió a sentarse bien y él alargó el brazo y le tocó la mano. Fue emocionante sentir su tacto –los mayores ya habían comenzado a sentar las bases para los preceptos que terminarían prohibiendo por completo el contacto entre los dos sexos– y Skyler sintió un estremecimiento de placer cuando la mano de Julia le devolvió el apretón.

A partir de aquel momento, las cosas fueron distintas.

Skyler no trató de poner nombre a los sentimientos que experimentaba hacia Julia, pues eran algo excesivamente complicado e inquietante, pero se daba cuenta de que la muchacha había pasado a ocupar un lugar central en su vida. Así que tomó una decisión: Raisin y él dejarían de tratar de librarse de la muchacha y a partir de aquel momento serían oficialmente un trío. Raisin aceptó el cambio, aunque no con agrado y, de cuando en cuando, mientras hablaban por las noches en el barracón, su amigo evocaba con nostalgia los viejos tiempos.

Luego, gracias a una decisión de los del Laboratorio, la unión entre los tres se hizo más fuerte. Fueron escogidos, junto con varios otros jiminis, para participar en unas sesiones de narración de cuentos. Cada pocos días, los sacaban de clase y los conducían a una sala de la propia casa grande. Se tumbaban en catres y una enfermera les ponía una inyección con una gran jeringuilla cuya aguja les hacía bastante daño. Pero luego se podían quedar allí, escuchando cuentos grabados en cinta. Las inyecciones no les hacían la menor gracia, pero resultaba divertido haraganear allí mientras sus compañeros estudiaban. Y se enorgullecían de su calidad de especiales de ser «un experimento dentro de un experimento», como Baptiste decía.

En retrospectiva, aquéllos fueron tiempos idílicos, los despreocupados años en los que los tres disfrutaban de su mutua compañía, antes de que comenzaran las preguntas y las dudas.

Y entonces murió Raisin.

Julia se sintió tan profundamente apenada por la muerte como él y, en consecuencia, ambos experimentaron la necesidad de consolarse mutuamente. Comenzaron a buscarse y a reunirse en secreto, tomándose grandes molestias para encontrar modos de verse. Y siguieron haciéndolo incluso cuando ya era evidente que hacerlo iba contra las normas.

—¿Cómo pueden decir que esto es malo? —preguntó en una ocasión Julia mientras caminaban por una pradera, cerca del aprisco oculto—. A mí no me parece malo. Son las normas las que han cambiado, no nosotros. Nosotros no hacemos nada distinto a lo que hacíamos.

Pero, naturalmente, no era así. Habían comenzado a tocarse y a cogerse de la mano. Y una mañana, mientras Skyler estaba tumbado de espaldas, ella le preguntó por qué había ido aquella vez a la enfermería a visitarla. Mientras él trataba de encontrar las palabras para explicarse, Julia se inclinó sobre él y lo besó en los labios. Él se sintió sorprendido, asustado y emocionado, todo al mismo tiempo. Y quiso más.

Comenzaron a verse regularmente. Dos días a la semana, una de las tareas que Julia tenía asignadas le permitía disponer de una cierta libertad. La muchacha tenía que ir a entregar el correo al pequeño aeródromo situado en el saliente oriental de la isla, y Skyler se reunía allí con ella. En cuanto se hallaban al abrigo del bosque, comenzaban a tocarse y besarse. El Laboratorio decía que el sexo era malo, pero Kuta predicaba una doctrina muy distinta, y las palabras del viejo parecían mucho más sabias y atinadas. Siguiendo el ejemplo de Raisin, Skyler dejó de tomar la pequeña píldora que les suministraban todas las noches, y Julia hizo lo mismo. No tardaron en experimentar un cambio en sus organismos: se sentían más sensibles, más vivos y sujetos a súbitos e inesperados impulsos.

Una sofocante y silenciosa tarde fueron a explorar el extremo meridional de la isla, en el que nunca habían estado. Siguiendo lo que quedaba de un viejo camino surcado por huellas de ruedas de carreta, pasaron junto a un pinar y llegaron hasta una duna. La rodearon y, al llegar al otro lado, vieron algo asombroso: una torre de diez o doce metros de altura que se alzaba sobre una pequeña península rocosa. Estaba hecha de ladrillos y tenía en uno de los lados desvaídas bandas rojas y blancas. En la parte alta había una cabina redonda acristalada con una pequeña pasarela en el exterior y coronada por un techo metálico. Era un faro abandonado.

Corrieron hasta la torre. Skyler empujó la puerta de madera, que se abrió con un sonoro golpe, y pasaron al interior. De pronto, el aire se llenó de aleteos: docenas de aves alzaron el vuelo y desaparecieron por las abiertas ventanas. El lugar estaba en penumbra y en el aire se percibía el acre olor de los excrementos de pájaro que lo cubrían todo. A un lado, una escalera de caracol sujeta al muro se encaramaba hacia la luz que brillaba en la parte de arriba. Comenzaron a ascender por ella y a mitad de camino se encontraron con un hueco de más de medio metro entre los peldaños. Primero lo cruzó Skyler y luego Julia, agarrándose para ello a los remaches de hierro que había en la pared. Siguieron ascendiendo hasta llegar al fin a una salita circular acristalada inundada de luz. En el centro había un enorme foco rodeado por una lente de cuatro lados instalada sobre un mecanismo giratorio oxidado. Salieron al balcón que rodeaba la sala. El fuerte viento les agitó las ropas. Desde allí arriba se divisaban kilómetros y kilómetros de verdes marismas y sinuosos riachuelos. A lo lejos, incluso era visible el continente.

Volvieron a entrar. Se tumbaron en el suelo de cemento y se abrazaron. Mientras los pájaros volvían a arrullarse sobre la barandilla de hierro del exterior, se besaron. Luego, lenta, temblorosamente, se desnudaron uno al otro y se acariciaron guiados por su instinto. Con el cálido aliento de Julia junto a la oreja, Skyler le dijo que la amaba. Ella le abrazó con tal fuerza que al principio creyó que estaba haciendo daño a la muchacha. Julia le confesó que también lo amaba, más que a nada en el mundo, más que a la propia vida.

Hicieron el amor. Luego, cada cual examinó minuciosamente el cuerpo del otro, fijándose en todas las curvas y recovecos, incluidas las marcas azules de los muslos. Después, mientras permanecían abrazados escuchando los trinos de los pájaros en el exterior y, a lo lejos, el rumor de las olas batiendo contra la orilla, se repitieron que se amaban y que su amor nunca terminaría. A Skyler le sorprendió no sentir remordimientos. No le parecía que hubieran hecho nada malo. Muy al contrario, tenía la clara sensación de que lo que había hecho estaba bien. Y, en el fondo de su ser, también se daba cuenta de que a partir de aquel punto ya no había posibilidad de vuelta atrás.

El faro se convirtió en su refugio, en el lugar en el que podían olvidarse de todo. Iban allí siempre que les era posible escaparse y, después de hacer el amor, permanecían en la cámara acristalada de la parte de arriba, abrazados y mirando hacia el continente como dos náufragos en lo alto de una cofa.

Mientras estaban en el campus apenas se miraban, lo cual hacía que sus encuentros en el faro fueran tanto más apasionados. Para organizar sus citas idearon un sistema de señales. Colocaron una pulida piedra gris del tamaño de un puño junto a la base de un viejo roble: si alguno de ellos cambiaba la piedra de la derecha del tronco a la izquierda, ésa era la señal para verse por la tarde en el faro. ¡Qué alegría sentía Skyler cuando veía que la piedra se había movido!

Al cabo de poco tiempo, las reuniones adquirieron un claro matiz subversivo. Después de hacer el amor, hablaban de todo, compartiendo sus dudas y temores. Además de amantes, se convirtieron en cómplices.

En una ocasión, ella lo sobresaltó cuando, mirando hacia las lejanas marismas, dijo:

—¿Sabes...? Pienso mucho en que deberíamos irnos al otro lado.

Desde la muerte de Patrick, Julia estaba cada vez más empeñada en descubrir la verdad, y había redoblado sus esfuerzos por espiar en la sala de archivos. Había logrado examinar por encima dos carpetas del archivador que, según dijo, parecían tener dentro los resultados de los reconocimientos médicos. Y, por medio de la simple observación, había memorizado algunos de los comandos del ordenador. En dos ocasiones, encontrándose sola, había hecho uso de ellos y conseguido que el ordenador respondiese. Pero necesitaba averiguar las claves de acceso adecuadas, dos en total. Sin aquellas dos palabras no llegaría a ninguna parte.

Los peligros a los que Julia se estaba exponiendo aterraban a Skyler. Trató de hacerle comprender los riesgos a los que tendría que enfrentarse si la descubrían. Podían sorprenderla usando el ordenador en cualquier momento y, por lo que ella y él sabían, en el aparato podía quedar constancia del día y la hora en que era utilizado. Pero ella no atendía a razones. Se hallaba tan inmersa en sus investigaciones que estaba echando toda cautela por la borda, y afirmaba que Skyler tenía demasiada imaginación.

Sin embargo, mientras se removía inquieto en la cama, Skyler recordó de nuevo el cuerpo de Patrick en el depósito de cadáveres y la imagen le erizó los cabellos. Aquello no había sido producto de su imaginación.

Cuando los primeros rayos del sol comenzaban a entrar por las ventanas, Skyler se levantó y se puso los pantalones. Los otros jiminis comenzaban a agitarse en sus camas carraspeando y emitiendo el resto de los sonidos habituales del despertar. Benny, un muchacho menudo que llevaba durmiendo encima de Skyler desde tiempos inmemoriales, tenía el brazo colgando hacia el suelo, como la mayoría de las mañanas. Skyler lo miró: la parte inferior de la axila estaba sucia. El muchacho solía tener problemas por su falta de higiene corporal.

En el exterior se oyó el tañido de la campana del rancho, la señal para iniciar las actividades, y en los camastros aumentó el movimiento. Los jiminis habían oído aquel sonido tantas veces que ya habían desarrollado un reflejo condicionado.

Skyler se peinó ante el espejo y contempló el rostro que lo miraba desde el cristal: sus ojos oscuros, su densa cabellera y su frente despejada. Hasta lo de Julia, nunca había prestado demasiada atención a su aspecto, pero ahora sí lo hacía. Cuando estaba en brazos de la muchacha, le gustaba que ella le dijese lo atractivo que era, aunque no estaba seguro de ser tan guapo como ella aseguraba.

Miró hacia el rincón donde otrora estuvo la cama de Patrick. Había desaparecido. Lo mismo ocurrió con Raisin: en cuanto murió, quitaron su cama, como si esto ayudara a los jiminis a olvidar la pérdida. Skyler se preguntó quién tomaría aquel tipo de decisiones, quién podía ser tan obtuso.

El muchacho de la cama de al lado, Tyrone, se aclaró la garganta, se pasó una mano por el rojizo pelo y se incorporó sobre un codo.

–El madrugón de costumbre –dijo.

Fue un comentario vano, con el que el muchacho pretendía mostrarse sociable, pero Skyler se limitó a asentir con la cabeza. No le gustaba Tyrone, y no se fiaba de él. De cuando en cuando, se preguntaba cómo conseguían los médicos mayores estar tan enterados de lo que hacían los jiminis, y si habría o no espías entre los muchachos. En una ocasión, cuando por la televisión pasaban una película sobre la Segunda Guerra Mundial, en el desarrollo del argumento apareció un espía, y los ordenanzas apagaron el aparato sin dar explicaciones. Si realmente existía un espía, Tyrone, con sus ansias de ser querido y valorado por los mayores, representaba el candidato predilecto de Skyler.

Pero quizá era injusto. El cambio que él mismo había experimentado desde que inició su solitaria cruzada para desentrañar el misterio de la presencia de todos ellos en la isla los dejaba atónito. Ahora el recelo dominaba sus pensamientos y se sentía totalmente desvinculado de los otros de su grupo de edad. Ellos eran extraños para él; y él era un extraño para ellos.

Salió al porche de hormigón de la entrada y luego bajó por la escalera hasta el pardo terreno apisonado. La puerta de tela metálica se cerró ruidosamente tras de sí. Alzó la vista hacia el cielo cubierto de la mañana. El viento era fresco, se hallaban al principio de la estación de los huracanes. Recordó la fascinación que antaño ejercían sobre él las grandes tormentas, ver cómo el viento hacía inclinarse las ramas y cómo los líquenes parecían cobrar vida e incluso volaban por los aires retorciéndose como nudos de serpientes.

Pero aquel cielo no tardaría en despejarse. Entre las nubes, hacia el oeste, había un pequeño claro por el cual se veía un retazo de cielo azul.

La puerta de tela metálica volvió a sonar y los otros jiminis salieron del barracón y se congregaron a su alrededor. Se lavaron la cara con el agua fresca y clara de la vieja pila metálica empotrada en el hormigón. Estaba tan fría que los hizo tiritar. De cuando en cuando, uno de ellos se acercaba a la bomba para accionar la palanca, y por el caño oxidado salía un chorro intermitente que iba a caer en la pila. Era la rutina de todas las mañanas, algo que todos hacían sin pensar.

Pero tal vez hoy las cosas fueran distintas, pensó Skyler. Se lo decía el corazón.

Camino de la casa de la comida, Benny se colocó a su lado.

–¿Qué tal estás? –preguntó.

–Otras veces me he sentido mejor –contestó Skyler.

Aparte de Julia, Benny era el único miembro de su grupo de edad en el que Skyler confiaba lo suficiente como para compartir con él alguno de sus secretos. Le había hablado de la expedición a la sala de archivos, y de cómo Julia y él habían descubierto el cuerpo de Patrick. Benny se puso muy pálido y no supo cómo reaccionar.

–Debía de estar muy enfermo –dijo–. De lo contrario, sería totalmente inexplicable.

Por toda respuesta, Skyler se encogió de hombros.

Benny dijo que le preocupaba que Skyler pudiera meterse en graves problemas.

–Recuerda cuál era la actitud de Raisin poco antes de morir –añadió, con la vista clavada en el suelo–. Tú te estás poniendo, si no igual, sí muy parecido.

Ahora el muchacho permanecía en silencio. El grupo de jiminis pasó ante la casa grande.

Skyler miró hacia la deteriorada mansión. La visión de aquel lugar le inspiraba temor. Se veían grietas y manchas de humedad en las paredes cubiertas de desvaída pintura rosa. Las cuatro grandes columnas de la fachada posterior se estaban pelando, y la pintura se desprendía de ellas como los pétalos de una flor. El fondo de la piscina, una piscina que ellos jamás habían visto llena, se había combado y agrietado y, en la tierra acumulada en las grietas, crecían matojos que alcanzaban los treinta centímetros de altura. Las viejas estatuas de mármol que rodeaban la piscina estaban manchadas y tenían verdín en los pliegues de los brazos y en la parte en que se unían los muslos.

Los ojos de Skyler se sintieron atraídos por la puerta del sótano, que permanecía cerrada, inescrutable.

Siguieron caminando hasta llegar a la casa de la comida, que estaba elevada medio metro sobre el suelo por pilotes de madera empotrados en bloques de hormigón. Junto a ella había una tosca cocina que contenía un fogón de leña, una nevera y una estantería que se usaba a modo de despensa. Como siempre, los muchachos se prepararon su propio desayuno, cogiendo el cereal de grandes barriles de madera y rebuscando en las cestas de fruta alguna que no estuviera ni golpeada ni excesivamente madura. La leche, recién ordeñada, estaba tibia.

Desayunaron en un silencio casi total, lo cual resultaba insólito. «Todo el mundo sigue alterado por lo de Patrick», se dijo Skyler.

Apenas habían terminado de comer cuando un ordenanza golpeó la puerta con la parte lateral del puño para indicar el comienzo de la hora de gimnasia. El sol estaba a la espalda del hombre, así que al principio les fue imposible ver cuál de ellos era, pues la mejor manera de distinguir a uno de los otros era por la ubicación de los blancos mechones que todos tenían en el pelo. El ordenanza resultó ser Timothy, el que peor les caía.

Timothy los condujo como siempre al pisoteado terreno del patio de ejercicio y los jiminis se colocaron en formación. Timothy desplegó una silla de madera, se sentó en ella y comenzó a ladrar las órdenes. Los bufidos y resoplidos de los muchachos llenaron el aire de la mañana. Skyler se hallaba al fondo de la formación y realizaba los ejercicios descuidadamente, concentrándose en ellos sólo cuando el ordenanza miraba en su dirección. Sin embargo, a causa de la humedad, no tardó en tener el cuerpo empapado en sudor.

Al fin llegó el momento que Skyler esperaba.

–¡Flexiones de pecho! –gritó el ordenanza.

El grupo giró a la izquierda y todos se tiraron al suelo. Desde aquella posición, a Skyler le era posible divisar el barracón de las mujeres. Al cabo de poco rato, las muchachas salieron en grupo y se encaminaron charlando entre ellas hacia la casa de la comida.

Skyler ya comenzaba a sentir la comezón del pánico cuando al fin vio a Julia. Una ola de alivio le recorrió el cuerpo en cuanto divisó la familiar figura de la muchacha y la oscura melena que le caía sobre los hombros y la espalda.

Momentos más tarde, Timothy se puso en pie, dio una palmada y con ello concluyó la clase de gimnasia. Los chicos cruzaron el campus y, por mera coincidencia, llegaron a un cruce de caminos en el mismo momento que las chicas. Durante varios segundos, los dos grupos se mezclaron. Skyler se colocó detrás de Julia, tan cerca que podría haberla besado con sólo inclinarse. Luego, cuando el muchacho ya se disponía a seguir su camino, ella se volvió hacia él y le susurró:

–Creo que ya lo tengo. Creo que conozco la clave de acceso.

La sorpresa lo dejó sin habla, observando cómo el grupo de mujeres se alejaba. Luego alzó la vista, miró hacia las marismas, iluminadas ahora por el sol, y contempló cómo se disolvían los últimos jirones de niebla matinal. El viento estaba arreciando, y las hojas mostraban sus pálidas partes inferiores. Al final parecía que habría tormenta.

CAPÍTULO

4

Tras conducir un rato a escasa velocidad por Main Street, Jude encontró sin dificultad la comisaría de policía, un edificio cuadrado de ladrillos rojos similar a docenas de otros que había visto en las deterioradas ciudades de los alrededores de Nueva York. Estacionó el coche en el aparcamiento trasero, bajo un angosto ventanuco que supuso pertenecía a uno de los calabozos, y rodeó el edificio para entrar por la puerta principal. A los policías les molestaba que uno utilizara atajos para entrar en su territorio.

El agente sentado tras el mostrador de recepción lo recibió con la típica hospitalidad, sin interrumpir la lectura de la revista *People* que tenía entre las manos. Jude conocía el artículo que el hombre estaba leyendo y también a su autor. Por un momento estuvo tentado de informarle de que sólo un cuarenta por ciento de lo que estaba leyendo era verdad. Pero, en vez de ello, puso una mano sobre el mostrador, dentro del campo de la visión periférica del hombre. Éste respondió a su presencia con un gruñido y al fin alzó la vista. Jude sacó la cartera, le mostró la tarjeta amarilla de prensa y le expuso el motivo de su visita.

–Tendrá usted que hablar con el sargento Kiley.

Aquello era un mal comienzo, pues los encargados de relaciones públicas de la policía solían ser sargentos.

–¿Quién?

–Kiley. Él se encarga de las relaciones públicas.

El hombre continuó con su lectura.

–¿Quién lleva la investigación?

–Tendrá usted que hablar con el sargento Kiley.

Jude estaba a punto de entrar en la inhóspita sala de espera cuando reconoció a un reportero del *Daily News* que estaba sentado de espaldas a él. Volvió sobre sus pasos y se dirigió al teléfono público que había en un rincón. Sacó una moneda del bolsillo, marcó el número del periódico local y pidió que le pusieran con el responsable del turno de noche. Estaba corriendo un riesgo calculado: a algunos periodistas les agradaba recibir en su pequeña ciudad a periodistas de la gran metrópoli y se sentían halagados por el hecho de que los tratasen de igual a igual; otros consideraban tales visitas como intromisiones y se negaban a soltar prenda. Jude tuvo suerte. Mencionó un par de nombres y logró que lo pusieran con la persona encargada de cubrir la historia. Era una reportera llamada Gloria que le dijo que estaba a punto de ir a ver al forense y lo invitó a acompañarla.

Diez minutos más tarde Jude se hallaba junto a Gloria, una joven más o menos de su edad poseedora de un agraciado y amable rostro, en el porche de la oficina de Norman McNichol, médico forense de Ulster County. La oficina se encontraba en una blanca casa de madera situada en la calle Broad, una avenida cuyas aceras se combaban a causa de la irresistible presión de las raíces de los olmos que la bordeaban.

La idílica Norteamérica provinciana, pensó Jude contemplando la calle. Gloria estiró un dedo con una larga uña pintada de color verde pálido y oprimió el blanco botón con forma de perla. En el interior se oyó un lejano dingdong. Bajo el botón había una discreta placa de bronce con la inscripción: FUNERARIA MCNICHOL.

—O sea que el forense se dedica también a las pompas fúnebres —comentó Jude—. Debe de resultarle fácil conseguir clientes... Pero puede tratarse de un caso de conflicto de intereses.

—Bueno, el doctor es todo un tipo. Ha enterrado a varias generaciones: abuelos, padres, hijos... lo que se te ocurra.

McNichol, un hombre alto y flaco, de edad imposible de determinar y poseedor de una bien cuidada barba gris, abrió la puerta y besó a Gloria en ambas mejillas, a la europea. Luego estrechó con cordialidad la mano de Jude, lo que impresionó favorablemente al periodista.

—Tenemos que ir a Poughkeepsie —dijo—. Allí es donde nos espera nuestro amigo.

Desapareció en el interior de la casa y volvió a salir con un anticuado maletín negro de médico.

—Síganme en su coche —les dijo mientras bajaba la pequeña escalinata delantera.

McNichol conducía como un loco, lo cual, pensó Jude, era lógico en alguien que trataba a la muerte como a una compañera de trabajo. Al cabo de muy poco se detuvieron frente a un imponente edificio de ladrillo que tenía ante sí una rampa de acceso circular, en cuyo centro se alzaba un gran letrero metálico con la inscripción: HOSPITAL PRESBITERIANO DE POUGHKEEPSIE.

Siguieron a McNichol al interior, pasaron ante el mostrador de recepción y se dirigieron hacia la escalera situada en la parte trasera. La escalera conducía a una sala de autopsias ubicadas en el sótano del ala de maternidad. En la puerta principal, un gran rótulo anunciaba con letras rojas: ZONA RESTRINGIDA. Entraron a través de una oficina lateral, pasaron frente a la serie de pequeños cubículos con escritorios grises de metal destinados a los residentes y entraron en la sala de esterilización. En ella había una serie de armaritos pegados a las paredes, cestos para ropa y dos grandes lavabos. En el interior de un armario se apilaban las batas verdes y los amplios delantales blancos, y también había mascarillas y cubrezapatos de plástico.

—Prepárense para el quirófano —ordenó McNichol.

Jude colgó su chaqueta, se metió la billetera en el bolsillo posterior de los pantalones y metió los brazos en las mangas de una bata que se cerraba por detrás. El hombre hacía todo lo posible por controlar su nerviosismo, pues nunca había asistido a una autopsia. Se acercó a uno de los lavabos y miró inquisitivamente hacia McNichol.

—Adelante —dijo el forense con una sonrisa—. Este lavado es para él. Para protegerlo de ustedes y de los pequeños bichitos microscópicos de que son portadores. Luego, cuando salgan, también querrán lavarse, pero entonces será para ustedes. Para protegerse de él. A mi juicio, el segundo lavado es el más importante.

Dicho esto, el hombre desapareció por unas puertas batientes. Jude se volvió hacia Gloria, que se había ceñido la bata a la cintura con un gran nudo.

—No lo entiendo. ¿Nos deja entrar en el quirófano con él?

—Bueno, siempre lo hace. Como te dije, es todo un personaje. Y como por aquí no hay muchos homicidios, tiene ganas de lucirse.

Traspusieron las puertas batientes y se encontraron en una pequeña antesala. En ella los aguardaba McNichol. El lugar era frío y húmedo, como un gran refrigerador para carne. Ante ellos había dos puertas.

–Ésa es la sala de aislamiento –dijo McNichol señalando una de ellas–. De cuarentena. Es para los cadáveres que pueden resultar infecciosos. Quiero decir seriamente infecciosos, ya que, prácticamente, no existe enfermedad que no se pueda transmitir de un individuo a otro. Ahí dentro metemos a los que murieron de tuberculosis y de ciertas fiebres, como la de Creutzfeldt-Jakob... Ésa es la enfermedad de las vacas locas. Hasta ahora no hemos tenido ningún caso de ésos, toco madera... –añadió alargando un brazo y golpeando con los nudillos el brazo de un sillón.

Cruzaron la segunda parte, que conducía a la sala de autopsias.

Lo primero que advirtió Jude fue el olor, una combinación de antiséptico y otra cosa que le oprimió el estómago y le hizo sentir ganas de vomitar. McNichol explicó que lo que olía era formalina, un fijador. Se hallaban en una habitación iluminada por largos tubos fluorescentes situados en el techo, con las paredes pintadas de amarillo y cubiertas en sus dos tercios inferiores de azulejos verdes. Arrimadas a dos de las paredes había armarios de cristal con botellas e instrumentos esterilizados en su interior. También había varios tarros en cuyo interior flotaban cosas que a Jude no le apeteció nada examinar de cerca. A lo largo de una tercera pared se veían grandes sumideros sobre los que había varios estantes de acero inoxidable con cinco grandes bidones de plástico que contenían productos químicos.

McNichol le tendió a Jude un frasco de vaselina y le indicó que se pusiera un poco en la nariz.

–Es un truco del oficio –explicó–. Insensibiliza el sentido del olfato. A mí no me hace falta. Yo hace tiempo que dejé de notar el olor de la muerte –añadió como si considerase aquello una lamentable pérdida.

Gloria no quiso utilizar la vaselina y Jude se sintió impresionado: ¿cuántos cadáveres habría visto aquella mujer?

En el centro de la sala había dos mesas de acero inoxidable con forma de L, cuyas partes largas formaban líneas paralelas. Las porciones alargadas de las mesas tenían pequeñas perforaciones. Jude supuso que eran para que los líquidos pasaran por ellas y fluyeran hasta dos pequeños depósitos situados en los vértices de las eles. En los lados cortos de éstas había diversos instrumentos y pequeños envases que, según McNichol, se utilizaban para guardar muestras de tejidos. Tras ellos había sendas cajas metálicas, llamadas «ataúdes», para guardar los órganos eviscerados. Las dos cajas estaban llenas de formalina.

McNichol se dirigió al fondo de la sala, donde, empotrados en la pared, había unos grandes cajones blancos. Empujó una camilla metálica con ruedas y la puso junto a uno de los cajones, abrió éste al máximo, bajó la barandilla de protección y pasó al otro lado a fin de poder inmovilizar la camilla con la cadera.

–Hoy no hay ni un solo auxiliar clínico de guardia –dijo el hombre–. En teoría, ellos son los que se encargan de traer y llevar los cuerpos desde el depósito. Técnicamente, yo no debería estar haciendo esto.

Alargó los brazos hacia el cadáver, que estaba metido en una gran funda negra.

–Los auxiliares son los que se encargan de la «inspección de tripas». Es un trabajo particularmente desagradable. Hay que cortar el tracto gastrointestinal a todo lo largo, y luego inspeccionar las paredes del conducto, así como su contenido. Sin embargo... ¿podrán ustedes creer que los auxiliares se disputan ese trabajo como si fuera un honor?

Lanzó un gruñido y, con un enérgico y certero movimiento, colocó la parte superior del bulto encima de la camilla. Luego, con otros dos empujones –uno en las caderas y otro para colocar bien los pies– el cadáver quedó centrado en la camilla. McNichol lo hizo todo con gran rapidez. Indudablemente, había repetido aquello mismo centenares de veces.

–Ahora, si no les importa echarme una mano...

El médico les señaló con la cabeza el dispensador de guantes. Jude estaba sorprendido. Sin duda, pedirle a un lego que hiciera de auxiliar durante una autopsia iba contra el protocolo médico. Pero Gloria ya estaba ante la repisa poniéndose polvos de talco en las manos. Luego procedió a enfundarse los finos guantes como una experta. Jude la imitó tratando de imitar también su aplomo.

Ayudaron a McNichol a colocar el largo bulto sobre la mesa en forma de L. El forense descorrió la cremallera de la bolsa y sacó las sábanas blancas que había en el interior. Después, Jude y Gloria lo ayudaron a sacar el cadáver de su capullo de plástico y a colocarlo suavemente sobre la fría superficie metálica. Jude estaba horrorizado, a punto de vomitar. El cadáver era de un color blanco azulado. El rostro del hombre estaba totalmente destrozado y no era más que una masa de sangre seca, huesos y músculos rojizos. Los ojos habían desaparecido, o reventados o los habían hecho saltar. Hasta le habían arrancado las orejas. Sólo la oscura cavidad de la boca resultaba reconocible. En su interior, la lengua estaba hinchada y parecía flotar sobre un rojo fluido.

–¡Dios mío! –exclamó Gloria.

McNichol permanecía en silencio, ocupado en efectuar el detalladísimo reconocimiento externo. Tomaba frecuentes notas con un bolígrafo en la hoja de autopsia, al tiempo que explicaba en voz alta:

–Varón de raza blanca, de entre veintidós y veintiséis años. Peso, setenta y nueve kilos. Estatura, metro setenta y siete.

Inspeccionó hasta el último centímetro cuadrado del cadáver, mirándolo por un lado y por otro, buscando marcas, cicatrices y heridas. Luego midió el contorno de la cabeza y del pecho, y la longitud y el contorno del brazo y la pierna.

Recogió muestras de piel. Rascó debajo de las uñas, limpió con gasa las heridas, pesó diversas muestras y las metió en pequeños frascos. Al fin, retrocedió unos pasos para tener una visión de conjunto.

–Bueno –comentó, reflexivo–. Lo que desde luego no puedo inspeccionar son los globos oculares.

Por primera vez pareció reparar en el aspecto general del cadáver y de lo monstruosas que eran sus lesiones.

–Había visto cosas así en un par de ocasiones –dijo con voz solemne–. Pero este caso es distinto.

–¿A qué se refiere? –preguntó Jude, y se felicitó por el hecho de que su voz hubiera sonado normal.

–Bueno, por lo general la desfiguración es indicio de cólera. El asesino odia a la víctima. Apasionadamente, hasta el extremo de que se lanza a mutilarla, y en ocasiones sigue mutilándola mucho después de que ha muerto. Es como si tratase de eliminarla, de borrarla de la faz de la tierra. Hay otra variedad, íntimamente vinculada al caso anterior. El asesino se ve asaltado súbitamente por los remordimientos y ataca el cadáver como intentando borrar su crimen, no dejar ni rastro de lo que ha hecho. En ambos casos está implicada la pasión, aparte de un montón de otras emociones. Lo cual, por lo general, tiende a indicar que existía una relación íntima entre el asesino y su víctima, cosa que simplifica muchísimo el trabajo de la policía. Puede tratarse de un marido, de un amante, de un acosador. En la inmensa mayoría de las ocasiones el caso se resuelve en menos de cuarenta y ocho horas, y el culpable es detenido y conducido a la comisaría. Una vez allí se viene abajo y confiesa entre sollozos su horrendo crimen.

McNichol quedó en silencio.

–¿Y en este caso? –preguntó Jude al fin.

–En este caso es indudable que la mutilación tuvo como objeto impedir la identificación del cadáver.

–¿Cómo lo sabe?

–Porque fue un trabajo metódico –explicó tocando el cráneo en la parte alta de la frente, donde no había más que hueso–. Aquí se hicieron unas incisiones, y los jirones de piel fueron retirados como lonchas de beicon. Fíjense en la limpieza con que lo hicieron, con qué minuciosidad y paciencia. El asesino, supongamos de momento que fue el asesino el que también efectuó la desfiguración, se lo tomó con auténtica calma. Y luego está lo de las manos.

McNichol alzó las manos del muerto y las giró para que quedasen con las palmas hacia arriba. Jude, ya más curioso que asustado, se acercó para ver. Las yemas de los dedos estaban ennegrecidas y llenas de ampollas.

–Quemadas –continuó McNichol–. Pocas huellas encontraremos en estos dedos, salvo una, parcial, aquí –dijo señalando el dedo anular de la mano izquierda–. Parece que nuestro amigo se sabía todos los trucos. Y aún no he mencionado lo más extraño de todo.

McNichol hizo una pausa y fue evidente que deseaba que le hiciera preguntas. Jude le dio el gusto:

–¿A qué se refiere?

–Fíjense en esto.

McNichol fue hasta el otro extremo de la camilla, alzó el pie derecho del cadáver y lo torció ligeramente, de modo que los hinchados genitales se desplazaron hacia arriba y la rosada parte interior del muslo derecho quedó claramente visible. En el centro había un profundo corte, casi perfectamente circular, del tamaño de un dólar de plata.

–Sólo Dios sabe para qué fue esto. Pero también se lo hicieron de modo metódico y preciso. –El forense soltó el pie, procedió a pasar el dedo por todo el contorno de la herida y añadió–: El asesino clavó el cuchillo y luego lo movió circularmente, como si estuviera sacando una ostra de su concha.

Jude pensó que ojalá McNichol no siguiera con las comparaciones culinarias.

–Quizá en ese lugar tenía una marca de nacimiento, o una cicatriz, u otra señal identificadora –aventuró Gloria.

–Tal vez. Pero no es un lugar visible. Y no resulta fácil imaginar que en ninguna parte hubiera constancia de la existencia de esa marca. Entonces, ¿para qué tomarse la molestia de quitarla?

Jude pensó en la hora de cierre de edición, que se le estaba echando encima.

–¿Cuál fue la causa de la muerte? –preguntó.

–Ajá –dijo McNichol como si el chico más listo de la clase hubiera hecho al fin la pregunta adecuada–. Le pegaron un tiro en la nuca. De modo muy profesional. Probablemente, una bala calibre 32, pero de eso aún no estamos seguros. Tiene magulladuras en las muñecas, así que yo diría que estaba maniatado y de rodillas cuando le dispararon desde arriba. Primero lo mataron, y después lo desfiguraron.

Quizá, a fin de cuentas, se tratara de un crimen de la mafia, se dijo Jude. Pero luego recordó que, según el teletipo, habían encontrado el cadáver en un bosque, entre unos matorrales. Cuando la mafia quería mantener un asesinato en secreto, no dejaba el cuerpo en un lugar en el que resultase fácil encontrarlo, y desde luego, el cadáver no terminaba tendido en la mesa de exámenes de un forense.

En un rincón había una bolsa de plástico transparente que contenía lo que aparentemente eran ropas. A Jude les pareció ver una camisa roja hecha un reguño. McNichol siguió su mirada.

–Sus ropas –confirmó–. Más tarde las examinaremos en detalle.

Jude miró su reloj.

–¿Alguna otra cosa digna de verse?

–Sí, otra, pero tendrán que esperar.

Durante media hora, McNichol siguió trabajando en el cuerpo con un escalpelo de mango largo y una paleta Becton Dickerson del número 22, sin dejar de comentar lo que iba haciendo, como si estuviese describiendo una excursión a través de un paraje exótico.

–La incisión primaria va desde la parte delantera de la axila, sigue por la línea axilar anterior, justo por debajo de las tetillas, hasta el esternón. Ése es el apéndice xifoides. Luego seguimos hacia abajo, dando un ligero rodeo en torno al ombligo, hasta la sínfisis del pubis, que está aquí –explicó el forense, que alzó la vista y miró a Gloria–. Por cierto, debo añadir que este procedimiento no se recomienda cuando el cadáver va a ser exhibido en un ataúd abierto. Ahora, como ven, hemos dejado a la vista tanto la cavidad torácica como la abdominal.

Jude lo miraba conteniendo el aliento. Presenciar una autopsia no era tan duro. McNichol retiró las solapas de piel y la musculatura abdominal. Luego empuñó una sierra quirúrgica y cortó en ángulo las clavículas y las costillas, creando una pieza en forma de cuña. Levantó la placa torácica entera, como un camarero cuando alza la tapadera de la bandeja que contiene el plato principal.

Jude miró de nuevo. Esta vez lo que vio era de veras repugnante. El corazón, que parecía un amarrado pedazo de carne roja, los pulmones, patéticamente desinflados, el timo... Todo compacto y bien encajado, nadando en una bullabesa de mucosidades y fluido. Apoyó disimuladamente una mano en un lado de la mesa a fin de mantenerse en equilibrio.

Mientras tanto, McNichol seguía trabajando con rapidez. Utilizó una jeringa para absorber el fluido seroso de entre los órganos torácicos y la pared del pecho, y luego lo metió en un recipiente de plástico. Tomó fotos del corazón y los pulmones; midió y anotó la proporción entre la anchura del corazón y la anchura del pecho. Luego soltó las arterias carótidas, pinzó la tráquea y el esófago, cortó el diafragma y el saco pleural, y extrajo al mismo tiempo el corazón y los pulmones.

Examinó el interior del abdomen y tomó más fotos. Extrajo las vísceras, pinzó el intestino, lo cortó aproximadamente entre el primer y el segundo segmento del intestino delgado, justo antes del recto, y lo reservó todo para un posterior análisis. Metió las manos entre las vísceras y extrajo una maraña de órganos digestivos: el hígado, la vesícula biliar, el páncreas, el esófago, el estómago y el duodeno.

Jude alcanzaba a ver hasta la parte posterior de la pared abdominal. Por un momento, pudo contemplar el sistema urinario –los riñones, los uréteres y la vejiga–, pero enseguida el forense lo retiró todo en un solo bloque.

–Mire los datos que anoté en la hoja de autopsia –le pidió McNichol a Jude–. ¿Qué edad dije que tenía este tipo?

–Entre veintidós y veintiséis años.

Por un momento y por primera vez, McNichol pareció confuso y menos seguro de sí mismo.

–Demasiado joven. Viendo estos órganos me doy cuenta. Sí, demasiado joven. ¿Cómo he podido equivocarme tanto?

El forense estudió minuciosamente cada órgano, como un joyero examinando alhajas. Los limpió de sangre y grasa, los pesó, los fotografió y los cortó en secciones o «rebanadas», como él las llamó. Cada una fue sondada y segregó fluidos que fueron absorbidos por la omnipresente jeringa. Las secciones, del tamaño de un dólar de plata, fueron colocadas en el cubo de plástico o en el «ataúd». Luego, explicó McNichol, las cortarían en láminas del grosor de un cabello, las montarían en un portaobjetos y las colocarían bajo el microscopio para proceder al examen histológico.

Al fin le tocó el turno al plato fuerte: el cerebro. McNichol cortó una línea perfecta a lo largo del borde del cuero cabelludo, de oreja a oreja, y retiró la capa de carne. Utilizó la sierra circular para seccionar el hueso, lo que produjo un sonido agudo y un olor acre. Después levantó la tapa craneal y la dejó a un lado con un gesto de preocupación, como un jugador de ajedrez que aparta a un lado un peón comido. Jude supuso que el médico estaba examinando la herida mortal.

McNichol tomó un cuchillo con borde de sierra y lo utilizó para cortar la duramadre, la membrana más superficial de las que rodean el encéfalo, y procedió a seccionar los vasos sanguíneos de la base. A continuación levantó el cerebro y, sosteniéndolo en una mano, dijo:

–Bueno, aquí lo tenemos.

Con la enguantada punta de un dedo, extrajo un achatado proyectil que procedió a colocar en un pequeño frasco. El resto del cerebro lo introdujo en un tarro grande lleno de formalina.

Jude volvió a pensar en la hora de cierre de edición, que cada vez estaba más próxima y miró el reloj. Aparentemente, McNichol ya estaba terminando. Puso en su lugar la tapa craneal y la placa torácica, y limpió la sangre con un paño azul.

–No es mi intención meterle prisa –dijo Jude–. Pero... ¿por qué, según dijo usted, merecía la pena esperar?

–No se preocupe, que no me he olvidado.

Se situó en la parte superior de la camilla, tras la cabeza del cadáver, que ahora estaba cortado, despedazado y ensangrentado. Se inclinó y le abrió la boca, de la que ya había extraído los fluidos, e indicó a Gloria y Jude que examinaran el interior. Lo hicieron y luego miraron al médico desconcertados.

–No lo entiendo –dijo ella–. No veo nada.
–Exacto –contestó McNichol, henchido de satisfacción–. No ve usted nada. Ni un solo empaste. Todos los dientes se encuentran sanos y perfectos. En un hombre adulto. ¿Cuándo han visto ustedes una boca como ésta?

Jude y Gloria se miraron.

–Naturalmente –siguió el forense–, esto complica aún más el problema.

–¿Qué problema?

–El de la identificación. Es como si este hombre nunca hubiera ido al dentista. No habrá ni radiografías ni historial odontológico. Lo cual hace que resulte prácticamente imposible identificarlo.

Jude pidió una oficina con línea telefónica, y lo condujeron a una situada en el segundo piso. Desde el escritorio se veía el estacionamiento posterior del edificio. Una secretaria le llevó una taza de café, que bebió con gusto.

Encendió su ordenador, se puso a trabajar y en media hora estuvo listo. Escribió setecientas palabras, haciendo especial énfasis en los detalles forenses –las yemas de los dedos quemadas, la dentadura perfecta–, para dejar claro que había sido testigo presencial de la autopsia. También tuvo buen cuidado de describir a McNichol como a una especie de héroe, recordando al hacerlo el consejo que recibió años atrás de un redactor jefe: «Es buen negocio mostrarse generoso con la gente que puede devolver el favor». Conectó el módem a la línea telefónica, marcó el número especial del periódico, oyó el peculiar sonido de la conexión y envió el artículo al 666 de la Quinta Avenida.

Por la noche, mientras regresaba en su automóvil a la ciudad, Jude pensó en Gloria. Después de mandar el artículo, la había llevado hasta su periódico.

–¿Quieres que nos veamos, cuando yo haya terminado? –le había preguntado Gloria yendo directamente al grano–. Si te apetece, conozco un excelente restaurante especializado en comida natural.

A él no le había apetecido. Sospechaba que la oferta implicaba algo más que una simple cena y, por algún motivo, cuando pensaba en el largo camino de regreso a Nueva York, en la autopsia que había presenciado e, incluso, sin saber bien por qué, en los dolorosos insultos que Betsy le había dedicado hacía meses, lo último que le apetecía era sexo.

Le había tendido la mano a Gloria para despedirse. Ella se la estrechó y, con una sonrisa ligeramente irónica, dijo:

–Así que tienes prisa, ¿no? Los grandes reporteros como tú venís aquí por un solo día, nosotros os ayudamos todo lo que podemos y, pese a ello, vosotros siempre confundís algún detalle.

El comentario le dolió.

Sin embargo, se dijo, el artículo que acababa de mandar no estaba mal. Y no se había equivocado en ningún detalle, de eso estaba seguro.

Encendió la radio a tiempo de escuchar al resumen de titulares de la emisora 1010 y le agradó advertir que no habría muchas noticias que compitieran con la suya. Comenzó a idear titulares para su historia, lo cual era uno de sus pasatiempos favoritos. «Un mutilador anda suelto.» O bien «Un cadáver que no suelta prenda». Quizá «El desfigurado rostro del horror». Bajó las dos ventanillas para airear el coche, sintonizó una emisora de rock y subió el volumen.

Se sentía satisfecho y contento de sí mismo.

Sin embargo, a la mañana siguiente, cuando bajó en pantalón corto y camiseta a comprar el periódico en un quiosco, se llevó una desagradable sorpresa. No sólo su artículo no aparecía en primera plana, sino que, a primera vista, no se encontraba por ninguna parte. Apoyó el periódico en un buzón y comenzó a pasar páginas con creciente irritación. Al fin dio con él, en la página 42, rodeado de anuncios de sujetadores. Y lo habían reducido a cuatro párrafos.

«¡Cristo bendito!

»Tantas molestias... Conducir todos aquellos kilómetros, conseguir estar presente en la autopsia, anticiparse al *Daily News*...

»Y, después de todo eso, hacen pedazos mi artículo y lo entierran en la página 42.»

Volvió a toda prisa a su apartamento, se cambió y se dirigió al periódico. Nada más llegar, vio a Leventhal al otro extremo de la redacción y gritó su nombre.

Leventhal le hizo seña de que pasara a su despacho, que tenía una pared acristalada desde la que le era posible ver la redacción. Lo malo era que los de redacción también podían ver el interior. A Jude no le importó, pues sabía que lo asistía toda la razón.

–No lo entiendo –gritó–. Era una gran noticia. ¿Por qué demonios la tuviste que resumir?

Leventhal lo miró inexpresivamente por unos momentos, simulando no entenderlo, y al fin pareció comprender.

–Ah, te refieres a lo de New Paltz. ¿Es eso lo que te tiene tan furioso?

–¡Pues claro! ¡Tendría que haber salido en primera!

–¡En primera!

Leventhal cogió de su mesa el periódico del día y se lo arrojó a Jude.

–¡Mira! ¡Esto es una noticia de primera!

Jude leyó el titular: DOBLE DILEMA. Un subtítulo aclaraba: «Gemelos idénticos implicados en un asesinato. ¿Cuál de los dos lo hizo?».

Leyó el primer párrafo. La historia se refería a dos abogados gemelos, uno de los cuales era sospechoso de haber asesinado a una mujer rubia en el Upper East Side. El otro hermano iba a defenderlo en cuanto se resolviesen las dudas acerca de quién era quién.

A Jude no le hizo la menor gracia admitirlo, pero Leventhal estaba en lo cierto.

–Aun así, no hacía falta enterrar mi historia de ese modo.

–¿Que la enterré? Recibió todo el espacio que merecía, Harley. De acuerdo, el asunto posee un cierto atractivo morboso, pero de momento no tenemos más que un cadáver anónimo. Cuando logres ponerle nombre y apellido, ya veremos qué se hace con tu noticia. ¿De acuerdo?

Jude trató de volver a su indignación, pero los argumentos de Leventhal lo habían dejado sin armas. Alzó la mirada y trató de ver cuántos colegas le habían visto hacer el ridículo. Media docena como mínimo. Leventhal también lo notó y enrojeció de exasperación.

–¡Maldita sea! –exclamó–. Yo soy el editor encargado del fin de semana, y decido lo que aparece en el periódico del lunes. ¡Estoy hasta la coronilla de que la gente critique mis decisiones! ¡Y ahora ya te estás largando de una vez!

Jude salió del despacho. Pero luego, cuando pensó en lo sucedido, le pareció extraño. Leventhal no solía gritar ni ponerse tan furioso. Aparentemente, la reacción de él mismo también había sido un poco exagerada. Le comentó esto a Clive, para ver qué pensaba, pero el redactor se limitó a encogerse de hombros.

CAPÍTULO

5

Skyler llamó a la puerta de la cabaña de Kuta. Sabía que el anciano estaba dentro porque había visto su viejo bote amarrado al embarcadero, y el mugriento motor fueraborda colocado sobre un cercano tocón, sometido como siempre a reparaciones. En la pequeña bahía, el fuerte viento hacía aumentar el tamaño de las olas.

Estaba asustado. Se había sentido así durante toda la mañana y luego durante la tarde, mientras llevaba las cabras a pastar. Sus temores comenzaron cuando se encontró con Julia y ella le susurró lo de la clave de acceso. Skyler esperó a la muchacha en las proximidades de la pista de aterrizaje todo el tiempo que pudo. Como Julia no apareció, él le dejó un mensaje en el buzón indicándole que se reuniera con él por la tarde en casa de Kuta. Era la primera vez que se atrevía a hacer algo así, tan desesperado se sentía. Ahora se disponía a esperarla. Quería ver con sus propios ojos que la muchacha estaba bien, porque le embargaban los malos presentimientos.

Se abrió la puerta y Kuta lo miró con ojos enrojecidos.

—Chico, estás hecho un asco. ¿En qué andas metido?

Sin esperar respuesta, el negro se hizo a un lado y lo dejó pasar. El interior de la cabaña era fresco.

—Siéntate —dijo señalando el sillón, y puso agua a calentar para el té.

Skyler permaneció un rato sentado en silencio, y luego, poco a poco, fue desahogándose. Le contó a Kuta lo de la muerte de Patrick, y le explicó que Julia y él habían descubierto el cuerpo en el depósito de cadáveres del sótano; habló del servicio fúnebre, de las averiguaciones que Julia estaba haciendo. Habló en términos muy generales de los temores que sentía por ella, pero hacerlo le resultó difícil, y las palabras se le atascaron en la garganta. Al fin, el muchacho quedó en silencio.

Kuta movió lentamente la cabeza.

—Están pasando muchas cosas extrañas —dijo al fin—. Llevo años y años diciéndolo. Un montón de cosas extrañas. Y ésta es una más. No es natural que un muchacho tan joven muera. Creo que los tipos del Laboratorio son una especie de adoradores satánicos. Seguidores del Anticristo.

Desde hacía unos años a Kuta le había dado por la religión, e incluso había intentado enseñarle a Skyler las Escrituras, para contrarrestar lo que él llamaba «toda esa falsa instrucción».

El negro se levantó, cogió dos viejas tazas de una alacena, puso una bolsa de té en una de ellas y las llenó de agua caliente. Al cabo de un minuto, pasó la bolsa de té a la otra taza.

—Eso explica lo del avión —continuó—. Parece que cada vez que se produce una muerte, el aparato despega. Lo oí regresar hace menos de dos horas.

Se refería a una avioneta de hélice que permanecía encerrada en un pequeño hangar situado en las proximidades de la pista de aterrizaje. Skyler había oído el ruido del motor en diversas ocasiones, pero nunca le prestó atención.

—¿Cómo que eso lo explica? ¿Para qué crees que utilizan el avión, aparte de para llevar el correo?

—No lo sé. Lo que sí sé es que el avión despega siempre que hay algún problema. Quiero decir algún problema médico.

—¿Qué quieres decir? ¿Adónde quieres ir a parar?

Skyler, cada vez más preocupado, comenzaba a lamentar haber ido hasta allí.

—No quiero decir nada ni quiero ir a parar a ninguna parte. Calla y tómate el té.

Un minuto más tarde, Kuta le hizo una pregunta:

—¿Crees que lo operaron?

—¿A Patrick?

—Sí.

Skyler hizo un gesto de asentimiento. No quería entrar en especulaciones con Kuta. Se sentía muy unido a él, más que a nadie, excepción hecha de Julia. Pero no le apetecía tratar de expresar con palabras las sospechas y temores que tanto lo preocupaban... Todo aquello pertenecía a una parte distinta de su vida que él sólo deseaba compartir con Julia. Y ahora que ella estaba ausente y tal vez anduviese perdida por alguna parte, le apetecía aún menos hablar de ello.

Se levantó y fue a encender la radio que había sobre la vieja nevera. Enseguida sonaron las notas de un violín, una guitarra y un acordeón. Según Kuta, era música zydeco, típica de Louisiana. Skyler se sentó en el sillón y siguió esperando a Julia.

Cuando finalizó la tercera canción, Skyler ya estaba seguro de que algo malo había ocurrido. Por enésima vez miró hacia el viejo reloj de cocina colgado de la pared, cuyas gruesas manecillas negras parecían moverse a paso de tortuga. El trabajo de Julia en la sala de archivos debía de haber terminado hacía más de una hora.

De pronto el muchacho se puso en pie y apagó la radio. Al menos podía ir a buscarla. Cuando pasó junto a Kuta, detectó la expresión de preocupación en el rostro del viejo, pero seguía sin apetecerle dar explicaciones y, además, no deseaba perder ni un momento. De pronto su inquietud se había convertido en pánico incontrolable. Le parecía oír la voz de Julia en el interior de su cabeza pidiéndole ayuda.

Salió por la puerta y echó a correr. Una voz en su interior gritaba en vez de hablar.

Mientras corría por el sendero vio a alguien entre los matorrales, un rostro asombrado que lo vigilaba. Era Tyrone. Quizá lo había seguido y estaba espiándolo. No le importaba. Apenas pensó en ello. No pensaba pararse hasta que encontrara el rostro de Julia. Corrió por el bosque sorteando árboles y saltando sobre ramas caídas. Se estaba fraguando una tormenta. El viento había arreciado y los líquenes se agitaban en las ramas. Notaba los latidos de su corazón acompasados con el ritmo de sus zancadas. «Algo espantoso ha sucedido.» Sus temores se estaban convirtiendo en certidumbres que lo impulsaban a correr con todas sus fuerzas.

Para cuando llegó al campus ya habían comenzado a caer gruesas gotas de lluvia que se mezclaban con el viento. Mientras corría, las notaba contra el rostro y los brazos. Miró rápidamente en torno y no vio a nadie, de lo cual se alegró, pues en otro caso hubieran advertido su desesperación y hubieran avisado a los ordenanzas. Siguió corriendo hacia el barracón de los muchachos, abrió de golpe la puerta de tela metálica y entró bruscamente. Se detuvo, sudando y tembloroso, en el centro de la sala en penumbra. Una docena de rostros lo miraban con asombro. Los jiminis estaban repartidos por el barracón, casi todos ellos acostados, salvo por un pequeño grupo que permanecía en un rincón oyendo música. Todos miraban boquiabiertos al jadeante Skyler.

–Julia –logró decir–. ¿Dónde está? ¿La habéis visto?

Leyó la respuesta en la estupefacta expresión de sus compañeros y no esperó a que nadie hablase. Salió de nuevo del barracón y volvió a cruzar el campus, bajo la cada vez más densa lluvia. Se vio obligado a aflojar el paso y se llevó una mano al costado izquierdo para aliviar la punzada que había comenzado a sentir en él. En el suelo empezaban a formarse charcos. Notaba que sus compañeros, que podían verlo a través de la puerta de tela metálica del barracón, no le quitaban ojo.

Lo que estaba haciendo –dirigirse hacia el barracón gemelo situado al otro lado del campus– era algo inaudito. Nadie de su grupo de edad había entrado jamás en el alojamiento de las mujeres.

En el interior de su cabeza volvió a sonar la voz: «¡Socorro! ¡Socorro!».

Cuando entró en el barracón, las mujeres se llevaron un buen susto, y un grupo de ellas medio histéricas, se pegó a la pared. Pero Skyler se dio cuenta de que ellas sabían por qué estaba él allí, y tuvo la casi total certeza de que los temores que sentía no eran infundados. Algo andaba mal. Y un solo vistazo le bastó para advertir que Julia no se hallaba entre las presentes.

–¿Dónde está Julia? –preguntó imperioso.

La reacción de las mujeres fue instantánea. Algunas bajaron la vista al suelo, inseguras; otras le dieron la espalda. Pero una de ellas, Sarah, que era amiga de Julia, avanzó hacia él y le habló con simpatía.

–Julia no está aquí –dijo con voz suave–. Vinieron a por ella al mediodía. Dijeron que habían encontrado algo malo en sus análisis.

Tales palabras lo dejaron aturdido. Era lo que desde el principio temió y no se había atrevido a articular. «Algo malo.» Era lo que ellos siempre decían. La sangre se le heló en las venas al recordar a Patrick, tendido en la mesa de mármol. ¿Por qué le había permitido a Julia hacer todo lo que hizo? ¿Por qué, por qué, por qué?

Giró sobre sus talones y salió de nuevo a la tormenta. Ya no sentía la lluvia ni la punzada en el costado. El aturdimiento era como un grueso caparazón que lo envolvía. Sólo podía pensar en una cosa: Julia. Tenía que encontrarla. Tenía que verla. Tenía que salvarla.

Entró en el sótano de la casa grande por la misma puerta que Julia y él habían utilizado hacía unos días. En esta ocasión no le preocupaba que lo vieran ni dejar indicios de que había forzado la entrada. Hizo girar el tirador y abrió la puerta empujando con el hombro.

El interior se hallaba a oscuras y accionó el interruptor de la luz. La sala de archivos estaba como siempre. Sobre uno de los escritorios había un montón de papeles con una piedra encima. Ahora Skyler se movía más despacio. Lo que sentía no era miedo, sino pavor. Cruzó la sala repitiendo los movimientos que había efectuado cuando Julia estaba sentada al ordenador.

Llegó a la puerta del quirófano, cerró la mano en torno al frío tirador de latón, reunió ánimos y empujó.

Vio el cuerpo inmediatamente.

Un pálido haz de luz lo iluminaba desde arriba bañándolo en un resplandor amarillento. Julia estaba desnuda, tumbada de espaldas, con los brazos a los costados. Tenía el cuello ligeramente torcido y el pelo en torno a la cabeza cayendo en cascada sobre la blanca mesa metálica, como si la muchacha estuviese flotando en un lago. Sus facciones eran serenas y frías como la porcelana: tenía el entrecejo relajado, los ojos cerrados, la perfecta nariz ligeramente hacia arriba. Parecía como si fuera a hablar en cualquier momento.

Skyler no lograba pensar ni sentir nada. Estaba más allá de los pensamientos y de los sentimientos. Caminó ofuscado en torno a la mesa y al haz de luz que la iluminaba. Miraba aquel cuerpo, el de la única persona a la que había amado como a su vida. Experimentaba una extraña sensación de alejamiento, como si todo aquello fuera demasiado y la cabeza se negase a aceptar lo que los ojos le mostraban. Alargó una mano y tocó a Julia en un hombro. El cuerpo no estaba frío.

Y entonces vio la incisión, de color rojo oscuro, que comenzaba en la parte inferior de un costado y hacía una curva en torno al vientre. De pronto se dio cuenta de que a Julia le faltaban parte de las vísceras. Al reparar en ello, entendió que por eso el cuerpo le había parecido pequeño y encogido. Y ahora que el cerebro había vuelto a funcionarle, sus ojos comenzaron a fijarse en otras cosas, como en el pequeño charco de sangre que se había coagulado bajo el cuerpo, y que había goteado hasta el suelo de hormigón, formando un pequeño reguero rojo que llegaba hasta el desagüe situado a un lado de la mesa.

Skyler no oía nada. No lograba respirar. El aturdimiento seguía envolviéndolo como un grueso caparazón. Pero ese caparazón estaba a punto de quebrarse. Sintió una especie de espasmo que se inició en la base de la espalda y le subió por el espinazo, para terminar haciendo explosión en su cerebro.

«¡Socorro!»

Volvía a oír la vocecilla.

«¡Socorro, socorro!»

Pero ya no era Julia la que pedía socorro, sino él mismo.

Trató de calmarse, de pensar. A Julia la habían operado, eso estaba claro. De pronto, la incapacidad para comprender volvió a apoderarse de él. El precioso cuerpo de la persona a la que tanto amaba había sido mutilado. Unas manos se habían movido en el interior de aquel organismo, le habían extraído las entrañas. ¡Los muy salvajes!

«Se ha ido. Ya no está.»

Aquél era el primer pensamiento consciente que había logrado articular. Le parecía como si estuviera subiendo a la superficie desde una profundidad abismal. Otros pensamientos acudieron a su cabeza. Sabía que a continuación tratarían de matarlo a él. Pero, por extraño que parezca, no sintió miedo, el caparazón del aturdimiento seguía cerrado en torno a sí. Era su amigo.

Skyler se apoyó en la repisa que tenía detrás. Ahora sus ojos comenzaban a verlo todo con claridad. La repisa estaba llena de instrumentos médicos: frascos con líquidos, bolas de algodón, jeringuillas, una pequeña sierra cuyos dientes estaban cubiertos de sangre. Tomó un cuchillo y lo examinó. Su hoja también estaba manchada de sangre. Comenzó a respirar profundamente de nuevo, inhalando el oxígeno a grandes bocanadas, como un corredor después de una carrera, y miró de nuevo a su alrededor. En un rincón había un soporte metálico sobre ruedas del que colgaba una bolsa de suero intravenoso y un tubo. Cerca había otra repisa y, sobre ella, unos tragaluces rectangulares de sótano que daban al exterior.

Miró de nuevo el cuerpo. La muerte de Julia, su desaparición del mundo de los vivos, volvió a asestarle otro golpe devastador.

Se agarró a la repisa y sintió un impulso. ¿Debía sacar de allí a Julia? ¿Envolverla en algo y llevársela? Pero... ¿adónde?

De pronto oyó pasos en la escalera. Cruzó corriendo la habitación hasta la puerta, hizo girar la llave y percibió el sonido del cerrojo al correrse. Los pasos se aproximaban a la puerta por el otro lado. El tirador giró una vez, y luego dos veces, como si el que lo accionaba se hubiera llevado una sorpresa. Después volvió a girar reiterada, insistentemente. Skyler cruzó la sala a grandes zancadas, subió a la repisa y empujó la parte inferior del tragaluz. Éste se abrió y Skyler oyó el sonido de las gotas de lluvia pegando contra el cristal. Arrojó el cuchillo fuera, se encaramó al tragaluz, asomó la cabeza por él, se sujetó con los codos y siguió elevándose a pulso. Al agitar los pies, golpeó el soporte para sueros intravenosos y lo hizo caer al suelo. Siguió esforzándose y de pronto se encontró fuera, bajo la intensa lluvia. De rodillas, se volvió a mirar a través del abierto ventanuco y vio el cadáver que yacía bajo el haz luminoso. En el momento en que la puerta se abría bajo los fuertes embates del exterior, Skyler se apartó del tragaluz y no pudo ver al que entraba. Recogió el cuchillo y echó a correr bajo la lluvia.

Decidió dirigirse hacia el norte, en dirección al bosque, pero antes debía hacer una parada. Irrumpió en el aula de conferencias, que estaba vacía y en penumbra, y corrió por el pasillo central hacia el estrado. Se detuvo ante el retrato del doctor Rincon y contempló por un momento el familiar e inescrutable rostro. Luego alzó el cuchillo y lo clavó en el cristal, rompiéndolo y enviando una lluvia de fragmentos al suelo. La hoja entró profundamente en la foto, hasta la empuñadura, y Skyler la sacó. Antes de volverse para correr de nuevo al exterior, advirtió que unas gotas de sangre –sangre de Julia– habían manchado el retrato en blanco y negro. Parecía como si el buen doctor hubiera recibido un golpe fatal en el pecho.

¡Ojalá aquello fuera cierto!

CAPÍTULO
6

–¡Cristo bendito! –masculló Jude mientras iba por la avenida York camino de su entrevista.

Una hora antes, el jefe de la sección de Local había hecho uso del sistema de megafonía interna para llamarlo a su despacho. Aquélla era una forma particularmente humillante de encargar un trabajo, perfeccionada por el *Mirror* a lo largo de generaciones y que tenía como fin denigrar a sus empleados. El reportero así convocado se veía obligado a pasar entre las hileras de competidores que sólo le deseaban el fracaso, o el ridículo o, en muchas ocasiones, ambas cosas.

–He ahí un muerto que camina –murmuró un corrector de estilo cuando Jude pasó junto a él.

La acidez del comentario encerraba también un hálito de esperanza: quizá el corrector supiera qué trabajo le iban a encargar y, simplemente, sintiera envidia. Pero un vistazo al jefe de Local, Ted Bolevil, le hizo comprender a Jude que tal esperanza era vana. Su entrecejo estaba fruncido, lo cual indicaba que el hombre no estaba del mejor de los humores. Bolevil, un australiano de baja estatura y rostro rubicundo, era generalmente considerado como poco más que el chico de los recados de Tibbett y, en consecuencia, toda la redacción lo detestaba. A su espalda, y muchas veces no tan a su espalda, se le conocía como *el Gusano*.

–Harley, quiero que hagas un reportaje de apoyo. Gemelos idénticos. ¿Cómo se producen y por qué?

–¿Cómo?

Jude era consciente de que se trataba de un trabajo de relleno. El periódico trataba de exprimir al máximo el caso del gemelo homicida y de su hermano inocente. La historia se estaba deshinchando y querían insuflarle aire por medio de una serie de reportajes de apoyo. A Jude no le apetecía perder el tiempo con trabajitos de aquel tipo. Quería seguir cubriendo el asesinato de New Paltz.

–Lo que oyes. La gente siente curiosidad. Gemelos idénticos. Quizá separados al nacer. ¿Lo captas? Dos fotos de tipos que se parecen. Ya sabes: como Tony Blair y el mulero de Pinocho.

Jude lo miró, escéptico. Bolevil seguía:

–Pero quiero un trabajo serio. Científico. ¿Qué pasa con ellos? ¿Por qué los dos gemelos terminan teniendo empleos de mala muerte? O casándose con rubias. Cosas de ésas. Ya sabes. ¿Entiendes a qué me refiero?

Jude temía entenderlo demasiado bien.

–Investiga cosas nuevas –seguía Bolevil–. Busca a científicos con teorías raras. Nuevos descubrimientos. ¿Cuál es el bueno y cuál el malo? ¿Cómo saber cuál de ellos encierra la mala semilla? Ya sabes, cosas de ésas.

La tendencia del hombre a hablar con frases incompletas era una de sus malas costumbres, aunque no la más desagradable.

–Consigue buenas fotos –dijo–. Si sólo tenemos a uno de los gemelos, podemos fotografiarlo dos veces, ja, ja.

Bolevil le dio la espalda a Jude y se puso a examinar los papeles de su mesa lanzando un suspiro de resignación, como agobiado por la pesadísima carga de su responsabilidad. Fin de la discusión.

¡El mulero de Pinocho!

Jude dio con la dirección que buscaba, el 1230 de York, que correspondía a uno de los accesos de entrada a la Universidad Rockefeller. Subió por una cuesta, pasando junto a unos operarios que estaban cortando el césped, y entró en el Founders Hall, cuya fachada estaba cubierta de hiedra. Un busto de John D. le dio la bienvenida. Llegó ante el mostrador de recepción, sacó un papel y leyó el nombre que había encontrado en el archivo electrónico del *Mirror*.

–La doctora Tierney, de Investigación –le dijo al vigilante uniformado. Anticipando la siguiente pregunta, añadió–: Me está esperando.

Tras el inevitable período de espera neoyorquino de diez minutos –no tan largo como para resultar descortés, pero suficiente para dejar claro que la visita constituía una intrusión– lo acompañaron al cuarto piso. Se sentó en un sillón, frente a una secretaria que estaba tecleando ante un ordenador. La mujer lo miró de arriba abajo y luego levantó lánguidamente un teléfono.

–El caballero del *Mirror* –anunció haciendo irónicas pausas entre palabra y palabra.

La puerta se abrió y por ella apareció una joven con blusa azul y bata blanca de laboratorio. En el bolsillo del pecho llevaba unas gafas. El cabello, largo y oscuro, le caía sobre los hombros, y tenía unas marcadas ojeras que le daban un aspecto interesante.

–Soy la doctora Tierney –dijo al tiempo que le tendía la mano.

Jude se la estrechó y la notó fuerte y cálida.

–Elizabeth Tierney –añadió ella, como corrigiéndose.

–Jude Harley.

–Lamento haberlo hecho esperar. No me dijeron que había usted llegado.

La secretaria alzó una ceja.

A Jude le agradó la disculpa. Era evidente que la mujer no era neoyorquina, pues tenía un ligero acento del Medio Oeste. Jude le echó alrededor de treinta años, la misma edad que él.

–Pase, por favor –le instó la mujer tras un breve silencio.

En su despacho, lo oficial y lo íntimo se entremezclaban. Gruesos volúmenes médicos junto a libros de poesía. Jude se fijó en los autores: Yeats, Blake, Baudelaire... Había montones de papeles de trabajo mezclados con cosas personales: correspondencia, una maqueta de coche deportivo hecha con perchas de alambre, un abultado filofax y fotos en la repisa de una ventana. En las paredes había una diana de dardos con una foto de Freud en ella, una reproducción de Kandinsky, un gran póster en el que aparecía una célula humana ampliada, diplomas enmarcados y un tablón de anuncios lleno de postales, muchas de ellas con fotos de paisajes tropicales. En la pared sobre el escritorio había dos tallas africanas.

–¿Café? –ofreció la doctora al tiempo que señalaba un sofá.

Jude asintió con la cabeza y añadió que lo tomaba con leche y azúcar. Le agradó ver que iba personalmente a buscarlo a una especie de pequeña despensa adjunta. Dos puntos a su favor.

Cuando la mujer regresó, Jude volvió a sorprenderse gratamente, pues no se situó tras el escritorio, sino que tomó asiento en un sillón junto al sofá, girada hacia él. La proximidad siempre era una ventaja en las entrevistas, se dijo, y procedió a sacar del bolsillo una micrograbadora y colocar el minúsculo micrófono en un soporte ante la doctora.

–Esto es sólo por si utiliza usted muchas palabras científicas y técnicas –explicó–. Pero si le molesta, lo apagaré.

–No, no. No se preocupe –dijo ella, y por el tono dio la sensación de que era sincera.

Parecía segura y llena de aplomo. Cruzó las piernas y a él le fue posible ver varios centímetros de blanca piel por debajo de la falda.

–Supongo que está usted aquí por el caso de asesinato de los dos abogados gemelos –dijo–. Qué asunto tan horrible.

–Exacto. Para nuestro periódico, cuanto más horrible, mejor.

Ella asintió con la cabeza.

–Me temo que lo mismo les ocurre a todos los periódicos. Sin embargo, me gusta la sección de deportes del *Mirror*.

Esto sí que le impresionó realmente. Tres puntos.

Miró el par de tallas africanas que había en la pared, sobre gruesos estantes de madera blanca. Las estatuillas medían unos veinte centímetros de largo y eran de un material pulido y oscuro como el ébano. A primera vista parecían idénticas: cabezas desproporcionadamente grandes con enormes ojos ovalados, abultadas mejillas surcadas por sesgadas cicatrices, y pequeños tocados minuciosamente tallados y pintados de azul. Ambas llevaban un cinturón de cuentas, un brazalete de bronce en torno a la muñeca izquierda y una pequeña capa hecha con conchas marinas. Por los exagerados genitales se advertía que una era un hombre y la otra una mujer.

La doctora Tierney siguió la mirada de Jude.

–*Ibeji* –dijo–. Son nigerianas, de la parte sur del país. Los indígenas yoruba hacen esas tallas cuando tienen gemelos.

A Jude las tallas le parecieron interesantes y pensó que tal vez le fuera posible utilizarlas de algún modo para su reportaje.

–Los padres encargan las figurillas a los talladores –continuó ella al advertir su curiosidad–, y pagan por ellas grandes sumas, tanto mayores cuanto más adornadas son las tallas. Cada estatuilla representa a uno de los gemelos. Se guardan cuidadosamente y, si los gemelos alcanzan con bien la edad adulta, los *ibeji* se convierten en objetos inútiles y se tiran. O, en estos días, lo más probable es que se los vendan por una insignificancia a un buhonero que a su vez los venderá por una fuerte suma a los turistas.

»Pero en el caso de que uno de los gemelos muera, lo cual sucede con gran frecuencia, la estatuilla que lo representa adquiere un enorme valor espiritual. Se la viste como al niño, se pone comida ante ella, se la acuesta por las noches, y ocupa un lugar destacado en las fiestas y ceremonias familiares. En teoría, ésa es la única forma de apaciguar al gemelo muerto. De lo contrario, sentirá celos, se enfurecerá y arrastrará a su hermano al otro mundo. –Sonrió y añadió–: Eso se debe a que creen que los dos gemelos tienen una única alma.

Jude examinó más detenidamente las dos figuras: los abdómenes ligeramente curvados, las serenas sonrisas, los sesgados y grandes ojos. Su aspecto era extraño y fascinante, como si pertenecieran a otro mundo, a un mundo intemporal. Sin saber por qué, pensó en fetos.

–Son muy bonitas –dijo.

–Me alegro de que le gusten –dijo ella contenta–. A mí me encantan.

Tras un breve silencio, Jude puso en funcionamiento el magnetófono, sacó la libreta de notas y dijo:

–Bueno, cuando quiera empezamos.

Comenzó con unas cuantas preguntas preliminares. Su edad: treinta años (en efecto, los mismos que él). Nacida en White Fish Bay, Wisconsin. Su padre era médico y su madre, ama de casa. En cuanto a su currículum, había estudiado en Berkeley, cursó el posgrado en Minnesota y pasó tres años en la Facultad de Medicina de Duke.

La mujer le explicó que no atendía a pacientes, sino que se dedicaba a la investigación biológica. Recientemente, se había especializado en estudios acerca de los gemelos.

Él fue anotando las respuestas. La libreta de notas era en gran medida un truco, ya que el magnetófono lo grababa absolutamente todo. Jude había adquirido el hábito de usar la libreta para controlar el flujo de información: podía abrir la espita tomando notas de modo entusiasta, o podía cerrarla poniéndose a juguetear ociosamente con el bolígrafo. Pero no tardó en darse cuenta de que aquella mujer no necesitaba acicates para hablar sobre sus investigaciones. El entusiasmo que éstas le producían quedaba reflejado en el brillo que resplandecía en el fondo de sus oscuros ojos.

–¿Sabe usted por qué los gemelos suscitan un interés tan apasionado en los científicos? Todos los años vamos en peregrinación a sus reuniones en Twinsburg[1], Ohio, instalamos nuestro tenderete y los perseguimos implacablemente, intentando convencerlos de que participen en estudios de todo tipo. ¿Sabe usted por qué?

Jude hizo un ambiguo gesto que lo mismo podía ser un sí que un no.

–Los estudios sobre gemelos son una poderosísima herramienta de investigación –prosiguió ella.

Jude tomó nota.

–Los gemelos monozigóticos, los que proceden de un único óvulo fertilizado que se divide en dos, son un accidente de la naturaleza, una especie de desliz en los engranajes, una grieta en el espejo que nos permite atisbar al otro lado. Se trata de dos individuos que tienen exactamente la misma constitución genética. A todos los respectos y para todos los propósitos, sus genes son idénticos.

–Sí, eso lo estudié en biología –dijo Jude.

–Sí, probablemente conoce usted los rasgos más notables de los estudios realizados al respecto. Las coincidencias que parecen desafiar la lógica. Cosas que ya forman parte de nuestro folclore. Dos gemelos idénticos, criados en ciudades distintas, sin contacto entre ellos, sin que ninguno de los dos sepa de la existencia del otro, llevan vidas parecidísimas. A los científicos les encanta estudiarlos, a los periódicos les encanta escribir acerca de ellos, y a todos nos encanta leer sobre el tema.

Fue hasta el escritorio y rebuscó en un cajón.

–Tome, échele un vistazo a esto –dijo tendiéndole un amarillento recorte de prensa–. Un viejo artículo publicado por uno de sus competidores.

Se trataba de una historia publicada por el *New York Post* el 9 de mayo de 1979, acerca de dos gemelos idénticos nacidos en Piqua, Ohio, en 1939, hijos de madre soltera. Fueron adoptados por familias distintas, se criaron a más de setenta kilómetros de distancia y se encontraron el uno con el otro por primera vez cuando contaban cuarenta años. En el artículo se enumeraba una serie de asombrosas coincidencias. Citaba una frase de uno de ellos, que Jude procedió a anotar: «Cuando vi por primera vez a mi hermano, me dio la sensación de que estaba mirándome en el espejo».

---

1. Literalmente, «Ciudad de los gemelos». *(N. de la T.)*

–Tenga cuidado –dijo la doctora Tierney–. Esto puede ser adictivo. Un psiquiatra danés, Juel-Nilsen, le puso nombre: «monomanía monozigótica». –Sonrió, se retrepó en su asiento y, viendo que Jude seguía copiando, preguntó–: No es por nada, pero... ¿eso está permitido?

Jude alzó la vista y vio que la mujer miraba el cuaderno de notas que él tenía entre las manos.

–Ah, se refiere a si puedo copiar lo que publicó el *Post*. Ya conoce usted el dicho: «Si se puede fusilar, ¿para qué molestarse en investigar?» –La frase no pareció hacerle gracia a la doctora, así que Jude añadió–: Sí, es perfectamente lícito en tanto en cuanto se cite la fuente.

Ella hizo un gesto de asentimiento y continuó:

–Muchos de los estudios sobre gemelos separados al nacer se efectuaron en la Universidad de Minnesota, en las Ciudades Gemelas[1], naturalmente. Allí hay un hombre con el que tuve el honor de trabajar brevemente, el profesor Thomas J. Bouchard, Jr. Fundó una organización llamada Centro de Estudios sobre Gemelos Adoptados. Quedó enganchado por el tema en 1979 y, tal vez le interese a usted saber que se debió a raíz de un artículo sobre los gemelos de Piqua.

»Jim Lewis y Jim Springer. Por mera coincidencia, a los dos les pusieron el mismo nombre de pila. Eran casi idénticos en todos los aspectos: ambos medían uno ochenta y tres, pesaban alrededor de ochenta kilos, tenían el cabello oscuro y los ojos castaños. No todos los gemelos monozigóticos conservan el parecido físico hasta tales extremos. Pero la auténtica sorpresa llegó con el examen comparativo de las vidas de ambos: los dos se habían casado con mujeres llamadas Linda, los dos se divorciaron y los dos contrajeron segundas nupcias con mujeres llamadas Betty. Jim Lewis le puso a su primogénito el nombre de James Alan. Jim Springer le puso a su primogénito el nombre de James Allen. Lo que resulta de veras intrigante es la similitud en los detalles más nimios en la estructura de sus vidas cotidianas. De pequeños, ambos tuvieron perros llamados *Toy*. Sus familias iban a pasar las vacaciones a la misma playa de Florida. Ambos trabajaban como policías. Tenían las mismas aficiones: las maquetas, el dibujo, la carpintería. Inclu-

---

1. *Twin Cities*: St. Paul y Minneapolis, situadas la una frente a la otra, con el río Mississippi de por medio. *(N. de la T.)*

so les gustaba la misma cerveza, la Miller Lite, y fumaban la misma marca de cigarrillos, Salem. Les efectuaron diversas pruebas y los resultados fueron idénticos, como si una sola persona las hubiera realizado dos veces.

Jude estaba tomando nota aplicadamente. Aquél era buen material. Casi todo se había publicado hacía dos décadas, pero quizá le fuera posible reciclarlo y encajarlo en su reportaje.

–No es necesario que tome notas –dijo ella–. No pretendo desalentarlo, pero casi todo lo que le estoy diciendo fue reproducido en una revista hace pocos años.

A Jude se le cayó el alma a los pies. Ella se puso en pie, rebuscó entre los papeles de un estante y volvió a sentarse con un ejemplar de *The New Yorker* entre las manos. Él miró la fecha y la anotó: 7 de agosto de 1995.

–Le buscaré la parte referida a los trabajos iniciales de Bouchard. –Se ofreció abriendo la revista por una página marcada mediante un clip. Luego le echó un vistazo al texto y lo resumió para su visitante–: Entre los primeros gemelos que estudió había dos mujeres, Daphne Goodship y Barbara Herbert. Ambas fueron adoptadas y vivieron en las proximidades de Londres sin conocerse durante treinta y nueve años. Se encontraron la una con la otra en una estación de metro en mayo de 1979. Las dos llevaban vestido beige y chaqueta de terciopelo marrón. Entre ellas había infinidad de pequeñas similitudes: las dos tenían meñiques ligeramente curvados, por ejemplo, lo cual les había impedido a ambas aprender a escribir a máquina y a tocar el piano. Ambas tenían los tobillos debilitados a causa de sendas torceduras que una y otra sufrieron a la misma edad: los quince años. A los dieciséis, ambas asistieron a un baile en el que conocieron a los hombres con los que posteriormente se casaron. Ambas tuvieron abortos la primera vez que se quedaron embarazadas; cada una alumbró luego dos niños, seguidos por una niña. Tenían tics y gestos idénticos: reían igual, y las dos levantaba la nariz al hacerlo. Y un montón de otras cosas. Y la misma pauta se repite una y otra vez en pareja de gemelos tras pareja de gemelos.

–Pero –Jude la interrumpió–, teniendo en cuenta todas las variables que se dan en una vida y la cantidad de gemelos que hay en el mundo, ¿no son de esperar algunas coincidencias aparentemente absurdas? Lo que quiero decir es que si usted y yo comparásemos nuestras vidas, probablemente también encontraríamos similitudes sorprendentes. A lo mejor los dos fuimos al mismo concierto de rock en 1976, o usamos la misma pasta de dientes, o tenemos tíos con los mismos nombres de pila. Y, como es natural, todas las discrepancias que no encajasen, las desecharíamos.

Ella sonrió y asintió con la cabeza.

—Su escepticismo me parece sumamente elogiable. Supongo que, siendo usted periodista, se trata de una deformación profesional. Y admito que, en gran medida, yo pienso como usted. O, mejor dicho, pensaba.

La doctora cruzó las piernas y Jude volvió a ver los turbadores y blancos muslos. Resultaba difícil apartar la mirada de ellos.

—Pero el universo de personas al que nos referimos es reducido. El número de gemelos monozigóticos está creciendo debido a los tratamientos de fertilidad, pero sigue siendo reducido. Supone poco menos de un cuatro por mil del total de nacimientos. Y de ellos, el número de los que, por una u otra razón, crecen separados es minúsculo. En la época en que Bouchard comenzó sus estudios, sólo existía constancia de diecinueve casos de gemelos separados y luego reunidos. Ahora son más. Hay referencia bibliográfica de ciento veintiún casos, acerca de los que se han escrito más de treinta libros. Sin embargo, la cantidad sigue siendo reducida, y el cúmulo de coincidencias que se encuentra en una muestra tan reducida resulta enorme.

»Sí, dos personas cualesquiera de la misma edad, usted y yo, por ejemplo, podrían sentarse a comparar notas y a repasar sus vidas y sus gustos, y sin duda encontrarían una gran cantidad de cosas en común.

Ella le sonrió, y él le devolvió la sonrisa, preguntándose: «¿Habrá querido decir usted y yo especialmente?».

—En realidad, se trata de algo que yo misma he probado a hacer. Quiero decir que formé grupos de control usando a parejas de desconocidos escogidas al azar para ver qué tenían en común. Si a dos personas se las encierra en una habitación, suelen descubrir que tienen bastantes cosas en común. Pero no tantas como los gemelos separados, ni referidas a todos los aspectos de sus biografías. Lo que resulta interesante de tales estudios es que las similitudes se producen una y otra vez en las mismas facetas de la vida. Es como si tales coincidencias estuvieran preprogramadas. Si en un gemelo se encuentra predisposición al alcoholismo, o al tabaquismo, o al suicidio, o al insomnio, lo más probable es que en el otro gemelo también se encuentre. ¿Por qué suelen pasar por el mismo número de matrimonios y divorcios? ¿O tener las mismas profesiones y hobbies? Incluso muchas de sus actitudes sociales y políticas son idénticas. ¿Por qué los gemelos terminan opinando lo mismo sobre la pena de muerte, o sobre las madres que trabajan, o sobre el *apartheid*? ¿Por qué les gusta la misma marca de café? Y sin embargo, y a ver si a usted se le ocurre una explicación para esto, no ocurre lo mismo con el té –dijo, y bajó la vista a su taza vacía–. Por cierto, ¿le sirvo más café?

Él negó con la cabeza. No deseaba interrumpirla.

–Lo que produce auténtico pasmo es el paralelismo existente en el desarrollo físico. Los gemelos suelen sufrir las mismas dolencias a las mismas edades exactas. Y bueno, eso puede ser lógico. Pero los paralelismos surgen también en detalles mucho más insignificantes. Se dan casos en los que ambos tienen una espinilla al mismo tiempo y en el mismo punto exacto de la nariz. ¿Cómo explica usted eso? ¿Existe algún pequeño y malvado gen cuya única meta es amargarle la vida a un adolescente? ¿Está todo programado en nuestras vidas, hasta el más nimio de los detalles? –proseguía la joven, ahora con un brillo de entusiasmo en los ojos–. ¿Cuál es el factor responsable, cómo se produce el fenómeno? ¿Qué explicación tiene? Entre dos personas cualesquiera existen similitudes, eso es indudable. Pero en los gemelos monozigóticos las coincidencias van más allá de lo que establece la ley de las posibilidades, y se producen una y otra vez en los mismos ámbitos de conducta. Café, pero no té. ¿A qué se puede deber algo así?

La secretaria llamó a la puerta: alguien en el vestíbulo preguntaba por la doctora Tierney.

–Vuelvo enseguida –le dijo a Jude, y le tendió el ejemplar de *The New Yorker*.

El artículo, escrito por Lawrence Wright, tenía por título «Doble misterio». Comenzaba con la descripción de unas gemelas idénticas, Amy y Beth, nacidas en Nueva York en los años sesenta y dadas en adopción a familias distintas. Las dos parecían agraciadas: «rubias de piel muy blanca, rostro oval, ojos entre grises y azules y nariz respingona». Por mero azar, las dos familias eran aparentemente similares: judías, con madres amas de casa, y con un hermano mayor. Pero Beth parecía haber sido la más afortunada. Su familia era más rica y sólida, más importante. La madre de Beth era cariñosa, colmó de afecto a su nueva hija, la acogió en el seno de la familia y cubrió todas sus necesidades y caprichos. El padre también era atento y afectuoso.

La madre de Amy, por el contrario, padecía de exceso de peso y era insegura, llegó a mostrarse competitiva con su hija y a considerarla una amenaza. La familia –padres e hijo– cerró filas contra la hija adoptada y la excluyó de su seno. Amy se mordía las uñas, lloraba cuando la dejaban sola, se orinaba en la cama y sufría pesadillas. A los diez años mostraba ya todos los síntomas de los niños que son rechazados por sus padres: era tímida e insegura, se inventaba enfermedades, había en su conducta una artificialidad que se ponía de manifiesto en los juegos de rol, sentía dudas acerca de su identidad sexual y tenía serias dificultades de aprendizaje. ¿Qué podía esperarse, teniendo en cuenta su vida familiar?

Pero... ¿qué fue de Beth y de todas sus ventajas?

Aquella parte de la historia dejó atónito a Jude. Y es que, de niña, Beth también dio muestras de la misma agitación interior: se chupaba el pulgar, se mordía las uñas y se orinaba en la cama. Ella también llegó a ser aprensiva e hipocondríaca y, al ir creciendo, también tuvo problemas de identidad y de convivencia con sus amigas y en el colegio. También existían algunas discrepancias, pero, básicamente, ni el tener una vida familiar llena de seguridad y cariño ni todas las ventajas materiales le sirvieron a Beth para vencer a sus demonios interiores.

Jude estaba fascinado. ¿Por qué Beth había tenido tantos problemas como Amy? Era algo que iba en contra del sentido común y de la razón. ¿Sería posible que existiera un destino biológico que lo abarcase todo? ¿Que determinara el carácter imponiéndose a todos los demás factores: vida familiar, educación, valores inculcados, azar? Y, de ser así, ¿qué ocurriría con el libre albedrío, con la íntima convicción del ser humano de que tomas decisiones y de que, si lo intenta con suficiente ahínco, puede llegar a cambiarse a sí mismo? Durante toda la vida, Jude había pensado –en las pocas ocasiones en que había reflexionado sobre ello– que él habría sido una persona distinta si lo hubieran criado sus padres naturales en vez de unos padres adoptivos: menos solitario, más seguro, más generoso, como habría dicho Betsy. ¿Se equivocaba al albergar tal creencia?

La doctora Tierney regresó y él cerró la revista. La mujer se había quitado la bata blanca. Ahora llevaba una chaqueta de tweed sobre la blusa de seda blanca, y lucía en el cuello un collar de perlas. Evidentemente, se había vestido para salir. Jude se sintió decepcionado, pues suponía que dispondrían de más tiempo y no le apetecía interrumpir la entrevista.

–La verdad es que, si no le parece un abuso, necesitaría seguir hablando con usted.

–Desde luego –repuso la mujer sonriendo levemente–. Lamento tener que marcharme, pero ha surgido un imprevisto. No obstante, podemos volver a reunirnos.

–¿Mañana le viene bien? Tengo que terminar el reportaje pasado mañana como muy tarde.

–De acuerdo, mañana.

–Si no tiene inconveniente, podemos vernos en otra parte. La llamaré por teléfono –sugirió, y ella asintió con la cabeza–. Muchas gracias, doctora Tierney. Ha sido usted de gran ayuda.

–Por favor, llámame Tizzie. Así me llama todo el mundo.

–Muy bien, Tizzie.

Se estrecharon las manos.

Jude echó un último vistazo al despacho. Al mirarlo con renovados ojos, se dio cuenta de que casi todas las fotos eran de una pareja entrada ya en años, probablemente los padres de Tizzie. Había otra de un hermoso setter irlandés, y otras de grupos de amigos: durante una excursión en balsa y posando junto a un descapotable. No encontró ni una foto de la doctora con un hombre.

Más tarde, ya en la calle, se preguntó por qué esto último le había parecido tan importante.

CAPÍTULO

7

Skyler corría a través de la lluvia, embriagado por el dolor, con las ropas empapadas y pegadas al pecho y a la parte delantera de los muslos. No sabía adónde iba, no tenía más plan que el de marcharse y dejar atrás todo aquello, encontrar un refugio en el que pudiera esconderse y disponer de tiempo para formular un plan de vida centrado en un nuevo factor que estaba creciendo en sus entrañas como una bestia: el ansia de venganza. Pagarían cara la muerte de Julia, él se ocuparía de que así fuera. Era lo único que importaba.

Sus pies lo conducían en dirección norte, hacia el bosque y, de una forma vaga, se dijo que por allí le sería más fácil fugarse. Conocía los caminos, los arroyos y los senderos que usaban los venados y los jabalíes. Sabía cómo sobrevivir en la zona, allí se sentía como en casa. Se ocultaría y dedicaría todos sus esfuerzos a trazar un plan de venganza para apaciguar a la bestia. Recordó el cerco de conchas en el que Raisin y él jugaban, un enorme promontorio circular de viejas conchas marinas construido, según decían, cientos de años atrás por los indios con fines defensivos; allí arriba era imposible que lo sorprendieran a uno. Aquél era el lugar perfecto.

Y entonces oyó a los perros.

Al principio fue un sonido difuso, que subía y bajaba como el viento. Luego sonó un trueno que pareció limpiar el aire y dejar espacio para los ladridos, la impaciente y espeluznante algarabía de la jauría siguiendo un rastro. De pronto, el sonido le pareció mucho más cercano. Skyler visualizó la escena: los ordenanzas sujetando las gruesas traíllas y los sabuesos tirando de ellas y olisqueando el terreno. Si los ordenanzas lo encontraban, todo habría terminado. Lo matarían sin pensarlo dos veces. O quizá lo atarían y lo conducirían a la casa grande para abrirlo en canal, como habían hecho con Julia como castigo por lo que había descubierto, fuera lo que fuese. Corrió más deprisa, pero sabía que no le sería posible conservar su ventaja por mucho tiempo.

Se apartó del camino y se encontró metido hasta las rodillas en el agua de la marisma. Siguió avanzando, rodeado de agua, hasta que ésta no tardó en llegarle al pecho. Notó algo frío en la mano derecha y, al bajar la vista, le sorprendió comprobar que seguía empuñando el cuchillo.

El agua le hacía avanzar a paso de tortuga. Tropezó con un tronco sumergido y cayó de bruces. Cuando alzó la cabeza, vio que la superficie en torno a él parecía hervir a causa de la lluvia que caía copiosamente sobre ella. Llegó a una pequeña isla en la que crecía un único árbol y se apoyó jadeando en el tronco. Unos líquenes colgantes le rozaron el hombro; los arrancó y los tiró al suelo. Ahora llovía a mares y, al volverse, a Skyler le fue imposible ver a más de tres metros de distancia, pero seguía oyendo a los perros. Sus ladridos parecían más agudos y ahora sonaban entremezclados con gemidos de frustración, como si les estuvieran impidiendo seguir tras su presa. Quizá fuera buena señal. Tal vez se encontraban al borde de las marismas y los ordenanzas no les permitían continuar tras él. Quizá habían perdido el rastro y no eran capaces de volverlo a encontrar a causa del agua. Tal posibilidad le insufló nuevas esperanzas y lo animó a seguir adelante. Saltó al agua y siguió avanzando dificultosamente por ella dando grandes zancadas. Pese a la lluvia y al frío, el calor le asfixiaba y el sudor le resbalaba por las sienes y la nuca.

De cuando en cuando, la imagen del cuerpo de Julia, inmóvil, encogido y abierto en canal, lo asaltaba llenándolo de ira y afirmándolo en su determinación de enfrentarse a la tormenta y de despistar a sus perseguidores. Los minutos transcurrieron lentamente hasta formar un cuarto de hora, y luego media hora. Ya había dejado de pensar y caminaba a través del agua como si estuviera sumido en un febril sueño.

De pronto salió de su trance. Advirtió que ya apenas llovía y que la marisma tenía menos profundidad: sólo le llegaba hasta las rodillas. Además, el fondo parecía más firme. Siguió adelante hasta que, al bajar la vista, se dio cuenta de que estaba caminando por tierra firme. Había salido de las marismas. Se dejó caer al suelo y permaneció largo rato allí tendido, sin pensar en nada.

Súbitamente, se incorporó como impulsado por un resorte. ¿Cuánto tiempo llevaba allí? No tenía ni idea. Los músculos le dolían. Aguzó el oído. Ya no sonaban los ladridos. Alzó la vista y por entre las copas de los árboles vio que la tormenta se habían disipado. Estaba oscureciendo. Necesitaba un lugar seguro en donde pasar la noche.

Entonces comenzó a analizar su precaria situación. No dejarían de buscarlo, eso lo sabía. Nunca cesarían en su empeño. Lo perseguirían y, por mucho que se adentrase en el bosque de la parte septentrional de la isla, tarde o temprano terminarían atrapándolo. Verían el humo de una hoguera, o él mismo se tropezaría con ellos mientras fuera a la caza de algún animal, o quizá los perros volverían a recorrer el bosque y olfatearían su rastro. No podía permanecer escondido indefinidamente. Su única posibilidad de salvación era abandonar la isla. Pero... ¿cómo? Raisin lo intentó y murió arrastrado por las traicioneras corrientes de las marismas. ¿Cómo le sería posible alcanzar el éxito en lo que Raisin había fracasado?

De pronto la respuesta se le apareció con toda claridad. El bote de Kuta. Tenía el motor estropeado, pero el viejo podía arreglarlo, y a él le sería posible sortear los bancos de arena y llegar hasta el continente. Kuta era la única persona a la que podía recurrir y, tratándose de un caso de vida o muerte, el negro no le negaría su ayuda. Una vez en el continente, Skyler dispondría de tiempo para planear su venganza. Sin embargo, la perspectiva de ir al otro lado le infundía pavor. No tenía ni la más remota idea de lo que encontraría allí.

Y primero tenía que llegar hasta la cabaña de Kuta, lo cual no sería fácil. Tendría que esperar hasta que oscureciera, para luego volver sobre sus pasos, rodear la marisma y llegar a la pradera. Después, se deslizaría hasta el otro lado del campus y alcanzaría la delgada línea costera en la que vivían los gullah.

Anocheció rápidamente y una extraña calma descendió sobre el bosque. Skyler avanzaba sigilosamente entre los árboles. De cuando en cuando, utilizaba el cuchillo para abrirse paso por entre la maleza. Al fin encontró un sendero que iba más o menos en la dirección que él deseaba. En torno a sí oía el ronco croar de los sapos. A veces, lo que parecía ser un tocón o un arbusto tomaba de pronto vida y emprendía la huida, y la reacción del animal sobresaltado hacía que Skyler se sobresaltase a su vez. El cielo estaba despejado, pero cada vez más oscuro y, a través de las ramas ya distinguía algunas estrellas.

Llegó a un cruce con otro camino, ligeramente más amplio, que iba en la dirección adecuada. Lo siguió durante media hora, hasta llegar a la pradera. Allí se detuvo y quedó observando. El lugar parecía extrañamente tranquilo. La luna se hallaba cerca de la línea del horizonte y alumbraba con un tenue brillo fantasmal la alta hierba amarillenta que se mecía bajo el impulso de la brisa. Skyler se adentró en la pradera; mientras andaba, los altos tallos le rozaban las piernas y él se sentía como un barco navegando por un mar dorado. Algo se movía sobre su cabeza, oscuras formas zigzagueaban en el aire de la noche: murciélagos. Skyler se sentía vulnerable caminando así bajo la luna, pero el temor terminó desvaneciéndose y el joven pasó a sentirse desconectado, como fuera del tiempo. Era justo lo contrario del pánico que había sentido mientras cruzaba la marisma. Fue como si le hubieran extirpado el centro visceral en el que se fraguaba el miedo y a él ya no le importase lo más mínimo lo que pudiera sucederle.

Llegó al otro extremo de la pradera, entró en el bosque y volvió a mezclarse con las sombras. A lo lejos distinguió las luces de los barracones. El cálido brillo de las ventanas iluminadas resultaba seductor y parecía llamarlo. Dio media vuelta y echó a andar en dirección contraria. Se detuvo junto a un árbol para orientarse, y luego siguió avanzando en trechos de diez pasos, de árbol en árbol, sin dejar de aguzar el oído.

No tardó en encontrarse en el sendero que tan bien conocía y por el que podría haber caminado con los ojos vendados. El camino a la cabaña de Kuta. Frente a sí vio la oscura silueta de la pequeña construcción. En la ventana había luz. Se acercó a la orilla dando un rodeo. La luna rielaba en el agua, y percibió un brilló metálico. Era el motor fueraborda, que seguía sobre el tocón. Skyler se dirigió al embarcadero y una vez en él vio algo que le hizo detenerse en seco. El bote estaba hundido bajo un palmo de agua, aunque su amarra aún seguía atada a la baranda. Alcanzaba a ver el fondo del bote y pudo advertir que éste tenía en su fondo un enorme agujero, y que cerca de él había una gran piedra.

Dio media vuelta lentamente y miró hacia tierra. Observó que la puerta de la cabaña había saltado de sus goznes y caído hacia dentro. Avanzó cautelosamente hasta la pequeña edificación, se inclinó bajo la ventana y alzó la cabeza para mirar al interior.

¡Un ordenanza! Estaba sentado en la cama, de espaldas a Skyler. Incluso desde detrás, el grueso cuello y los amplísimos hombros daban al hombre el aspecto de matón. Permanecía inmóvil, como si esperase a alguien. «¡Me espera a mí!», comprendió de pronto el chico.

Echó un rápido vistazo al resto de la habitación. No se veía a Kuta por ninguna parte. Y todo parecía estar como siempre, salvo la puerta y una alfombra que yacía arrugada en un rincón.

Retrocedió sigilosamente, dio media vuelta, echó a correr y siguió corriendo una vez se hubo adentrado en el bosque. «Han venido. O sea que alguien me había visto por aquí.» Tyrone. Pero... ¿qué habrá sido de Kuta? ¿Le habrán hecho algo? Temía que así hubiera sido. Aquellas personas, a las que llevaba toda su vida conociendo, en las que había confiado y a las que incluso había querido, eran monstruos. Capaces de todo. Pero ¿por qué? ¿Qué pretenden? ¿Y por qué mataron a Julia? ¿Qué descubrió Julia en el ordenador?

El instinto de conservación le decía muy claramente que lo mejor era correr. Y corrió, como un animal perseguido. Volvió sobre sus pasos y al cabo de poco divisó de nuevo las luces de los barracones. Cuando llegó al borde de la pradera, se detuvo para ver si detectaba indicios de movimiento. No. Luego escrutó las sombras del borde de los bosques, al otro lado de la pradera. No vio nada inquietante y comenzó a avanzar.

Una vez a descubierto, volvió a sentirse vulnerable, pero esta vez la sensación llegaba acompañada por el miedo y la certeza de que el peligro era real y estaba cerca. Se detuvo un momento para mirar en torno. Siguió sin ver nada. Reanudó la marcha reprendiéndose por no haber dado el rodeo por el bosque. De pronto el corazón se le aceleró y todos sus sistemas de alarma se dispararon. Se tiró de bruces al suelo y, tras unos instantes, alzó lentamente la cabeza y miró en todas direcciones. De nuevo nada, sólo el susurro del viento entre la hierba. Los murciélagos habían desaparecido y las estrellas parpadeaban en el negro cielo de terciopelo.

Se puso en pie y reanudó la caminata, ahora con la vista al frente y confiando en el oído para cubrir la retaguardia. Su miedo se accionó de nuevo y no tardó en convertirse en pánico. Skyler apretó primer el paso y luego echó a correr a toda velocidad, aunque resultaba difícil hacerlo por el terreno desigual. Cuanto más corría, más asustado se sentía y más se esforzaba por olvidarse de todo lo que lo rodeaba y concentrarse exclusivamente en el camino que tenía por delante.

De repente, a su derecha, una sombra surgió de entre la hierba. Un ligero movimiento y luego un ruido, un ronco gruñido. Sin dejar de correr, Skyler se volvió justo a tiempo de ver un cuerpo peludo que se lanzaba hacia él y unos dientes blancos que relucían bajo la luz de la luna. Era un perro que se abalanzaba furioso hacia su garganta. El gruñido se hizo más intenso y Skyler notó un desgarrón en el brazo. Sin darse cuenta de lo que hacía, levantó la mano armada con el cuchillo, la subió en el aire y la hoja fue a hundirse profundamente en el peludo cuello. Su filo rebanó la yugular del animal. Cuando éste cayó al suelo ya estaba muerto. Las patas traseras se estremecieron, los pulmones se vaciaron y un postrer gemido escapó de su garganta. La sangre manaba a borbotones sobre el suelo.

Skyler retrocedió un paso y se quedó mirando atónito el cadáver del animal. Se tocó el hombro. Tenía la camisa desgarrada y el brazo le sangraba, pero la mordedura era superficial. Había tenido una suerte increíble. Miró a su alrededor y dio media vuelta. Luego echó a correr de nuevo, llegó al extremo de la pradera y se adentró en el bosque.

Siguió corriendo hasta que los pulmones empezaron a abrasarle. Había reconocido al perro. Lo había visto con otros de su raza tras la alambrada de la perrera que había cerca del alojamiento de los ordenanzas. Probablemente, el animal que lo había atacado llevaba rato siguiendo su rastro. Ahora Skyler se preguntaba si no habría otros perros buscándolo. De ser así, él les había facilitado la tarea al dejar un claro rastro tras de sí. Llegó a un sendero y, ya a paso normal, tomó dirección norte, hacia el bosque.

Al cabo de un cuarto de hora llegó a un terreno despejado, largo y estrecho, en el que la hierba crecía corta. En un extremo se alzaba un gran cobertizo metálico. Skyler reconoció inmediatamente el lugar, era la pista de aterrizaje. Pero... ¿cómo había llegado hasta allí? Debía de haberse extraviado. Estaba hecho un lío, y demasiado exhausto para orientarse, corregir su error y volver a poner distancia entre él y sus perseguidores. Caminó hacia la pequeña puerta lateral del hangar. Hizo girar el tirador y le sorprendió que la puerta se abriera.

El interior estaba en tinieblas, pero Skyler encontró a tientas el interruptor y lo accionó. Incluso en reposo, la larga y esbelta avioneta daba sensación de poder y de ansias de volar. Las ruedas del tren de aterrizaje estaban inmovilizadas con calzos. Skyler abrió la portezuela metálica situada en un costado del aparato, volvió junto al interruptor para apagar la luz y, ya a oscuras, regresó a la avioneta. Una vez dentro, cerró la portezuela a su espalda y comenzó a gatear. Al fondo del aparato encontró una pequeña recámara metálica en la que había dos pequeñas maletas. Se metió en ella, encontró a tientas una lona y se la echó por encima.

Se quedó inmóvil escuchando su agitada respiración entre las sombras. De cuando en cuando, le vencía el sueño, pero a los pocos momentos respingaba y abría los ojos porque le parecía haber oído unos ladridos. Pero no podía estar seguro. ¿Eran realmente ladridos? Y, de serlo, ¿se acercaban o se alejaban? O tal vez el cansancio estaba alterando sus percepciones y lo que oía eran los ecos de lo que sus oídos habían percibido hacía unas horas.

CAPÍTULO
8

–Y bien, ¿por dónde ibamos? –preguntó Tizzie sujetando la copa de Chardonnay por el pie y mirando a Jude a los ojos.

–Vamos a ver –dijo Jude tras dar un sorbo a su whisky–. Me estabas hablando de los estudios hechos en Minnesota. Ayer, después de charlar contigo, me acerqué a la biblioteca y me informé más acerca de algunos de ellos.

–¿Y...?

–Tenías razón. Crean adicción. Comprendo por qué los científicos se sienten atraídos por ellos.

–No sólo los científicos. Los escritores y poetas también. Shakespeare y Dostoievski, sin ir más lejos.

–Lo comprendo. Son historias apasionantes, que parecen salidas de *Las mil y una noches*. Lo de los dos gemelos japoneses separados que contrajeron tuberculosis en las mismas fechas. Y los dos eran también tartamudos...

–Kazuo y Takua.

–Exacto. Y uno llegó a ser sacerdote cristiano y el otro se dedicó a robar y terminó en prisión.

–Y pese a ello, en el fondo, los dos eran idénticos. Ambos eran hombres inseguros y sin apenas voluntad que necesitaban someterse a algo que les impusiera su disciplina. Los dos se entregaron a actividades que les arrebataron sus vidas.

–Y Tony y Roger, los dos gemelos que, al encontrarse tras veinticuatro años de separación, se pusieron a vivir juntos y comenzaron a vestir y a actuar de modo igual, así que, para todos los efectos, se convirtieron en una única persona.

–Eso se debió a la debilidad de carácter. Ninguno se sentía completo sin el otro, y cada uno trataba de convertirse en el otro.

Ahora Jude no estaba utilizando el magnetófono, sólo el cuaderno de notas. Había elegido un lugar más idóneo, de ambiente más informal –preferible para aquel tipo de entrevista– y había sugerido que, después de trabajar, tomaran una copa. Por lo que, aquella cálida tarde de junio, se hallaban sentados a una mesa de la terraza de Lumi, un café restaurante situado en la avenida Lexington. La brisa agitaba las hojas del árbol que crecía en un cercano parterre de la acera. El perro salchicha de un hombre de traje azul y pajarita roja estaba olisqueando el tronco.

Tizzie vestía un traje de chaqueta azul oscuro. Al parecer, la joven no llevaba blusa, lo cual le permitía a Jude verle las clavículas y el collar de perlas. No pudo por menos de decirse que Tizzie tenía un excelente aspecto, y tuvo que recordarse que estaban allí para trabajar.

–¿Cómo explicas las similitudes en cuanto a personalidad? –preguntó–. El hecho de que los gemelos separados al nacer terminen teniendo caracteres tan parecidos.

–Es complicado. La bibliografía resulta confusa. En 1998, Bouchard publicó un trascendental artículo que sentó las bases para futuras investigaciones. Básicamente, en él se hacía un estudio comparativo de gemelos separados al nacer y de gemelos que se habían criado juntos. Bouchard llegó a la conclusión de que entre ellos no existían diferencias sustanciales: unos y otros comparten más o menos la misma cantidad de rasgos personales.

–Lo cual vuelve a ir en contra del sentido común.

–La cosa empeora. Según ciertos estudios, los gemelos separados al nacer se parecen más entre sí que los que crecen juntos.

–¿Más? ¿Cómo es posible?

Ella sonrió, bebió un largo sorbo de vino y dejó la copa en la mesa.

–La teoría más convincente es que a veces los gemelos que se crían juntos hacen grandes esfuerzos por distinguirse el uno del otro. Quieren desarrollar sus propias identidades, lo cual es comprensible. La dinámica emocional existente entre los gemelos que crecen juntos es más complicada de lo que alcanzamos a imaginar.

–Pero resulta paradójico. ¿Cómo es posible que unos gemelos que se ven por primera vez alcanzada ya la mediana edad puedan ser más parecidos que unos gemelos que han crecido en la misma casa? Eso va en contra de lo que el sentido común nos dice, que el carácter lo forman las vivencias, la familia y la educación.

–Admito que cuesta creerlo. ¿Será que, a fin de cuentas, todas esas cosas, la familia, la vida de hogar, los estudios, no tienen la importancia que se les atribuye? ¿Será que no importa que nuestros padres nos adoren o que no nos hagan caso, que nuestros hermanos nos presten su apoyo o nos hagan la vida imposible, que los abuelos nos inculquen las tradiciones del pasado o que se encuentren en la tumba? ¿Será que nada de todo ello nos marca irremediablemente?

–Yo creo que sí nos marca. Me parece indiscutible que dos personas que viven en el mismo ambiente tienen muchas más posibilidades de parecerse entre sí. Piensa en todas las influencias comunes: ir a la misma guardería, escuchar los mismos sermones dominicales, recibir los mismos abrazos maternos y los mismos correazos paternos. ¿Carece todo ello de importancia?

–Aparentemente, sí carece de importancia –contestó Tizzie–. Tal vez todas esas cosas no pesen mucho a la hora de formar nuestros caracteres. Quizá lo que determina nuestra identidad son otros factores.

–¿Qué factores?

–Hay dos posibilidades –respondió ella después de dar un sorbo a su vino–. La primera es que la personalidad tenga raíces genéticas mucho más profundas de lo que creemos, que se desarrolle de forma más o menos autónoma, como una película que se va desenrollando de una bobina. Ésa es una posibilidad que resulta bastante sobrecogedora, ya que no deja mucho espacio para la enmienda... para eso que llamamos libre albedrío.

–¿Y la segunda?

–Pues que, simplemente, no hemos logrado identificar los factores que resultan decisivos en la formación de la personalidad. Tal vez se trate de experiencias tan profundas y básicas de la primera infancia que se impongan a otras posteriores. Quizá se trate de formas distintas de enfrentarse a la propia existencia. O de aceptar las pérdidas o la idea de la muerte. O quizá sea algo mental, relacionado con el modo como nuestro cerebro interactúa con el mundo exterior, de cómo asimilamos las experiencias. Exteriormente, las cosas pueden resultar muy parecidas para dos personas cualesquiera. Pero interiormente, esas dos personas podrían estar viviendo en dos universos totalmente distintos y separados. Para ellos, la vida nunca podría ser, no ya igual, sino ni siquiera parecida.

Tizzie hizo girar el vino en su copa.

–No sé si conoces parejas de gemelos idénticos. Casi todo el mundo conoce alguna. Y lo que resulta muy curioso es que, aunque los gemelos sean muy parecidos, en cuando los tratas un poco, no tienes la menor dificultad en distinguir al uno del otro. Y es que, como personas, son auténticamente distintos. Y, naturalmente, hay un hecho que demuestra hasta qué punto es eso cierto.

–¿A qué te refieres?

–A que, aunque es perfectamente posible enamorarse de un gemelo, no conozco ni un solo caso en el que alguien se haya enamorado de los dos. Los cónyuges de gemelos idénticos resultan invitados fantásticos para los *reality shows*. Ya sabes: «¿cómo consigue usted no sentirse atraída por su cuñado?», y cosas así. Pero lo cierto es que en la vida real el conflicto no suele plantearse. Lo que resulta aún más interesante, desde el punto de vista de la investigación, es contemplar la cuestión desde la perspectiva de los gemelos. Los gemelos idénticos separados al nacer ¿se sienten atraídos por el mismo tipo de persona?

»En lo referente a sus vidas amorosas, existen muchas coincidencias. Comienzan a salir con chicas o chicos más o menos al mismo tiempo, tienen los mismos problemas y disfunciones sexuales, se divorcian más o menos las mismas veces, e incluso, en el caso de las mujeres, comienzan a tener la regla al mismo tiempo. Pero en lo de elegir pareja la cosa no está tan clara y existen opiniones contrapuestas. Según un estudio realizado en Minnesota, los cónyuges suelen ser tremendamente distintos. Sin embargo, otros estudios tienden a indicar lo contrario. Quizá lo que ocurra es que, a fin de cuentas, lo que no entendemos es el amor.

Jude advirtió que la copa de su compañera estaba vacía y la interrogó con la mirada. Tizzie asintió con una sonrisa y él llamó al camarero para pedirle otro vino y otro whisky.

–En el tema de los gemelos hay muchas cosas sin explicar –continuó la joven–. Supongo que por eso me atrae tanto. Todavía nos encontramos en la etapa de las preguntas fundamentales. Tomemos por ejemplo a los gemelos fraternos: como todos sabemos, se producen cuando dos óvulos distintos son fertilizados al mismo tiempo. Pero... ¿sabías que incluso ellos comparten una serie de rasgos físicos, mucho mayor que los hermanos normales, y que, por ejemplo, sus dentaduras son más simétricas? ¿Por qué demonios tiene que suceder eso?

»En algunos casos, tal vez los gemelos fraternos procedan de un mismo óvulo que se escinde antes de la fertilización. No lo sabemos. Para empezar, ni siquiera sabemos por qué se producen los nacimientos de gemelos, qué es lo que hace que caigan dos óvulos o que uno de ellos se divida. Pero lo que sí sabemos, al menos ahora, es que ocurre con más frecuencia de lo que se sospechaba.

–¿A qué te refieres?

–Ahora que disponemos de los ultrasonidos para detectar embarazos incipientes, hemos descubierto que el embarazo doble es un fenómeno muchísimo más frecuente de lo que las estadísticas indican. Más o menos, hay un parto de gemelos por cada noventa alumbramientos. Pero, aunque te cueste creerlo, un embarazo de cada ocho comienza siendo de gemelos.

–Es asombroso.

–Sí que lo es. Los ginecólogos cuentan historias sumamente interesantes. Un día una mujer aparece por la consulta, el doctor la examina con ultrasonidos y descubre que lleva en su seno dos pequeños embriones. Cuatro semanas más tarde, regresa y ya sólo hay un embrión.

–El otro murió.

–Exacto.

–O sea que, mientras estábamos en el útero, unos cuantos de nosotros tuvimos hermanos gemelos de los que nunca llegamos a tener la menor noticia.

–Más que unos cuantos. Según los cálculos, entre el diez y el quince por ciento de nosotros comienza la vida uterina con un hermano acurrucado a nuestro lado, o peleándose con nosotros, o besándonos... ya que todo ello, por cierto, ocurre en el interior del seno materno.

–Y nosotros somos los supervivientes.

–Sí. La gran lucha darwiniana. Comienza con el espermatozoide nadando hacia el óvulo, pero no termina ahí, sino que continúa durante el embarazo.

–Increíble.

–Pero cierto. Esto viene ocurriendo desde tiempos inmemoriales, pero éramos ajenos a ello. Una semana, la futura madre tiene una pequeña hemorragia a la que no atribuye importancia, y eso es todo. Una vida ha terminado antes siquiera de que tuviera oportunidad de comenzar, por así decirlo. El fenómeno incluso tiene un nombre.

–¿Cuál?

–Gemelos evanescentes.
Jude lo anotó.
–Gemelos evanescentes. Me gusta. Suena muy teatral.
–Muchas personas sienten la vaga impresión de que en algún momento de su existencia han tenido un gemelo –continuó ella mirándolo fijamente–. No es nada que puedan concretar, sólo la sensación de que hay o ha habido alguien a quien se sintieron increíblemente unidos. En algunos casos, resulta ser cierto y, sin que el interesado lo supiera, tuvo un hermano gemelo del que fue separado y que se crió en otra parte. En los demás casos... ¿quién sabe? Quizá se trate de un recuerdo prenatal. No existe ningún motivo por el que el cerebro no pueda rememorar algo que ocurrió en el interior de la matriz.
»Por cierto... Veo que estás tomando notas con la mano izquierda, así que eres zurdo.
–Sí, ¿por qué?
–Resulta interesante.
–¿Qué tiene de interesante?
–Pues que entre los gemelos se da la circunstancia de ser zurdo con mayor frecuencia que entre la población normal. No me sorprendería que en cualquier momento saliera alguien asegurando que todo zurdo no es sino la imagen opuesta de un gemelo desaparecido.
Jude dejó de tomar notas y clavó la mirada en su compañera. Pero no logró descubrir si ésta bromeaba o no, aunque en sus labios había una leve y maliciosa sonrisa.
Llegó el camarero con las bebidas. Jude dio un largo sorbo de whisky y notó el ardor en la garganta. Tizzie se pasó la mano por el rubio y lustroso cabello, que le caía suavemente sobre los hombros.
Se produjo un breve momento de incómodo silencio, y Jude decidió romperlo.
–¿Sabes...? En la biblioteca leí algunos de tus trabajos.
–¿Ah, sí? –dijo ella, complacida–. ¿Y qué te parecieron?
–No están mal –contestó Jude tomando una actitud de juez severo.
–¿No están mal? ¿Eso es todo?
–Son prometedores. Me gusta tu estilo.
–Comprendo –dijo ella mirándolo por encima del borde de su copa–. Supongo que te refieres a mi estilo de escribir.

—Desde luego. Al uso de la metáfora, del color local, del melodrama, de todos esos recursos lingüísticos. No tenía ni idea de que la lectura del *Journal of Personality and Social Psychology* pudiera resultar tan apasionante.
—¿Qué te parece el desarrollo de personajes?
—Fantástico.
—Bueno, la modestia me obliga a admitir que un buen editor puede hacer maravillas.
—No me digas. —Jude hizo una pausa y añadió—: Personalmente, yo jamás me he encontrado con uno.
—¿Con un buen editor?
—En realidad, nunca he oído esas dos palabras pronunciadas en una misma frase.
—Ja, ja —exclamó ella—. ¿Por qué lo dices? ¿Por animosidad profesional?
—No, nada de animosidad. En todo caso, odio.
—Comprendo. Eso es lo que ocurre con las relaciones desequilibradas. Por un lado, está el poder, y por el otro lado, sólo...
—... sólo el encanto.
Tizzie sonrió.
—Conozco un chiste... —comenzó él, pero se interrumpió enseguida.
—Cuenta.
—No, es muy malo.
—Da lo mismo, quiero oírlo —le pidió ella con aparente sinceridad.
—De acuerdo: resulta que un reportero y un editor van arrastrándose por el desierto, muertos de sed. De pronto, llegan a un oasis. El reportero echa a correr y se pone a beber, feliz como una perdiz. Mira hacia atrás, y ¿qué ve? El editor está en la orilla orinando en la pequeña charca. «Oye, ¿qué estás haciendo?», grita. El editor levanta la cabeza y contesta: «Mejorar el agua.»
Tizzie se echó a reír mientras él apuraba el contenido de su vaso.
—¿Quieres otro whisky? —preguntó la joven—. ¿Qué tal si lo pides doble, en honor a tu gemelo desaparecido?

CAPÍTULO 9

El estrépito de una gran puerta metálica y el resplandor procedente de la parte delantera del hangar despertaron a Skyler. Tardó unos segundos en recordar dónde se hallaba y, cuando lo hizo, los sucesos de las pasadas veinticuatro horas se abalanzaron sobre él como los fragmentos de una pesadilla que se unían para formar un horroroso conjunto. Y con el recuerdo, regresó el ya familiar hueco en el estómago.

Se tapó la cabeza con la lona y trató de desentrañar los ruidos que resonaban en el interior del cobertizo metálico. Se oyó otra puerta. El hangar estaba ya totalmente abierto, y Skyler imaginó la avioneta enfilada hacia el extremo de la pista de aterrizaje de hierba. Oyó pasos que se aproximaban al aparato, se alejaban, y volvían a aproximarse. Luego, un roce metálico y después el sonido de líquido cayendo en el interior de un depósito. Percibió olor a gasolina. Por último, un ruido sordo seguido de algo arrastrado por el suelo. Se dijo que habían retirado uno de los calzos de las ruedas. Comprendió que estaba en lo cierto cuando el sonido se repitió al cabo de pocos segundos y la avioneta se estremeció ligeramente. De pronto, la cola se alzó y, a través de la pared de metal del fuselaje, Skyler oyó una sarta de interjecciones.

–¡Cristo bendito! ¡Cómo pesa el condenado!

Las palabras sonaron a centímetros de su oreja. No logró reconocer la voz. Percibió el sonido de unas manos apoyándose contra el metal y luego una serie de gruñidos. Un fuerte empujón, y las ruedas de la avioneta traspusieron el umbral del hangar y comenzaron a rodar cuesta abajo sobre la hierba, adquiriendo velocidad, hasta que las manos invisibles, entre nuevas interjecciones, lo frenaron y lo obligaron a detenerse oscilando sobre la suspensión.

Luego Skyler oyó que la portezuela se abría y notó que un pie se posaba en la escalerilla. Contuvo el aliento y quedó inmóvil bajo la lona, con todos los músculos en tensión. Tenía que prepararse. Si retiraban la lona y lo descubrían, atacaría a quien fuese. La sorpresa era su único aliado. De pronto, el corazón le dio un vuelco en el pecho. ¿Dónde estaba el cuchillo? Inmediatamente recordó: lo perdió cuando mató al perro.

La puerta del hangar se cerró, y se oyeron pisadas en el ala. Una portezuela se abrió y se cerró. Más gruñidos, más maldiciones, el chasquido de un cinturón de seguridad. Un silencio que debió de durar un par de minutos, a renglón seguido el clic de unos interruptores de palanca al ser accionados, y por último el rugido del motor. El aparato comenzó a vibrar fuertemente, y a Skyler le llegó el olor del combustible quemado.

Instantes después, la avioneta comenzó a avanzar por la pista, traqueteando y bamboleándose de lado a lado. Mientras el motor rugía como si fuera a explotar y el fuselaje se estremecía como si estuviera a punto de hacerse pedazos, el aparato se elevó mágicamente y comenzó a ascender hacia el cielo. Skyler notó una sensación de vacío en el estómago.

Durante un rato, oyó el rugido del motor resonando contra la superficie del suelo. Luego, según la avioneta tomaba altura, el ruido disminuyó. Lenta, cautelosamente, Skyler se quitó la lona de la cabeza y vio un desconchado panel metálico color crema que separaba su minúsculo compartimento de la cabina de la avioneta. Parpadeó, bajó la vista y descubrió dos pequeñas maletas de cuero. Se hallaba en el fondo de un compartimento de equipajes, separado del interior del aparato por el pequeño tabique metálico. Mirando por encima del borde de éste vio cuatro asientos rojos situados a ambos lados de un angosto pasillo. Por encima de los asientos había redecillas para colocar el equipaje de mano. En la parte delantera se veían los respaldos de dos sillones negros: uno de ellos estaba vacío; el otro, ocupado. Bajo éste había un extintor de incendios rojo.

Podía ver la parte posterior de la cabeza del piloto, cubierta con una gorra de béisbol, sobre la cual el hombre llevaba dos gruesos auriculares negros. Frente a sí tenía un panel de instrumentos con diales, interruptores y parpadeantes números amarillos. El piloto sujetaba una columna de control con forma de U, y ante el asiento vacío había otra idéntica que se movía sincrónicamente con la primera, como si una mano fantasmal la guiase. Más arriba había un parabrisas panorámico, a través del cual Skyler divisaba el cielo y enormes nubes de color gris que parecían columnas de humo congeladas.

Una de las alas descendió, el panorama cambió y Skyler pudo ver una inmensa extensión azul salpicada de motas blancas. Así que aquél era el aspecto que tenía el océano visto desde arriba. El joven se sentía dominado por una mezcla de temor y pasmo. Con el rabillo del ojo entrevió a un lado una masa verde que tardó unos momentos en identificar como tierra: sí, allí estaban las copas de los árboles, subiendo y bajando como los pliegues de una manta y, rodeándolas, las marismas. Era la isla, su pequeña isla. Y de pronto comprendió con un sobresalto casi doloroso que ya había dejado atrás su mundo. Se dirigía hacia el «otro lado», hacia una tierra que sólo conocía a través de la radio y de las historias de Kuta. Iba camino de Babilonia, como Baptiste la llamaba en sus diatribas contra la obsesión de Norteamérica por la religión y la superstición.

La idea le produjo euforia y durante un buen rato el peligro y la anticipación lo mantuvieron despierto, pero luego, poco a poco, el agotamiento se fue apoderando de él. Bajó la cabeza, se cubrió de nuevo con la lona y se acurrucó en el reducido espacio. El zumbido del motor y los suaves vaivenes del aparato lo hicieron adormecerse, y el sueño le hizo perderse el viaje más importante de su vida.

CAPÍTULO
10

Jude se llevó una alegría cuando, a la mañana siguiente, Tizzie lo llamó para decirle que le había gustado su artículo. Como muchos periodistas, él decía menospreciar su profesión. No estaba bien visto mostrar idealismo hacia nada, y menos aún hacia el *Mirror*. Pero en su interior el sentimiento era distinto. Jude creía que los periódicos trataban de cumplir una saludable función social y que, de cuando en cuando, incluso lo conseguían.

–En primer lugar, has reproducido los datos con exactitud, lo cual tiene su mérito –dijo la joven–. Y, además, tu estilo me gusta. Directo y al grano, sin andarte por las ramas.

–Bueno, a ti te gusta mi estilo y a mí me gusta el tuyo. La cosa no va mal.

Antes de que ella colgase, Jude hizo acopio de valor y la invitó a cenar. Para su sorpresa, tras una breve vacilación, ella aceptó. Y así empezó la relación entre ambos. Ahora los dos caminaban por el paseo marítimo entarimado de Brighton Beach. Las olas batían contra la parda arena, y se veía una mescolanza de tiendas de todo tipo: puestos de *souvenirs*, pastelerías rusas, locales de comida basura. Y, además, infinidad de personas, en su mayoría de edad avanzada, que tomaban el sol o charlaban en una docena de idiomas distintos.

Jude y Tizzie acababan de almorzar en Primorsky, un restaurante ruso que se alzaba a la sombra del tren elevado, y que era uno de los lugares favoritos de Jude. En cuanto uno ponía el pie en él, todo le recordaba a Moscú: desde las botellas de vodka sin tapón y las ensaladas de remolacha hasta los cabellos cardados y las indumentarias chillonas de las rechonchas mujeres. Primorsky nunca defraudaba.

Aquello no parecía una cita, sino más bien una tarde de domingo que ambos habían decidido pasar juntos. Sólo se conocían desde hacía una semana. Tizzie nunca había estado en Brighton Beach y Jude, que conocía bien la zona debido a una serie de reportajes que había publicado el *Mirror* acerca de la mafia rusa, se había ofrecido a hacer de cicerone.

Estaban sentados uno al lado del otro en un banco. Tizzie tenía la mirada perdida en el océano.

–Esto ayuda a ver las cosas en perspectiva, ¿no te parece? –preguntó ella indicando el océano con leve movimiento de cabeza.

–¿A qué te refieres?

–Pues a todo. El trabajo, el amor, los padres, los amigos, la capa de ozono.

Como ya le había ocurrido anteriormente en varias ocasiones, a Jude le resultó difícil entender las palabras de la joven.

–¿Estás preocupada por algo? –preguntó.

–No –dijo ella. Y luego se corrigió–: Bueno, sí.

–Cuenta.

–No hay mucho que contar. Se trata de mis padres. Son mayores y están delicados de salud, sobre todo mi padre. Me resulta muy doloroso porque durante toda la vida había pensado que siempre los tendría junto a mí.

Jude asintió con la cabeza y, como su compañera, él también quedó con la vista en el mar. Las gaviotas planeaban en lo alto y el aire olía fuertemente a sal.

–Por eso tuve que irme el otro día, cuando me estabas entrevistando. Trataba de conseguir asistencia médica para ellos, pero por conferencia telefónica resulta difícil.

–¿Dónde viven tus padres?

–En Wisconsin. En una ciudad llamada White Fish Bay que se encuentra en las proximidades de Milwaukee. Un sitio precioso, con praderas verdes y casas blancas de madera. Me encantó pasar allí la infancia. Soy hija de los barrios residenciales. Tuve la típica niñez idílica norteamericana.

–Lo dices con sarcasmo.

Tizzie se echó a reír.

–Esto no es justo –dijo–. Tú ya me has entrevistado y sabes un montón de cosas acerca de mí, mientras que yo apenas sé nada acerca de ti.

–No hay gran cosa que saber.

–De todas maneras, cuéntame –le pidió ella colocando una mano sobre la de él–. Explícame, por ejemplo, cómo fue que te pusieron ese nombre tan raro. ¿De dónde se lo sacaron tus padres?

Él hizo una breve pausa pensado en contestar con una broma, pero no se le ocurrió ninguna.

–Aunque te parezca extraño –dijo–, no lo sé. Y no puedo preguntarles a ellos –añadió al tiempo que ella lo miraba con extrañeza–. Los dos han muerto.

Tizzie le puso la mano sobre el brazo.

–Lo lamento. ¿Cómo sucedió? ¿Qué edad tenías cuando murieron?

Jude tomó aliento y comenzó a contar. Y, para su sorpresa, le resultaba sorprendentemente fácil hablarle a la joven de su vida. Al principio lo hizo con voz neutra, excluyendo voluntariamente todo sentimentalismo, eludiendo la autocompasión; pero poco a poco fue poniendo en el relato más ardor. Le contó la historia de su vida y le explicó también cómo se había sentido él en cada momento. Le habló de su peculiar infancia, y de sus primeros años en Arizona.

Sus padres –y de esto él sólo tenía un vaguísimo recuerdo– eran miembros de una especie de secta que tenía su sede en las montañas del desierto. Corrían los años sesenta, y por entonces aquel tipo de cosas era frecuente.

Tizzie asintió con la cabeza y Jude le contó que sus padres se habían conocido allí.

–Me dijeron, aunque no sé quién, y quizá sólo lo haya imaginado que mis padres contrajeron matrimonio en la casa del cabecilla de la secta. Supongo que era uno de esos tipos que querían construir una sociedad perfecta lejos del mundanal ruido, pero terminó gobernando su secta como un tirano enloquecido. El caso es que nací allí. Luego murió mi madre. Creo que fue por causas naturales, aunque no conozco los detalles.

–¿Qué edad tenías tú por entonces?

–Cinco años. No recuerdo a mi madre. Ni siquiera su rostro, y tampoco tengo fotos de ella.

Jude miró a su compañera y luego volvió la vista hacia el mar. Así le resultaba más fácil hablar.

–Lo más extraño es que yo trataba con todas mis fuerzas de recordar su rostro. Y cuando lo hacía, hace ya años que he dejado de intentarlo, no lograba evocar ninguna imagen suya. Pero en ocasiones recordaba una fragancia. O, más que una fragancia, un olor. Y, aunque resulte extraño, ese olor no era bueno, sino fuerte, acre. Como de antiséptico.

En este punto, Tizzie le puso una mano en el antebrazo.

–El caso es que mi padre dejó la secta –continuó Jude–. No sé qué sucedió exactamente pero probablemente se sintió muy afligido por la pérdida de su compañera... Al menos, eso es lo que siempre he creído. Es lógico suponerlo, si él sentía afecto por mi madre. Y supongo que lo sentía, aunque el matrimonio fuera acordado por otros. Nos trasladamos a Phoenix. Y luego mi padre también murió, en un accidente de automóvil. En un cruce de carreteras, su coche chocó con otro cuyo conductor iba borracho.

–¿Qué edad tenías tú entonces? –preguntó Tizzie, que parecía sinceramente conmovida.

–Seis años. O quizá siete. No estoy seguro.

–¿Y qué ocurrió luego?

–Me acogieron unos vecinos. Los Armstrong. Ella era abogada y él, no sé, creo que se dedicaba a vender seguros. Yo los odiaba. Ya sé que no es justo y que probablemente eran buenas personas, pues de lo contrario no hubieran recogido a un niño huérfano. Pero, pese a todo, no lo pasé nada bien en aquella casa. Los Armstrong dormían, no ya en camas separadas, sino en dormitorios distintos. Recuerdo las interminables cenas, en las que él se sentaba a un extremo de la mesa, ella al otro, y yo en el centro. En los larguísimos silencios, lo único que se oía era el entrechocar de la dentadura postiza del señor Armstrong. No era un hogar feliz. Uno, de niño, se da cuenta de esas cosas. Nunca los oí pelearse abiertamente, pero siempre estaban metiéndose el uno con el otro por insignificancias. Así que cuando se separaron, o cuando me enteré de que se iban a separar, lo que sentí fue alivio. Luego me enviaron a un centro de acogida.

Jude miró a Tizzie y, anticipándose a la siguiente pregunta de la joven, explicó:

–Por entonces yo tenía quince años. Luego obtuve una beca para un colegio de secundaria privado: la Academia Phillips, de Andover, Massachusetts. La verdad es que no sé cómo conseguí la beca, pero el caso es que fui allí, y supongo que, aunque a mí no me gustaba demasiado, aquel lugar fue mi salvación. Había muchos niños ricos, bien educados, hijos de republicanos, ya sabes. Durante las vacaciones, yo me quedaba en el colegio y comía en la cafetería, con el servicio. O bien algún compañero me invitaba a su casa. Me recuerdo a mí mismo, sentado a la mesa el Día de Acción de Gracias, tratando de recordar mis modales y sonrojándome cuando los padres de mi amigo me hacían alguna pregunta incómoda acerca de mi pasado. No puedo decir que me sintiera muy a gusto, pero lo cierto es que en el colegio adquirí una excelente educación.

Jude concluyó su disertación autobiográfica. No le había sido difícil. Muy al contrario, casi le había gustado hablar de su vida.

Pero la curiosidad de Tizzie aún no se había saciado.

–Y respecto a tus primeros años en Arizona... ¿Realmente no recuerdas nada?

–Casi nada. Pequeños detalles insignificantes.

–¿Por ejemplo?

–El calor, cuando bajábamos al desierto. Vivíamos en las montañas y allí era soportable; pero en el desierto el calor era asfixiante y las noches, gélidas. En los alrededores había minas.

–¿Minas? ¿Qué clase de minas?

–De las que tienen galerías y pozos. Recuerdo que yo jugaba en ellas, explorándolas, ocultándome en ellas, tirando piedras a simas que tenían docenas de metros de profundidad. Con quien más jugaba era con una niña.

–¿Quién era ella?

–Sus padres también pertenecían a la secta. A ella le gustaba más jugar con los niños que con las niñas, y yo la llamaba Tommy.

Jude se interrumpió de pronto.

–¿Qué te ocurre? –quiso saber Tizzie.

–Es curioso, pero acabo de recordar algo. Cuando mi madre murió, no solté ni una lágrima, y cuando murió mi padre, tampoco. Pero cuando nos fuimos de allí, cuando mi padre me llevó con él, lloré a moco tendido. Y todo por causa de aquella pequeña. Corría junto a la carretera tras el coche en que nosotros nos alejábamos. Yo no dejaba de mirar por la ventanilla posterior, y veía cómo Tommy se iba achicando y achicando en la distancia. Paramos en un motel y aquella noche, lo mismo que otras posteriores, me la pasé llorando. Pensaba que mi vida se había terminado.

Jude miró a Tizzie, quien suspiró y le apretó el brazo.

Luego ambos se pusieron en pie y echaron a andar por el paseo marítimo en dirección al tren elevado que traqueteaba a lo lejos.

CAPÍTULO

11

La iglesia baptista de Valdosta ocupaba un bajo edificio de madera cuyo único adorno era un campanario similar a una chimenea en el que no había campana alguna. Los cristales de las ventanas estaban cubiertos de pedazos de plástico adhesivo de colores, separados unos de otros por gruesas y serpenteantes líneas negras, que pretendían evocar el esplendor de los vitrales de las catedrales medievales europeas.

En el sótano, un lugar asfixiante pese al aparato de aire acondicionado que no dejaba de zumbar y de gotear agua en los cubos de basura del exterior, Skyler permanecía tumbado en un incómodo camastro de lona tensada. El hecho de ser plegable hacía que resultase fácil guardarlo con los demás camastros cuando llegaban los niños del programa de atención diurna y a los sin techo se les daba un rápido desayuno de cereales. Luego volvían a ponerlos en la calle.

Estaba deprimido, y no le faltaban motivos para ello. Llevaba allí... ¿cuánto tiempo? Días, probablemente más de una semana. Perdido, hambriento y desesperado, había vagado por las calles de la ciudad en lo que resultó ser una especie de curso acelerado para habituarse al nuevo y desquiciado mundo en el que había caído. Se sentía como un visitante de otro planeta. Los frenéticos movimientos, el ruido, la suciedad... Todo le pesaba como una enorme losa. No comprendía nada y ya ni siquiera aspiraba a comprender: se conformaba con sobrevivir. Los coches que doblaban las esquinas a toda velocidad, las atestadas aceras, el peligro acechando en las sombras. Todo era como en los peores programas de televisión que había visto en la isla.

El primer día, tras salir del aeródromo escabulléndose a través de un seto, abordó a una muchacha para preguntarle en qué lugar estaba y ella giró sobre sus talones y echó a correr. Los niños se burlaban de sus viejas ropas y los perros le ladraban. Su aventura comenzó mal y siguió peor.

Aquella primera mañana se le había quedado grabada en la memoria de forma indeleble. La avioneta seguía en el aire cuando él despertó sobresaltado; el pánico era casi tan tangible como la bilis que notaba en el fondo de la garganta. Tras la siesta, se sentía aturdido y desorientado en el claustrofóbico compartimento portaequipajes. Tenía el brazo dolorido a causa del mordisco del perro. Necesitaba orientarse, ver cuál era la situación, así que, con gran cautela, alzó la cabeza para ver el interior de la cabina.

Allí estaba, como antes, la parte posterior de la cabeza del piloto, cubierta por la gorra de béisbol. Pero en el exterior todo había cambiado. Ya no se divisaba la enorme masa azul del océano. Sólo eran visibles inmensas cantidades de tierra que se extendía por doquier en todo cuanto abarcaba la vista. Los bosques formaban manchas verde oscuro, y los campos eran de color pardo y se parecían a los de la isla en la época de la siembra. Entre la ligera neblina se veían ríos color chocolate que serpenteaban por los campos y las colinas.

Había largas cintas negras –carreteras– y por ellas circulaban coches que iban y venían de un lado a otro, como pequeños animales poseedores de voluntad propia. El avión siguió volando y llegaron a una zona más poblada llena de tejados y calles. Vio un verdísimo campo con forma de diamante que lo tuvo un rato desconcertado, hasta que al fin comprendió que se trataba de un estadio de béisbol. Ahora volaban más bajo: nuevas casas, nuevas carreteras y coches, y una gran torre redonda de madera con algo escrito en ella. ¿Para qué serviría? La avioneta se ladeó, y en tierra Skyler vio algo grande y oscuro que se movía al igual que el aparato. Se sintió alarmado hasta que comprendió que se trataba de la sombra de la propia avioneta.

De pronto el piloto dijo algo. Skyler bajó la cabeza, aterrado y se quedó inmóvil como una estatua. El piloto habló de nuevo, pero su tono era despreocupado, mecánico, así que Skyler supuso que la cosa no iba con él. Una vez más, se arriesgó a mirar por encima del panel, y vio al piloto de perfil, con un mechón de pelo gris asomando a través del orificio delantero de la gorra que llevaba vuelta del revés. Skyler lo reconoció: era Bryant, el encargado de mantenimiento de la casa grande. Conocer la identidad del piloto hizo que todo pareciera más real y pavoroso. Bryant sostenía un micrófono en la mano y Skyler supuso que estaba comunicándose con alguien de tierra.

Poco después, la avioneta se ladeó de nuevo y tomó tierra. El tren de aterrizaje golpeó la pista con una fuerte sacudida. El sonido del motor se hizo más agudo, el aparato comenzó a reducir velocidad, giró bruscamente a la izquierda y siguió adelante hasta que el motor, tras toser un par de veces, se detuvo. A continuación se oyeron varios clics y chasquidos, y después pasos que avanzaban por el pasillo en dirección a Skyler. Consciente de que Bryant se hallaba justo frente a él, contuvo la respiración y quedó inmóvil y rígido, con la sangre golpeándole en las sienes. Luego, súbitamente, la lona se estremeció. Skyler se dispuso a saltar contra el ordenanza, y ya estaba reuniendo fuerzas para hacerlo cuando oyó que la portezuela se abría. Tanteó con una mano: la maleta que antes estaba a su lado había desaparecido. Bryant se hallaba ya fuera de la cabina.

Los pasos dejaron de oírse y, al cabo de un rato, Skyler descendió del aparato y se encontró en el interior de un hangar abierto con techo de metal corrugado. Miró en todas direcciones y no vio a nadie. En las proximidades se alzaba una torre de dos pisos coronada por grandes ventanas cuadradas y por un objeto giratorio redondo. Más allá había un edificio de ladrillo cuyas ventanas reflejaban la luz como espejos, y un estacionamiento de coches medio lleno. A la izquierda del chico se alzaba una valla metálica y más allá, un seto, a través del cual era visible una carretera. El calor era infernal.

Echó a correr todo lo deprisa que le permitieron las piernas, saltó la valla como pudo, cortándose en el brazo con las púas de la parte superior, y luego se abrió paso entre el seto. Ya en la carretera, corrió otro trecho y se volvió a mirar. Nadie lo seguía. Aflojó el paso y miró en torno. Había grandes carteles sostenidos por postes. Uno anunciaba AQUALAND y mostraba a unos alegres niños descendiendo por un tobogán lleno de agua. Otro era el reclamo de una gasolinera. Al llegar a un cruce se encontró con un cartel en el que, con letras rojas sobre un fondo amarillo, se leía: VENGA A COMER CON NOSOTROS. No se veía a nadie en las inmediaciones. Más tarde apareció la muchacha caminando por la acera, él le pidió ayuda y ella giró sobre sus talones y se alejó corriendo.

Skyler se había pasado dos días vagabundeando por las calles, comiendo de los cubos de basura de los restaurantes y pidiendo limosna a los transeúntes. Nunca en su vida había utilizado monedas y tuvo que aprender a manejarse con ellas. Le creció la barba, el estómago le dolía constantemente, y palideció y se adelgazó de tal modo que tenía aspecto de anacoreta. Una mañana despertó en un parque, vio el cielo cubierto de negros nubarrones y advirtió que el viento estaba arreciando. Comprendió que se fraguaba una tormenta. Las calles se vaciaron y, en el momento en que comenzaba a llover, apareció un coche policial que lo recogió y lo condujo hasta el refugio para indigentes situado en el sótano de la iglesia.

Resultó que no se trataba de una tormenta, sino de un huracán, y la experiencia fue aterradora. Mientras en el exterior el viento ululaba y la lluvia caía a mares, en el interior del refugio los hombres se peleaban. Había muchos borrachos y ladrones, lo cual asustó a Skyler. Un hombre que hablaba solo hirió a un compañero con un cuchillo y lo expulsaron del refugio. El hombre se marchó mascullando palabrotas. Por la noche, el ocupante del camastro contiguo al de Skyler, le gruñó que su nombre era Smokey y le dijo que debía enrollar sus ropas y dormir sobre ellas para evitar que se las robaran. Skyler comenzaba a preguntarse si Baptiste no habría tenido razón: tal vez el continente no fuera más que una gran cloaca.

Los religiosos que se encargaban del asilo le dieron una camisa y unos pantalones nuevos, e insistieron en que asistiera a los servicios. Le asombró ver un crucifijo sobre el altar. Se mantuvo en silencio, observando con ojos muy abiertos por el pasmo la reverencia con que sus compañeros leían la Biblia. Los himnos, sin embargo, le gustaron.

Sus compañeros le enseñaron a ganarse unos dólares llenando bolsas en los supermercados, desherbando jardines, limpiando ventanas y recogiendo botellas vacías para canjearlas por dinero en la tienda Winn-Dixie. Consiguió una exigua cantidad de monedas y vivió del cereal del asilo, de sándwiches y de lo que encontraba en los cubos de basura de una hamburguesería próxima.

Durante los dos días siguientes, Skyler y Smokey se unieron a un pequeño grupo de mexicanos y salvadoreños que recogían melocotones. El primer día todos se rieron de él porque le daba terror montar en la plataforma abierta del camión que debía transportarlos.

—Pero... ¿de dónde sales? —gritó el propietario echándose hacia atrás el sombrero de paja con que se cubría—. He visto patanes, pero como tú ninguno.

Cuando el hombre se disponía a marcharse y dejarlo en tierra, Smokey les susurró algo a dos de sus compañeros, y los tres saltaron sobre Skyler y lo subieron al camión. Skyler hizo el traqueteante trayecto sentado en el suelo, entre los cestos y los sacos de arpillera. La huerta se hallaba a bastantes kilómetros de distancia. Smokey le mostró la mejor forma de llevar al hombro una gran escalera blanca, y una joven mexicana que tenía un pulgar atrofiado le enseñó cómo se arrancaban los melocotones de las ramas. A todos los recogedores les dieron tarjetas numeradas. Cuando llenaban un cesto de una fanega, lo llevaban al capataz, quien inspeccionaba la fruta y hacía una perforación en la tarjeta con un sacabocados. A Skyler le humilló que hasta los niños llenaran más cestos que él. Era un trabajo muy fatigoso que producía un fuerte dolor de espalda; la pelusilla de los melocotones se le pegaba a la piel, de forma que cuando se pasaba un brazo por la frente para enjugarse el sudor, notaba como si un millar de diminutas agujas lo pincharan.

Al final del primer día no les pagaron para que a la mañana siguiente tuvieran que volver a la huerta. Al fin, el segundo día el capataz examinó sus tarjetas y, de mala gana, comenzó a repartir billetes. Eran pequeños pero nuevos, y olían a tinta; nadie puso el menor reparo. Smokey cogió tanto su paga como la de Skyler, pero luego se separaron y el hombre estuvo dos días desaparecido. Cuando regresó, apestando a ginebra, sólo le entregó a Skyler doce dólares.

A la mañana siguiente, Skyler se cambió de ropa y caminó cuatro calles hasta Hill Street. Pasó frente a varios locales, el de la Southern Salvage Company, el de una tienda del Ejército y la Marina y el de Currie's Body Shop, hasta que llegó a dos grandes bidones oxidados que servían de base a un alto mástil del que pendía una bandera norteamericana. Al lado, un cartel azul y naranja anunciaba: HARDEE'S: DONDE MEJOR SE COME EN VALDOSTA. Y debajo, en letras más pequeñas: «Los domingos, coma en el bufet hasta hartarse». Pero en aquellos momentos únicamente servían desayunos. Cuando regresó, unas horas más tarde, la camarera insistió en ver su dinero antes de permitirle que se sentara, y Skyler tuvo que poner todo su peculio, monedas incluidas, sobre el mostrador. Lo acomodaron en una mesa individual cercana a la puerta de la cocina. Comió vorazmente y regresó al refugio empachado.

Smokey había vivido mucho y le gustaba contar historias en las que él quedaba retratado como un hombre de mundo. Una noche, tumbado en el camastro y con la vista en el techo, le explicó a Skyler:

–¿Sabes una cosa? En esta ciudad te dan dinero sólo por marcharte. De veras. Si vas a la comisaría, los policías te acompañarán a la estación de autobuses y te comprarán un pasaje para cualquier sitio al que desees largarte. La única condición es que no se te vuelva a ver el pelo por aquí.

Skyler escapaba de la realidad soñando despierto. Por la noche, tras haber engañado al hambre con los sándwiches de mortadela y mantequilla de cacahuete que daban en el refugio, se tumbaba en su camastro, se tapaba los ojos con el antebrazo y se pasaba las horas muertas evocando recuerdos de la isla. Ni siquiera conocía el nombre de ésta, ni dónde se hallaba, y no quería hablarle de ella ni a Smokey ni a nadie.

Sobre todo, recordaba sus primeros años, cuando la vida era simple, despreocupada y alegre. Pensaba mucho en Raisin, pero no quería pensar en Julia, pues aún le resultaba excesivamente doloroso.

Una noche, los ensueños de Skyler fueron bruscamente interrumpidos. Big Al, el supervisor del refugio, un hombre que iba con el pecho al aire, exhibiendo una enorme tripa y unos gruesos hombros cubiertos de espeso vello, se acercó y golpeó con el pie una de las patas de su camastro.

–Ven conmigo –ordenó.

Skyler se puso en pie, siguió al fornido hombretón hasta su minúscula oficina y se sentó frente al escritorio, sobre el cual había un montón de guías telefónicas, varios trapos y papeles, un tintero y un oso de peluche. De la pared colgaban calendarios de talleres mecánicos en los que aparecían mujeres inclinadas para que se les marcaran bien los pechos, o bien echando hacia delante la pelvis.

—La verdad es que no lo entiendo —dijo Al, negando con la cabeza.

Skyler se quedó confundido y se dijo que el tono de voz de Al no auguraba nada bueno.

—Venís aquí y abusáis de la hospitalidad sureña.

Skyler lo miró a los ojos, pero lo único que detectó en ellos fue exasperación.

—Supongo que a ti te parece fantástico. El escritor se deja barba y viene aquí simulando ser lo que no es.

Al se retrepó en su sillón y asumió una actitud más reflexiva, como si se dispusiera a dar a su interlocutor una lección.

—Lo que yo digo es que no importa que un hombre sea pobre. Eso no es ningún crimen. Pero lo que no soporto es que un hombre se haga pasar por lo que no es. Sobre todo, que se haga pasar por alguien que se encuentra en una situación peor que la suya. Creo que eso lo convierte en un desaprensivo. ¿Sabes por dónde voy?

Lo único que el desconcertado Skyler atinó a hacer fue negar con la cabeza.

Al se echó hacia delante y apoyó los codos en el escritorio.

—Cuéntame de qué va la cosa. ¿Estás investigando para escribir un libro? ¿Quieres reunir...? ¿Cómo lo llamáis? Ah, sí, material.

Skyler comprendió que algo tenía que contestar.

—No entiendo nada de lo que dices. No tengo ni idea de a qué te refieres.

—No, claro que no.

Dicho esto, Al cogió un periódico y se lo tiró. Skyler lo cogió y miró la página por la que estaba abierto. Siguió sin comprender.

—Mira la foto —ordenó Al. Era el retrato de un hombre que se parecía mucho a Skyler—. Tengo que admitir que, haciéndote el torpe, casi lograste engañarme. Deberían darte el óscar al mejor actor, tengo que reconocerlo. —Miró a Skyler con clara hostilidad y movió la cabeza—: Tienes diez minutos para que recojas tus cosas y te largues.

Y, al cabo de los diez minutos, Skyler se encontró en el callejón, con un pequeño hatillo bajo el brazo.

—Toma —le gritó Big Al—. Llévate este recuerdo de tu viaje por el Sur —añadió arrojándole el periódico a los pies y cerrando de un portazo.

Skyler recogió el periódico. Se llamaba *Usa Today*. Miró la foto y vio que el retratado, aunque no era exacto a él, se le parecía lo suficiente para que cualquiera lo confundiese. Aparentemente, se trataba del anuncio de un libro recién aparecido. *La máscara de la muerte.* En el texto se mencionaba Nueva York. Tras leer el nombre del autor, arrancó la página, la dobló y se la metió en el bolsillo. Luego echó a andar en dirección a la comisaría de policía.

CAPÍTULO

12

Jude llegaba tarde al trabajo. Cuando ya estaba cerca del café de Bashir, se dijo que no tenía ganas de enzarzarse en una interminable charla con el afgano. Estuvo a punto de entrar en una cercana cafetería para comprar allí su café matinal, pero pensó que probablemente el afgano lo habría visto, pues su puesto se hallaba situado de forma que al hombre le fuera posible vigilar a la competencia. Ir a otro local habría constituido una traición y hubiera abierto una brecha en la relación entre los dos hombres.

—Buenos días, Bashir —saludó.
El otro le sonrió mostrando un diente de oro.
—Buenos días, patrón.
Bashir solía llamarlo así.
El afgano se secó las manos en el delantal, cogió un vaso de cartón, lo colocó bajo la espita del café y empujó la pequeña palanca negra.
—¿Cómo va todo? —preguntó.
—Muy bien. ¿Y a ti qué tal?
—Estupendamente —respondió, y el atractivo rostro oliváceo pareció nublarse. Bashir se acercó más y se inclinó hacia su cliente—. Patrón... quiero preguntarle algo. —Bajó la voz y, en tono de complicidad, dijo—: ¿Está usted bien? ¿Tiene algún problema?
—¿Cómo? —preguntó Jude desconcertado.
—¿Está usted en apuros?
—No, claro que no. ¿Por qué lo preguntas?
—Por nada, por nada.
Bashir vaciló, como si temiera cruzar una invisible línea divisoria.

–Lo que ocurre es que no puedo evitar ver ciertas cosas –dijo al fin.
–¿Qué cosas?
Bashir hablaba casi en susurros y miraba de un lado a otro, como si estuviera parodiando a un centinela.
–Creo que alguien lo sigue.
–¡Qué tontería!
–Lo digo en serio. He visto al hombre. Grande, musculoso, con mala pinta. Tiene un mechón blanco en el pelo, como si se lo hubiera manchado de pintura. Es inconfundible.
–¿Y por qué crees que me sigue?
–Porque lo he visto detrás de usted más de una vez.
Jude se echó a reír tratando de tomarse la cosa a broma.
–Es cierto. Lo sigue a distancia y no se despega de usted.
–Vamos, déjate de historias.
Pero a Jude le bastó echar un vistazo al rostro de Bashir para comprender que no bromeaba y realmente creía lo que estaba diciendo.
Mientras se alejaba con la bolsa que contenía su café, Jude movió la cabeza ante la disparatada idea. Sin embargo, no cabía duda de que el afgano había hablado en serio. Antes de entrar en el edificio del *Mirror*, se volvió a mirar calle arriba y calle abajo. No vio a nadie. O, mejor dicho, vio a mucha gente, pero a ningún tipo grande y musculoso con un mechón blanco en el cabello.

Sentado a su escritorio de la redacción, Jude tuvo que admitir que algo lo inquietaba. ¿Quién no estaría así después de enterarse de que alguien lo sigue? Repasó mentalmente las posibles explicaciones. «¿Alguien a quien le sentó mal alguno de mis artículos? ¿El novio o el amante de alguna amiga? ¿Un viejo enemigo?» No se le ocurrió nadie y decidió que resultaba inútil pensar en ello. Seguro que no ocurre nada. Lo que sucede es que Bashir es un poco... bueno, como es Bashir.
Sería de gran ayuda que le encargasen un trabajo mínimamente decente. Llevaba casi dos semanas sin tener uno, desde lo del cuerpo mutilado de New Paltz. Aquello sí había sido una buena historia, que él investigó con rapidez y escribió divinamente, aunque luego se la hicieran pedazos. Bah, qué demonios... La historia que sustituyó a lo de New Paltz en primera plana no había

sido una completa pérdida de tiempo, pues gracias a ella había conocido a Tizzie. Y encontrar a Tizzie era lo mejor que le había pasado en mucho tiempo.

Tras el paseo dominical por Brighton Beach, la acompañó a su apartamento en el West Side y ella lo invitó a la proverbial taza de café. Apenas hubieron dado los primeros sorbos de la bebida, comenzaron a besarse en el sofá. Era evidente que a Tizzie la habían enternecido las confidencias de Jude. Cuando hicieron el amor, se mostró apasionada y receptiva, pero, pese a ello, a Jude le dio la sensación de que la joven no deseaba entregarse del todo. En cuanto a él, se sentía excitado como un adolescente, pero no quiso pedirle más, pues Tizzie le importaba demasiado y no quería cometer errores. Quería que todo ocurriese suave y naturalmente.

Tras un cálido buenas noches, al día siguiente volvieron a verse y estuvieron recorriendo los bares de Greenwich Village. Aquella noche iban a volver a encontrarse. Para Jude, tres citas en el espacio de una semana era todo un récord.

Vio que los jefes de sección estaban conferenciando y decidió investigar de nuevo la historia de New Paltz, por si había ocurrido algo digno de un seguimiento.

Se dispuso a llamar a Raymond La Barrett, un agente del FBI que era una de sus mejores fuentes de información policial; a decir verdad, era su única fuente de información policial. Jude no hacía buenas migas con la policía ni con los federales. Conoció a Raymond tres años atrás, mientras efectuaba la investigación previa para un reportaje sobre los diez narcotraficantes más poderosos de Nueva York, tipos que se dedicaban al negocio de la droga más o menos descaradamente. La cooperación entre ambos fue intensa y exigió confianza por ambas partes. Sorteando las leyes antidifamación, Jude logró decir en el reportaje sobre los narcotraficantes lo suficiente para que a la policía no le quedara más remedio que intervenir. A consecuencia de ello, se formularon cargos contra seis personas y hubo cuatro condenas. Jude y Raymond lo celebraron tomándose unas copas en McSorley's y, a partir de entonces, trabaron una relación de trabajo que hasta el momento había resultado ventajosa para ambos.

Raymond era ocho años mayor que Jude y, valiéndose de ello, le llamaba chico. Hasta el año pasado, cuando el agente del FBI fue trasladado a Washington y puesto al frente de una división que recibía el torvo nombre de Operaciones Especiales, los dos hombres se veían una vez cada dos meses, y en un par de ocasiones incluso fueron de pesca. Trabajaron juntos en varios reportajes llegando a desarrollar una especie de clave telefónica para concertar las reuniones: si uno de ellos decía «¿Qué tal unas cervezas?», ésa era la señal. Alternaban el lugar de encuentro, una vez se veían en un bar cerca del apartamento de Jude, y a la siguiente en un bar cerca de la casa de Raymond. «Es tan simple, que ya verás cómo funciona», comentó Raymond cuando acordaron la clave.

Jude se sabía el número telefónico de memoria.

–Operaciones Especiales.

La secretaria de Raymond respondió a la llamada y lo comunicó inmediatamente con su jefe.

–¿Sí?

–Raymond, soy Jude.

–¿Cómo te va, gran hombre?

–Estupendamente. ¿Y a ti?

–Bien. ¿Todavía trabajas para el mismo periodicucho?

–Más o menos. Y supongo que tú sigues desperdiciando el dinero de los contribuyentes.

–Sí, mi distracción favorita es tirar puñados de billetes al váter. Bueno, ¿qué tripa se te ha roto?

–Pensé que tal vez podrías echarme una mano con un extraño caso de homicidio que tuvimos por aquí hace un par de semanas.

–Ya sabes que en esos asuntos no intervenimos, son cosa de las policías locales. A no ser que haya otras implicaciones, claro.

–Puede haberlas. A decir verdad, estoy en un *impasse* y a lo mejor tú puedes sacarme de él.

–Adelante, dispara –repuso Raymond, aunque no sonó muy convencido.

–Ocurrió en una pequeña población llamada Tylerville, cerca de New Paltz. Descubrieron un cadáver que aún no ha sido identificado. Tenía el rostro destrozado y le habían borrado todas las huellas dactilares menos una.

–¿Y qué te parece extraño?

–Bueno, yo nunca había visto nada así.

–Ah, pero ¿lo viste?

–Sí. El forense me permitió presenciar la autopsia. Prácticamente, embalsamé al tipo.

–Cristo bendito, qué cosa tan desagradable.

–Para desagradable, lo que le hicieron al cuerpo.

—Aparte de destrozarle la cara y quemarle las huellas dactilares, ¿qué más le hicieron?
—En la parte interior del muslo izquierdo tenía un boquete del tamaño de una moneda de medio dólar.
—Vamos, no me vengas con ésas. Hace más de veinte años que no veo una moneda de medio dólar.
—¿Quieres las medidas exactas? –preguntó Jude comenzando a hojear su cuaderno de notas.
—O sea que el tipo no sólo te dejó presenciar la autopsia, sino que también te permitió tomar notas. ¿Cómo se llama ese forense?
—Se apellida McNichol. No sé cuántos McNichol.
—Norman McNichol.
—Exacto. ¿Cómo lo sabías? ¿Lo conoces?
—¿Que si lo conozco? Todo el mundo lo conoce. Es un chiflado. El sacamantecas de Ulster County. –Raymond bajó la voz y añadió–: Entre tú y yo, te aconsejo que no te fíes de él. Es un chiflado de campeonato, y lo más probable es que cualquier pista que te dé resulte luego ser falsa.
—Aquí lo tengo. El orificio medía exactamente 3,6 centímetros de diámetro. Era casi perfectamente circular.
—¿Y eso qué demuestra? ¿Que lo abrieron como si fuera una botella de vino?
—McNichol sospechaba que lo hicieron para eliminar una marca de nacimiento.
—Sí, ésas son las cosas que a ese tipo se le ocurren. Atiende, chico, el orificio podía deberse a cualquier motivo. Una herida anterior, un accidente mientras transportaban el cadáver... Yo no pensaría dos veces en ello.
—¿Podría ser un crimen de la mafia?
—Es posible. ¿Cómo demonios vamos a saberlo? Si le hubiesen cortado el pito y se lo hubieran metido en la boca, te diría que habías tropezado con algo importante. Pero... ¿un agujerito en el muslo? Eso no es nada.
—¿Te importa investigarlo en vuestros archivos, a ver si en ellos aparece algo similar?
—De acuerdo, pero no te hagas ilusiones. Cualquier cosa en la que McNichol ande metido tiene muchas posibilidades de ser una perfecta majadería.
—Gracias. Eso es lo que necesito en estos momentos, ánimos.
—Dime una cosa, chico. ¿Estás grabando esta conversación?

–Ya sabes que sí. Hacerlo forma parte del procedimiento habitual que sigo en todos mis trabajos.
–Pues maldita la gracia que a mí me hace tu procedimiento, así que deja de grabar.
–De acuerdo, la próxima vez estaremos solos tú, yo y el encargado de escuchar tus conversaciones.
–Muy gracioso, chico. Espera mi llamada.
–Hasta la vista.
–*Ciao*.
La comunicación quedó interrumpida.

Jude, atónito, no pudo por menos de preguntarse si no lo habría entendido mal. Quitó el cable de escucha del receptor, sacó el magnetófono del cajón, se puso un auricular y rebobinó la cinta. Tras varios intentos, encontró lo que buscaba. La voz de Raymond sonó en su oreja.

–Aparte de destrozarle la cara y quemarle las huellas dactilares, ¿qué más le hicieron?

Qué cosa tan extraña, se dijo y, para cerciorarse, reprodujo la cinta desde el principio. «En ningún momento le conté que hubieran quemado las huellas dactilares del cadáver. Sólo le dije que se las habían borrado.»

Se encogió de hombros. Quizá Raymond lo hubiera adivinado por casualidad. Pero, ciertamente, Jude no se sentía nada cómodo con los misterios que, uno tras otro, surgían a su alrededor.

Jude se envolvió en una bata estampada comprada en El Corte Inglés de Madrid, se calzó unas sandalias de suela de esparto procedentes de una tienda de artículos eritreos del Village, y se fue a la nevera a por más vino. Se sentía de maravilla.

Esta vez en la cama les había ido aún mejor. Tizzie se había mostrado de todo menos contenida. Fogosa y ardiente, sacudió el largo cabello de tal modo que en un par de ocasiones azotó con él el rostro de Jude. Él, por su parte, se abandonó totalmente a la pasión, olvidándose de todo menos de su cuerpo y del de ella, moviéndose y reaccionando al mismo ritmo. Movió la cabeza sin dar crédito a la intensidad de sus sentimientos. Cogió una botella mediada de Chablis con una mano y dos copas con la otra.

Qué cosas. Hacía años que no lo pasaba tan bien en la cama. Cuando regresó al dormitorio encontró a Tizzie erguida, en actitud de esfinge, con la espalda apoyada en la cabecera de la cama. Jude fue junto a ella y sirvió dos copas. Cuando Tizzie alargó el brazo para coger la suya, la manta que la cubría resbaló dejando al descubierto los pechos, pequeños, redondos y con los pezones erectos. Jude asintió con la cabeza aprobador y alzó su copa en brindis.

–Por tu buen aspecto, muñeca.

Ella alargó una mano, le desanudó el cinturón y le abrió la bata. Mirando su desnudez, le devolvió el brindis:

–Y por el tuyo, Louie. Esto podría ser el principio de una bonita amistad.

Jude sonrió, rodeó la cama y se sentó junto a ella. Tizzie le preguntó por los objetos que adornaban la habitación, y él le explicó de dónde había sacado cada uno y qué le había hecho elegirlo. Había pinturas, pequeñas esculturas y cachivaches comprados en mercadillos. Ella manifestaba curiosidad e interés, y a él le encantaba darle explicaciones. Volvió a tomar conciencia de lo a gusto que se sentía junto a Tizzie. Pero no pudo por menos que reconocer que aquélla no era la íntima charla poscoito que había anticipado.

–¿Y qué me dices de eso? –preguntó Tizzie señalando hacia el armario entreabierto, en cuyo interior había un *négligé* negro de Betsy.

–Eso no es más que el vestigio de algo que probablemente nunca debió empezar y que, de todas maneras, ya ha terminado.

–No creas que estoy celosa, porque no lo estoy.

–¿Ah, no?

–No.

Tizzie dio un sorbo a su vino y comentó pensativa.

–Esa chica debía de estar auténticamente enfadada si no regresó a recogerlo.

–Pues sí, contenta no estaba.

–Lo de ir dejando por ahí la ropa de una es una mala táctica. Nunca sabes quién terminará poniéndosela. Podría ser yo, por ejemplo.

–Si te apetece, por mí no te prives –dijo él.

–El *négligé* no es tuyo, así que mal puedes darme permiso.

El tono había sido de reprimenda, y Jude, en vez de contestar, pasó un brazo en torno a Tizzie. Con la mano libre, acarició el cuerpo de la joven siguiendo sus curvas y contornos, hasta que de pronto encontró algo, una especie de costurón. Retiró la manta y miró el costado de la muchacha, donde había un larga y pálida cicatriz.

—¿Qué es esto? —preguntó.
—Una operación.
—Eso ya lo imagino. ¿Qué clase de operación?
—Hace muchos años, estuve enferma y perdí un riñón.
—¿Un riñón? ¿Y cómo fue?
—Tuve una mala reacción a un antibiótico que me administraron. Se llama gentamicina y es bastante corriente. Se utiliza para las infecciones urinarias, que era lo que yo tenía. Pero resulta que en casos excepcionales tiene efectos nefrotóxicos y acaba con los riñones. Así que me trasplantaron uno.
—¡Por Dios!
—No tiene importancia. Sucedió hace mucho. Ya ni siquiera pienso en ello. Incluso me gusta la cicatriz.
—A mí también me gusta —dijo él, y se inclinó para besarla.

Después de otra copa y de un nuevo rato de charla, Jude advirtió sorprendido que volvía a estar excitado como llevaba tiempo sin estarlo. Alargó el brazo para acariciar la espalda de su compañera. Ella, tras unos momentos, respondió al avance colocándose encima de él e hicieron el amor otra vez.

Después, Jude quedó con la vista en el techo recordando los acontecimientos del día. Pensó en comentarle a Tizzie la extraña advertencia de Bashir y la conversación telefónica con Raymond, pero ahora todo aquello le parecía una nadería, pues lo que le estaba ocurriendo en esos momentos era muchísimo más importante.

Tomó a Tizzie entre sus brazos, pero ella, al cabo de unos momentos, se soltó del abrazo y le dijo que en aquella posición no le era posible dormir.

A la mañana siguiente, viernes, Jude tuvo un encuentro con Jenks Simmons.

Simmons era uno de esos tipos insufriblemente jactanciosos que hay en todos los periódicos, y que presumen de estar al corriente de todo cuanto ocurre, pero no en Bosnia, ni en el Ayuntamiento, ni en otros puntos críticos del mundo, sino en la propia redacción. No vivía para las noticias, sino para los chismes. Se decía de él que a veces, en sus artículos, omitía detalles clave —como que la policía sabía que el asesinado era varón porque habían encontrado una ensangrentada huella dactilar en la parte inferior de la tapa del váter–, ya que prefería reservarse tales detalles para las tertulias de sobremesa. Le gustaba ser el centro de la atención. Para empeorar las cosas, y para aumentar la antipatía general que su persona inspiraba, Simmons tenía talento.

Se tropezó con él en la puerta de los servicios de caballeros cuando Jude salía y Simmons entraba.

–Bueno –dijo Simmons con una sonrisa de suficiencia–, ahora ya sabemos por qué te encargaron a ti el reportaje sobre los gemelos.

–¿Cómo? ¿A qué te refieres?

Pero Simmons ya había desaparecido en el interior del baño, así que Jude tuvo que esperarlo fuera, en el concurrido pasillo de la redacción. La espera fue larga, tanto que el hombre comenzó a pasear de arriba abajo, cosa que, generalmente, bastaba para que por la redacción comenzara a rumorearse que un reportero estaba teniendo dificultades con uno de sus trabajos.

Al fin, Simmons salió de los servicios y sonrió satisfecho al ver que Jude seguía allí. A Jude no le importó, pues necesitaba averiguar qué era lo que Simmons sabía.

–Explícame a qué te referías.

–¿A qué me refería? –preguntó Simmons simulando no entender.

–Lo que comentaste de los gemelos. ¿Qué demonios quisiste decir?

–Simplemente que está clarísimo por qué te encargaron a ti el trabajo. Fue porque tú mismo tienes un gemelo.

Jude se quedó totalmente desconcertado y sin saber qué decir.

–Y, si no tienes ningún gemelo –siguió Simmons–, entonces, debías de ser tú mismo el que ayer estaba en Central Park buscando comida en los cubos de basura. Al menos eso cuenta Helen, la que trabaja en Inmobiliaria. Dijo que el tipo se parecía mucho a ti. Salvo, naturalmente, por la forma de vestir, porque parece que el individuo carecía de tu proverbial elegancia y distinción. También dijo que el hombre... y parto de la base de que no eras tú, porque generosamente te concedo el beneficio de la duda...

–Simmons, como no hables más claro, te voy a borrar esa sonrisa de los labios...

–Vale, vale. Cálmate. Lo que Helen comentó fue que el tipo tenía un aspecto patético. «Parecía un perro apaleado», fue la expresión que usó.

Jude lo miraba con cara de pocos amigos, como si estuviera pensando en emprenderla a golpes con él.

–Bueno, no te sulfures. No era tu gemelo. Pero te conviene saber que por ahí anda alguien que se parece mucho a ti.

Jude dio media vuelta y comenzó a alejarse, pero Simmons lo hizo volverse con un último comentario:

–Bueno, ¿qué? ¿Merecía esperar por la noticia o no?

Al mediodía, Jude se encontró con Betsy en la cafetería. Él acababa de terminar sus espaguetis cuando la vio pagar en caja y dirigirse con su bandeja hacia lo que, con claro eufemismo, recibía el nombre de comedor. Clavó la vista en su postre, pero ella lo vio y fue a sentarse frente a él. La sonrisa que había esbozado Jude no tardó en borrarse, pues el interés que vio en el rostro de Betsy lo dejó desconcertado.

–Jude..., ¿te encuentras bien? O sea... Supongo que si te ocurriese algo malo, me lo dirías, ¿no?

La mujer sonreía de oreja a oreja. Sólo la noticia de que él se había colgado de una viga le habría producido una satisfacción mayor.

–Sí, claro que me encuentro bien.

No preguntó a qué venía el interés, pues le daba la clara sensación de que, de todas maneras, Betsy se lo explicaría.

–Circulan extraños rumores sobre ti. Según Simmons, vagas por las calles como un mendigo y buscas comida en los cubos de basura. Si el que hacía todo eso no eras tú, era alguien que se te parece. ¿Qué te sucede?

De pronto, a Jude se le ocurrió que tal vez Betsy pensara que ella misma era la causa de sus miserias... que él había sido víctima del amor. Eso justificaría el brillo de satisfacción que relucía en los ojos de la mujer.

–Helen –dijo Jude.

–¿Cómo?

–Helen, la de Inmobiliaria. Al parecer, vio a alguien que se parece a mí y es Helen la que ha ido contando esas historias. Lamento defraudarte, Betsy, pero la verdad es que no tengo ni idea de lo que ocurre.

—Ya —respondió ella, arrugando la nariz como si acabara de ver a Jude rebuscando en un cubo de basura.

Normalmente, Jude no hubiera hecho caso de las habladurías. Pero lo cierto era que estaban consiguiendo ponerlo nervioso. Experimentaba una vaga sensación de ansiedad. Todo había comenzado con aquella inquietante charla con Bashir. Un hombre con un mechón blanco en el cabello. El pequeño afgano parecía tan seguro de lo que decía... Y ahora aquellos rumores de que él tenía un doble. ¿Qué demonios estaba ocurriendo?

Jude no utilizaba con facilidad el término paranoico. Siendo un purista en lo referente al uso del lenguaje, consideraba que la palabra se utilizaba con excesiva frecuencia. Sin embargo, si alguien le hubiese preguntado cómo se sentía, y si él hubiera contestado a la pregunta con sinceridad, su respuesta habría sido: «Paranoico».

Durante el fin de semana Tizzie y él tuvieron su primera pelea.

El sábado por la noche estuvieron en un restaurante de la Tercera Avenida. Durante toda la cena Tizzie se mostró distante y distraída. En cierto momento, Jude advirtió que su compañera miraba algo por encima de su hombro y también notó que, antes de apartar la vista, hizo un gesto de sorpresa. Jude se volvió y, a través de la ventana, le pareció ver a alguien, quizá un hombre, o tal vez sólo una sombra, fundiéndose con la oscuridad. Tizzie no le dio importancia al incidente y dijo que no había sido nada, sólo un hombre de horrible aspecto que miraba hacia el interior del local. Poco después, salieron del restaurante.

A la mañana siguiente, Jude se sintió indispuesto y decidió quedarse en la cama. Tizzie acudió al apartamento, utilizando para entrar la llave que él le había dado hacía poco. Para Jude eso fue indicio de que habían llegado a un punto crucial en su relación, mientras que ella consideró que simplemente era una cuestión de comodidad. A él, por su parte, y aunque se abstuvo de comentarlo, le dolió que ella no le hubiera dado una llave de su propio apartamento.

Jude tenía unas décimas y Tizzie se metió en la cocina para prepararle sopa y té. Cuando ella le llevó la comida, él no quiso tomar nada. Entonces Tizzie trató de ponerle el termómetro y él no quiso. Le puso otra manta y Jude se la quitó. Todos aquellos cuidados, aquella solicitud tan femenina, no lograron sino fastidiarlo.

—Lo único que necesito es que me dejen en paz —dijo de forma casi grosera.

Tizzie respingó y por su rostro cruzó una expresión dolida que inmediatamente se convirtió en enfado. La joven giró sobre sus talones y salió del apartamento dando un portazo.

¿Por qué demonios había tenido que portarse de aquel modo?, se reprendió Jude.

Más tarde la llamó para disculparse. Pareció que aceptaba la disculpa, pero su tono siguió siendo frío, lo cual era intranquilizador. A Jude le inquietaba lo mucho que Tizzie había llegado a importarle. Se conocían desde hacía menos de dos semanas, y él —cosa absolutamente insólita—, ya se preocupaba por ella más que por sí mismo. Se dijo que tal vez eso se debiera a que Tizzie le gustaba demasiado y, a causa de ello, le costaba aceptar sus cuidados.

Por primera vez se sentía cómodo con una mujer, era capaz de hablar y actuar con sinceridad y abandonar las poses que había adoptado con otras. Descubrió, no sin cierta sorpresa inicial, que a ella parecía gustarle él, y no la imagen de él que ella se había forjado, y le encantaba la fluidez que eso daba a la relación entre ambos. Quizá Tizzie consiguiera que se abriese totalmente a ella, cosa que otras muchas mujeres habían intentado antes en vano.

Pero... ¿eran recíprocos tales sentimientos? Aquélla era la gran pregunta. A él le parecía que las cosas iban viento en popa. Por él, comenzarían inmediatamente a vivir juntos, pero no se atrevía a proponérselo por temor a que ella no aceptase. En Tizzie había algo misterioso que quedaba fuera del alcance de Jude, y éste temía que su interés por él no tardara en desvanecerse.

«Haz frente a la realidad —se dijo—, tú estás más colado por ella que ella por ti.» Quería saberlo todo acerca de Tizzie: cómo fue su niñez, dónde pasó sus vacaciones, qué tal día había tenido, qué estaba pensando. Pero ella no parecía dispuesta a dar explicaciones. Se había producido una especie de inversión de papeles, pues antes el acusado de ser inescrutable solía ser él.

Y ahora estaba a punto de comenzar una nueva semana y Tizzie estaba de viaje y ni siquiera le había dicho adónde había ido. Se reprendió de nuevo por estar actuando como un idiota. Se prometió que, cuando Tizzie volviera, se mostraría especialmente solícito con ella.

El lunes, ya casi repuesto, Jude dedicó el día a hacer promoción de su libro.

Seguía sintiéndose un poco perplejo por el éxito de *La máscara de la muerte,* un éxito que en gran medida se debía a la gran cantidad de publicidad que la novela había recibido. La editorial, que, por cierto, era otra de las empresas de Tibbett, había llegado al extremo de enviar por correo pequeñas máscaras blancas de la muerte a los principales críticos. Jude tenía que reconocer que aquel alarde publicitario lo tenía impresionado.

Durante el día concedió entrevistas a diversos colegas. Hacerlo le resultó farragoso, ya que estaba acostumbrado a formular preguntas, no a contestarlas. Además, le molestaba darse cuenta de que en todas las entrevistas caía en la misma palabrería. Cuando escuchaba sus declaraciones grabadas, reconocía las palabras y recordaba haberlas pronunciado, pero la voz le parecía la de un extraño. Era como contemplar su foto en los anuncios de prensa; cuando la vio por primera vez, su reacción fue extraña. Le pareció que la foto era de un desconocido, de alguien casi totalmente ajeno a él.

«Caramba –se dijo–, procura tranquilizarte.»

Por la tarde asistió a la firma de ejemplares de su novela en la librería Words Ink del SoHo. Fue un auténtico desastre. Jude llegó tarde porque estuvo atrapado durante veinte minutos en el sofocante y oscuro interior del tren número 6, que se quedó detenido en un túnel, entre dos estaciones. Por el sistema de megafonía se anunció a los pasajeros lo que éstos ya sabían: que el tren había sufrido un retraso. Jude salió del metro en Astor Place, y en aquel preciso momento comenzó a caer un auténtico diluvio.

Corrió hasta la librería y llegó jadeando, con el cabello pegado a la cabeza y la ropa empapada. La encargada, una cincuentona huesuda que llevaba el pelo recogido en un pequeño moño, lo recibió con un apretón de manos y una sonrisa forzada. Cerca de la ventana habían colocado un escritorio con el tablero cubierto de cuero sobre el cual había un montón de ejemplares de *La máscara de la muerte.* A un lado había un cartel en el que aparecía su retrato y la ubicua máscara blanca. A la izquierda del escritorio se veía un bufet con una fuente de galletas saladas y otra con pedacitos de queso. Junto a ellas, varias botellas verdes de vino y un batallón de vasos de plástico. A Jude le bastó un vistazo para darse cuenta de que había muchísimos más vasos que público.

La encargada le siguió la mirada y adivinó lo que estaba pensando.

–Por lo general, no tenemos firmas de... –titubeó la mujer buscando la palabra adecuada– de libros como el suyo.

La frase sonó a acusación y, por si no había quedado suficientemente claro, el siguiente comentario de la mujer disipó cualquier duda:

–Los de la oficina central insistieron mucho en que usted firmase ejemplares aquí.

Jude aún estaba tratando de contestar algo ocurrente cuando la mujer lo tomó por el brazo y lo condujo hacia el escritorio.

–¿Por qué no se sienta aquí? –preguntó en el oficioso tono de una maestra recibiendo en su clase a un nuevo alumno.

–Un vaso de vino me vendría bien para calmar los nervios.

«Dado que ella me trata como si yo fuera Jeffrey Archer –se dijo Jude–, no tengo por qué no comportarme como si fuera Dylan Thomas.»

–Desde luego. Ahora se lo traemos.

Jude se preguntó por qué la mujer usaba el plural. Aparte de ellos dos, en el local sólo había otro empleado y unos cuantos compradores en la sección de libros de viaje y biografías. Aquello era la pesadilla de cualquier autor hecha realidad: un montón de libros por vender y nadie a quien dedicárselos. Apuró el vino de un trago y tendió el vaso de plástico para que se lo volvieran a llenar. La mujer torció el gesto y fue con el vaso hasta el bufet.

Jude colgó del respaldo del sillón la chaqueta mojada y se sentó al escritorio, que era de caoba y tan cómodo que casi le dieron ganas de ponerse a escribir algo, quizá a mano y con una pluma de ave. Deseó que apareciera algún comprador para dedicarle unos renglones bien floridos. En la calle seguía lloviendo a mares. Cogió un libro de la parte alta de la pila, abrió una página al azar y comenzó a leer. El texto le pareció enrevesado y torpe, así que volvió a dejar el libro donde estaba, y se bebió otro vaso de vino. Esta vez, fue él mismo al bufé a llenárselo de nuevo. Al regresar al escritorio cogió de un estante un ejemplar de *Trampa 22*.

Una joven que llevaba una trinchera verde con el cinturón hecho un nudo se acercó al escritorio, miró el póster, a Jude, y de nuevo el póster.

–Sí, soy yo –dijo él, con una sonrisa.
–¿Quiere decir que es usted escritor?
–Pues sí.
–¿Y qué clase de escritor es usted?

Jude no esperaba esa pregunta y respondió lo primero que se le vino a la cabeza.

–Popular. Escribo para las masas.
–Ya.

La joven cogió un libro y lo hojeó con el entrecejo fruncido. Jude trató de adivinar qué significaba el ceño, ¿interés o desdén? Luego vio con asombro que la mujer iba con la novela hasta la caja, la pagaba y volvía para que se la dedicase.

«Jude Harley –escribió él con florida caligrafía–. El pueblo vencerá. Aprovechad el día.»

–Tiene usted un nombre muy raro.

–Es la abreviatura de Judas. Me lo pusieron por Judas Priest, la banda de heavy metal. Mi madre era fanática del rock.

Tras dirigirle una sonrisa de desconcierto la joven cerró el libro y salió del local cerrando la puerta suavemente a su espalda. Jude bebió otro vaso de vino. Se sentía de maravilla. Judas Priest. Tenía que volver a gastar aquella broma.

Durante los siguientes cuarenta y cinco minutos, por la librería desfilaron una docena de personas, y tres de ellas compraron su libro. Entre venta y venta, Jude hojeó *Trampa 22* y asumió una afectada actitud de *poète maudit*. Con todo el vino que había bebido, se sentía en la gloria.

Y de pronto se produjo un suceso insólito. Un autobús de turistas estacionó en la calle, y la librería fue invadida por un tropel de personas que huían de la lluvia y que reían y charlaban con fuerte acento del Medio Oeste. El grupo apenas cabía en la tienda. En cuanto los turistas lo vieron sentado al escritorio se acercaron con una mezcla de curiosidad y cautela, como si fuese un animal exótico.

–Vaya, fijaos en esto –dijo un caballero que llevaba gafas sin montura.

Jude sonrió inseguro.

Una mujer de cabello entrecano hizo que dos amigas suyas se colocaran a su lado y les tomó una fotografía. El flash de la cámara cegó momentáneamente a Jude.

Después de hacer la foto, la mujer se acercó al escritorio, cogió un libro y lo sopesó como si fuera un pepino.

–¿De qué va esto, joven? –preguntó.
–De Nueva York en los noventa –respondió Jude tras pensarlo unos momentos–. Las criaturas de la noche, los bares, el bajo mundo. La vida en el interior del vientre de la Bestia.
–¿Hay sexo y violencia?
–Un poco.
–¿Un poco, de qué?
–De cada cosa.
–Vendido –proclamó la mujer en tono de subastadora, y sus acompañantes se echaron a reír.

En torno al escritorio no tardó en formarse un nutrido corrillo y fueron muchas las manos que se alargaron hacia los libros. Jude comenzó a firmar como un poseso, charlando, dando respuestas ingeniosas, preguntando los nombres de pila, escribiendo «para Vicky», y «para Herman», y «para Babe», y «con mis mejores deseos», y «afectuosamente», y «con recuerdos de Nueva York», e incluso reproduciendo alguna que otra cita de *Trampa 22*.

Y entonces miró accidentalmente hacia la ventana.

La lluvia se había convertido en un auténtico diluvio que inundaba de aguas las calles. Era como mirar hacia fuera a través de una cascada, todo parecía difuminado y borroso, como un cuadro impresionista. De pronto, en el centro del cuadro apareció un rostro. Jude se quedó petrificado al verlo. Una voz interior le dijo que aquella imagen difusa iba a ser de trascendental importancia para él. Aguzó la vista. Era un hombre, empapado y con la espalda encorvada. Bajo la lluvia, la figura se acercó más al escaparate y sus facciones se concretaron. Jude se quedó boquiabierto. El rostro del hombre era idéntico al suyo. Se sintió como si se estuviera mirando al espejo. La cara era, quizá, algo más joven, pero resultaba difícil decirlo, porque su propietario iba sin afeitar y estaba desencajado y macilento. Los ojos de ambos se encontraron por un instante, y a Jude le pareció advertir un brillo de reconocimiento en las pupilas del vagabundo. Luego el hombre dio media vuelta y su imagen volvió a difuminarse. Terminó desapareciendo tan rápidamente como había aparecido.

Jude saltó del sillón y corrió a la puerta. No logró abrirla inmediatamente y con el rabillo del ojo vio que la encargada iba hacia él. Al fin consiguió abrir y salió a la lluvia. En cuanto lo hizo se quedó calado hasta los huesos. Miró en todas direcciones, pero no vio a nadie. Corrió calle arriba, se detuvo, dio media vuelta y corrió en la dirección opuesta. Pero fue inútil; la aparición se había esfumado. Permaneció largo rato metido en un portal, tratando de dilucidar qué hacer.

Cuando volvió a la librería, los turistas, que ya estaban marchándose, lo miraron con recelo. Permaneció bajo la lluvia hasta que todos hubieron salido y entró de nuevo en el local. La encargada estaba jugueteando con uno de los botones de su blusa. Jude se dirigió al escritorio, recogió su chaqueta y se quedó de pie frente a ella, sobre un pequeño charco de agua. Murmuró una lacónica disculpa, pues estaba demasiado desconcertado para extenderse más y descubrió que la mujer lo miraba con auténtica simpatía.

Jude caminaba ofuscado por la oscura estación de metro de Times Square. Encima se hallaba «la encrucijada del mundo», el lugar en el que uno podía encontrarse con cualquier persona de cualquier lugar. Pero ningún encuentro podía compararse con el que acababa de tener, pues se había encontrado consigo mismo.

En el SoHo comió algo y se bebió tres tazas de café para contrarrestar los efectos del vino. Sentado en la cafetería, no lograba olvidar aquella imagen. Era una imagen que llevaba acompañándolo toda su vida: la de su propio rostro. En ciertos momentos, la recordaba con toda nitidez, era como si su propia imagen hubiera salido del interior de un espejo para agarrarlo por el cuello. Lo que más le había impresionado eran los ojos. Durante el milisegundo en que los miró, le pareció contemplar los recovecos de su propia alma.

Sin embargo, casi lograba convencerse de que estaba confundido, de que se había puesto casi frenético a causa de un simple vagabundo que se había acercado al escaparate atraído por las luces del local. Eso era todo. Y, además, había que tener en cuenta el vino, el nerviosismo, la embriagadora sensación que le había producido el firmar tantos libros en aquella extraña librería dickensiana. ¿Le habría echado la encargada alguna droga en el vino? Era posible, pero no probable. Jude conocía los efectos que tenían los alucinógenos, y no se parecían en nada a lo que él había experimentado. Cuando vio al vagabundo estaba ligeramente achispado, pero en posesión de todas sus facultades mentales. Y luego, naturalmente, estaba lo que había contado Helen; sin duda, ella había visto al mismo hombre que él.

Al salir de la cafetería se dirigió hacia el metro, y ahora se hallaba en uno de los túneles de la estación de Times Square. A la izquierda había unos jóvenes charlando cerca de una fila de cabinas telefónicas. A la derecha, al otro lado de un pasillo tachonado de negras manchas de chicle, había un quiosco de prensa atendido por un pakistaní. Un gran montón de ejemplares sin vender del *Mirror* se alzaba junto a otros montones mucho más pequeños de periódicos rivales.

Se dirigió hacia el andén de la línea del East Side caminando por entre la densa masa de viajeros. Cuando llegó el tren, subió a un vagón atestado. Todos los asientos estaban ocupados por exhaustos viajeros de todas las razas y colores. Totalmente rodeado de cuerpos sudorosos, Jude se agarró a una de las correas que colgaban de una barra del techo. El tren se puso en marcha con fuerte sacudida.

—Dispense —murmuró mecánicamente la mujer que acababa de pisarle el pie izquierdo con su fino tacón.

Alzó la vista hacia los paneles situados en la parte alta de los laterales del vagón: anuncios de ópticas, de remedios para las hemorroides, de centros de cirugía estética. A su lado, alguien llevaba puestos unos auriculares de los que emanaba música punk. Dejó vagar la mirada sobre el mar que formaban las cabezas de los pasajeros y, por la portezuela del fondo, alcanzó a ver el interior del siguiente vagón.

Entonces vio al hombre corpulento y musculoso, con un mechón blanco en el cabello. El tipo tenía una expresión desagradable y amenazadora, y Jude tuvo la certeza de que tal expresión iba dirigida a él. Pero... ¿por qué? Él jamás lo había visto. Por un momento, los ojos de ambos se encontraron. Luego el desconocido bajó la mirada y se volvió dándole la espalda. Jude miró apresuradamente a su alrededor y volvió a dirigir la vista hacia el otro vagón. El tipo del mechón tenía la espalda encorvada y oscilaba al compás de los traqueteos del tren, moviendo los hombros como un boxeador. La gente que lo rodeaba se mantenía a prudente distancia de él.

Jude cerró fuertemente el puño en torno a la correa. Notaba el pulso acelerado y un gran peso en el estómago. Escrutó a los pasajeros que lo rodeaban. Nadie se fijaba en él, nadie le prestaba la más mínima atención. Trató de pensar con claridad. El mechón blanco, el mismo detalle que Bashir había mencionado. ¿Podía tratarse de una coincidencia? Sin duda, en una ciudad tan enorme... Y, de todas maneras, nada malo podía ocurrirle en un vagón de metro atestado.

Contuvo el aliento, ladeó ligeramente la cabeza y volvió a mirar a través del cristal de la portezuela trasera. «Me está mirando.» El desconocido volvió a apartar la vista. El mechón blanco de su cabeza parecía una mancha de pintura.

Su instinto le dijo que lo mejor era huir. Soltó la correa y comenzó a avanzar entre los pasajeros en dirección al vagón anterior al suyo. Tuvo que abrirse paso a base de codazos y empujones.

–Eh, hijoputa, ten cuidado.

La gente rezongaba, torcía el gesto, lo miraba mal.

Llegó a la puerta que conducía al vagón delantero, donde se apoyaba una vieja. Jude, prácticamente, la alzó en vilo y la apartó. Luego asió el tirador metálico de la puerta, que tras ofrecer una ligera resistencia, cedió. Salió por la puerta y recibió el azote de una fortísima corriente de aire caliente y el estrépito de las ruedas metálicas sobre las vías. La puerta se cerró a su espalda. Ahora Jude se hallaba en inestable equilibrio entre dos traqueteantes vagones, con el pie derecho en uno y el izquierdo en otro. En la penumbra, tanteó en busca del tirador de la otra puerta hasta que al fin lo encontró. Lo sujetó con ambas manos y lo hizo girar de un lado a otro hasta que saltó el pestillo y la puerta se abrió.

Cuando se volvió a mirar hacia atrás, varios rostros lo miraban con extrañeza e irritación, pero no alcanzó a divisar al desconocido del mechón. Tenía frente a sí un auténtico muro humano, pero no se achicó. Inclinó la cabeza, embistió contra el muro y, retorciéndose y dando codazos, comenzó a avanzar entre los sudorosos pasajeros. La gente se apartaba alarmada. En el mismo momento en que llegó a una de las puertas de doble hoja del vagón, el tren se detuvo. Las puertas se abrieron y Jude saltó al andén y echó a correr sin volver la vista atrás ni una sola vez.

Siguió corriendo y sorteando a los pasajeros que iban hacia él. Abandonó el andén, pasó bajo la escalera que ascendía hasta Grand Central y se metió por el túnel que conducía a la línea de la avenida Lexington. El pasillo estaba sorprendentemente desierto y el quiosco de prensa, situado en uno de sus extremos, tenía el cierre metálico echado. Jude oía el eco de sus propios pasos y el sonido de su agitada respiración. Aflojó el paso y miró hacia atrás. Nadie lo seguía; sólo vio media docena de pasajeros que caminaban con paso cansino. Frente a él no había nadie, y el túnel se hacía más oscuro, angosto y amenazador. Echó a correr de nuevo. Las plantas de los pies le dolían al pegar contra el pavimento y, en la enrarecida atmósfera, los pulmones comenzaron a arderle.

El túnel terminaba en un laberinto de columnas, pasadizos y escaleras descendentes. Jude, que conocía el camino, cruzó sin vacilar la amplia explanada subterránea, que tenía el tamaño de medio campo de fútbol. Llegó a una escalera con un cartel esmaltado en blanco y negro que anunciaba: UPTOWN. Allí se detuvo por un momento, puso una mano en la barandilla y volvió la vista atrás. No vio a nadie. Aliviado y aún con la respiración agitada hizo lo posible por recuperar la calma y trató de bajar la escalera como si no le hubiera sucedido nada.

Al fondo del andén, de espaldas a Jude, un hombre con chaqueta de cuero paseaba ociosamente. El periodista se detuvo en seco y aguzó la vista. Había algo en aquella figura, en su peculiar modo de caminar, que le parecía conocido. Recordó e, inmediatamente, el pánico se apoderó de él. No podía ser. Pero era. ¡Se trataba del mismo hombre!

No había posibilidad de error, pues allí estaba el mechón blanco, reluciendo en la penumbra como si poseyera luz propia. Jude, con el corazón de nuevo acelerado, se escondió detrás de una columna, contuvo el aliento y se quedó totalmente inmóvil. Oía perfectamente al hombre que caminaba de arriba abajo por el andén; en un momento determinado, el individuo carraspeó, y el sonido fue ronco y desagradable. Era asombroso, increíble. Era físicamente imposible que el sujeto del mechón hubiera llegado al andén antes que él. ¿Cómo lo había conseguido? Jude relegó la pregunta a un segundo término, pues lo primero era escapar de allí.

Esperó a que se produjese una distracción para elegir cuidadosamente el momento. Al cabo de unos instantes, un tren entró en el andén por la vía opuesta y su estrépito ahogó cualquier otro sonido. Jude aguardó a que el hombre reanudara sus paseos y le volviera la espalda. Entonces salió de detrás de la columna, corrió hasta la escalera y comenzó a subir los peldaños de dos en dos. Al llegar arriba se volvió y alcanzó a ver las piernas del desconocido, que seguía con sus paseos. Cruzó a la carrera la gran explanada subterránea, pasó por los torniquetes de salida, subió otro tramo de escaleras y salió al fin a la calle. Atardecía y la lluvia había limpiado la atmósfera.

Jude siguió corriendo por la acera hasta llegar a la Tercera Avenida y cruzó otras cuatro calles más en dirección norte. No se detuvo hasta que vio un taxi que tenía abierta una de las portezuelas traseras. Por ella asomaba una pierna y un zapato de tacón. En el interior, una mujer vestida de noche estaba contando laboriosamente el dinero para pagar al taxista. Jude sujetó el tirador de la portezuela e hizo lo que pudo por devolver la sonrisa que la mujer le dirigía mientras se apeaba. El periodista montó en el coche, dio su dirección y, exhausto y atemorizado, se arrellanó en el asiento posterior.

El taxi, que no tenía aire acondicionado, avanzaba lentamente por entre el denso tráfico. Jude bajó al máximo las dos ventanillas. Todavía se percibía el perfume fuerte y exótico de la anterior ocupante. En el suelo había una cajita de fósforos y un cigarrillo a medio fumar. El conductor puso la radio. El presentador de un programa de entrevistas estaba poniendo verde a su entrevistado mientras discutían acerca de la Seguridad Social. Jude miró a ambos lados de la calle. La gente regresaba a casa desde el trabajo con maletines y bolsas de supermercado en las manos.

El taxi dobló una esquina, obligando a detenerse a un peatón que torció vivamente el gesto. Al fin el vehículo fue a detenerse ante la casa de Jude, un edificio de cinco pisos sin ascensor situado en la calle Setenta y cinco Este. Jude pagó la carrera, dio una generosa propina, se apeó y miró calle arriba y calle abajo. No vio nada sospechoso. El sol estaba muy bajo sobre el horizonte occidental de la ciudad y sus rayos lo teñían todo de rojo.

Entró en el vestíbulo y pasó ante su buzón, que estaba repleto de cartas. Abrió la puerta que daba a las escaleras. El suelo era de pequeñas baldosas blancas y negras, y la escalera tenía un grueso pasamanos sobre el que se acumulaban las capas de pintura color marrón. Era un lugar deprimente, por el que Jude siempre procuraba pasar lo más rápidamente posible.

Sin embargo, ahora se detuvo. La respiración ya se le había normalizado, pero sus sentidos seguían alerta tras el incidente del metro, particularmente la vista y el oído. Y eso fue lo que le permitió oír un tenue rumor procedente de la oscuridad debajo de la escalera. Apenas fue un rumor, el tenue susurro de una respiración.

Jude retiró el pie del primer peldaño y fue a mirar bajo la escalera. Entre las sombras vio una temblorosa y patética figura demasiado pequeña para ser la del hombre del mechón.

–Salga –le ordenó Jude con voz cuya firmeza lo sorprendió–. Sé que está usted ahí debajo. Salga –repitió.

Percibió un movimiento, sonó un nuevo rumor y, de pronto, un hombre se materializó entre las sombras debajo de la escalera y avanzó hasta quedar iluminado por la bombilla que pendía del techo.

Jude se quedó paralizado, estupefacto, mirando al tembloroso vagabundo que tenía frente a sí. El hombre estaba sucio y cubierto de harapos, y el largo y enmarañado cabello le caía sobre los hombros. No obstante, pese a su desaliñado aspecto, saltaba a la vista que el vagabundo era la viva imagen de Jude. Se trataba sin duda de su famoso doble.

Y de pronto el doble habló.

–No me haga daño. Por favor, no me haga daño.

La voz era débil, temerosa, y en ella se percibía un extraño acento vagamente sureño. Pero lo que realmente dejó atónito a Jude fue que sonaba exactamente igual que las grabaciones de su propia voz.

CAPÍTULO 13

—¿Cómo te llamas?
Era una pregunta tan elemental que a Jude le pareció absurdo que no se le hubiera ocurrido hacerla antes. Desde luego, no tenía la cabeza nada clara. Aún no se había repuesto de la impresión que le produjo encontrarse con Skyler, con aquel flaco y desgreñado individuo que parecía un profeta del Antiguo Testamento.

Nada lo había preparado para el sobresalto de encontrarse frente a alguien que era su vivo retrato. Ni los rumores y habladurías de la redacción, ni la breve imagen que tuvo del vagabundo en el exterior de la librería. Sí, todo aquello lo había desconcertado e intrigado, pero no se había planteado seriamente la idea de que tenía un doble y de que ese doble surgiría un día ante sí, materializándose entre las sombras de la escalera de su edificio.

Y ahora lo tenía en su casa, sentado en la sala de su apartamento. Jude no dejaba de mirar la boca, la barbilla, la nariz y los ojos del vagabundo. Todas las facciones eran idénticas a las suyas. ¿Cómo es posible que esto esté sucediendo?

Era imposible. Pero cierto.

—Tu nombre. ¿Cómo te llamas? —le volvió a preguntar Jude al patético individuo sentado en el borde del sofá.

—Skyler.

—¿Skyler? ¿Es tu nombre o tu apellido?

Una expresión de desconcierto.

—¿Tienes padres? ¿Hermanos? ¿Se llaman ellos igual?

Jude estaba exasperado y su voz lo denotaba. Aquél, se dijo, no era el mejor sistema para conseguir información.

—No.

—Entonces, supongo que Skyler es tu nombre de pila. ¿Qué me dices del apellido? ¿Tienes?

—Supongo que puedes llamarme Jimin —respondió Skyler tras reflexionar durante unos momentos—. A nosotros nos llamaban jiminis.

—¿A quién te refieres al decir «nosotros»?

—A los del grupo de edad. En la isla.

—¿Qué isla? ¿El sitio del que vienes es una isla? ¿Cómo se llama?

De nuevo la expresión de desconcierto.

—No se llama de ninguna manera. Era simplemente la isla, el lugar en que vivíamos.

—¿En qué estado se encuentra? ¿En qué país? ¿Está en Norteamérica? ¿Eres norteamericano?

Skyler se encogió de hombros.

—Supongo.

—¡Supones! Cristo bendito. ¿Cómo es posible que te hayas pasado la vida entera sin salir de un lugar y ni siquiera conozcas su nombre?

El propio Skyler se hacía la misma pregunta. Y, por otra parte, seguía sintiendo fuertes recelos. Y no le faltaban razones para ello. A él no le había impresionado tanto como a Jude encontrarse frente a su doble, ya que fue el deseo de encontrarle lo que le impulsó a ir a Nueva York, donde ya llevaba casi dos semanas buscándolo. Sin embargo, recordaba bien la gran impresión que le produjo ver a Jude por primera vez en persona. Oculto en un portal, lo vio con toda claridad saliendo de su edificio, y pudo darse perfecta cuenta de que tenía exactamente su mismo aspecto e incluso su misma forma de caminar.

Skyler tenía sobrados motivos para actuar con cautela. Sabía tan poco acerca de Jude como Jude parecía saber acerca de él. Pero... ¿qué papel podía haber desempeñado Jude en los terribles sucesos de la isla? ¿Estaría acaso relacionado con el Laboratorio o con el doctor Rincon? ¿Y si también tenía algo que ver con la muerte de Julia? Cada vez que recordaba aquella muerte, Skyler sentía una cuchillada de dolor. Una cuchillada como la que él le había asestado a la foto del doctor Rincon.

Durante su viaje en autobús hacia el norte, mientras contemplaba por la ventanilla el desconocido y extraño paisaje de carreteras y tendidos ferroviarios, no había dejado de pensar en la foto del desconocido Jude. El viaje había sido angustioso. Las ciudades de extraños carentes para él de todo significado se sucedían unas a otras. Había permanecido todo el tiempo pegado a la ventanilla. De los orificios de ventilación situados sobre su asiento salía un aire helado que lo mantenía continuamente aterido. A su lado se habían sentado un montón de desconocidos en sucesión, unos parlanchines y otros taciturnos, pero todos almas perdidas. Una noche, cuando las luces principales del interior del autobús estaban ya apagadas, un hombre cuyo aliento olía a tabaco alargó la mano y le tocó la pierna. Skyler le apartó la mano y se cambió de asiento.

No tenía la menor idea de cómo reaccionaría Jude, en el caso de que lograse dar con él. Ignoraba si el hombre que tanto se le parecía era un amigo o un enemigo. Luego pasó ocho o diez días infernales en la ciudad, buscando comida en los cubos de basura y durmiendo en Central Park. Localizó a Jude gracias a que un vagabundo que conoció en un banco del parque le aconsejó que buscase su apellido en la guía telefónica. Fue la única vez que alguien habló con él. A fin de cuentas, era un extranjero, y no hubiera sido raro que la gente se pusiera a tirarle piedras. Llegó a sentir auténtica desesperación. En un periódico encontró un anuncio de la firma de libros y fue a la librería, pero se asustó al ver a Jude de cerca. Después esperó en las cercanías del edificio de la calle Setenta y cinco, logró meterse en el portal entrando tras uno de los inquilinos y se escondió debajo de la escalera. Decidió ponerse en manos de Jude del mismo modo que un náufrago decide agarrarse a un clavo ardiendo.

Y, además, había otra cosa. Skyler había advertido que los ordenanzas estaban siguiendo a Jude. Cuando se dio cuenta de ello, experimentó un verdadero pánico al entender que era a él a quien los hombres del mechón buscaban. Sin embargo, este descubrimiento no dejó de tener su parte tranquilizadora. Los ordenanzas no estarían siguiendo a Jude si éste fuera uno de los suyos. El enemigo de mi enemigo es mi amigo, reflexionó Skyler, y de momento decidió confiar en Jude... aunque sólo hasta cierto punto.

Jude trataba de sacarle más información.

–¿Cómo me encontraste?

–Por la guía telefónica.

–Lo que quiero decir es cómo te enteraste de mi existencia.

—En un periódico vi un anuncio de tu libro.
—¿Y dónde viste ese periódico?
—En un sitio llamado Valdosta.
—Aleluya. Al fin un nombre.

Jude preparó una cena para su inesperado huésped con sobras de comida que encontró en la nevera: pollo envuelto en papel de aluminio, arroz en un envase de plástico y ensalada. Skyler comió vorazmente, a dos carrillos, echado sobre la comida y con un codo a cada lado del plato, como protegiéndolo. Al verlo comer de aquel modo, Jude sintió primero aversión y luego fascinación. Sin decir palabra, estudió a su invitado y lo observó detenidamente de arriba abajo. Se fijó en la suciedad de su rostro, en la piel apergaminada, en los malolientes pantalones, en el barro que ensuciaba el cabello de su coronilla.

Tenía que admitirlo, su huésped era casi idéntico a él. Salvo por el hecho de que, decididamente, daba la sensación de ser algo más joven, aunque resultaba difícil decirlo a causa de toda aquella mugre. También se fijó en que los dos tenían en común ciertos gestos y ademanes. Cuando Skyler lo había mirado escrutadoramente hacía un momento, había ladeado ligeramente la cabeza, como Jude solía hacer. Y cuando se hallaba frente a la mesa de la cocina, antes de sentarse a comer, Skyler había reposado todo el peso de su cuerpo en la pierna izquierda, una postura que Jude solía adoptar y que en una ocasión una mujer le elogió como muy sexy.

Pero... ¿se parecía Skyler lo suficiente a Jude como para ser...? ¿Qué? Un pariente, quizá un hermano, o tal vez incluso algo más próximo. En el fondo, Jude estaba considerando la descabellada posibilidad de que la persona que en aquellos momentos se estaba atiborrando de comida en su cocina no fuera sino un gemelo suyo del que fue separado en una fecha que él no alcanzaba a recordar. Aquélla era la única explicación concebible, y tenía además la virtud de que aclaraba de modo racional lo que estaba viendo con sus propios ojos. Recordó la ley de Occam, el principio científico según el cual la suposición más simple es la que mejor explica lo inexplicable. Y, desde luego, lo que tenía ante sí era inexplicable.

Pero... ¿era realmente posible que aquel vagabundo fuera su gemelo? Cosas así sucedían. En realidad, por una coincidencia que resultaba casi excesiva, él mismo acababa de escribir un artículo sobre el tema de los gemelos separados al nacer. Y, a fin de cuentas, Jude no sabía casi nada de sus padres ni de su propia infancia. Sabía que sus padres fueron miembros de una secta. Tal vez su madre dio a luz dos gemelos, y los niños fueron separados a causa de circunstancias fortuitas, o quizá incluso por decisión del cabecilla de la secta. Jude era en realidad el candidato ideal para que algo tan rocambolesco le sucediera. Gemelos evanescentes. Aquél era el término que Tizzie había utilizado. Era curioso que él lo hubiese oído por primera vez hacía tan poco.

Por otra parte, quizá todo aquello no se debiera sino a una asombrosa coincidencia, tal vez se tratase de un absurdo suceso que desafiaba toda lógica. Quizá entre ellos dos no existiera relación alguna. Quizá, sencillamente, daba la casualidad de que se parecían muchísimo. ¿No era eso posible? ¿Qué probabilidades habría de que dos personas nacidas de padres distintos y en lugares distintos tuvieran el mismo aspecto? Jude no desechaba tal hipótesis, pero cuanto más miraba a Skyler, más tentado estaba de admitir la posibilidad de que los dos fueran efectivamente gemelos. Algo en su interior le decía que aquélla era la respuesta del enigma. Era como si, subliminalmente, siempre hubiera conocido aquella verdad. De igual modo, cuando Tizzie sugirió que tal vez su zurdera significase que había compartido el útero materno con un gemelo, él tuvo la extraña sensación de que así había sido.

Esta idea hizo que Jude se sintiera mal por haber juzgado casi despectivamente a Skyler. Sin embargo, el joven tenía efectivamente una manera de comer muy desagradable. Además, parecía no saber nada de nada y estar totalmente desorientado. Aun aceptando la posibilidad de que fuesen gemelos y los hubieran separado al nacer, Jude no podía por menos de preguntarse dónde se habría criado Skyler para llegar a ser un adulto tan zafio e ignorante. Aquél era un misterio que merecía la pena resolver, y Jude sospechaba que si lograba encontrar la solución de ese enigma, conseguiría también abrirse a sí mismo la puerta de su infancia perdida.

Se acercó al aparador, sacó una botella de whisky y se sirvió un vaso. Dio un buen trago y luego, mientras esperaba que Skyler terminara de comer, siguió bebiendo a pequeños sorbos.

—Comencemos por el principio —dijo al fin tendiéndole a Skyler una servilleta para que se limpiase la boca y los dedos—. ¿Qué edad tienes?

Por primera vez, Skyler lo miró a los ojos. Con el estómago lleno parecía más tranquilo y mejor dispuesto.

–Veinticinco años o así.

–¿«O así»? ¿No conoces tu edad exacta?

–Es difícil saberla, porque no celebramos cumpleaños. Los jiminis teníamos una idea aproximada de nuestra edad, pero no la conocíamos con exactitud. Lo único que sé es que tengo alrededor de veinticinco años.

–Pero podrías ser mayor, ¿no?

–Sí, podría, pero no lo creo.

–¿No contabais los años?

–Claro que los contábamos, pero no desde el principio. Y, como acabo de decirte, no celebrábamos los cumpleaños. Nos decían que no existía ningún motivo para recibir el paso de los años con alborozo, como si envejecer fuera bueno. Nos decían que, muy al contrario, la vejez era algo que se debía combatir, algo a lo que había que oponerse con ayuda de la ciencia.

–¿Y eso quién lo decía? ¿Tus padres?

–No. Ninguno de nosotros conocía a sus padres. Nos decían que pertenecíamos al Laboratorio, y más concretamente al doctor Rincon y a Baptiste, su fiel servidor.

–¿Qué tal si me cuentas todo lo que sepas acerca de esas personas?

Y así, tras un suspiro apenas audible que supuso para él una especie de cruce del Rubicón, Skyler inició el largo relato de su vida. Habló de sus primeros recuerdos de la isla en la que había crecido, con la idea difusa y fragmentaria de cómo era la vida en «el otro lado». Explicó que sacaba las cabras a pastar y habló de sus correrías por el bosque con Raisin, de las lecciones de ciencias en el aula de conferencias, de las charlas de Baptiste, de la ley del doctor Rincon, de lo mucho que en el Laboratorio se detestaba la religión, y de la firmeza con que sus miembros creían en la prolongación de la vida y en que estaba próximo el amanecer de una nueva era dominada por la ciencia y la razón. También habló de los ordenanzas, de Kuta y de la peculiar instrucción sobre la vida y el mundo que recibió en la cabaña del negro, de sus crecientes dudas y temores. Y, por último, relató su fuga.

Mencionó las muertes de Raisin y Patrick, pero no entró en detalles, y no hizo la menor alusión a la muerte de Julia. Julia era suya y sólo suya. El amor que durante tanto tiempo había marcado su vida era algo personal e intransferible. No podía compartir con nadie el profundísimo dolor que le produjo la pérdida de Julia.

A Jude le costó un esfuerzo permanecer callado hasta que Skyler concluyó su relato, pues en la cabeza se le arremolinaban las preguntas. Pero ahora que ya estaba al corriente de los hechos básicos, le costaba romper su silencio. Se había llenado el vaso tres veces, y la agitación que lo había dominado desde el momento en que encontró a Skyler bajo la escalera ya había pasado. Se sentía más que un poco mareado y sus pensamientos no eran del todo coherentes.

—¿Qué clase de hombre era ese tal Rincon?

—Un semidiós —respondió Skyler, pues había oído aquella palabra en la televisión y le pareció que era el término adecuado.

—¿Alguna vez lo viste?

—No. Vino en una ocasión a la isla, pero no nos dejaron verlo.

Jude dio otro largo trago de whisky.

—O sea que nunca has estado en Arizona, ¿verdad?

El desconcierto que expresaban los ojos de Skyler fue suficiente respuesta.

—¿No recuerdas si, de muy niño, jugaste en las galerías de una mina abandonada?

—No, no recuerdo nada de eso.

—¿Y el desierto? ¿Un lugar que de día era muy caluroso y de noche muy frío?

—Sólo me acuerdo de la isla. Estoy seguro de que fue en ella donde pasé toda mi niñez.

—¿Alguien te dijo alguna vez que tenías un hermano?

—No —respondió Skyler. Hizo una pausa y preguntó—. ¿Crees que somos hermanos?

En vez de contestar, Jude hizo una nueva pregunta:

—¿Cómo es posible que no conocieras a tus padres y que no sepas nada sobre ellos? ¿No será que lo has olvidado?

—Uno no puede olvidar lo que nunca ha sabido. Lo cierto y verdad es que a todos nosotros nos criaron... Resulta difícil explicarlo. Los jiminis teníamos la sensación de que todos los adultos de la isla eran algo así como nuestros padres. De que todos ellos se ocupaban de velar por nosotros.

—¿Y todos eran médicos?

—Todos no, pero muchos sí.

—Parece como si el sitio fuera una gran institución clínica. ¿Podía tratarse de algún tipo de centro médico?
—No sé a qué te refieres. La isla era, simplemente, el lugar en el que crecimos. Los mayores cuidaban de nosotros con esmero, y cuando surgía algún problema inmediatamente se ponían los medios para solucionarlo.
—Pero no os querían.
—Yo creía que sí, pues, de lo contrario, ¿por qué iban a cuidar tan bien de nosotros? Pero ya he dejado de creerlo.
Jude, sin saber qué decir, apuró de un trago el contenido de su vaso.
—Cuéntame más cosas acerca de esos ordenanzas, de los tipos que os vigilaban.
—Tú ya los has visto —respondió Skyler.
Jude comprendió inmediatamente a quién se refería. Al menos resultaba un pequeño alivio tener la certeza de que su paranoia tenía una firme base de realidad.
—¿Te refieres al tipo del mechón blanco? —preguntó, y Skyler asintió con la cabeza—. Pero has hablado en plural. ¿Hay más de uno?
—Hay tres.
—¿Tres?
—Sí, y se parecen muchísimo. Sólo es posible distinguirlos por el mechón blanco. Los tres lo tienen distinto.
Así que aquélla era la explicación del enigma, se dijo Jude. Así era como el tipo del metro había logrado adelantársele. Eran dos hombres en vez de uno. Pero... ¿tres? Clavó la mirada en Skyler.
—¿Tres tipos iguales? ¿Trillizos idénticos? No sabía que existieran.
—No sé si son idénticos. Se parecen mucho, pero uno termina distinguiéndolos —explicó Skyler, y se encogió de hombros, como dando el asunto por zanjado.
—Cristo bendito.
Skyler lo miró con extrañeza.
—¿Por qué no dejas de mencionar a Cristo? —preguntó.
—¿A qué viene esa pregunta?
—Me extraña lo mucho que lo repites.
—Lo repito lo que me da la gana, y esta noche me da la gana repetirlo muchas veces.
—Comprendo.

Jude se levantó, se dirigió a la sala y rebuscó en los estantes de su librería. Minutos más tarde regresó a la cocina y dejó sobre la mesa el voluminoso atlas que traía bajo un brazo.

–Muy bien, dices que creciste en una isla. A ver si conseguimos situarla. Fuiste a parar a Valdosta, ¿no? Eso está en Georgia.

Tras consultar el índice del atlas, lo abrió por las páginas que correspondían al sur de Estados Unidos. Siguió con el dedo la línea de la costa, y se le cayó el alma a los pies al advertir la cantidad de islas existentes en la zona. Las había a docenas, y los islotes menores ni siquiera tenían nombres o, si los tenían, no figuraban en aquel mapa.

–Veamos... Valdosta... Valdosta... Aquí está.

Le sorprendió lo lejos de la costa que estaba la ciudad.

–¿Cómo era el avión en que te fugaste?

Skyler evocó sus recuerdos: la cabina con los cuatro asientos, la gorra de béisbol del piloto, los diales con agujas fluctuantes, los números luminosos...

–Pequeño. Rojo y blanco.

–¿De hélice o a reacción? –preguntó Jude con un punto de exasperación.

Skyler hizo un gesto de ignorancia.

–Ya sé lo que vas a decir ahora –afirmó.

–¿Qué?

–Cristo.

–Muy gracioso. Apenas llevas aquí una hora y ya crees que me conoces.

Quince minutos más tarde, Jude decidió darse por vencido, al menos de momento. Había deducido que la isla debía de hallarse en las costas de Florida, Georgia, Carolina del Sur o, como máximo, Carolina del Norte. El número de islas existente en aquella parte del litoral norteamericano era apabullante. Además, Jude sabía que el atlas era incompleto y que en él se omitían infinidad de pequeños islotes. Él había estado en Pawley Island, frente a las costas de Carolina del Sur, e hizo una excursión en bote con un pescador local. Recordaba bien lo mucho que le sorprendió la cantidad de minúsculos islotes que salpicaban las aguas de las marismas.

Skyler no le había dado ni una sola pista. Lo único que sabía decir era que el avión lo había depositado en aquella pequeña ciudad de Georgia. Ni siquiera sabía cuánto había durado el vuelo, pues se había pasado casi todo el trayecto dormido, lo cual era tan absurdo que Jude se sentía inclinado a creerlo. El periodista se proponía conseguir información sobre la capacidad de los depósitos de combustible de distintos tipos de avioneta, y sobre la autonomía de vuelo de cada uno de los aparatos. Eso le permitiría trazar el radio máximo de la distancia recorrida. Con ello lograría al menos reducir la búsqueda de posibles candidatos a una zona de... ¿Cuánto? Quizá ochocientos kilómetros, aunque, para conseguir tal propósito, necesitaría disponer de más datos. Y, mientras tanto, debía decidir qué hacía con Skyler, quien parecía temer incluso por su vida.

–Esos tipos... ¿cómo los has llamado? Ordenanzas. Es un nombre muy peculiar. Hace un momento has comentado que eran brutales. ¿Qué has querido decir?

–Simplemente eso. Los ordenanzas se ocupaban de nosotros. Cuando éramos pequeños, se mostraban cariñosos. Nosotros los teníamos por una especie de hermanos mayores. Pero más adelante me di cuenta de que los ordenanzas nos mantenían en la isla a la fuerza, y de que si intentábamos irnos de allí, nos perseguirían.

–¿Para haceros qué? ¿Serían capaces de mataros?

–No lo sé.

–¿Y para qué supones que te persiguen ahora? ¿Crees que quieren matarte?

Skyler se encogió de hombros y asintió con la cabeza.

–Pero eso es absurdo. ¿Por qué iban a querer matarte? ¿Sólo por haber huido de la isla?

–Quizá haya otra razón.

–¿Cuál?

–Quizá pretendían evitar que sucediese lo que ya ha sucedido.

–¿El qué?

–Que yo te encontrase.

A Jude le desconcertó la respuesta, y reflexionó unos momentos sobre sus implicaciones. Era un disparate. Aun en el caso de que él tuviera un gemelo idéntico del que, intencionada o accidentalmente, fue separado al nacer, ¿por qué demonios iba a tomar nadie medidas tan drásticas para evitar que ambos se encontraran? Y, por otra parte, ¿por qué lo habían seguido los tipos del metro?

Miró a Skyler, que sentado frente a él al otro lado de la mesa parecía exhausto. Jude empujó en su dirección la botella de whisky.

–Toma. Prueba esto. Te levantará el ánimo.

Skyler se llevó la botella a los labios, dio un largo trago y notó en la garganta la quemazón del alcohólico brebaje. Se puso en pie tosiendo y, con las manos en torno al cuello, corrió a la pila, abrió el grifo y se amorró a él. Volvió a la mesa con la camisa empapada y los ojos muy abiertos.

–Cristo bendito –exclamó.

Jude no pudo evitar unas sonoras carcajadas. Al verlo, el propio Skyler sonrió e incluso soltó una risita que sonó exactamente igual que una risita de Jude.

–Bueno, siéntate –dijo Jude separando una de las sillas que estaban arrimadas a la mesa–. Antes de que sigamos, hay algo que tengo que hacer.

Skyler se sentó en la silla, que era de madera y respaldo recto. Jude sacó de un cajón unas tijeras de cocina. Las abrió y cerró un par de veces en el aire, cogió un trapo de cocina, se colocó detrás de Skyler, le puso el trapo en torno a la garganta y se lo remetió por dentro del cuello de la camisa. Luego apoyó una mano sobre el flaquísimo hombro y al hacerlo se dio cuenta de que era la primera vez que tocaba a Skyler.

Gruesos mechones de pelo cortado comenzaron a caer sobre el trapo, sobre los hombros de Skyler y sobre el suelo de linóleo.

–No te voy a hacer un corte a la moda –dijo Jude, que se había situado frente a Skyler y le estaba examinando con mirada crítica el pelo de los lados–. Mañana irás a una peluquería a que te corten el pelo como es debido. Esto sólo es provisional, por esta noche. No te puedes quedar aquí con este aspecto. Si los vecinos te vieran, mi reputación se resentiría.

Con el pelo cortado, Skyler tenía un aspecto casi presentable. Y se parecía aún más a Jude, a pesar de que era más flaco y huesudo que éste. «Por otra parte –se dijo Jude–, también parece más joven que hace un rato.»

Quizá se debiera al licor, pero lo cierto era que Jude comenzaba a sentir un cierto afecto hacia Skyler, aunque en sus sentimientos flotaba una extraña ambivalencia. En ciertos momentos, sentía deseos de protegerlo, como si Skyler fuera un desventurado niño salvaje; pero también le producía aversión e incluso se ponía furioso, como si Skyler fuera un intruso que no tuviera el menor derecho a alterar de aquel modo su vida. Se daba cuenta de que su percepción física de Skyler oscilaba al unísono con sus actitudes. Pasaba de reconocer que ambos eran prácticamente idénticos, a hacer caso omiso de tal parecido y recriminarse por estar alimentando y atendiendo a un perfecto desconocido. En resumidas cuentas: estaba totalmente confundido.

De todos modos ya había tomado la decisión de ayudar a Skyer a salir de su apuro, fuera éste cual fuera. Tratando de anticipar acontecimientos, se preguntó si él mismo podía encontrarse en peligro y qué riesgos estaría dispuesto a correr llegado el caso. No lo sabía. «Qué cosa tan extraordinaria. Aunque sólo conozco a Skyler desde hace media hora, en cierto modo tengo la certeza de que este encuentro va a suponer un gran cambio en mi vida. Quizá un cambio irrevocable.»

–Más vale que duermas un poco –dijo–. Puedes usar mi dormitorio. Yo me acostaré en el sofá. De todas maneras, aún no tengo sueño.

Le puso a Skyler una mano en el hombro y lo condujo hasta el dormitorio. Una vez allí, sacó de la cómoda un pijama azul a rayas y lo tiró sobre la cama. Miró el rostro de Skyler, con el que ya estaba familiarizado, y captó el desconcierto de su compañero.

–Esto se llama pijama –le explicó–. Nos lo ponemos para dormir. Bienvenido al siglo XX.

Después le mostró el cuarto de baño, particularmente el funcionamiento de los grifos, pensando que el otro se sentiría impresionado por el hecho de que hubiera agua fría y caliente. Ignoraba que Skyler había dejado de escuchar, que ya no prestaba atención a nada de lo que decía.

Skyler sentía una vorágine en su interior. Tenía el pulso acelerado y le costaba un inmenso esfuerzo mantener la calma, controlar sus emociones, hacer como si no ocurriera nada.

Algo que acababa de ver había vuelto su mundo del revés. Cuando entró en el dormitorio detrás de Jude, le echó un vistazo a toda la habitación. Vio la cómoda, los estantes de pino llenos de libros, la gran cama... Y luego se fijó en algo que había en una de las mesillas de noche.

–Buenas noches –le deseó Jude.
–Buenas noches –farfulló Skyler.

En cuanto su anfitrión salió de la habitación, Skyler corrió a la mesilla, cogió la foto enmarcada de Tizzie, la examinó minuciosamente y, sin apartar la vista de ella, se sentó en el borde de la cama. Su pulso estaba cada vez más acelerado.

El cabello era distinto, más largo y ondulado. Las mejillas eran menos redondas y los ojos parecían reflejar mayor madurez. Pero, aparte de ésas, no había otras diferencias importantes. No cabía duda, el rostro que lo miraba sonriente desde el otro lado del cristal era el rostro de Julia.

Cuando despertó en el sofá, a Jude le dolía la cabeza y tenía la boca seca como estopa. Durante unos momentos, la resaca fue su única preocupación y se impuso a toda otra consideración. Los absurdos sucesos de la noche anterior permanecían de momento escondidos en un remoto recoveco de su cabeza. Pero no siguieron allí por mucho tiempo. Los recuerdos cobraron súbitamente vida y ocuparon el centro de su atención, sumiéndolo en una mezcla de asombro e incredulidad.

¿Sería todo aquello real?, se preguntó casi esperando que el incidente no hubiera sido más que un sueño.

Pero entonces oyó a Skyler moviéndose por el apartamento.

Lo encontró en la cocina, sentado a la mesa, sin hacer nada. Parecía exhausto y tenía grandes círculos amarillos en torno a los ojos. A la luz del día se advertían las imperfecciones del corte de pelo de la noche anterior. Tenía el cabello lleno de trasquilones y la barba le rozaba la parte alta del pecho. Seguía llevando el pijama azul a rayas. Entre eso y la expresión de sorpresa que mostraba, Skyler tenía aspecto de niño perdido. Lo cual, se dijo Jude, no estaba muy lejos de la realidad.

—¿Café? —preguntó quitando de la cafetera los posos del día anterior.

—No.

Jude dejó la cafetera en el fuego y en la pila se salpicó el rostro con agua. Con la cara mojada buscó el trapo y vio que estaba sobre la repisa, lleno de pelos de Skyler, así que optó por secarse con papel de cocina. Luego se tomó cuatro aspirinas.

—Bueno, ya veo que por las mañanas no estás muy locuaz —comentó Jude—. Es curioso. A mí me ocurre lo mismo.

Skyler lo miró sin decir nada.

—Vale, si no quieres hablar, no hables —dijo Jude.

Preparó para ambos un copioso desayuno: jugo de naranja, tostadas, beicon y huevos fritos. Skyler volvió a comer vorazmente, aunque no con la zafiedad de la noche anterior. Al terminar fue a dejar el plato en la pila y luego volvió a sentarse a la mesa.

—Quiero decirte que... —comenzó inseguro—. O sea, te agradezco todo esto, la comida, la cama... Pero la verdad es que... —Se interrumpió y apartó la mirada—. No sé qué hacer, ni adónde ir, ni de qué viviré...

La voz de Skyler temblaba ligeramente, y Jude se dijo que cuando él estaba nervioso la suya sonaba igual.

—Vamos, tranquilo —le dijo Jude, cuyo dolor de cabeza había desaparecido—. No tengas miedo. Nadie te hará nada, yo me encargo de ello. Los dos estamos juntos en esto.

No tenía la absoluta certeza de que todo aquello fuera cierto, pero pensó que sus palabras animarían a Skyler, quien parecía cada vez más apesadumbrado. De pronto Skyler lo agarró por el brazo y apretó tan fuerte que los dedos se le hundieron en el músculo del antebrazo. Cuando alzó la mirada, Jude vio que el pecho de Skyler subía y bajaba agitadamente, aunque de sus labios no escapaba ni un solo sonido.

—Vamos, hombre. ¿Qué te pasa?

—No entiendo nada de lo que ocurre.

—Bueno, es lógico. Yo tampoco lo entiendo. Y déjame decirte que resulta muy desconcertante llegar a tu casa y encontrarte con tu hermano gemelo debajo de una escalera.

—¿Quién es la mujer del retrato?

—¿De qué retrato hablas?

—Del que tienes en la mesilla de noche. ¿Quién es esa mujer?

Skyler seguía aferrando el brazo de Jude como si en ello le fuera la vida.

—Es mi novia. Se llama Tizzie —respondió Jude confuso—. ¿Por qué lo preguntas?

En vez de responder, Skyler apartó la mirada y soltó el brazo de Jude.

—Escucha, ni siquiera hará falta que la veas. Además, no te preocupes, es de confianza. Viene aquí algunas veces —le explicó, y de pronto pensó en algo—. Cristo bendito. No sé qué demonios voy a decirle.

Skyler se levantó y comenzó a pasear de arriba abajo por la cocina. Durante unos momentos, ninguno de los dos hombres dijo nada. Al fin Jude pensó que, como anfitrión y hombre de mundo, le correspondía a él trazar el plan de acción. Le pidió a Skyler que lo siguiese y se dirigió a la sala de estar.

—Lo primero que tenemos que hacer —dijo—, es encontrar un sitio para ti. Es arriesgado que sigas vagando por las calles y probablemente no es buena idea que te quedes en el apartamento.

Se acercó a la ventana y metió dos dedos entre las hojas de la persiana para separarlas y mirar a través de ellas. En la calle no vio nada anómalo.

–Dentro de poco habrá por aquí más ordenanzas que en un puñetero ministerio.

Hizo sentar a Skyler en el sofá y comenzó a hablarle en tono paternal.

–Ahora voy a salir a buscar un sitio en el que puedas meterte. Tú quédate aquí y no te muevas. No se te ocurra contestar al teléfono. Si llaman a la puerta, no respondas. ¿Entendido? –preguntó, y Skyler asintió con la cabeza–. Tienes un aspecto espantoso. Seguro que no has pegado ojo en toda la noche. Luego te daré un somnífero y quiero que te lo tomes. No te hará nada malo. Simplemente, te permitirá dormir. Pero primero tienes que asearte. Date un baño. ¿Sabes afeitarte?

Skyler volvió a asentir con la cabeza.

Minutos más tarde, Skyler se hallaba en el baño. Siguiendo las instrucciones de Jude, había metido sus ropas en una bolsa de plástico, para que luego su anfitrión las tirase a la basura. Sobre un taburete había ropas limpias de Jude. La bañera se estaba llenando de agua caliente y el espejo frente a Skyler estaba empañado. Comenzó a pasarse la maquinilla de afeitar por las mejillas y, aunque se cortó dos o tres veces, logró rasurarse más o menos satisfactoriamente. Luego limpió con la palma de la mano el espejo empañado y se miró.

Jude había acertado al decir que se había pasado la noche en vela. ¿Cómo podría haber dormido después de su descubrimiento?

Se sentía confuso, totalmente perdido. La noche anterior, cuando, tras el extraño encuentro en las escaleras, Jude y él se pusieron a conversar, Skyler fue sintiendo una creciente confianza en él. Y eso que Jude pareció quedarse totalmente atónito cuando lo vio por primera vez. Y luego, cuantas más cosas le contaba Skyler, más perplejo parecía Jude. Y a medida que éste lo iba interrogando y comentaba con él lo de la isla y la vida que en ella llevaban los jiminis, y aventuraba teorías acerca de los porqués de aquel misterio, Skyler comenzó a sentir algo totalmente imprevisto: camaradería, complicidad. Quizá esto se debía a lo solo y desesperado que se sentía. Si deseaba descubrir la verdad acerca del Laboratorio, necesitaba tener a Jude de su parte. Pero no era sólo por eso. Jude le inspiraba confianza. Parecía sincero. No daba la sensación de estar representando una comedia.

Sin embargo, ahora Skyler ya no sabía qué pensar. La foto lo había cambiado todo. O tal vez no. Era imposible que en el mundo existiera otra Julia. Y sin embargo aquella persona –Tizzie, la había llamado Jude–, era su vivo retrato. Se parecía a Julia tanto como Jude a Skyler. Pero... ¿cómo podía ser eso posible? ¿Tanto abundarían en el mundo los dobles? ¿Estaría a fin de cuentas Jude representando una comedia? ¿Formaría parte de la misma conspiración que acabó con Julia? ¿Tendría Jude la intención de matarlo también a él? Skyler se dijo que tendría que mantenerse permanentemente en guardia.

Se despojó del pijama y lo tiró en un rincón. Luego se metió en la bañera. Había otra cosa que no quería admitir cuando pensaba en la foto. La imagen le había sorprendido y entristecido, al traerle recuerdos de Julia. Pero también había hecho nacer en él una mínima esperanza. Por lo visto, existía alguien con el mismo aspecto. Quizá, por imposible que le resultara creerlo, la mujer también actuase como Julia... quizá incluso fuese como ella.

En aquel momento Skyler oyó un ruido, como si estuviera cayendo agua sobre un suelo de baldosas.

Jude estaba tumbado en su cama, con las manos enlazadas tras la cabeza, contemplando el techo. Hacía unos momentos había representado una pequeña comedia para levantarle el ánimo a Skyler. Había hecho ver que tenía un plan de acción. Pero lo cierto era que no tenía ni idea de qué podía hacer ni de a quién podía recurrir. Jamás se había visto en una situación tan endemoniada como aquélla.

Debía proceder paso a paso, tratar de resolver las incógnitas una a una. Aquella partida de ajedrez tendría que jugarla haciendo uso del instinto. Iría desplegando los peones con la esperanza de que tarde o temprano se le ocurriese alguna buena jugada. Lo primero y principal era poner a Skyler a buen recaudo. Probablemente, tendría que disfrazarse de algún modo. Se preguntó si, pareciéndose más a él, Skyler correría más o menos peligro.

Tal vez conviniera buscar ayuda, hablar con alguien. Tarde o temprano, Tizzie tendría que enterarse de lo que ocurría. Siguiendo un súbito impulso, descolgó el teléfono y marcó su número, pero no estaba en casa. Seguía fuera de la ciudad, sabía Dios dónde. En el mensaje del contestador, su voz sonaba fría y formal. Jude se limitó a dejar su nombre.

En el momento en que colgaba el teléfono, oyó algo: agua cayendo sobre el suelo.

«Cristo. Ese chico ni siquiera sabe bañarse sin ponerlo todo perdido de agua.»

Se levantó rápidamente, fue al baño y abrió la puerta. El agua de la bañera se estaba desbordando y Skyler trataba de cerrar los grifos. Cuando lo consiguió, volvió a estirarse en la bañera.

Y ahora le tocó a Jude el turno de sorprenderse. Se fijó en un detalle del cuerpo de Skyler, una pequeña mancha azul que tenía en la parte interna del muslo derecho.

–¿Qué demonios es esto? –le preguntó señalándola.

–Nuestra marca. Todos la tenemos.

–¿Todos?

–Sí, todos los jiminis.

Jude miró la marca más de cerca. Era un poco mayor que una moneda de veinticinco centavos y su diseño era muy curioso. Parecían dos bebés, uno frente a otro, unidos por las manos.

–Mierda –exclamó Jude asombrado–. Es un tatuaje. Alguien te hizo un tatuaje. –Le dijo clavándole la mirada–. Y vuestro nombre no es jiminis. Es géminis.

Jude estaba cruzando a gran velocidad el puente Tappan Zee. El coche iba tan deprisa que la luz del sol parpadeaba entre los soportes del puente como una vieja película en blanco y negro. Allá abajo, el Hudson fluía hacia el norte hasta perderse de vista. Sus aguas estaban salpicadas de velas que parecían comas blancas sobre la superficie azul.

Estaba hecho un lío. Todo aquello era absurdo. La marca en el muslo de Skyler tenía que significar algo, y el hecho de que él y los otros miembros de su «grupo de edad» –sabía Dios lo que significaba el término– recibieran el nombre de géminis también tenía que significar algo. Pero... ¿qué? Jude no tenía ni la más remota idea. No obstante, al ver la marca había recordado algo. ¿Sería una coincidencia? ¿O tal vez el cadáver de Tylerville tenía una marca similar en el muslo hasta que su asesino se la arrancó? Pero... ¿por qué tuvo que arrancársela? El misterio no sólo se estaba haciendo cada vez más profundo, sino también cada vez más amplio.

Al menos, ahora ya tenía algo que hacer, un punto de partida. Él era reportero y, como tal, especialista en desenterrar verdades que la gente trataba de mantener ocultas, así que lo único que necesitaba era eso, un punto de partida. Ahora que ya estaba sobre la pista, la seguiría como un sabueso, y se mantendría sobre ella hasta que alcanzase la solución del misterio o llegara a un callejón sin salida.

De momento se dirigía a toda velocidad a New Paltz. Lo de encontrarle alojamiento a Skyler podía esperar, pues la visita a New Paltz era más importante.

Una vez Skyler estuvo limpio y presentable, con unos vaqueros y una camiseta, lo primero que hizo Jude fue llamar por teléfono. Habló desde la cocina para que Skyler no lo oyese. No porque desconfiase de él, sino porque, simplemente, consideraba que, hasta que las cosas estuvieran un poco más claras, cuanto menos supiera Skyler, mejor.

–Operaciones Especiales –respondió la secretaria.

Jude dio su nombre. Esta vez pasó más de un minuto antes de que Raymond se pusiera al aparato.

–Hola, chico, ¿qué tal te va?

–Bien. ¿Y a ti?

–Estupendamente.

Jude se esforzó en hablar con voz normal, en no dejar traslucir el más mínimo nerviosismo, y le pareció que Raymond estaba haciendo lo mismo.

–Te llamo porque aún sigo investigando el caso de asesinato de New Paltz, y quería saber si había surgido algo nuevo. ¿Se identificó por fin a la víctima?

–Mierda, sí. La identificación llegó hace poco. Quería llamarte pero... Ya sabes. He estado ocupadísimo.

Jude abrió su cuaderno de notas.

–Bueno, ¿cómo se llamaba el tipo?

–A fin de cuentas, el tal McNichol hizo todo un trabajo. La huella dactilar no sirvió para nada. Pero resultó que el difunto aparecía en la base de datos ADN. No en la nuestra, sino en otra a la que accedió el forense. Lo buscó y dio en el blanco. Lo que terminó de zanjar el asunto fue que el muerto era de por aquí. Un juez, si no recuerdo mal.

—¿Sabes el nombre?
—Aguarda, que voy por el expediente.

Raymond dejó el receptor sobre la mesa. Se oyó ruido de papeles y luego la voz de Raymond.

—Oye, todo esto debe quedar entre nosotros. Ésta no es nuestra jurisdicción, así que tú y yo no hemos hablado.
—Entendido.
—Por cierto, ¿desde dónde me llamas?

Raymond no solía hacer aquel tipo de preguntas. ¿Qué le importaba desde dónde lo estuviera llamando?

—Desde la redacción.
—¿No es un poco temprano para eso?
—Tengo mucho trabajo atrasado e intento ponerme al día —respondió Jude. Y añadió—: Estoy pensando en irme fuera unos días.
—¿Ah, sí? ¿Adónde irás?

Jude lamentó haber tocado aquel tema. En realidad, no pensaba irse a ningún sitio.

—Aún no lo sé.

Raymond chasqueó la lengua como si no estuviera muy convencido.

—Bueno, aquí tengo el nombre —dijo tras una pausa—. ¿Tienes con qué apuntarlo?
—Sí.
—Como te he dicho, el tipo es juez. Joseph P. Reilly. Dirección, el 197 de West Elm Drive. Tylerville.
—¿Teléfono?
—No aparece en la guía.
—Ya, pero tú puedes averiguarlo.
—Ya te he dicho que el caso no es nuestro.
—¿Puedes decirme algo más sobre el juez? ¿Qué clase de juez es... o era?
—No lo sé bien. Creo que pertenecía a un tribunal estatal.
—Bueno, pues gracias. Ah, otra cosa.
—¿Cuál?
—¿Cómo es que el juez aparecía en la base de datos? Yo creía que en vuestra base de datos sólo aparecían los delincuentes convictos.

–En la nuestra, sí. Y en la de Nueva York, también. Pero otras agencias actúan de otro modo. Le dijeron a Reilly que, como miembro del tribunal del estado, tenía que predicar con el ejemplo. Según me contó McNichol, al principio el tipo se negó en redondo. Los periódicos locales armaron un gran revuelo a causa del asunto.

–Muy interesante. ¿Alguna otra cosa digna de mención?

–Nada. Pura rutina. El asesino sigue suelto, eso es todo.

–Bueno, pues gracias de nuevo.

–De nada. Si te parece, un día escribe un buen artículo sobre mí, como hiciste con McNichol.

En la cabeza de Jude sonó una pequeña alarma.

–Pero si apenas salió nada. Los del periódico sólo publicaron un miserable extracto.

–Publicaron lo suficiente. Le lamiste el culo a McNichol. Deberías avergonzarte.

Después de la llamada, Jude le hizo prometer a Skyler que se quedaría en el apartamento. Comenzaba a cansarse de ir detrás de su sosia. Tras el incidente de la bañera había decidido que, si quería que el apartamento siguiera de una pieza, más valía que le enseñase a Skyler dónde estaban los interruptores de la luz, cómo se encendía el gas, y cómo se cerraba la puerta. Le repitió que no se le ocurriera contestar al teléfono. Sólo debía hacerlo, le dijo, si sonaba tres veces, se interrumpía y volvía a sonar. Aquélla sería la contraseña. Volvió a insistir en que se tomara el somnífero y le dijo que no volvería hasta la noche.

Después Jude se puso la chaqueta vaquera y recogió el magnetófono. En el momento en que iba a cerrar la puerta recordó un detalle de su conversación con Raymond en el que en su momento no había reparado. Regresó a la cocina y salió del apartamento minutos más tarde, en el bolsillo izquierdo de la chaqueta llevaba dos bolsas de plástico autoprecintables con algo dentro.

McNichol no estaba en su domicilio/empresa de pompas fúnebres de Tylerville, así que Jude fue en el coche hasta el hospital de Poughkeepsie. Cruzó el vestíbulo principal, ignorando las señas que le hizo la recepcionista, y bajó por la escalera. Una vez abajo vio que la puerta de un despacho se hallaba ligeramente entreabierta. Se asomó y vio a McNichol sentado a un escritorio, con las gafas en la frente y gran cantidad de papeles extendidos ante sí.

McNichol no pareció muy contento de verlo, y la cordialidad y el buen humor del anterior encuentro brillaban por su ausencia. Mientras Jude se disculpaba por molestarlo de aquel modo, el forense no dejaba de mirar los papeles de su escritorio, como si estuviera deseoso de reanudar el trabajo interrumpido. Jude supuso que McNichol debía de sentirse molesto por la poca importancia que el periódico le había dado al caso.

Consciente de que su presencia no era acogida de buen grado, Jude recurrió a la más eficaz de las armas: el halago.

–Me han contado que logró usted una identificación por medio del ADN. Creo que hizo un gran trabajo.

–Sí, bueno. Más o menos.

–Y resultó que la víctima era un juez, ¿no?

–Oiga, mire... ¿Cómo me dijo que se llamaba?

–Jude Harley.

–Señor Harley, para cualquier consulta referente a ese asunto, diríjase usted a la policía, ya que ahora el caso está en sus manos. –Hizo una pausa y añadió–: No entiendo qué sucede. Este caso no deja de crearme problemas.

Jude se hacía cargo. La muerte de un juez podía ser una noticia bomba. Indudablemente, habían amonestado al forense por permitir que los periodistas presenciaran la autopsia. Probablemente, Gloria, la reportera del periódico local, había dejado a McNichol con el culo al aire. La publicación de los detalles de la muerte podía, sin duda, obstaculizar la investigación policial.

–Si con mi artículo le compliqué la vida, lo siento.

–Complicar es poco. ¿Querrá creerse que entraron a la fuerza en mi laboratorio? Se llevaron las muestras de la autopsia. Es la primera vez que me ocurre.

–¿Para qué quería nadie hacer algo así?

McNichol se encogió de hombros y volvió a mirar sus papeles. Había llegado el momento de cambiar de tema.

–En realidad, no he venido a hablar de eso –dijo–. Intento solucionar un misterio, y se me ocurrió que usted podría ayudarme.

Al oír la palabra misterio, McNichol pareció cobrar nueva vida. Apartó la vista de los papeles y miró curiosa e inquisitivamente al periodista. Jude echó mano al bolsillo de la chaqueta, sacó las dos bolsas de plástico con mechones de pelo oscuro y se las ofreció a McNichol como si fueran un presente. Una contenía un mechón de cabello de Skyler y la otra un mechón de cabello de Jude, que él mismo se había cortado.

Al salir del hospital, Jude se encaminó a una zona en la que se agrupaban diversos edificios municipales. Caminó dos calles en dirección al juzgado, un magnífico edificio de ladrillo rojo con un bajorrelieve de la ciega Justicia sobre la entrada. Antes de entrar, se metió en una cabina telefónica, sacó la agenda, buscó el teléfono de la redacción de Gloria y lo marcó. En cuanto la periodista oyó la voz de Jude, le dijo que estaba terminando un trabajo urgentísimo acerca de las subidas eléctricas y se libró de él. Jude se encogió de hombros. Era una lástima, Gloria podría haberle dado detalles acerca de la muerte del juez.

Entró en el edificio. Sobre un muro estaba la lista de salas de audiencia y otras oficinas. Fue leyendo todos los renglones hasta que uno de ellos pareció saltarle encima: TRIBUNAL DEL CONDADO. JUEZ JOSEPH P. REILLY. SALA 201. Jude frunció el entrecejo. ¿Cómo no habían retirado el nombre? Bonito ejemplo de eficacia burocrática.

Se dijo que, ya que estaba allí, podía pasar por la oficina del juez, a ver si conseguía averiguar algo acerca del difunto. Tal vez la secretaria pudiera darle la hoja biográfica del tipo, o quizá incluso una copia de su nota necrológica. Subió a pie hasta el segundo piso y llamó a la puerta 201, que era de madera y cristal biselado. Una voz femenina dijo: «Adelante». Jude entró y vio que la dueña de la voz era una mujer negra que lucía una blusa roja y tenía cara de no aguantar tonterías.

Jude se presentó y expresó sus condolencias, que sólo consiguieron desconcertar a la mujer.

—Oiga, ¿qué desea exactamente? —quiso saber.

—El juez, el juez Reilly... —comenzó Jude.

—Está viendo una causa. La tercera puerta a la derecha —dijo la secretaria, y se desentendió de él.

Entre la niebla de su asombro, Jude dio con la puerta indicada. Entró y se encontró en una sala de audiencias con las paredes revestidas de madera de roble. Los bancos estaban atestados de público. La tarde era calurosa y tres de las ventanas se hallaban abiertas, aunque por ellas sólo entraba una ligerísima brisa. En la parte delantera de la sala, sobre una tarima elevada, con una bandera norteamericana a un lado y otra azul de Nueva York al otro, se sentaba el juez, que era sorprendentemente joven. Ante sí tenía una placa con su nombre. Reilly parecía en plena forma y, lo más importante, también parecía estar sumamente vivo.

Y, más aún, Jude advirtió que el juez tenía un cierto parecido con el cadáver de New Paltz, más o menos la misma altura y la misma complexión. Aparte de eso, y dadas las condiciones en que se hallaba el cuerpo, no era posible decir más.

A Jude la cabeza le daba vueltas. O sea que el juez no había muerto. Pero, entonces, ¿de quién era el cadáver? ¿Y a qué se debía el parecido?

Jude se sentó en un banco junto al pasillo. Tenía la impresión de que, desde que él había entrado en la sala, el juez no le había quitado ojo.

Ahora estaba seguro, Reilly tenía la mirada clavada en él.

De pronto, el juez frunció en entrecejo, apartó la mirada por un momento y luego volvió a fijarla en Jude. Parecía haber palidecido. Se puso en pie y se giró como para retirarse, pero cambió de idea y volvió para dar un golpe con la maza. Hecho esto, abandonó la sala de audiencias. Un inseguro alguacil salió de la sala tras el juez; pero no tardó en regresar y él mismo dio otro golpe de maza. Mirando hacia el público, que ahora se rebullía, desconcertado, anunció:

—Se levanta la sesión.

CAPÍTULO
14

Tizzie llegó al apartamento de Jude y abrió con su propia llave, haciendo equilibrios con el bolso en una mano y con un paquete envuelto para regalo en la otra. Sabía que no había nadie en casa. Desde la calle había visto que muchas de las ventanas del edificio estaban iluminadas, pero no las de aquel piso.

La joven había oído el mensaje de Jude en el contestador, aunque en realidad él no dejó mensaje, sino simplemente su nombre. Ella había decidido que lo mejor sería ir a verlo, aunque se sentía fatigada tras el viaje y habría preferido irse derecha a la cama de no ser porque sentía remordimientos. Últimamente, se había mostrado fría y distante hacia Jude, y no había sido ésa su intención. Estaba recibiendo de Jude mensajes contradictorios. Parecía que él deseaba una mayor intimidad, pero cada vez que ella avanzaba un paso en su dirección, era como si Jude retrocediese otro paso. Y Tizzie, pese a lo mucho que le gustaba Jude, también se sentía incómoda con él, y no comprendía por qué. Era eso lo que la hacía sentir remordimientos. Fueron precisamente esos remordimientos los que le hicieron comprarle un bonito jersey de punto en una pequeña tienda de White Fish Bay.

Dejó el paquete en una mesita del vestíbulo, entró en la cocina y encendió la luz. Estudió el desorden reinante. Sobre una repisa había una botella vacía de whisky, y la pila estaba llena de cacharros sucios, entre ellos dos platos con manchas de huevo. Jude había tenido visita, eso estaba claro, se pasaron la noche bebiendo y después desayunaron. Pero... ¿qué demonios hacía allí aquel trapo de cocina lleno de pelos cortados? ¿Qué estaba sucediendo?

Pasó a la sala y pudo darse cuenta de que alguien había dormido en el sofá, lo cual la tranquilizó relativamente. Al menos Jude no le había sido infiel. O eso, o su rival roncaba muy fuerte, se dijo a sí misma en broma. Se golpeó la rodilla con el borde de la mesita del sofá y masculló una imprecación.

En cuanto entró en el dormitorio y oyó el sonido de una respiración acompasada, comprendió que Jude estaba allí, dormido. Cosa que no dejaba de ser extraña, pues ¿a qué venía estar durmiendo al anochecer? Se acercó al lado izquierdo de la cama y miró a Jude en la penumbra. La suave mejilla, las largas pestañas, el cabello castaño... Parecía tranquilo e indefenso, casi como un muchacho, y verlo así hizo que Tizzie experimentara una complicada amalgama de pasión de mujer y sentimientos maternales.

Se dijo que tampoco a ella le vendría mal echarse una siesta, ya que el viaje de regreso a Nueva York la había dejado exhausta. Rodeó la cama, se sentó en una silla, se quitó los zapatos y los dejó a un lado. Se puso en pie, se bajó la cremallera del vestido, dejó que éste resbalara hasta el suelo, se inclinó a recogerlo y lo dejó sobre el respaldo de la silla. Después se quitó los pantis y el sujetador y los colocó sobre el vestido. Advirtió que la respiración de Jude cambiaba, como si el durmiente hubiera pasado a una fase de sueño distinta.

Fue hasta el lado derecho de la cama, se metió dentro de ella y se cubrió con la sábana hasta la barbilla. Notó el fresco tacto del algodón sobre la piel. Estiró las piernas y miró al hombre que dormía a su lado en la penumbra. Estaba vuelto hacia el otro lado, por lo que sólo podía verle la espalda. Incluso en reposo, los músculos de aquella espalda parecían fuertes, viriles. Tizzie se arrimó a Jude, le puso un brazo en torno al cuerpo, los pechos contra la espalda y las piernas entre las de él. Quedaron como dos cucharas en el interior del cajón de los cubiertos.

Jude se removió profundamente dormido. Tizzie se apretó aún más contra él. Alzó una pierna y la reposó sobre el muslo de Jude, que estaba sorprendentemente cálido. La joven sintió de nuevo aquella extraña mezcla de amor maternal y carnal. Él volvió a agitarse en sueños. Luego su respiración se acompasó y Tizzie se separó de él retirándose a su lado de la cama.

Se dijo que probablemente estaba soñando. Ociosamente, se preguntó qué se sentiría haciendo el amor con alguien que estaba soñando que hacía el amor. Luego giró sobre sí misma y se quedó de costado, con el extremo de la sábana hecho un reguño bajo la barbilla. Poco a poco, fue quedándose dormida.

Un rato más tarde –como estaba adormilada, no le fue posible calcular cuánto tiempo había transcurrido–, sonó el timbre del teléfono, que repicaba sobre la mesilla más próxima a ella. ¿Por qué no contestaba Jude? Contrariada por el hecho de que hubieran interrumpido su siesta, alargó una mano y descolgó. ¿Quién demonios llamaría a aquellas horas? Se incorporó sobre un codo y se llevó el receptor a la oreja. De una forma vaga, se dio cuenta de que el cuerpo que descansaba a su lado se removía, saliendo de las profundidades del sueño.

–Dígame –contestó.

La familiar voz que sonó al teléfono hizo que se despabilase por completo.

–¿Tizzie? –preguntó Jude–. ¿Qué estás haciendo ahí? –Como la joven no respondió inmediatamente, él dijo–: Soy yo. Jude. ¿Eres tú, Tizzie?

–Sí –repuso ella con un hilillo de voz y mirando al hombre tendido a su lado que, ya despierto, la miraba con los ojos muy abiertos.

Ver a Jude allí y escuchar al mismo tiempo su voz por el teléfono resultaba tan inconcebible que el asombro la había dejado muda.

–Tizzie –siguió la voz telefónica–. A estas alturas ya debes de haberlo visto. Comprendo que estarás hecha un lío y te costará creer lo que sucede.

Al fin ella logró articular unas palabras.

–Y que lo digas –murmuró.

Jude no estaba seguro de cuándo se había dado cuenta de que unos faros lo seguían. Recapitulando, se dijo que fue en el South Bronx, cuando se apartó de Major Deegan para enfilar el puente de la avenida Willis, un atajo que le ahorraría tres dólares y medio en peaje, pero que también suponía circular un rato por calles apartadas.

En realidad, no había prestado mucha atención porque se hallaba absorto en sus pensamientos, dándole vueltas y más vueltas al rompecabezas con el que se enfrentaba. Lo mirara como lo mirase, no lograba encontrarle el menor sentido a todo aquello. Hacía unas horas, se había dirigido a New Paltz con el nombre de un difunto como única información, y sospechando únicamente que el asesinado tenía alguna relación con la gente con la que estaba implicado Skyler. Ignoraba lo que podía encontrar, pero había albergado la esperanza de que, investigando en el pasado de la víctima, tal vez averiguaría algo o encontraría alguna pista que le permitiera seguir las indagaciones. ¿Y qué había sucedido? Que regresaba a Nueva York sintiéndose aún más confuso que al principio. Resultaba que el muerto, a fin de cuentas, no estaba muerto, sino vivito y coleando y que, además, era un juez famoso. Entonces... ¿quién era el hombre al que asesinaron y mutilaron? ¿Y por qué su ADN era idéntico al del juez? Y, el mayor de los misterios, ¿por qué el juez –al que Jude no había visto en su vida– se mostró tan inquieto al verlo entrar en la sala de audiencias? Este último enigma era especialmente desconcertante y resultaba una prueba más de que Jude se estaba metiendo de cabeza en una extraña trama de la que no sabía absolutamente nada. Era como si uno entrase en un cine con la película por la mitad... y se encontrase con su propia cara proyectada en la pantalla.

Jude había invertido el resto del día en tratar de desentrañar el misterio. Volvió a consultar con McNichol, quien se sintió doblemente molesto por aquella segunda intrusión. Jude no deseaba incomodar al temperamental forense, no fuera a ser que se negase a hacerle el pequeño favor que le había pedido. Sólo le preguntó lo suficiente para cerciorarse de que McNichol estaba seguro al ciento por ciento de los resultados del análisis de ADN de la víctima.

–Mire –le había dicho el forense–, es imposible que hubiera una equivocación. Algunas de las identificaciones son parciales u ofrecen dudas, pero ésta no. Ésta estaba clara como el agua.

Después Jude decidió investigar al juez. Se dirigió a la biblioteca local, se instaló con su ordenador en el «área de trabajo informático» y conectó con Nexis para obtener el expediente computarizado de recortes de prensa. Le sorprendió lo voluminoso que era, tratándose de alguien tan joven como el juez, que no debía de tener más de treinta años, la misma edad que Jude. Había numerosos artículos acerca de los diversos casos que Reilly había juzgado. El hombre parecía tener el don de acaparar los asuntos importantes que se producían en la parte norte del estado. Había casos de abuso sexual, demandas referidas a asuntos de jurisdicciones escolares, reclamaciones por impago de impuestos, e incluso una demanda por unos implantes de pecho de silicona. Encontró unas cuantas reseñas aparecidas en la prensa local, entre ellas una firmada por Gloria, y lamentó más que nunca que la relación con ella se hubiese agriado antes siquiera de comenzar. La reportera podría haberle sido útil.

Sacó su cuaderno y comenzó a anotar los detalles: nombres de sociedades a las que el juez pertenecía, como la Lions, la Rotarians y la Association Century de Nueva York; organizaciones judiciales como el Colegio de Abogados norteamericano y el Colegio de Abogados de Ulster County; y varias organizaciones cívicas, como el Grupo de Conservación del valle del Hudson, el Consejo para la Mejora de los Hospitales de Poughkeepsie, y Los Amigos de la Organización de Investigaciones Neurológicas de Nueva York. Había artículos de la sección de Sociedad, y fotos tomadas en fiestas y reuniones sociales. En una de las imágenes más claras aparecía un sonriente «Juez Joseph P. Reilly, junto a su esposa, durante la gala del Sagrado Corazón en beneficio de los disminuidos físicos». Copió la foto en su ordenador y luego la imprimió. Había incluso un breve artículo publicado por el *New York Times* el 2 de junio de 1998, con ocasión del ingreso del juez en un grupo llamado Comité de Jóvenes Dirigentes en pro de la Ciencia y la Tecnología en el Nuevo Milenio, que el periódico describía como una asociación de «personalidades destacadas menores de treinta y cinco años, procedentes del mundo de los negocios, la ley, la ciencia y la política», cuyo propósito manifiesto era «abrir las puertas a la innovación científica y marcar las prioridades tecnológicas para el próximo siglo».

«Nuestro juez pueblerino está resultando ser un pez gordo», se dijo Jude.

Jude miró el retrovisor. Los faros que llevaban un buen rato siguiéndolo por Deegan –y que eran inconfundibles debido a que uno de ellos estaba un poco alto y lo deslumbraba ligeramente– efectuaron el mismo giro que él. Cuando Jude se detuvo ante un semáforo, el otro coche también se detuvo, aunque manteniendo una separación de más de diez metros. En las proximidades no se veía ningún otro coche. Inconscientemente, Jude reparó en ello, pero apenas le dio importancia, pues seguía enfrascado en el recuerdo de lo ocurrido durante la tarde.

Desde el vestíbulo de la biblioteca, Jude había llamado a Richie Osner, el experto en informática del periódico que, cuando le venía en gana, era capaz de introducirse en cualquier sistema. Le dio el nombre del juez, salió a tomar un café y dar una vuelta y, cuando regresó, miró su correo electrónico. Osner había estado a la altura de su prestigio.

Jude repasó los registros a los que su compañero había logrado acceder. Entre ellos había tres meses de recibos de la tarjeta de crédito del juez que lo retrataban como a un hombre muy derrochador, aficionado al ala delta y a los coches de carreras. Por su selección de libros y discos compactos parecía un amante de los best-séllers y de la música de cabaret. En su expediente como conductor no aparecía ninguna multa, lo cual no era sorprendente, teniendo en cuenta la poca afición que tenían los agentes de tráfico a multar a los coches que llevaban matrícula judicial. Había incluso una lista de las medicinas que le habían recetado a Reilly: diversos antibióticos, una dosis mensual de Pravachol, un medicamento para controlar el colesterol, y algo llamado Depakote. Jude tomó nota mental de que debía indagar qué clase de medicina era aquélla.

«Da miedo –se dijo–, lo mucho que hoy en día se puede averiguar sobre una persona con sólo sentarse ante un ordenador.»

Y, lo más importante de todo, Osner había conseguido también las señas del domicilio del juez.

Jude encontró la dirección en una calle sin salida de los barrios residenciales de Tylerville. La casa del juez era la última de la calle, y formaba parte de una sucesión de residencias ostentosas que se valían de una mezcla de muros de piedra y macizos vegetales para evitar las miradas indiscretas del exterior. No pudo averiguar hasta qué punto era lujosa la mansión del juez, ya que ésta se hallaba rodeada por un muro encalado de tres metros de altura coronado por baldosas rojas. Jude no entendía cómo Reilly vivía en una mansión como aquélla con el sueldo de juez.

Colocados a intervalos estratégicos sobre la verde pradera junto al muro, se veían varios rótulos de un servicio privado de vigilancia donde aparecía un pastor alemán agazapado, como a punto de saltar. En el muro había una gran puerta metálica, y junto a ella, metido en una especie de casilla de un palmo de alto, un timbre eléctrico.

Por un momento pensó en llamar. Qué demonios, podía hacer

ver que buscaba a alguien o que se había perdido. O incluso, olvidando toda cautela, podía pedir que el juez le recibiera y preguntarle directamente por qué se había puesto tan nervioso al verlo a él en la sala de audiencias. Sin embargo, un nuevo vistazo a los carteles del pastor alemán le hizo comprender que aquellas opciones no eran viables.

Calle abajo, por donde Jude había llegado, había tres hombres junto a un montón de tierras y cascotes resultado del agujero que acababan de cavar. El anagrama de un camión estacionado en las proximidades parecía indicar que los hombres trabajaban para la compañía de agua de la ciudad. Los tres obreros estaban fumando un cigarrillo, y no dejaban de mirar en su dirección; al periodista no le pareció detectar en ellos hostilidad, sino simple curiosidad.

Se acercó y, con la práctica adquirida durante su experiencia como reportero, se puso a charlar con ellos hasta que uno, el que con más insistencia lo había mirado, le preguntó si era detective. Una pregunta interesante. ¿Por qué habría supuesto el hombre tal cosa?

–No, no soy policía, sino reportero del *Mirror*. ¿Por qué pensó que podía ser un detective?

La respuesta le dejó de piedra, y constituyó también el único avance significativo que había logrado realizar en todo el día. Al darle la información, el obrero asumió la expectante actitud de quien se dispone a dar una noticia sorprendente.

–Bueno, desde hace unos días, por aquí no dejan de desfilar policías. Desde que encontraron el cadáver aquel en el vertedero. Por lo visto, el difunto llevaba una camisa roja. Días antes, nosotros vimos a un hombre con camisa roja merodeando por estos alrededores. Daba la sensación de que, lo mismo que usted, el tipo pretendía entrar en la casa del juez.

Tras cruzar el puente de la avenida Willis, Jude se desvió al carril derecho, y el coche con el faro mal reglado hizo lo mismo. Otros vehículos seguían el mismo camino, pero tener compañía no hizo que Jude se sintiera menos nervioso.

«No te inquietes. ¿Por qué estás tan seguro de que el tipo te sigue?»

Jude trató de tranquilizarse diciéndose que, a fin de cuentas, se hallaba en una vía urbana muy concurrida. El atajo por el que había tomado distaba de ser un secreto. «¿Qué te crees? ¿Que tú eres el único que lo conoce?»

Hacía rato que se había detenido en una zona de descanso de la autopista para llamar a su casa y averiguar cómo seguía Skyler. La señal de llamada sonó tres veces, y Jude ya se disponía a colgar cuando oyó la voz de Tizzie. Aquello no lo había previsto. ¿Qué demonios estaba haciendo Tizzie en el apartamento?

A juzgar al menos por la voz, la joven parecía trastornada, confusa, incapaz de entender lo que ocurría. Lo cual, se dijo Jude, era lógico. ¿Cómo se habría sentido él si un buen día hubiese pasado por el apartamento de Tizzie y allí hubiera encontrado a una mujer que era su doble exacta? Era una situación propia de *Dimensión desconocida*. No pudo tranquilizar a Tizzie, pues él mismo estaba hecho un lío a causa de los acontecimientos del día: la reacción del juez al verlo, y luego la bomba que le había soltado el empleado del agua. Trató de explicarle lo mejor que pudo que Skyler había aparecido ante él como surgiendo de la nada, que el hombre necesitaba ayuda, que los dos estaban decididos a llegar hasta el fondo de aquel misterio. Antes de colgar, murmuró algo en el sentido de que ya le daría más explicaciones cuando llegara a casa.

A la altura del rótulo que anunciaba la salida de la calle Setenta y uno, el coche seguía pegado a su cola. Accionó el intermitente de la derecha, miró el retrovisor y el corazón le dio un brinco. El otro coche también había puesto el intermitente. De pronto, notó que le sudaba la mano que contenía sobre el volante. Miró de nuevo el retrovisor. El coche lo seguía a unos siete metros, y su señal de intermitencia era como un brillante parpadeo ambarino en la oscuridad. La salida estaba cada vez más cerca y Jude sólo disponía de unos instantes para tomar una decisión. En el último momento, giró bruscamente el volante hacia la izquierda. La rueda delantera derecha rodó sobre el pequeño bordillo divisorio y el coche volvió a la autopista. En el retrovisor, vio que el coche de detrás hacía lo mismo. Su piloto intermitente se apagó. Seguía pegado a su cola.

Ahora Jude se sentía realmente atemorizado. No cabía duda de que lo seguían. Pisó a fondo el acelerador y sintió que la inercia lo empujaba contra el asiento. Y conducía tan deprisa que no se atrevía a apartar los ojos de lo que tenía delante para verificar si el otro vehículo continuaba tras él. Frente a sí había dos coches, uno en cada carril; rebasó a uno de ellos, se colocó junto al otro y aceleró a fondo dejando atrás a ambos vehículos. Echó un breve vistazo al retrovisor, pero vio en él tantas luces y tanto movimiento que no supo a ciencia cierta si el coche con el faro mal reglado lo seguía.

A los pocos momentos llegó a la siguiente salida, la de la calle Sesenta y tres. Giró bruscamente hacia la derecha, haciendo que el coche coleara, y aceleró a fondo. Al final de la calle se detuvo ante un semáforo en rojo y luego siguió por la Primera Avenida. Acompasó su velocidad al ritmo de los semáforos y, a setenta kilómetros por hora, llegó a la calle Setenta y cinco. En ella giró a la izquierda y recorrió dos manzanas hasta encontrar un hueco de aparcamiento frente a su edificio. Estacionó, apagó las luces y se quedó a la espera. Nada. Aguardó un poco más. Por la calle lateral no circulaba ningún coche, y sólo se veían las luces de los vehículos que transitaban por las avenidas adyacentes, la Tercera y la Segunda. Por la acera pasaban un hombre y un muchacho conversando animadamente.

Jude cerró el coche y cruzó la calle a paso vivo. Cuando llegó al portal, sacó la llave, abrió rápidamente y, tras mirar calle arriba y calle abajo, se metió en el vestíbulo como una exhalación. Al cerrar la puerta tras de sí experimentó un inmenso alivio. Al fin estaba en casa, en puerto seguro.

A solas en el vestíbulo, hizo balance de la situación. La verdad era que seguía disponiendo de muy pocos datos. No sabía quién lo seguía, tampoco sabía cuánta gente lo seguía y ni siquiera tenía ni idea de por qué lo seguían. Y tampoco sabía si se había librado de sus perseguidores, o si ellos lo habían dejado marcharse porque ya sabían dónde vivía. Lamentablemente, su apellido aparecía en la guía telefónica. Si conocían su nombre, conocían también su domicilio. Hasta Skyler, por el amor de Dios, había sido capaz de localizarlo. Curiosamente, Jude ya fechaba el comienzo de sus desventuras con la aparición de Skyler en su vida.

Abrió su buzón, sacó del bolsillo un pequeño cortaplumas y lo utilizó para arrancar la pequeña tira de plástico en la que aparecía escrito su nombre.

«No estoy paranoico –se dijo al iniciar el largo ascenso de la escalera–. No es paranoia pensar que te siguen si alguien anda realmente tras de ti.» Dadas las circunstancias, quitar su nombre del buzón era una precaución sensata aunque –se daba perfecta cuenta de ello– no demasiado eficaz.

Encontró a Tizzie y a Skyler sentados en la sala de estar, a considerable distancia el uno del otro. Tizzie tenía un aspecto terrible. Llevaba el pelo revuelto y parecía haberse echado encima el vestido de cualquier manera. La joven tenía los codos apoyados en la mesa y la barbilla reposada en las manos. Skyler llevaba vaqueros y camiseta negra –propiedad, naturalmente, de Jude–, y estaba sentado en el sofá, con una torva expresión en el rostro. En el ambiente se percibía una gran tensión emocional, como si un huracán hubiera pasado por el pequeño apartamento. Los dos miraron a Jude como esperando que él les aclarase las cosas.

Jude decidió comenzar con un comentario positivo.

–Bueno, me alegro de que al menos estéis bien.

Tizzie clavó su mirada en él.

–¿A qué te refieres? –preguntó–. ¿Por qué no íbamos a estar bien?

–Pues no lo sé, pero están ocurriendo demasiadas cosas raras.

Jude miró a Skyler, que daba la sensación de estar paralizado por algún tipo de *shock,* fue a sentarse junto a Tizzie y la tomó de la mano, aunque la joven apenas pareció darse cuenta de ello.

–Escucha –dijo Jude–, traté de ponerme en contacto contigo para contarte lo que estaba sucediendo, pero no sabía dónde estabas. Me doy cuenta de que todo esto parece absurdo y de que probablemente lo es. Yo mismo no alcanzo a explicármelo. Llevo todo el día dándole vueltas al misterio y no he conseguido sacar nada en claro.

Tizzie, que lo miraba con curiosidad, no dijo nada.

–Lo único que sé es que este tipo –continuó Jude, señalando a Skyler con la mano libre– se materializó de pronto ante mí en mi propia casa. Al principio no logré sacarle mucho. Se llama Skyler, y dice que creció en un extraño lugar que parece sacado de *La isla del doctor Moreau.*

–¿Qué isla es ésa? –preguntó Skyler.

–Ninguna, es el título de un libro. No tiene importancia –respondió Jude, irritado.

Al oír la voz de Skyler, Tizzie se volvió a mirarlo estremecida, y él le mantuvo la mirada con ojos en los que refulgía un intenso brillo.

—Tiene exactamente tu misma voz —dijo la joven a Jude—. Es asombroso. Sois idénticos.

—Y no sabes ni la mitad de la historia. El caso es que en esa isla, de la que no conoce ni el nombre, hay otras personas como él...

—El grupo de edad —intervino Skyler.

—Sí, lo que sea. Los educaron en el culto a la ciencia en vez de en el culto a la religión, y se someten a estrictos regímenes físicos para mantenerse en forma y saludables; pero, básicamente, no son sino prisioneros. No les permiten salir de la isla y, si lo hacen, los persiguen unos individuos llamados ordenanzas que utilizan sabuesos para seguir el rastro. Y de cuando en cuando, algún habitante de la isla muere.

Tizzie miraba a Skyler con ojos en los que brillaba el asombro.

—Pero Skyler se las arregló para escapar. Y, tras pasar un par de semanas en Georgia, vino a Nueva York. Me localizó por una foto mía que apareció en el periódico, pues, como salta a la vista, nos parecemos como dos gotas de agua. Y eso es algo para lo que ni él ni yo encontramos explicación.

Ahora Tizzie miraba a Jude.

—Existe una posibilidad... Tal vez sea pariente mío o... —empezó a decir Jude, y vaciló por un instante—. O puede que incluso sea mi gemelo —dijo al fin.

—Pero... pero... —tartamudeó Tizzie a causa de la confusión—. Tú no tienes ningún hermano gemelo.

—¿Cómo lo sabes?

—Nunca lo mencionaste.

—Quizá lo tenía sin saberlo. Ya sabes que existen gemelos que fueron separados al nacer.

—Claro que lo sé. Los gemelos separados son mi especialidad. Pero... esto es demasiado raro, una coincidencia excesiva.

—Piénsalo bien —respondió Jude con mayor firmeza y tratando de poner en orden sus pensamientos—. ¿Qué sé yo acerca de mis padres? Prácticamente nada, salvo que eran unos investigadores excéntricos que pertenecían a una especie de secta científica. Tal vez se dedicaran a efectuar complicados experimentos. A lo mejor, cuando en el grupo nacían gemelos, los separaban y mandaban a uno lejos para que creciese en condiciones totalmente distintas, en un ambiente controlado.

—¿Y para qué iban a hacer algo así? —preguntó Tizzie.

—Para establecer la frontera entre lo determinado por los genes y lo determinado por el aprendizaje. De ese tema hemos hablado mucho tú y yo.

—Pero... ¿qué método usaron? —preguntó Tizzie, cuya mirada iba de Jude a Skyler y de Skyler a Jude—. ¿En qué consistió el experimento?

—Aún no lo sabemos.

—Hacer algo así supondría tomarse un montón de molestias por un simple experimento —dijo ella—. Por no entrar en las implicaciones morales que representa separar a dos hermanos y no mencionarle a ninguno de ellos la existencia del otro. Criar a uno con todas las ventajas, al menos, supongo que tú habrías tenido todas las ventajas de haber vivido tus padres, mientras que el otro... —prosiguió mirando a Skyler con un atisbo de simpatía— crecía en un ambiente supuestamente controlado.

Jude advirtió que Skyler no dejaba de mirar a hurtadillas a Tizzie. Sin embargo, cuando era ella la que lo miraba a él, Skyler apartaba la vista, entre tímido y asustado.

—Efectivamente, existen casos de gemelos que son separados al nacer —seguía Tizzie—, lo sé mejor que nadie. Por regla general, ocurre que una madre soltera tiene que dar a sus hijos en adopción y que alguna estúpida organización gubernamental no tiene en cuenta el hecho de que a los niños les conviene crecer juntos.

Tizzie miraba detenidamente a Skyler y hablaba de él en tercera persona, como si no estuviera presente.

—Parece más joven que tú —le dijo a Jude.

—Quizá sea porque está más delgado. Ha pasado por un montón de calamidades.

—Me gustaría saber... —dijo de pronto Skyler—. ¿Con qué frecuencia sucede esto?

—¿El qué?

—¿Con qué frecuencia se dan los gemelos idénticos?

—Es un fenómeno bastante infrecuente —respondió Jude.

—Cuatro nacimientos de cada mil son de gemelos idénticos —le aclaró Tizzie.

—O sea que no sería lógico que un grupo reducido de científicos aspirase a que entre sus miembros se produjese un parto de gemelos.

—Eso es verdad —dijo Jude.
—Y el hecho de que el fenómeno se produjera dos veces en un pequeño grupo, iría contra la ley de probabilidades —continuó Skyler.
—¿Qué pretendes decir? —preguntó Jude.
—Quizá encontraron el modo de producir gemelos —respondió Skyler encogiéndose de hombros.
El hombre no esperaba que su comentario produjera el impacto que produjo. Jude, aparentemente aturdido, miró a Skyler como diciéndose: «Tal vez se me haya escapado algo». Tizzie parecía desazonada, y así había estado a lo largo de toda la discusión o, en realidad, así había estado desde que se produjo la llamada telefónica de Jude, que la hizo saltar de la cama, ponerse el vestido y comenzar a mirar a Skyler como a un bicho raro.
Jude habló del hombre que lo siguió en el metro y explicó lo del asesinato del New Paltz y lo de la extraña identificación por la prueba del ADN. Pero omitió que la víctima tenía una herida redonda en un muslo, y que creía que un coche lo había seguido en el trayecto de regreso a casa. Jude se dijo que Tizzie y Skyler ya estaban bastante inquietos. Los pobres aún no se habían repuesto de sus recientes sobresaltos.
—Todo es tan extraño... tan absurdo —murmuró la joven.
—¿El qué? ¿A qué te refieres concretamente? —preguntó Jude.
—A todo. Pero pensar que se puede montar un amplio experimento científico jugando con vidas humanas... Sinceramente, me cuesta creerlo. Y, sin embargo, maldita sea, Skyler y tú sois idénticos.
»Además... Los dos tenéis los mismos gestos y ademanes. ¿Os dais cuenta de cómo os habéis colocado? Inconscientemente, os habéis puesto el uno frente al otro, y parecéis dos imágenes en espejo. Es verdaderamente asombroso... en el caso de que realmente seáis gemelos, claro. Yo he entrevistado a muchos gemelos separados, pero nunca he presenciado el momento del reencuentro.
—No estamos seguros de que lo que está sucediendo sea eso —dijo Jude.
El periodista percibía la dicotomía que se estaba produciendo en Tizzie. La científica parecía fascinada por la posibilidad de que fueran gemelos idénticos, mientras que la mujer enamorada parecía preocupada, angustiada.
Y Skyler parecía angustiado por la angustia de Tizzie.

Jude consideró que había llegado el momento de tomar las riendas de la situación.

—Escucha —dijo mirando a Skyler—. Lo primero que tenemos que hacer es encontrar un sitio en el que estés seguro. Aquí no lo estás, porque probablemente ellos, quienes demonios sean, saben que estás aquí. Mañana tendremos que buscarte un sitio para vivir. Y creo que también deberíamos cambiar tu apariencia. No estoy seguro de si es una ventaja o un inconveniente que te parezcas a mí y que todos te confundan conmigo, pero, teniendo en cuenta todo lo sucedido, tiendo a creer que es un inconveniente.

»Tizzie, deberías quedarte esta noche aquí. Así, mañana a primera hora podremos comenzar temprano a hacer las diligencias necesarias.

Jude quería que se quedase por la propia seguridad de la joven, y también le confortaba que le afectase tanto el hecho de que tuviera un gemelo. Sin duda, los sentimientos que Tizzie albergaba hacia él eran muy profundos. Quizá se había equivocado al pensar que la joven no estaba segura de seguir adelante con la relación.

Pero Tizzie insistió en marcharse. Dijo que llevaba varios días ausente y le apetecía dormir en su casa.

—Por cierto, ¿adónde fuiste? —preguntó Jude mientras bajaba las escaleras con ella.

—A Milwaukee —respondió ella—. Estuve en casa de mis padres.

—¿Cómo se encuentran?

—Nada bien. Tienen los achaques propios de la edad, pero... Están envejeciendo tan deprisa...

Jude paró un taxi y se inclinó para besarla en la mejilla. Tizzie le sonrió falsa y valerosamente.

Poco rato más tarde, mientras se desnudaba para acostarse —esta vez sería Skyler el que durmiera en el sofá—, volvió a sentirse impresionado por lo absurdo que era cuanto había sucedido en los dos últimos días. Cada vez estaba más seguro de que Skyler era su hermano y quizá su gemelo. Nadie habría supuesto que algo así podía suceder, y sin embargo había sucedido. Y, para colmo, todo ocurría entre un cúmulo de coincidencias. Había conocido a Tizzie mientras investigaba para un reportaje sobre los gemelos idénticos, y luego resultaba que tenía un gemelo idéntico. Fue a cubrir la historia de un asesinato, y luego resultó que la víctima del asesinato tenía alguna relación con Skyler. ¿Qué posibilidades había de que cosas como aquéllas sucedieran por casualidad?

Hacía unos minutos, mientras los tres se hallaban reunidos en la sala, Jude había tenido una extrañísima sensación. En torno a ellos estaban sucediendo tantas cosas inexplicables, y entre ellos estaban quedando tantas cosas por decir... Era como si los tres estuvieran encerrados en un fantasmal laberinto, como si el destino los hubiera escogido para algún inescrutable cometido.

Jude se levantó temprano, se preparó un café bien cargado y buscó una habitación barata en la sección de alquileres del periódico. Tres o cuatro de los anuncios le parecieron prometedores y trazó un círculo alrededor de cada uno. El de una habitación situada en los alrededores de Astor Place parecía especialmente prometedor: un dormitorio parcialmente amueblado, disponibilidad inmediata, ni fumadores ni animales de compañía, ochocientos dólares al mes.

Tras dejarle una nota a Skyler, se puso la chaqueta y salió del edificio. Antes de montar en su coche, miró cuidadosamente hacia ambos extremos de la calle. No vio nada sospechoso. Era un hermoso día de junio. El cielo estaba casi despejado, salpicado sólo por pequeñísimas nubes, y en las calles laterales la luz del sol se filtraba entre las copas de los árboles.

Como aún faltaba para la hora punta, no tardó en llegar a Astor Place. Un fornido individuo en camiseta estaba sentado junto a la entrada de un ruinoso edificio de apartamentos. Apoyaba la silla en la fachada de estuco, cubierta de *graffiti*, y las inscripciones parecían fundirse con los tatuajes que el individuo tenía en los hombros.

—¿Es usted el conserje? —preguntó Jude.

El hombre, impertérrito, gruñó algo ininteligible y lo miró de arriba abajo. Al fin, se puso en pie y entró en el edificio indicando a Jude que lo siguiera.

El apartamento se hallaba en la parte posterior del tercer piso. Sobre la puerta se acumulaban tal cantidad de capas de pintura color gris plomo que sólo era posible abrirla dándole una patada; el suelo, cubierto de linóleo, era desigual y estaba lleno de grietas. La primera habitación era la cocina, provista de un viejo fogón de gas y una nevera no menos vetusta. A un lado había un angosto baño con una media bañera rodeada por una cortina de plástico floreada. La habitación del fondo era un dormitorio que contenía una mesa cuadrada, un gran baúl vertical con cajones y un amplio sofá cama de dos plazas. La ventana daba a una salida de incendios que a su vez daba a un callejón.

El lugar estaba limpio y Jude decidió alquilarlo.

—Supongo que querrá usted referencias —dijo Jude mirando las grietas del techo de escayola—. Puedo traérselas.

El conserje se encogió de hombros.

—No.

—¿Le importa que el contrato de alquiler se haga a nombre de otra persona?

—Mientras no fume, me da lo mismo quien sea —gruñó de nuevo el hombre.

—No, por eso no se preocupe.

Jude extendió un cheque por el primer mes de alquiler y luego otro por la misma cantidad para cubrir la fianza.

—El nombre es Smith —dijo—. Jim Smith.

—Qué original —comentó el conserje con indiferencia.

Dos horas más tarde, Jude se hallaba sentado a su escritorio de la redacción del *Mirror*, tratando de esquivar a Judy Gottman, la encargada de asignar los trabajos, que merodeaba por los pasillos con un papel en la mano, como en busca de una presa. Cuando Jude la vio acercarse a su cubículo, descolgó el teléfono y se lanzó a una encendida e imaginaria conversación. Hizo ver que estaba sacándole los detalles más truculentos de un caso a un ayudante del fiscal de distrito que no tenía demasiadas ganas de hablar. Judy se detuvo junto a su escritorio, mascando chicle con evidente impaciencia.

—Quiero la exclusiva de esto, ¿entendido? —ladró Jude al teléfono en tono amenazador. Luego miró a Judy, enarcó las cejas como si no la hubiera visto hasta aquel momento y, tapando el micro con una mano, dijo en un susurro—: Lo siento, no puedo hablar. Esto podría ser importante.

Judy siguió su camino para acorralar a otro reportero.

Jude había pospuesto varias veces una llamada que irremediablemente debía hacer. Al fin, aspiró profundamente y descolgó el teléfono.

—Operaciones Especiales.

—Con Raymond La Barrett, por favor.

—¿Quién lo llama?

—Jude Harley.
—Un momento.

El periodista dedicó la breve pausa a repasar lo que pretendía conseguir. Necesitaba averiguar si el FBI se había hecho cargo del asesinato de New Paltz y qué pensaban los federales del caso.

—¿Qué tal, chico? ¿Cómo te va? —lo saludó Raymond con su habitual desenfado.

Durante unos momentos, los dos hombres hablaron de temas triviales. Jude reparó en que Raymond no le preguntaba desde dónde llamaba; quizá ya lo supiera.

—Raymond —dijo al fin Jude—. Vuelvo a necesitar tu ayuda para el caso de New Paltz. Ese asunto es un cúmulo de despropósitos.

—¿Y eso?

El tono de voz de Raymond seguía siendo relajado.

—En cuanto me enteré de la identidad de la víctima (tuvo buen cuidado de no decir: «En cuanto tú me facilitaste la identificación de la víctima»), fui a New Paltz a confirmarla.

—¿Y...?

—Y me quedé de una pieza, porque la víctima no es la víctima.

—¿Qué quieres decir?

—El supuesto difunto era juez, ¿recuerdas? Bueno, pues está vivo. Así que el muerto tenía el mismo ADN que el juez.

—Imposible. McNichol debió de equivocarse al hacer la prueba del ADN, eso es todo.

—Eso mismo pensé yo. Pero McNichol está seguro de que los resultados son correctos.

—¿Hablaste con él?

—Sí, y aún no te lo he contado todo.

—¿Qué más hay?

En la voz de Raymond había aparecido una nota de precaución. Jude vaciló, pero al fin se dijo que ya puestos a hablar, se lo contaba todo.

—Días antes del asesinato, unos obreros que trabajaban frente a la casa del juez vieron a un tipo que se parecía a la víctima merodeando por los alrededores.

—¿Te lo describieron?

—No muy bien. Sólo supieron decirme que llevaba una camisa roja.

—¿Y qué sacas tú en claro de eso? —quiso saber Raymond tras una brevísima pausa.

—No lo sé —respondió Jude—. Quizá el tipo tuviera algún motivo para querer ver al juez.

—¿Qué motivo iba a tener?

—No lo sé. Pero están sucediendo demasiadas cosas raras.

—¿Ah, sí? ¿Como cuáles?

—No sé decírtelas.

—¿No sabes o no quieres?

—Quizá las dos cosas.

—Escucha, chico, no sé lo que has estado fumando, pero te aconsejo que olvides este asunto. Es una pérdida de tiempo. Se trata de un simple asesinato sin resolver y de un forense chiflado que metió la pata en la prueba del ADN. Eso es todo.

—¿Os encargáis vosotros del caso?

—Digamos simplemente que seguimos con atención lo que ocurre. Un homicidio como éste, en el que el cuerpo ha sido mutilado y desfigurado, puede ser un crimen de la mafia. Así que procuramos estar informados. Pero eso no quiere decir que el FBI lleve el caso, ¿comprendes?

—Comprendo que no tienes nada que añadir.

—Nada significativo.

—Bueno, pues gracias de todos modos. Si averiguas algo, ¿me llamarás?

—Cuenta con ello. Y otra cosa, chico...

—¿Sí?

—No te metas en líos. ¿Qué tal unas cervezas?

A Jude se le secó la boca.

—De acuerdo —dijo—. ¿En tu casa o en la mía?

Raymond se echó a reír.

—En la mía.

—De acuerdo. Hasta luego.

—*Ciao*. Cuídate.

Cuando oyó el clic, Jude colgó el receptor. Raymond quería verlo. Algo había ocurrido, pese a la naturalidad con que Raymond había hablado. ¿Y desde cuándo terminaba Raymond una conversación telefónica recomendándole que se cuidase? Aquello no era propio de él. ¿Se trataba de un comentario sin importancia o de una advertencia?

Llevado por un súbito impulso, Jude llamó a su apartamento. Dejó que el teléfono sonase tres veces, colgó y volvió a llamar. Skyler contestó con voz nerviosa. Comentó que el teléfono se había pasado toda la mañana sonando. Jude le dijo que él no tardaría en llegar y le ordenó que se quedase allí.

Cuando colgó, se fijó en que Judy seguía al acecho, así que permaneció unos momentos con el teléfono pegado a la oreja. Y entonces oyó con toda claridad un segundo clic. Por ciertos reportajes que había hecho, sabía que aquel sonido sólo podía significar una cosa: alguien que había estado escuchando la llamada acababa de colgar. El teléfono de su casa estaba intervenido.

CAPÍTULO
15

Aunque deseaba volver cuanto antes a su apartamento para cerciorarse de que Skyler estaba bien, Jude aún tenía que hacer otra cosa. Conectó su ordenador portátil con la base de datos Nexis y, utilizando la contraseña que empleaba el Departamento de Investigación del periódico, accedió a «Nexis en profundidad», una base de datos que contenía artículos y gacetillas aparecidos en todos los diarios, revistas y publicaciones profesionales de importancia. Necesitaba echar las redes en una zona muy amplia, pues no sabía gran cosa acerca del pez que trataba de pescar.

Buscó los nombres de todas las islas del litoral, y luego el de Valdosta, Georgia. Había cientos de artículos –demasiados para examinarlos en detalle–, pero, aunque se esforzó por estrechar al máximo la búsqueda, no encontró nada que le fuera útil. Después probó con los nombres que Skyler había mencionado. En «Baptiste» no encontró nada; había docenas y docenas de documentos con aquel título, pero sin conocer el apellido resultaba imposible delimitar la búsqueda. Les echó un buen vistazo, pero ninguno de ellos parecía estar relacionado con una organización científica. Buscó «Rincon, doctor». Encontró un solo documento, que correspondía a un tal doctor Jacob Rincon, de Santa Mónica, California, arrestado hacía tres años por la malversación de unos fondos destinados al servicio de salud pública. Aquello no parecía encajar con nada. Buscó «Laboratorio», y en la pantalla apareció un pequeño aviso: «Su búsqueda ha obtenido 0 resultados. Pruebe en otra categoría».

Jude se desconectó del servicio. Dejó encendida la pantalla de su ordenador, sacó de un cajón un viejo cuaderno de notas y lo dejó abierto encima del escritorio, sobre cuyo tablero repartió también libros y un bolígrafo. Después fue a su taquilla, sacó la chaqueta y la colgó del respaldo de la silla. Salió de la redacción, descendió en el montacargas hasta la planta baja, cruzó el vestíbulo y bajó por la escalera hasta el sótano, donde se había reubicado el antiguo archivo. El archivo era el banco de memoria del periódico y contenía artículos aparecidos en el *Mirror* desde 1907, que fueron cuidadosamente recortados a mano y clasificados por empleados que ya llevaban años jubilados o muertos. En el pasado, el archivo ocupó un puesto de honor en la planta principal del periódico, pero a partir de 1980, cuando fue sustituido por Nexis, dejó de ser lo que era y fue relegado al purgatorio del sótano. Raros eran ya los que visitaban aquel departamento subterráneo, cuyos pasillos, apenas iluminados por bombillas que colgaban del techo, estaban flanqueados por filas y filas de archivadores llenos de amarillentos recortes tan quebradizos que se rompían al tocarlos como las alas de viejas mariposas.

El archivo contaba con su propio fantasma de la ópera. Su encargado era J. T. Dunleavy, un sombrío individuo de edad incierta cuyo atributo más conocido era un privilegiado cerebro que, si bien no le permitía recordar los contenidos de los cientos de miles de expedientes allí guardados, sí le servía para comprender la lógica interna del sistema, de manera que él y sólo él era capaz de decir dónde podía encontrarse una determinada información.

Lo malo de Dunleavy era que sólo atendía bien a los que le caían en gracia. Afortunadamente, por alguna desconocida razón, siempre había mostrado simpatía hacia Jude. Tal vez porque Jude era uno de los escasos reporteros que manifestaban un cierto respeto hacia los tiempos pretéritos. El propio Dunleavy iba más allá del respeto hacia el pasado, ya que llegaba a sentir por él una reverencia casi religiosa.

El hombre estaba ordenando en montones un fajo de recortes de prensa. Sus huesudos dedos se movían con la rapidez de los de un crupier de Las Vegas.

–¿Y ahora qué quieres? –preguntó sin alzar la vista de su trabajo.

–Necesito todo lo que tengas sobre las sectas de los años sesenta.

–Eso es mucho pedir. Fue una época muy movida.

–¿Tú qué método de busca me aconsejas? –preguntó Jude, tras una breve reflexión.

Dunleavy le hizo unas cuantas preguntas generales para hacerse una idea de lo que pretendía encontrar. Luego se alejó arrastrando los pies por el corredor. Las luces del techo se reflejaban en la calva cabeza del hombre. Regresó cuatro minutos más tarde con una carpeta que ponía: SECTAS CIENTÍFICAS, ESTADOS OCCIDENTALES. Vació el contenido en el escritorio, sobre cuyo tablero cayeron tres carpetas menores, cada una de ellas amarrada con un fino cordón.

Dunleavy frunció inmediatamente el entrecejo.

—Aquí pasa algo raro —declaró solemnemente.

Una de las carpetas, la menos gruesa, estaba etiquetada como ARIZONA. Sólo contenía cuatro artículos y a Jude le bastó echar un vistazo para darse cuenta de que carecían de todo interés.

—Pero fíjate en la doblez que tiene aquí el cordón —dijo Dunleavy—. A eso me refería cuando dije que pasaba algo raro. Antes esta carpeta era mucho más gruesa. Toma, échale una mirada a los nombres de los que la han consultado. Tal vez eso te diga algo.

Dunleavy sacó de la carpeta una lista de nombres y fechas. La mayor parte de las entradas correspondían a los años setenta, y sólo una de ellas era reciente. La caligrafía era confusa y Jude trató en vano de descifrarla.

—Aquí pone Jay Montgomery, o Jay Mortimery, o algo por el estilo.

—Ajá. Ya decía yo. El nombre no tiene importancia, pero... ¿Ves la pequeña marca que hay junto al nombre, el punto negro? Yo lo puse. Siempre pongo una marca especial cuando la persona que solicita la información no forma parte del personal del *Mirror*.

—¿Quieres decir que alguien que no era del periódico consultó el archivo?

—Exacto.

—¿Y quién fue?

—Su identidad no la conocemos, pero sabemos de dónde venía.

—¿De dónde?

—Un punto azul para la policía. Rojo para la CIA. Verde para la NSA. Y negro para...

—... el FBI.

—Exacto. De lo que se deduce que alguien del FBI sacó esta carpeta hace cuatro meses, y se llevó casi todo su contenido. Lo cual, debo decirlo, fue un comportamiento muy poco ortodoxo. Y, dado que el tipo tenía una fotocopiadora a menos de veinte pasos, el hurto no se debió al simple deseo de conservar la información.

—Sería para que alguien no viera el expediente.

—Fue para que nadie viera el expediente —corrigió Dunleavy.
Jude comprendió que había llegado a un nuevo callejón sin salida.
—¿No hay forma de rastrear los recortes?
Dunleavy comenzó a desatar las otras dos carpetas.
—La única esperanza —dijo—, es que alguien, después de efectuar una consulta, se equivocara de carpeta al guardar de nuevo los recortes. Es algo que sucede con más frecuencia de la que imaginas.

Tales palabras fueron proféticas, pues al cabo de un momento Dunleavy encontró un pequeño papel amarillento que contenía cuatro párrafos de un artículo que, accidentalmente, se había roto en dos pedazos.

El artículo, aparecido el 8 de noviembre de 1967, hacía referencia a un grupo llamado Instituto para la Investigación de la Longevidad Humana, que había presentado varios candidatos a unas elecciones locales, y había cosechado una aplastante derrota. Un portavoz del grupo que, según el artículo, prefería no dar su nombre, efectuó unas agrias declaraciones en las que anunció que la organización «se retira para siempre de la política y, en el futuro, tratará de alcanzar sus metas valiéndose únicamente de la investigación». Y añadió que el grupo «ha cambiado su nombre por el de W».

—¿W? ¿Qué demonios significa eso? —preguntó Jude.

Faltaba el final del artículo pero daba lo mismo. Conociendo la fecha, Jude podía conseguirlo completo en microfilm. Y, además, en la parte superior de la columna figuraba el dato esencial. El artículo estaba fechado en Jerome, Arizona. En cuanto leyó aquello, comprendió que había encontrado algo significativo, ya que una campanilla olvidada acababa de tintinear en el fondo de su memoria.

—Habla usted con la consulta del doctor.

La voz del teléfono tenía un toque de la brusquedad nasal con la que los neoyorquinos parecen exigir a cualquier comunicante que vaya al grano cuanto antes.

—El doctor Givens, por favor —dijo Jude, pensando que no había una probabilidad entre mil de que el propio Givens se pusiera al teléfono.

—Lo siento, el doctor no está. No vendrá en toda la semana.

Jude se alegró de oírlo. Si había llamado era precisamente porque esperaba que el doctor Givens, el facultativo que le correspondía por el seguro médico del *Mirror,* no estuviera pasando consulta. Necesitaba a cualquier médico menos a Givens. «Al fin algo me sale bien», se dijo.

—Me llamo Jude Harley y soy uno de sus pacientes. Necesito que me hagan inmediatamente un reconocimiento médico completo.

La palabra «inmediatamente» no le sentó nada bien a la recepcionista, que se limitó a mascullar: «Aguarde». Jude oyó que su nombre era tecleado en un ordenador y un silencio mientras la mujer leía su historial. Afortunadamente, éste era corto y aburrido. Pero dentro de poco será mucho más interesante.

—¿Puede decirme qué le ocurre, señor Harley?

Para que a la recepcionista se le metiera en la cabeza que su caso era urgente, Jude tuvo que hacer uso de un torrente de imaginativas mentiras acerca de palpitaciones y desvanecimientos, e inventarse unos antecedentes familiares saturados de las más graves enfermedades.

—Lo lamento, pero su póliza no cubre más reconocimientos que los que decida hacerle su propio médico.

Era de esperar, pues el seguro de empresa contratado por Tibbett tenía fama de escuálido. Pero cuando Jude se manifestó dispuesto a pagar el reconocimiento de su bolsillo sin más y añadió que deseaba que el examen fuese completo y a fondo, el tono de la mujer reflejó algo lejanamente parecido a la amabilidad. Le dijo que, si no le importaba que lo atendiese un médico joven que había ingresado hacía poco en la organización, podía darle cita para aquella misma tarde.

Jude colgó el teléfono público con una amplia sonrisa en los labios y le mostró un puño con el pulgar levantado a Skyler. Por la expresión de desconcierto de éste, fue evidente que no tenía ni la más remota idea de lo que tal gesto significaba.

Tizzie se reunió con ellos en la peluquería unisex de la avenida Lexington. Jude la llamó en cuanto hubo sacado a Skyler a escondidas de su edificio, a través del sótano y por la salida posterior. Skyler salió con una gorra de golf y unas gafas oscuras que ahora se hallaban junto a la pila en la que le estaban tiñendo el pelo de rubio.

—Va a tener un aspecto ridículo —opinó la joven.

—No, qué va. Además, cuando menos se parezca a mí, mejor.

—Comprendo. O sea que la mejor forma de que no se parezca a ti es que tenga pinta de fantoche, ¿no?

A Jude no se le ocurrió ninguna respuesta.

La peluquera, una joven que mascaba chicle, se les acercó.

—Bueno, ¿qué ocurre? ¿Son ustedes gemelos y están cansados de parecerse?

—Algo por el estilo —dijo Jude.

—Puedo hacerle un corte estilo Leo. O quizá algo más juvenil. ¿Qué tal punki? Lo malo es que él ya parece más joven que usted. Y supongo que los dos quieren seguir pareciendo de la misma generación, ¿no?

Jude asintió con la cabeza y la peluquera miró a Skyler.

Éste, sentado en la silla de barbero, con un paño a rayas blancas y negras anudado en torno al cuello, contempló en el espejo su nueva cabellera rubia y luego miró significativamente hacia el reflejo de Tizzie.

—Él quiere que le pregunte —insistió la peluquera.

—Córteselo a cepillo —respondió Jude.

—No me refiero a usted —dijo la mujer, y se volvió hacia Tizzie—: Usted es quien debe decirlo.

Tizzie sonrió.

—Hágale un bonito corte de pelo, como ése —repuso, señalando una gran foto de George Clooney que colgaba de la pared.

—De acuerdo —dijo la estilista.

—Tu embrujo ya está haciendo efecto —comentó Jude.

La visita al médico fue una dura prueba. Costó mucho persuadir a Skyler de que entrase en la consulta, que se hallaba tras una pequeña puerta lateral contigua a una imponente entrada con toldo que daba a la calle Ochenta y seis.

Jude se quedó fuera. Le había explicado a Skyler una y otra vez por qué era tan importante que se sometiese a un reconocimiento médico que estableciera de una vez por todas hasta qué punto se parecían ellos dos. Jude se dijo que Skyler debía de haber tratado con demasiados médicos en su corta vida. Su negativa por pasar un nuevo reconocimiento era comprensible, pero debía someterse a él para obtener las respuestas que buscaban. Al fin, Jude convenció a Tizzie de que lo acompañara, y sólo entonces accedió Skyler a hacer lo que le pedían.

Tizzie llamó al timbre y la recepcionista abrió la puerta desde su puesto. Skyler respingó sobresaltado al oír el zumbido de la apertura eléctrica. Su acompañante le explicó que la puerta permanecía cerrada para evitar que los de fuera entrasen, no para evitar que los de dentro salieran.

El nerviosismo del paciente era tan evidente que la recepcionista, la misma que había hablado por teléfono con Jude, se sintió conmovida y sonrió con amabilidad al tender a Tizzie el historial médico de Jude. La mujer les dijo que trataría de que los atendieran cuanto antes. La sala de espera estaba casi llena y ocuparon las dos últimas sillas vacías.

Tizzie preguntó a su compañero por la atención médica que recibían en la isla. Él le habló de los reconocimientos semanales, de los análisis de sangre y de orina, de la obsesión por las vitaminas y la comida dietética.

–Dime una cosa: ¿disfrutabais todos de buena salud?
–Sí, todos estábamos perfectamente.
–Pero a veces alguien enfermaba.
–Sí, claro que sí.
–Y, a veces, el enfermo no se recuperaba. Eso fue lo que nos dijiste.
–Los enfermos se recuperaban la mayor parte de las veces. Pero no siempre.
–¿Y qué ocurría cuando no se recuperaban?
–Se morían.
–¿Así de simple?
–Sí. No volvíamos a verlos. Asistíamos a sus funerales.
–¿Conocíais vosotros la causa de las muertes? ¿Os daban algún tipo de explicación?
–Pues no. Simplemente nos decían que habían muerto.
–Pero, cuando no morían, ¿se recuperaban por completo?
–Sí, aunque algunas veces les faltaba algo. Un ojo, por ejemplo.

Tizzie quedó visiblemente impresionada.

Apareció una enfermera con una tablilla entre las manos y miró a Skyler.

–Hola, Jude –dijo–. Te has cambiado el pelo. Estás muy bien.

Skyler trató de sonreír.
—¿Qué te trae por aquí?
Tizzie respondió por él.
—Nada concreto. Sólo viene a hacerse un reconocimiento general.
—Buena idea. Eso es lo que hay que hacer. Ven conmigo.
Observó que Tizzie apretaba la mano de Skyler y éste se ponía en pie atemorizado. De camino hacia la sala de reconocimientos, la enfermera se volvió y lo miró a los ojos.
—Espero que todo vaya bien —le dijo con sinceridad.
Hora y media más tarde, después de que a Skyler le hubieron sacado muestras de todos los fluidos corporales posibles y de que le hubieran radiografiado cada hueso y examinado todos los orificios y protuberancias corporales, regresó a la sala de espera. Estaba nervioso, pero de una pieza, y su alegría fue evidente cuando vio a Tizzie leyendo una revista. Fueron hasta un mostrador en el que un letrero anunciaba: LAS MINUTAS DEBEN PAGARSE AL CONCLUIR LA VISITA. Tizzie sacó un cheque que Jude había firmado en blanco. Estaba a punto de escribir la cantidad cuando la filipina que atendía el mostrador preguntó por qué no lo hacía el propio Skyler. Éste empuñó el bolígrafo y escribió la cifra con cuidada caligrafía. A Tizzie le impresionó lo mucho que su letra se parecía a la de Jude.

Una hora más tarde, Jude y Skyler viajaban en el metro. Sintiendo en el cuerpo los fuertes traqueteos del tren, a Skyler le costaba creer que algo pudiera armar tal estruendo. Pero la gente que lo rodeaba no lo advertía o, si lo advertía, no parecía importarle. El joven se sentía fascinado por los pasajeros. Nunca había visto a tantas personas juntas, ni a tantas personas tan diversas. Ni en sueños se le había ocurrido que la gente pudiera tener tantos tamaños, formas y colores distintos. Algunos de los pasajeros se parecían a Kuta. Y las ropas que vestían eran vistosas e igualmente variadas: camisetas estampadas, vestidos floreados, chaquetas ligeras y faldas cortas, gorras de béisbol, boinas y auriculares. Sin embargo, sus compañeros de viaje no parecían demasiado felices, pues ninguno sonreía. Al otro lado del vagón, un hombre de corto cabello rubio y gafas de sol parecía no quitarle ojo. Le mantuvo la mirada y se llevó un sobresalto al darse cuenta de que estaba contemplando su propio reflejo.

Las ruedas chirriaron de nuevo cuando el tren entró en una estación y se detuvo. Las puertas se abrieron y Skyler pudo ver varias columnas y una pared revestida de baldosas blancas. Docenas de pasajeros salieron y otras docenas se abrieron paso para subir al vagón. A Skyler le parecía asombroso que ni siquiera los niños se asustaran por el ruido y la multitud. Uno de ellos dormía en una sillita con ruedas similar a las que él había visto arriba, en las calles.

Había decidido mantenerse pegado a Jude y no lo perdía de vista. Jude parecía muy nervioso. No dejaba de mirar a su alrededor y, cuando compró los billetes de metro, lo hizo mirando constantemente por encima del hombro, cosa que no dejó de inquietar a Skyler. Comenzó a ver amenazas por todas partes. Jude le explicó que intentaba detectar la presencia de algún ordenanza, y le hizo prometer que le avisaría en cuanto viese a uno de los hombres del mechón.

Jude había explicado a Skyler que lo iba a llevar a su propio apartamento, y le aseguró que allí estaría a salvo, pues nadie conocería su paradero. Skyler no estaba tan seguro de que fuera a ser así. Creía de una forma casi supersticiosa que los del Laboratorio eran capaces de conseguir cualquier cosa. Su poder era ilimitado, y sus tentáculos llegaban a todas partes. Por bien que se escondiera, alguno de ellos sin duda lo encontraría y lo aprehendería. Y no le apetecía en absoluto la idea de separarse de Jude. Le aterraba pensar que tendría que tomar decisiones y enfrentarse solo a esa complicada ciudad. Miró de nuevo a su acompañante, que seguía escrutando el interior del vagón.

Comenzaba a confiar en Jude. Pero era una confianza intermitente, que iba y venía y que hasta desaparecía por completo en cuanto se ponía a pensar en todas las posibilidades existentes. Pensó que, si se equivocaba y en realidad Jude estaba pensando en deshacerse de él porque formaba parte de una conspiración de magnitud mucho mayor de lo que alcanzaba a imaginar, aquélla sería precisamente la mejor forma de conseguir sus fines. Jude lo llevaría a un apartamento alejado de todas partes y lo dejaría allí cociéndose en su propio jugo para que luego hiciera frente a solas a su perdición. O quizá en el apartamento hubiera ya gente de la isla esperando para llevárselo. Sin embargo... Tenía que seguir con Jude. No le quedaba otra opción.

Notó que alguien le tiraba de la manga. Era Jude. Habían llegado a su estación. En la pared de blancas baldosas del exterior, un letrero anunciaba: ASTOR PLACE. Las puertas se abrieron y salieron. Jude iba delante y Skyler detrás, apretando el paso, no fuera a ser que las puertas se cerraran de pronto y lo dejaran dentro separándolo para siempre de Jude. Cuando cruzaron los torniquetes de salida, Jude seguía atento, buscando entre la multitud algún mechón blanco delator.

En la calle hacía un calor asfixiante, pero Skyler se alegró de hallarse fuera del túnel subterráneo. Cruzó la calle tras Jude y lo siguió a lo largo de dos manzanas. Entraron en un bar e inmediatamente Skyler sintió el chorro de aire fresco. Era el aire acondicionado, al que ya comenzaba a acostumbrarse. En la máquina de discos sonaba una canción country. Se subió las gafas a lo alto de la cabeza pero el local estaba tan oscuro que apenas le fue posible ver nada. Jude se sentó en un taburete y Skyler se acomodó a su lado. Jude pidió una cerveza para él y una Coca-Cola para Skyler.

Jude dio un largo trago, dejó el vaso en la barra y chasqueó la lengua. Se volvió hacia Skyler y, señalando el edificio de la acera de enfrente que se veía a través del ventanal del bar, le dijo que aquél iba a ser su alojamiento. Debía pedirle la llave al conserje, en la planta baja, y luego subir a pie hasta el tercer piso. Tendría que quedarse en el apartamento y esperar a que Jude se pusiera en contacto con él; podría salir a comprar comida en la tienda de la esquina, y poco más. Mientras tanto, Jude haría todo lo posible por averiguar qué estaba sucediendo y trataría de idear algún plan.

–¿Alguna pregunta?

Skyler, aún inseguro, negó con la cabeza.

–Toma –dijo Jude tendiéndole unos billetes que acababa de sacarse del bolsillo–. No es gran cosa, sólo cincuenta dólares, pero son todo lo que llevo encima en este momento.

Skyler se guardó los billetes. Nunca había visto tanto dinero junto. A través de los oscuros cristales de sus gafas, clavó la vista en los ojos de Jude.

–¿Sabes...? –comenzó–. Aún tengo que contarte muchas cosas acerca de la isla.

–¿Qué cosas?

–Bueno, no te he hablado de todas las personas que estaban allí conmigo. Había una en particular. Una chica. Estaba en el grupo de edad...

La voz se le quebró y Jude esperó en silencio.
—Se llamaba Julia. Era toda mi vida. Murió. Por eso me fugué.
—Lo siento.
—Estaba enamorado de ella... Y sigo estándolo.
Se interrumpió. Bueno, ya lo había dicho. Y, de momento, no deseaba añadir nada más. Ya habría tiempo.

Jude le pasó un brazo por los hombros y a Skyler le produjo extrañeza y agrado que su compañero lo tocara de aquel modo.
—Tómate una cerveza —le sugirió Jude.

Pidió dos, se las bebieron y salieron del local.

Ya en la calle, se separaron con un apretón de manos. Esto le pareció raro a Skyler, que se preguntó si volvería a ver a Jude. Se ajustó las gafas, metió las manos en los bolsillos, cruzó la calle y, siguiendo las instrucciones de Jude, entró en el edificio y llamó a la puerta del conserje.

—Menudo calor —comentó el fornido individuo que apareció en el umbral y, tras mirar de arriba abajo a Skyler, añadió—: No ha tardado usted mucho en cambiar de pinta. Me gustaba más antes.

El colchón sobre el que Skyler se hallaba tumbado estaba lleno de bultos. Se hundía tanto en la parte del centro que al joven no le era posible volverse de lado y seguir respirando, lo cual aumentaba la ya considerable claustrofobia que sentía. La ventana estaba abierta y las sucias cortinas se mecían a impulsos de la leve brisa, pero él se estaba achicharrando de calor. Sudaba a mares y le parecía que estaba a punto de ahogarse. Sin embargo, cuando se puso en pie y se acercó a la ventana, sintió un súbito escalofrío y casi comenzó a temblar. Echaba de menos la fresca brisa y el tibio sol de su isla.

La habitación, lúgubre y maloliente, le deprimió en cuanto abrió la puerta. Las cucarachas esperaron cinco minutos completos antes de reanudar sus paseos por el linóleo de la cocina. Al abrir un armario, se encontró una trampa con dos ratones muertos en su interior. Los cristales de las ventanas estaban cubiertos de mugre, el papel de las paredes se estaba desprendiendo y la pila tenía manchas amarillentas debajo de los grifos, lo cual le hizo preguntarse si el agua sería potable.

Los sonidos de la calle que entraban por la ventana no dejaban de sobresaltarlo. En algún lugar próximo sonaba una radio con música de baile hispana a toda potencia. De nuevo sintió que todo aquello era demasiado para él. El ruido, los semáforos, los edificios que se alzaban hasta el cielo, la gente que atestaba las aceras. No tenía a nadie con quien hablar, ni sabía qué iba a hacer con su vida. Era como si se hallara en medio del vacío, y todos sus miedos e incertidumbres se hubieran abalanzado sobre él asfixiándolo, haciéndole sentir ganas de gritar.

Mató el tiempo pensando en sus fantasmas, aunque se daba cuenta de que con ello sólo conseguiría sentirse aún más solo. Y así, tumbado en la cama de aquel lóbrego cuarto situado en aquella gigantesca y despiadada ciudad, evocó su vida en la isla.

Pensó en Raisin y en las correrías por los bosques, en lo felices y libres que se sentían los dos. Recordó de nuevo cómo Julia los seguía, y pensar en ella lo sumió en algo parecido a la desesperación. De haber sabido lo mucho que llegaría a quererla, habría actuado de modo muy distinto. Evocó la ocasión en que se la llevaron al quirófano, y el pánico que sintió. Con una agridulce sensación, recordó también cómo ambos habían descubierto el amor carnal.

Le estaba sucediendo algo curioso. En su cabeza, la imagen de Julia comenzaba a confundirse con la de aquella otra mujer. Tizzie. Tizzie... ¿qué clase de nombre era aquél? Un gran signo de interrogación pendía sobre la joven. Además, no era tan bella como Julia, ni tan amable, ni tan generosa, ni tan intrépida, ni tan cálida. No obstante, en la consulta del médico se había mostrado muy solícita con él, eso tenía que reconocerlo.

No alcanzaba a entender cómo encajaba Tizzie en aquel absurdo rompecabezas. La primera vez que la vio, cuando se despertó y la encontró a su lado en la cama, estuvo a punto de desmayarse. Fue una experiencia traumática. Entendió que ella se había sobresaltado al verlo a él tanto como él se había sobresaltado al verla a ella, lo cual no consiguió sino aumentar su inquietud. Su forma de actuar le hizo pensar por un momento que la mujer también lo había reconocido, lo mismo que él la había reconocido a ella, como si los dos hubieran compartido efectivamente vivencias en una época anterior de sus vidas. Sin embargo, Skyler comprendía –al menos racionalmente– que la actitud de Tizzie se debía únicamente a lo mucho que él se parecía a Jude. Su primera reacción fue saltar de la cama y estirar la sábana de arriba para envolverse en ella, dejándolo a él desnudo sobre el colchón. Skyler también se levantó, cogió la sábana de debajo y se tapó. Luego los dos se quedaron allí plantados mirándose. Al fin, Tizzie quiso saber quién era. Skyler le dijo cómo se llamaba y le explicó que, tras ver la foto de Jude en un periódico, había decidido ir a Nueva York a buscarlo. El joven no se atrevió a preguntar a Tizzie quién era ella. Después apenas hablaron, pues ambos se sentían muy incómodos. Tras vestirse apresuradamente, fueron a sentarse a la mesa de la cocina, donde esperaron en silencio el regreso de Jude.

Desde entonces, Skyler había experimentado tantos sentimientos contrapuestos hacia Tizzie que ya no sabía a qué carta quedarse. Cuando ella se hallaba presente, él bebía sus palabras, estaba pendiente de todos sus movimientos y no podía prestar atención a ninguna otra cosa. Cuando Tizzie no estaba, Skyler pensaba constantemente en ella. Había momentos en los que le recordaba efectivamente a Julia, ya fuera por la forma de mover la cabeza, o por el modo de sentarse con las piernas cruzadas, o por alguna de las inflexiones de su voz. A veces, el parecido era tan marcado, que Tizzie parecía ser verdaderamente Julia resucitada, y el joven tenía que hacer un supremo esfuerzo para controlarse. Se sentía casi eufórico, como si la vida le estuviera dando una segunda oportunidad... Como el anochecer en que vio a Julia salir al fin sana y salva del bosque.

Pero en otros momentos, los gestos, ademanes y tonos de Tizzie no le recordaban en absoluto a los de Julia. En tales ocasiones, la mujer no le parecía más que un torpe remedo de la difunta, y su añoranza de la auténtica Julia alcanzaba extremos rayanos en la locura. Estaba furioso con el Laboratorio y con quienes lo dirigían y, por algún inexplicable motivo, también con la propia Tizzie.

Skyler no sabía cuál de las dos reacciones era peor. En ambos casos –se pareciera o no se pareciera a Julia–, Tizzie producía en él un infernal torbellino de pasiones. Aquel permanente ir y venir entre la esperanza y la desesperación era una especie de viaje por la montaña rusa de las emociones y los afectos tras el cual quedaba ofuscado y exhausto.

Pero, en términos prácticos, en lo que atañía a su propia supervivencia, ¿qué significaba la existencia de Tizzie? ¿Qué relación tenía tal existencia con el Laboratorio y con los que gobernaban la isla? ¿Cómo era posible que hubiera dos partes de personas de aspecto idéntico con vidas tan íntimamente entrelazadas? Y, si había dos... ¿habría otros? Necesitaba saber más, indagar más, y hasta que lo hubiera hecho, no revelaría lo poco que ya sabía. Se dijo que, para Tizzie, y quizá también para sí mismo, lo mejor sería no decirle a nadie, ni siquiera a Jude, lo mucho que la mujer se parecía a Julia.

Tumbado en la cama deshecha, enfrascado en sus pensamientos y sudando a mares, Skyler volvió a la realidad con un sobresalto. Había oído algo, un ruido al otro lado de la puerta. ¡Pasos! Y no pasos normales, sino muy débiles, como si la persona que estaba en el pasillo tratara de aproximarse sin que la oyeran.

Se levantó, con paso cauto y se acercó a la puerta que comunicaba el dormitorio con la cocina y aguzó el oído. Le pareció que los pasos se detenían frente a su puerta y creyó percibir la presencia de la persona que se hallaba en el exterior, pensando, esperando. ¿Serían sólo imaginaciones suyas? Decidió no quedarse a averiguarlo.

Cruzó el dormitorio y abrió del todo la ventana. En el exterior, pegada al muro del edificio, había una extraña escalera metálica que parecía descender hasta la calle. Se volvió y quedó a la escucha. ¿Habían llamado a la puerta? No estaba seguro. Salió a la especie de andamio metálico sin estar muy seguro de que éste soportara su peso. Con el ruido del exterior, le era imposible saber si seguían llamando a la puerta. Sin más vacilación, comenzó a bajar a toda prisa la escalera de incendios.

Alzó la vista. ¿Qué era aquella sombra que se veía entre los barrotes metálicos? ¿Alguien tenía la cabeza asomada por la ventana de su habitación? Siguió bajando y, al llegar al suelo tras estar a punto de caerse del tramo final de la escalera basculante, echó a correr con todas sus fuerzas. Al doblar una esquina para meterse por un callejón, casi se dio de bruces con el conserje, que se quedó mirándolo boquiabierto.

Pero él no se detuvo. Siguió como una exhalación hacia la calle principal y continuó a la carrera por Astor Place. Una manzana, dos, tres, cuatro... Skyler corría todo lo que le daban las piernas por las calles de la inhóspita y amenazadora ciudad.

La voz de McNichol había sonado por teléfono con un inconfundible timbre de satisfacción. Tenía una respuesta preparada para

Jude, y el hombre se expresaba como la primera vez que se vieron. Volvía ser el cordial forense que lo condujo en visita guiada a través de un cadáver, y no el autor de una prueba del ADN que había señalado a un juez vivo como víctima de un asesinato. McNichol había insistido en darle a Jude en persona la respuesta a lo que él llamó «su pequeño acertijo». Lo cual no dejaba de ser extraño. ¿Por qué no podía dársela por teléfono? El forense dijo que tenía que ir a Nueva York por un asunto de trabajo, y que le esperaría a las cuatro en punto de aquella tarde. Mencionó una dirección en Foley Square cuyas señas le resultaron vagamente familiares a Jude.

En la redacción, el periodista seguía intentando hurtarle el cuerpo al trabajo. Llevaba varios días sin publicar un solo artículo y comenzaba a sentir remordimientos por su inactividad. Cuando se disponía a tomarse la sexta taza de café de la mañana, oyó su nombre por el sistema de megafonía interna. El jefe de Local quería verlo. Cuando llegó al despacho de Bolevil, lo encontró de un humor de perros.

–¿En qué estás trabajando? –le preguntó el australiano sin más preámbulo.

–En el asesinato de New Paltz. Es un asunto con un montón de cabos sueltos, y creo que puede salir algo jugoso.

–New Paltz... ¡Mierda! ¡Te dije que no siguieras con eso!

–Qué va, no me dijiste nada.

–Pues no lo entiendo. Hubo orden...

–¿Qué orden hubo? ¿Quién la dio?

–Eso no importa. Lo que tienes que hacer es olvidarte de ese asunto, ¿entendido? Maldita sea... New Paltz... Hay que joderse.

Como muchos australianos, cuando Bolevil decía «Hay que joderse» lo que en realidad quería decir era «Anda y que te jodan». Si bien la causa de tal agresión era incierta, la intensidad del ataque no lo era, y frente a uno de los cubículos más cercanos se había formado un pequeño grupo de mirones que parecían muy entretenidos con el calvario por el que estaba pasando Jude. El periodista no los criticaba, pues contemplar a Bolevil haciendo picadillo a la gente era uno de los pasatiempos favoritos de la redacción. Sin embargo, no se trataba de un deporte sangriento, ya que el jefe de Local tenía escasa autoridad real, sólo la que le daba invocar el nombre de Tibbett, cosa que en los momentos de crisis hacía casi constantemente.

—Ya encontraremos algo para ti –masculló, y se volvió hacia uno de los redactores para preguntar–: ¿Se te ocurre alguna historia?

El aludido le mostró una nota del teletipo.

—Los trabajadores de la construcción vuelven a las andadas. Van a manifestarse por no sé qué motivo...

—No, eso es demasiado bueno para Harley –gruñó Bolevil con el rostro rojo como un tomate–. Quiero algo en el este de la ciudad, en Bedford Stuyvesant o en Brownsville.

En aquel momento sonó el teléfono rojo –el que comunicaba directamente con Tibbett– y Bolevil poco menos que se abalanzó a contestar. Su voz se dulcificó asombrosamente y el hombre no tardó en olvidarse por completo de Jude, circunstancia que éste aprovechó para hacer un discreto mutis y regresar rápidamente a su cubículo.

Desde allí llamó a un amigo, Chuck Roberts, el coordinador del periódico dominical. Años atrás, Jude había ayudado a Roberts a reponerse de un penoso divorcio, con lo cual Roberts contrajo con él una deuda de agradecimiento que iba pagando a cómodos plazos.

—Hola, soy Jude. Necesito que me eches una mano. ¿Tienes algo para mí?

—¿Quién anda jodiéndote esta vez?

—El Gusano.

—Bah. Creía que se trataba de algo serio.

—Es bastante serio. Bolevil puede desbaratar todos mis planes.

—¿Cuál es el problema?

—Necesito tomarme el resto del día libre.

—Vente por aquí. Llamaré a los de Local para decirles que en el Dominical son imprescindibles los valiosísimos servicios de Jude Harley.

El Departamento del Dominical se consideraba a sí mismo como una torre de marfil que se alzaba por encima del mundanal ruido del periódico diario. Publicaba artículos sobre cuestiones tan intemporales como la mejor forma de preparar el gazpacho y cómo conseguir que tu perro te quiera. En uno de los tranquilos pasillos del departamento, Jude encontró un pequeño cubículo vacío con una media ventana que daba a la Quinta Avenida.

Conectó el ordenador, marcó la contraseña que había escogido hacía años –«Ludita»– y entró en la red. Llegó a un motor de búsqueda y tecleó el nombre del Instituto para la Investigación sobre la Longevidad Humana. El ordenador tardó un buen rato en responder. Jude salió a por otro café y al regresar vio que la búsqueda había obtenido 984 resultados.

Desalentado, comenzó a leer la larguísima lista, en la que había de todo: investigación, remedios, anécdotas, casos clínicos, hechos históricos, mitos, supersticiones, hombres, mujeres, niños, antioxidantes genéticos, restricción calórica, sustitución de órganos, terapia de hormonas, esperanza de vida, gerontología. Casi al azar, hizo clic en uno de los documentos, que aparecía bajo el nombre de «drosophila», y leyó el contenido.

> Michael R. Rose, un genetista que siente una pasión obsesiva por el proceso de envejecimiento, es hombre de grandes ideas y pequeñas acciones. Desde 1976, cuando era estudiante de posgrado en la Universidad de Sussex, viene trabajando en la radical idea conocida como teoría evolucionaria del envejecimiento. Para sus investigaciones ha utilizado la humilde mosca de la fruta. Comenzó con doscientas hembras de mosca metidas en botellas de leche. Luego, cada vez que se reproducían, Rose escogía únicamente los huevos de las más longevas. En sus desplazamientos profesionales de una universidad a otra, se llevaba consigo su colección de moscas. Hoy en día, en la Universidad de California, Irvine, Rose preside una población de más de un millón de moscas. Pero no es el número lo que ha llamado la atención del mundo científico, sino la edad de los insectos, que llegan a vivir hasta ciento cuarenta días. Esto no parece mucho en términos humanos, pero para una mosca de la fruta supone doblar su lapso de vida normal. ¿Qué le parecería al lector vivir ciento cincuenta años en vez de los setenta y cinco que las estadísticas le asignan?

Jude encontró documentos similares referidos a gusanos, pájaros, peces de acuario y monos. Modificó la búsqueda, añadió «Jerome» y también «W». Como resultado, fue a parar a una página web. En la pantalla se fue formando poco a poco la imagen de un lagarto encaramado a una roca, cuyo único ojo visible parecía no perder de vista al espectador. La web parecía antigua y no contenía demasiada información, aunque había al menos una referencia al IPILH, que Jude supuso era la sigla del Instituto para la Investigación sobre la Longevidad Humana.

En el ángulo inferior izquierdo vio un recuadro donde ponía GRUPO DE DISCUSIÓN, e hizo clic sobre él. En la sala de chat había cuatro personas conversando.

–Todas las noches le rezo a Dios pidiéndole que me permita sobrevivir a la noche y a un día más. Al día siguiente hago lo mismo, y siempre funciona. Ése es mi secreto.

–¿Cómo se llamaba aquella mujer, la francesa que vivió hasta una edad increíble? Creo que conoció a alguien muy famoso.

–Se llamaba Jeanne Calment. Murió el año pasado a la edad de 122 años. De niña conoció a Vincent van Gogh, le vendió una caja de lápices de colores.

–Exacto. Y eso demuestra a qué edades es posible llegar, ¿no?

–Sí. Pero hay otros que han sido igual de longevos. Tendrán que cambiar los libros de récords, porque la gente vive cada vez más y más tiempo.

–Alguien se ha unido a nosotros. Hola, Ludita.

–Hola –respondió Jude.

–Estamos hablando, ¿de qué si no?, del envejecimiento. Y aquí «Matusalén» nos está diciendo que no nos preocupemos, que vamos a vivir para siempre.

–No, para siempre no. Pero es un hecho demostrado científicamente que la duración de la vida humana se está prolongando cada vez más. A finales del siglo pasado, la esperanza de vida en Estados Unidos era de cuarenta y seis o cuarenta y siete años. Ahora está en torno a los setenta y seis, aunque, naturalmente, mucha gente rebasa esa edad. La esperanza de vida seguirá aumentando.

–Pero existe un límite, ¿no?

–Ciertos hechos básicos son inevitables. Envejeces y mueres. Cuanto más viejo eres, más posibilidades tienes de morir.

–En realidad, eso no es cierto. Lo contrario es más cierto.

–¿Qué quieres decir?

–Quiero decir que el índice de mortalidad humana no se acelera uniformemente durante todo el lapso vital.

–Explícate, por favor.

–Eso a mí me suena a disparate. ¿Por qué creéis que no dejo de pedirle a Dios que me conceda un día más?

–Tus posibilidades de morir comienzan a reducirse alrededor de la edad de ochenta años.

–Querrás decir que comienzan a aumentar.

–No, justo lo contrario. Si llegas a los ochenta, tus posibilidades de alcanzar los ochenta y uno aumentan ligeramente. El índice de mortalidad humana se estabiliza a los ciento diez. Así que si llegas hasta esa edad, puede ocurrirte lo que a Madame Calment: que sigas tirando hasta los ciento veintidós.

—Pero eso es absurdo.

—Contradice la lógica humana, pero la ciencia suele hacerlo. Tu sorpresa sólo demuestra lo mal que entendemos el proceso de envejecimiento.

Jude decidió intervenir en el debate.

—¿No crees que existe un límite para la cantidad de tiempo que podemos vivir?

—Sí, Ludita, claro que existe. Lo que digo es que ni siquiera nos hemos acercado a él. Durante este siglo hemos doblado nuestra esperanza de vida, y eso se ha conseguido utilizando únicamente remedios externos: dieta, ejercicio, vitaminas, etcétera. Todavía no hemos comenzado siquiera a manipular la duración de la vida desde dentro, por medio de la ingeniería genética.

—¿Eso se puede hacer?

—Se está haciendo. Y cuando eso se consiga, no existirá motivo alguno para pensar que no podamos vivir ciento cincuenta, ciento setenta o incluso doscientos años. Imagina todo lo que podrías hacer en la vida si dispusieras de doscientos años.

—No me extraña que te hagas llamar Matusalén.

—Los accidentes no existen. Dime una cosa, Ludita: ¿estás interesado en este tema?

—Desde luego.

—¿Qué edad tienes?

—Treinta años.

—Aún eres joven. ¿A qué te dedicas?

Jude vaciló por medio segundo.

—Soy periodista.

—Vaya. Una honorable profesión.

—¿Y qué me aconsejas?

—¿Aconsejarte?

—Pensé que ibas a recomendarme algo.

—Sí. Ve a un buen gimnasio, come mucha fruta y verduras que contengan carotenoides, que sirven para eliminar los radicales libres. Corre ocho kilómetros diarios.

—¿Eso es todo?

—Sí.

–Quisiera preguntarte otra cosa –escribió Jude–. ¿Qué significa Jerome?
–No tengo ni idea.
Otro participante intervino:
–¿Podrías explicar otra vez lo de que después de los ochenta las posibilidades de morir disminuyen?
–Lo siento. Tengo que dejaros. He de darle de comer al gato.
Jude tecleó rápidamente:
–Una última cosa: ¿qué significa W?
–Es curioso que lo preguntes.
–¿Por qué?
–Hace mucho tiempo, yo hice esa misma pregunta en este mismo chat.
–¿Y qué respuesta te dieron?
–No la entendí.
–Pero... ¿¿¿Cuál fue???
–Dobles tú.
–¿Doble tú?
–Exacto. Bibi[1].
–Bi.
Jude pulsó una tecla y el lagarto volvió a aparecer en la pantalla. Pulsó otra y se desconectó de la red.

---

1. En inglés, la W se pronuncia «*dabel yu*», igual que «doble tú», y también recibe el nombre de double ve, y veve suena igual que *bibi*. *(N. de la T.)*

CAPÍTULO
16

Skyler se dijo que, si quería dejar de llamar la atención, debía dejar de correr, así que aflojó la marcha y siguió caminando a paso vivo. Pero sudaba a mares, estaba jadeando y no dejaba de mirar atrás para cerciorarse de que nadie lo seguía. Le daba la sensación de que todo el mundo lo miraba, de que todo el mundo se daba cuenta del terror que lo dominaba. Y, ciertamente, los transeúntes lo miraban con extrañeza. Todas las personas que circulaban por la acera parecían tener un motivo para estar allí y un lugar al que dirigirse. Él carecía de lo uno y de lo otro, y ni siquiera tenía claro qué debía hacer a continuación. Había corrido llevado por el instinto, escogiendo las calles que, por algún motivo, le parecían menos peligrosas, del mismo modo que un zorro perseguido por la jauría se refugia siempre en la espesura.

Leyó un letrero: WASHINGTON SQUARE.

Verse rodeado por una multitud hizo que Skyler se sintiera aún más expuesto. La gente, además, le susurraba cosas. Unos individuos que iban y venían por el parque se acercaban a él y, haciéndose los desentendidos y sin casi mover los labios le decían: «María, maría», «Caballo», «Hielo negro», «Sinsemilla». No entendía el significado de aquellas palabras y, al principio, la misteriosa actitud de los hombres le hizo creer que trataban de advertirle de algo, quizá de un peligro. Sin embargo, cuando se volvía hacia ellos para preguntarles, los hombres se alejaban, y cuando los seguía, trataban de quitárselo de encima.

—Mierda, lárgate de una vez —le dijo un hombre que vestía pantalones y camisa negros y llevaba un sombrero vaquero color crema.

Skyler salió del parque y caminó dos manzanas hasta llegar a

un café. Se sentó a una mesa situada en el rincón más oscuro y una joven que llevaba un top transparente le preguntó qué deseaba.
—Café —respondió.
—¿Solo o con leche?
Skyler se limitó a asentir con la cabeza. La camarera se encogió de hombros y se alejó para volver minutos más tarde con una taza que dejó sobre la mesa. Bebió el café a pequeños sorbos, reflexionando sobre su situación y preguntándose adónde podía ir. No deseaba dormir de nuevo en Central Park. Sacó el dinero que Jude le había dado y lo contó; dudaba mucho de que con esas cantidad pudiera hacer gran cosa.

A su espalda brillaron de pronto unas luces que convergieron en un pequeño escenario donde apareció un joven y fornido negro que movía los mandos de una pequeña caja negra. Sonó un estridente chirrido musical, tras el cual el hombre agarró un micrófono, se lo acercó a los labios y comenzó a gritar palabras que resultaban difíciles de entender. Al tiempo que cantaba, el negro movía espasmódicamente el cuerpo. Skyler se levantó de su silla y fue a la caja, situada junto a la salida.
—¿Cuánto es? —preguntó.
—Quince dólares.
Skyler puso cara de asombro.
—Quince dólares. Cinco por el café, y diez por el espectáculo.
Frunció el entrecejo y sacó un billete de diez y otro de cinco. Era casi un tercio de todo su capital.
—Oiga, por si no se había enterado, en este planeta se estila dejar propina —rezongó la cajera mientras iba hacia la puerta.
Él la miró desconcertado.
—Desde luego —murmuró ella, en un aparte—. Menudo gilipollas.

Skyler salió de nuevo a la calle. Las mejillas le ardían y seguía con la sensación de que era el centro de todas las miradas. ¿Cómo era posible que en un lugar tan inmenso y con tanta gente yendo en todas las direcciones todos parecieran estar pendientes de él?

Caminó tres manzanas hasta llegar a una amplia avenida. En la esquina, unos hombres jugaban al baloncesto en una cancha rodeada por una cerca metálica de tres metros de altura. Skyler conocía el deporte gracias a la televisión. Los hombres se movían con tal rapidez que resultaba difícil seguir el movimiento de la pelota. El sudor corría por las frentes y las espaldas de los jugadores, que se arremolinaban bajo la cesta, saltando y dándose codazos y caderazos, todos intentando hacer canasta.

De pronto Skyler se volvió y le pareció ver una figura conocida al otro lado de la avenida: un cuerpo fornido y una gran cabeza. Pero no lograba ver bien al hombre. El sol se reflejaba en la ventanilla de un coche estacionado y parecía que el individuo tenía una mancha blanca en la cabeza. Un ordenanza. No estaba totalmente seguro, pero el miedo le atenazó el estómago. Se volvió de nuevo hacia los jugadores y después giró otra vez la cabeza. El hombre de la acera de enfrente estaba mirando en otra dirección y no había visto a Skyler. ¿Sería posible?

Esta vez, Skyler ni siquiera hizo el intento de contenerse. Corrió calle abajo, dobló una esquina y se metió en el primer local abierto. Se encontró en el interior de una sala mal iluminada. Cuando sus ojos se hubieron acostumbrado a la oscuridad, miró en torno y vio a media docena de hombres que hojeaban revistas. Se dirigió al fondo de la sala y entró en otra pequeña habitación de la que salía un oscuro pasillo flanqueado por varias puertas. Abrió una y pasó al interior. Se encontró en un cubículo que estaba a oscuras salvo por la luz que se filtraba por un tabique de cristal transparente, tras el cual una mujer semidesnuda bailaba con lascivos movimientos. La bailarina llevaba únicamente un minúsculo taparrabos y sus enormes pechos, que eran como globos llenos de agua y le llegaban casi hasta el ombligo, oscilaban de un lado a otro con cada uno de los movimientos. Skyler vio cómo la forzada sonrisa de la bailarina se convertía en mueca de alarma en cuanto la mujer advirtió su presencia en el interior de la pequeña cabina. En ese mismo momento, un hombre que había permanecido sentado más adelante se puso en pie. Su primera reacción fue de sorpresa y la segunda, de indignación.

–¿Qué coño haces aquí?

Skyler vio que la mujer tocaba una palanca que hizo caer una cortina metálica tras el cristal, con lo que la cabina quedó en una oscuridad casi total. Notó que una mano lo agarraba por el brazo izquierdo y comenzó a retroceder. Tanteando a su espalda, encontró el tirador de la puerta y lo hizo girar al tiempo que retorcía el cuerpo, consiguiendo que la mano del desconocido le soltase el brazo. Pero el hombre lo agarró inmediatamente por la camisa. Él se retiró, oyó el sonido de un desgarro, echó a correr hacia el fondo del pasillo y salió por una puerta trasera que daba a un callejón. Corrió por él, dobló una esquina y volvió a encontrarse en la atestada acera.

Dos palabras acudieron a su mente y las pronunció sin darse cuenta siquiera de que lo hacía:

—¡Cristo bendito!

Se alejó a paso vivo, volviéndose de cuando en cuando para mirar hacia atrás. Recordó que Jude había hecho lo mismo en el metro. Cuando estaban los dos en el bar, Jude parecía sinceramente preocupado por el bienestar de Skyler. Se preguntó si debería intentar reunirse con él. ¿Podía fiarse de Jude después de la experiencia en la habitación alquilada? ¿Le habría tendido Jude una trampa?

Tras recorrer cuatro manzanas, llegó a una boca de metro y, sin pensarlo dos veces, bajó por la escalera como un conejo metiéndose en su madriguera. Oyó el estruendo de un tren que se aproximaba, se detuvo ante una garita, dejó un dólar en la ventanilla, y luego otro, y recibió a cambio una ficha que insertó en el torniquete.

—¡Eh, oiga...! —gritó el empleado mientras Skyler se hacía el sordo y se alejaba rápidamente andén abajo—. ¡Se deja usted el cambio!

El tren iba llenísimo. Skyler escrutó todos los rostros que lo rodeaban, pero no vio nada sospechoso. Ningún mechón blanco, ningún ordenanza. Fue hasta el fondo del vagón, miró hacia el interior del vagón posterior, e hizo lo mismo con el anterior. En ninguno detectó nada raro. El estruendo del tren y los traqueteos del vagón lo estaban sacando de quicio. Las náuseas se apoderaron de él. Aunque se moría de ganas de bajarse en la siguiente estación, cuando el tren se detuvo, hizo un supremo esfuerzo de voluntad y permaneció en el vagón. Tenía que seguir, debía poner más distancia entre él y el ordenanza, en el caso de que el hombre que había visto fuera efectivamente un ordenanza. Otra estación, y otra, y otra, y otra más... En cada una de ellas, el deseo de huir se hacía más fuerte, pues el vagón estaba cada vez más y más atestado y le parecía más y más asfixiante y siniestro.

Llegó al límite de su resistencia y decidió apearse. Al entrar en la siguiente estación se colocó frente a las puertas, saltó al andén en cuanto se abrieron y echó a correr entre la masa de pasajeros. Cruzó rápidamente el torniquete de la salida, subió los peldaños de la escalera de dos en dos y al fin vio en lo alto un retazo de cielo azul. Pero en cuanto coronó el tramo de escaleras y se vio al fin en la calle, una nueva multitud lo rodeó, una turba humana.

Los hombres tropezaban con él y lo apartaban lanzando gritos e imprecaciones, y Skyler fue arrastrado por la turbamulta. Vio puños que se agitaban en el aire y rostros que reflejaban pánico e indignación. De pronto sintió un golpe en las costillas. Un codo lo había golpeado fuertemente. Su propietario miró a Skyler, le dijo que lo sentía y masculló:

–¡Malditos polis!

Skyler alzó la cabeza y vio que en la calle había caballos empujando a la multitud hacia las aceras; los jinetes eran policías cuyos rostros estaban protegidos por grandes viseras de plástico transparente. Según los asustados caballos avanzaban, la multitud se replegaba y algunos hombres caían y eran pisoteados. Pero cuando los caballos retrocedían, la multitud se echaba adelante, como si estuviera deseosa de abalanzarse sobre los policías.

Skyler observó que los hombres que lo rodeaban llevaban cascos y de que algunos de ellos agitaban pancartas. Trató de salir de la multitud a codazos, pero un hombre con camiseta amarilla le cortó el paso. Luego la masa lo empujó hacia delante y, al cabo de unos momentos, se vio justo enfrente de los caballos. Uno de los animales se le acercó y estuvo a punto de aplastarle un pie con uno de sus cascos. Skyler gritó y su grito se unió a los de los hombres que lo rodeaban. De pronto, los caballos retrocedieron como por arte de magia. Pero en su lugar apareció un pelotón de policías a pie que iban protegidos con escudos y blandían porras.

Skyler trató de huir, pero la multitud a su espalda empujaba y no dejaba de agitarse, y no logró abrir un hueco. Se volvió hacia un lado; la policía había formado un cordón en torno a los manifestantes y avanzaba hacia él empujando con los escudos y golpeando con las porras. Skyler sintió el golpe de una de ellas en las espinillas. A su lado, un hombre lanzó un grito. Skyler perdió el equilibrio y comenzó a caer hacia atrás viendo cómo una porra se alzaba en el aire por encima de su cabeza. La vio descender hacia sí como en cámara lenta, y luego sintió un lacerante dolor en la coronilla. Cayó entre un bosque de piernas que no dejaban de agitarse, y notó que alguien caía encima de él. Después se desplomó en la acera y perdió el conocimiento.

Jude fue en metro hasta el centro de la ciudad y se apeó en la estación de City Hall. Decidió matar el rato dando un paseo por el parque. Se comió un perrito caliente con col agria y reflexionó sobre su situación sentado en un banco. Se preguntó cómo le estaría yendo a su sosia, y pensó en Tizzie, en lo enternecedoramente protectora que se mostraba hacia Skyler. Pensó en Raymond, y se preguntó para qué querría hablar con él. Sin duda, para algo relacionado con lo de New Paltz. Jude también deseaba hablar con el federal, pero antes quería resolver unas cuantas dudas. Y ahí era donde encajaba McNichol. «Es curioso –se dijo–. Hace una semana ni siquiera había oído hablar de ese forense, y ahora tiene entre sus manos la clave de mi destino.»

De forma casi mecánica, no dejaba de mirar a los paseantes que iban y venían por el parque. Ninguno de ellos le pareció sospechoso. No se veía a nadie corpulento ni con un mechón blanco en el cabello. Le asombró lo pronto que se había acostumbrado a estar pendiente de si alguien lo seguía. «Ni que lo hubiera estado haciendo toda mi vida –se dijo–. Es asombrosa la rapidez con la que te acostumbras a las situaciones más disparatadas, e incluso a una tan absurda como ésta. Un día tu doble entra por la puerta y, bingo, tu vida se convierte en otra película. Qué estupendo sería despertarme de pronto en mi cama y darme cuenta de que todo esto no ha sido más que una pesadilla.»

Lanzó un suspiro y consultó su reloj: las 3.50. Sacó la agenda, comprobó la dirección y recorrió a pie las tres manzanas que lo separaban de Foley Square. El edificio al que se dirigía estaba situado cerca de los juzgados de lo criminal y era una torre de oficinas que albergaba en su interior varias agencias dependientes del gobierno del estado. Jude debía de haberlo visitado media docena de veces, siempre para investigar alguna supuesta corruptela. Subió en el ascensor hasta el piso 32, y se encontró ante una acristalada oficina en cuya puerta no aparecía nombre alguno. En la sala de espera, el escritorio de la recepcionista estaba vacío. Se metió por un corredor de suelo enmoquetado que tenía en las paredes anacrónicos ceniceros metálicos, y lo siguió hasta encontrar el despacho que buscaba, el 3209. Abrió la puerta.

Encontró a McNichol sentado a un escritorio, con un montón de carpetas ante sí. La habitación era una mezcla de despacho y laboratorio. Contenía varios archivadores metálicos y una larga repisa sobre la que había un ordenador y varias piezas de equipo básico: un microscopio, cajas de portaobjetos, un separador centrífugo. Desde la amplia ventana se divisaban los concurridos puentes del East River y las casas y las chimeneas de Brooklyn.

Tras los saludos preliminares, que por algún motivo fueron extrañamente formales, McNichol le ofreció un café y Jude aceptó encantado. Mientras servía el café en una taza adornada con el dibujo de unos conejos fornicando, el forense explicó que solía hacer trabajos sueltos para los depósitos de cadáveres de la ciudad.

—Debido a la reducción de la cifra de homicidios, han tenido que despedir a cierta cantidad de forenses auxiliares... Lo cual es uno de los efectos indeseables del descenso de la criminalidad. Faltan cadáveres para mantenerlos ocupados a todos. Pero de pronto hay rachas inesperadas en las que a la gente le da por matar más de la cuenta, y los cuerpos se amontonan. Entonces me llaman a mí.

Jude se dijo que lo mejor era comenzar con una buena andanada de halagos, ese movimiento de apertura cuyos felices resultados nunca dejaban de sorprenderlo. Le agradeció efusivamente a McNichol el favor que le había hecho, y añadió que siempre había estado seguro de que si en el mundo había alguien capaz de resolver el enigma de las dos muestras de cabello, y de decirle si procedían o no de la misma persona, ése alguien era, sin duda, el forense de Ulster County.

—Bueno, bueno —respondió McNichol—. Admito que fue un reto. Por mucho que pensaba, no se me ocurría por qué me había sometido usted a esa prueba. Hasta que de pronto lo comprendí todo, y estoy seguro de que no me equivoco.

Jude se limitó a alzar ligeramente las cejas perplejo, indicando con ello a su interlocutor que continuase.

—Me acordé de un reportaje que su periódico publicó hace años sobre los diez mejores jueces y los diez peores jueces. Un trabajo muy interesante, por cierto. Estuvo muy bien el truco de enviar un mismo acusado ante cada uno de los jueces. Así que supongo que están ustedes haciendo algo parecido con los forenses de la ciudad y sus alrededores, para ver cuáles son los mejores y cuáles los peores. Porque en otro caso, sus motivos para pedirme lo que me pidió, querido amigo, escapan totalmente a mi comprensión.

Jude no confirmó ni desmintió las alegaciones del forense. No quería hacer nada que pudiera irritarlo, pues se estaba aproximando el crucial momento en el que la información sale al fin a la luz.

—¿Y a qué conclusión llegó usted? —preguntó con voz suave.
—No tan deprisa. No tan deprisa —dijo McNichol alzando una mano en actitud de guardia deteniendo el tráfico—. Déjeme hablarle primero del viaje, y luego le contaré a qué destino me llevó.

El forense cruzó los brazos sobre el escritorio, como si se dispusiera a emprender un largo relato, y Jude se retrepó en su sillón, dispuesto a escuchar.

—¿Le suena a usted el nombre de Leonard Hayflick? —inquirió McNichol como si aquélla fuera la pregunta más natural del mundo.

Jude, que había sacado su cuaderno pero no estaba tomando notas, negó con la cabeza.

—Lástima. El tipo no es ni más ni menos que el anatomista más destacado de la época moderna. Fue un coloso de la investigación sobre el envejecimiento. ¿Quién dijo que el mundo era justo? Todos conocen a James Watson y Francis Crick, Universidad de Cambridge, 1953... El mito completo, hasta lo de que luego se fueron a un pub y declararon que habían desentrañado el secreto de la vida... Cosa que, indiscutiblemente, era cierta.

—Supongo que se refiere usted al descubrimiento del ADN. La doble hélice.

—Exacto. El singular suceso que abrió una nueva era en la genética. Hayflick realizó una proeza similar, sólo que en el campo de la gerontología.

—¿Qué hizo?

—Le extrajo unas células a un feto y las cultivó en una placa de Petri. Lo hizo en 1961, y actualmente nos resulta difícil recordar lo rudimentarios que eran por entonces nuestros conocimientos. En aquellos días se consideraba que el envejecimiento era un proceso irremediable, controlado por el destino biológico. Uno envejece porque el cuerpo se le gasta, como una máquina cuyas partes terminan cayéndose a pedazos a causa del uso. La piel se arruga, el pelo se cae, el cerebro se encoge, las arterias se obstruyen. No se puede evitar. La gente nacía. Vivía un cierto número de años y luego se moría. Y eso, más o menos, era todo. Naturalmente, hasta cierto punto, las personas podían alargar o acortar esos límites. Normalmente, vivía más una bibliotecaria abstemia que un poeta maldito que se inspiraba atiborrándose de ajenjo. Pero en términos generales, se consideraba que la duración de la vida era algo prescrito. Cien años como máximo. Tal era el dictado de la naturaleza. Naturalmente, hoy en día sabemos que todo eso eran paparruchas.

—Sí, eso me acaban de decir.

—Pues le han dicho bien. Créame, los avances en el terreno de la prolongación de la vida que se producirán en los próximos cincuenta años lo dejarán atónitos. Las generaciones futuras evocarán con consternación esta época, en la que la esperanza de vida no alcanzaba los ochenta años. ¿Ha hecho usted el recorrido de los *châteaux* del Loira? Cuando el guía muestra a los turistas las camas que no miden más de metro y medio y las minúsculas armaduras de los caballeros medievales, todos se sorprenden de lo bajita que era antes la gente. Bueno, pues en el futuro se evocará nuestra época del mismo modo. ¿Recuerda la sorpresa que le produjo enterarse de que Alejandro Magno murió a los treinta y tres años? Las generaciones futuras sentirán la misma sorpresa por el hecho de que Einstein murió a los setenta y seis.

El forense clavó la mirada en Jude y, tras una pausa, continuó:

—Y todo comenzó con Hayflick. Él fue quien le puso el cascabel al gato del envejecimiento. Él hizo la pregunta clave: ¿por qué se produce el envejecimiento? ¿Se debe a que las células individuales se agotan y llegan a incapacitar todo el organismo humano? ¿O se produce porque algún deterioro relacionado con la edad que se produce en alguna parte del organismo hace que las células se agoten? ¿Cuándo pierde un ejército una batalla decisiva? ¿Cuando son tantas las bajas que los soldados que quedan ya no pueden mantener el terreno, o cuando un general comprende que sus tropas van a sufrir una derrota aplastante y da la orden de rendición? La metáfora, por cierto, es mía, no de Hayflick.

»Lo que Hayflick hizo fue realizar un experimento que, como todos los grandes experimentos, visto en retrospectiva parece muy sencillo. Colocó las células del feto en la placa de Petri para ver cuánto vivían por su cuenta. No tenían que hacer nada, no tenían que efectuar ningún trabajo en beneficio de ningún organismo humano. Únicamente tenían que hacer lo que a las células les resulta natural hacer, dividirse y multiplicarse. Cosa que hicieron. Unas cincuenta veces. Y luego murieron. Después Hayflick repitió el experimento con células extraídas de una persona de setenta y cinco años. Antes de morir, las células también se dividieron, pero sólo veinte o treinta veces.

—O sea que los soldados siempre terminan muriendo.

—Olvídese de la metáfora —dijo bruscamente McNichol—. La vida real es más complicada. En la vida real, las cosas no tienen que ser de un modo o de otro. En la vida real, mueren miles de soldados y, además, el general se rinde.

McNichol se puso en pie y comenzó a acompañar sus palabras con ademanes.

—Lo importante es que las células del anciano de setenta y cinco años eran efectivamente más viejas que las del feto. Hayflick estableció que la duración de la vida de la célula tiene un límite natural, que a partir del momento de su nacimiento, se divide unas cincuenta veces y luego entra en la senectud.

—Entonces, si existe un límite natural, no es posible evitar el envejecimiento.

—Muy al contrario, eso significa que tal esperanza sí existe. En biología, las cosas no suceden porque sí. En la naturaleza, nada es tan natural como para que el hombre no pueda modificarlo. Si existe un límite es porque algo marca ese límite. Porque hay algo que hace que exista ese límite —explicaba cada vez más entusiasmado—. ¿No lo comprende? En su interior, las células tienen un reloj que les indica cuándo ha llegado su momento. Y el hecho de que exista ese reloj significa que podemos encontrarlo y manipularlo y que, con el tiempo, podemos incluso aprender a cambiarlo de hora. Podemos hacer que la célula viva más tiempo. Y eso es justamente lo que hacemos.

—¿Dónde?

—En laboratorios repartidos por todo el mundo. Los científicos están descubriendo genes que retrasan la senectud en organismos sencillos. La evolución tiene un único esquema, así que en nuestros organismos existe la misma secuencia genética. Gran parte del trabajo más importante lo realiza un protozoo unicelular que vive en las charcas y que es el que nos ha dado la clave del reloj.

—¿Cuál es el reloj?

—Los telómeros.

—¿Telómeros?

—Tiras de ADN que están en los extremos de nuestros cromosomas. Como usted sabe, los cromosomas son largos filamentos de ADN que contienen las instrucciones genéticas de la célula. Al final de cada uno de ellos hay un telómero. Han comparado a los telómeros con los pequeños remates de plástico que tienen en la punta los cordones de los zapatos para evitar que se deshilachen.

Lo telómeros cumplen un cometido parecidísimo. Cada vez que se divide, la célula pierde una pequeña parte de sus telómeros, de modo que la tira se hace cada vez más corta según la célula va envejeciendo. Cuando la célula alcanza el límite Hayflick de cincuenta divisiones, el telómero ya no es más que un minúsculo fragmento. Ése es el momento en que la célula alcanza la vejez y entra en su declive. Así empieza la muerte de la célula.

»O sea que la edad de la célula no tiene nada que ver con el tiempo cronológico según nosotros lo experimentamos. Y, si reflexiona sobre ello, se dará cuenta de que es lógico, ya que, para empezar, el tiempo es una concepción humana artificial. La edad de las células está relacionada con la cantidad de trabajo que efectúan, con la cantidad de veces que tienen que dividirse. A eso se debe que la piel de una persona que se ha pasado la vida tomando el sol esté mucho más arrugada que la de otra que ha permanecido a la sombra; las células de la piel del fanático del bronceado tienen que reproducirse constantemente para sustituir a las que los rayos ultravioletas van destruyendo. Se ven obligadas a trabajar más, y por eso sus telómeros son más cortos.

—Fascinante —dijo Jude—. Pero, sea por el motivo que sea, el caso es que, en último extremo, la célula tiene que morir.

—Pero... ¿tiene realmente que morir? O, mejor dicho, ¿tiene que morir a una edad tan absurdamente temprana? —decía McNichol, en tono cada vez más melodramático—. Ocurre que las células vivas son extraordinariamente eficientes. Son creaciones magníficas, consumen comida, expulsan los desechos, hacen su trabajo y tienen una fuerte membrana protectora. Un mundo perfectamente equilibrado en el interior de un microcosmos. Son un mecanismo tan extraordinario, que no hay ningún motivo para creer que existe un límite natural a su longevidad.

»Eso lo sabemos por nuestros estudios de las células cancerosas, que se duplican incesantemente, generación tras generación, hasta el extremo de que los experimentos para contar el número de sus divisiones con casi literalmente interminables. En los laboratorios existen células cancerígenas que viven durante décadas en una placa de Petri. Para todos los efectos prácticos, son inmortales.

—¿Y cómo lo logran?

—Sí, ¿cómo? El secreto está en una enzima llamada telomerasa, que actúa como un pequeño equipo reparador. Cada vez que un fragmento de telómero se pierde a causa de la división celular, la telomerasa lo sustituye de forma que el filamento nunca se reduzca. El cordón del zapato no se deshilacha, por así decirlo, porque le cambian la punta de plástico. La telomerasa está presente en las células cancerosas. También aparece en las células de los óvulos y el esperma porque, como es natural, esas células deben mantenerse jóvenes, puesto que han de pasar a la descendencia. Pero la enzima no se halla presente en las células normales y corrientes, aunque las células normales podrían producirla. Tienen un gen para tal fin, pero está desactivado.

—¿Quiere decir que si las células tuvieran esa enzima vivirían más tiempo? ¿Ésa es la teoría?

—No es una teoría, sino un hecho demostrable. Los científicos del Centro Médico de la Universidad Southwestern de Texas han inyectado en células humanas el núcleo de la enzima que produce el gen. Por cierto, encontraron el modo de conseguir el gen estudiando nuestro pequeño protozoo de las charcas, que produce ingentes cantidades de telomerasa. Tras la inyección, los telómeros recuperaron su longitud juvenil y las células siguieron dividiéndose tan contentas mucho después de alcanzar el límite de su media de vida. Las células resultaron rejuvenecidas.

—O sea que ya se ha descubierto la fuente de la juventud que tanto buscó Ponce de León.

—No, el envejecimiento es un proceso mucho más complicado. Por un lado, no todas las células siguen las mismas reglas. Las del cerebro y del corazón, por ejemplo, actúan de modo distinto. Pero desde luego, se trata de un primer paso importante que confirma el hecho de que el cuerpo humano, como todos los organismos vivos, posee una notable capacidad para la autorreparación. A fin de cuentas, resulta que no somos máquinas.

Concluida su disertación, McNichol volvió a tomar asiento. Aunque le interesaba todo lo que acababa de oír, Jude no acababa de entender qué relación tenía con su propio caso. Pasó una página de su cuaderno —indicio de que deseaba ir al grano—, dio un sorbo a su café, que ya estaba frío, y clavó la mirada en los ojos del forense.

—Señor McNichol... Doctor McNichol, todo eso es de lo más interesante pero, si no le importa decírmelo, ¿Qué tiene que ver con los dos mechones de pelo que le entregué?

—Son antecedentes, muchacho. Antecedentes. Sin mi pequeña

conferencia, y si me he extendido demasiado lo lamento, a usted no le sería posible comprender lo que hice ni cómo alcancé la conclusión a la que llegué.
 –¿De qué conclusión habla?
 –Como supongo que usted imaginará, todas esas investigaciones han tenido un fuerte impacto en la especialidad a la que yo me dedico. En los últimos años, la ciencia forense ha avanzado a pasos agigantados, y hoy en día estamos haciendo cosas con las que ni siquiera soñábamos en mis tiempos de estudiante de medicina.
 –Sí. Vaya al grano, por favor.
 –Bien. Lo que ocurrió fue que realicé una prueba normal de ADN, comparando las dos muestras de cabello. Como sabe, esa prueba consiste en cotejar secuencias genéticas y nos permite establecer si dos muestras distintas proceden de una misma persona. La posibilidad de error es mucho menor que en la prueba de las huellas dactilares. Por lo general, podemos establecer la identidad del propietario dentro de unos márgenes que excluyen la posibilidad de una coincidencia.
 –Sí, ya sé. ¿Y qué averiguó?
 –Pues, muy sencillo. Averigüé que el ADN de ambas muestras era idéntico. En este caso, la posibilidad de que una coincidencia así se produzca en dos personas distintas es, aproximadamente, de una entre cuatrocientas mil y, por tanto, desdeñable. O sea que el resultado que obtuve indica inequívocamente que las dos muestras de cabello procedían de la misma persona.
 –Pero también podrían proceder de gemelos idénticos, ¿no?
 –Sí, claro. Los gemelos idénticos no tienen las mismas huellas dactilares, ya que éstas se forman en una etapa posterior del desarrollo del feto. Pero sí tienen la misma constitución genética, de modo que dos especímenes de ADN extraídos a gemelos idénticos serían exactamente iguales. Pero en este caso descarté la posibilidad de gemelos.
 –¿Cómo? ¿Por qué?
 –Eso nos lleva de nuevo a los telómeros. Recientemente, hemos desarrollado y perfeccionado un nuevo tipo de prueba del ADN llamada RFLPS, siglas que significan polimorfismo de la restricción de la longitud del fragmento. Este procedimiento logra diferenciar los organismos analizando las pautas derivadas de la división de su ADN. La longitud de los telómeros nos permite hacer un cálculo aproximado de la edad de la persona. No se trata de

algo exacto, desde luego, pero la técnica es lo bastante sofisticada como para establecer una diferencia de edad entre dos muestras. Y eso es lo que logré hacer en el caso de los mechones que usted me dejó.

–¿Y a qué conclusión llegó, doctor McNichol?

–Una de las muestras, la de la bolsa que marcó como A, procedía de una persona que era cinco años más joven que la de la muestra B. Año más, año menos.

–Pero... pero... –tartamudeó Jude–. Eso no es posible.

–Exacto. No sería posible si las muestras procedieran de gemelos idénticos. ¿Cómo pueden existir gemelos idénticos de edades distintas? Así que encontré la solución, que si lo desea puede publicar en su periódico, y la solución es...

–¿Sí?

–Que las dos muestras proceden de la misma persona, y supongo que esa persona es usted. Usted me entregó dos mechones más o menos idénticos de su cabello, sólo que uno era alrededor de cinco años más joven. O sea que se cortó el mechón hace cinco años y lo ha conservado hasta ahora.

Jude se quedó en silencio.

–Lo que se me escapa totalmente –siguió McNichol–, es cómo se le ocurrió guardar durante tanto tiempo un mechón de su cabello. Supongo que no tuvo la clarividencia de saber que, con el paso del tiempo, haría un reportaje sobre el tema.

Jude cerró su cuaderno de notas lentamente. Le dio las gracias a McNichol por su trabajo, le estrechó la mano y le dijo que volvería a ponerse en contacto con él si se le ocurrían nuevas preguntas. McNichol quiso saber cuándo se publicaría el reportaje en el periódico, y Jude respondió que no tenía ni idea.

Al salir vio que una recepcionista ocupaba el escritorio que al entrar había visto vacío. Era un joven de ojos penetrantes que parecían denotar inteligencia. Jude le preguntó qué organismos oficiales ocupaban aquellas oficinas.

–Varios organismos comparten el mismo espacio: federales, estatales y locales.

–¿Algunos de esos organismos son policiales?

–Pues sí.

–¿El FBI?

–Sí, el FBI entre otros. ¿Por qué lo pregunta?

Jude no respondió, y tampoco lo hizo cuando la mujer le preguntó el nombre y el motivo de su presencia allí. En vez de ello se dirigió a los ascensores y tuvo la suerte de llegar cuando las puertas de uno se abrían.

Llamó a Tizzie desde un teléfono público de Astor Place, e hizo lo posible para que su voz no denotara la preocupación que sentía. Ella no respondió inmediatamente. Jude consultó su reloj, eran pasadas las cinco. La secretaria ya debía de haberse ido. ¿Seguiría Tizzie allí? Comenzó a tabalear con los dedos sobre la repisa de la cabina.
 –Vamos, contesta de una vez...
 Al fin al otro extremo del hilo sonó la voz de Tizzie.
 –Tizzie, escucha. Skyler ha desaparecido. Fui a su habitación y no está allí. El conserje me dijo que se largó.
 –¿Por qué? ¿Adónde puede haber ido?
 –No tengo ni idea. El conserje no supo decírmelo. El tipo no ha sido de mucha ayuda. Al principio creyó que yo era Skyler, y comenzó a echarme una bronca por bajar por la escalera de incendios. Me dijo que usarla está prohibido por la ley, y añadió que no quería verme más por allí. Le dije que Skyler era mi hermano menor y le pregunté si sabía adónde podía haber ido, pero el tipo no sabía nada. Lo único que dijo fue que Skyler parecía asustado y que daba la sensación de que huía de algo.
 –Pero... ¿de qué iba a huir?
 –Sabe Dios, pero por lo visto estaba despavorido. Más tarde hablaremos de eso. Tengo tantas cosas que contarte... Te quedarás pasmada. Algunas de las piezas del rompecabezas están encajando en su lugar. Pero antes tengo que ir a buscar a Skyler. ¿Puedes pasar por mi casa por si se le ocurre llamar? No estoy seguro, pero creo que tiene mi teléfono.
 –De acuerdo.
 –Y cuando vayas por allí, mantén los ojos bien abiertos. Quizá Skyler haya ido a mi casa, pero si está realmente asustado, puede que no. Tal vez tema que ellos lo busquen allí.
 –Jude..., ¿quiénes son «ellos»?
 –Luego te lo cuento.
 –No seas tan misterioso. Te comportas de una manera muy rara y das la sensación de estar sumamente alterado.
 –Más tarde te daré todas las explicaciones que quieras. Ahora tengo que irme.

Tizzie dijo que iría inmediatamente al apartamento.

Jude detuvo un taxi y le dijo al conductor que lo llevara a Central Park.

–¿A qué altura?

Aquél era el problema, Jude no tenía ni la más remota idea. Y como el parque se extendía desde la calle Cincuenta y nueve hasta la Ciento diez, era totalmente imposible efectuar una búsqueda minuciosa. Le dijo al chófer que lo dejara en el cruce de la Setenta y dos y la Quinta. Tendría que confiar en la suerte.

Se retrepó en el asiento pensando en ello. «Adónde iría yo si estuviera en su lugar? A fin de cuentas, Skyler y yo somos prácticamente idénticos. Alguna ventaja tiene que tener el hecho de que seamos... de que estemos tan íntimamente relacionados.»

Ni siquiera en aquel monólogo interior se atrevía a utilizar la palabra que se le había venido varias veces a la cabeza durante su conversación con McNichol.

Mientras se hallaba en el calabozo de la comisaría del distrito Diecisiete, a Skyler le permitieron hacer más de una llamada telefónica. A fin de cuentas, estrictamente hablando, no estaba detenido.

Lo habían llevado allí con el resto de los trabajadores de la construcción, fornidos hombretones que durante la manifestación habían lanzado gritos e imprecaciones, pero que curiosamente se mostraron pasivos una vez estuvieron en el interior de la furgoneta policial. Camino de la comisaría, bromearon con los policías y charlaron entre ellos como si aquello no fuera más que una divertida e inofensiva aventura. Skyler, sentado en un rincón de la furgoneta, miraba al exterior a través de la malla metálica de la ventanilla. Estaba petrificado. No tenía ni idea de lo que ocurría, ni de adónde los llevaban, ni por qué. La pierna y la cabeza le dolían, y cuando se tocaba la coronilla notaba el cabello lleno de sangre seca.

Incluso antes de que llegaran a la comisaría de la calle Cincuenta y uno, los obreros de la construcción señalaron a Skyler a los agentes que iban delante y les dijeron que lo habían detenido por error. Los policías no les prestaron demasiada atención. Una vez llegaron a su destino, los obreros fueron encerrados en dos grandes calabozos entre risas y chanzas, como si todo lo que estaba sucediendo no fuera más que una divertida broma. Las puertas metálicas quedaron abiertas y al cabo de poquísimo tiempo apare-

ció un abogado sindicalista, para averiguar cuáles eran las acusaciones, que fue tomando nota de los nombres de los detenidos. Cuando llegó a Skyler, le hizo unas cuantas preguntas y lo sacó de la celda. Lo llevó ante el canoso sargento de guardia, que, tras escuchar al abogado, le dijo al detenido que podía marcharse. Skyler estaba a punto de salir por la puerta cuando el sargento lo miró de arriba abajo y le preguntó:
—¿Tienes algún sitio al que ir?
Negó con la cabeza y el policía le dijo que podía usar el teléfono si quería. Skyler sólo podía llamar a una persona, y el sargento buscó el número y se lo marcó.
—Haz que le echen un vistazo a esa herida de la cabeza —le aconsejó el hombre momentos antes de que llegase Tizzie.
Cuando ésta apareció, sin aliento, con su melena y su vestido blanco, los hombres que ya habían salido de las celdas comenzaron a lanzar silbidos y a piropearla.

Jude paseaba de arriba abajo por la sala de su apartamento mientras Skyler y Tizzie tomaban té sentados en el sofá. Skyler les contó que estaba tumbado en la cama de su habitación y había oído a alguien en el rellano. También les relató su fuga por la escalera de incendios, su posterior carrera por las calles, durante la cual había visto a un ordenanza, o a alguien que se le parecía mucho. Huyendo de él había entrado en un local donde había una mujer desnuda, luego se metió en el metro y a final terminaron arrestándolo. Jude no acababa de creerse que los enemigos de Skyler hubieran logrado dar con él. Dijo que el tipo del rellano podía haber sido cualquiera, y que dudaba de que en una ciudad tan grande Skyler hubiera ido a tropezarse con la gente que lo perseguía. Sin duda, a Skyler le estaba jugando una mala pasada su imaginación.
Después Jude les pidió a los dos que le escucharan atentamente.
—¿Recuerdas que te hablé de unos individuos llamados ordenanzas? —le preguntó a Tizzie.
—Sí, claro. Por lo que dijiste, son tipos temibles.
—Bueno, pues según Skyler, los tres tienen más o menos el mismo aspecto. Y yo pude darme cuenta de que al menos dos de ellos sí lo tenían cuando me siguieron por los túneles del metro la noche que los vi por primera vez.

—Ah, comprendo —dijo de pronto Tizzie—. Si realmente son tres, y son idénticos, entonces nos enfrentamos a un fenómeno totalmente nuevo.
—No entiendo —dijo Skyler.
—Los trillizos idénticos no existen —dijo Jude—. Al menos, no se producen de modo natural. Para crearlos haría falta la intervención humana.

Jude les explicó que había llevado a McNichol muestras del cabello de los dos y que los resultados de la prueba del ADN demostraban que eran idénticos en todos los aspectos salvo en el de la edad. Y mientras esbozaba las líneas generales de su explicación para aquel asunto, se encontró con que ya no le resultaba tan difícil emplear la palabra que antes no se había atrevido a utilizar, y con que en realidad no le era posible exponer sus ideas si no hacía uso de ella.

Así que tomó aliento y, clavando la mirada en los ojos de Skyler, anunció:
—Hasta ahora hemos pensado que existía una relación entre nosotros, que tal vez fuéramos hermanos. Pero creo que nuestra relación es aún más íntima. Creo que tú eres mi clon.

CAPÍTULO 17

Tizzie caminaba con paso decidido por el campus de la Universidad de Columbia. A los estudiantes que tomaban el sol en las escalinatas, la mujer y sus dos acompañantes debían de parecerles un trío sumamente peculiar. Ella abría la marcha, elegantemente vestida y con la cabellera al viento, detrás iba Jude, despeinado y con su cuaderno de notas asomando por el bolsillo de la chaqueta de pana, y finalmente Skyler, a quien el corto cabello rubio y las gafas de sol le daban un aspecto ciertamente extraño.

Se acomodaron en una de las filas traseras del anfiteatro y miraron al corpulento caballero que ocupaba el estrado, el doctor Bernard S. Margarite.

El jefe de la sección de ciencia del *Mirror* no había vacilado ni un microsegundo cuando Jude lo telefoneó para pedirle consejo. «Si lo que te interesa es la genética –le dijo–, Margarite es tu hombre.» Jude buscó información sobre el científico. Había escrito estudios con títulos tan enrevesados como «La transferencia nuclear en los blastómetros procedentes de embriones de vaca tetracelulares».

Afortunadamente, la clase que se disponía a dar formaba parte de un cursillo de introducción. Varias docenas de estudiantes de verano vestidos con un mínimo de ropa se repartieron por los asientos del anfiteatro y procedieron a dejar sus libros amontonados en el suelo.

Margarite hizo unos cuantos comentarios preliminares, anunció que la semana siguiente pondría un examen y gastó un par de bromas. Luego le echó un vistazo a sus notas, se dirigió a la pizarra y dibujó cinco círculos en ella. Junto a Jude, un muchacho abrió su cuaderno y copió el dibujo.

—Como cualquiera puede darse cuenta —comenzó Margarite—, esto son óvulos. —Hizo una pausa, como para admirar su obra, y prosiguió—: Huevos de rana. ¿Por qué los biólogos sienten tanto cariño por los huevos de rana? Porque son grandes, diez veces mayores que los óvulos humanos. Y, como crecen en el exterior del cuerpo del anfibio, nos es posible observarlos —añadió arrojando la tiza al otro lado de la sala.

Margarite tenía fama de ser un profesor algo histriónico.

—Bueno, todos vosotros sabéis lo que ocurre cuando un óvulo es fertilizado. Crece y se divide en dos, y luego cada una de esas mitades se divide a su vez, y así sucesivamente. Al final, lo que tenemos es una bola de células, un embrión. Y, a medida que se van produciendo las nuevas divisiones, las células se especializan. Algunas se convierten en piel, otras en ojos, otras en una cola, otras en la médula espinal, etcétera. Y al cabo de poco tiempo tenemos un bebé de rana que, cuando crezca, será diseccionado por alumnos de séptimo grado, o bien terminará sirviéndole de almuerzo a algún francés.

»Todos los animales superiores pasan por el mismo proceso, incluidos los seres humanos, aunque en nuestro caso, con un poco de suerte, el desenlace no es el mismo.

El comentario suscitó un murmullo de risas corteses y el profesor continuó:

—Pero los humanos llevamos el proceso hasta casi la exageración. En la edad adulta, cada uno de nosotros tiene en el cuerpo unos nueve billones de células.

El muchacho sentado junto a Jude anotó la cifra con todos los ceros.

—Así que la primera pregunta que se plantearon los investigadores fue cómo se producía el fenómeno. ¿Por qué ciertas células saben que deben convertirse en músculo y otras saben que deben convertirse en hueso? ¿Cómo llegan a diferenciarse? ¿Por qué una célula cerebral, por ejemplo, no puede volver a la fase de embrión para luego convertirse en otra cosa? Los científicos creían, y es una suposición lógica, que esa capacidad se va perdiendo a lo largo del proceso de reproducción. Cuando una célula se divide, las dos mitades resultantes poseen menos información que la célula original. La célula embrionaria inicial puede hacer de todo, pero sus sucesoras no, y cuanto más se reproducen, menos cosas son capaces de hacer. Así que, para cuando llegan a convertirse, por ejemplo, en células hepáticas, ya no pueden convertirse en ninguna otra cosa.

»Durante cincuenta años, probar y refutar esa hipótesis básica se convirtió en el Santo Grial de la biología.

Margarite mencionó media docena de nombres, y procedió a repasar sus teorías y experimentos. Habló de los zoólogos que habían dividido los óvulos, o los habían perforado, o los habían descompuesto en el laboratorio. Incluso uno de ellos, Hans Spemann, utilizó minúsculos cabellos sacados de la cabeza de su hijo recién nacido para atarlos y darles nuevas formas... «Como un payaso manipula un globo hasta convertirlo en un pato o en un conejo.»

–Luego a Spemann se le ocurrió algo muy ingenioso. Tomó un huevo fertilizado de salamandra y lo estranguló hasta darle forma de pesa de halterofilia. El núcleo que contenía el material genético permaneció a un lado y comenzó a dividirse y subdividirse normalmente. Mientras esto sucedía, Spemann abrió lo suficiente la parte más angosta para que uno de los núcleos pasara al otro extremo de la pesa. Luego apretó fuertemente el nudo y logró escindir las dos partes. Se quedó con un embrión en desarrollo en un extremo y con una única célula en el otro.

»¿Qué iba a suceder? ¿Se convertiría la única célula en un embrión por sus propios medios, pese a que su núcleo ya se había subdividido cuatro veces? ¿Retendría aún la suficiente información genética como para lograrlo? La respuesta, naturalmente, fue sí. La única célula terminó siendo un gemelo idéntico del embrión mayor.

»¿Alguien tiene idea de cómo se llama lo que hizo Spemann? No hubo voluntarios.

–Procede de una palabra griega que significa retoño.

Una muchacha de las primeras filas alzó una mano.

–Hizo un clon –aventuró insegura.

–Sí –exclamó Margarite–. Un clon. Fue algo tosco, primitivo, y tuvo que usar un montón de cabellos de bebé para conseguirlo, pero el caso es que hizo un clon. Obligó a un embrión de salamandra a desprenderse de una parte de sí mismo, y luego convirtió esa parte en una réplica exacta de la salamandra.

Jude y Skyler se miraron. El sonido de la palabra clon seguía impresionándolos.

–Spemann tuvo lo que él llamó un «sueño fantástico» hace sesenta años. ¿Y si fuera posible coger un óvulo y extraerle el núcleo? ¿Y si luego fuera posible sacarle el núcleo a otra célula, una que ya estuviese bien desarrollada y diferenciada, e insertarlo en el óvulo? ¿Qué sucedería? ¿Se desarrollaría? ¿Actuaría el óvulo como si no ocurriese nada anómalo, aunque tuviera que comenzar su vida con un viejo núcleo que ya llevaba tiempo dando vueltas por el mundo?

»Bueno, pues lo que tan fantástico parecía sólo tardó una generación en hacerse realidad. Trasplante nuclear es el nombre que recibe el proceso, y se consiguió por primera vez a comienzos de los años cincuenta. Los autores de la proeza fueron Robert Briggs y Thomas King, en el Instituto de Investigaciones sobre el Cáncer, de Filadelfia.

Margarite mencionó a continuación una letanía de nombres de científicos que habían conseguido avances en aquel campo.

–Y, naturalmente, por último llegamos a las cinco de la tarde del 5 de julio de 1996. El momento en que nace la mundialmente famosa oveja *Dolly*. Ian Wilmut y Keith Campbell, del Instituto Roslin de Edimburgo, tomaron una célula de la glándula mamaria de una oveja hembra y la metieron en el interior de un óvulo no fertilizado al que previamente le habían extraído el núcleo. La clave estuvo en poner a la célula en estado quiescente, cosa que Campbell consiguió privándola de alimento. Eso la hizo más adaptable a su nuevo entorno. *Dolly* pasará a la historia como el primer mamífero que fue clonado de una célula adulta.

»La moraleja de esta historia –concluyó Margarite, tras consultar su reloj–, es que nunca hay que darse por vencido. En el terreno de la ciencia, si algo se puede hacer, tarde o temprano alguien lo hará. Por eso, cuando la gente me pregunta si algún día se clonaran seres humanos, yo contesto: "Si se puede, claro que sí".

»Como dijo Robert J. Oppenheimer antes de construir la bomba atómica: "Si algo es técnicamente factible, tarde o temprano alguien lo plasma en la realidad".

–O sea que estás convencido de que tú y yo somos clones –dijo Skyler con un deje de agresividad en la voz.

Estaban en el reservado de un bar llamado Subway Inn, en la calle Sexta. Tizzie y Skyler se sentaban el uno junto al otro, y Jude frente a ellos. El local estaba escasamente iluminado y en la máquina de discos sonaba una vieja pieza de Dave Brubeck, *Take*

Five. Tizzie bebía bourbon y Jude una cerveza Beck's. Skyler había probado la bebida de Jude y había pedido lo mismo.

—No estoy seguro al ciento por ciento —dijo Jude—. Admito que la idea resulta descabellada, pero es la única que aclara todo lo que está ocurriendo. ¿Cómo, si no, explicas que tú y yo nos parezcamos tanto, que tengamos incluso el mismo ADN, y que sin embargo no seamos de la misma edad?

—Quizá sí lo seamos. Quizá ese tipo... ¿cómo se llama?

—McNichol.

—McNichol. Quizá se equivocó al realizar la prueba.

—Es posible, pero esa prueba no es lo único.

—¿Qué más hay?

Antes de continuar, Jude dio un largo trago de cerveza.

—El reconocimiento médico que te hicieron. Hoy telefoneé y me dieron los resultados.

—¿Y...?

—Hablé con mi médico de cabecera, que ya había regresado. El hombre estaba absolutamente hecho un lío, creía que debía de tratarse de un error.

—¿Por qué? —preguntó Tizzie.

—En primer lugar... —empezó a decir Jude mirando a Skyler—. Esto te gustará. El doctor dijo que me hallaba en una espléndida forma física, que llevaba años sin estar tan bien. Delgado y en forma, y añadió que mi organismo parecía el de alguien bastante más joven que yo. Te paso los cumplidos a ti, ya que a ti te corresponden.

Los labios de Skyler esbozaron una sonrisa.

—Pero los análisis de sangre lo dejaron atónito. Dijo que las células inmunes que yo había desarrollado a causa de la hepatitis que padecí hace tres años habían desaparecido por completo. Esto le pareció absurdo. Dijo que lo primero que se le ocurrió fue que habían cambiado accidentalmente las muestras de sangre, pero desechó esta posibilidad debido a que en todos los demás aspectos la sangre era idéntica a la mía. El doctor, como te digo, estaba auténticamente perplejo.

—Sí, bueno, la explicación de eso ya la conocemos. Yo nunca tuve hepatitis. No creo que nadie de la isla la haya tenido. ¿Y qué?

—Las similitudes con mi verdadera sangre eran tan grandes que el doctor excluyó totalmente la posibilidad de un error. O sea que ahí tenemos una prueba más de que nuestros organismos y nuestros genes son idénticos.

—Lo mismo ocurriría si fuéramos gemelos.

—Sí, pero el médico también encontró algo que indicaba una diferencia de edad. Vio en mi radiografía que...

—Querrás decir mi radiografía.

—Sí, claro, tu radiografía. El médico la comparó con una que me habían sacado a mí en una consulta anterior. Dijo que se había producido una reversión en la densidad ósea, que el adelgazamiento natural se había invertido y los huesos eran ligeramente más gruesos. Como ocurriría si yo fuese cinco o seis años más joven. El doctor estaba tan confuso que consultó con un radiólogo y éste le confirmó el fenómeno. No es extraño que esté perplejo ni que comience a creer que mi caso merece figurar en los libros de récords.

Skyler asimiló la información en silencio, acabó su cerveza y clavó la mirada en Jude.

—Coges una muestra de mi cabello y la mandas analizar a mis espaldas —dijo—. Me envías a tu propio médico. ¿A cuántas pruebas más piensas someterme? ¿Qué otras sorpresas te sacarás de la manga?

Se puso en pie y fue a la barra a por otra cerveza.

—La verdad es que tiene razón —opinó Tizzie—. No le faltan motivos para estar molesto. Debe de sentirse como un conejillo de Indias. Esta situación no puede resultarle nada cómoda.

—Tampoco es cómoda para mí —respondió Jude—. Hace una semana, yo me consideraba una persona normal y corriente. Y ahora me encuentro con que soy una especie de fenómeno de feria.

—El que se siente como un fenómeno de feria no eres tú, sino él.

Skyler regresó y comenzó a hablar antes incluso de sentarse.

—Muy bien, digamos que es cierto. ¿Por qué iba alguien a hacer algo así? ¿Por qué iba alguien a ponerse a fabricar clones?

—No lo sé. Pero lo que sí sé es que tanto tu niñez como la mía fueron sumamente anómalas. A mí me criaron en Arizona, en una extraña secta, y perdí a mis padres sin siquiera llegar a conocerlos. Tú creciste en esa absurda isla en la que prácticamente todos tus movimientos y pensamientos estaban controlados. Ninguno de nosotros conoció a nuestros padres. Nos parecemos. Actuamos de manera similar. Pero yo soy más viejo que tú. ¡Por el amor de Dios, dame otra explicación!

—No puedo —dijo Skyler en voz baja—. Y si las cosas sucedieron como dices, todas las explicaciones que se me ocurren son a cuál más odiosa.

La expresión de Tizzie cambió al oír aquello.

–Así que, de momento –siguió Skyler–, no hablemos de las posibles explicaciones.

–De acuerdo.

Tizzie le mostró su vaso vacío a Jude.

–¿Qué tal si vas a buscarme otro whisky? –le pidió.

–Claro.

Cuando Jude se alejó de la mesa, Tizzie le puso a Skyler una mano sobre el brazo y le dirigió una sonrisa. Él, sin poderse contener y casi temblando, alzó una mano y la colocó sobre la de ella.

–Ya sé que no es fácil –dijo Tizzie.

Skyler no se atrevió a decir nada, pero la miró fijamente a los ojos.

Cuando Jude regresó, los tres permanecieron callados durante un buen rato. Al fin Skyler rompió el silencio.

–Dime algo –le dijo a Jude–. ¿Tú qué opinas? ¿Que soy yo tu clon o que tú eres mi clon?

–Que tú eres mi clon.

–¿Por qué?

–Porque yo soy mayor.

–Ya.

–¿No estás de acuerdo?

–Digamos que yo no lo veo así.

–Pues ¿cómo lo ves?

–Los dos procedemos del mismo óvulo. Tú, simplemente, fuiste el primero en usarlo.

Cuando salían del bar, Jude se volvió hacia Skyler y sonrió.

–Por cierto –dijo–. Hay otra cosa.

–¿Qué?

–Sé de buena fuente que durante el próximo año te van a salir las muelas del juicio. Y probablemente sufrirás de lo que los dentistas llaman alvéolo seco. Y, puedes creerme, te va a doler endemoniadamente.

Jude fue en el metro hasta South Ferry y, mientras subía las escaleras que conducían a la terminal del ferry de Staten Island, decidió dar un rodeo. Había tomado una decisión pero no estaba orgulloso de ella.

Se acercó a un quiosco de prensa y pidió un paquete de Camel.

Rompió el celofán, golpeó la cajetilla contra el índice izquierdo y sacó un cigarrillo. Era asombroso, pensó, las mañas y ritos del hábito de fumar no se olvidaban. ¿Cuánto tiempo llevaba sin probar un cigarrillo? Casi dos años.

Lo encendió con rápidos movimientos, no fuera a ser que su conciencia le creara dificultades y aspiró profundamente. Fue como si una mano invisible le estrujara los pulmones. Se mareó un poco y notó que la sangre le circulaba por las venas como si éstas se hubieran contraído. Luego llegó la incomparable sensación de calma.

Pero la calma no tardó en convertirse en furiosos remordimientos. ¿Cómo podía ser tan débil? Trató de apaciguar su conciencia buscando excusas para su debilidad. A fin de cuentas, su vida se estaba volviendo del revés debido a causas que escapaban totalmente a su control. ¿Quién podría contenerse en unos momentos como aquéllos? Catapultó el cigarrillo con el dedo medio –otro viejo hábito– y escuchó el siseo cuando la colilla cayó en el agua. Después subió a bordo del ferry.

No vio a Raymond por ninguna parte. Miró su reloj. Eran las diez en punto de la noche. Recorrió un par de veces las dos cubiertas, mirando a los pasajeros que permanecían sentados en los bancos de madera o apoyados en las barandillas exteriores: hombres de negocios y obreros que regresaban a casa, enamorados que habían salido a dar un paseo. Lo de quedar en el ferry había sido una tontería. Cuando Jude llamó a Raymond a su casa para concertar el encuentro y el federal propuso que se vieran en el ferry, a Jude le pareció algo teatral. Sin duda, su amigo había visto últimamente muchas viejas películas en televisión. Pero Raymond aseguró que, de todas maneras, tenía que tomar el ferry. ¿Adónde tendría que ir a aquellas horas? Jude se dijo que tal vez se había equivocado de barco y sería mejor que volviera a tierra a esperar el siguiente. Pero ya era tarde para eso, pues el ferry había soltado amarras, y se estaba separando del muelle.

Jude reanudó sus paseos hasta que, de pronto, algo en la cubierta inferior le llamó la atención. Un limpiaparabrisas se movía sobre el cristal delantero de un Lexus negro. En el interior del vehículo le pareció ver una mano que le hacía señas. Naturalmente, no podía tratarse sino de Raymond. El federal sentía debilidad por las apariciones espectaculares. Y, además, un encuentro así tenía una ventaja adicional para un agente del FBI paranoico, ya que colocar micrófonos ocultos en el interior de un coche resultaba muy complicado.

—¿Cómo estás?

Antes de decir nada más, Raymond esperó a que Jude estuviera dentro del coche.

—Lo cierto es que estoy hecho una mierda —respondió Jude, que no estaba de humor para pérdidas de tiempo—. No logro dormir ni concentrarme en mi trabajo. Estoy metido en algo que rebasa totalmente mi comprensión. Me siguen dos psicópatas y creo que mi vida corre peligro.

—Ya. Y tu salud también correrá peligro si continúas fumando.

—O sea que me viste antes de subir al ferry.

—Ya me conoces, yo siempre estoy ojo avizor.

—Podrías haberme dicho algo, he recorrido el barco tres veces.

—En realidad han sido cuatro.

Jude lo miró fijamente. Raymond era un hombre razonablemente atractivo al que le faltaban dos años para cumplir los cuarenta, tenía el rostro enjuto, tristes ojos de color pardo, las mejillas surcadas por pequeñas cicatrices de acné y canas en los aladares. Llevaba una cara camisa azul de cuello abierto.

—¿Por qué no me lo cuentas todo desde el principio? —le preguntó a Jude.

—El principio ya lo conoces. Fue el asesinato de New Paltz, aunque no logro entender cómo encaja ese crimen en todo lo que me está ocurriendo.

—Refréscame la memoria.

—Fue un domingo. Me encargaron el trabajo y yo...

—¿Quién te encargó el trabajo?

—¿Y eso qué más da?

—Yo tengo mucha más experiencia que tú en estas cosas, así que responde a la puñetera pregunta.

—Fue el redactor jefe de los fines de semana, un tipo llamado Leventhal. Pero eso no hace al caso.

—Si no te importa, seré yo quien juzgue lo que hace o no hace al caso. Por lo que pude ver, el *Mirror* no le dio mucha importancia a tu artículo.

—Es cierto. Sólo publicaron un par de párrafos en páginas interiores.

—¿Te explicaron por qué?

—No. Simplemente dijeron que había otra historia más interesante. Ésa es la prerrogativa de los jefes, ellos deciden qué importancia se da a cada noticia y utilizan celosamente tal privilegio.

–Sí, ya lo supongo. Continúa.

–Bueno, ya sabes lo que averigüé en New Paltz, que no fue gran cosa. El hombre al que McNichol identificó como la víctima resultó ser un juez local. Tú mismo me lo dijiste. Y el tipo estaba vivito y coleando. Lo más extraño es que cuando entré en su sala de audiencias y me vio por poco le da un síncope.

–Un momento, no tan deprisa. ¿Por qué volviste? ¿Te ordenaron que hicieras un seguimiento de la historia?

–No, no, qué va. Aquí comienzan los absurdos. Verás, me habían comentado que andaba por ahí un individuo que se parecía a mí como una gota de agua a otra. Una noche el tipo apareció de golpe y porrazo en mi apartamento, y pude darme cuenta de que, efectivamente, era mi doble exacto. Al principio pensé que era mi hermano gemelo y que nos habían separado al nacer. Pero no es así, porque resulta que el tipo es más joven que yo.

Jude miró a Raymond esperando que su rostro reflejara sorpresa o escepticismo, pero no fue así.

–¿Te importa que fume? –preguntó Jude.

–No, qué demonios. Pero creía que lo habías dejado.

–Y lo dejé, pero no me gusta ser esclavo de mi fuerza de voluntad.

–Muy gracioso. Pero no has respondido a mi pregunta. ¿Por qué volviste a New Paltz?

–Resulta que el cadáver que encontraron allí tenía una herida muy extraña en el muslo. Ya te hablé de ella. Era del tamaño de un cuarto de dólar, y parecía como si alguien hubiese arrancado la carne, quizá porque en aquel punto había una marca identificadora. Al menos, ésa fue la teoría de McNichol. Resulta que mi doble, que, por cierto, se llama Skyler, tiene una marca en ese mismo lugar. Así que relacioné ambas cosas.

–¿Cómo era esa marca?

–Un tatuaje de Géminis. Ya sabes, los gemelos del zodíaco. Y así es como Skyler me dijo que los llamaban en la isla. Géminis.

–¿Isla?

–Sí. Según Skyler, hay muchos como él, y todos ellos crecieron en una isla, atendidos por médicos que se ocupaban de ellos y los mantenían en perfecto estado de salud.

–Ya.

Ahora que estaba contando su historia, a Jude le daba la sensación de que todo resultaba ridículo, que era imposible tomárselo en serio, y casi esperaba que Raymond se burlase de él y que, de algún modo, todo aquel endiablado asunto se quedara en agua de borrajas. Pero Raymond, lejos de burlarse, parecía estar siguiendo el relato con gran atención.

–¿Y te dijo tu doble dónde estaba esa isla?

–No. Aunque te cueste creerlo, no lo sabe. Huyó de allí escondido en una avioneta, e ignora incluso en cuál de los estados se halla la isla.

–¿Y por dónde anda ahora el tal Skyler?

–Por ahí. Eso no tiene importancia.

–Quizá sí la tenga. Quizá esté en peligro. ¿No se te ha ocurrido pensarlo?

Jude permaneció unos momentos en silencio. Durante los últimos días, apenas había pensado en otra cosa.

–Volvamos a lo del juez. Dices que el tipo se quedó de piedra al verte.

–Entré en su sala de audiencias y, como te he dicho, en cuanto me vio casi se desmaya. Tuvo que suspender la vista.

–¿Y a ti su aspecto no te resultó familiar?

–No, qué va. En mi vida lo había visto.

Raymond guardó silencio y apretó un botón para bajar la ventanilla del acompañante a fin de que saliera el humo. Escrutó la oscura cubierta de vehículos y, una vez se hubo cerciorado de que no había nadie en los alrededores, miró de nuevo a Jude.

–¿Quién más está al corriente de lo que te está pasando?

Una pequeña alarma se disparó en el cerebro de Jude.

–Nadie.

–¿Nadie en absoluto? ¿Te has guardado todo esto para ti solito?

–¿A quién iba a contárselo? Reconoce que la historia no puede resultar más disparatada.

–¿No le dijiste nada a tu novia, ni a algún amigo?

Jude hizo un movimiento de cabeza vagamente negativo.

–Dices que unos individuos te andan siguiendo.

–No estoy seguro de si es un solo tipo o son dos. Si son dos, se parecen muchísimo; ambos son fornidos y tienen un mechón blanco en el pelo. Según Skyler, proceden de la isla. Al parecer, son una especie de encargados de seguridad. Los vi en el metro, y te juro que algo que me pareció detectar en ellos hizo que la sangre se me congelara en las venas.

Jude fue a apagar el cigarrillo en el cenicero, pero vio que éste estaba lleno de monedas y de tabletas medicinales.

—Zantac —explicó Raymond—. Para mi úlcera de estómago. En días como éste, las necesito. Salgamos.

Subieron por la escalera y se dirigieron a la cubierta de popa. La noche era espléndida y estaba tachonada de luces: las parpadeantes estrellas, el cálido brillo de los tragaluces de los yates y remolcadores de la bahía, las ventanas de los rascacielos... La corona de la estatua de la Libertad resplandecía con brillo verdoso.

—Raymond —dijo Jude—. Necesito saber lo que está sucediendo. ¿Qué me puedes decir?

—No mucho —respondió Raymond con la mirada al frente, perdida en la noche—. Sólo cuatro cosas. Hay una especie de secta, cuyo nombre ni siquiera sé, pues no dejan de cambiarlo. Comenzó en los años sesenta, y la formaron un grupo de destacados doctores e investigadores médicos. La mayor parte de ellos estaban relacionados con universidades como Johns Hopkins, Harvard y otras cercanas a Boston. Su líder era un brillante investigador, uno de esos tipos carismáticos. Ya sabes a qué me refiero, de esos que, cuando uno los conoce, cae inmediatamente bajo su influjo convencido de que el tipo es capaz de cualquier cosa y de que tiene las llaves del universo. Y uno está dispuesto a abandonarlo todo y a seguirlo hasta donde sea.

»El tipo se metió en líos en alguna Facultad de Medicina. No sabemos exactamente cuál, porque los expedientes han desaparecido, cosa que, por cierto, es típica de ese grupo. Saben cubrir bien sus huellas. Ni siquiera conocemos la identidad del líder. El caso es que realizaba investigaciones sumamente avanzadas sobre el tema de la longevidad, o sobre la ingeniería genética, o sobre la biología molecular. No sé lo que ocurrió pero, al parecer, se pasó de la raya con sus experimentos e infringió todas las normas que supuestamente controlan ese tipo de estudios. El caso es que, una de dos, o le dieron la patada, o el tipo recogió sus bártulos y se largó con ellos a otra parte. Y varios científicos se fueron con él. Se establecieron en Arizona y allí siguieron durante algún tiempo. Luego se pusieron en contacto con gente muy acaudalada, sobre todo de California. Hubo un multimillonario en particular, un tal Samuel Billington. Al tipo le salía el dinero por las orejas, pero por lo visto no quería que la muerte lo despojara de su riqueza. Era uno de esos chiflados que se consideran por encima de todo, incluso por encima de las leyes biológicas. Así que, durante una época, en los años setenta, se hizo cargo de la financiación. Lo cual no se sirvió de mucho, porque al cabo de poco tiempo falleció.

Raymond se quedó en silencio. Jude pensó que su compañero sólo había hecho una pausa, pero por lo visto ya había dicho todo lo que tenía que decir.

—Y luego ¿qué?

—Apenas nada. El rastro del grupo desaparece.

—¿O sea que los del FBI no sabéis nada más?

—Apenas nada. Nadie siguió ocupándose del asunto. No era de alta prioridad.

—O sea que ni siquiera conocéis el nombre del tipo, ¿verdad?

—No. Conocemos el nombre que utilizó posteriormente, doctor Rincon. Suponemos que se trata de un alias, ya que en ninguna parte hemos encontrado constancia de que exista un médico llamado así.

—Pero... ¿y la isla? ¿Sabéis dónde está o lo que allí ocurre?

Raymond se encogió de hombros.

—La verdad es que ése es un expediente cerrado. Los grupos o sectas de ese tipo abundan. No existe motivo alguno para reabrir la investigación. No parece que nadie esté quebrantando ninguna ley.

—Pero esos tipos, los ordenanzas...

—Un par de sujetos con aspecto de matones que viajaban en el metro. Eso no significa nada.

—Raymond, por Dios... Skyler es idéntico a mí. Pero más joven que yo.

—Sí, ya sé lo del reconocimiento médico.

Jude se sorprendió pero se abstuvo de decir nada.

—¿Qué conclusión sacas tú? —le preguntó a Raymond.

—Dime tú lo que piensas.

A Jude comenzaban a irritarle las evasivas de su compañero.

—Alguien lo creó, por el amor de Dios. Skyler es un clon.

Raymond ni siquiera parpadeó.

—Y estoy seguro de que tú lo sabías —siguió Jude—. Y también estoy seguro de que querías que yo estableciese la conexión. ¿Por qué, si no, me ibas a facilitar la identidad del juez?

—No seas absurdo. ¿Cómo iba yo a saber que tu doble tenía un tatuaje en el muslo?

Pero Jude tenía la certeza de que sus sospechas no iban desencaminadas.

–Quieres que me implique en el asunto, ¿verdad? –preguntó–. Quieres que trabaje para ti, que sea la liebre que hace correr a los galgos.

Raymond se irguió y miró hacia la parte de proa.

–Escucha. No disponemos de mucho tiempo. Esto es lo que debes hacer. Cuéntame dónde está ese tal Skyler, y tal vez al menos podamos protegerlo.

–No, eso no te lo puedo decir.

Raymond lo miró mal.

–O sea que desconfías. Con todo el tiempo que llevamos conociéndonos y con todas las cosas que hemos pasado juntos, y tú recelas de mí.

–No es eso, Raymond. Lo hago por él. Cuanto menos sepa la gente de Skyler, mejor.

Jude se dio cuenta de que su amigo no creía en sus palabras. Raymond no dejó la menor duda al respecto.

–No me vengas con cuentos –dijo.

–Lo siento. Estoy haciendo lo que honradamente considero mejor.

Raymond volvió a mirar por encima del hombro.

–Bueno, ya hemos llegado –dijo en tono algo desabrido, como si creyese que Jude estaba cometiendo un gravísimo error–. Tengo que largarme.

Dio media vuelta dispuesto a alejarse, pero Jude lo agarró por un brazo.

–Vamos, Raymond, por favor. Lo que está en juego es mi propia vida. Necesito información, ayuda.

Raymond se sacudió la mano de Jude.

–No puedo hacer nada por ti ni darte información –le dijo en voz baja–. Pero estás con la mierda hasta el cuello. Has agarrado a un monstruo por la cola. No sabes de qué clase de monstruo se trata, ni sabes lo peligroso ni lo grande que es, ni lo afilados que tiene los dientes. Ándate con ojo, con muchísimo ojo. Actúa con sensatez. Piensa bien todo lo que hagas. Y no te fíes de nadie. Absolutamente de nadie, pese a lo próximo que pueda estar a ti.

Raymond bajó a la cubierta de vehículos y Jude se quedó observando cómo los coches desembarcaban en Staten Island. Después tuvo que esperar quince minutos a que se iniciara el viaje de regreso a Manhattan. Mientras el ferry cruzaba la bahía, permaneció apoyado en la barandilla, mecido por el barco. Pensó en todo lo que le había dicho Raymond y volvió a sentirse dominado por la exasperación.

Llamó al encargado de la sección de Local para decirle que no iría por el periódico en un par de días, quizá más. Cuando le preguntó qué le pasaba, Jude contestó que estaba resfriado y que quizá tenía la gripe, lo hizo con plena conciencia de que su voz no sonaba como la de un enfermo. Colgó convencido de que el «Que te repongas» de su compañero había sido inequívocamente sarcástico. Al demonio. Tenía cosas más importantes de las que preocuparse.

Hizo rápidamente el equipaje para él y para Skyler. Tras meter un par de camisas y un par de pantalones en una bolsa, fue en el coche hasta el domicilio de Tizzie, donde su clon había optado por quedarse, pues no deseaba volver a la habitación de Astor Place. Tizzie y Skyler lo estaban esperando en la escalinata de entrada, tomando el sol como si no tuvieran una sola preocupación en este mundo. Qué imagen tan incongruente, se dijo Jude mientras estacionaba. Tizzie lo saludó moviendo los brazos, se puso en pie como de mala gana y se desperezó echando hacia atrás la espalda. La joven llevaba unos pantalones cortos color caqui y una camisa azul anudada por encima del ombligo. Jude pensó que estaba guapísima. Se apeó y le tiró las llaves del coche. Ella abrió el maletero, metió su pequeña bolsa de viaje y fue a acomodarse en el asiento delantero. Cuando Jude accionó el encendido, Tizzie hizo girar el dial de la radio hasta que encontró una estación que emitía música de Mozart. Skyler subió en la parte de atrás y Jude puso el coche en movimiento.

Bajó por la Undécima Avenida y se metió por el túnel Lincoln sin dejar de mirar el retrovisor para ver si los seguía algún vehículo. Una vez abandonaron el túnel por la sinuosa rampa de salida y se encontraron en los campos de Nueva Jersey, Jude se sintió más a gusto. La ciudad ya había quedado atrás. Miró a Tizzie, que le sonrió, y se dio cuenta de que era la primera vez en mucho tiempo que la veía sonreír. Desde que todo aquel asunto comenzó, se había mostrado extraña y distante.

—Qué gusto da alejarse de todo —dijo Jude—. Arizona, allá vamos.

—Tres personas en busca de un turbio y sombrío secreto —comentó ella.

Jude miró por el retrovisor a Skyler, quien serio y preocupado, miraba por la ventanilla hacia las refinerías de petróleo.

—Vamos, Skyler, anímate. Si te portas bien, quizá te lleve a ver el Gran Cañón.

Skyler lo miró a través del retrovisor y respondió con una ligera sonrisa. Jude experimentó una leve pero familiar sensación: el deseo de protegerlo, de cerciorarse de que nada malo le ocurría. Pensaba en él como en un hermano menor.

Conducía a gran velocidad, con un brazo reposado en la ventanilla abierta y el pie sobre el acelerador, entrando constantemente en el carril rápido para adelantar a cuanto coche aparecía ante sí. Por un lado, quería dejar atrás Nueva York; y por otro, resultaba estupendo, casi terapéutico, ir al volante de un coche potente, sin pensar en nada que no fuese la carretera y la conducción. No pararon a comer hasta que estuvieron dentro de la zona amish de Pennsylvania. Abandonaron la autopista de peaje por una de las salidas, y no tardaron en encontrar un restaurante de carretera en el que servían grandes hamburguesas saturadas de cebolla.

Tizzie se sentó al volante y se puso las gafas, pues era miope. De regreso a la autopista, rebasaron un coche de caballos en cuyo pescante iba un hombre vestido de oscuro que ni siquiera los miró.

—¿Quién era ése? —preguntó Skyler.

Tizzie le habló de los amish y de sus creencias religiosas, que los hacían repudiar todo modernismo. Y, respondiendo a la pregunta de cuál era su religión, le explicó que había crecido en una familia de ateos, pero que últimamente había comenzado a leer la Biblia y cada vez la atraían más sus enseñanzas.

—Pero yo creía que la ciencia contradecía a la religión —dijo Skyler—. ¿Cómo puede ser religiosa una persona que cree en la ciencia?

—No hay ninguna contradicción —respondió ella—. Muchos grandes científicos son personas religiosas. Algunos de ellos dicen que cuantas más cosas aprenden y descubren, más firme es su fe en que el universo está gobernado por fuerzas que rebasan nuestra comprensión.

—Me alegra oírlo —comentó Skyler tras reflexionar sobre ello—.

En la isla no nos permitían leer la Biblia. La única persona que hablaba de ella era Baptiste, que a veces nos leía pasajes del libro del Apocalipsis. Decía que en él se profetiza el final del viejo mundo y el triunfo de la ciencia.

–Es un texto alegórico, y la gente lo interpreta como mejor le parece.

Aquel intercambio hizo sonreír a Jude. «Tizzie se ha erigido en mentora y guía del chico –se dijo–. Y tengo que admitir que él aprende de prisa.» Y lo más extraño era lo orgulloso que él mismo se sentía de Skyler.

CAPÍTULO
18

Jude y Skyler aguardaban sentados en un banco de la Unidad de Atención a los Animales de la Escuela de Agricultura de la Universidad de Wisconsin. El día antes habían llegado en coche a Chicago. Tizzie había ido a visitar de nuevo a sus padres, que vivían en Milwaukee, y ellos habían decidido entrevistarse con otro de los científicos recomendados por el encargado de la sección de Ciencia del periódico. Jude había llamado de antemano para concertar una cita so pretexto de hacer unas entrevistas para un trabajo periodístico.

El campus, situado al borde del lago Mendota, era inmenso. La Escuela de Agricultura, situada en el 1675 de Observatory Drive, era una especie de pequeña granja, con un silo y un gran establo rojo conectado con los corrales para los animales. Sin embargo, constituía la vanguardia de los trabajos de investigación que estaban conduciendo la embriología hacia nuevos y brillantes horizontes.

Por el corredor se acercaba un joven cuyo largo cabello le rozaba los hombros; vestía camisa a cuadros, pantalones negros y calzaba botas vaqueras. Hasta que el joven les ofreció la mano, no comprendieron que aquél era el hombre al que habían ido a visitar. El doctor Julian Hartman era un biólogo especializado en células eucariotas, y tenía tal pericia en transferir núcleos de una célula a otra que lo llamaban «el hombre de las manos de oro». También se decía de él que un día no muy lejano sería galardonado con el premio Nobel.

Hartman debió de notar la expresión de sorpresa de los dos hombres.

—Ya sé —dijo de buen humor—. Todo el mundo me imagina más viejo de lo que en realidad soy.

El científico les mostró rápidamente el laboratorio, que era mucho menor de lo que esperaban y constaba únicamente de tres salas. Una albergaba un gran congelador con veinte pequeñas puertas dirigido por medio de un sistema computarizado de control de temperatura. Las otras dos salas estaban dedicadas a trabajos de laboratorio. Cada una de ellas tenía dos grandes microscopios invertidos de doble visión provistos de sistemas hidráulicos de manipulación.

En una pared había un panel iluminado similar a los que usan los radiólogos, pero que, en vez de radiografías, mostraba fotos aumentadas de óvulos. La mayoría de éstos estaban adheridos por succión a un dispositivo de retención de punta roma. Otros estaban perforados por una pipeta de cristal fina como una aguja que se asemejaba al tubo de un aspirador. Y el núcleo que estaba extrayendo parecía una pequeña pelota que encajaba a la perfección en su interior.

En pie ante las fotos, Hartman explicó paso a paso cómo se extraía el núcleo de un óvulo no fertilizado y se colocaba en su lugar otro núcleo al que luego se sometía a una pequeña descarga —1,25 kilovoltios durante 80 microsegundos— para completar la fusión y darle el impulso inicial al proceso de división celular.

—Una descarga eléctrica para empezar. Cuando uno piensa en Frankenstein, resulta irónico, ¿no? Quizá, a fin de cuentas, Mary Shelley no iba desencaminada.

No lejos de ellos colgaba un tablero lleno de fotos de animales. Había reses, ovejas, conejos e incluso ratones blancos. Muchos aparecían en grupo de dos, tres y cuatro. Jude los examinó de cerca y se dio cuenta de que todos los animales del mismo grupo tenían exactamente el mismo aspecto.

—Mis hijos —dijo Hartman, que había seguido la mirada de Jude—. A mi esposa le saca de quicio que hable así de ellos.

Señaló un retrato de dos ovejas que miraban estúpidamente a la cámara desde detrás de un pesebre lleno de paja.

—*Mabel* y *Muriel*. Mi primer éxito. Aún están vivitas y coleando. En realidad, ahora las dos ya son madres. Yo no he producido todos los animales de las fotos. En todo el mundo, los científicos que nos dedicamos a estas investigaciones no somos más de tres o cuatro, y siempre que obtenemos un éxito le enviamos una foto a los demás. Nos gusta lucirnos.

—Pero... ¿por qué? —preguntó Skyler—. No me refiero a por qué mandan fotos, sino a por qué hacen estos experimentos. ¿Qué esperan conseguir?

–Las aplicaciones prácticas potenciales son incontables –respondió Hartman–. Imagine, por ejemplo, que fuera posible mantener células congeladas para conservar el material genético de las especies en peligro. Podríamos recuperarlas siempre que quisiéramos y crear tantos animales como fueran necesarios.

El científico tomó la foto de una oveja.

–Ésta es *Tracey* –siguió–. La produjeron en el Instituto Roslin, el mismo lugar en el que crearon a *Dolly*. La han hecho portadora de un gen que produce una enzima llamada alfa uno antitripsina, que se encuentra en su leche, y ordeñando a *Tracey* es posible extraerla. Se trata de algo de gran importancia, pues ésa es la proteína que les falta a los que sufren de enfisema pulmonar.

»Se están realizando otros muchos trabajos para acabar con las enfermedades, producir proteínas farmacéuticas y posibilitar el trasplante de órganos entre especies distintas. En muchos aspectos, los cerdos son donantes ideales, pero el cuerpo humano rechaza sus órganos. Si pudiéramos modificar las células porcinas, tendríamos un suministro ilimitado de órganos para trasplantes. ¿Sabían ustedes que en Estados Unidos todos los años mueren tres mil personas que se hallan en lista de espera para conseguir un trasplante, y que otras cien mil mueren antes de entrar siquiera en esa lista?

»Los ganaderos siempre tratan de producir animales campeones. Una vaca perfecta. Imaginen lo que supondría poder producir cientos de vacas como ésa. O quizá se podría invertir el proceso. Producir millares de embriones en el laboratorio y escoger luego los que se deseen, modificándolos aquí y allá añadiendo o quitando un gen. Y luego, cuando se haya conseguido la vaca auténticamente perfecta, por medio de la clonación se podrían producir infinitas copias.

»El factor clave es el número. La modificación genética es un proceso difícil. No se sabe dónde hay que insertar el gen, ni tampoco se sabe dónde va a terminar. Pero si pudiéramos cultivar en el laboratorio miles de millones de células, no sería necesario insertarlas con precisión. Ni siquiera nos hace falta saber exactamente cómo funciona el proceso. Sólo es preciso identificar la célula indicada. Luego se seleccionarían únicamente las células portadoras de la modificación que necesitamos. Cuando se dispone de millones de células, se pueden modificar todas en bloque, y buscar luego las que se necesitan.

—O sea que, básicamente —dijo Jude—, es como imitar el proceso de evolución, sólo que haciéndolo todo a la vez.

—En efecto —dijo Hartman con una resplandeciente sonrisa.

—Y el que efectúa la selección es usted, y no la naturaleza, ni Dios, ni el medio ambiente, ni las circunstancias.

—Así es.

—¿Y esos experimentos nunca salen mal?

Hartman sonrió.

—Mire, no voy a decir que no existan problemas. El asunto es complicado. Lo cierto es que sometemos a una pequeña célula a un montón de manipulaciones. La violentamos y la hacemos pasar por una importante operación quirúrgica. Implantamos un conjunto de cromosomas extraños y quizá los cromosomas no se encuentren en estado de reposo, quizá se dividan de forma asincrónica con las células embrionarias. Es inevitable que muchos embriones mueran. Los doctores Wilmut y Campbell produjeron a *Dolly* pero, antes de conseguirlo, en distintas etapas del proceso murieron doscientos setenta y seis embriones.

—¿Y no se producen ejemplares que vivan aunque sean con anomalías?

—Desde luego. De ellos no se oye hablar, como es natural. Circulan todo tipo de informes y rumores acerca del gigantismo.

—¿Gigantismo? ¿En qué consiste?

—Simplemente, en que los animales crecen demasiado. A veces son excesivamente grandes para que la madre sustituta pueda alumbrarlos. La mayor parte de los clones de reses producidos por la compañía Grenada de Texas padecieron esa anomalía. Aún no sabemos qué la causa.

»Compréndanlo, la vida no es perfecta. Los errores se dan incluso en la naturaleza. O especialmente en la naturaleza. Llega un momento en que uno tiene que inclinarse ante ese hecho. Se sabe que el cuerpo cambia con la edad. ¿Qué supone eso para las células individuales? Ellas también cambian. Se reproducen una y otra vez, y en el proceso aparecen pequeños errores. Las proteínas interpretan o copian mal todos esos kilómetros de ADN. Es como una fotocopiadora que está constantemente en funcionamiento y cuyas copias no sólo se hacen crecientemente difusas, sino que pierden letras en algunos lugares o las ganan en otros. Cuando ya se han efectuado millones de copias, el documento resulta poco menos que ilegible.

»Entonces, ¿qué ocurre si le quitamos el núcleo a una vieja célula y lo ponemos en el interior de un óvulo nuevo? ¿Conseguimos realmente un óvulo fertilizado nuevecito dispuesto a enfrentarse a los restos de la vida? ¿O lo que conseguimos es un viejo y fatigado núcleo en el interior de un óvulo joven? La respuesta a esa pregunta no la conoce nadie. ¿Y sabe usted cuándo la conoceremos?

Jude negó con la cabeza.

—La conoceremos si comienzan a aparecer muchos seres humanos de extraño aspecto.

Concluida la visita guiada por el laboratorio, Hartman se sentó a una mesa de madera próxima a su escritorio.

—Dígame una cosa, doctor Hartman, ¿es posible clonar seres humanos? —preguntó Skyler, que había permanecido casi todo el rato en silencio.

La sonrisa de Hartman sugería que al hombre le habían hecho la misma pregunta infinidad de veces.

—Lo cierto es que ya existen las condiciones necesarias. La fertilización in vitro, que es con mucho lo más esencial, es un hecho desde 1971. La técnica de enucleación del ADN no hace sino avanzar. La congelación de células espermáticas y ovulares se efectúa desde hace años. O sea que disponemos ya de todas las herramientas esenciales. Si podemos hacerlo con mamíferos menores, podemos hacerlo con seres humanos. En realidad, sólo existe un obstáculo.

—¿Cuál?

—La oposición del público. La ética. Muchas personas consideran que ese tipo de cosas van contra la naturaleza o contra los designios de la naturaleza.

—Pero... Si hubiera un grupo que hiciera caso omiso de las consideraciones éticas, ¿le sería posible, por ejemplo, producir un niño, clonarlo, congelar el clon y luego, años más tarde, reactivarlo?

—Desde luego. Ya se dispone de la tecnología necesaria. A lo que usted se refiere es a combinar dos procedimientos que ya existen y que se conocen perfectamente: la clonación y la criopreservación. En marzo de 1988 en Los Ángeles nació un niño de un embrión que había permanecido congelado siete años y medio. Creyeron que habían batido un récord hasta que se enteraron de que un niño nacido en Filadelfia procedía de un embrión que había permanecido congelado cuatro meses más.

»Naturalmente, para efectuar una clonación retardada haría falta tener razones de peso. ¿Quién iba a querer tener un niño para luego, años más tarde, producir un duplicado exacto? Para una cosa así, sólo se me ocurre una razón aceptable.

–¿Cuál? –preguntó Jude.

–El dolor. Si quisiera usted muchísimo a un hijo, y ese hijo muriese, y la pérdida se le hiciera insoportablemente dolorosa, tal vez tratara usted de recrearlo. Naturalmente, conseguirlo al ciento por ciento sería imposible, ya que el proceso de clonación desatiende los factores psicológicos y los demás elementos fisiológicos que forman una personalidad. Y, de todas maneras, tal posibilidad presupone que el progenitor piensa ya en la sustitución del niño antes de que éste nazca, lo cual es llevar las cosas demasiado lejos hasta para un pesimista rematado.

–Ha dicho que sólo se le ocurre una razón aceptable –dijo Skyler–. ¿Cuál sería una razón inaceptable?

–Resulta demasiado absurda. Pertenece al ámbito de la ciencia ficción y nunca podría plasmarse en la realidad.

–Pero, aunque sea hablar por hablar, ¿cuál sería esa razón?

–Crear un banco de órganos de repuesto. Antes hablábamos de los trasplantes de órganos. Pese a todos nuestros progresos, a este respecto todavía estamos en la prehistoria. Aún nos vemos en la obligación de atiborrar al paciente de drogas inmunodepresoras que unas veces producen el efecto deseado y otras no. Creamos grandes bancos de datos informáticos para buscar esa médula ósea que necesitamos entre mil. Ponemos a la gente en listas, esperando que otra gente sufra accidentes fatales. Imaginen lo que supondría poder efectuar un trasplante sin el temor de que el sistema inmune del organismo lo rechace. El órgano trasplantado no sería ajeno, ya que tendría una constitución genética idéntica a la del órgano al que debía sustituir. Todos esos millares de maravillosos centinelas que están adiestrados para combatir a los intrusos, los leucocitos antígenos y los linfocitos T, se quedarían tranquilos y el cuerpo daría la bienvenida con los brazos abiertos al nuevo órgano. Ése ha sido el sueño de los cirujanos durante treinta años, desde el momento en que Christian Barnard introdujo el corazón de una mujer de veinticuatro años muerta en un accidente automovilístico en el pecho de un hombre de cincuenta y cinco años, Louis Washkansky, concediéndole con ello dieciocho días más de vida.

Hartman se había apasionado hablando y parecía un poco azorado por ello. Jude y Skyler permanecían en silencio.

El científico cogió un papel de su escritorio y, con uno de los bolígrafos que llevaba en el bolsillo superior de su bata, escribió algo en él y se lo tendió a Skyler.

–Podemos seguir hablando. Ésta es mi dirección. Vengan esta noche a cenar. A las siete en punto. Excuso decirles que la cena será informal.

–Una última pregunta –dijo Jude–. ¿Existe un registro de trasplantes? Se puede acceder a la lista que usted acaba de mencionar y ver cuántos trasplantes se han realizado.

–Desde luego –respondió Hartman–. El banco de datos del sistema informático contiene todos los trasplantes que se han efectuado en todos los hospitales del país. Si lo desea, le puedo conseguir un permiso para acceder a él.

–Sí, se lo agradecería mucho.

Tizzie tomó un taxi para ir a su casa y mientras el vehículo avanzaba por Lake Drive, una avenida flanqueada por robles, la joven sintió el aguijonazo de la nostalgia. Reconocía cada uno de los árboles, cada uno de los recodos del camino. Todos ellos encerraban recuerdos para ella, incluso recuerdos tan remotos que Tizzie no alcanzaba a precisarlos, pero sabía que estaban allí. El mundo de su niñez, tan seguro y ahora tan lejano, seguía ejerciendo un fuerte influjo sobre ella.

Había crecido como hija única, y nunca alcanzó a comprender el gesto de conmiseración que hacía la gente al enterarse de tal circunstancia. Para ella había sido fantástico ser el centro del cariño de sus padres, y que no hubiera nadie que compitiera por su afecto y ni siquiera por su atención. Podía hacer pucheros a los quince años o dárselas de persona madura a los doce. Cuando por la noche le entraba miedo y lloraba, su padre y su madre acudían corriendo. A veces, sólo lloraba para ponerlos a prueba, y ellos nunca fallaron. Los dos acudían a consolarla, pero cuando Tizzie evocaba tales incidentes, siempre eran las manos de su padre tendidas hacia ella lo que recordaba.

La familia pasó sus primeros años en el oeste, pero Tizzie era a la sazón demasiado pequeña para tener recuerdos claros de aquella época, y luego sus padres compraron la casa en White Fish Bay. No recordaba gran cosa del lugar del que procedían, pero sí el día que llegaron, la emoción de la mudanza, de ver todas las pertenencias familiares metidas en un inmenso camión. Los otros niños del vecindario se reunieron en la acera para echarles un vistazo a los muebles y enseres de los recién llegados, y Tizzie hizo como si no los viera. Pero al cabo de un par de días, todos los chiquillos eran ya amigos suyos.

Su padre era médico y, durante algún tiempo, tuvo su consulta en un anexo de la casa. A ella le encantaba aquel lugar, los olores de los medicamentos, el maletín negro, el estetoscopio, la balanza... En un par de ocasiones se metió allí a hurtadillas y se escondió en un armario para espiar mientras su padre examinaba a los pacientes. Años más tarde, cuando el número de pacientes aumentó, el doctor se trasladó a una clínica que tenía pabellones de ladrillo y zonas verdes, y Tizzie se quedó con la antigua consulta como cuarto de juegos. Cubrió las paredes con pósters de The Carpenters, Abba y, posteriormente, de grupos de heavy metal.

Su infancia había sido idílica, salvo por una época en la que sufrió terribles pesadillas y los anocheceres eran un período de incipiente terror. Pánico nocturno fue un término que oyó en una ocasión de labios de su padre mientras éste hablaba en privado con su esposa. Tizzie lo oyó teorizar en el sentido de que tales errores eran causados por el impacto que sobre la mente infantil tenía el concepto de la muerte. El tío de Tizzie había fallecido hacía poco y en el funeral la pequeña tuvo ocasión de ver el inmóvil y frío cadáver. Su padre había dicho que lo de las pesadillas no era más que una fase pasajera, y así fue, pero Tizzie era consciente de que, de algún modo, la experiencia la había dejado marcada.

Ben, el fallecido, había sido su tío favorito. Aparecía en la ciudad al volante de un descapotable rojo y se la llevaba a dar paseos en los que superaba con mucho el límite de velocidad permitido. Era como hacer novillos. Si Ben era el hijo pródigo, el otro tío de Tizzie, Henry, era su polo opuesto, la seriedad personificada. Apenas dirigía la palabra a su sobrina y ni siquiera parecía advertir su presencia. En las pocas ocasiones en las que Henry le habló, ella se sintió como si estuviera ante la directora de su colegio. Sin embargo, era un hombre importante en aquella casa y tuvo una gran influencia en la crianza de la niña. Cuando Henry iba a visitarlos, los padres de Tizzie siempre estaban pendientes de él y bebían sus palabras. La pequeña tenía muy claro que nunca debía mostrarse descortés con él.

Como muchos hijos únicos, Tizzie estuvo muy mimada y protegida. La salud de la pequeña era la consideración preponderante. Le daban vitaminas y complejos dietéticos; su padre la examinaba cuando tenía el más mínimo síntoma y sus vacunas siempre estaban al día. Las rayas a lápiz en la pared que señalaban su crecimiento no eran una frivolidad, sino el indicador de un organismo saludable. Su padre le prometió regalarle un reloj de oro si cumplía los dieciocho sin haber encendido un solo cigarrillo, y amenazó con tenerla castigada un mes en caso contrario. Tizzie se ganó el reloj.

No obstante, predecible y proverbialmente, la adolescencia de Tizzie fue tempestuosa. Comenzó a pelearse con sus padres –sobre todo con su madre, pero también con su padre– y a amenazar con irse de casa. Y un día lo hizo, tras haber ahorrado el dinero para el pasaje de autobús hasta San Francisco. Su sueño era unirse a los hippies, sólo que, naturalmente, llegó a la ciudad con quince años de retraso. North Beach se había convertido en un erial poblado por drogadictos y vagabundos. Una noche, hallándose Tizzie alojada en un hotelucho de mala muerte, dos hombres la asaltaron y le robaron. Al día siguiente la muchacha llamó a su familia y su padre le mandó dinero para volver a casa. Después de eso, ya no volvió a marcharse lejos hasta que tuvo que ir a la universidad. Y cuando se fue a Berkeley tuvo la desagradable sensación de que abandonaba a sus padres.

Ahora que ya estaban achacosos, Tizzie deseaba hacer algo por ellos, darles lo que tanto necesitaban: una niñita a la que cuidar. Pero ya era mayor para eso, y lo único que podía hacer era demostrarles lo mucho que los quería y seguir los dictados de tío Henry que, como siempre, sabía exactamente qué se debía hacer.

En esta ocasión, Tizzie se disponía a hacerles a sus padres varias preguntas nada cómodas.

El taxi se detuvo frente al domicilio familiar, una casa blanca de madera con postigos verdes, típica de Nueva Inglaterra. Pese a los desperfectos en la fachada y a la maleza que crecía entre las plantas del jardín, a Tizzie el edificio le seguía pareciendo imponente y majestuoso.

Sus padres no bajaron a abrir cuando llamó al timbre, lo cual no era buen indicio. Abrió con su llave, dejó su bolsa de viaje en el recibidor, subió la escalera y encontró a sus padres descansando en el dormitorio. Le impresionó que ambos pareciesen mucho más débiles y frágiles que en su última visita, sólo unos cuantos días atrás.

Jude y Skyler podrían haber reconocido la casa de Julian Hartman en Johnson Street por la camioneta roja oxidada que había aparcada delante y por el aspecto general de moderado abandono que tenía el edificio. Las ventanas de la parte delantera estaban abiertas de par en par y se oían las notas de *Up on Cripple Creek*, interpretada por The Band. La casa hacía juego con la personalidad del científico, un hombre que tenía ocupaciones más importantes que cortarse el cabello.

Hartman les dio la más cordial de las bienvenidas y les presentó a su esposa, Jennifer, que era bioquímica. La mujer les estrechó la mano mientras un pequeño le tiraba de la falda y otros tres niños, en distintos grados de desnudez, corrían y brincaban por el recibidor. El aire estaba impregnado del fuerte aroma de la carne asada. Hartman les puso bebidas en las manos —margaritas en copas altas, con sal en el borde— y los condujo hacia el patio trasero, donde había seis personas sentadas en sillas plegables. Hartman presentó a los recién llegados.

—Estábamos hablando de vuestro tema favorito... ¿de qué si no? —dijo Hartman—. Aquí, Bailey —explicó señalando con un movimiento de cabeza a un joven flaco y con gafas— se acaba de ganar la repulsa general por hacer una pregunta tonta. Quería saber si los clones humanos tendrían alma. Yo le he explicado que serían exactamente como gemelos idénticos, sólo que no de la misma edad.

—En realidad, serían menos idénticos que una pareja de gemelos.

La que había hablado era una microbióloga llamada Ellen. Jude la reconoció porque la había visto en el laboratorio a primera hora de aquella tarde.

—Los gemelos idénticos —continuó la mujer— tienen algo en común que no existiría en el caso de los clones: han compartido un mismo seno materno. Es durante esos nueve meses cuando comienzan las influencias externas. Y éstas son numerosas y tienen gran peso. La dieta materna, los estimulantes, las hormonas, la edad de la madre... Infinidad de cosas. Y apenas sabemos nada acerca de cómo influyen esos factores en el desarrollo del feto. Aun en el caso de que los clones nacieran de la misma madre, lo harían en épocas diferentes, así que, para todos los efectos, procederían de úteros distintos.

»Y, como es natural, tras el nacimiento entran en acción el resto de las variables de época, lugar y cultura. Aunque permanecieran en la misma familia, su evolución sería diferente. El orden de nacimiento carece de importancia entre los gemelos idénticos. Es absurdo decir que uno es ocho minutos mayor que el otro. Pero si en vez de ocho minutos son ocho años, nos enfrentamos a una nueva dinámica de la relación entre hermanos. Imagínate tener un hermano menor que posee exactamente la misma estructura genética que tú. ¿Cómo te sentirías si él sacase mejores notas que tú, o si fuera el tonto de la clase? O imagínate que fueras el menor. Sería inevitable que maduraras con un inmenso complejo de inferioridad.

Skyler y Jude se miraron.

–Supongo que vosotros dos sois hermanos y que por eso, como ha dicho Hartman, estáis interesados en el tema.

Jude asintió con la cabeza y Hartman volvió a tomar la palabra:

–La impotencia de las influencias ambientales es incalculable. Por eso me desespero cada vez que me preguntan si algún día clonaremos a un futuro Adolf Hitler o a un Albert Einstein. Podéis creerme, se necesita mucho más que unos genes erráticos para crear a un monstruo como Hitler. Estoy seguro de que alguien con la misma estructura genética pero con una educación distinta podría haber sido un agradable y pacífico pintor vienés. En cuanto a Einstein, podríamos comenzar a clonarlo ahora y terminar el día del Juicio Final, y dudo de que uno solo de sus clones lograra entender la teoría de la relatividad.

–A eso me refería cuando mencioné lo del alma –dijo Bailey, que era psicólogo–. Imaginaos a Einstein sin su genialidad, o a Hitler sin su maldad. Imaginaos a un hermano menor tan desesperado por ser como su hermano mayor que lo imita en todo, o a un hermano mayor que intenta desesperadamente vivir de nuevo por medio de su hermano menor. ¿No se perderá algo en el proceso? Si allanamos las montañas y rellenamos los valles, ¿no acabaremos encontrándonos con que tenemos entre las manos algo inocuo, homogéneo y anónimo?

—Tonterías —dijo Hartman—. El mero hecho de que hayas utilizado la palabra desesperado en los ejemplos que acabas de poner demuestra lo humanos que serán los clones. No se tratará de autómatas. Serán capaces de sentir las emociones más extremas, buenas y malas, como el resto de los mortales. Y en cuanto a los Einstein y a los Hitler, en el futuro también los tendremos, pero no porque los cultivemos, sino simplemente porque las variables inherentes a la herencia y al ambiente son tan inmensas que es inevitable que sigan naciendo seres excepcionales para lo bueno y para lo malo.

—No te olvides del ADN mitocondrial —dijo Ellen.

—¿Qué es eso? —preguntó un hombre de cierta edad cuyo nombre se le había escapado a Jude.

—Es un ADN que procede únicamente de la madre. Se encuentra en el citoplasma de la célula, no en el interior del núcleo. Eso significa que la transferencia nuclear no lo afecta. No estamos hablando de muchos genes, sino de unos sesenta entre cien mil; pero desempeñan un papel en la producción de enzimoproteínas muy importantes para el desarrollo del feto. De modo que los gemelos idénticos tendrían el mismo ADN mitocondrial, pero los clones no. Pensándolo bien, lo que de veras constituye una aberración de la naturaleza son los gemelos idénticos. Si los gemelos no existieran y los científicos los hubiéramos producido, un populacho armado de antorchas nos habría expulsado de la ciudad, como en las películas de Frankenstein.

En aquel momento avisaron de que la cena estaba lista. El grupo se desplazó al interior de la casa y todos se sentaron en torno a una alargada mesa de roble sobre la que había fuentes con patatas, ensalada y otros acompañamientos. Hartman comenzó a cortar grandes pedazos de carne.

El hombre que se sentaba a la derecha de Skyler, Harry Schwartzbaum, aún no había dicho ni palabra, y Jennifer Hartman se volvió hacia él.

—Está usted muy callado, profesor —le dijo.

Todos eran profesores, pero ella parecía llamar a Harry Schwartzbaum por tal título en deferencia a su especialidad, la filosofía, que lo elevaba al rango de los graves y profundos pensadores.

—Pensaba en un libro que leí hace dos semanas —contestó Schwartzbaum—, el diario de un conde español del siglo XVI, don

José Antonio Martínez de Solar. Martínez escribió acerca de todo lo que interesaba en su mundo, el de la Sevilla del año 1501. Escribió incisivos comentarios acerca de la moda en el vestir, la alta sociedad y la iglesia española.

»Pero sobre lo que no escribió, y es a eso a lo que voy, es sobre un suceso que ocurrió apenas diez años atrás. Colón zarpó de un puerto próximo a Sevilla y descubrió el Nuevo Mundo. Ése fue un viaje que dobló la extensión del mundo conocido, pero Martínez ni siquiera lo mencionó porque no alcanzó a ver su importancia. Creo que los hombres podemos vivir sucesos y descubrimientos trascendentales sin darnos cuenta de su importancia.

»De igual modo, creo que la clonación, y al decir clonación incluyo todo lo que va desde el proyecto Genoma hasta la ingeniería genética, es el avance científico más trascendental de la era moderna. Sobrepasa con mucho el descubrimiento de la física atómica. El átomo nos permitió manipular el mundo externo. Al concentrarnos en los isótopos, fuimos capaces de obtener la fisión nuclear y altera ciertos compuestos inestables. Los genes nos permiten manipular el mundo interno, a nosotros mismos, y es imposible calcular a qué nos puede llevar eso.

Varios de los presentes manifestaron su conformidad asintiendo con la cabeza.

—Imaginad, por ejemplo, el salto cualitativo que supondría conseguir cuadruplicar la inteligencia humana. Sabemos que sólo utilizamos una ínfima parte de nuestro cerebro. Habéis mencionado a Einstein. ¿Y si él hubiera sido capaz de sacar el máximo partido posible de su intelecto? ¿O qué ocurriría si aumentásemos la longevidad humana, de modo que la vida útil de una mente creativa fuese tres veces lo que es ahora? Imaginad que el propio Einstein pudiese haber trabajado productivamente durante cien años en vez de cuarenta. Sería posible que un mismo hombre pudiera dominar varias disciplinas distintas, como por ejemplo la astronomía, la biología molecular y la neurología. Ese hombre sería capaz de aunar las distintas facetas del conocimiento humano. Desde los tiempos de Samuel Johnson, en el Londres del siglo XVIII, no ha habido una persona que pudiera afirmar que conocía cuanto era digno de conocerse.

—Todos habláis de las ventajas y beneficios —dijo Bailey—, y no queréis admitir que también existen graves riesgos.

—¿Como cuáles? —preguntó Hartman.

—Como la disminución de la diversidad. La naturaleza tiende a la diversidad y a la heterogeneidad. La clonación va en la dirección opuesta y, en ese sentido, atenta contra la naturaleza. ¿Qué me decís de las historias que se cuentan acerca de las variedades genéticamente alteradas de trigo y algodón? Son perfectas. Cada grano es supernutritivo, cada copo está repleto de fibra. Y, sin embargo, cuando aparece un nuevo hongo o un nuevo tipo de insecto, la cosecha íntegra desaparece de la noche a la mañana. Todas las plantas son idénticas y no existen variaciones mutantes que sobrevivan al ataque y puedan continuar reproduciéndose hasta la próxima generación.

—Pero supongo que no creerás que eso mismo puede ocurrirles a las personas —dijo Hartman—. Nadie propone que todos los habitantes del planeta sean iguales.

—No, claro que no. Pero si el proceso queda a merced de la selectividad humana, puedes apostar hasta tu último dólar a que no volverá a nacer gente interesante. Se acabaron los Franz Kafka, y los Vincent van Gogh, y los Stephen Hawking. Si el proceso está controlado por algo distinto al puro azar, el resultado será la disminución de la variedad genética mundial, tanto en las plantas, como en los animales, como en nosotros mismos.

Schwartzbaum terminó de comer y apartó su plato.

—Aunque sea a riesgo de parecer presuntuoso, me gustaría dejar clara cuál es mi opinión —dijo—. En la naturaleza se produce una gran lucha entre la especie y el individuo. La especie sólo ansía reproducirse, mientras el individuo ansía la inmortalidad para sí. Una cosa implica cambio y mutación, la otra inmutabilidad y estancamiento. Se trata de un conflicto irresoluble.

—Hablas como uno de esos fanáticos de la biología evolucionista —dijo Jennifer—. Esos que afirman que nuestro único propósito en la vida es pasar nuestros genes a la siguiente generación y luego estirar la pata.

—Sí, Jennifer. El sexo y la muerte están relacionados. Entre los organismos menores, que tienen períodos de vida reducidos, la estrategia de supervivencia más común consiste en esparcir la semilla lo más ampliamente posible para luego desaparecer en la noche. Una vez has procreado, la naturaleza pierde todo interés por ti. Así que disfrutamos de los breves momentos que permanecemos sobre la escena y luego ya no se vuelve a tener noticia de nosotros. Hasta ahora, las especies son las que han salido ganadoras en ese juego. En el caso de que no seamos Shakespeare, ¿cómo podemos aspirar a alcanzar la inmortalidad si no es teniendo descendencia, y esperando que esa descendencia se parezca en algo a nosotros? Pero de pronto la ecuación se modifica. Ahora podemos tener descendientes idénticos a nosotros. Como individuos, podemos alcanzar una cierta inmortalidad. Lo conseguimos suprimiendo la mutación y sustituyéndola por la duplicación. Resulta muy significativo que la clonación sea la única forma de reproducción de la que el sexo está excluido. Al fin hemos roto la tradicional conexión entre el sexo y la muerte. Las mujeres eran capaces de concebir hijos sin la intervención de los hombres.

–No parece una perspectiva muy divertida –comentó Bailey.

–Pues no sé qué decirte –contestó Jennifer, y ella y Ellen se echaron a reír.

–¿Conocéis los trabajos de los británicos Adam Eyre-Walker y Peter Keightley? –preguntó Hartman–. Han demostrado que los seres humanos conservamos en nuestro genoma más mutaciones negativas que otros animales. Experimentamos algo así como 4,2 mutaciones por cada generación, de las cuales 1,6 son perjudiciales.

–Resulta milagroso que todavía sigamos en el mundo –dijo Bailey.

–En efecto, así es. Y eso nos aboca, al menos especulativamente, hacia una cierta teoría acerca de los propósitos del sexo. Lo cierto es que el sexo no es una forma eficaz de reproducción. Aceptémoslo, es demasiado complicado. Dos personas tienen que encontrarse, deben saltar chispas... Es una especie de lotería. ¿Para qué tanta molestia? Estamos aquí. ¿Por qué no dividirnos nosotros solitos, como las amebas? Eso simplificaría considerablemente la vida.

–Sí, ¿por qué no?

–Debemos evitar todas esas malas mutaciones. El sexo es el único modo de conseguir que dos series distintas de cromosomas se mezclen, cancelando así las mutaciones adversas. Es como si, con cada generación, se barajara de nuevo el mazo de naipes.

–Ya sabía yo que tenía que existir un motivo práctico –dijo Jennifer.

Las mujeres rieron de nuevo.

–En mi opinión –dijo Schwartzbaum–, la reproducción asexual es el narcisismo llevado a sus últimos extremos. Es el colmo del regodeo ególatra. Lo único que importa es la continuidad del yo. La dirección que seguimos está muy clara. El día de mañana, las personas se parirán a sí mismas.

–Adiós, Eros –dijo Hartman.

–Hola, Tánatos –dijo Bailey.

–Hablando del mañana... –comenzó Ellen mirando su reloj–. Yo tengo que madrugar.

Aquello marcó el final de la cena. Los invitados, charlando unos con otros, salieron a la noche plagada de insectos. Hartman les había pedido a Jude y a Skyler que se quedaran, y mientras Jennifer acostaba a los niños, los hizo pasar a una salita. La casa había quedado en un silencio casi total.

Hartman les ofreció una copa, que rechazaron, y comenzó a servirse una para sí.

Tras dirigir una mirada a Skyler, Jude decidió contarle a Hartman, al menos en parte, lo que les estaba ocurriendo. Le explicó que se habían encontrado hacía poco y que creían que eran hermanos, aunque de distintas edades. Y que, por absurdo que pareciera, estaban considerando la posibilidad de que fueran clones.

Al oír aquello, Hartman se echó a reír.

–Ya me parecía que tu interés por los detalles se debía a algo más que a la curiosidad profesional. No, no me digáis nada. ¿Por qué no me dejáis hablar a mí? –dijo riendo de nuevo–. Como si no hubiera hablado bastante.

»Ya me había dado cuenta de que, pese al cabello teñido de rubio, os parecéis muchísimo. Pero quiero tranquilizaros. Lo que os estáis preguntando, lo que probablemente teméis por poco sentido común que tengáis (al menos yo, en vuestro lugar, lo temería), es totalmente imposible. Repito, es imposible. Así que olvidaos de esa posibilidad, borradla de vuestras mentes.

–¿Cómo lo sabes? –preguntó Skyler, sorprendido por la certeza con que había hablado Hartman–. ¿Cómo puedes estar tan seguro?

–Por una razón muy sencilla. ¿Cuántos años tienes? ¿Veinticinco? ¿Veintiocho?

Skyler se encogió de hombros.

–Yo tengo treinta –dijo Jude.

–O sea, más aún. Bueno, pues la tecnología necesaria para eso que estáis pensando existe en la actualidad, eso es indiscutible, pero hace treinta años no existía. A no ser, claro, que la clonación la hicieran seres de otro planeta, porque a los de éste les era imposible.

–¿Estás seguro?

–Desde luego –respondió Hartman, y permaneció unos momentos en silencio mientras repasaba los nombres de una lista mental–. Todos los científicos que nos dedicamos a esta especialidad sabemos lo que hacen los demás. Eso se debe, en parte, al compañerismo y, en parte, a la rivalidad. Ya visteis las fotos y las postales que tengo en mi oficina. Podría recitaros los nombres de todos los que me las mandaron y, probablemente, deciros además dónde están en estos momentos.

Hartman hizo una pausa y vaciló, como si temiera haber cometido un lapsus.

–Bueno, hace un montón de años había un tipo... Pero lleva muchísimo tiempo sin dar señales de vida. Creo que fue expulsado de Harvard o de la Universidad de Chicago por rebasar los límites de lo éticamente permisible. Tenía fama de brillante y de excéntrico. Desapareció de la faz de la tierra, y sabe Dios lo que fue de él. Todo esto ocurrió hace mucho, en los años sesenta. Durante los años setenta se volvió a hablar de él, porque por lo visto le concedieron un premio en Holanda. Nadie supo si el que fue a recogerlo fue el propio interesado o no. Como veis, el tipo era de lo más misterioso.

–¿Cómo se llamaba?

–Su nombre verdadero no lo conozco. Sé que utilizaba uno bastante raro. Ricard o algo por el estilo.

–¿Rincon?

–Exacto. Muy bien. ¿Cómo lo sabías?

–He oído hablar de él.

–Bueno, pues no te preocupes por el tal Rincon. Lleva siglos sin dar señales de vida. Si últimamente ha descubierto algo importante, ha sabido guardar muy bien el secreto. A los científicos no nos gustan los secretos. Nos gustan los premios. Así que ya podéis iros tranquilizando. –El hombre miró a sus dos interlocutores de arriba abajo y añadió–: Yo diría que, si os acabáis de conocer, es que sois gemelos separados al nacer. Eso no tiene nada de malo ni de preocupante. Sucede de cuando en cuando. No tenéis por qué buscar otra explicación.

Jude y Skyler le dieron las gracias y fueron con su anfitrión hasta el recibidor. Jennifer bajó a despedirse y les dio sendos besos en las mejillas?

–Por cierto –dijo la mujer–. ¿Qué os ha parecido la carne?

–Muy sabrosa –contestó Skyler.

–Me alegro de que os haya gustado. Es una especie de receta casera con la que solemos agasajar a nuestros invitados. Es medio cabra, medio vaca. Una quimera. Mi esposo la creó.

CAPÍTULO
19

Jude y Skyler fueron hasta Milwaukee para reunirse con Tizzie. Le había dicho a Jude por teléfono que prefería que no fueran a recogerla a su casa, y había insistido en que sería mejor para todos que los tres se reunieran en el centro de la ciudad, en la vieja estación de autobuses. A él esto no le pareció un buen indicio, pero no quiso darle demasiada importancia.

Fueron hasta la terminal en el coche de Jude, que ahora tenía el parabrisas salpicado de huellas de insectos y el suelo lleno de mapas y de vasos de café vacíos. Tizzie los esperaba sentada en el bordillo con la pequeña bolsa de viaje en el suelo. Al verlos, los saludó con un ademán y se puso en pie. Skyler, que estaba ansioso de verla, se apeó del coche en seguida y la abrazó con toda naturalidad; Tizzie le devolvió el abrazo. Luego el hombre cogió su bolsa para meterla en el maletero, y ella lo dejó hacer.

En cuanto Tizzie se sentó en el coche a su lado, Jude se dio cuenta de que había pasado por malos momentos.

-¿Las cosas andan mal por tu casa? -preguntó.

Tizzie contestó que sí.

-Y tu padre, ¿cómo se encuentra?

-Está muy viejo. Cada vez se le notan más los años. Y a mi madre le ocurre lo mismo.

Jude asintió reflexivamente.

-Así es la vida -dijo.

-Ya lo sé -respondió ella malhumorada-. Pero no es eso lo que me preocupa.

-Entonces, ¿qué te preocupa?

Tizzie lo miró arrepintiéndose de haberle hablado en mal tono.

–Perdona. En estos momentos no quiero hablar de ello. Cuéntame qué hicisteis vosotros. ¿Descubristeis algo?

–Algunas cosillas. Lo suficiente para saber que estamos en el buen camino. Naturalmente, no tengo ni idea de hasta dónde demonios nos llevará ese buen camino.

Le resumió las conversaciones con Hartman y le explicó detalladamente todo lo que había averiguado.

–Es asombroso –siguió–. Al principio, lo de la clonación parece complicado, pero oyendo hablar a Hartman da la sensación de ser la cosa más sencilla y factible del mundo. Te entran ganas de hacerlo tú mismo.

–Ése es el sello distintivo de todos los grandes científicos –intervino Skyler.

–¿Cómo? –preguntó Jude sorprendido por el comentario.

–Un científico adopta una serie de complicadas nociones teóricas y experimenta con ella hasta reducirla a sus elementos esenciales. Y tratando de comprender tales elementos, a veces tropieza por azar con alguna verdad fundamental. Como Karl Popper dijo: «La ciencia puede ser descrita como el arte de la simplificación sistemática».

–¿Te refieres al filósofo Karl Popper? Cristo bendito, ni siquiera sabes dónde te criaste pero conoces a Karl Popper.

–Las nociones básicas son lo primero –repuso Skyler.

Cruzaron Chicago y siguieron en dirección oeste, hacia las grandes llanuras. Con el ánimo levantado, viajaron raudos por las carreteras interestatales, cruzando pequeñas poblaciones y pasando entre campos en los que pastaba el ganado.

No dejaban de charlar, pues Skyler los había impresionado. Había aprendido con gran rapidez a arreglárselas en el mundo moderno y ya realizaba perfectamente las pequeñas tareas que para Tizzie y Jude eran el pan nuestro de cada día: hacer llamadas telefónicas, poner gasolina en las estaciones de servicio, dar propina en los restaurantes de carretera. Y seguía aprendiendo cosas nuevas con un entusiasmo y un optimismo que resultaban casi enternecedores y que contrastaban con el cansancio y el malestar que a veces sentía Jude.

–Quiero conducir. Enséñame –dijo de pronto Skyler cuando circulaban a considerable velocidad por la interestatal 70 de Kansas.

—Por el amor de Dios —respondió Jude—. Tenemos prisa. No podemos entretenernos.

—¿Por qué no? Así nos distraeremos un poco —sugirió Tizzie, desde el asiento trasero.

Salieron de la interestatal y no tardaron en llegar a una carretera secundaria que discurría entre campos de maíz. Jude detuvo el coche en el centro de la desierta carretera y se acomodó en el asiento del acompañante. En el exterior el calor del mediodía era sofocante y se oía el canto de las cigarras. Jude le explicó a Skyler para qué servían los distintos mandos, le hizo un resumen de las normas básicas de circulación y soltó el freno de mano. El coche comenzó a avanzar lentamente. Skyler movió el volante, y el vehículo osciló suavemente y fue aumentando de velocidad según el pie de Skyler iba apretando el acelerador.

—Esto es pan comido —dijo, agarrando el volante con fuerza.

Se concentró por unos momentos en la carretera y luego se volvió hacia Jude y le dirigió una sonrisa.

—¡Así se conduce! —gritó Tizzie.

—No está mal, pero ve con cuidado —le aconsejó Jude.

Skyler apretó a fondo el acelerador y el coche cobró vida con una fuerza que dejó al joven sorprendido. Levantó el pie por un momento y volvió a pisar a fondo. El coche adquirió velocidad inmediatamente y comenzó a dar fuertes bandazos. Jude salió despedido contra la portezuela de su lado.

—¡Mas despacio! —gritó—. ¡Mas despacio!

Tenía la cabeza por debajo del nivel de la ventanilla y sólo podía ver a Skyler, petrificado en el asiento del conductor, pero notó que los neumáticos rodaban sobre tierra y piedras y el roce de la vegetación contra el bastidor. De pronto, el vehículo se estremeció violentamente y, sin dejar de seguir avanzando, se ladeó. Las plantas de maíz comenzaron a pegar contra el parabrisas.

El coche se detuvo al fin. Por una de las ventanillas asomó una panocha. En el aire del interior del vehículo, el polvo se arremolina. Skyler permanecía inmóvil, aún con las dos manos sobre el volante, pálido y asustado. Jude se volvió hacia Tizzie, que estaba sentada en el suelo y tenía los ojos muy abiertos. Cuando vio la alarma reflejada en el rostro de Jude, la joven no pudo evitar echarse a reír, y siguió riendo hasta que él mismo, contagiado, también estalló en carcajadas. Momentos más tarde, Skyler se unió al risueño coro. Sus carcajadas, graves y resonantes, eran parecidísimas a las de Jude.

Más tarde, con la ayuda de un granjero que iba en tractor, el hombre amarró unas cadenas al coche y lo sacó del maizal. Le dieron diez dólares y se fueron a un restaurante, en el que pidieron unos sándwiches de pavo en salsa. A mitad del almuerzo, Jude miró a Skyler, que estaba sentado frente a él, y adivinó lo que el joven estaba pensando.

—Quieres probar otra vez, ¿a que sí? —preguntó.
—Pues sí.
—Por encima de mi cadáver.
Y de nuevo los tres se echaron a reír.

Al llegar a las afueras de Denver, tomaron dirección sur por la interestatal 25 y no tardaron en divisar un parpadeante tubo de neón en forma de reata, el distintivo de un motel Frontier. Detuvieron el coche frente a una edificación de dos pisos cuya entrada principal estaba flanqueada por ruedas de carreta a las que les faltaban tres o cuatro radios. La recepcionista, una joven y robusta negra que llevaba una blusa a cuadros y se cubría con un sombrero vaquero gris, les tendió las tarjetas de registro.

—¿Dos habitaciones o tres? —preguntó.
—Tres —contestó Tizzie.

Rellenaron las tarjetas con nombres falsos. Skyler se fijó en el que escribía Jude para poner él lo mismo. Luego, con el equipaje a cuestas, se metieron por un lóbrego pasillo y, tras dejar atrás una máquina expendedora de hielo y otra de refrescos, llegaron a sus habitaciones y abrieron las puertas en rápida sucesión, de un modo que a Jude le resultó vagamente cómico.

—Estoy molida —dijo Tizzie mirando a sus dos compañeros—. Hasta mañana.

Todos se dieron las buenas noches.

La habitación de Jude tenía la habitual forma de L y contaba con una cama doble sin cabecera, cortinas de poliuretano blancas y plateadas, y una larga cómoda de falso roble situada bajo un gran espejo pegado a la pared. Sobre la cómoda, junto a un abridor metálico de cervezas empotrado en el muro, había un televisor. La luz procedente de una de las lamparitas de noche creaba un óvalo de claridad en el techo.

Se sentó en la cama, descolgó el teléfono y marcó un número que se sabía de memoria. Seis timbrazos –a aquellas horas de la noche apenas había nadie en la redacción– y, tras ellos, una voz.
–Local.
–Hola –saludó Jude–. ¿Quién eres?
El otro vaciló receloso. Pero había percibido en la voz de Jude una cierta nota de autoridad, así que se identificó.
–Oye, soy Jude. Sólo llamo para ver cómo va todo... Estoy enfermo y llevo un tiempo sin ir por ahí, ya sabes... Probablemente, aún tardaré unos días en volver... –explicó, y le pareció que su voz sonaba demasiado insegura–. Cuando me sienta mejor...
–Jude –dijo el hombre, que por fin había logrado atar cabos–. ¿Eres tú?
–Sí.
Jude notó como si el otro hubiera tapado el micro de su teléfono. Se produjo un silencio de casi un minuto. Cuando Jude estaba a punto de colgar, la voz sonó de nuevo:
–¿Desde dónde llamas?
–Desde mi casa. Sigo enfermo. No necesito nada. Sólo llamaba para deciros que... bueno... voy mejorando.
El de la redacción volvió a tapar el micro y esta vez Jude sí colgó.
Luego se maldijo por haber hecho el tonto. O no debería haber llamado a nadie, o debería haber llamado a otra parte, quizá a la casa de alguno de los reporteros, para que diera el recado en la redacción. ¿Podrían localizar la llamada? ¿Y para qué demonios iban a hacerlo? Ahora sí que se estaba portando como un paranoico.
Sin embargo, la llamada lo dejó preocupado y con la sensación de que había corrido un riesgo. Hasta aquel momento se había considerado a salvo escondido en las enormes y anónimas llanuras del interior del continente. Pero una simple llamada telefónica había dado al traste con aquella sensación de seguridad. Volvía a estar inmerso en aquella maldita pesadilla.
Se quitó los zapatos y se tumbó en la cama a ver la televisión, pero no logró distraerse. Una extraña depresión fue apoderándose de él, una sensación de ansiedad que nunca antes había experimentado. Pensó en llamar a Tizzie o a Skyler para invitarlos a una copa. Se acercó a la ventana, levantó un poco la cortina y miró hacia fuera. En el exterior, al otro lado del estacionamiento, parpadeaba una luz de tráfico. La noche era lóbrega e inhóspita. Jude se apartó de la ventana, se desnudó y se metió en la cama.

Los ruidos de la noche le llegaban por doquier. El murmullo de una conversación, las risas enlatadas de una telecomedia. Aguzó el oído tratando de oír algo en la habitación de Tizzie, pero no percibió nada. Intentó desentenderse de los ruidos y, poco a poco, se fue quedando dormido. Las pesadillas no tardaron en llegar: sueños claustrofóbicos en los que él huía de indecibles horrores arrastrándose por túneles y cruzando a la carrera enormes grutas subterráneas. Despertó sobresaltado y cubierto de sudor.

Poco a poco, su corazón fue recuperando su ritmo normal. En el dial luminoso del despertador vio que eran las 3.00. Permaneció con la cabeza apoyada en la almohada y los ojos muy abiertos. Acostumbrado ya a la oscuridad, le era posible distinguir los contornos de la habitación. Le pareció oír algo al otro lado de la puerta, unos tenues pasos en el corredor. Aguzó el oído. ¿No era aquél el sonido de un tirador que giraba lentamente, y aquél el chirrido de una puerta al entreabrirse? Saltó de la cama y fue a pegar la oreja a la puerta. Nada. Si había alguien, ya se había ido.

Jude se vistió a la luz que salía del cuarto de baño. Descorrió las cortinas de la ventana, se palpó los bolsillos para cerciorarse de que llevaba la tarjeta de la puerta y salió al pasillo. Al llegar ante la puerta de Tizzie se detuvo unos momentos a escuchar, pero no oyó nada y siguió caminando hasta el vestíbulo. La joven negra seguía allí, leyendo un libro a la luz de una lamparita de noche, y se sobresaltó al verlo aparecer.

—Me olvidé algo en el coche —murmuró Jude, y continuó hasta la puerta.

En el exterior, el aire era tibio y agradable. Jude caminó a lo largo del edificio, en dirección al estacionamiento. Luego, mientras avanzaba tras los oscuros coches, fue contando las ventanas de las habitaciones hasta llegar a la suya, la que tenía las cortinas descorridas. Se detuvo y miró disimuladamente las ventanas que había junto a la suya. Ambas estaban a oscuras.

De nuevo en el vestíbulo, le dirigió una sonrisa a la recepcionista, pero ésta apenas levantó la mirada de su lectura.

Mientras cruzaban la ciudad de Wagon Mound, Nuevo México, camino de Santa Fe, Jude, que iba al volante, miró a Skyler, quien ocupaba el asiento contiguo al suyo, y le pidió que volviera a hablarles de la isla.

—Cuéntanos todo lo que no nos hayas contado —dijo—. De principio a fin. No te olvides de nada. Explícanos todo lo que recuerdes, por insignificante que te parezca. Tal vez hayamos pasado por alto alguna pista que pueda aclararnos un poco las cosas.

Estaba anocheciendo. Durante horas, el cielo oriental había estado encapotándose, y ahora, a lo lejos, vieron que la tormenta estallaba al fin y que la lluvia comenzaba a caer a raudales sobre la llanura. Tizzie iba detrás, tumbada en el asiento y con los pies en el borde de una de las ventanillas. Jude la creía dormida, pero no estaba seguro de que así fuera.

Skyler miró por la ventanilla y pareció reflexionar sobre lo que Jude acababa de pedirle. Luego abrió la guantera y sacó el paquete de Camel de Jude.

—¿Te importa que pruebe uno?

—No seas estúpido —dijo Jude con el entrecejo fruncido—. ¿Qué quieres? ¿Enviciarte? Los cigarrillos matan.

—Mira quién fue a hablar.

—Sí, bueno...

Skyler encendió el cigarrillo, se llenó la boca de humo y lo dejó salir en una nube que le envolvió el rostro. Probó de nuevo, y esta vez se metió el humo hasta el fondo de los pulmones. Inmediatamente, sufrió un ataque de tos. Miró el cigarrillo que aún sostenía en la mano.

—¿Qué le encuentras a esto?

—Es un gusto que se adquiere con el tiempo.

—Cristo bendito —exclamó Skyler apagando el cigarrillo en el cenicero.

Tizzie levantó la cabeza.

—El tabaco es un veneno —dijo, y volvió a tumbarse.

Skyler miró por la ventanilla y, aún entre toses y carraspeos, comenzó su relato. Hablaba lenta y pausadamente, con voz carente de emociones, exponiendo los detalles de su vida en la isla con el cuidado de quien extiende ante sí las cartas de un solitario. Mientras hablaba, siguió mirando al exterior, como si el extraño paisaje de tierra parda y roja, de verdes colinas y arbustos, le diera ánimos.

Relató sus primeros recuerdos, habló de Raisin y de cómo dejaba las cabras en el aprisco oculto para dedicarse a recorrer los bosques. Habló del día que conocieron a Kuta, y del ataque de epilepsia de Raisin, y de cómo Raisin se había convertido en una especie de agitador.

Mencionó también las cosas desagradables, los frecuentes reconocimientos médicos, las inyecciones y las píldoras, la disciplina y los ordenanzas, y que algunos miembros del grupo de edad desaparecían de pronto.

—¿Y todo eso no te parecía extraño? —lo interrumpió Jude—. Lo de que la gente estuviese perfectamente saludable y luego, de pronto, se pusiera tan enferma que hubiera que operarla.

—No, en absoluto. Para nosotros, la vida era así. No conocíamos otra cosa. No olvides que no teníamos... mucha información. Aquello nos parecía lo normal. Durante mi infancia y primera juventud, nunca tuve ningún motivo para pensar que mi vida tuviese nada de raro. En realidad, durante mucho tiempo, nunca reflexioné sobre mi vida, ni para bien ni para mal.

La lluvia los alcanzó. Cayó de pronto a mares sobre el parabrisas y percutió con fuerte estruendo sobre el techo del vehículo. Jude puso en funcionamiento el limpiaparabrisas, que al principio ensució el cristal delantero. Pero éste no tardó en quedar limpio y les permitió ver el fortísimo chaparrón que estaba cayendo sobre la carretera.

La tormenta hizo que Skyler recordase su huida por las marismas.

Luego contó la fuga de Raisin y su muerte.

—En el servicio fúnebre, Baptiste y los otros hablaron con tal emoción que casi parecían sinceros. Pero yo sabía que no lo eran. A fin de cuentas, ellos fueron los responsables de todo.

—¿Viste tú o vio alguien el cuerpo de Raisin? —preguntó Jude.

—No. Estaba metido en un ataúd. Exponerlo hubiera sido demasiado cruel. Debía de estar hinchado y horrible.

Jude encendió un cigarrillo y bajó un poco el cristal de la ventanilla para que saliera el humo. Entraron unas salpicaduras de lluvia y le mojaron el cuello, pero él ni siquiera reparó en ello.

Skyler estaba hablando de su desilusión.

—Se produjo gradualmente, como una de esas ideas que, una vez se te ocurren, ya no las olvidas. Recuerdo haber leído que, a finales del siglo XV, los europeos llegaron a aceptar el hecho de que la Tierra no era plana. Creo que algo parecido me sucedió a mí. Poco a poco, mis creencias más básicas, el propio terreno que pisaba, se fueron hundiendo bajo mis pies. Se desmoronaron y sentí como si yo mismo me desplomase en el vacío. Ya no sabía qué carta quedarme respecto a nada.

Tizzie habló por segunda vez desde el asiento posterior, lo cual sobresaltó a Jude, pues no se había dado cuenta de que estaba escuchando.

–Háblanos de Julia –le pidió con voz suave.

Y Skyler lo hizo. Les contó cómo era Julia de niña y que él, casi sin darse cuenta de que lo hacía, siempre la buscaba durante las clases, echaba un rápido vistazo para cerciorarse de que su alborotada mata de cabello estaba cerca. Habló del vínculo existente entre Julia, Raisin y él.

–Creo que, en el fondo, yo me sentía celoso –siguió–. Pensaba que Julia debía de querer a Raisin más que a mí. Resultaba lógico, porque él era mucho mayor, y más fuerte, y más inteligente. Por eso cuando se puso enferma y la operaron, cuando le dejaron aquella gran cicatriz en la espalda, yo me escabullí en el interior de la enfermería para verla y nos cogimos de las manos... Eso fue para mí el comienzo de un mundo nuevo y maravilloso.

Contó cómo Julia y él se habían consolado mutuamente tras la muerte de Raisin. Y finalmente, relató cómo llegaron a tener relaciones sexuales después de que ambos hubieron dejado de tomarse las píldoras, lo cual les produjo un renovado vigor. Explicó la señal que usaban para concertar sus citas –la piedra bajo el roble–, evocó sus encuentros en el viejo faro en cuyo interior revoloteaban los pájaros, y las intensas emociones que sintieron al tocarse. Según hablaba, la emoción lo fue embargando, y al fin tuvo que hacer una pausa.

Notó algo sobre el hombro. Era la mano de Tizzie. El contacto fue ligero, pero lo dejó estremecido.

–Pero... ¿cómo era ella? –preguntó Tizzie.

Skyler aspiró profundamente.

«Parecidísima a ti.»

Lo pensó pero no lo dijo. Se volvió hacia ella para mirarla y sintió como si le leyera los pensamientos. Permaneció unos segundos callado, por temor a que se le escapara algo.

Después habló del día en que el doctor Rincon llegó desde el continente para visitarlos. Los jiminis y el resto de los habitantes de la isla se prepararon durante días y días. Lo embellecieron todo, cortaron el césped del campus, y hasta la casa grande quedó presentable. Los jiminis vieron con asombro cómo llegaba avión tras avión cargado de invitados bien vestidos que luego se dirigieron a la mansión. Más tarde llegó el propio Rincon, aunque a los jiminis no les permitieron verlo y tuvieron que quedarse encerrados en los barracones. Aquella noche, Skyler y Julia discurrieron un osado plan: se escabullirían de los barracones y espiarían la reunión. Se habían subido a un árbol próximo a la casa grande y miraron por una ventana del piso de arriba, pero no lograron ver al doctor Rincon. Luego entraron a hurtadillas en el sótano. Julia se metió en un montaplatos y subió al primer piso, donde se estaba celebrando la reunión. La joven entreabrió la puerta del pequeño ascensor y miró por el resquicio mientras el fundador hacía uso de la palabra. Pero, debido a su defectuosa visión, la muchacha no pudo ver bien a Rincon, y Skyler se arrepintió de permitir que Julia corriera aquel riesgo. Ella no tardó en regresar y los dos volvieron a toda prisa a sus barracones.

–Julia oyó a Rincon mencionar una y otra vez «el cordero», y nosotros pensamos que estaba hablando de Cristo, pues estábamos familiarizados con la expresión «el cordero de Dios». Pensamos que le había entrado una especie de fiebre religiosa. Ahora comprendo que estaba hablando de *Dolly*. Debían de temer que la noticia acerca de la clonación les afectara de algún modo.

La lluvia amainó primero y después, tan súbitamente como había comenzado, cesó por completo. Jude desconectó el limpiaparabrisas. El negro asfalto de la carretera estaba lleno de charcos de los que se levantaban finas nubes de vapor.

Skyler habló de sus crecientes dudas y recelos, de la incursión a la sala de archivos y del descubrimiento del cuerpo de Patrick. Contó también que Julia intentó aprender el manejo de los ordenadores, y que creía haber descubierto la contraseña para acceder a los archivos.

Y, al fin, llegó a la parte que más temía: el último capítulo. Entrecortadamente, habló de la muerte de Julia, de cómo había desaparecido y él, desesperado, corrió desde la cabaña de Kuta hasta el barracón de las chicas, para dirigirse luego a la casa grande, donde encontró el cuerpo de la muchacha en el depósito de cadáveres del sótano, sobre la mesa de mármol, serenamente blanca y hermosa, pero grotescamente mutilada, abierta en canal, con las entrañas arrancadas.

Cuando terminó de explicar aquello, ya no tuvo ánimos para seguir hablando de su fuga ni de ninguna otra cosa.

En el coche reinaba el silencio. Jude encendió un cigarrillo. En el asiento de atrás, Tizzie, con las rodillas levantadas y abrazada a ellas, ladeó la cabeza para mirar a través de la ventanilla salpicada de gotas de lluvia.

–Dios mío, Skyler..., cómo lo siento –dijo Jude al fin alargando una mano y palmeando la rodilla de su compañero.

Le había enternecido la historia de Skyler y la franqueza y la vulnerabilidad con que el joven la había relatado. Volvía a experimentar el deseo fraterno de proteger a Skyler. El mundo era un lugar grande y peligroso, y Skyler no estaba capacitado para enfrentarse a él. Jude tendría que ocuparse de que nada malo le ocurriese.

Sin embargo, al mismo tiempo que trataba de consolar a Skyler, estaba pensando en otra cosa. Durante su largo relato, Skyler nombró algo que hizo sonar un gigantesco timbre de alarma en la cabeza de Jude, ya que, aparentemente, confirmaba una sospecha que llevaba algún tiempo albergando. Y también había comenzado a sentir un nuevo recelo, éste de menor envergadura. Decidió que en cuanto se detuvieran para pasar la noche, trataría de salir de dudas.

Llegaron a Albuquerque y tomaron tres habitaciones situadas en la planta baja de un pequeño hotel de la avenida Central.

Mientras se daba un baño caliente con la bañera llena hasta casi el borde, Jude reflexionó sobre la situación. Una vez se hubo secado y puesto unos vaqueros y una camisa limpios, se dirigió a la habitación de Skyler. Antes de llamar, aguardó unos momentos inmóvil frente a la puerta y le pareció oír voces dentro. Golpeó un par de veces con los nudillos.

Tizzie también estaba allí, sentada a los pies de la cama. La joven pareció turbada, y el propio Jude se sintió un poco incómodo, pero dejó de lado tal sensación y, mirando fijamente el rostro de Skyler, que tanto se parecía al suyo, dijo:

–Quiero enseñarte una cosa. Espero equivocarme, pero si no es así, procura no perder la calma.

Metió la mano en el bolsillo y sacó un papel doblado que procedió a desplegar y extender cuidadosamente sobre una mesa. Era la foto del juez que había cogido del archivo del periódico.

Skyler la miró fijamente, con la boca entreabierta. Al ver la expresión de sorpresa que se extendió por sus facciones, Jude comprendió que sus sospechas estaban bien fundadas.

Skyler conocía al retratado.

—¿De dónde has sacado esto? —preguntó sorprendido y confuso.

—Es una foto del juez del que te hablé, el de New Paltz. Sospecho que la persona que asesinaron allí, quienquiera que fuese, tenía exactamente su mismo aspecto.

—¿Qué sucede? —quiso saber Tizzie—. ¿De qué habláis?

—Parece mayor —dijo Skyler—. Los ojos y el cabello son algo distintos, pero por lo demás es exacto a él...

—Eso me temía —murmuró Jude.

Skyler se sentó en la cama y se quedó serio y cabizbajo.

—Vamos —insistió Tizzie—. Jude, por el amor de Dios, cuéntame lo que pasa. ¿De quién estáis hablando?

—De Raisin —dijo Jude—. No murió en el barco mientras intentaba huir de la isla. Eso fue una comedia. Llegó al continente y se dirigió a New Paltz, intentando probablemente localizar a su doble, el juez. Quizá incluso averiguó cuál era el nombre de su sosia antes de irse de la isla, y tal vez ése fue precisamente el motivo de su fuga. Quizá, lo mismo que Julia, logró averiguar la contraseña de los ordenadores.

—¿Y qué fue de él? —preguntó Tizzie.

—Probablemente se puso en contacto con el juez y ellos lo mataron.

—¿Y quiénes son ellos? —preguntó Tizzie perpleja.

—Eso es precisamente lo que tenemos que averiguar. Pero me apostaría cualquier cosa a que los responsables fueron esos matones del mechón blanco, los ordenanzas.

—O sea que, sean quienes sean, están dispuestos a todo —dijo ella—. Incluso a utilizar a los ordenanzas como asesinos.

—¿Y a quién te refieres tú al decir «ellos»? —le preguntó Jude volviéndose hacia ella.

Pero Tizzie, preocupada, respondió con otra pregunta.

—¿Y si esos ordenanzas están en estos momentos siguiendo nuestra pista?

No obstante, Jude seguía pensando en la pregunta que él le había hecho, y en aquellos momentos no se sentía con ánimos para tranquilizar a la joven. Sabía que luego, cuando volviera a su cuarto y recordase la conversación, volvería a darle vueltas y más vueltas al asunto.

Skyler tenía un aspecto terrible. El color había desaparecido de su rostro y la frente se le había perlado de sudor. Se tumbó en la cama y se volvió cara a la pared. Jude temió haberle dado la noticia de lo de Raisin con demasiada brusquedad. Tizzie le preguntó si se encontraba mal, le tocó la frente con la palma de la mano y dijo que parecía tener algo de fiebre.

Skyler dijo que deseaba quedarse solo. Sus acompañantes salieron de la habitación y cerraron la puerta con suavidad.

En el pasillo, Tizzie cogió a Jude por el codo.

–¿Cómo supiste que el cuerpo era de Raisin? –preguntó.

–No estaba seguro, era una simple sospecha. Pero una sospecha bastante fundada. McNichol, el forense de Ulster County, identificó inicialmente el cuerpo como el del juez. El ADN era el mismo. Por lo tanto, se trataba de un clon. Y no fueron tantas las personas que huyeron de la isla. Además, recordé que el juez estaba tomando Depakote, que se usa para el tratamiento de la epilepsia. Una de las organizaciones a las que el juez pertenecía se dedicaba a reunir fondos para la investigación de desórdenes neurológicos. Hasta que oí la historia de Skyler, no supe que Raisin también sufría de epilepsia.

Tizzie lo miraba impresionada.

–¿No te das cuentas? –continuó él–. Cada uno de los que están en esa isla es un clon de alguien del continente. Ése es el motivo de que los tuvieran allí. Una legión de dobles, eso es lo que son. Todo esto no es más que un horrible experimento.

Jude era consciente de que lo que estaba diciendo preocupaba a Tizzie, pero necesitaba airear las dudas que a él mismo lo estaban reconcomiendo.

–Hay algo que no entiendo en absoluto. Cuando el juez me vio, se llevó un susto de muerte. Prácticamente, se cayó de su sillón. Y no me explico por qué... En mi vida lo había visto. ¿Qué tengo que ver yo con él, o qué tiene que ver él conmigo?

»Y otra cosa. Cuando McNichol efectuó la autopsia, tomó muestras de los órganos para luego analizarlos, y alguien forzó la entrada en el quirófano y robó las muestras. ¿Por qué lo hicieron? Lo lógico habría sido que fuera para destruir las pruebas, de modo que a nadie le resultara posible demostrar que el cadáver era el de un doble. Pero, entonces, ¿por qué no se llevaron también las muestras de ADN? Fueron éstas las que al final establecieron la identidad del cadáver. Es absurdo, y la única explicación que se me ocurre es que no supieran lo que estaban haciendo. Pero no creo que fuera así. Querían aquellas muestras por algún motivo.

Tizzie, que parecía casi tan alarmada como Jude, retiró la mano del codo de éste. Dijo que se sentía indispuesta y que no le apetecía cenar. Dio media vuelta y se dirigió hacia su habitación. Jude la observó alejarse, con los hombros caídos, cosa inusitada en ella. Deseó seguirla, pero al comprender que hacerlo sería un error sintió un súbito aguijonazo de soledad.

Jude llamó al servicio de habitaciones y pidió un sándwich de jamón y queso, Coca-Cola *light*, patatas fritas y café. Mientras esperaba a que se lo trajesen, abrió el ordenador y lo enchufó a la salida del teléfono. Se conectó a la red y no tardó en encontrar la página web de W en Jerome, Arizona. De nuevo la pantalla se llenó con la extraña imagen del lagarto encaramado a la roca. Entró en la sala de chat, en la que se estaba desarrollando un animado debate.

–¿... Recuerdas a Titón?
–¿A quién?
–A Titón... un personaje de la mitología griega. Era un joven y atractivo príncipe. Un día, Aurora, la diosa del amanecer, se enamoró de él. Quiso tomarlo como esposo, pero al fin y al cabo Titón no era más que un simple mortal con un lapso de vida corto, así que Aurora acudió a Zeus y le pidió que le concediera la vida eterna. Zeus lo hizo, y Aurora se llevó a Titón a su palacio. Durante años, todo fue bien y la pareja disfrutó de una permanente dicha. Pero hubo algo que Aurora olvidó.
–¿El qué?
–Se le olvidó pedir para su príncipe el don de la juventud eterna. Así que Titón envejeció más y más, hasta que perdió toda su fortaleza, el cuerpo se le encogió, y su voz se convirtió en un débil quejido. El pobre sufría todo tipo de dolores y apenas podía moverse. Se encogió tanto que Aurora lo metió en un cesto y lo dejó en un rincón de su palacio, donde Titón, que se sentía totalmente infeliz, sólo deseaba morir. Pero no podía, así que siguió encogiéndose y encogiéndose, hasta que al fin se transformó en cigarra, cosa que siguió siendo por el resto de la eternidad.
–Entiendo lo que dices, pero, a pesar de todo, sigo queriendo vivir muchos años. Pensándolo bien, ¿qué tiene de malo la vejez?
–Todo. La dentadura se te echa a perder, bajas de estatura, caminas como un inválido, pierdes el control de la vejiga, te quedas sin memoria... ¿Le llamas a eso vivir?

—Bueno, ya conoces el viejo dicho: donde hay vida hay esperanza.
—Tonterías. Prefiero mil veces al doctor Kevorkian.
—Veo que tenemos a un nuevo visitante. Hola, Ludita. Estamos hablando sobre la vejez y aquí, el amigo Maquiavelo, es de los que prefieren vivir deprisa y morir joven. ¿Qué opinas tú?

Jude escribió la primera tontería que se le ocurrió.

—Creo que la vejez es demasiado buena para desperdiciarla en los ancianos.
—Ja, ja. Eres tan gracioso como tu nombre.
—¿Alguno de vosotros ha hablado recientemente con Matusalén? —preguntó Jude yendo al grano.
—¿Quién es?
—Yo lo conozco, pero ya no viene por aquí. Llevo varias semanas sin hablar con él. ¿Por qué?
—Por nada. Simple curiosidad. Otra cosa: ¿por qué se llama esta web Jerome Arizona?
—No lo sé.
—Creo que porque en Jerome estaban los propietarios de la web cuando ésta apareció, hace mucho tiempo. Pero ninguno de ellos ha vuelto a asomar por aquí.
—¿Quiénes eran ellos? —preguntó Jude.
—No lo sé.
—Yo tampoco.

Jude no deseaba permanecer conectado a la red más tiempo del imprescindible.

—Tengo que marcharme —escribió.
—Okey. Recuerda: dentro de un minuto, te quedarán sesenta segundos menos de vida. Ja, ja.
—Y hace un minuto a ti te quedaban sesenta segundos más de vida. Ja ja.

Salió de la sala de chat y, estaba a punto de apagar el ordenador, cuando advirtió que el icono del buzón estaba parpadeando. Alguien le había mandado un e-mail. Hizo clic sobre el icono, e inmediatamente apareció un mensaje en la pantalla cuyo remite no reconoció inmediatamente. En aquel preciso momento sonó una discreta llamada en la puerta, y a Jude el pulso se le aceleró, pues un sexto sentido le dijo que la que llamaba era Tizzie.

Leyó rápidamente el nombre del e-mail: procedía de la Universidad de Wisconsin y lo enviaba Hartman.

Se levantó y fue a abrir la puerta. En el umbral había un joven camarero sosteniendo una bandeja en alto. Servicio de habitaciones.

Jude lo dejó entrar. El camarero quitó la tapa de la bandeja, en la que había un pequeño sándwich rodeado de queso derretido. El camarero aceptó el dólar de propina sin articular palabra, salió y cerró la puerta con la prosopopeya de un mayordomo inglés.

Jude dejó la bandeja junto a la ventana y miró hacia la oscura y desierta calle. Pasó un coche lleno de adolescentes cuyas carcajadas se filtraron por el cristal hasta el interior de la habitación. Luego volvió el silencio. El sándwich estaba frío y correoso; lo dejó por la mitad y se comió las patatas fritas, empujándolas con tragos de Coca-Cola. Después bebió a sorbos el tibio café, con la vista en la calle. Pensó en su situación, en todas las posibilidades y permutaciones. Se sentía como caminando a tientas por la oscuridad. La alusión a la mitología griega le hizo pensar que se hallaba en el interior de un laberinto, doblando recodo tras recodo, a derecha e izquierda, sin ir a ninguna parte, pero consciente de que ante sí o a su espalda podía hallase el temido Minotauro, el monstruo con cabeza de toro y cuerpo de hombre que se alimentaba de carne humana.

De pronto se fijó en la pantalla del ordenador portátil, que seguía encendida.

El mensaje de Hartman rebosaba cordialidad, pero era bastante sucinto.

> He estado pensando en vosotros y preguntándome cómo irían vuestras indagaciones. Espero que recordéis mis sabios consejos. Cuanto más pienso en vuestra situación, más me convenzo de que estoy en lo cierto. Otra cosa que creo debéis saber: un par de días después de que os marchasteis, aparecieron por aquí dos hombres preguntando por vosotros. Eran del FBI, o al menos eso parecían indicar las placas que llevaban. No les dijimos gran cosa, aunque tampoco teníamos mucho que decir. Y no los invitamos a nuestro plato especial. Un abrazo, Hartman.

CAPÍTULO
20

Siguiendo por la interestatal 40, llegaron a Flagstaff, Arizona, una ciudad situada entre pinares en lo alto de las montañas. Cuando llegaban de las afueras vieron tres toscas cruces clavadas en el suelo, cada una de ellas con un nombre pintado con rotulador.

De la autopista pasaron a una calle con semáforos llena de restaurantes de comida rápida y de hoteles: Burger King, Econo Lodge, Hilton, Hampton Inn, Del Taco, Sizzler y Denny's. En una gasolinera de Texaco vendían calaveras de res hechas de arcilla y polícromas piezas de alfarería hopi.

Tizzie ya se sentía mejor, pero Skyler, que iba atrás, se había pasado casi todo el viaje dormitando. Seguía encontrándose mal.

Jude buscó un lugar en el que alojarse. Estacionó frente a una casa de dos pisos situada frente a la pizzería Sbarro's y la hamburguesería Mountain Jacks. En el cristal de una de las puertas traseras un cartel anunciaba: SE ALQUILAN HABITACIONES. Jude se apeó del coche y miró calle arriba y calle abajo. Se hallaban en el campus de la Universidad Northern Arizona. Por la calle se veía a infinidad de jóvenes estudiantes informalmente vestidos.

Jude volvió a meterse en el coche y puso el motor en marcha.

–¿Por qué no alquilamos una de esas habitaciones? –preguntó Tizzie.

–El sitio es demasiado familiar. Seguro que la patrona mete las narices en los asuntos de todo el mundo y chismorrea con los vecinos. Llamaríamos demasiado la atención. Necesitamos un sitio anónimo, por el que pasen tantos viajeros que nadie se fije en nadie.

Enfilaron la interestatal 17 y setenta kilómetros más al sur Jude encontró lo que buscaba en Camp Verde, una moderna y anónima encrucijada de caminos. En una esquina había una gasolinera Giant en la que los precios se anunciaban con letras de más de medio metro de altura. Enormes surtidores de autoservicio permanecían a la sombra de la marquesina protectora. Enfrente había un Taco Bell y, separado de él por dos estacionamientos, un Country Kitchen. Al otro lado de la calle se veía un centro comercial coronado por un mástil de más de diez metros.

Un gran letrero azul y blanco con letras amarillentas llamó la atención de Jude: Best Western. Junto a la puerta del motel-restaurante, un letrero verde y blanco anunciaba: DESAYUNO $2,99. El edificio, de ladrillo rojo, tenía dos plantas y era de forma rectangular, con amplias puertas color marrón y ventanas cuadradas cubiertas por dentro con tupidas cortinas que impedían el paso de la luz. En el centro del edificio, una escalera ascendía hasta una galería a la que daban las puertas de las habitaciones del segundo piso.

Jude entró a registrarse. Por la fuerza de la costumbre, pidió tres habitaciones. Al rellenar las tarjetas de registro, marcó con una cruz la casilla de pago en efectivo. La mujer del mostrador lo examinó de arriba abajo y miró hacia el coche, dentro del cual seguían Tizzie y Skyler. Exigió el pago por anticipado de dos noches de estancia. Jude metió la mano en un bolsillo y sacó un fajo de billetes grandes –el resto de los 4.000 dólares que había retirado en Nueva York– y, manteniendo el dinero por debajo del mostrador, separó doscientos y se los tendió a la mujer. La recepcionista le extendió un recibo y le dijo que podía estacionar el coche en el aparcamiento, situado en la parte posterior del edificio.

Se acomodaron en sus habitaciones, donde el calor era sofocante y tuvieron que conectar el aire acondicionado. Luego se reunieron a tomar café en el restaurante.

–¿Y ahora qué? –preguntó Tizzie.

–Voy a husmear por ahí –dijo Jude–. Tú puedes hacer lo que quieras. En cuanto a él –añadió señalando a Skyler con un movimiento de cabeza–, creo que le vendrá bien acostarse y descansar.

–¿No quieres que te acompañe?

–No, sólo voy a echar un vistazo –mintió Jude.

Echó a andar por la calle en dirección sur. La ciudad era bastante anodina, un simple conglomerado de viviendas, tiendas y escuelas. Su único rasgo notable era un espléndido panorama de lejanas montañas coronadas de nieve. Encontró con facilidad el Ayuntamiento y, una vez en él, se dirigió al Registro Civil, situado en el sótano. Oprimió un timbre y el sonido del zumbador hizo aparecer a un funcionario de mediana edad que pareció alegrarse de que alguien rompiera la monotonía de su jornada.

–¿Qué desea? –preguntó sonriente.

Jude sacó una fotocopia de su partida de nacimiento y dijo que estaba de paso por la ciudad y sentía curiosidad por ver el documento original. El hombre le echó un vistazo a la fotocopia, se sentó a un ordenador y estuvo largo rato tecleando. Hizo una pausa para observar la pantalla y luego siguió tecleando. Al fin negó con la cabeza y regresó al mostrador.

–Pues debió de nacer usted en la parte alta de la zona montañosa. Porque en la época de su nacimiento, a los niños que nacían más allá de Cottonwood no los inscribían aquí, sino en la Mesa, en la reserva india –le explicó a Jude, quien lo miró desconcertado–. Así que, si quiere ver su partida de nacimiento, tendrá que subir hasta allí.

El hombre le indicó cómo llegar. Jude le dio las gracias y volvió a su coche. En el siguiente cruce, giró a la derecha por la 260, una angosta y sinuosa carretera que discurría entre promontorios cubiertos de hierba, arbustos y grandes rocas alisadas por la erosión. Llegó a Dead Horse Park, y a partir de allí la carretera no dejó de ascender en dirección a la Mesa. El fuerte viento impulsaba las plantas rodadoras contra las barreras de protección de la carretera.

Durante un tramo, la carretera discurrió paralela al seco cauce de un arroyo, pasando de orilla a orilla a través de angostos puentes. Cuando Jude miró hacia abajo, vio que el fondo estaba cubierto de rocas redondeadas que brillaban al sol. Llegó hasta un inmenso promontorio rocoso que tenía una extraña forma, parecida al puño de un gigante. Al acercarse, experimentó una extraña sensación de familiaridad. Y cuando rebasó el promontorio y siguió ascendiendo por la cuesta, la sensación persistió.

Todo en el paisaje –el calor, el sol reflejándose en los fragmentos de mica, los arbustos, la hierba y la tierra rojiza– se combinaba para retrotraerlo a su infancia. Sabía que había estado en aquellos lugares anteriormente. El recuerdo se fue formando poco a poco, como la foto de una Polaroid. Él iba en la parte posterior de un coche, un descapotable, el viento le revolvía el cabello y el ardiente sol caía implacable sobre él. Alguien conducía. Su padre. Al enfocar el objetivo del recuerdo, pudo ver su nuca, los cabellos que se agitaban al viento, los hombros caídos. Se sentía seguro, protegido y entusiasmado, todo al mismo tiempo. ¿Adónde se dirigían? No tenía ni idea pero tampoco le importaba, porque había depositado toda su confianza infantil en un adulto. Aquélla era una sensación que no volvió a experimentar.

Dobló un recodo del camino y la visión se esfumó, pero lo dejó confuso. Pisó el acelerador y le gustó sentir la potencia del coche al tomar las curvas, siempre cuesta arriba. Al fin llegó a una pequeña meseta y allí, a la derecha, donde el funcionario del Registro Civil le había dicho que lo encontraría, había un camino de tierra que descendía por un cañón. Un polvoriento letrero indicaba que por allí se iba a la reserva india de Camp Verde.

Se metió por el camino, que discurría por el fondo del cañón durante casi un kilómetro. A ambos lados se alzaban enormes promontorios rocosos entre los que sólo existía la separación suficiente para que el camino los atravesara. Luego los promontorios quedaron atrás y Jude vio ante sí una polvorienta llanura y un grupo de edificios de madera.

El coche se detuvo entre una nube de polvo frente al edificio principal. Atado a una pequeña cerca de estacas había un burro con una manta de colores sobre el lomo. El animal volvió la cabeza para mirar a Jude cuando se apeó del coche. El calor era asfixiante y Jude notó quebrarse la hierba bajo sus pies como si estuviera petrificada.

Oyó el zumbido de las moscas que volaban en torno al burro y que éste trataba de espantar con movimientos de cola. Frente al coche, sobre la cerca de madera, Jude vio un lagarto de más de un palmo de longitud sentado a la sombra. Rodeó la cerca sin que el lagarto le quitara ni por un momento la vista de encima.

Traspasó el umbral de la puerta del edificio, en cuyo interior encontró a dos mujeres y un viejo, los tres de raza india. Sólo el viejo lo saludó, con una leve inclinación de cabeza. Jude le explicó lo que buscaba y, sin decir palabra, el hombre lo condujo a una habitación del fondo, tres de cuyas paredes estaban llenas de viejos ficheros. Después lo dejó solo. En el cuarto había una única ventana cuyos gruesos cristales resultaban casi opacos a causa del polvo. Las tablas del suelo crujían al pisarlas. Hacía un calor achicharrante y en su camisa no tardaron en formarse grandes manchas de sudor bajo las axilas.

Localizó el archivador que buscaba y lo abrió. Estaba lleno de viejas fichas de cartulina. En todas aparecían nombres y fechas y, en algunas, la huella dactilar de un niño. La mayor parte de los nombres eran navajos. Siguió hojeando las fichas y no tardó en encontrar una con su nombre. Estaba escrita a mano, con recargada caligrafía. Fecha de nacimiento: 20 noviembre 1968. Lugar de nacimiento: Jerome, Arizona. Peso: 3,172 kilos. El nombre del médico que atendió el parto era ilegible. De pronto, se detuvo sorprendido. El nombre que aparecía en la ficha era Judah. Resultaba extraño. ¿Por qué había creído durante todos aquellos años que era Judas? ¿Quién se lo había dicho? ¿Su padre? Allí estaba el nombre de su padre: Harold. El de su madre parecía haber sido borrado. Resultaba extraño.

Cerró el cajón del archivador, abrió otro y comenzó a examinar su contenido. Tampoco ahora tardó en dar con lo que buscaba: el nombre de Joseph Peter Reilly. Reilly había nacido cinco meses después que él. Jude ya suponía que la ficha estaría allí, pero pese a todo seguía resultando sorprendente verla ante sí, escrita con la misma florida caligrafía, y darse cuenta de que tanto él como el juez habían pasado la primera infancia en aquellas montañas. Sin embargo, eso no explicaba el sobresalto que se llevó Reilly al verlo. Después de tantísimos años, era muy poco probable que el juez lo hubiera reconocido. De algún modo, Reilly sabía quién era Jude, y que ambos habían pasado la infancia en la misma secta del desierto.

Al fin, con un nudo en la garganta, buscó la tercera partida de nacimiento, la que deseaba no encontrar. Pero, naturalmente, también estaba allí. Jude permaneció largo rato con la mirada en la ficha.

Pasó más de una hora examinando los archivos, buscando más fichas escritas con la misma letra; pero eran simplemente demasiadas y resultaba imposible examinarlas todas. El calor era sofocante y el descubrimiento que acababa de hacer lo hacía sentirse deprimido, así que al cabo de un rato cerró el sexto cajón y, dejando una docena larga sin abrir, salió del cuarto de archivos. El viejo le dirigió una inclinación de despedida. Jude abrió la puerta y salió a la calle. Sobre la cerca seguía el mismo lagarto de aspecto inescrutable, casi malévolo.

Subió al coche e inició el regreso a Camp Verde.

Para cuando Jude regresó, Skyler estaba más animado y tenía mejor aspecto. Permanecía sentado en la cama viendo reposiciones de viejas telecomedias. Tizzie paseaba de arriba abajo y no dejaba de quejarse de que se estaba volviendo loca de aburrimiento. Así que decidieron irse a Phoenix a pasar la noche para «tomarse un descanso», como dijo ella.

Mientras iban por la interestatal 17 en dirección sur, en paralelo al barranco de Agua Fría y perdiendo altitud a tal rapidez que notaban el efecto de la presión en los oídos, Tizzie y Jude tuvieron una discusión. Empezó en el estacionamiento del Best Western, cuando Tizzie se ofreció a llevarlos en su coche.

–¿Tu coche? –preguntó Jude–. ¿De qué coche hablas?

–Del que alquilé. No creerías que iba a pasarme todo el día cruzada de brazos.

–¿Y cómo pagaste?

–Con tarjeta de crédito.

–Pueden localizarnos por ella –le dijo furioso–. ¿Por qué crees que he tenido tan buen cuidado de pagar en todas partes con dinero en efectivo?

–No creo que localizarnos sea tan fácil –respondió ella–. Y, aunque lo sea, para cuando lo hagan, nosotros ya no estaremos aquí.

–Cometiste una estupidez. En Nueva York me estaban vigilando, y a Skyler y a mí deben de andar buscándonos por todas partes. Y yú, con tu imprudencia, probablemente les has indicado por dónde deben iniciar la búsqueda. Si van detrás de mí, también van detrás de ti, recuérdalo –le espetó mientras ella le escuchaba en silencio–. Ayer mismo te preocupaba que los ordenanzas nos siguieran. ¿Ya lo has olvidado?

–No.

Pasaron una rampa de frenado para camiones, un desvío que iba a parar a una larga cuesta arriba que parecía una pista para saltos de esquí. Luego llegaron al letrero que marcaba la desviación a la interestatal 260 que Jude había tomado anteriormente.

–De todas maneras, ¿dónde demonios estuviste? –preguntó Tizzie–. Nos dejaste solos durante un montón de horas.

Jude no prestó atención a la pregunta. Tenía que conseguir que a Tizzie se le metiera en la cabeza lo grave que era la situación. Le habló del e-mail de Hartman.

–¿El FBI? –preguntó ella–. ¿Por qué iban a buscarnos los federales? ¿Qué motivo pueden tener para meterse en un asunto como éste?

—Ojalá yo lo supiera, porque entonces también sabría en qué clase de lío estamos metidos. Lo único que tengo claro en estos momentos es que no podemos confiar en nadie. En nadie en absoluto. Y también sé que no debemos facilitar el trabajo a nuestros perseguidores dejando pistas por todas partes. Las tarjetas de crédito son lo primero que investigan.

Tizzie se quedó en silencio y Jude creyó que la había convencido. Cuarenta minutos más tarde, tras cruzar el desierto, llegaron a Phoenix. La transición del desierto y los cactus a las autopistas y los centros comerciales resultó tan brusca que les dio la sensación de que faltaba una zona intermedia. Pasaron ante un Economy Inn, un Souper Salad y una sucesión de gasolineras, bancos y clínicas. Todas las calles tenían el mismo aspecto. No se veía a nadie en las aceras y las paradas de autobús estaban igualmente desiertas.

Al fin llegaron a Mr. Lucky, un bar especializado en música country situado en la calle Grand que tenía un gran letrero luminoso en la fachada con la figura de un comodín. Estacionaron en un aparcamiento lleno de camionetas. Cuando abrieron las puertas del coche, el calor los golpeó como un ardiente manotazo. En el camino hacia la entrada pasaron junto a una pareja que se besaba a la sombra del edificio.

—Bueno, Skyler, ahora vas a conocer la auténtica Norteamérica —dijo Jude.

Entraron en el local. El gemido de los violines de una banda country ahogaba el sonido de las voces. El aire de la sala estaba cargado del humo de los cigarrillos. Sobre una pista de baile de madera, hombres con sombreros vaqueros, pantalones ceñidos y botas, y mujeres en blusa y shorts bailaban formando fila. Por el sistema de megafonía anunciaron una oferta especial: botellas de cerveza a cincuenta centavos.

Jude encendió un cigarrillo y, sonriendo de oreja a oreja, declaró:

—Éste es un sitio de los que a mí me gustan.

Se abrió paso hasta la barra y momentos después reapareció con tres jarras de cerveza en las manos. Luego los tres se dirigieron a la parte posterior del local y salieron a un corral de rodeo circundado por una cerca de madera con la inscripción: AQUÍ TERMINA EL ASFALTO Y COMIENZA EL OESTE. Se encaramaron a la tribuna de espectadores, encontraron tres puestos libres y se sentaron a beber sus cervezas bajo el sol.

En una cercana torre de madera mostraron un letrero con un nombre y por el sistema de megafonía anunciaron la identidad del próximo desbravador. En el otro lado del ruedo, una puerta de madera se abrió de pronto y por el toril salió un vaquero, con un número en la espalda, montado en un novillo. Se sujetaba con una mano entre las piernas mientras agitaba en el aire el otro brazo tratando de evitar que el encabritado animal lo derribase. Cinco segundos más tarde, el desbravador cayó al suelo entre las patas del novillo. Salieron al ruedo dos hombres agitando banderas para distraer al animal, y el vaquero aprovechó para ponerse en pie y echar a correr hacia la barrera cojeando perceptiblemente.

Cuando se terminaron las cervezas, Tizzie fue a por más. Por el toril apareció otro vaquero a lomos de otro novillo. Jude observó a Skyler, que no perdía detalle del espectáculo.

—Ya sé lo que estás pensando —dijo—. Que te gustaría probar.

Skyler lo miró sonriendo, y Jude comprendió que había acertado.

—A mí me ocurre lo mismo —dijo.

—Ten en cuenta que yo no soy exacto a ti —respondió Skyler.

Acabaron sus cervezas y en la siguiente ronda Jude se pasó al whisky. Después de beberse tres o cuatro vasitos comenzó a tener dificultad para enfocar la mirada. Mientras por el toril salía el siguiente desbravador, a Jude comenzó a darle vueltas la cabeza. Contemplando el espectáculo se preguntaba ociosamente de parte de quién debía ponerse: ¿del vaquero que trataba desesperadamente de no caer, o del animal que trataba con no menor desesperación de librarse de su jinete? Le pidió un cigarrillo a un hombre sentado tras él y, al encenderlo, casi se quemó los dedos con la cerilla.

Tizzie no le quitaba ojo.

—Tómatelo con calma, Jude —aconsejó.

—La verdad es que este paseo por el callejón de los recuerdos resulta un poco difícil de asimilar. ¿Tú nunca has sentido la comezón de la nostalgia? —le preguntó Jude con evidente doble intención.

—Estás borracho.

Él interpretó el comentario como la invitación a otra ronda. Como sus compañeros no se apuntaron, se dirigió al bar y se sentó en una banqueta. Se bebió otro whisky de un trago y pidió más.

–Tranquilo, amigo –le dijo la camarera–. Creo que por esta noche ya has bebido bastante.

Él la miró con ojos turbios.

–Se terminó la celebración –siguió la mujer en tono amable.

–No es una celebración, sino todo lo contrario –murmuró Jude.

En aquel momento Tizzie y Skyler aparecieron en la barra diciendo que ya era hora de irse. Lo ayudaron a ponerse en pie y lo condujeron a través del bar, del bullicio y de la música hasta el exterior. Jude sintió la bofetada del calor y notó que alguien le registraba los bolsillos en busca de las llaves del coche. Oyó que Tizzie le decía a Skyler:

–Yo conduzco.

Y lo depositaron en el asiento trasero.

–No te puedes fiar de nadie –murmuró–. De nadie en absoluto.

El coche se puso en marcha y salió del estacionamiento. Jude trató de enfocar la mirada en la cabeza de Tizzie, cuyos cabellos se recortaban contra los faros de un coche que llegaba de frente.

Cerró los ojos y lanzó un suspiro. Estaba exhausto. Lo único que deseaba era dormir durante una semana. En su ebriedad, deseó que Tizzie se sentara a su lado, le acunara la cabeza en el regazo y le acariciase el cabello al tiempo que le murmuraba que no se preocupase, porque todo saldría bien. El sueño no se hizo realidad, ni tampoco Jude lo esperaba. Tizzie condujo lenta y cuidadosamente. Los faros del coche que iba detrás en ningún momento dejaron de molestarla. La joven advirtió que el vehículo tomaba por los mismos desvíos que ella en todos los cruces de la interestatal 17 hasta llegar al Best Western. Recordó su pelea con Jude de aquella tarde. El mero temor a que ese coche los estuviera siguiendo demostraba bien claramente que Jude tenía razón.

Jude se levantó temprano y combatió la resaca con dos tazas de café solo y un desayuno de huevos revueltos y beicon. En recepción pidió una llave maestra que luego utilizó para entrar en la habitación de Tizzie y recoger las llaves del coche. Las encontró en la cómoda, sobre un montón de billetes arrugados. La joven dormía boca arriba, con un brazo sobre la frente.

En el exterior, el cielo era entre rosado y azul, y estaba salpicado de pequeñas nubes. El calor aún no había empezado.

Avanzó por la interestatal 17 en dirección sur, tomó el mismo desvío por la 260 Oeste y pasó ante la gran roca con forma de puño de gigante, pero esta vez, al llegar al desvío de la reserva india, siguió recto. La carretera se hizo cada vez más estrecha y empinada. Cruzó la pequeña población de Cottonwood y al llegar a la 89 dobló a la izquierda en dirección a Jerome. La carretera seguía subiendo y en la distancia se divisaban las cumbres de la cordillera Black Hills.

Esperaba volver a experimentar la misma sensación de familiaridad, de cosa ya vista, pero no fue así. El agreste y quebrado paisaje no evocaba en él recuerdo alguno. En la ladera de uno de los montes divisó las instalaciones de una vieja mina, y más adelante volvió a ver otras similares. Las curvas de la carretera se hicieron cada vez más cerradas, y el coche coleó varias veces al tomarlas. Llegó a un barranco cuyo cauce estaba teñido de rojo, indicación de que había en las proximidades una vieja mina de cobre. Más tarde, tras pasar ante una quebrada sobre la que se alzaban las esqueléticas estructuras de unas viejas casas, vio un letrero que anunciaba: JEROME. Y, bajo el nombre: «Altura, 1.600 metros». Y, más abajo: «Fundada en 1876».

Recordó lo que había leído acerca del lugar. Jerome fue en tiempos un lugar próspero debido a las minas de cobre, plata y oro que había en los alrededores. En su momento de mayor auge, allá por los años treinta, alcanzó los quince mil habitantes. Luego el precio del cobre se hundió y el número de habitantes descendió igualmente, hasta que quedaron sólo cinco mil, en su mayoría mineros, borrachos, tahúres, rufianes y prostitutas. Los mineros siguieron trabajando en la vieja United Verde, a las órdenes de Phelps Dodge, hasta que, en 1953, la mina se agotó por completo, todos se fueron y el lugar se convirtió en un pueblo fantasma. Recientemente había recuperado una parte de su vitalidad debido a la llegada de los hippies, que se habían instalado en las viejas casas y vivían de vender baratijas a los turistas.

El camino descendió durante un trecho y volvió a ascender en una cuesta tan larga y pronunciada que Jude notó que la espalda presionaba con fuerza contra el respaldo. A mitad de la ascensión, el camino comenzó a deteriorarse. Había largos tramos sin barrera de protección y la calzada estaba llena de piedras y tierra que se habían desprendido. Jude conducía despacio y en zigzag para sortear los obstáculos. En determinado momento, cuando el coche pasó por encima de un montón de tierra y las ruedas delanteras se elevaron, creyó percibir un movimiento en el retrovisor. Parecía como si más atrás, en el mismo camino, hubiera un coche ascendiendo por una pronunciada cuesta. A partir de entonces no le quitó ojo al retrovisor, pero el otro coche no tardó en desaparecer tras un promontorio. Al fin, su automóvil coronó la cumbre y Jude vio aparecer ante sí la pequeña altiplanicie sobre la que se alzaban las casas y las calles de Jerome.

La calle mayor estaba llena de grietas y socavones, pero no se hallaba del todo desierta. Vio varios coches y a media docena de personas caminando por las calles. Una de las aceras estaba llena de escaparates de tiendas. Muchas de éstas se hallaban cerradas y sumamente deterioradas, pero otros locales estaban abiertos: una pizzería, un bar, una cafetería y un museo. La calle describía una curva y volvía sobre sí misma a un segundo nivel, donde las estructuras de madera se alzaban formando extraños ángulos. En el centro estaba el viejo edificio de tres pisos del hotel Central. Las barandillas de sus triples balcones parecían en perfecto estado de conservación. El camino continuaba más allá.

Jude, haciendo caso a su instinto, siguió hacia delante montaña arriba. Junto al camino había postes telefónicos inclinados o caídos, casas a medio terminar y viejas y renegridas cabañas abandonadas hacía décadas.

Tres minutos más tarde, llegó a un camino lateral de tierra. Se metió por él y, kilómetro y medio más adelante, encontró una pequeña población. Estacionó el coche, lo cerró y echó a andar por el centro de la única calle. En los alrededores no había nadie. Vio una antigua barbería, con el escaparate roto y las hierbas trepando por los viejos asientos de cuero. Toda una sección de las fachadas se había derrumbado hacia atrás y, por encima de los restos de las casas, se veía un espectacular panorama de valles verdes y rojas colinas que se prolongaba hasta perderse de vista.

Entró en una destartalada y polvorienta tienda. Mientras caminaba sobre las crujientes tablas vio, en la penumbra, hileras de cubos de madera vacíos y largas filas de estantes no más llenos. En un rincón descansaba una vieja caja registradora de complicados adornos. El polvo lo cubría todo y en su superficie se advertían los surcos que a su paso habían dejado los lagartos. Jude salió a la calle.

El local contiguo era un bar. Junto a la puerta, un viejo letrero anunciaba que el propietario del local había sido Thomas J. O'Toole. En el interior, la capa de polvo tenía dos dedos de grosor. La barra medía siete metros de largo y llegaba hasta la altura del pecho. Sobre ella, un gran espejo, típico de las tabernas del Oeste. En una mesa de madera había una botella sin destapar cuyo contenido parecía haberse solidificado.

Dos puertas más allá había una casa de tablas cuya pintura verde casi había desaparecido. Los ventanales delanteros estaban cubiertos con una lámina de hojalata oxidada sujeta a la pared por medio de unos alambres. Jude empujó la puerta. El recibidor estaba vacío, y se veían pisadas en el polvo que cubría los peldaños de la escalera. Entró en una salita, de cuyas ventanas aún pendían los restos de unos amarillentos visillos de encaje. En un rincón había una máquina de coser Singer de pedal y, junto a ella, una silla de madera. Bajo la silla, un par de viejos zapatos.

En la parte de atrás encontró un porche de madera salpicado de piedras y matojos; parecía en tan mal estado que Jude decidió no poner a prueba su resistencia. Volvió al recibidor y subió la escalera levantando pequeñas nubes de polvo. En el piso superior, el techo era bajo y el pasillo angosto y oscuro. Miró en el primer dormitorio, que estaba vacío salvo por una mecedora y una estantería que contenía una docena de libros viejos; empujó la mecedora y los balancines dejaron alargados surcos en la alfombra de polvo que cubría el suelo. De pronto le pareció oír un sonido en la planta baja y permaneció inmóvil durante casi un minuto. No volvió a oír nada. En el segundo dormitorio vio una escoba que alguien había utilizado para limpiar a la perfección uno de los rincones, donde habían dejado un colchón manchado y un plato con una vela. En el suelo había un morral, y sobre él un ejemplar abierto de la revista *Penthouse*. La fecha era de hacía tres meses.

De pronto, Jude dio respingo. Se oía un estruendo, una especie de rugido lejano que parecía hacer vibrar incluso las paredes de la habitación. El sonido se hizo más y más fuerte. Al principio pensó que se trataba de un corrimiento de tierra que iba a sepultarlo vivo, pero luego se dio cuenta de que era el ruido de unos motores. Corrió al dormitorio principal y se asomó a la ventana cuando el rugido alcanzaba ya niveles ensordecedores. Un grupo de motoristas estaba atravesando el pueblo entre una nube de polvo. Los motoristas eran cinco o seis, hombres corpulentos cuyos protuberantes abdómenes reposaban sobre los depósitos de gasolina. El grupo desapareció camino adelante tan rápidamente como había aparecido.

Mientras los seguía con la mirada, Jude reparó en el camino que seguía ascendiendo hacia la montaña. Y, súbitamente, supo que tenía que seguir por allí. Le era imposible explicar cómo lo sabía; pero lo sabía. Bajó la escalera, salió a la calle y miró a su alrededor. Y se dio cuenta de que, desde su llegada a esos parajes, algo lo tenía desconcertado o, mejor dicho, lo que lo tenía desconcertado era la ausencia de algo; la ausencia de aquella inefable sensación de familiaridad que experimentó la primera vez que enfiló la interestatal 260. Si había crecido en aquella zona y había pasado allí su infancia, ¿por qué no recordaba nada de todo aquello? ¿Y por qué de pronto sabía con toda certeza que el lugar al que deseaba llegar se encontraba siguiendo el camino de montaña?

Fue hasta su coche y vio que un poco más abajo se hallaba estacionado otro vehículo, un Camaro azul. ¿Sería el coche que había visto por el retrovisor? Le echó un buen vistazo: matrícula de Arizona, nada fuera de lo normal. Y ni rastro de su propietario.

Montó en el coche, lo puso en marcha y al cabo de cinco minutos llegó a una desviación a la derecha, un angosto sendero de tierra lleno de agujeros y surcado por rodadas. Un maltrecho cartel señalaba el camino hacia la mina Gold King. Jude supo, incluso antes de fijarse en el polvo que levantaban los motoristas, que por allí debía desviarse. Todo lo que lo rodeaba le era familiar: los árboles, la inclinación del terreno, el aspecto del cielo. Era como si de pronto hubiera vuelto a su pasado a través de una puerta mágica. La sensación resultó al mismo tiempo estremecedora y tonificante.

El camino era corto. Tras una breve cuesta, llegaba a la cima de una colina. Cuando Jude bajó la vista desde el interior del coche fue como si mirase hacia el cráter de un volcán. Allá abajo había una mina a cielo abierto y un grupo de edificios de madera compuesto por viejos almacenes, dormitorios, despensas y una docena de cobertizos. También se veían grandes montones de piedras y un tendido ferroviario. Y en el centro un gran horno de fundición gris provisto de una gigantesca chimenea de ladrillo rojo.

Jude la recordó inmediatamente. La había visto desde todos los ángulos posibles. Se conocía al dedillo todo aquel paisaje, sólo que ahora, comparándolo con las imágenes que durante tantos años habían dormitado en su memoria, todo le parecía mucho más pequeño, casi liliputiense.

Condujo lentamente por la vía de acceso que corría paralela al borde de la mina. En la ladera, un poco más arriba, había una pequeña cabaña frente a la cual se hallaban las motos, apoyadas en sus soportes. Sobre una de ellas, un hombre que llevaba una camiseta negra fumaba un cigarrillo sin quitarle ojo a Jude. El periodista detuvo el coche antes de llegar al sendero de descenso hacia la mina, y estacionó en un pequeño istmo que separaba la mina de la alta escarpadura desde cuya cima se dominaba todo el valle Verde.

Jude cogió una linterna de la guantera y echó a andar camino abajo. En algunos tramos, la bajada era tan pronunciada que tenía que clavar los talones en la tierra. Al llegar abajo, el instinto le dijo que debía seguir derecho. Entró en un gran edificio que en tiempos había albergado las oficinas de la explotación minera. Muchas generaciones de botas habían dejado su cóncava huella en los peldaños de madera. «Creo que he estado aquí cientos de veces», se dijo Jude. Volvió sobre sus pasos y, desde el umbral de la entrada, examinó el paisaje. Qué extraño hallarse allí, como un gigante de regreso en el hogar, contemplando aquellos minúsculos edificios y la chimenea, que era lo único que no parecía misteriosamente empequeñecido.

De pronto, y con la misma certidumbre que lo había conducido hasta allí, supo adónde debía dirigirse a continuación. Salió del edificio y dejó que sus pies lo llevaran a través del campamento y por un sendero quebrado que conducía hacia la cumbre de la colina. Siguió caminando y al fin se detuvo frente a un enorme orificio abierto en el costado de la montaña. Era la entrada de la mina subterránea. Se metió por ella y tocó las ásperas paredes de roca con la palma de la mano derecha. Luego se dio media vuelta y contempló el paisaje: los tejados de los edificios, la fundición, la chimenea... Todo encajaba a la perfección con el molde de sus recuerdos. Sin saber por qué, sintió una extraña inquietud.

Giró sobre sus talones y se adentró veinte pasos en el túnel, hasta que las sombras lo envolvieron. Encendió la linterna y la apuntó arriba y abajo; su haz iluminó el techo de la galería, que estaba formado por una masa compacta de tierra y rocas. De algún remoto lugar de su recuerdo surgieron prudentes advertencias acerca del peligro que suponían los derrumbes y los corrimientos de tierra, y Jude volvió a sentir el terror infantil a ser enterrado vivo. Pese a ello, siguió adelante y, según se adentraba en el oscuro pasadizo, se fue sintiendo más y más tranquilo. Llegó a una intersección; a la izquierda había una gran galería surcada con los raíles que utilizaban las vagonetas de mineral, y en el barro endurecido se veían nítidamente las huellas de los cascos de las mulas. Pero Jude sabía que debía desviarse por el túnel de la derecha, que era de menor tamaño.

Unos treinta metros más adelante, el túnel descendía y pasaba bajo unos pandeados soportes de madera. Después se estrechaba hasta el extremo de que a Jude le era posible tocar ambas paredes a la vez. Y fue entonces cuando volvieron, redoblados, sus miedos infantiles. Una oleada de claustrofobia lo envolvió produciéndole tal impacto que decidió sentarse y permanecer sin moverse un buen rato. Transcurridos diez minutos completos, se levantó, siguió caminando y llegó a otra bifurcación. Esta vez torció a la izquierda y se dio cuenta de que había seguido una gran flecha blanca pintada en la superficie de la roca. Recordaba de algo aquella flecha. Treinta metros más adelante tuvo que detenerse ante los restos de un antiguo derrumbamiento. Una viga se había partido y una de sus mitades se hallaba atravesada en el túnel; la tierra y los cascotes habían formado una barrera que impedía totalmente el paso. Jude sintió una complicada mezcla de emociones: por un lado, no iba a poder llegar a un destino que lo atraía con fuerza inexplicable; y por otro, casi le alegraba tener que dar media vuelta y volver al exterior.

Pero entonces se dio cuenta de que bajo la media viga no había nada, sólo una oscura oquedad. Apuntó el haz de la linterna hacia el hueco. Lo que se había desplomado no era sólo una viga, sino todo un techo, bajo el cual había quedado una especie de pasadizo de poco más de cincuenta centímetros de altura. Quizá podría atravesarlo gateando. Lo inspeccionó detenidamente con la linterna; se estrechaba hacia el fondo, lo cual quería decir que correría el riesgo de quedarse atascado... o quizá algo peor. Podía alterar el precario equilibrio de las maderas y los cascote y provocar un nuevo derrumbamiento. Miró de nuevo el angosto pasadizo tratando de dominar el pánico que le oprimía el pecho. Se puso a gatas y se tumbó de bruces. Bajó la cabeza y comenzó a reptar, con la linterna por delante, impulsándose con los pies en el suelo de roca. Cerró los ojos y siguió avanzando. Notaba la humedad de la roca que lo rodeaba, la inmensidad de la pétrea crisálida en cuyo interior se hallaba, y percibía lo viciado que estaba el aire que le entraba en los pulmones. A mitad del pasadizo se detuvo y abrió los ojos. Fue un error, pues la madera de arriba y la roca de debajo parecían converger formando una especie de cuña. Las paredes del pequeño túnel se hallaban a menos de un palmo de su nariz. Cerró de nuevos los ojos y siguió reptando: otros quince centímetros, otro palmo... Notó el roce de un madero en la espalda y oyó un sonido. Algo se había movido y vio que del bajo techo caía un reguero de polvo que formó rápidamente un pequeño montículo sobre el suelo.

Y, de pronto, llegó al final del pasadizo. Sacó las piernas y se puso en pie jadeando. Pero no permaneció inmóvil mucho rato. Un somero vistazo a la luz de la linterna le bastó para darse cuenta de que ya casi había llegado a su destino. Caminó otros diez metros y el túnel se abrió bruscamente: estaba en la boca de una gran caverna. El suelo era de roca lisa y los costados se alzaban como muros. Del techo pendían cables eléctricos de los que colgaban casquillos de bombilla, había tuberías de agua y, cosa aún más sorprendente, también había mobiliario y equipo. Jude recordaba aquella sala. La había conocido de niño.

Movió lentamente el haz de la linterna en todas direcciones y vio los restos del equipo que en otro tiempo estuvo allí instalado: largas mesas blancas de superficie esmaltada, fregaderos dobles, estantes para almacenar matraces, probetas y microscopios, e incluso perchas para las batas y las mascarillas. Era el emplazamiento ideal para un laboratorio: aislado bajo tierra del mundo exterior, sin contaminantes, con una temperatura constante y unas condiciones casi herméticas. Jude se dijo que aquél también era el escondite perfecto.

Inspeccionó la sala. Daba la sensación de que nadie había pasado por allí en mucho tiempo. Abrió los cajones, examinó los estantes, miró en los cubos de basura. Se lo habían llevado todo menos el equipamiento más básico. En un rincón se veía un montón de basura. Entre los desperdicios había cajas de cartón vacías, un pequeño aparato esterilizador al que le faltaba el cable eléctrico, pilas usadas y varios pares de guantes de látex. Cerró los ojos y trató de imaginar el lugar plenamente equipado y funcionando, pero las imágenes parecían hallarse fuera de su alcance.

Entonces oyó un ruido.

Procedía del túnel por el que había llegado y era una especie de tenue rumor que muy bien podía ser el de unos pasos. Apagó la linterna y, cuando la caverna quedó totalmente a oscuras, distinguió un punto de luz al fondo del túnel cuya intensidad parecía fluctuar como si estuvieran manipulando la mecha de un quinqué. Jude no tardó en comprender que se trataba del haz de una linterna yendo y viniendo por el túnel. Sintió un escalofrío y notó un nudo en la boca del estómago. Se desplazó hacia un lado de la caverna. Tanteando, tocó la pulida superficie de una mesa, luego nada, luego la pared de roca y, siguiéndola, llegó hasta un gran armario. Se escondió sigilosamente tras él y esperó, siempre con la vista fija en el pequeño punto de luz.

El sonido aumentó de volumen. Jude comprendió que su perseguidor, quienquiera que fuese, estaba atravesando el mismo angosto túnel que él había usado. Por un instante se planteó la posibilidad de correr hasta el túnel para caer sobre el intruso en el momento en que éste saliera del pasadizo. Sin embargo, no se movió de su escondite. Los gruñidos de alguien haciendo esfuerzos sonaban tan cerca que Jude comprendió que ya era demasiado tarde para hacer nada contra su perseguidor.

La luz era más brillante y se movía de un lado a otro. Sin duda, el intruso ya se había puesto en pie. Jude se pegó a la pared y permaneció inmóvil, sin respirar apenas. Los segundos discurrieron lentos, hasta que la luz inundó la sala como una explosión. El haz de la linterna del intruso iluminó el otro extremo de la sala y Jude, medio cegado, alcanzó a distinguir el redondo borde metálico de la linterna, el fuerte haz abriéndose en V y la tenue forma de la mano que la empuñaba.

El desconocido se desplazó hacia el muro contra el que estaba Jude y, lentamente, comenzó a rodear la sala sosteniendo la linterna ante sí como si fuera un escudo protector. Jude contuvo el aliento mientras el intruso seguía acercándose. Cuando estuvo prácticamente a su lado, lo agarró con ambas manos. La linterna rodó sobre el suelo de roca, y su haz iluminó el techo y las paredes de la caverna. Un breve grito de sorpresa y un movimiento de resistencia. Jude sintió el golpe de un brazo bajo la barbilla, pero no soltó al intruso y logró derribarlo. Cayó al suelo sobre él, lo agarró por un brazo y se lo retorció cruelmente a la espalda. El desconocido quedó inmóvil y dijo:

–Jude ¿eres tú?

La voz era débil, sonaba asustada.

Jude tanteó con la otra mano y encontró su linterna. La encendió y la apuntó hacia abajo.

–¡Tizzie! –exclamó–. ¿Qué demonios haces tú aquí?

CAPÍTULO
21

Jude dejó que Tizzie se pusiera en pie. La chica se inspeccionó el cuerpo en busca de magulladuras y se inclinó para remangarse la pernera izquierda del pantalón. En la rodilla tenía un corte. Dos regueros de sangre le corrían por la pantorrilla hacia el tobillo. Se los secó con la mano y volvió a bajarse el pantalón.

Tizzie aún no había respondido a la pregunta de Jude, por lo que éste le hizo otra más sencilla:
−¿Estás bien?
Ella asintió con la cabeza.
−Lo peor ha sido el susto −dijo.
−Lo siento. No sabía que eras tú.
−Eso espero.
Y, encima, se dijo Jude, aún tendría que ser él quien se disculpase.
−¿Me has seguido? −preguntó con una nota de dureza en la voz, pues no sabía a ciencia cierta cuál era el juego de Tizzie.
−Sí. Al menos hasta Jerome.
−¿Y luego me seguiste hasta aquí?
−No exactamente −respondió ella tras una vacilación−. Sabía que vendrías a este lugar.
−Y conocías el camino, ¿verdad?
−Sí.
−¿Por qué me seguiste?
−Pensé que podía... ocurrirte algo. Pensé que tal vez ellos estuvieran aquí. O que vinieran a por ti.
−Comprendo.
Jude miró distraídamente alrededor y de pronto se dio cuenta de que buscaba algo en lo que sentarse, pues Tizzie y él iban a pasar allí un buen rato.

—Creo que ha llegado el momento de tener una larga charla —dijo.
—¿Quieres que vayamos a nuestro escondite especial?
La pregunta lo dejó atónito. Llevaba casi un cuarto de siglo sin pensar en aquello, pero cuando Tizzie lo dijo, el recuerdo regresó como un relámpago. Una cueva que frecuentaban en la infancia, apenas mayor que un armario. A ellos les gustaba ir allí porque la entrada era pequeña, inadecuada para los adultos.
—¿Recuerdas el camino?
Jude notó sus dedos menudos y fríos cuando ella le cogió la mano, y comprendió lo asustada que se sentía la muchacha. Tizzie lo condujo hacia un pasadizo en cuya entrada Jude no se había fijado antes. El túnel era angosto, así que soltó la mano de su compañera y la siguió dirigiendo el haz de la linterna hacia sus pies. La joven pasó bajo una viga de sujeción y continuó con sorprendente rapidez, por lo que Jude casi tuvo que correr para no quedarse rezagado. Al pasar bajo la viga rozó con el hombro uno de los postes, que se movió ligeramente y provocó un pequeño desprendimiento de tierra y piedras.
Tizzie volvió la linterna hacia atrás, y a su luz Jude advirtió la expresión preocupada de la joven.
—Procuraré tener más cuidado —prometió.
—Ya casi estamos.
Y así era. Tizzie se inclinó bajo una roca que sobresalía y Jude hizo lo mismo. Nada más entrar en la pequeña cámara, la reconoció. Había una especie de estrechas repisas de roca y se sentaron en dos de ellas sintiéndose como adultos de visita en un parvulario. Una de las paredes estaba manchada de regueros de cera, y Jude recordó las velas que de niño había visto arder allí, desprendiendo lagrimones de cera mientras Tizzie y él se hallaban sentados en aquellas mismas rocas planas.
Tizzie lo miró a los ojos y Jude percibió que, por primera vez en mucho tiempo, la mirada de la joven era franca y sincera.
—No sé por dónde empezar —dijo Tizzie.
—¿Qué tal si empiezas por el principio? —propuso Jude, no sin cierta sequedad.
—Recientemente he empezado a recordar un montón de cosas, aunque hay otras muchas que aún se me escapan. Pero supongo que recuerdo más que tú. Algunos de mis primeros recuerdos son de esta sala, de estar aquí contigo. Veníamos mucho, a jugar y a

charlar. Recuerdo lo a gusto y seguros que nos sentíamos, o al menos yo me sentía así, sabiendo que cerca de nosotros, en la cámara de al lado, había adultos trabajando, haciendo experimentos en el laboratorio...

–¿Todo eso lo recordabas ya cuando nos conocimos? ¿Sabías entonces quién era yo?

–No. En absoluto. Por favor, Jude. Comprendo cómo te sientes, lo sospechoso que te puede resultar todo esto. Te juro que estoy de tu lado. Pero déjame que te cuente la historia completa. Si me interrumpes, no llegaremos a ninguna parte.

–Muy bien. Adelante.

–Vivíamos ahí fuera, en el edificio que albergaba las oficinas de la mina. ¿No te acuerdas? Yo lo reconocí nada más verlo. Los recuerdos están regresando en tropel a mi memoria. Cuando vivíamos aquí, la mina llevaba ya varios años cerrada. Supongo que, de algún modo, el grupo consiguió hacerse con la propiedad de estos terrenos. Cuando éramos pequeños, a nosotros no nos contaban nada. Recuerdo que sabíamos vagamente que nuestros padres eran científicos, que estaban haciendo grandes cosas y se trataba de algo muy secreto. El resto del mundo no lo comprendería y trataría de impedirles a nuestros padres seguir con lo que fuera que estuvieran haciendo.

»Mis padres estaban implicados en el secreto, y los tuyos también. Había otros, pero no sé ni quiénes ni cuántos eran. Lo cierto es que no logro acordarme de los detalles importantes, aunque bien sabe Dios que llevo una semana intentándolo, desde la visita a mi familia. Siempre había pensado que yo era por entonces demasiado pequeña para recordar lo que ocurrió antes de que mi familia se instalase en White Fish Bay, pero me equivocaba. Simplemente, había bloqueado los recuerdos. Hasta hace una semana.

»Creo que me acuerdo de tu padre. De tu madre, no. Ella, como tú mismo dijiste, murió unos años antes. Pero ahora, cerrando los ojos, recuerdo el día en que tu padre se fue contigo, y casi puedo ver el coche alejándose por el camino. Yo tenía la sensación de que había ocurrido algo terrible y vergonzoso. Cuando tú, al reencontrarnos, me contaste el incidente, éste me resultó familiar, como si yo hubiera soñado algo parecido. Después de hablar con mis padres, lo recordé todo nítidamente. Rememorar aquella sensación de que algo terrible había ocurrido fue lo que desencadenó el resto de los recuerdos.

»Mis padres me contaron que nos habían ordenado a todos que jamás volviéramos a hablar de tu padre. Así que su nombre y el tuyo simplemente desaparecieron. Hubo una gran discusión, una pelea entre los padres, y ése fue el motivo de que tu padre y tú os fuerais. No conozco todos los detalles porque a mis padres sigue desagradándoles hablar del tema. No obstante sospecho que la ruptura se produjo debido a que tu padre se opuso a algo relacionado con los trabajos de investigación. Creo saber de qué se trató, pero a eso ya llegaremos más tarde.

»El grupo se llamaba el Laboratorio. Y sus componentes estaban convencidos de que las investigaciones sobre la prolongación de la vida que estaban realizando llegarían a cambiar el mundo. Y la figura central era un científico apellidado Rincon. Cuando oí ese nombre en labios de Skyler no me sonó de nada. No recuerdo a Rincon. Pero lo que sí recuerdo es que había alguien que era muy importante. Ya sabes que los niños tienen una percepción casi instintiva del orden jerárquico existente entre los adultos. Saben quién es el que manda y quién es el que obedece. Yo sabía que había una persona a la que todas las demás veneraban. Alguien que, para ellos, era como el sol. Creo que Rincon vivía en aquella mansión de la población por la que pasamos, la mansión Palmer. Recuerdo que los adultos peregrinaban hasta allí para entrevistarse con él.

»Por algún motivo que ignoro, Rincon tenía un enorme poder sobre ellos. De todas maneras, los niños nunca lo veíamos, y no tengo ni idea de cuál era su aspecto. Sin embargo, nosotros sabíamos que él estaba allí. Y, supuestamente, Rincon era bueno, honrado y extraordinariamente brillante. Por eso era el jefe.

Jude sentía ganas de formular infinidad de preguntas. De momento, no se había enterado de casi nada nuevo, aunque las piezas del rompecabezas comenzaban a encajar con mayor precisión.

Sacó un cigarrillo y lo prendió. Vio media vela tirada en el suelo, la colocó en la pequeña repisa cubierta de manchas de cera y la encendió. Su llama llenó la cueva de sombras, haciendo que ésta pareciera aún más pequeña.

–Continúa –dijo.

–Había otros dirigentes, médicos mayores, como los llama Skyler. Cuando, la semana pasada, mis padres emplearon ese mismo término, estuve a punto de lanzar un grito de sorpresa. En cuanto a Baptiste, no sé quién es. Hay otras personas que tienen gran importancia en ese grupo, como mi tío Henry. Ignoró dónde encaja mi tío, pero desempeña el papel de emisario del Laboratorio. Creo que hace de puente entre el grupo y el mundo exterior. Viéndolo en retrospectiva, imagino que él y los demás, tus padres y los míos incluidos, eran los miembros fundadores del grupo.

Tizzie hizo una pausa y contempló cómo un lagrimón de cera resbalaba vela abajo.

—No sé si tú lo recordarás, yo no lo recordé hasta que mi padre me habló de ello, pero a nosotros comenzaron a educarnos ya de pequeños. Creo que sobre todo nos impartían enseñanzas científicas, y todos los niños nos sentíamos unos auténticos privilegiados, pues íbamos a ser pequeños pioneros. Un día, algún tiempo después de tu marcha, nos obligaron a ir a un colegio normal del valle. Creo que fue por imposición de las autoridades del estado. Recuerdo que un gran autobús amarillo subía a la montaña a buscarnos y nos devolvía a casa después de las clases. Era divertido. Pero un buen día nos encontramos con que teníamos nuestra propia escuela allí mismo, instalada en una especie de viejo hotel. Recuerdo que a mí me supo mal, porque me gustaba bajar al valle y mezclarme con todos los demás niños. Ellos me parecían normales, y me gustaba lo de recitar el juramento de la bandera y lo de recortar en cartulina la flor oficial del estado. Todo aquello hacía que me sintiera unida al mundo exterior.

»Las cosas cambiaron en cuanto tuvimos nuestra propia escuela, lo recuerdo muy bien. El día que vinieron los representantes del Departamento de Educación representamos una comedia ante ellos. En previsión de la llegada de los inspectores, habíamos preparado unas lecciones y habíamos arreglado el aula de clase. Hicimos recortes de papel en forma de hojas, o de copos de nieve o algo así, y los pegamos en la ventana, como si la nuestra fuera una escuela normal y corriente, todo para engañarlos. No fue más que una farsa para que los inspectores creyeran que estábamos recibiendo el mismo tipo de educación que el resto de los niños. Naturalmente, no era así.

»Lo que más vivamente recuerdo fue la vergüenza que sentí al tener que mentir y el hecho de que mi padre me dijera que en aquel caso mentir estaba justificado. Este fin de semana, cuando mi padre me dijo que se estaba muriendo y que a mi madre le ocurriría lo mismo, me pidió que no le dijera nada a ella. Me dijo que en aquel caso la mentira estaba justificada. Y fue entonces cuando recuperé la memoria de golpe. Recordé la escuela, y mis juegos en la mina contigo. Todo me vino bruscamente a la cabeza. Fue asombroso.

—De niña, en Milwaukee, ¿no sabías nada de la historia de tus padres?

—Pues la verdad es que no. Me parecía que, por algún extraño motivo, eran distintos. De pequeña, fantaseaba con la idea de que fueran científicos y estuvieran trabajando en un proyecto supersecreto. Como el Proyecto Manhattan de Los Álamos. Me contaba a mí misma que sus investigaciones eran importantísimas y que un día se harían muy famosos, pero que, de momento, había que mantener el secreto. No podíamos decir ni una palabra, porque había fuerzas malignas decididas a desbaratar los trabajos de mis padres. Aunque todo era pura fantasía, muchos de los elementos de esa fantasía eran reales, y yo, de algún modo, debí de percibirlo.

—¿Sabías tú a qué tipo de investigaciones científicas se dedicaban tus padres?

Tizzie respondió sin una vacilación.

—Sólo hasta cierto punto. Sabía que la vida era importante, y la longevidad deseable. Sabía que yo debía ampliar mis horizontes, llenar mi cerebro de conocimientos científicos. Y también sabía que cuidar de mi propio cuerpo era importante. Ésos fueron los valores que me inculcaron en la infancia.

»En especial el cuidado del cuerpo. Siempre que me ocurría algo malo, que me resfriaba, que me cortaba o, en el peor de los casos, que me rompía un brazo, las atenciones llovían sobre mí. A fin de cuentas, mi padre era médico y ningún cuidado era excesivo. A la más mínima me administraban antibióticos.

Tizzie tomó aire. Estaba llegando a la parte más difícil.

—Ahora bien, si lo que quieres saber es si yo, cuando necesité el riñón, estaba al corriente de lo que sucedía, si supe de dónde procedía el órgano, entonces la respuesta es no. Lo que te conté era cierto. De jovencita, cuando tenía quince o dieciséis años (es asombroso hasta qué punto había reprimido estos recuerdos) me puse enferma. Tuve una infección que no me trataron a tiempo y que llegó a revestir una considerable gravedad. Estaba siempre con fiebre y era tan doloroso orinar que me aguantaba las ganas, con lo cual agravé aún más el problema. No quería decirle nada a mi padre, pero él terminó dándose cuenta y me administró gentamicina. Durante un tiempo pareció que mejoraba, pero luego sufrí una recaída y me puse mucho peor. Recuerdo que me llevaron a un hospital de Milwaukee y me conectaron a una máquina de diálisis. Y luego, un día, me operaron. La intervención se efectuó en una pequeña clínica. No recuerdo gran cosa de la operación, sólo que estuve mucho tiempo en cama y que falté tanto a clase que tuvieron que ponerme un profesor particular.

Tizzie hizo una breve pausa como si buscara las palabras adecuadas.

–Nunca me paré a preguntarme de dónde había salido aquel riñón. ¿Por qué me lo iba a preguntar? Yo en aquella época no era más que una chiquilla. Pero lo que sí resulta extraño es que creo que desde entonces no había vuelto a pensar en la operación. En algún momento debió de parecerme raro, porque, como ahora sé de sobra, los riñones para trasplantes siempre han escaseado. Además, mucho después de la operación, se me hizo extraño que no me hubieran administrado drogas inmunodepresoras, ni me hubieran sometido a ningún régimen especial, pero la verdad es que nunca llegué a captar el pleno significado de todas aquellas circunstancias. Luego, cuando Skyler nos habló de Julia y de su operación, algo hizo clic en mi cabeza, pero no terminé de atar cabos hasta que mi padre me lo contó todo. Me quedé horrorizada. Al menos mi padre tuvo la vergüenza de mostrarse contrito.

La joven volvió a fijar la mirada en la vela.

–Pero, si he de ser sincera, debo admitir que me sentí rara, como si en alguna medida yo siempre hubiera sabido algo de todo aquello, aunque no se me ocurre cómo llegué a sospecharlo. Porque lo cierto es que nunca me dijeron nada. ¿Te imaginas, decirle a una niña que le han trasplantado un órgano perteneciente a alguien criado exclusivamente con ese propósito? Además, yo no sabía nada de los clones, e incluso ignoraba que existieran. Supongo que, inconscientemente, siempre supe que algo horrible estaba sucediendo.

–¿Cuántos como tú... como nosotros... no sé cómo llamarnos...? Sí, prototipos. ¿Cuántos prototipos existen?

–No lo sé a ciencia cierta. Veinte o treinta. Repartidos por todo el país. Todos son hijos de los miembros fundadores del Laboratorio. El pasado fin de semana le pregunté a mi padre cómo pudieron ser capaces de hacer algo tan terrible. Lo que me respondió en resumidas cuentas fue que ellos consideraban que nos estaban dando un gran don, el don de la longevidad. Ellos mismos no podrían disfrutar de largas existencias, y por entonces, no te olvides que hablamos de fines de los años sesenta, sus propias investigaciones no estaban demasiado avanzadas. No podían producir clones de adultos y, en aquella época, muchos de los científicos estaban convencidos de que nunca llegarían a conseguirlo. Pero producir clones de niños pequeños era bastante más sencillo.

»Cuando mi padre me explicó el proceso, parecía sentirse casi orgulloso. Tomas el óvulo fertilizado, separas sus células en una etapa temprana de su desarrollo y colocas sus núcleos en otros óvulos. Luego, éstos se congelan y pueden volverse a activar cuando se desee. A tu madre le fue implantado el óvulo años más tarde. Por eso Skyler es más joven que tú y Julia es... era... más joven que yo. Pensándolo bien (y yo he tenido tiempo para reflexionar a fondo sobre el tema) si crías clones para que sirvan como donantes de órganos, es lógico que quieras que los clones sean de menor edad que los clonados. Los órganos deben ser jóvenes y fuertes.

–Pero la clonación resultaría inútil para las enfermedades hereditarias, ya que los clones también terminarían desarrollándolas.

–Sí, probablemente. Pero el órgano del clon no habría sufrido ningún tipo de daño ambiental y, en ese sentido, sería más fuerte. Y el trasplante sería eficaz para todas las dolencias contraídas por contagio. Y, como es lógico, también para cualquier tipo de accidente.

La joven se aproximó más a Jude.

–Además, hay otra cosa. Puede que en la isla existan clones aún más jóvenes. Ya oíste a Skyler hablar de la guardería, ese lugar próximo a la isla. Tal vez la usen para ese fin.

–¿Tus padres te lo dijeron?

–No con todas las palabras. Pero yo lo deduje.

–¿Por qué no te lo contaron todo?

–No lo sé. Es como si tuvieran miedo de algo. Hasta donde alcanza mi memoria, siempre los recuerdo atemorizados. Parece que ellos también rompieron con el Laboratorio. No fue un caso tan traumático como el de tu padre, ni tampoco se trató de una ruptura total, pero también se separaron del grupo. Debió de ocurrir cuando yo tenía alrededor de seis años. Fue entonces cuando nos trasladamos a Milwaukee. Yo apenas recuerdo nada de lo que ocurrió, y lo que tal vez llegué a saber o lo he olvidado o lo he borrado inconscientemente de mi memoria.

»Pero de ciertas cosas sí me acuerdo. Recuerdo, por ejemplo, que de pronto parecía sobrarnos el dinero. Y también recuerdo que mis padres parecían preocupados por algo. Se encerraban en su dormitorio a hablar en voz baja. Y tras el traslado a Wisconsin, no nos desconectamos por completo del Laboratorio. Mi tío Henry venía con cierta frecuencia a visitarnos, así que la separación debió de ser amistosa. A pesar de que, sin duda, fue una separación.

–Háblame de tu tío Henry.

–Es el hermano de mi madre. Lo recuerdo de toda mi vida. Nunca me ha caído bien. Es más, hay algo en él que me resulta francamente repulsivo. No me gusta la sumisión que mis padres manifiestan hacia él. Es como si mi tío tuviera un poder especial sobre ellos.

–¿Qué clase de poder?

–No tengo ni idea. Él parece disfrutar viéndolos sometidos a su influjo. Mis padres están enfermos y hacen todo lo que él ordena. Él dice que están trabajando en una vacuna para curarlos, y utiliza eso para coaccionarme. El pasado fin de semana, el tío Henry apareció por la casa y al entrar habló un momento conmigo. Me dijo que quería que yo hiciera algo.

–¿El qué?

–No lo sé a ciencia cierta... Me dijo que ya me lo explicaría. Pero su actitud era muy rara. Estoy casi segura de que me va a pedir que te espíe.

–¿Que me espíes? ¿Y qué piensas responder?

Tizzie lo fulminó con la mirada.

–Me negaré, como es natural.

–Tizzie, antes dijiste que temías que ellos me hubieran seguido hasta aquí. ¿Quiénes son ellos?

–Jude –dijo mirándolo a los ojos y utilizando por primera vez su nombre–, te aseguro que lo ignoro. Ya te he contado todo lo que sé.

–¿Sabes dónde está el Laboratorio, la isla?

–No, pero probablemente eso podremos deducirlo de lo que nos cuente Skyler.

–¿Qué tal se lo está tomando él?

–¿Te refieres a lo de que yo sea idéntica a Julia?

–Sí.

–Está confuso. Y furioso. Skyler sabía desde la noche que te conoció que Julia y yo éramos idénticas. Vio mi retrato en tu mesilla de noche.

—¿Ah, sí? ¿Y por qué no dijo nada?

—No lo sé. Imagino que estaba asustado. No sabía si debía o no fiarse de nosotros.

—¿Y ahora?

—Ahora él ya se ha dado cuenta de que yo ignoraba lo de Julia y parece haberse tranquilizado.

—O sea que habéis hablado de ello —dedujo Jude haciendo un esfuerzo para que su voz sonara normal.

—Sí.

—Ya. ¿Y cuándo tuvisteis esa conversación?

—Ayer mismo. Cuando tú te marchaste en el coche. Y antes también habíamos hablado algo. Por cierto, ¿adónde fuiste ayer?

—A la reserva india Verde. Localicé mi partida de nacimiento. Y también la tuya.

—Y fue así como lo supiste.

—Fue así como lo supe a ciencia cierta. Llevaba algún tiempo sospechando. Desde el principio, Skyler se comportó contigo de un modo extraño. Cuando tú estás presente, no puede disimular sus sentimientos, pese a lo mucho que lo intenta. O no te mira en absoluto o no te quita ojo. Y luego estaba lo de tu operación y lo de la operación de Julia. Demasiada coincidencia. Tú no figuras en el registro nacional de trasplantes de órganos (eso lo supe por Hartman), así que comprendí que tu operación había sido clandestina. Y había otros pequeños detalles que también encajaban, como, por ejemplo, el hecho de que Julia y tú fuerais miopes.

—Comprendo.

—Pero, aparte de eso, había dos cosas que realmente me preocupaban.

—¿Cuáles?

—En primer lugar, que no me hubieras contado la verdad inmediatamente, lo cual parecía indicar que tú formabas parte de la conspiración. Luego, cuando Skyler nos explicaba la historia completa mientras veníamos hacia aquí, dijo algo que se me quedó grabado. A Julia la mataron porque descubrió algo en los archivos, sabía demasiado y se había convertido en una amenaza. Pero cuando Skyler nos describió el cadáver que encontró sobre la mesa de mármol, dijo que le habían extraído todos los órganos internos. Yo me pregunté por qué hicieron tal cosa, y sólo se me ocurrió un motivo: querían conservarlos para hacer uso de ellos en el futuro. Por si tú los necesitabas.

Tizzie se recostó en la pared de roca horrorizada.

–Jude, me siento fatal. Todo esto me produce unos terribles remordimientos. Qué idea tan grotesca y terrible, producir un clon. Y yo me siento responsable de ello. Julia era como una hermana, una gemela... sólo que más joven. Aunque yo no tuve nada que ver con su creación, me siento responsable. Fue algo que hicieron para mí, así que es casi como si también yo lo hubiera hecho. Yo me quedé con su riñón. Yo fui la causa de que ella sufriera. Y luego ella murió de un modo horrible, y también me siento culpable de ello.

Jude se aproximó a Tizzie y se arrodilló a su lado. Ella le dirigió una débil sonrisa.

–¿Y sabes algo realmente extraño? Todo esto es tan terrible que ni siquiera me atrevo a pensar en ello. Pero quiero averiguar lo más posible acerca de Julia. Cuando Skyler habla de ella, cuando la describe con tanto amor, podría pasarme horas escuchándolo –dijo Tizzie, y Jude asintió comprensivo con la cabeza–. Creo que supe casi desde el principio... Bueno, no desde el mismo principio, porque, gracias a ti, Skyler y yo nos conocimos en la cama, pero desde la primera vez que lo oí mencionar el nombre de Julia, supe que ella y yo éramos la misma.

–No exactamente la misma. Recuerda todo lo que me contaste cuando nos conocimos.

–Vale. No éramos la misma. Pero éramos similares, muy similares, estábamos íntimamente conectadas. Y me di cuenta por la reacción de Skyler. Tienes razón, actúa de modo extraño cuando yo estoy delante. Y cuando me mira del modo que tú has descrito... Su mirada refleja amor. Así debía de mirarla a ella. Es entonces cuando más unida a Julia me siento.

Guardaron silencio por unos momentos.

–De todas maneras –siguió Tizzie–, lamento todo lo que está ocurriendo.

Jude se sintió embargado por una oleada de afecto hacia ella, y se dio cuenta de que llevaba tiempo sin experimentar aquella sensación.

–Quiero preguntarte una cosa –dijo–. Cuando nos conocimos y yo te entrevisté... ¿Estuvo organizado nuestro encuentro?

–¿A qué te refieres?

–A si te dijeron que debías conocerme. ¿Actuaste siguiendo instrucciones?

Ella puso una mano sobre la de él.

—No. Fuiste tú el que vino a verme, ¿no lo recuerdas?

—Sí, y eso es lo que me desconcierta.

—Me gustaste en cuanto te vi. Sin embargo, sospecho que alguien, de un modo u otro, movió los hilos para conseguir que tú y yo nos encontrásemos.

—Pero... ¿por qué?

—Quizá estaban preocupados por ti y querían vigilarte. A fin de cuentas, Skyler ya había escapado. Quizá adivinaron que trataría de encontrarte.

—Eso ya lo había pensado, pero es absurdo. Podrían haberse limitado a liquidarme... No parece que tengan muchos escrúpulos a la hora de despachar a la gente.

—Ésa es una medida muy extrema. Y, además, pone sobre alerta a la policía.

—De acuerdo, pero entonces... ¿para qué iban a enviar a una espía que ignoraba cuál era su cometido?

—¿Qué quieres decir?

—¿Para qué iban a enviar a una informante que luego no les informaba? A no ser, claro, que sí les hayas informado.

Tizzie lo miró con ojos llameantes.

—Supongo que me merezco esas palabras. Pero quiero que sepas que no es así. Creo que ése era el plan que ellos tenían inicialmente. Pero en cuanto conocí a Skyler y comenzamos a desentrañar la verdad, el plan dejó de ser posible. Te lo juro. Yo sería incapaz de hacer una cosa así.

Algo en el tono de la joven hizo que Jude sintiera la convicción de que decía la verdad. Y le gustó el hecho de que ella, en vez de contrita, se mostrase indignada.

—Lo de que tu especialidad es el estudio de los gemelos, ¿es cierto?

—Claro. ¿Cómo iba a fingir una cosa así?

—Pues menudo coincidencia.

—No creo que sea coincidencia. Siempre me interesaron las investigaciones sobre los gemelos separados al nacer. Y ahora comprendo el porqué. Inconscientemente, yo sabía que tenía una gemela.

Jude aguardó medio segundo antes de hacer la siguiente pregunta.

—Dime una cosa —comenzó—. Cuando cenamos juntos en

Brighton Beach, cuando hicimos el amor por primera vez... Todo era real, ¿verdad? Quiero decir que nadie lo planeó.

–Claro que no. Ellos se limitaron a propiciar nuestro encuentro, como el de dos protozoos en una placa de Petri. Simplemente, dejaron que la naturaleza siguiera su curso... Dios mío –exclamó Tizzie de pronto–. Hay algo que no se me había ocurrido. Ellos tenían motivos para creer que nos enamoraríamos. Porque eso es lo que ocurrió entre Skyler y Julia. Sabían lo que iba a ocurrir. Fuimos como... marionetas.

Jude la observó un momento. No cabía duda de que Tizzie era una mujer atractiva. Pero él se resistía a considerar la posibilidad de que sus sentimientos hacia ella estuvieran determinados por los genes.

Le pareció oír un sonido en la distancia, pero no dijo nada. La tomó entre sus brazos, y ella apoyó la cabeza en su hombro. Permanecieron así varios minutos, hasta que Tizzie se retiró secándose los ojos con el dorso de la mano.

–Hay algo en lo que tienes razón –dijo Jude–. Los tipos a quienes nos enfrentamos, quienesquiera que sean, son poderosos. Se consideran invencibles. Si nos enfrentamos a ellos, nuestras probabilidades de éxito son muy escasas. Pero tenemos algo a nuestro favor.

–¿El qué?

–No saben a qué carta quedarse con nosotros. Creen que tú estás de su lado... o que podrías estarlo si te presionasen un poco. En cuanto a mí... No lo entiendo, pero parecen creer que, de algún modo, puedo serles útil. Supongo que por eso no me han matado todavía.

Jude se disponía a formular otra pregunta pero no llegó a hacerla.

En aquel momento, el lejano sonido se hizo más intenso, se convirtió en un amenazador estruendo y la pequeña cueva en la que se hallaban se estremeció perceptiblemente. Jude miró a Tizzie y vio el temor reflejado en sus facciones. Una corriente de aire apagó la vela.

Localizaron a tientas sus linternas y las encendieron.

–¿Qué ha sido eso? –murmuró Tizzie.

–¡Un derrumbe!

Salieron corriendo del escondite, enfilaron el pasadizo que habían utilizado poco antes, llegaron a la gran caverna del laboratorio y luego al túnel principal. Tras recorrer dos metros se detuvieron frente a una nube oscura, una cortina de polvo que los envolvió y entró en la caverna.

–¡Volvamos atrás! –gritó Tizzie.

Retrocedieron hasta el interior de la gran cueva para esperar a que el polvo se asentase. Jude sintió que sus temores crecían hasta convertirse en un claustrofóbico pánico, el inmencionable terror a ser enterrado vivo. Los músculos de su abdomen se crisparon, y sintió como si por sus venas circulase metal fundido.

–Me resulta imposible creer que haya sido un accidente –dijo Jude–. Alguien nos ha debido de oír. O sabían que estábamos aquí dentro. Ellos provocaron el derrumbe.

–No les habría sido difícil hacerlo. Pero, cuando pasé por él, ese túnel ya me pareció muy inseguro. Quizá sólo fue un accidente.

Él la miró escéptico.

–¿Desde cuándo tienes esa fe en las coincidencias?

El polvo se había posado formando una fina capa que cubría una mesa metálica próxima. Jude miró hacia la boca del túnel, ya perfectamente visible una vez la nube de polvo se convirtió en una fina niebla cuyas partículas relucían a la luz de las linternas.

Se metieron en el túnel para investigar, con buen cuidado de no tocar las paredes y avanzando de puntillas, como si estuvieran caminando sobre una frágil capa de hielo. Tizzie entró primero y Jude no hizo nada por impedírselo. Cada vez le costaba más respirar. La joven se detuvo, él se le acercó y ambos dirigieron los haces de las linternas hacia el montón de tierra y cascotes que tenían ante sí. Esperaban ver algún hueco, pero no fue así. El muro de piedras y tierra, que llegaba desde el suelo hasta el techo, parecía impenetrable. Tizzie lo rozó con la punta del pie.

–Cristo –murmuró Jude–. Ahora sí que estamos listos.

–Quizá podamos salir excavando con cuidado. Podríamos amontonar la tierra en el interior de la gruta.

Jude apuntó la linterna hacia el techo, por una de cuyas grietas seguía cayendo un fino chorro de polvo.

–A lo mejor, pero lo más probable es que sólo consigamos empeorar nuestra situación. Una vez el techo ha cedido, no hay nada que le impida que la tierra siga cayendo.

–Regresemos –propuso ella, y Jude sintió un considerable alivio al salir del túnel.

De nuevo en el interior de la caverna, procedieron a examinar todas las paredes en busca de un hueco, de un resquicio, de cualquier cosa que pudiera indicar la existencia de una salida. Lo único que encontraron fue el túnel que conducía a su escondite. Tizzie entró a investigar, pero Jude permaneció en la caverna, observando cómo el haz de la linterna de su compañera iluminaba las paredes de piedra debilitándose cada vez más y más hasta que desapareció por completo.

Le apeteció muchísimo un cigarrillo, y se palpó el bulto de la cajetilla en el bolsillo, pero sabía que fumar sería un acto estúpido y egoísta. No podía malgastar el poco oxígeno que les quedaba. Volvió a mirar en torno tratando de calcular el tamaño de la caverna. ¿Cuánto les duraría el aire?

A falta de algo mejor que hacer, comenzó a pasear de arriba abajo considerando qué posibilidades tenían de salir con bien de aquello. Llegó a la conclusión de que éstas eran escasas, casi nulas.

Tan enfrascado en sus pensamientos estaba que no advirtió el regreso de Tizzie y, cuando ésta habló, dio un respingo a causa del sobresalto.

–Nada –dijo la joven en tono de resignación–. No hay modo de salir de aquí.

En cuanto despertó en la habitación del motel, con las sábanas arrugadas y empapadas en sudor, Skyler comprendió que algo malo, terrible, le ocurría. Su malestar se había agravado de un modo espantoso. Otras veces se había sentido enfermo, pero jamás se había encontrado tan mal.

La cabeza le ardía y sentía un dolor terrible en el pecho. La violencia de los accesos de dolor lo asustó. Le castañeteaban los dientes y toda la cama parecía estremecerse con sus temblores. Sintió un frío febril y se envolvió en las mantas; luego sintió un calor sofocante y tuvo que quitárselas de encima. Tenía la garganta seca y estaba muerto de sed.

Cuando los escalofríos pasaron, se incorporó, desnudo. Poco a poco, se fue desplazando hacia el borde de la cama y logró poner en el suelo los pies, que le pesaban como si fueran de plomo. Apoyándose en el cabecero, se levantó y fue tambaleándose hasta el vestíbulo. Consiguió llegar al baño, encendió la luz y abrió un grifo. Retiró la cubierta de plástico de un vaso, lo llenó de agua y lo vació de un trago. Se bebió otro. De pronto se sentía exhausto.

Alzó la vista hacia el espejo y le horrorizó la imagen que vio reflejada. Sus ojos parecían carentes de vida, eran como dos globos vidriosos hundidos en el fondo de las cuencas y rodeados de oscuros círculos. La piel estaba pálida y macilenta, y parecía colgar de las mejillas hundidas. Sus labios no eran más que unas líneas rosadas y blancas, flanqueadas por escamas de piel reseca.

Una nueva oleada, no supo bien si de calor o de frío, lo envolvió de nuevo. Sus piernas cedieron y cayó de rodillas al suelo. El vaso se le escapó de la mano y se rompió contra el lavamanos. Se dejó caer del todo, se hizo un ovillo en el suelo y así permaneció hasta que el espasmo hubo pasado. Los escalofríos fueron perdiendo intensidad, y Skyler, intentando recuperar el sentido del equilibrio, fijó la mirada en el soporte para cepillos de dientes que había en la pared.

Transcurrido más de un minuto, salió a gatas del baño, se quedó un rato sentado sobre la moqueta, recuperó parte de sus fuerzas, logró llegar a la cama y se desplomó, exhausto, sobre ella. Permaneció unos momentos semiinconsciente y finalmente abrió los ojos. Las sábanas estaban llenas de manchas. Enfocó la mirada y vio que las manchas eran de color rojo oscuro. Sangre. Se miró las pantorrillas, los muslos, los brazos. Tenía sangre en el pecho. La sangre procedía de la mano. Se había cortado con un cristal.

Volvió la cabeza y se fijó en la mesilla de noche, sobre la que había una lámpara y un teléfono. Alargó la mano, levantó el receptor y se lo apretó contra la oreja. No oyó la señal de línea. Sobre la mesilla había una cartulina con instrucciones. La cogió pero fue incapaz de leer las borrosas letras. Tiró del aparato por el cordón y pulsó números al azar. En el receptor sonó un extraño sonido. Era inútil. Dejó el teléfono, giró sobre sí mismo hacia la pared, cerró el puño y comenzó a golpear en ella. Sin duda, Tizzie lo oiría y acudiría a ayudarlo. Pero no fue así. Se tumbó boca arriba y trató de pensar. Se puso un brazo sobre la frente y de pronto notó que un líquido le corría por el rostro. Se incorporó, vio que la pared que había golpeado tenía manchas de sangre, y se dio cuenta de que el tabique no comunicaba con el dormitorio de Tizzie, sino con el baño de su propia habitación. Le parecía oír que el agua seguía corriendo.

Se derrumbó sobre las sábanas y se quedó adormilado. Pero su sueño no fue tranquilo y reparador, sino agitado y angustioso. Se despertó una vez, vio que en la habitación había menos luz y volvió a perder el sentido. Tuvo una pesadilla: volvía a estar en la isla y lo perseguían los ordenanzas y los perros. Él corría desesperadamente a través de las marismas, pero el agua le obstaculizaba los movimientos y sus perseguidores estaban cada vez más y más cerca. Llegó a un claro y los perros se abalanzaron sobre él. Lo rodearon, lo hicieron recular hasta un árbol. Los animales gruñían y mostraban los dientes... estaban a punto de lanzársele a la garganta... Se incorporó en la cama jadeante y sudoroso.

Miró en torno intentando orientarse. La luz del baño estaba encendida, iluminaba la moqueta del exterior y arrojaba sombras alargadas sobre la pared. Oyó el rumor de agua corriendo. Encendió la lámpara de la mesilla y vio que las sábanas, la pared y su propio pecho estaban manchados de sangre seca. Alzó la mano y examinó la herida, sobre la que se estaba formando una gruesa costra. Debía de haber perdido mucha sangre. Quizá por eso se sentía tan débil.

Trató de incorporarse, notó de nuevo el dolor en el pecho, se recostó y volvió a intentarlo minutos más tarde. Esta vez fue capaz de ponerse en pie y permaneció casi inmóvil unos segundos, inclinándose primero hacia un lado y luego hacia el contrario. A duras penas llegó a la silla en la que había dejado los pantalones. Trabajosamente, se apoyó en la pared y, no sin esfuerzo, consiguió sentarse y ponerse los pantalones. Descansó unos momentos intentando recordar lo que deseaba hacer. Estaba totalmente desorientado.

Se levantó de nuevo, siempre tembloroso, y caminó muy despacio hasta la puerta, que tenía echada la cadena. Trató de soltarla, pero la mano le temblaba de tal modo que le resultó imposible hacerlo. Hizo girar el pomo; la puerta se abrió diez centímetros y quedó bloqueada. A través del resquicio, Skyler divisó parte del estacionamiento y notó que el aire era cálido y seco. Ya estaba anocheciendo.

Cerró la puerta y apoyó un hombro en ella. Luego, con la otra mano y concentrándose al máximo, logró descorrer la cadena. Agarró de nuevo el tirador y lo hizo girar lentamente. Al retroceder un paso estuvo a punto de perder el equilibrio. Abrió del todo la puerta. El aire, caliente y pesado, lo abofeteó. Salió a la galería, se agarró a la barandilla con ambas manos y se dobló sobre ella. Utilizándola como apoyo, echó a andar como si estuviera borracho y comenzó a descender posando cada vez los dos pies en el mismo peldaño.

Tardó largo rato en bajar la escalera. Hizo tres o cuatro paradas para descansar, siempre agarrando el pasamanos con todas sus fuerzas, consciente de que si se sentaba, si cedía al abrumador deseo de descansar, no volvería a levantarse. Cuando logró llegar al final del tramo tuvo que enfrentarse a un nuevo dilema. Estaba en terreno abierto, sin nada a lo que agarrarse. No se veía a nadie en las inmediaciones. ¿Cómo iba a cruzar el estacionamiento?

Se llenó los pulmones de aire y se lanzó hacia delante, obligándose a adelantar los pies para evitar desplomarse. Terminó casi corriendo, combado como un árbol a punto de caer. De este peculiar modo, descalzo, con el pecho al aire y cubierto de sangre, logró cruzar el estacionamiento. Se abrió paso entre las ramas de un seto e irrumpió en la oficina del motel. Alzó la vista justo a tiempo para ver cómo la boca de la recepcionista formaba un óvalo perfecto. El grito no salió inmediatamente de la garganta de la mujer, pero cuando lo hizo fue ensordecedor, y rompió la calma del crepúsculo como un hachazo.

CAPÍTULO 22

−¿Estás segura de que has mirado bien? ¿En cada grieta, en cada orificio?

Jude preguntaba por preguntar, por hacer algo, para tener la sensación de que se estaban enfrentando juntos al problema en vez de sumirse cada cual en su desesperación.

La joven, que estaba sentada sobre la mesa metálica, en vez de responder se limitó a negar con la cabeza con aire ausente.

Jude no dejaba de ir de un lado a otro, mirando con ojos nuevos cada uno de los objetos de la caverna, tratando de discurrir alguna forma de usarlos para escapar del encierro.

Por encima de todo, intentaba apartar la obsesión de que respirar le resultaba cada vez más difícil, de que el oxígeno se estaba agotando. No era capaz de calcular ni el cubicaje métrico de la caverna ni el tiempo de vida que les quedaba. Estaba convencido de que antes los mataría la asfixia que el hambre. Le espeluznaba pensar en que ambos terminarían dando boqueadas, tratando de respirar aire e inhalando en su lugar mortíferas bocanadas de dióxido de carbono.

Miró a Tizzie, sentada en la mesa, con el cabello revuelto y las piernas colgando. La joven alzó la vista y sus ojos se encontraron. Le sonrió, débil pero animosamente. Él le devolvió la sonrisa, se aproximó a la mesa, se sentó junto a la joven y la abrazó, tanto para tranquilizarla como para tranquilizarse él mismo.

−Debo admitir que elegiste un lugar endemoniado para que hiciéramos las paces −dijo.

Ella le dirigió una cálida sonrisa.

−No quería que nada te distrajera.

−Pues lo conseguiste.

—¿Cuánto tiempo crees que nos queda? —preguntó ella con súbita seriedad.
—¿Quieres decir si no logramos salir de aquí?
—Sí.
—No lo sé —respondió, y fingió que efectuaba el cálculo por primera vez—. Un par de días, más o menos —añadió consciente de que sería menos.
—Qué raro —dijo ella—. Por lo que respecta al mundo exterior, hemos desaparecido como por ensalmo. Supongo que terminarán encontrando tu coche, y quizá lleguen a deducir lo que fue de nosotros.
—Es posible.
—Me quedan tantas cosas por hacer. Mis padres... No sé cómo se las arreglarán. Me necesitan. Y Skyler, sin nosotros, estará perdido. Pensándolo bien, es casi gracioso. Se suponía que yo iba a vivir hasta los ciento cuarenta años y apenas he logrado cumplir los treinta.
—Lo mismo que yo. Sólo que nunca pensé pasar de los sesenta.
—Yo no dejaré nada atrás. No quedará ningún vestigio de mi paso por este mundo. Tú, al menos, dejas a Skyler. En cierto modo, es como si siguiera existiendo una parte de ti.
—Puede, pero yo no tengo esa sensación.
—Pero él lleva tus mismos genes. Quizá logre pasarlos a la próxima generación.
—Eso es algo de lo que preferiría ocuparme yo mismo.
—Pero al menos tendrás descendencia. Tu estirpe continuará.
—Bonito consuelo.
El comentario resultó áspero, cosa que él no había pretendido, pues entendía que Tizzie trataba de consolarle de algún modo, y él lo agradecía.
Siguieron sentados en la mesa, el uno junto al otro, enlazados, mirando hacia las rocas de arriba.
—Espero que la mesa pueda con los dos —dijo la joven. Y luego añadió—: ¡Se me ocurre una idea! ¡No sé si dará resultado, pero merece la pena probar!
Saltó de la mesa y Jude la imitó. La joven agarró con ambas manos el borde de la mesa y la levantó un par de centímetros del suelo.
—Recuerdo haber leído que a veces, en las viejas minas, construían un sistema de soportes secundario. Es como un segundo te-

cho, con sus vigas y puntales, situado bajo el primero. Podríamos utilizar esta mesa del mismo modo, para aguantar la tierra mientras cavamos bajo ella.

Jude alzó también la mesa.

—No sé si resistirá lo suficiente —dijo, y soltó la mesa, que cayó con un fuerte golpe—. Si quieres, lo podemos intentar. Cualquier cosa menos quedarnos cruzados de brazos.

La mesa era de acero macizo, más pesada de lo que Jude había esperado, lo cual era muy conveniente. La llevaron hasta el otro lado de la caverna y se metieron por el túnel, haciendo un par de paradas para descansar. La mesa tenía casi el mismo ancho que el pasadizo y no sería mucha la tierra que cayese por los laterales. Jude, que iba delante, continuó caminando, con la linterna sujeta bajo el brazo izquierdo. Cuando llegaron al comienzo del derrumbe, posaron cuidadosamente las patas de la mesa en el suelo. Después se metieron bajo la mesa y arquearon las espaldas para elevarla. Lograron hacerla avanzar unos quince centímetros, hasta que quedó justo al pie de la pirámide de tierra y cascotes. Después regresaron a la caverna.

Cogieron otra mesa, ésta de menor tamaño, la llevaron al túnel y la colocaron de costado sobre la primera, de modo que cubriera todo el ancho del pasadizo y que su tablero impidiese que la tierra se desplomase tras ellos y les cerrarse la salida hacia la cueva. Encontraron unos cuantos instrumentos con los que les sería posible cavar: un cuchillo, un bote de hojalata, el mango de una hacha y un cucharón. Cogieron también dos grandes cajas de cartón para meter en ellas la tierra y llevarla hasta la caverna.

Jude gateó hasta quedar situado bajo la mesa, encajó la linterna en una grieta de modo que su haz apuntase hacia delante, y tanteó el muro de tierra y piedras. Alzó el cucharón con mano temblorosa y comenzó a arañar el muro con él. La tierra estaba suelta. Extrajo un cucharonazo y un montón de arcilla y guijarros cayó sobre el suelo de roca. Luego otro y otro más. Frente a Jude no tardó en formarse un pequeño montón.

—No sé qué decirte —dijo con el gesto torcido—. Me siento como Sísifo empujando el maldito peñasco monte arriba. En cuanto saco un poco de tierra, cae otro poco en su lugar.

—Prueba más arriba —le recomendó Tizzie.

La tierra de la parte alta estaba húmeda, por lo que a Jude le fue posible cavar un agujero de más de un palmo de profundidad.

Luego lo amplió y comenzó a trabajar más abajo, mientras Tizzie utilizaba el bote de hojalata para recoger la tierra y meterla en las cajas de cartón. Luego la joven fue con las cajas hasta la caverna y allí las vació. Al cabo de una hora, Jude había logrado abrir un hueco ligeramente más alto que la mesa y que se adentraba medio metro en el derrumbe. Cuando salió de debajo de la mesa, se colocó junto a Tizzie y entre los dos empujaron con todas sus fuerzas hacia delante.

—Tenemos que empujar a la vez —dijo Tizzie—. Ésa es la clave. Y no aflojes hasta que toquemos fondo.

Empujaron, pero la mesa no se movió. Las patas delanteras estaban atascadas en las grietas del suelo.

—Esto es como la peor de mis pesadillas —masculló Jude. Se agachó y gateó hasta quedar a cuatro patas bajo la mesa—. A la de tres. Una... Dos... Tres.

Inmediatamente, Jude alzó la espalda con todas sus fuerzas y logró levantar la mesa un par de centímetros. En el mismo instante, Tizzie empujó el tablero hacia delante con tal fuerza que la joven perdió el equilibrio y se golpeó el hombro contra la mesa. Ésta salió disparada y fue a estrellarse contra el muro de tierra, produciendo un desprendimiento de guijarros y arcilla que cayó sobre el tablero y por los costados, a ambos lados de Jude. Todo quedó a oscuras. La linterna se había caído de su grieta, y Jude la buscó a tientas por el suelo. En cuanto la encontró, salió de debajo de la mesa. Tizzie dirigió el haz de su linterna hacia el sucio rostro de su compañero y vio que, bajo el tizne, Jude estaba pálido como el papel.

—Lo siento —dijo—. Había olvidado el terror que te produce la idea de ser enterrado vivo.

—Sí, es que soy muy raro.

—Bueno, algo hemos progresado. Si la tierra sigue estando húmeda, podremos abrirnos paso. Seguro que por aquí cerca hay algún manantial subterráneo. Quizá fue eso lo que provocó el derrumbe.

—No me irás a decir que crees que fue accidental, ¿verdad? Poco antes del derrumbamiento me pareció oír un ruido. Pisadas o algo así. Creo que había alguien más en la mina.

—Bueno, tal vez quien sea haya muerto en el derrumbe —dijo ella sarcástica—. A lo mejor encontramos su cadáver.

—Gracias. Es todo un incentivo para seguir cavando.

Cambiaron de puesto. Ahora Tizzie se encargaba de cavar y

Jude de sacar la tierra. La joven utilizaba el cuchillo. Lo clavaba en la tierra usando el mango del hacha a modo de martillo, sin importarle las cascadas de tierra que caían en torno a ella. Jude descubrió que podía desplazar la mesa él solo y hacerla avanzar unos cuantos centímetros a cada empujón. La mesa resultaba cada vez más difícil de mover, pero ahora la excavación avanzaba mucho más deprisa.

Al cabo de cuatro horas, se habían adentrado tanto en el derrumbe que la mesa menor situada sobre la primera tocaba ya el derrumbe. Volvieron a la caverna, cogieron otra mesa y la colocaron en el pasadizo, pegada al extremo de la que habían estado usando. Luego descansaron unos minutos tumbados en el suelo.

A estas alturas, Jude sudaba tinta cada vez que tenía que colocarse debajo de la mesa. La claustrofobia lo dominaba y no dejaba de imaginar las cosas más terribles. ¿Y si el derrumbe era tan extenso que no lograban perforarlo hasta el final? ¿Y si la mesa, que ya estaba casi inmovilizada por el enorme peso que tenía encima, se atascaba y no les era posible seguir moviéndola? ¿Y si el oxígeno se agotaba?

Tizzie, por su parte, parecía impertérrita. Jude no podía evitar sentir una enorme admiración por ella. Hizo un comentario en tal sentido y ella se puso en pie limpiándose las manos en la parte posterior de sus vaqueros.

–Simplemente –le respondió–, tengo la gran suerte de carecer por completo de imaginación.

De nuevo Jude se sintió impresionado por su compañera: por su energía, por su confianza y resistencia, por su fortaleza y su belleza.

–Si salimos de esto... –comenzó.

–¿Qué? –preguntó ella.

–No te librarás de mí así como así.

–Primero lo primero –dijo Tizzie con una sonrisa–. Volvamos al tajo.

Ahora le tocaba a Jude trabajar en la excavación. La tierra del derrumbe parecía más suelta y pudo sacarla a puñados. Mientras lo hacía, le daba la sensación de sentir, por encima de él, las tensiones a las que estaba sometida la enorme masa del derrumbe. Trataba de no pensar en lo que estaba haciendo, ni en la mole de tierra que tenía por encima de él, la fina corteza que podía ceder en cualquier momento... Sacó una piedra del tamaño de un puño y al hacerlo provocó la caída de un gran montón de arcilla arenosa. Después de eso, siguió trabajando más despacio y con mayor cautela.

Media hora más tarde, le pareció oír algo similar a un gemido lejano. Tizzie, que estaba tras él llenando la caja de cartón, alargó una mano y le tocó la espalda. Y en aquel preciso instante, el túnel se estremeció y empezaron a caer piedras y arena hasta que la tierra se precipitó con estruendo en torno a la mesa. Tizzie y Jude se pegaron al suelo instintivamente. El periodista empuñó la linterna con una mano y con la otra agarró la mano de su compañera. Todo temblaba a su alrededor, al principio ligeramente y luego con enorme violencia. Se quedaron paralizados, conteniendo el aliento, incapaces de hacer nada.

Jude tenía el alma en vilo. Su cabeza era un torbellino, pero no de ideas. No trataba de discurrir una forma de escapar, porque hacerlo era imposible. Simplemente, permanecía agazapado, tenso, como un animal en el momento de máximo peligro. Simplemente, esperaba vigilante, dispuesto a actuar, mientras la decisión de si vivía o moría la tomaba la suerte.

El polvo llenaba el aire de su pequeño agujero subterráneo. Pero, al menos, ya no se oía el estruendo de la tierra cayendo sobre ellos por todas partes, lo cual quería decir que el desprendimiento había cesado de momento y que ellos, de momento, seguirían con vida.

Tizzie fue la primera en hablar, y su tono –un susurro asustado, como si temiera que su voz pudiese provocar una nueva avalancha– fue suficientemente expresivo.

–Vuélvete y mira. Estamos atrapados.

Jude apuntó su linterna hacia atrás. Allí, en vez del túnel extendiéndose bajo la segunda mesa, que había sido su salvavidas y su vía de regreso hacia la caverna, había un sólido muro de tierra. La mesa había quedado aplastada, reducida a un simple borde metálico que asomaba por la parte inferior de la montaña de tierra. Los cascotes del derrumbe habían inundado el pasadizo y se extendían hasta sabía Dios dónde. Estaban perdidos, encerrados en un espacio no mucho mayor que un ataúd.

El polvo se estaba posando, pues en aquel angosto encierro no había aire suficiente para que sus partículas flotasen durante demasiado tiempo. Jude trató de pensar en algo, pero estaba demasiado asustado para que se le ocurriera ningún plan. Y, además, no había plan que valiese. La situación era clara. Estaban atrapados y si no lograban salir de allí, morirían. Y tenían que cavar hacia delante, no hacia atrás. Eso era todo. A partir de aquel momento, la supervivencia no dependía de la estrategia, sino del aguante, de la suerte... y del oxígeno.

Jude empuñó el mango del hacha y Tizzie, el cuchillo, y apretados el uno contra el otro atacaron a la vez el muro que tenían ante sí. Ya no les preocupaba causar nuevos derrumbes. Aquél no era momento de cautelas, sino de intentar desesperadamente salvar sus vidas. Cavaban y echaban la tierra hacia atrás, trabajando febrilmente, tratando cada uno de superar al otro, sudando, jadeando...

Jude tocó algo duro con el mango del hacha. Apartó con las manos la tierra por encima y por debajo del obstáculo y vio lo que ocurría.

—Es la viga —exclamó—. Recuerda. Tuvimos que entrar reptando. Quizá podamos salir del mismo modo.

—A no ser que el derrumbe también haya obstruido la otra parte del pasadizo.

—De ser así, estamos listos.

Comenzó a cavar bajo la viga. La tierra estaba tan suelta que le era posible sacarla a puñados. Metió la mano tan adentro como le fue posible y luego tanteó... No encontró nada: sólo aire, vacío. Apuntó hacia delante el haz de la linterna y éste no se reflejó en nada. Jude acercó la cara al hueco y le pareció que le resultaba más fácil respirar. Amplió el agujero e hizo una seña a Tizzie.

—Tú primero.

—No, pasa tú delante.

Él se tumbó de bruces y comenzó a reptar. Metió la cabeza en el agujero e, impulsándose con los pies en el suelo y moviendo las caderas, no tardó en tener la mitad del cuerpo dentro de la fisura. Notaba la fría tierra bajo él y la madera por encima presionándolo. El pasadizo era mucho más angosto ahora que antes, al entrar. Le resultaba imposible henchir totalmente los pulmones. El maldito pánico volvía a apoderarse de él: le parecía que el resquicio se iba haciendo más y más angosto, y que terminaría atascado, atrapado. Y justo en aquel momento se dio cuenta de que había dejado de avanzar. Algo lo detenía. Trató de seguir adelante y sintió cómo un minúsculo reguero de tierra le caía sobre el rostro. Quedó inmóvil. Comprendió lo que ocurría: el cinturón se había enganchado en un fragmento de la madera de la viga. Retrocedió unos centímetros, sacó el aire de sus pulmones, contrajo todos los músculos y deslizó la mano por debajo de su estómago. Se desabrochó la hebilla trabajosamente y, poco a poco, fue sacando el cinturón de las trabillas de los pantalones. Luego, aplastándose contra la roca, siguió su avance. Un centímetro, otro más... Lo consiguió. ¡Estaba libre! Minutos más tarde se hallaba en pie en el pasadizo, al otro lado del angosto resquicio que quedaba bajo la viga, más allá del derrumbe.

Se arrodilló para dirigir el haz de la linterna hacia el interior, y la luz pegó en la coronilla de Tizzie. Ésta ya estaba reptando para salir y Jude oyó los gruñidos y bufidos de la joven, que trataba de pasar el cuerpo a través del angosto resquicio. El espacio era tan reducido que a Jude le parecía imposible que su cuerpo hubiera pasado por allí. De no ser porque la alternativa era una muerte horrible, ni siquiera se habría atrevido a intentarlo.

–Adelante, ya casi lo has conseguido –animó a su compañera.

Momentos más tarde, la cabeza de Tizzie asomaba ya por el hueco. La joven alargó los brazos y Jude tiró de ellos con tal fuerza que la sacó del resquicio casi de golpe. La abrazó fuertemente y ella correspondió con igual vehemencia. Luego Jude se separó un poco de ella y la miró a los ojos.

–No sé tú, pero yo no veo la hora de largarme de aquí.

Dicho esto, echó a andar hacia la salida.

Los esperaba una sorpresa final: otro derrumbe bloqueaba la salida del túnel principal. Pero Tizzie dijo conocer un desvío. Se metió por un pequeño pasadizo descendente que había a la derecha y que parecía curvarse en dirección opuesta a la que ellos deseaban ir. Jude no estaba seguro de que debieran seguir por allí, y así se lo dijo a Tizzie.

–Confía en mí –respondió ella–. Es asombroso. Ciertas cosas de mi infancia no las recuerdo en absoluto, pero estas cuevas las tengo indeleblemente grabadas en la memoria.

–El pasadizo conducía a una pequeña cámara cuyo inclinado techo llegaba por el fondo casi hasta el suelo.

–¿Recuerdas este sitio? –preguntó Tizzie.

–No. ¿Debería recordarlo?

–Pues no sé. Pero yo sí lo recuerdo. Creo que aquí también veníamos a jugar.

–En estos momentos, lo único que me importa es salir de aquí cuanto antes.

Ella lo condujo hasta el fondo de la recámara, donde el techo casi se unía con el suelo, y Jude advirtió que bajo el techo quedaba un espacio abierto de varios palmos. Pasaron por él y se encontraron en el interior de una cámara contigua. Bajaron por una superficie rocosa, saltaron sobre una gran grieta del suelo, y llegaron al fin a un nuevo túnel que los llevó a la parte delantera de la mina.

Diez minutos más tarde, la pareja se hallaba en el exterior, bajo el tibio sol del atardecer.

–Por Dios, qué gusto –dijo Tizzie con la vista alzada hacia el cielo.
–La verdad es que pensé que no lo conseguiríamos.
–¿Sigues creyendo que el derrumbe ha sido provocado?
–Me parece muy posible.
–Si eso es cierto, deben de habernos oído. Ellos lo saben todo.
–Es posible.

Al cabo de menos de media hora, Jude creyó encontrar la prueba de que sus sospechas no carecían de fundamento. Habían ascendido desde la mina a la angosta franja de terreno en la que había estacionado su coche.

El vehículo no estaba allí.

Se acercó al borde de la escarpadura y miró hacia el valle. Los indicios eran inequívocos: un ancho y profundo surco de más de siete metros en la tierra roja, rocas desplazadas, grandes rozaduras en los troncos de los árboles de más abajo. Siguió el rastro con la mirada y mucho más abajo, en el fondo del valle, vio un amasijo de acero y cristales.

–Quizá han sido ellos o cualquier otro –dije Tizzie–. Quizá algún tipo poco sociable que detesta las visitas.

Jude recordó a los motoristas. Alzó la vista hacia la cabaña frente a la cual habían estado las motos y vio que habían desaparecido.

Anduvieron kilómetro y medio camino abajo, en dirección a Jerome, para llegar hasta el coche de Tizzie, que estaba estacionado al borde de la carretera, en un recodo. El sonido del motor inundó de alegría el corazón de Jude.

En vez de seguir hacia Jerome, enfilaron la 89 A en dirección a Prescott, atravesando el monte Mingus. Un fuerte viento azotaba su pelada cima. Hacía mucho frío y a la sombra de las rocas aún se veían sucios restos de nieve. Un cartel indicaba la altitud: 2.360 metros. No se veía a nadie, y los pocos pinos que había por los contornos eran escuálidos y estaban inclinados a causa de la fuerza del viento.

Al bajar por la otra ladera del monte, el coche se embaló tanto que Tizzie tuvo que reducir la marcha e incluso pisar el freno de cuando en cuando. El vehículo coleaba al tomar las curvas y sus ocupantes notaban en los oídos el zumbido del cambio de presión.

Pasaron junto a un letrero orientado en la otra dirección: JEROME.

Diez minutos más tarde llegaron a un cañón metido entre las montañas en el que había un grupo de edificios. Todas las estructuras eran de madera sin pintar, estaban provistas de porches de madera y paseos entarimados, y se apoyaban unas en otras como lápidas en un cementerio. Un cauce seco, cuyos bordes aparecían erosionados por las riadas, atravesaba la población, cuyo nombre no era visible por ninguna parte.

Uno de los edificios era un bar de carretera, y Tizzie y Jude decidieron hacer un alto en el camino. Frente al local había estacionados seis o siete vehículos, camionetas y todoterrenos en su mayoría.

Tizzie miró sus propias ropas y las de Jude, que estaban igualmente perdidas de tierra.

–Vaya, estamos hechos un asco –dijo–. Yo puedo ponerme el jersey que siempre llevo en el coche, pero tú tendrás que ir así.

En el interior del bar, el fuego de una chimenea que ocupaba todo el fondo del local producía una luz fluctuante. Sobre la chimenea colgaban unas astas que parecían de ciervo. Aunque parezca mentira, del techo pendían corbatas cortadas.

Los cuatro hombres que permanecían, cada cual por su lado, ante la barra, se volvieron a mirarlos cuando entraron, pero nadie les dio las buenas tardes ni pareció encontrar nada raro en el aspecto de los recién llegados. Tizzie era la única mujer del local, excepción hecha de una camarera de pelo ensortijado que lucía una minifalda negra.

Se acomodaron en un reservado y se turnaron para entrar en el baño a asearse lo mejor que pudieron. Cuando Tizzie reapareció, ya con la cara lavada, dos de los hombres la miraron con interés. La camarera les tomó el pedido: dos cervezas.

Tizzie bebió a pequeños sorbos; Jude vació de un trago la mitad del contenido de su jarra, la dejó sobre la mesa y se pasó el dorso de la mano por los labios.

–¿Sabe una cosa? –preguntó–. Jerome tiene su propia página web en internet. Se llama W, que significa doble tú. ¿Lo captas?

–Lo capto. ¿Y qué hay en la página web?

–Un chat de gente que discute sobre los horrores de la vejez. Un tipo en particular, Matusalén, parecía muy perspicaz e informado.

–¿Formará parte del grupo?

–Lo cierto es que no dejaba de cantarle las alabanzas a la longevidad. Casi parecía un predicador.

–No me sorprende. No cabe duda de que nos enfrentamos a unos fanáticos.

–Sí. Pero también están locos de atar. Esa cámara subterránea que vimos es parecida a las instalaciones que construía el gobierno durante la guerra fría para evitar que los soviéticos se enterasen de nuestros secretos.

–¿Y qué?

–Pues que no comprendo que, al mismo tiempo que se toman tantas molestias para guardar algo en secreto, tengan una página en Internet. Resulta absurdo.

–Quizá sea una estrategia en relaciones públicas. Ya sabes, hacer que se discuta sobre el tema, concienciar al público, airear sus opiniones.

–¿Para qué?

–Tarde o temprano tendrán que salir de la clandestinidad. Es imposible que algunas personas vivan ciento cuarenta años y que el resto no se entere. Quizá se estén preparando para ese día.

Jude pensó que tal vez Tizzie tuviera razón, pero no se quedó convencido. Una vez más, reflexionó sobre lo mucho que ignoraban acerca del Laboratorio. Ni siquiera sabían cómo operaba ni cuáles eran sus objetivos.

–Antes, mientras estaba en el baño, recordé algo. Me dijiste que sospechabas que tu tío Henry te iba a pedir que me espiases.

–Sí.

–Si lo hace, debes responder que sí, que lo harás –le dijo, y ella lo miró desconcertada–. Nos conviene que estés próxima a ellos. Tienes que conseguir que confíen en ti. Es el único modo de que averigüemos qué demonios pretenden.

—Jude, no hablarás en serio, ¿verdad? —preguntó Tizzie, aunque en el fondo sabía que su compañero sí hablaba en serio y que, además, tenía razón—. ¿Quieres que me convierta en una agente doble?

—Mal puedes ser una agente doble, porque, según dices, a mí nunca me espiaste.

Ella le tendió la mano a través de la mesa.

—Jude, comprendo tu recelo. Me gustaría encontrar el modo de convencerte de que los dos estamos en el mismo bando.

—Los tres, Skyler, tú y yo.

—Sí.

—Contra ellos.

—Sí. Contra ellos.

—Bueno, infiltrarte en el Laboratorio sería un buen modo de convencerme.

Cuando salieron del local, los hombres de la barra ni siquiera alzaron la mirada. En el exterior ya estaba oscureciendo.

Mientras bajaban de la montaña en el coche, Jude advirtió que unos faros los seguían. Reparó en ellos porque de pronto, como surgidas de la nada, en su retrovisor aparecieron unas luces brillantes que al reflejarse en el espejo lo deslumbraron.

Se lo dijo a Tizzie, y ésta le comentó que la noche anterior, cuando regresaban de Mr. Lucky, a ella también le había dado la sensación de que la seguían.

—Pero no estoy segura de que fueran esos mismos faros.

—No me digas que puede ser una coincidencia, porque estoy más que harto de coincidencias.

Jude aceleró y el coche de detrás hizo lo mismo, manteniendo la distancia. Tomó una curva con peligrosa rapidez, derrapó y casi se salió a la cuneta. El coche de detrás se rezagó por unos momentos y luego, en una recta, recuperó terreno y volvió a ponerse a la misma distancia de antes.

—Tal vez sea alguno de los del bar —dijo Tizzie—. Una colección de tipos de lo más desagradable. ¿Te fijaste en cómo nos miraban?

—Puede, pero no quiero averiguar si estás o no en lo cierto.

Jude pisó a fondo el acelerador y el coche, que iba cuesta abajo, casi se despegó del pavimento. A través del aro del volante, Jude veía la aguja del velocímetro cada vez más inclinada hacia la derecha, pero no deseaba apartar la vista de la carretera para averiguar a qué velocidad iban. Miró el retrovisor: los faros habían vuelto a rezagarse, pero no tanto como era lógico esperar. Parecía claro que el coche iba tras ellos.

Tizzie se ajustó el cinturón de seguridad. Iban cada vez más deprisa y tomaban las curvas derrapando. En una de ellas, el parachoques posterior estuvo a punto de rozar la barrera protectora. Tizzie bajó la vista y vio el valle allá abajo y las luces diseminadas que relucían en la penumbra crepuscular. Después miró a Jude, que tenía las manos crispadas sobre el volante y la vista fija al frente.

Jude siguió pisando a fondo y al fin consiguieron aumentar la distancia entre ellos y el coche perseguidor. Éste se mantenía al menos una curva por detrás, de modo que sus faros ya no se reflejaban en el retrovisor. Al fin alcanzaron las estribaciones de la montaña, cerca ya del valle, y se encontraron ante un tramo recto de carretera que se perdía de vista. A la derecha, en el arcén, había una señal de peligro.

De pronto, Jude apagó los faros y siguió conduciendo a gran velocidad y casi totalmente a oscuras.

–Pero... ¿qué haces? –exclamó Tizzie.

–Agárrate –fue cuanto respondió Jude dando un brusco volantazo a la derecha.

El coche cruzó un trecho sin pavimentar y comenzó a ascender por una pronunciadísima cuesta. Tizzie notó el estómago en la boca, como si estuviera en un avión a punto de rizar el rizo. Las estrellas parecieron moverse hacia abajo en el parabrisas y la joven contrajo todos los músculos, segura de que el coche iba a estrellarse. Luego, de pronto, las ruedas comenzaron a rodar sobre gravilla y las pequeñas piedras rebotaron en la parte inferior del chasis. Poco a poco, sólo mediante las fuerzas combinadas de la gravedad y la fricción, el coche perdió rápidamente velocidad y al fin se detuvo por completo.

Jude apagó el motor, bajó la ventanilla y quedó a la escucha.

–Estamos en una rampa de frenado para camiones –dijo–. Creo que le hemos dado esquinazo al que nos seguía.

Y así había sido. Permanecieron unos minutos en lo alto de la rampa para estirar las piernas y tranquilizarse. Jude se fumó un cigarrillo y contempló junto a Tizzie cómo el sol desaparecía por el oeste y el brillo de las estrellas parecía aumentar de intensidad.

Mientras conducía en dirección a Camp Verde, Jude se sentía muy preocupado. Su primera intención fue no compartir sus tribulaciones con Tizzie, pero luego se dijo que ya había habido suficientes secretos entre ambos. No dejaba de recordar el agrado que le produjo la total sinceridad, casi de confesonario, de que había hecho gala Tizzie mientras estaban en el interior la mina.

Pisó el acelerador.

–Tizzie, estoy pensando una cosa. Tenemos que aceptar el hecho de que quienes nos seguían no eran un simple grupo de gamberros con ganas de divertirse a nuestra costa sacándonos simplemente de la carretera.

–Lo sé. Yo estaba pensando lo mismo.

–Si nuestras sospechas son ciertas, eso puede significar que existe una relación entre el que nos seguía, el derrumbe y el hecho de que mi coche se despeñara.

–Sí, es muy probable que así sea. Lo cual significa que han decidido eliminarnos. Y en tal caso, esa sensación de la que hablaste, de que por algún motivo te querían con vida, ya no tiene fundamento, si es que alguna vez lo tuvo, lo cual no me parece muy probable. –De repente apoyó las manos en el salpicadero, se volvió furiosa hacia Jude y le gritó–: ¡Por el amor de Dios, no vayas tan deprisa! Nos vamos a matar.

Iban a ciento treinta por hora, de noche y por una carretera desconocida.

–Tenemos prisa –dijo Jude.

–¿Por qué?

–Por lo que estaba a punto de decirte. Si van tras nosotros, es que nos siguieron hasta aquí. Y si nos siguieron hasta aquí, saben dónde nos alojamos. Y eso significa que Skyler está en peligro.

Veinte minutos más tarde, el coche entraba en el estacionamiento del motel Best Western. Inmediatamente vieron que la puerta de la habitación de Skyler estaba entreabierta y se mecía a impulsos de la leve brisa. Tizzie lanzó una exclamación ahogada.

Antes incluso de que Jude apagara el motor, la joven ya había salido del coche y estaba subiendo los peldaños de la escalera de dos en dos, apoyándose para ello en la barandilla. A mitad del tramo se detuvo, se miró la mano y la puso a la luz para ver mejor el viscoso líquido rojo que manchaba sus dedos.

Luego continuó subiendo. Llegó a la puerta de la habitación en el momento en que Jude comenzaba a ascender por la escalera. La joven entró en el cuarto y accionó el interruptor de la luz. Jude ya no la veía, pero supo que había hecho algún horrible descubrimiento. Y lo supo por el largo y penetrante grito.

Corrió tras ella y la vio plantada en el centro de la habitación, demudada, con la boca aún abierta. Alzó una mano y abarcó con vago ademán toda la habitación: la cama revuelta, la ropa tirada por todas partes y las paredes amarillentas manchadas de sangre.

Skyler despertó ofuscado en una extraña habitación estéril en la que todo era blanco. Se sentía como si flotase en el aire, cerca del techo. Aunque en realidad estaba recuperando el conocimiento, a él le daba la sensación contraria: creía que estaba dormido. Y no sólo dormido, sino soñando. Y no sólo soñando, sino teniendo una pesadilla.

Veía como a través de un filtro de gasa blanca, y todo le parecía difuso, de otra dimensión. Los ruidos sonaban amortiguados. Las personas se movían con lentitud, como si se encontrasen bajo el agua, y hablaban en una extraña jerga. Todas vestían impecables uniformes blancos que parecían refulgir bajo la luz. Por debajo de la cofia de una mujer que evolucionaba silenciosamente por la sala, asomaba un halo de cabello rubio. Ese detalle en particular golpeó con peculiar fuerza al joven, que hizo un desesperado esfuerzo por salir de su estupor.

Lo que se le acababa de ocurrir era tan espantoso que no deseaba otra cosa que despertar inmediatamente de aquella pesadilla, pero cuanto más espabilado se sentía, más aterradora le resultaba la situación. No deseaba despertarse y descubrir que la sala estaba realmente allí, que todo aquello estaba sucediendo de veras. Porque la pesadilla consistía en que él había vuelto a la isla y estaba dentro de la casa grande, en el quirófano del sótano.

¿Por qué, si no, iba a hallarse en aquella cama y rodeado de médicos?

¡Médicos! Sólo de pensar en aquella palabra, la sangre se le helaba en las venas.

Decidió mover un pie como prueba. Lo hizo y notó que el tobillo se doblaba, que los dedos se encogían, percibió el tacto de la sábana. No estaba dormido. «¡Esto está sucediendo de veras!»

La neblina se estaba disipando. Skyler comenzaba a ver con mayor claridad. Lo de arriba eran las baldosas acústicas del techo. Distinguía las formas y las junturas. Una gran cortina blanca corría por el centro de la sala, dividiéndola en dos. En un rincón, colgado del techo, había un televisor en funcionamiento.

«¿Dónde estoy?»

Había una enfermera vuelta de espaldas a él; movía el codo como si estuviera escribiendo, y Skyler alcanzó a ver la parte inferior de una tablilla. La mujer dio media vuelta y fue hacia él. Skyler cerró los ojos y se hizo el dormido.

Notó que la mujer se inclinaba sobre él y percibió su aliento, que olía a almendras.

–¿Estás despierto? ¿Estás despierto? ¿Me oyes?

Su voz tenía un extraño acento que le resultaba desconocido.

–¿Me oyes? Si me oyes, abre los ojos. ¿Hablas inglés?

Skyler se hizo el muerto.

–¿Hablas inglés? ¿Español?

Skyler no movió ni un músculo. Mantuvo los ojos cerrados, tratando de no apretar demasiado los párpados, y se esforzó en respirar acompasadamente. No le resultó fácil, y no estaba seguro de poder seguir fingiendo mucho tiempo, ya que el deseo de hacerse un ovillo para protegerse era cada vez más intenso.

«¿Qué estará haciendo esa mujer?»

Afortunadamente, la enfermera se apartó; Skyler oyó sus pasos yendo hacia los pies de la cama y se arriesgó a abrir un ojo. La mujer volvía a estar de espaldas. Su piel era color canela y su uniforme, blanco e impoluto.

Entró otra figura borrosa. Un hombre, al parecer:

Skyler cerró los ojos y contuvo los deseos de saltar de la cama y gritar: «¿Quiénes sois? ¿Qué sitio es éste?».

–¿Aún no se ha despertado? –dijo el hombre.

–No –respondió ella con aquel extraño acento–. Sus constantes mejoran, pero no recupera el conocimiento.

–Es el caso más raro que he visto en mi vida. Lo trajo una ambulancia y nadie tiene ni idea de quién es. No lleva documentación y, encima, no reacciona.

Ahora Skyler comenzaba a sentir cosas, una opresión en el pecho, un peso en el brazo derecho, que estaba tendido sobre la cama y fuera de su vista. A lo lejos se oían otros sonidos, la risa enlatada de un concurso de televisión, un murmullo de voces, y algo más... algo que jamás había oído y que consistía en una serie de pitidos y chasquidos.

–Yo creo que se trata de una reacción violenta a algún narcótico de nuevo cuño. Sea lo que sea, espero que su consumo no esté extendido. Eso era lo que nos faltaba. Otra droga tóxica en las calles –se quejó el hombre con claro desagrado–. Hoy en día, la gente se mete cualquier cosa en el cuerpo.

El hombre y la mujer se dirigieron juntos a la puerta y salieron de la habitación.

Skyler se incorporó. Notó un tirón en el pecho y se miró. Le habían adherido con esparadrapo unos cables que se prolongaban por encima del blanco cobertor de algodón. A su lado había un artilugio, una especie de perchero metálico sobre ruedas del que colgaba una gran bolsa de plástico. Parecía sangre. Pero lo que mayor terror le infundió fue que de la bolsa de sangre salía un tubo, y que el tubo estaba pegado a él. Podía ver el líquido rojo bajando por el tubo y desapareciendo por debajo de un vendaje. Alzó el brazo y el flujo del líquido se hizo más lento. «Se está metiendo en mi cuerpo.»

Resiguió los cables con la mirada. Luego cerró la mano izquierda en torno a ellos y los levantó. Los cables se curvaban hacia abajo y luego otra vez hacia arriba, terminando en una máquina que tenía dos pantallas verdes, en las que unas líneas y unos puntos se movían de forma reiterativa. Aquélla era la máquina que producía los pitidos y los chasquidos.

Trató de calmarse. «No estás en la isla. Tú conoces el quirófano de la casa grande y no es como esto. Estás en otro lugar.»

Intentó recordar cómo había llegado allí, qué había ocurrido. No lo consiguió. Sólo sabía que había estado en la habitación del motel. Se esforzó por recordar algo más pero no pudo; veía el rostro de Tizzie y después el de Julia.

Notó que el pánico aumentaba en su interior. Se dijo que no debía ceder a él. No obstante, no pudo evitarlo, pues era como una ola que se iniciaba en su interior y luego se abalanzaba al exterior. No dejaba de crecer, hasta que se convirtió en algo inmenso, tan grande como la sala, amenazando con aplastarlo. Los médicos, las enfermeras, los uniformes...

«¡Tengo que salir de aquí!»

Tiró violentamente de los cables arrancándoselos del pecho y notó que la carne se desgarraba. ¡Los sonidos! Los intermitentes pitidos se convirtieron en uno agudo y continuo. ¡Biiiiiip!

Agarró el tubo y tiró de él. No cedió, así que cogió un borde del vendaje, lo rompió... y contempló con horror la aguja de cristal que le perforaba la vena. El pitido continuaba. ¡Biiiiiip! Cogió la aguja y tiró de ella. Comenzó a brotar sangre por todas partes, de su vena y del tubo. Éste comenzó a moverse como una manguera suelta, poniéndolo todo perdido de líquido rojo: el blanco cobertor, el suelo, su brazo, su pecho. El sonido se hizo ensordecedor.

«¡Lo van a oír! ¡Lo van a oír!»

No le quedaba más alternativa que huir. Saltó de la cama, vestido con una especie de pantalones de pijama, y trató de caminar, pero de pronto se sentía débil, muy débil... ¿o era que no podía sostenerse en pie porque resbalaba en la sangre? Perdió el equilibrio y cayó de nalgas. Permaneció unos momentos en el suelo, desde donde, por debajo de la cama, podía ver pies corriendo y oír el sonido de voces alarmadas. Notó que unos brazos lo levantaban y volvían a ponerlo sobre la cama. Una personas lo obligaron a mantenerse tumbado... Aquellos uniformes y aquellas caras de nuevo, demasiado próximas a él. Una jeringa hipodérmica.

Un súbito pinchazo en el brazo.

—Bueno, con esto se calmará.

Las manos seguían sujetándolo, sólo que ahora también parecían empujarlo, así que no tardó en encontrarse en el fondo de un pozo, hundiéndose bajo el peso del agua. Ésta hacía que todo pareciese borroso, los rostros, la cofia blanca de la enfermera. Y también amortiguaba los sonidos. Se estaba hundiendo, volviendo a su sueño, a su pesadilla.

Quizá, a fin de cuentas, sí que estaba en la isla, en el sótano de la casa grande. «Quizá... —se dijo, y éste fue su último pensamiento antes de perder la conciencia—, ¡quizá nunca llegué a salir de ella!»

CAPÍTULO 23

Jude y Tizzie irrumpieron en la sala de urgencias en el momento en que atendían a un joven moreno y picado de viruela de una herida de arma blanca. Estaba borracho y no dejaba de debatirse, e hicieron falta dos enfermeros para sujetarlo a la mesa de curas mientras un médico, con las enguantadas manos manchadas de sangre, desinfectaba la herida.

Habían llegado al hospital en un dos por tres, una vez la propietaria del motel se hubo calmado lo suficiente para explicarles lo que había ocurrido. En cuanto los vio, la mujer les gritó que se había llevado un susto de muerte al ver aparecer a Skyler sangrando en la oficina de recepción, y su susto no hizo sino aumentar cuando el hombre cayó redondo al suelo.

–Su amigo estuvo a punto de morir –dijo–. Resultó que él mismo se había cortado. Pero también estaba enfermo. ¿Cómo se les ocurrió dejarlo solo todo el día?

La mujer había llamado a una ambulancia, lo cual provocó una desagradable visita de la policía. Los agentes le hicieron un montón de preguntas y cumplimentaron un montón de papeles. Todo se complicó en exceso debido al hecho de que ella no sabía nada en absoluto de sus huéspedes, aparte de los nombres garrapateados en el libro de registros. Lo de que Jude había pagado las habitaciones por adelantado y en efectivo les interesó particularmente a los policías.

Sin embargo, cuando miró bien a Tizzie y advirtió la angustia que reflejaba su rostro, la actitud de la propietaria se dulcificó, y llegó al extremo de ofrecerle una taza de café de una cafetera de filtro situada en lo alto de una estantería. Tizzie no la aceptó. Mientras la mujer le daba la dirección del hospital, Jude fue a su habitación a ponerse una camisa y unos pantalones limpios.

Ahora, en la sala de urgencias, los dos trataban en vano de conseguir que el médico les hiciera caso. Tizzie carraspeó.

–Dispense –dijo lo bastante alto como para hacerse oír por encima de los gruñidos y resoplidos del borracho, que seguía debatiéndose.

–Lo siento, pero ahora estamos ocupados –dijo el médico hablando por encima del hombro–. Y, de todas maneras, ustedes no pueden estar aquí.

Cruzaron unas puertas batientes y llegaron a un mostrador, donde preguntaron si habían atendido recientemente a un hombre con una mano herida.

–Hace un par de horas –respondió una enfermera, tras teclear en un ordenador y echarle un vistazo a la pantalla–. Aquí está. Ingresado a las 18.20 horas. Internado a las 19.10. No llevaba documentación y no logramos sacarle su nombre. –La mujer alzó la vista, miró escrutadoramente a Jude–. Es usted su hermano, ¿no? –le preguntó, y Jude asintió con la cabeza–. Ya me parecía. Pueden entrar a verlo si quieren. Habitación 360, en el tercer piso. El ascensor está al fondo del pasillo a la izquierda.

Jude y Tizzie hicieron ademán de irse.

–Un momento –dijo la enfermera–. Necesito un nombre. Y la dirección. Y los datos de su seguro médico.

–Ahora volvemos y nos ocupamos de todo eso –contestó Jude, tomando a Tizzie por el codo–. Primero queremos ver a mi hermano y cerciorarnos de que está bien.

Las puertas del ascensor se abrieron y ambos entraron en la cabina.

La puerta de la habitación 360 estaba cerrada. Tizzie y Jude la abrieron sigilosamente y se deslizaron al interior. El cuarto estaba a oscuras, salvo por la lamparita de noche de la cama más próxima, que estaba desocupada. Más allá había una cortina echada y, tras ella, se oía el agudo sonido de un monitor cardíaco. Tizzie se adelantó y miró al otro lado de la cortina.

Skyler dormía profundamente.

Tenía una mano vendada, estaba entubado, recibiendo el contenido de una bolsa de plástico llena de sangre que colgaba de un soporte situado junto a la cama, y tenía un tubo de oxígeno en la nariz. En la mesilla de noche, el monitor seguía emitiendo pitidos mientras el punto verde se movía rítmicamente en la pantalla.

—Así, dormido, no parece capaz de destrozar el cuarto de un motel —comentó Jude.

Tizzie se acercó a la cama y tomó en la suya la mano buena de Skyler.

—Debió de tener una crisis de pánico —dijo la joven—. ¿Qué le ocurrirá?

—Sabe Dios. Habiendo crecido en esa isla, lo más probable es que haya montones de enfermedades a las que jamás se ha visto expuesto. Puede tener cualquier cosa.

Jude tocó con la palma de la mano la frente de Skyler y la notó ligeramente febril.

—El corte se lo hizo él mismo —continuó—. En la pila del baño había cristales rotos y mucha sangre. Probablemente, tuvo miedo de desangrarse, fue presa del pánico y salió a toda prisa.

Miró a un rincón, en el que se hallaban los vaqueros de Skyler, que en realidad eran de Jude, arrugados sobre una silla. Estaban manchados de sangre.

—Para él debe de haber sido todo un trago —dijo Tizzie—. Ya sabes cómo detesta a los médicos, lo mucho que le asustan debido a sus recuerdos de infancia.

En aquel momento entró un atildado joven con el rostro cubierto de pecas. Les sonrió cordialmente y les tendió la mano.

—Soy el doctor Geraldi. Me alegro de que nuestro paciente tenga visita. No sabemos nada sobre él. Ni siquiera su nombre.

Se estrecharon las manos. El médico miraba escrutadoramente a Jude.

—Sí —dijo Jude—. Somos parientes.

—¿Hermanos?

—Sí.

El doctor miró a Skyler y luego, con un movimiento de cabeza, indicó a los dos visitantes que salieran al pasillo. Jude y Tizzie lo siguieron hasta una oficina. Geraldi les hizo seña de que se sentaran y a continuación procedió a bombardearlos con preguntas: la edad de Skyler, su historial médico, sus síntomas recientes. ¿Sabían si era drogadicto? ¿Se había comportado últimamente de forma extraña? Jude y Tizzie le dijeron todo lo que sabían, lo cual era muy poco, pero no le hablaron del auténtico pasado de Skyler.

El doctor Geraldi no dejaba de mover la cabeza.

—Nunca había visto nada como esto. No sé a qué atenerme.

—Ha perdido mucha sangre —dijo Jude.

—Ya, pero hay otra cosa. El corte que tiene en la mano es bastante feo, pero no es el problema principal. Estoy aprovechando la transfusión para administrarle urocinasa.

—¿Qué es eso?

—Se usa en la terapia trombolítica.

—¿Cómo?

—Para el corazón.

—¿Intenta decirnos que ha tenido un ataque cardíaco?

—Sí, pero no estoy totalmente seguro.

—¿Qué quiere decir?

—Algunos de los síntomas coinciden: náuseas, mareos, palidez, poco aliento y, desde luego, dolores en el pecho. Eso fue, al menos, lo que logré deducir. Por cierto, cuando lo trajeron estaba extraordinariamente alterado. Le hicimos un electrocardiograma en el que aparecían ondas Q. Ése es otro indicio.

—Pero no está usted seguro.

—No. El IAM es frecuente entre los viejos, pero en alguien de su edad...

—¿IAM?

—Dispense. Infarto agudo de miocardio. Una estenosis de la arteria coronaria debida a la formación de placas arterioscleróticas... No es una cosa... frecuente. ¿Dicen que tiene veinticinco años?

—Sí.

—Sin embargo, cuando le he examinado los ojos, he visto ciertos indicios de calcificación. Eso puede terminar en cataratas. ¿Dijo si sufría de visión borrosa?

—No.

—Y dice usted que en su familia no hay antecedentes de enfermedades cardíacas.

Jude se removió incómodo.

—Que yo sepa, no.

—Supongo que, si los hubiera, usted lo sabría.

—Sí, claro.

El doctor Geraldi sonrió levemente.

—Pero hay otros síntomas que no entiendo. Es como si todo su cuerpo estuviera defendiéndose de una infección masiva, pero no logro localizarla. Le hice un análisis preliminar de sangre y... es

muy extraño. Quizá mañana sepamos más. He ordenado que le hagan un examen completo. Mientras tanto...
 —¿Qué?
 —Seguiremos como hasta ahora.
 —Pero... ¿se pondrá bien?
 —Sí, creo que sí. Sus constantes vitales ya se han estacionado. Podemos administrarle un hipotensor y agentes que ayuden a reducir los niveles de colesterol, y quizá drogas contra la angina de pecho. Ojalá supiera lo que le ocurre. Los síntomas son confusos.
 —¿Puede volver a sucederle? —quiso saber Tizzie.
 —Es posible. No se puede descartar esa posibilidad. ¿Seguro que a su hermano nunca le había ocurrido algo como esto?
 Aunque no estaba seguro de nada, Jude asintió con la cabeza.
 —Bueno, pues quiero creer que no hay nada de lo que preocuparse. Naturalmente, puede tratarse de un virus raro. Suele suceder. Aparece de la nada, el paciente se encuentra muy mal durante un tiempo y luego la dolencia desaparece.

Aquella noche, Tizzie y Jude fueron a cenar a un restaurante llamado Big Bull Steak House. La mesa a la que los condujeron estaba llena de platos sucios, y un mozo mexicano fue a retirarlos con una bandeja de plástico. Mientras el hombre disponía el servicio de mesa, Jude habló con él en español.
 En cuanto la camarera les llevó el agua, Jude le pidió un J&B, y otro en cuanto hubieron terminado de encargar la cena. Los dos whiskies obraron su efecto, pues, antes de tomar el primer bocado de carne, Jude ya se sentía en las nubes. Tizzie era abstemia.
 Aunque la enfermedad de Skyler les aguó en parte la cena, Tizzie y Jude tuvieron oportunidad de hablar largo y tendido por primera vez en varias semanas. Aquella noche, entre ellos no hubo secretos, ni frases a medias, ni largos silencios.
 «Los efectos de la sinceridad son asombrosos», se dijo Jude mirando a Tizzie a la fluctuante luz de la vela que ocupaba el centro de la mesa. Se fijó en su fuerte barbilla, en sus refulgentes ojos, en sus elegantes hombros, y se dio cuenta de lo mucho que la deseaba y de la cantidad de tiempo que había transcurrido desde la última vez que durmieron juntos.
 Alargó la mano hacia el otro lado de la mesa y ella la tomó en la suya.

—Ya sé lo difícil que es esto para ti —dijo Tizzie, y él se limitó a sonreír—. Tú eres el que soporta toda la carga, el que toma las decisiones, el que hace los planes... Tú eres el que nos mantiene en marcha. —Lo miró a los ojos y añadió—: Quiero que sepas que me doy cuenta de ello y lo valoro.

La joven le palmeó la mano y Jude pensó que aquello no era buen indicio.

Tizzie apartó la mirada y se quedó en silencio. Jude trató de adivinar sus pensamientos.

—No soy capaz de imaginarme a otra mujer con tu mismo aspecto —le dijo de pronto.

Había puesto el dedo en la llaga. Tizzie se echó hacia delante en su silla.

—Ni yo tampoco. Por eso todo este asunto me resulta tan extraño. Te pasas la vida pensando que eres única... y luego te enteras de que por el mundo hay alguien exacto a ti. Y, si no exacto, parecidísimo. Alguien que tal vez piense y sienta como tú. Hubiera dado cualquier cosa por conocer a Julia y ver... No sé...

—¿Qué?

—No sé. Todo. Cómo me ven desde fuera. Qué impresión produzco en los demás. Cómo podría ser de haber crecido en circunstancias totalmente distintas.

—No hubieras averiguado nada de eso. Ella no hubiera sido como tú, y tú deberías saber eso mejor que nadie.

—Sí, claro que sí. Sin embargo..., es extraño. He leído infinidad de estudios sobre gemelos, pero, cuando te ocurre a ti, todo es distinto. Deja de ser ciencia y se convierte en algo íntimo, que llega hasta la misma médula de tu personalidad.

La joven jugueteó con la vela. Le arrancó un poco de cera e hizo una bola con ella. Jude recordó la cueva. ¿Era posible que el incidente hubiese ocurrido hacía sólo cinco horas?

—¿Sabes qué he estado pensando? Mis padres me adoran. Harían cualquier cosa por mí. Sin duda ellos pensaban que lo que estaban haciendo era maravilloso: multiplicar por dos mi esperanza de vida. A pesar de ello, durante todos estos años no mencionaron para nada lo más importante: Julia. Y hubo un buen motivo para su silencio. —La joven bebió un sorbo del whisky de Jude y prosiguió—. No sabían cómo decírmelo. En cierto modo, se sentían avergonzados, porque se daban cuenta de que lo que habían hecho estaba mal. Ellos no son... Bueno, no son personas inmorales.

El hecho de que abandonaran el Laboratorio lo demuestra. ¿Qué será de ellos ahora?

–Quizá puedan ayudarnos. Seguro que saben más de lo que te contaron.

–Están muy delicados de salud. No va a ser fácil.

Tizzie dejó caer la bola de cera sobre la mesa.

–Dios mío, ¿por qué lo hicieron? ¿Acaso no reflexionaron? Me siento usada, violada. Como uno de esos indígenas que, cuando los fotografían, piensan que les han arrebatado el alma.

–Pero no es así.

–Pero a mí me da esa sensación.

–Julia no era como tú –dijo Jude atropelladamente–. Como tú no hay nadie, Tizzie. Eres única, tu alma está intacta... Y, además, eres una mujer extraordinariamente bella.

Ella sonrió, y la sonrisa le marcó unos atractivos hoyuelos en las mejillas.

–Eso ha sonado muy bien. ¿No tienes más cosas bonitas que decirme?

–Toneladas.

Bajo la mesa, Jude puso una mano sobre la rodilla de Tizzie.

Apareció la camarera para ofrecerles café, pero ellos lo rechazaron. Tizzie se dirigió al baño y Jude pidió la cuenta por señas. Cuando le llevaron la factura, se puso en pie, vio al mozo mexicano y se acercó a él para despedirse. Charlaron unos momentos y Jude le dio una propina de veinte dólares. El amplio rostro del mexicano reflejó sorpresa, y sus ojos oscuros lo siguieron hasta la caja, donde Tizzie se reunió con él. Jude pagó la cuenta y salieron del local.

–¿De qué hablabas con el mexicano? –quiso saber Tizzie.

–De nada.

Ya era tarde. Conducía Tizzie, que era la que no había bebido. Los neones de las gasolineras y de los restaurantes de comida rápida estaban apagados. La autopista se extendía ante ellos como un oscuro río. La luna estaba en lo alto y ellos se sentían como si fueran las únicas personas del mundo que aún estaban despiertas.

Todas las luces del motel estaban apagadas. Las tarjetas de sus habitaciones los aguardaban en los casilleros de recepción. Alguien había cerrado la puerta de la habitación de Skyler y fregado la barandilla. Olía levemente a desinfectante.

—¿Una última copa? —preguntó Jude, ya frente a la puerta de su cuarto.

Tizzie contestó que no y añadió que necesitaba imperiosamente tomar un baño.

Entraron en sus respectivas habitaciones. Un minuto más tarde, Jude oyó una llamada en su puerta y el pulso se le aceleró. Tizzie estaba en el umbral, con una mano en la cadera.

—La bañera de mi cuarto no funciona. El tapón no encaja.

Jude la dejó pasar. Momentos más tarde, a través del resquicio de la puerta del baño entornada, oyó agua cayendo en la bañera. Encendió el televisor, estaban pasando una vieja película en blanco y negro. La dejó puesta, pero no le prestó atención. Cogió una Budweiser del minibar y se la bebió directamente de la botella.

Al fin, tras mucho ruido de agua, Tizzie salió del baño envuelta en una nube de vapor y cubierta por dos toallas, una en torno a la cintura y la otra en torno al pecho. La joven llevaba entre las manos sus ropas, hechas un reguño.

Jude palmeó la cama invitándola a sentarse a ella. Tizzie lo hizo, sin soltar sus ropas. Él la besó suavemente en el cuello, y notó en la nuca el húmedo cabello de la joven.

Tizzie se apartó de él.

—Jude —dijo irguiéndose.

A Jude su nombre le sonó a puerta cerrándose.

—El día ha sido muy largo.

Él, a la defensiva, asintió con la cabeza.

—Carreteras de montaña, derrumbes, una experiencia próxima a la muerte. Yo diría que es demasiado para una sola chica. Estoy muerta de sueño.

—Es curioso. No has mencionado a Skyler.

—Porque lo de Skyler aún está pendiente. Y no soporto pensar en ello.

Tizzie salió del cuarto y Jude siguió un rato tumbado en la cama, bebiendo cerveza y viendo la película, de cuyo argumento nunca llegó a enterarse.

A la mañana siguiente madrugaron y, tras un rápido desayuno, se dirigieron al hospital. La puerta de la habitación de Skyler se hallaba abierta, pero la cortina estaba echada. Sobre una mesita había una bandeja de desayuno sobre la que se veía un plato mediado de tortitas nadando en sirope. Tizzie descorrió la cortina.

El paciente estaba sentado en la cama, en actitud de alerta. Se alegró muchísimo al verlos y los abrazó a los dos con fuerza. Por la acogida que les dispensó, resultaba evidente que el joven había pasado por una experiencia horrorosa.

Skyler apenas recordaba nada de su enfermedad. Según dijo, sólo se acordaba de cosas aisladas: la sangre en las paredes del motel, la bajada por las escaleras, el sobrecogedor aullido de la sirena de la ambulancia.

–¿Te ha visto el médico? –preguntó Tizzie–. ¿El doctor Geraldi?

–No.

A continuación Skyler les preguntó dónde habían estado el día anterior y le contaron que habían quedado atrapados en un túnel de la mina Gold King del que sólo lograron salir excavando, que habían perdido el coche de Jude y que luego un misterioso vehículo los siguió por la carretera.

–Cristo –dijo Skyler–. Comparado con lo vuestro, lo mío no fue nada.

También le contaron de qué habían hablado, y le explicaron lo de la confesión de Tizzie.

Skyler miró a Jude entre inseguro y retador.

–O sea que ya sabes lo de Julia, ¿no? –preguntó.

–Sí –respondió Jude, pensando que era raro que Skyler hubiese dicho «lo de Julia» en vez de «lo de Tizzie».

Skyler apartó la mirada y quedó en silencio, lo cual preocupó a Jade. «Debe de sentir remordimientos por haberme ocultado un secreto», se dijo. Y de pronto se dio cuenta de que estaba atribuyéndole los mismos sentimientos que él mismo experimentaría en su lugar.

Tizzie cubrió de atenciones al enfermo. Le consiguió una almohada más y le puso más hielo en el agua. Luego salió a buscar café para Jude y para ella. Mientras la joven estaba fuera, Skyler permaneció recostado en el montón de almohadas y Jude apoyado en el marco de la ventana. No se les ocurría nada que decir y el silencio se les hizo incómodo.

Tizzie regresó con dos tazas de espuma de poliestireno que contenían agua caliente con un ligero sabor a café. La joven contó que se había encontrado con Geraldi y lo había acosado a preguntas.

–El doctor ya ha recibido los resultados de varios de los análisis y está menos preocupado, aunque sigue sin saber qué tuviste. Está convencido de que fue algún virus misterioso, y dice que lo importante es que ya te sientas mejor. Más tarde pasará por aquí y creo que te dará de alta.

Jude tenía cosas que hacer, por lo que dejó a Tizzie cuidando de Skyler.

Se detuvo un momento en los teléfonos públicos del vestíbulo del hospital y, en una guía telefónica, miró los departamentos gubernamentales y consultó las páginas amarillas. Anotó las direcciones. Primero, se dirigió en el coche a la Dirección de Vehículos de Motor y estuvo haciendo cola durante cinco minutos, viendo cómo funcionaba el departamento. Luego salió a fumar un cigarrillo, volvió al coche y se alejó.

Encontró al fotógrafo en la dirección que figuraba en las páginas amarillas. El estudio se hallaba situado sobre una cafetería. La oficina era minúscula y estaba llena de fotos retocadas de niños sonrientes y de familias felices.

La secretaria, que mascaba chicle con la boca abierta, anotó el nombre que Jude le dio –naturalmente, falso– y le hizo seña de que se sentase. Cinco minutos más tarde, Jude estaba posando para el fotógrafo, un joven flaco y larguirucho que no logró entender por qué su cliente rechazaba sus bonitos telones fotográficos –una librería llena de volúmenes encuadernados en piel, un bucólico paisaje con cascada, una puesta de sol en Nueva Inglaterra– y prefería retratarse ante un fondo rojo que, según el hombre comentó, era tan anodino como el que utilizaban para las licencias de conducir de Arizona. El joven se sintió doblemente confuso cuando, a mitad de la sesión fotográfica, Jude insistió en cambiarse de camisa y en peinarse con el pelo echado hacia atrás.

Mientras esperaba las fotos, Jude se tomó un café en la cafetería y leyó el periódico. No había sucedido gran cosa, pero una breve gacetilla le llamó la atención. En Georgia se había descubierto un cuerpo irreconocible a causa de las múltiples mutilaciones que había sufrido y que, además, había sido eviscerado. Hacía menos de una semana habían encontrado un cadáver similar. La policía buscaba al que los periódicos habían bautizado como «ladrón de vísceras». Jude se quedó pensativo. ¿Nuevos cadáveres mutilados? ¿Sería una simple coincidencia?

Ya con las fotos en un bolsillo, cruzó en coche la ciudad hasta llegar al restaurante Big Bull. Ahora venía la parte difícil. Estacionó, rodeó el edificio y entró por la puerta de la cocina, situada en la parte posterior. La puerta estaba abierta y se hallaba junto a un aparato de aire acondicionado que zumbaba a toda potencia y que no enviaba aire fresco a los que trabajaban en la cocina. Los cocineros, los pinches y los mozos sudaban a mares. Todos lo observaron con curiosidad pero nadie le dijo nada. Encontró al mozo mexicano y, por su expresión al verlo, se dio cuenta de que el hombre lo recordaba de la noche anterior. Los dos salieron a la calle para hablar.

La conversación duró diez minutos. Jude ofreció un cigarrillo al mexicano y estuvieron unos momentos hablando de esto y de aquello. Después vino la petición, hecha con tacto pero también con firmeza: «Sin duda tú sabes dónde puedo conseguir lo que busco. Es para un amigo, para alguien que probablemente está en la misma situación que muchos amigos tuyos». La charla se cerró con otros dos billetes de veinte dólares.

Una hora más tarde, Jude se encontraba en una zona de chabolas situada en las inmediaciones de Phoenix. Los senderos de tierra se entrecruzaban unos con otros, y conducían a estacionamientos de caravanas, y a polvorientos solares en los que se alzaban chabolas y cobertizos repletos de niños y pollos. El lugar se parecía a ciertos barrios de Ciudad de México.

Tuvo que detenerse a cada poco para preguntar y le pareció que algunos de los residentes se hacían los ignorantes. Al fin, divisó el pequeño cartel escrito a mano que le habían indicado que buscase y que decía: DOCUMENTOS[1]. Estacionó el coche y, cuando se disponía a entrar, un corpulento mexicano que apoyaba en la puerta un antebrazo del tamaño de un jamón le cortó el paso. Por encima del hombro del hombre, Jude pudo ver una gran fotocopiadora Xerox, que no podía resultar más incongruente en aquel rústico lugar.

Conseguir lo que deseaba le llevó cuarenta y cinco minutos, otros seis cigarrillos, ciento cuarenta dólares y todo el poder de persuasión que pudo ejercer con su rudimentario español. Se bebió una cerveza caliente mientras la máquina hacía su trabajo y el hombre, sentado a un improvisado escritorio, manejaba los cuchi-

---

1. En español en el original. *(N. de la T.)*

llos, las tijeras y las láminas de plástico que eran las herramientas de su oficio.

–Pero... ¿por qué dos? –preguntó–. ¿Y por qué el mismo apellido pero dos nombres distintos?

–Por razones familiares –dijo Jude por toda contestación, y con aquello quedó zanjada la cuestión.

Jude llegó en el coche a un pequeño barranco flanqueado por unas grandes escarpaduras rocosas. En lo alto distinguió algunas aberturas y se preguntó si aquellas cuevas estuvieron en tiempos habitadas por los indios del desierto. Quizá las utilizaron como último reducto. Tal vez vivían en el valle y, en los casos de emergencia, se retiraban allí arriba con toda la comida que podían transportar.

Más adelante se encontró con la civilización: una gasolinera y una fábrica de cemento. La carretera se hizo más ancha y su superficie pasó a ser de asfalto negro. Vio un letrero que le llamó la atención y le hizo reflexionar en algo que venía rondándole la cabeza, como uno de esos nombres que uno no logra recordar. El recuerdo, vago pero fuerte, lo asaltó por primera vez cuando estaba en la reserva india de las montañas. Desde entonces, había vuelto a pensar en ello varias veces.

Miró su reloj. Ir allí supondría un desvío de varias horas pero, si se daba prisa, dispondría del tiempo necesario. Cuando llegó a la carretera principal tomó rumbo sur en dirección a Tucson. Las onduladas colinas estaban punteadas por cactus saguaro, con los brazos alzados como si fueran víctimas de un atraco.

El Museo del Desierto de Sonora, de Kinney Road, estaba situado en un valle, al final de una empinada y sinuosa carretera que partía de Gates Pass, en el Tucson Mountain Park. En la entrada había un patio bien cuidado con espacios sombreados y porches abiertos. Más allá se alzaba el edificio principal, que era de estuco.

Estacionó junto a un autobús del que salía un grupo de estudiantes de secundaria. Los jóvenes formaban grupos en la acera, autosegregados en razón de su sexo. Las chicas tomaron la delantera, charlando y susurrando entre ellas, mientras los chicos se quedaban atrás, bromeando y empujándose unos a otros.

Jude pagó los 8,95 dólares de la entrada y esperó a que los estudiantes pasaran. Mató el tiempo en la tienda de regalos mirando las postales, las pulseras de plata, los collares de cuentas y las pinturas indias en arena. Sobre un estante había un montón de periódicos y, por reflejo, le echó un vistazo a los titulares. En el mundo no estaba sucediendo nada importante.

Esperaba que la visita compensara el gasto. Comenzaba a sentirse preocupado por el dinero. Si Skyler tenía que permanecer una larga temporada en el hospital, muy pronto se quedarían sin fondos. Naturalmente, siempre le quedaba el recurso de volver a su vieja identidad y cargar los honorarios a su propio seguro médico, pero eso suponía que podrían localizarlo. Por otra parte, cuanto más tiempo se quedasen por aquellos contornos, más pistas dejarían a sus perseguidores.

Se dirigió al lugar en el que comenzaba el museo. Desde allá partían varios senderos que comunicaban los distintos pabellones de estuco. No vio moros en la costa, así que se dirigió directamente al edificio color chocolate de techo plano y gruesos muros que quedaba a su derecha y en el que un cartel anunciaba: REPTILES E INVERTEBRADOS. El interior estaba en penumbra y por unos momentos el deslumbrado Jude no logró ver nada. Percibió el acre olor de la orina y el sudor, y sus ojos se fueron acostumbrando a la falta de luz. A su derecha había un terrario. Sobre la tierra compacta, entre las ramas y troncos sin corteza que llenaban el suelo, descansaban grandes tortugas, inmóviles bajo sus enormes caparazones. A su izquierda, en otro terrario similar, había monstruos de Gila de más de un palmo de longitud. Sus cuerpos eran negros y estaban moteados por manchas de color entre rojo y naranja.

Más adelante estaban las serpientes, unas inmóviles, como dormidas, y otras que se deslizaban sigilosamente entre las piedras y las ramas. Frente a ellas, unos cuantos niños, tan inmóviles como lo habían estado las tortugas, contemplaban fascinados a una serpiente de cascabel enroscada alrededor de un tronco.

Al fin Jude llegó a la sección de los lagartos. Los había a docenas, de todos los colores y tamaños. Unos tenían la cola corta; otros, larga; algunos poseían crestas dorsales con forma de dientes de sierra; a otros les colgaban de la barbilla finas papadas de piel escamosa. Los había que apenas eran visibles entre el barro o que se hallaban encaramados como centinelas en lo alto de troncos. Cuanto más se fijaba Jude en el interior de las jaulas de cristal, más lagartos distinguía. La mayor parte de ellos permanecía inmóvil, pero de cuando en cuando algunos iban de un lado a otro sin propósito aparente, moviéndose con una rapidez que tenía algo de alarmante.

Podía acercarse y mirar a los animales a los ojos. Había un lagarto cornudo tejano *(Phynosoma cornutum)* de cuerpo plano salpicado de púas y rostro de aspecto diabólico; una iguana común *(Iguana iguana)* de más de medio metro, que se aferraba al tronco de un árbol con finos dedos que terminaban en largas uñas negras; y luego, estaba la iguana chuckwalla *(Sauromalus obesus)*, que medía cuarenta centímetros y poseía un extraño cuerpo bicolor y luminiscente. Según el cartel explicativo, el animal tenía el hábito de esconderse en grietas y, cuando se sentía amenazado, hinchaba el cuerpo de forma que fuera imposible arrancarlo de su escondite. «No es mala defensa», se dijo Jude.

Pero aún no había dado con lo que buscaba.

Volvió al exterior y siguió un sinuoso camino que lo condujo a través de los recintos rodeados por fosos donde se exhibían leones de montaña, osos negros, puercos espines, lobos mexicanos, ciervos de cola blanca.

Y de pronto lo vio: solo en su pequeño recinto, situado en el lugar más árido y caluroso del parque.

El lagarto era idéntico al que había visto hacía un par de días ante la oficina de la reserva india. También estaba encaramado a un madero, y lo miraba con un solo ojo, sin parpadear.

Jude se acercó más. Contempló la gruesa piel, las escamas con forma de diamante, la curvatura de la boca, que confería al animal una expresión de crueldad. Advirtió que sus costados subían y bajaban casi imperceptiblemente. Miró fijamente el único ojo visible del lagarto, la pupila esférica que parecía un negro pozo sin fondo.

Y, de pronto, Jude recordó. Había visto antes reptiles como aquél. Los conocía de su infancia, los había visto de cerca durante años. «Claro –se dijo–. Eso es. Teníamos lagartos. Los cuidábamos.» A su cerebro acudió una imagen: él, de niño, con las manos apretadas contra el cristal, con la vista fija en los negros y profundos ojos de los lagartos.

El momento de evocación quedó interrumpido por la súbita aparición de una figura a su izquierda. Se volvió y vio a una mujer de treinta y tantos años, con el rubio cabello recogido en una cola de caballo y gafas de gruesa montura. La recién llegada le dirigió una sonrisa.

–Lo veo muy interesado –dijo–. Son mis favoritos.

Jude se fijó en la placa de identificación que la mujer llevaba en el bolsillo superior de su traje de chaqueta: ENCARGADA. DPTO. REPTILES.

—¿Por qué son sus favoritos? —le preguntó Jude con una sonrisa.

Sólo en aquel momento advirtió que en el pequeño recinto había otra media docena de lagartos como el que estaba contemplando. Por primera vez, leyó el letrero pegado a la barandilla: LAGARTO COLA DE LÁTIGO.

—Tienen características ciertamente peculiares —contestó ella.

—¿Ah, sí? ¿Qué hace nuestro amigo?

—En realidad, es amiga.

—¿Cómo lo sabe? ¿Cómo sabe a cuál de ellos me refiero?

—Da lo mismo a cuál se refiera —respondió la mujer sonriendo—. Son partenogenéticos. Ésa es su característica más sobresaliente.

—¿Qué significa eso de «partenogenéticos»?

Con el rabillo del ojo, Jude pudo ver que se aproximaba una pandilla de ruidosos adolescentes con exceso de hormonas en la sangre.

—Significa que se reproducen sin necesidad de que un óvulo sea fecundado —explicó la encargada—. En otras palabras, todos los ejemplares de esta especie son hembras.

Jude quedó boquiabierto.

—¿No hay ningún macho? ¿Y cómo se las arreglan?

—Pues la verdad es que bastante bien. Se duplican a ellas mismas por medio de una clonación rudimentaria. De resultas de ello, cada una es exacta a todas las demás. En muchos aspectos, eso parece hacerles la vida más fácil. Yo diría que los miembros de esta pequeña colonia son bastante felices.

La mujer se estiró la chaqueta y se acodó en la barandilla.

Sonó un coro de risas que se fue haciendo más fuerte. Los chicos y chicas intercambiaban codazos y señalaban hacia el lugar en el que un lagarto cola de látigo estaba montando a otro, en posición inequívocamente coital.

Jude miró a los lagartos y luego a su compañera.

—¿Y cómo explica usted eso?

—Un comportamiento de lo más intrigante. De cuando en cuando, una hembra monta a otra. Es como si guardaran un recuerdo latente.

—¿Recuerdo latente? ¿De qué?

—Del acto sexual.

Mientras conducía de regreso al hospital, Jude no pudo evitar hacer un chiste a su propia costa. «Recuerdo latente del acto sexual –pensó–. Igualito que yo.»

En la tienda de regalos del hospital, Tizzie compró un paquete de maquinillas de afeitar desechables, un bote de espuma de afeitar, un frasco de loción para después del afeitado, un cepillo de dientes y un tubo de Colgate. Le apetecía comprarle cosas a Skyler. Miró en un expositor de revistas por si veía algo que pudiera interesarle. ¿*Esquire*? ¿*Vanity Fair*? ¿*Newsweek*? Resultaba extraño. No le habría costado nada escoger revistas para Jude, pues ella conocía sus gustos en cuanto a lectura. Pero Skyler..., ¿qué preferiría él? ¿Tendría los mismos gustos que Jude? Le daba la sensación de que no. Miró una y otra vez. Había tanto para elegir... ¿Por qué ninguna de las revistas le resultaba atractiva?

¿Dónde estaría Jude? Se había ido hacía horas. Consultó su reloj. Seis horas, para ser exactos. ¿Qué estaría haciendo? No era que a ella le disgustase quedarse sola con Skyler, pues se alegraba de verlo recuperado, volviendo a ser el de siempre. Lo había ayudado a caminar arriba y abajo por el pasillo, y pudo darse cuenta de que, cada vez que lo tocaba, a él prácticamente se le ponía la carne de gallina, lo cual a Tizzie no dejaba de resultarle gratificante.

La cajera sumó el importe de las compras en la caja registradora, lo metió todo en una bolsa, cobró y le devolvió el cambio.

–Muchas gracias –dijo Tizzie.

–Gracias a usted –respondió la muchacha con una sonrisa.

Cuando se volvía, dispuesta a salir, miró fortuitamente hacia la ventana que daba a la calle, donde el sol caía de plano y se reflejaba en las ventanillas de un par de coches. Y de pronto vio algo o, mejor dicho, a alguien, y se quedó petrificada. Ahogó una exclamación. ¿Sería posible? ¿Estarían engañándola sus ojos? Y es que al otro lado de la calle, mirando a uno y otro lado como si se dispusiera a cruzar, había un hombre fornido y con un mechón blanco en el cabello.

Ella nunca lo había visto antes, pero había oído su descripción de labios de Skyler y de Jude. ¿Podía tratarse de una coincidencia? Tenía el pálpito de que no. Y cuanto más miraba al hombre, más convencida estaba de que éste era uno de los ordenanzas.

Dejó caer su bolsa al suelo y, sin hacer caso del sorprendido

«¡Eh, oiga!» de la cajera, salió corriendo al pasillo. Siempre a la carrera, dejó atrás la zona de recepción y las oficinas de la planta baja y, por una escalera lateral, subió hasta el tercer piso y abrió de golpe la puerta. Miró rápidamente a ambos lados y echó a correr pasillo abajo en dirección a la habitación de Skyler. Cuando entró, el joven se estaba quedando adormilado.

Tizzie lo sacudió casi con violencia.

–¡Levanta! ¡Aprisa! ¡Tenemos que irnos!

Él la miró sobresaltado y sin entender.

–¡Vamos, deprisa! He visto a uno de esos hombres en la calle. A un ordenanza. ¡Seguro que te anda buscando!

Skyler saltó de la cama, cogió sus pantalones, se los puso y corrió hacia la puerta. Sin camisa y con los pantalones manchados de sangre, tenía aspecto de loco. Llamaría la atención a un kilómetro de distancia, lo cual sería peligroso.

La cama contigua a la de Jude tenía la cortina corrida en torno a ella, pues habían admitido a un nuevo paciente. Tizzie abrió uno de los cajones empotrados en la pared. Estaban de suerte. La joven cogió una camisa de hombre, unos pantalones y unos zapatos y siguió a Skyler pasillo abajo. Se metieron en el hueco de la escalera y, una vez allí, Skyler se cambió y dejó los viejos pantalones sobre la barandilla. Bajaron hasta el sótano, donde entreabrieron una puerta y miraron a través del resquicio: Departamento de Radiología. En la sala de espera, tres pacientes aguardaban turno. Los tres alzaron la mirada curiosos.

Tizzie y Skyler siguieron hasta la parte delantera del hospital, dieron con otra escalera y subieron por ella. La puerta de acceso a la planta baja tenía una ventanilla rectangular de cristal y tela metálica. Skyler miró por ella y, aunque estaba sobre aviso, lo que vio lo dejó petrificado: apoyado en el mostrador de recepción había un ordenanza, que, aparentemente, estaba pidiendo alguna información. El hombre volvió el rostro en su dirección y Skyler se apartó instintivamente de la ventanilla.

Luego volvió a mirar. El hombre avanzaba ahora por el pasillo principal. ¡Iba en su misma dirección! Skyler agarró a Tizzie, la empujó hacia un rincón y se colocó ante ella. Si se abría la puerta, ésta los ocultaría. Indicó a Tizzie por señas que no hiciera ruido, y los dos se quedaron allí, escuchando inmóviles los pasos que se acercaban. Los pasos se detuvieron frente a la puerta, y Tizzie y Skyler casi oyeron al hombre pensar, tratar de discernir qué hacía.

Luego, al cabo de lo que pareció una eternidad, las pisadas siguieron adelante y se perdieron. Skyler miró de nuevo por la ventanilla y vio la parte posterior de la cabeza del ordenanza, en la que el mechón blanco apenas era visible. El hombretón se dirigía hacia el fondo del pasillo, en dirección opuesta a la que ellos debían tomar. Sólo en aquel momento Skyler advirtió que Tizzie llevaba rato apretándole el brazo.

Abrieron la puerta y vieron cómo el ordenanza llegaba a un recodo del pasillo, doblaba por él y desaparecía. Ellos se dirigieron al vestíbulo. De nuevo notó Skyler la mano, ya relajada, de Tizzie en el brazo. Así enlazados, pasaron ante el mostrador de recepción.

—Ah, vaya —le dijo la recepcionista a Skyler—. Hace un momento vino un hombre interesándose por su hermano. Me preguntó por el paciente que tenía un hermano gemelo idéntico. Lo mandé a la habitación. —Miró hacia el fondo del pasillo y añadió—: Si se da usted prisa, quizá lo alcance.

—No, no se preocupe —se apresuró a decir Skyler—. Ese hombre no nos cae nada bien.

—En realidad —intervino Tizzie—, no podemos verlo ni en pintura.

—¿Podría usted hacernos un gran favor? —le pidió Skyler—. Cuando vuelva por aquí, no le diga que nos ha visto.

—Desde luego. A mí tampoco me cayó bien. Me pareció bastante antipático.

En el exterior, el sol era cegador y se reflejaba en las señales de tráfico, en las ventanas de los edificios e incluso en el pavimento, de modo que Tizzie y Skyler quedaron tan deslumbrados que ni siquiera vieron a Jude, que llegaba en el coche. El periodista tuvo que tocar el claxon y llamarlos en voz alta desde el otro lado del cruce.

—Larguémonos de aquí —dijo Tizzie en cuanto se hubo acomodado en el asiento trasero.

Le contaron a Jude lo del ordenanza y éste pisó inmediatamente el acelerador. Para cuando sus compañeros terminaron de explicarle su fuga del hospital, ya habían recorrido cinco manzanas.

—Esas ropas no terminan de gustarme —comentó Jude, después de echarle un buen vistazo a Skyler—. Se nota que no son tuyas. Lo malo es que no podemos volver al motel a recoger el equipaje. Sería demasiado peligroso.

Metió la mano en un bolsillo, sacó una de las licencias de conducir de Arizona y se la entregó a Skyler.

–Aquí tienes tu nueva identidad.

Skyler miró la foto. No estaba mal. Podía pasar por una suya. Leyó el nombre.

–¿Harold James?

–Sí, pero todos te llamamos Harry. Yo soy Edward. Puedes llamarme Eddie.

–¿Los hermanos James? –preguntó Tizzie–. ¿Como los ladrones de trenes? ¿No te parece poco acertado?

–No, qué va.

–Por cierto –dijo Tizzie, mientras el coche pasaba a gran velocidad ante el letrero que indicaba la proximidad del aeropuerto–, ¿adónde vamos?

La respuesta fue un bálsamo para los oídos de la joven:

–Lejos, muy lejos.

Cambiaron de avión en Phoenix, en cuyo aeropuerto se detuvieron el tiempo suficiente para comer algo. Jude compró el *Arizona Republican* y lo leyó mientras se tomaban una taza de café. No encontró nada interesante. Tizzie se fue a comprar más artículos de aseo –su segunda intentona del día–, y Skyler recorrió las tiendas en busca de algo que ponerse, pero no encontró nada.

A pesar de que a Jude no le pareció buena idea, pagaron los pasajes con la tarjeta de crédito de Tizzie, ya que no había otro modo de pagarlos. De todas maneras, se dijo, el pasaje de avión de Tizzie estaba extendido a su nombre, así que no había forma alguna de que siguieran la pista.

Deambularon media hora por el moderno terminal, antes de dirigirse al mostrador de facturación de American Airlines y hacer una larga cola. Cuando llegó su turno y les pidieron la documentación, mostraron tres licencias de conducir.

–¿Equipaje? –preguntó el empleado.

–No llevamos –respondió Jude. –El otro puso cara de sorpresa y el periodista añadió–: Nos gusta viajar sin estorbos.

Y evitó la broma que estuvo a punto de hacer, pues su aspecto ya era bastante extraño y resultaba absurdo llamar más la atención.

Pasaron por la inspección de rayos X, y se dirigieron hacia la sala de embarque, en la que se mezclaron con el resto de los viajeros. Cualquiera que los mirase podría haberlos tomado por una familia norteamericana típicamente atípica: dos hermanos gemelos y una esposa que volvían de unas vacaciones al sol. La única pregunta que la gente podía hacerse era cuál de los dos hermanos era el marido.

Diez minutos más tarde avisaron de la salida de su vuelo. Irían sin escalas hasta Washington.

CAPÍTULO
24

El taxi dejó atrás el monumento a Washington, siguió por la Elipse hasta el Capitolio y continuó en dirección al sector sudoeste. Una vez allí, Tizzie, Jude y Skyler decidieron alojarse en una pensión barata llamada Potomac View. El nombre inducía a error, pues el río sólo era visible en una acuarela mal pintada que colgaba de la pared del vestíbulo, por encima de un montón de folletos de turismo.

Por la mañana, Tizzie decidió llamar a Nueva York, a su trabajo. Era un riesgo calculado. Tarde o temprano tenía que dar señales de vida, y cuanto más tarde fuera, mayores sospechas infundiría su comportamiento. Además, tampoco quería permanecer demasiado tiempo en paradero desconocido, no fuera a ser que sus padres la necesitasen.

Como concesión a la creciente inquietud de Jude, la joven fue en taxi hasta el centro de la ciudad para telefonear desde el hotel Hay Adams. Eso no haría que la llamada fuese más difícil de localizar, pero llevaría a sus perseguidores hasta un concurridísimo hotel situado en el epicentro político de la nación.

En cuanto a Jude, durante el desayuno había decidido recurrir a Raymond. Lo necesitaban. Tizzie, Skyler y él no tenían los recursos para enfrentarse al Laboratorio, eso era evidente. Si querían llegar hasta el fondo de aquel turbio asunto, necesitaban la infraestructura del FBI. Y, francamente, sería un alivio dejar que otros se ocupasen de aquel maldito asunto.

Pero... ¿se mostraría el FBI receptivo? ¿A qué se enfrentaban exactamente? ¿A unos asesinos? Sin duda. Para empezar, allí estaba el cadáver de New Paltz. Aunque resultaba poco menos que imposible colgarle a alguien en concreto aquel asesinato. ¿A qué más se enfrentaban? ¿A una conspiración para efectuar investigaciones médicas ilegales? Muy probablemente. Pero... ¿hasta qué punto estaba interesado el FBI en aquel tipo de cosas? Raymond le comentó que en tiempos el Laboratorio tuvo su propio expediente, pero también añadió que dicho expediente se hallaba ahora prácticamente cerrado. Había cosas más urgentes. Y además estaba lo que Hartman había dicho acerca de que unos agentes del FBI los habían seguido hasta Wisconsin. Así que al menos había alguien del FBI que seguía interesado por el asunto.

Las dudas no dejaban de agobiarlo. ¿Tendría Raymond autoridad suficiente para conseguir que la agencia interviniera en el asunto? Quizá Jude tuviera que presentarse con Raymond para conseguir la autorización de sus superiores. Y, pensándolo bien, ¿hasta qué punto podía confiar en Raymond? Él mismo le había recomendado que no se fiase de nadie, pese a lo próximo que pudiera estar a él. Viéndolo en retrospectiva, parecía que el federal lo hubiese dicho pensando en Tizzie. ¿Conocía Raymond la existencia de la muchacha? Aunque también podía ser que el consejo aludiese al propio Raymond. «No te olvides —se dijo Jude—, de que Raymond ha venido ocultándote información desde el principio.» Pero... ¿por qué le iba a aconsejar a Jude que recelase de él mismo? ¿Le habría dicho aquello Raymond si él formase parte de algún tipo de conspiración? Y, por otra parte, aquélla podía ser una buena estratagema: ¿Qué mejor forma había de ganarse la confianza de Jude? Sin embargo, debía tener en cuenta que fue Raymond quien le dio el nombre del juez, permitiéndole con ello dar el primer paso de aquella larga y descabellada carrera. Y eso parecía avalar la sinceridad del federal.

Decidió dejar de devanarse la cabeza. Si uno se ponía a dar vueltas y más vueltas, terminaba mareado. Agarra el toro por los cuernos. Plántate allí. Lleva a Skyler. Sin previo aviso, sin darles tiempo a preparar una trampa. Y de todas maneras, con aquellos ordenanzas y sabía Dios quién más persiguiéndolos, el edificio del FBI era, probablemente, el lugar en el que más seguros se encontrarían.

Jude y Skyler tomaron un taxi.

—A la central del FBI.

El conductor, un africano de oscura tez que llevaba una camisa estampada de vivos colores, los miró por el retrovisor, primero a uno y después al otro. Un reproductor de casetes emitía música africana occidental. «Suena como Sunny Ade», se dijo Jude, y miró el nombre que aparecía en la licencia. Efectivamente, el taxista era nigeriano.

Tizzie estaba alarmada. Dejó en la pensión una nota para Jude y Skyler –no tenía tiempo para esperarlos– y luego se dirigió en taxi al aeropuerto. Una vez allí, se abrió paso hasta la cabeza de la cola y compró un pasaje. Media hora más tarde se hallaba en el aire, camino de Milwaukee.

El asunto parecía grave. Tizzie había intentado deducir del tono de su secretaria hasta qué extremo llegaba la gravedad, pero, naturalmente, no lo consiguió.

–Dijeron que debía usted ir inmediatamente. Su madre está muy grave y no saben cuánto durará.

–¿Cuándo llamaron?

–Hace sólo un par de horas.

¿Trataban de dulcificarle el golpe dándole sólo la mitad de la información? ¿Encontraría a su madre muerta cuando llegara a casa?

Resultaba extraño, pues siempre había pensado que su padre sería el primero en fallecer. A fin de cuentas, él era el que más había trabajado y más agobios había sufrido. Su madre había sido una figura secundaria que se limitaba a estar allí, al fondo de la escena. Se ocupaba de la casa y de la cocina mientras su marido atendía a los pacientes, o efectuaba viajes de trabajo, o discutía sobre temas trascendentales con el tío Henry. Su madre había llevado una vida mucho más tranquila, sabedora siempre de lo que tenía que hacer y haciéndolo a su aire.

Tizzie no soportaba enfrentarse a la dura realidad. Probablemente, había pensado que su padre sería el primero en morir porque era su muerte la que más temía. Adoraba a su madre, a la que sabía que en cualquier momento podía recurrir y de cuyo permanente apoyo estaba segura. Sin embargo, su padre era todo su mundo. El sol, las estrellas y la luna en una sola pieza. Tizzie lograba imaginar la vida sin su madre, pero no sin su padre.

Y, cómo no, también sentía remordimientos. Se ahogaba en ellos. Para ella, era como hurgar en una herida para averiguar hasta qué punto duele. Evocó los más cálidos recuerdos familiares que albergaba en su memoria. Una sucesión de imágenes desfiló por su imaginación: su madre atendiéndola cuando ella estaba enferma, aguardándola despierta para cerciorarse de que volvía sana y salva de sus citas con compañeros de estudios, vendándole el pie en la playa después de que se lo cortó con el afilado borde de una concha.

Un nuevo recuerdo de infancia apareció de pronto, surgido de la nada: ella, en brazos de su madre, durante un largo trayecto en coche. ¿Adónde iban? Sí, se alejaban de Arizona. Era el largo viaje hasta Wisconsin, y tenía miedo porque estaba dejando atrás a todos sus amigos e iba a iniciar una nueva vida. Pero también tenía miedo por otra razón... ¿Por qué? Quizá porque, de algún modo, percibía que sus padres estaban asustados. Pero... ¿por qué lo estaban?

¿Cuántos recuerdos como aquél permanecerían aún ocultos en su memoria, esperando aflorar?

Tizzie viajaba en clase turista. A su lado, un hombre dormitaba, y su cabeza no dejaba de caer una y otra vez sobre el hombro de Tizzie. El almuerzo llegó en el interior de una bolsa: un sándwich, un pedazo de queso, una manzana y un cuchillo de plástico. En el asiento de atrás, un niño no paraba de llorar. Pero ella apenas se daba cuenta de nada.

Nunca, desde aquel largo y lejano viaje en coche, había estado tan asustada.

No le faltaban razones para sentirse así. Cuando el avión aterrizó al fin y los pasajeros desembarcaron, Tizzie se encontró con que en la terminal la estaba esperando una pequeña delegación.

Se le cayó el alma a los pies cuando vio entre los presentes a su tío Henry. Antes de que nadie dijera ni una palabra, por las expresiones que tenían todos los que la aguardaban, comprendió que había llegado demasiado tarde.

Sin duda, su madre ya había muerto.

El edificio Hoover era grande e impersonal, un anónimo monolito que se alzaba en la avenida Pennsylvania.

Bajaron del taxi cien metros antes e hicieron a pie el resto del camino. Era una costumbre de Jude cuando iba a realizar entrevistas importantes, y para él ya se había convertido en una superstición, en una especie de rito inofensivo para conseguir que la entrevista saliera bien. Y, bien mirado, ninguna de las entrevistas que había hecho en su vida era tan importante como aquélla.

Jude hizo una llamada desde los teléfonos públicos del vestíbulo mientras Skyler paseaba con evidente nerviosismo.

Le pusieron inmediatamente.

–Raymond –comenzó Jude.

Se produjo una breve pausa. Jude imaginó a Raymond esforzándose en hablar con voz normal.

–Jude. ¿Dónde demonios estás?

No lo había conseguido. En su tono había un deje de urgencia.

–Aquí mismo. En Washington. Tengo que hablar contigo.

–Dime dónde estás e iré a verte.

–Quizá yo vaya a verte a ti.

–Ah, muy bien... ¿Cuándo?

A Jude le pareció percibir un matiz de satisfacción en la voz del federal.

–¿Qué tal ahora mismo?

–Muy bien. Estupendo. –Una pausa, tras la cual Raymond añadió–: ¿Estás solo?

¿Para qué darle la satisfacción?

–Sólo estamos yo y mi sombra –repuso diciéndose: «Espero que esto resulte lo bastante ambiguo».

–Muy bien. Te espero. ¿Cuánto tardas en llegar aquí?

–Ya estoy aquí.

–¿Cómo? ¿Qué quieres decir?

–Estoy abajo, en el vestíbulo.

–Mierda. ¿Por qué no lo has dicho antes? Ahora mismo bajo.

–De acuerdo.

De pronto sentía dudas. Qué demonios, la suerte estaba echada. Al menos, volvía a formar parte del juego. Pero, entonces, ¿por qué experimentaba aquella inseguridad, por qué estaba tan poco convencido de haber hecho lo más adecuado? ¿Por qué notaba aquella desazón interior, aquel principio de temor?

Echó un vistazo a su alrededor. Había un control de seguridad, una garita de cristal atendida por vigilantes de paisano. Ante la garita había una pequeña cola formada por empleados que volvían del descanso de media mañana. Le sorprendió el modo de vestir de los hombres que entraban y salían por las puertas principales. Era normal, incluso elegante; él casi había esperado ver los anodinos trajes grises y los cortes de pelo de estilo militar de la época Hoover. Además, también había un montón de mujeres.

Al otro lado de los detectores de metales se hallaba el mostrador de recepción en el que se entregaban los pases de seguridad a los visitantes. Más allá estaban los ascensores. También había un quiosco de prensa con montones de diarios y revistas expuestos. Hacía fresco, y Jude notaba la corriente causada por los ventiladores del sistema de aire acondicionado.

¿Dónde estaba Skyler? Oteó rápidamente el vestíbulo. Al fin lo vio, al otro lado, aún con aquella ridícula camisa que había cogido en el hospital de Arizona. El joven estaba mirando las fotos enmarcadas que había en la pared.

Las fotos correspondían a los miembros del cuadro directivo de la agencia y estaban dispuestas en una pirámide jerárquica. Los altos mandatarios ocupaban la parte superior. En la cima estaba el director del FBI, debajo el subdirector, luego los directores adjuntos, después los jefes de división y así sucesivamente. Dos de las veinte fotos eran de mujeres. Skyler miraba los retratos con gran atención. Jude se le acercó y se volvió por si veía a Raymond, pues no deseaba que la llegada de éste lo cogiera por sorpresa.

Y entonces oyó una exclamación ahogada surgida de los labios de Skyler. Estaba paralizado y miraba con ojos muy abiertos una de las fotos. Después se volvió y miró a Jude. El periodista advirtió en sus ojos que fuera lo que fuese lo había dejado sobrecogido.

Skyler echó a correr de pronto y Jude lo vio cruzar el vestíbulo en dirección a la puerta principal.

El joven tropezó violentamente con una mujer que entraba. La gente se volvía hacia él boquiabierta, pero nadie hizo nada por detenerlo. Jude echó a correr tras él en un intento fallido de alcanzarlo antes de que llegase a la puerta. A través de los cristales lo vio allí, en la calle, mirando a uno y otro lado, inseguro, casi cómico, tratando de decidir en qué dirección corría.

—¡Jude! ¡Jude!

Alguien lo llamaba a su espalda, pero Jude no hizo caso. Corrió hasta la puerta, la empujó con todas sus fuerzas y un segundo más tarde ya volvía a hallarse en la húmeda calle, viendo cómo Skyler se alejaba a la carrera.

Corrió tras él, pero no logró alcanzarlo.

Dos manzanas, tres, cuatro. Skyler no aflojaba el paso. Jude veía su cabeza desplazándose rápidamente entre la multitud que llenaba la acera. En varias ocasiones, Skyler se volvió, vio que Jude lo seguía, y continuó corriendo.

«Es extraño —pensó Jude—. Parece como si huyera de mí.»

Sin embargo, no era así. Al contrario, Skyler deseaba cerciorarse de que Jude iba tras él.

Momentos más tarde, cuando Jude llegó a un parque, se detuvo a tomar aliento y no vio a Skyler por ninguna parte, oyó que alguien lo llamaba con voz queda.

Era Skyler, que estaba sentado en un banco, parcialmente oculto por un macizo de rododendros. Estaba sin aliento.

–¿Qué ha pasado? –exclamó Jude–. ¿Por qué echaste a correr?
–La foto –explicó Skyler–. La del subdirector. Eagleton.
–¿Qué pasa con él?
–Lo había visto antes. En la isla. Cuando el doctor Rincon fue allí de visita, Eagleton formaba parte de su séquito.

El sobrio funeral se celebró en la capilla de la iglesia congregacionalista de Lake Drive.

La asistencia fue mayor de lo que Tizzie esperaba: sus padres tenían más conocidos de los que ella hubiera imaginado. Muchos eran ancianos, viejas de aspecto dulce, con sombreros y guantes blancos, y viejos de arrugados rostros y pantalones impecablemente planchados. Todos se sabían al dedillo el ritual y el protocolo de los funerales. Lo único raro era que Tizzie apenas conocía a ninguno de ellos.

Su padre estaba excesivamente delicado para asistir al servicio, lo cual hizo que las cosas fueran aún más difíciles para Tizzie.

Después, los asistentes se acercaron a la que había sido la casa de los padres de Tizzie para dar el pésame. Había preparado un enorme bufet –ensaladas de todo tipo, huevos rellenos, canapés de atún y de jamón, cestos llenos de pan y pastelillos de cabello de ángel–, más que suficiente para que todos quedaran ahítos. Tizzie no sabía de dónde había salido aquello. Le daba la extraña sensación de que todo lo manejaban invisibles expertos en pompas fúnebres.

No comió nada. Y no porque la comida no fuera de su gusto, sino porque no tenía el menor apetito. Durante el servicio fúnebre se había mostrado serena, e incluso participó en el canto de los himnos. No se sintió anegada por la emoción ni próxima a las lágrimas. Muy al contrario, se sintió vacía, insensible. Aparte de los morbosos pero incontrolables esfuerzos por imaginar el cadáver en el interior del ataúd, apenas había pensado en su madre. Fue su padre el que durante todo el funeral ocupó sus pensamientos.

351

Por eso, mientras los visitantes seguían en la planta baja, Tizzie abandonó su puesto de anfitriona junto a la puerta y corrió escalera arriba en dirección al que había sido el dormitorio de sus padres. ¿Cuántas veces, durante su infancia, no habría hecho ella girar aquel tirador de cristal biselado para entrar en el sanctasanctórum? Ahora, Tizzie casi sintió que daba marcha atrás en el tiempo, que se iba haciendo pequeña según los años la iban abandonando, como Alicia en el país de las maravillas.

En la penumbra del dormitorio vio a su padre, en la cama, con la cabeza apoyada en un montón de almohadas. El hombre apenas reparó en su presencia. Tizzie se sentó en el borde de la cama y lo miró. Ya apenas quedaba vida en él. Lo abrazó, escondió la cara en su hombro y acarició los ralos cabellos blancos.

Y en aquel momento se dio cuenta de que en la habitación había otra persona.

Sonó un ligero carraspeo procedente del sillón situado en un rincón del dormitorio. Tizzie no necesitó más para saber inmediatamente que quien estaba allí era el tío Henry.

—¿Qué tal estás, querida? —preguntó el hombre—. ¿Cómo lo sobrellevas?

A ella le pareció que la pregunta no era sincera y que, por tanto, no merecía respuesta. Y tampoco quiso darle a su tío la satisfacción de ver que la había sobresaltado. Así que se encerró en un estoico silencio.

Tío Henry alargó la mano y encendió una lámpara de pie. La luz hirió los ojos de Tizzie, pero no iluminó en absoluto a su tío, que seguía hundido en el sillón, fuera del alcance de la luz.

—Sé lo apenada que te sientes. Todos estamos tristes. Quizá para el mundo exterior tu madre no era una persona demasiado... —movió una mano en el aire como buscando la palabra adecuada— impresionante. Sin embargo, los que la conocíamos y queríamos, sabíamos valorar sus cualidades.

El padre de Tizzie se removió en la cama.

—Y resulta especialmente doloroso que desaparezca uno de los miembros del grupo de más edad, uno de los fundadores, por así decirlo. Y que su muerte sea tan prematura.

El hombre había pronunciado aquella última frase en un susurro. Hizo una pausa y, en actitud casi magistral, prosiguió:

—Sin embargo, no debemos mirar hacia atrás. Tenemos que seguir adelante. Hemos de pensar en los vivos. En los que aún tienen la existencia por delante, o en los que aún se siguen aferrando a ella... Como, por ejemplo, tu padre.

—¿Qué quieres decir? —preguntó Tizzie con ojos refulgentes.

—Nada que tú no sepas —respondió con voz seca, casi dura—. Tu padre no está nada bien.

—Eso ya lo sé.

—¿De veras lo sabes?

A ella le extrañó aquella réplica.

—Pues claro que lo sé.

—Entonces, ¿por qué no haces algo?

—No sé a qué te refieres.

—¿Por qué no colaboras con nosotros? Somos el grupo e intentamos ayudarlo, encontrar una cura para lo que mató a tu madre. No te engañes, no murió de vieja.

—¿Cómo lo sabes?

—Vamos, Tizzie. Tú misma viste la rapidez con que la ancianidad se apoderó de ella. Envejeció treinta años en los últimos cinco. ¿Alguna vez habías visto algo parecido?

Tizzie permaneció en silencio, limitándose a negar con la cabeza.

—Y a tu padre le está ocurriendo lo mismo.

—¿Se trata de una enfermedad?

—Quizá. Tenemos a varias personas tratando de dilucidar esa cuestión, intentando encontrar una vacuna para el mal que aflige a tu padre. Quizá algún día tú misma te unas a la investigación. Te sobra capacidad profesional para ello.

—¿Es eso lo que quieres que haga? ¿Investigar?

Tío Henry tosió y se llevó un pañuelo a la boca para echar en él las flemas.

—Todavía no. En estos momentos puedes hacer algo mucho más importante. Tenemos enemigos. Necesitamos saber quiénes son y qué hacen.

A Tizzie se le cayó el alma a los pies.

—¿Qué puedo hacer?

—Muy sencillo, informarnos de lo que ellos han averiguado.

—¿Lo que ellos han averiguado? ¿A qué te refieres?

De pronto, la voz del hombre cambió, se hizo dura.

—No te hagas la tonta conmigo.

—No me hago la tonta. Lo que deseas es que espíe a Jude.

—Ahora sí te estás portando como la hija digna de tu padre. Queremos que nos informes sobre Jude... pero no sólo sobre él.

—También queréis que os informe sobre Skyler.
—Exacto.
Tizzie miró a su padre, cuyo aspecto no podía ser más frágil.
—¿Y servirá de algo?
—Claro que sí.
—Entonces, cuenta conmigo —dijo ella.
—Espléndido.
—¿Qué... tengo que hacer?
—Abajo, en el estudio, encontrarás papel. Sólo tienes que anotar todo lo que recuerdes: dónde han estado, qué han hecho, qué han dicho. Tómatelo con calma, espera a que la gente se marche, cosa que ya no tardará en ocurrir. Me gustaría que tu informe estuviera listo esta misma noche.
—De acuerdo.
—Gracias, cariño.
—Lo anotaré todo. Estuvimos juntos... viajamos al oeste... estuvimos en Jerome.
—Estupendo. No te olvides de nada. Más adelante tendrás que hacer otras cosas.
Tío Henry apoyó ambos manos en los brazos del sillón, se puso en pie y apagó la luz. La habitación quedó en penumbra.
—¿Ayudarás a papá? —preguntó Tizzie.
—Sí, cariño. Y no sólo yo, sino también otros. Todos debemos arrimar el hombro.
El hombre fue hacia la puerta y se volvió para mirar a su sobrina.
—Quédate con él. Creo que tu padre se da cuenta de quién eres. Resulta enternecedor veros a los dos juntos.
—Adiós, tío Henry.
—Adiós, cariño. Me alegra que me hayas hablado de tus correrías por el país con esos dos muchachos. No hay nada como la sinceridad para que la verdad resplandezca. Naturalmente, ya sabíamos lo de vuestro viaje.
Tizzie oyó las pisadas del hombre alejándose por la escalera. Resultaba difícil decir si el comentario sobre la sinceridad había sido o no sarcástico. Tío Henry lo había dicho como si estuviera hablando con una niña, la misma niña que, años atrás, había hecho girar aquel tirador de cristal biselado.

Jude se sentía agitado a causa de lo que de modo accidental habían descubierto. Sus implicaciones eran alucinantes.

Condujo a Skyler a un pequeño bar de la calle K y, una vez en él, se acomodaron en un reservado para poder pensar con calma. Jude pidió cerveza para los dos.

O sea que Frederick C. Eagleton, el poderoso subdirector del FBI, uno de los puntales de la sociedad norteamericana, estaba implicado en aquel... ¿qué? En aquella conspiración.

Eagleton no era exactamente un personaje popular, pero sí muy conocido entre los políticos, los periodistas y cuantos seguían con interés los juegos de poder que tenían lugar en Washington. Desde los tiempos de Hoover, ningún director había vuelto a tener poderes absolutos; algunos incluso habían sido simples figuras decorativas. Pero el subdirector era otro cantar. Al subdirector no lo ponía y quitaba a capricho el presidente. El subdirector era una figura constante y ubicua como la próxima administración pública, y sobrevivía de una presidencia a la siguiente, acumulando más y más información, aumentando el tamaño de los expedientes, haciendo y recibiendo favores. Si el director era la figura decorativa, el subdirector era el que, con mano de hierro, movía las palancas y apretaba los botones. ¿Para qué servían aquellas palancas y aquellos botones? Jude no tenía ni la menor idea.

Si Eagleton estaba implicado en el asunto, ¿Quién más lo estaría? Sólo Dios sabía cuál era la magnitud de aquel asunto. Y, si se trata de una conspiración, ¿qué la mantiene en pie? Si existe una telaraña, ¿hasta dónde llega y cuál es la araña que ocupa su centro?

Rincon, desde luego. Pero... ¿cómo lo hace?

Jude bebía su cerveza a pausados sorbos.

Y... ¿cuál sería exactamente la implicación de Eagleton? ¿Lo habrían sobornado para que protegiese al Laboratorio? ¿Estaría el hombre en la nómina del grupo? Eso era absurdo. Si estaba en la nómina, ¿para qué iba a viajar hasta la isla? No era el tipo de cosas que hacen los empleados. Por como Skyler lo había descrito, más que un viaje de trabajo se trató de una peregrinación. Eagleton fue con los otros sólo para rendir pleitesía a Rincon.

Pero... ¿por qué? ¿Qué podía ofrecerles Rincon?

Sólo había una respuesta que tuviera algún sentido: podía ofrecerles vivir más tiempo. Con tal de lograr eso, ciertas personas estarían dispuestas a cualquier cosa. Sobre todo, las personas que ocupaban cargos de poder.

Pero las cuentas no cuadraban. Eagleton era un hombre ya maduro, de sesenta años más o menos. Según la teoría de Hartman, el tipo era demasiado viejo para que hubieran hecho un clon suyo al nacer. Sesenta años atrás, antes de la Segunda Guerra Mundial, por entonces, nadie soñaba siquiera con la clonación. No existía la tecnología necesaria. Los únicos que tenían clones eran los hijos del Laboratorio, los cuales rondaban los treinta años.

«Como yo», se dijo.

Jude había llegado a un callejón sin salida y decidió dejar todas aquellas preguntas para más tarde.

Bebió otro sorbo de cerveza mirando a Skyler. Comenzaba a acostumbrarse a verlo al otro lado de la mesa de un bar.

Habían tenido muchísima suerte al ver la foto de Eagleton. Aquella pequeña pieza hizo que un gran fragmento del rompecabezas cayera en su lugar. La implicación de Eagleton explicaba el interés que el FBI sentía por el caso: las intervenciones telefónicas, los agentes que habían aparecido por Wisconsin buscándolos. Y quizá también explicase por qué los habían seguido mientras iban en el coche, en el caso de que, efectivamente, los hubieran seguido.

Además, el descubrimiento planteaba otra pregunta. ¿En qué bando estaba Raymond? Lo mismo podía ser amigo que enemigo. ¿Quién sabía de parte de quién estaba el federal? ¿Quién sabía de parte de quién estaba nadie?

De pronto Jude se dio cuenta de algo. Alzó su vaso y lo chocó con el de Skyler.

–¿Sabes una cosa? –dijo–. Raymond, el tipo del FBI con el que íbamos a entrevistarnos, sólo pretendía una cosa. Desde el principio ha querido conocerte, establecer contacto contigo. Él me pidió que te llevara conmigo. Y ahora ya sabemos por qué.

–¿De veras lo sabemos?

–Desde luego. ¿No te das cuenta? Tú eres la clave. Eres como la piedra de Rosetta.

–¿Cómo?

–Es una piedra que sirvió para descubrir la clave de los jero...

–Ya sé qué es la piedra de Rosetta. Lo que no sé es de qué demonios hablas.

–Tú eres la única persona que puede ayudarlos a dar con la clave del misterio –explicó Jude con creciente nerviosismo–. Si Eagleton forma parte de ese grupo, de esa conspiración, es indudable que no está solo. Hay otros, y todos están unidos al grupo, de algún modo y por alguna razón que no alcanzamos a adivinar. Pero nadie del mundo exterior saber quiénes son. Los federales necesitan a alguien que los identifique. Y ese alguien eres tú. Eres un testigo presencial, ¿no te das cuenta? Aquel día, en la isla, los viste a todos reunidos. A toda la congregación.

–Pues sí, y no me lo recuerdes.

–Qué estúpido he sido. Durante todo el tiempo he tenido a mi lado a una fuente de información tan valiosa que el FBI daría cualquier cosa por acceder a ella, y no me he dado cuenta.

–Me alegro de que al fin me aprecies en lo que valgo.

–Sin bromas. Esto es importante.

Jude dejó su vaso sobre la mesa y se puso en pie.

–No te muevas de aquí. Ahora vuelvo.

Al cabo de un par de minutos estaba de regreso, llevando entre las manos un montón de diarios y revistas que había comprado en el quiosco de prensa más próximo.

Dejó los periódicos sobre la mesa y fue abriéndolos al azar. Todos contenían gran cantidad de fotos.

–Hojéalos. A ver si encuentras alguna cara que te resulte conocida.

–¿Bromeas?

–No, hombre. Inténtalo.

Y mientras Skyler hojeaba los periódicos, Jude le echó un vistazo al *Washington Post*, al *New York Times*, al *Mirror* y a otros diarios.

Una de las noticias le llamó la atención. El «ladrón de vísceras» había cometido otro asesinato, el tercero. El cadáver estaba irreconocible a causa de las mutilaciones, y le faltaban las vísceras. Lo habían encontrado en un bosque de Georgia, no lejos de los lugares en que habían descubierto a los otros dos. El *Post* informaba a fondo de la noticia; en el *Times* le dedicaban cuatro párrafos; en el *Mirror* no figuraba.

«Apuesto a que entre las heridas hay una del tamaño de una moneda de cuarto de dólar, situada en la parte interior del muslo derecho», se dijo. Pero es lógico que la policía no haya hecho pública esa información, pues oculta un detalle clave que, supuestamente, sólo el asesino conoce.

Y en aquel instante Skyler hizo también un descubrimiento. El joven lanzó una exclamación ahogada y varias cabezas se volvieron hacia el reservado que ocupaban los dos hombres.

—He dado con uno —dijo bajando la voz—. Mira.

Los propietarios de las cabezas perdieron el interés y dejaron de mirarlos.

Skyler tenía el dedo puesto sobre la frente de un financiero mundialmente famoso, un banquero llamado Thomas L. Smiley. A Smiley le sobraban razones para sonreír, ya que a la edad de treinta y cinco años había decidido invertir en una compañía de *software* que estaba empezando y la inversión no pudo resultar más provechosa. Aquél no fue más que el principio de una carrera salpicada de resonantes y lucrativos éxitos. Compraba empresas a diestro y siniestro, con el acierto de escoger las que sólo necesitaban una pequeña inversión de dinero para que su precio se pusiera por las nubes. Poseía el toque de Midas y, a los sesenta años, se le calculaba una fortuna personal de varios cientos de millones de dólares.

En la foto aparecía un atractivo y bronceado individuo sonriendo en la cámara durante una fiesta benéfica que se había celebrado en el Museo Metropolitano de Nueva York. A su lado, colgada de su brazo, posaba una elegante dama de la mejor sociedad neoyorquina.

—Lo vi aquel día. Estoy seguro. Voló hasta la isla en una avioneta. Lo reconocería en cualquier parte: la misma barbilla, la misma sonrisa jactanciosa. Esperaba que todos estuvieran pendientes de él... y todos lo estaban.

—Bingo. Y ya van dos... ¡y sólo Dios sabe cuántos quedan!

Dos cervezas más tarde, Jude tuvo otra de sus inspiraciones y salió del bar como una exhalación llevándose a Skyler casi a rastras.

Tomaron un taxi. Comenzaba a lloviznar y los transeúntes empezaban a abrir sus paraguas.

—¿Y para qué hemos de ir a ese sitio? —preguntó Skyler.

—Simplemente para dar un paseo por los augustos corredores del lugar en el que se deciden los destinos de la nación.

Se apearon en el Capitolio y entraron en el edificio mezclados con los turistas. La tarde estaba ya mediada. Ante el detector de metales se había formado una pequeña cola compuesta principalmente por grupos familiares que aguardaban para efectuar la visita turística.

Al principio no tuvieron suerte. Skyler miraba a todos aquellos con los que se cruzaban por los pasillos del Capitolio. Se asomaron a varias oficinas y pasearon por los amplios corredores. Mientras simulaban examinar el busto de algún político famoso, lo que en realidad hacían era estar pendientes de las conversaciones de los congresistas. Encontraron un despacho de atención al público en el que pudieron examinar las fotos que contenía el directorio del Congreso, un grueso volumen forrado en piel. Incluso se unieron a un grupo de congresistas, y con él llegaron hasta el andén de un tren eléctrico subterráneo. Lo tomaron, fueron al edificio Samuel Rayburn y regresaron.

Jude estaba ya a punto de arrojar la toalla cuando de pronto advirtieron que todos los congresistas se movían con paso presuroso en una misma dirección. Un guardia les explicó que era necesario que hubiera quórum para la votación de una enmienda presupuestaria. Aquél sería el último acto legislativo antes de que en el Congreso comenzaran las vacaciones de verano. No resultaba extraño que todos estuvieran tan impacientes por votar.

Se encaminaron a la galería reservada para los visitantes. Skyler se situó en un asiento de primera fila y miró desde lo alto hacia el salón de sesiones. El presidente del Congreso dio un golpe de maza y anunció que se iba a efectuar un recuento de asistentes. Los congresistas accionaron los conmutadores que encendían las lucecitas del tablero de recuento situado en uno de los laterales.

Skyler le dio con el codo a Jude.

–Ese de ahí, el de la cuarta fila a la derecha.

Jude miró al hombre que su compañero indicaba. Era un individuo bajo y regordete, con gafas de montura oscura y una calva que relucía por debajo de los largos cabellos que trataban sin el menor éxito de disimularla.

–Creo que lo conozco, pero no estoy seguro. Tendría que verlo de frente.

Localizaron el escaño del hombre en el folleto de turismo que tenía por título «Conozca a sus representantes». Aquel puesto correspondía a la delegación de Georgia.

Diez minutos más tarde, finalizada la votación, un mazazo del presidente dio por concluida la sesión y los congresistas se pusieron en pie. Cambiaron apretones de manos, abrazos, se despidieron con estentóreas voces y desaparecieron con la rapidez de los niños en el último día de clase.

Jude y Skyler tuvieron que preguntar varias veces hasta que llegaron a la oficina que buscaban. La puerta del despacho 316 estaba cerrada. La pasaron de largo y fueron a detenerse al fondo del corredor, cerca ya de la rotonda. Muchas de las puertas que daban al corredor se abrieron, y por ellas salieron hombres y mujeres dispuestos a comenzar cuanto antes las vacaciones. Pasados diez minutos, cuando ya apenas había ajetreo, la puerta 316 se abrió y salió el hombre bajo y con gafas. Visto desde el nivel del suelo, su cuerpo tenía forma de aguacate.

El hombre fue derecho hacia donde ellos estaban. Los dos se escondieron rápidamente tras una estatua de William Jennings Bryan en la que éste aparecía en actitud oratoria, con una mano tendida hacia delante y la otra sobre el corazón.

–Míralo bien –dijo Jude, que permanecía oculto tras la estatua.

El hombre salió a paso rápido del corredor y giró sobre sus talones encaminándose hacia una puerta que estaba en la otra dirección.

«Vuélvete –le ordenó mentalmente Skyler–. ¡Vuélvete!»

El hombre continuó derecho y llegó a la puerta. En aquel momento Jude lanzó un estrepitoso estornudo que resonó en todo el corredor.

El hombre se volvió. Skyler le echó un buen vistazo y se metió también tras la estatua de Bryant. Cuando salió de nuevo, el hombre había desaparecido y el ruido de la puerta al cerrarse aún resonaba en la rotonda.

Skyler sólo dijo una palabra:

–Bingo.

–Aún tenemos que hacer escala en otro puerto –dijo Jude mirando su reloj–. Si nos damos prisa, todavía llegaremos a tiempo.

En el taxi le dio a Skyler una conferencia sobre la Primera Enmienda, la libertad de prensa y las glorias del Cuarto Poder. Cuando en una democracia falla todo lo demás, dijo, cuando uno está desesperado y no sabe a qué recurrir, siempre puede buscar la salvación en los periódicos.

–Y por eso ya me siento cabreado por lo que estamos a punto de descubrir –declaró.

Las oficinas ejecutivas de la Wolrdwide Media Inc. ocupaban los tres últimos pisos de un moderno edificio de la avenida Connecticut. Desde allí, Tibbett y sus ejecutivos podían –figurativa y literalmente– mirar desde arriba a la Casa Blanca.

Una vez en el interior del edificio, Jude recordó que el vestíbulo tenía una salida en cada extremo. Hordas de empleados estaban ya saliendo por ambas puertas. Lo cual no les convenía, pues si Jude y Skyler se apostaban en una de las puertas, el hombre al que buscaban podía salir por la otra. El único remedio era tratar de atajarlo en el piso duodécimo. Jude sabía por una visita anterior a Washington –que realizó cuando, por algún motivo, el jefe del departamento lo invitó a la fiesta anual que daba el club de prensa de la capital– que la compañía tenía allí su propia zona de recepción. Los ejecutivos que bajaban de los pisos altos cambiaban allí de ascensores para llegar al vestíbulo.

Jude también sabía que en el piso duodécimo habría una recepcionista que les pediría la documentación. Él tenía su credencial de prensa del *Mirror*, pero ¿qué haría Skyler? Él era el que contaba. Quizá, si sabían enrollarse bien, les permitieran pasar.

Pero se había preocupado en vano. Cuando salieron del ascensor, el escritorio de la recepcionista estaba vacío, lo mismo que el resto de la sala. En el rincón había un televisor en funcionamiento, sintonizado, cómo no, con la cadena de televisión Tibbett.

Todo lo que se veía, desde los tiradores de las puertas hasta las estructuras de acero de las sillas, era ultramoderno. Una de las paredes estaba ocupada por ventanas de cristal color humo que llegaban desde el suelo hasta el techo. Todo aquel vidrio producía la sensación de que la oficina estaba suspendida en el espacio, como si se tratara del interior de una carlinga. De hecho, Tibbett era un apasionado del vuelo, y por todas partes había elementos decorativos relacionados con la aviación: modelos de aviones, hélices montadas en la pared y un cenicero de cristal con una foto de Charles Lindbergh.

Frente al elevador había un mullido tresillo de cuero. Jude le indicó a Skyler que se sentara en uno de los sillones y le tendió un periódico de la pila que había junto al escritorio de recepción.

—Si es necesario, utilízalo para taparte la cara. No lo olvides: tú tienes que verlo a él, pero él no tiene que verte a ti.

Jude aguardó en el recodo de un pequeño pasillo que conducía al servicio de caballeros.

No tuvieron que esperar mucho. Cinco minutos más tarde, bajó un ascensor y varios hombres salieron de la cabina y se dirigieron rápidamente hacia los ascensores que descendían hasta el vestíbulo. Uno de ellos se movía con la segura autoridad de los jefes ejecutivos. Atisbando discretamente desde su rincón, Jude confirmó que se trataba de Tibbett.

¡Y de pronto Tibbett se apartó del grupo y se dirigió derecho hacia él!

Jude se retiró rápidamente al interior del servicio. Oyó pasos tras de sí y se metió en una de las cabinas. De pie sobre el inodoro, esperó conteniendo el aliento. Oyó abrirse la puerta, luego unos pasos, una cremallera que bajaba, el sonido de un hombre orinando, y luego el del agua de la cisterna al caer. Al fin volvieron a sonar los pasos, y la puerta se abrió y se cerró.

Jude aguardó un par de minutos antes de atreverse a salir del servicio.

Skyler estaba de pie en la sala.

—Estaba preocupado por ti —dijo—. El tipo parecía capaz de tirarte por la ventana.

—¿Te resultó conoci...?

—No necesitas preguntarlo. Lo recuerdo con toda claridad, porque llegó a la isla pilotando su propio avión.

El comentario hizo reflexionar a Jude. Aquella noche, en la pensión, accedió a la página web del *Mirror* y rebuscó entre las fotos de Tibbett hasta encontrar la que buscaba. En ella, el magnate inmobiliario aparecía vestido con una camisa safari color marrón, posando para la cámara en algún lugar de los trópicos. Al fondo se veían palmeras y el morro de un pequeño avión.

—Mira —dijo Jude—. ¿Es éste el avión?

—Desde luego. Recuerdo el nombre, *Lorelei*. Y recuerdo algo más. Éste es exactamente el mismo tipo de avión en el que me oculté para fugarme de la isla.

Jude miró el nombre y vio que, debajo, había una pequeña insignia. Se acercó más a la pantalla para observarla. Se trataba de una pequeña W.

CAPÍTULO
25

Jude y Skyler hicieron los preparativos para el viaje al sur. Al fin, al cabo de tanto tiempo de intentar encontrar el modo de localizar la isla, disponían de una pista sólida –la foto del avión– que podía llevarlos en la dirección adecuada.

Pero antes necesitaban dinero y un coche.

Jude llamó a Tom Mahoney, un viejo amigo que trabajaba en la redacción de Washington del *Mirror*, y quedó con él en una hamburguesería. Mahoney era toda una leyenda. Llevaba en el periodismo político más tiempo del que nadie alcanzaba a recordar, y los almuerzos, cócteles y cenas a los que había asistido durante su carrera habían dejado su huella, ya que el hombre pesaba 120 kilos y acostumbraba a tomar la primera ronda de tragos poco después del mediodía. Pero se trataba de un reportero extraordinario: conocía montones de anécdotas, tenía infinidad de teléfonos privados de personajes famosos y en cualquier momento era capaz de sacarse un buen titular de la manga.

Él y Jude se conocían desde los tiempos en que Mahoney era flaco, cuando Jude probó suerte como corresponsal en el extranjero de la Associated Press y Mahoney trabajaba para la UPI. Se habían conocido con ocasión de un golpe de estado que tuvo lugar en Nigeria. Ambos habían visto en la parte posterior de un Mercedes el cuerpo acribillado a balazos del jefe del Estado; Mahoney no pudo utilizar el telex para enviar su crónica y Jude, pese a ser de la competencia, se portó como un caballero. Envió el reportaje por él, aunque, naturalmente, lo hizo después de haber mandado el suyo. Mahoney no había olvidado aquel favor.

–¿Qué necesitas? –preguntó.

—Dos mil —respondió Jude, y le agradó ver que Mahoney no torcía el gesto—. Y un coche.

—¿Estás metido en algún lío?

La respuesta a tal pregunta resultó imposible de exagerar.

Terminaron sus hamburguesas y estuvieron un rato hablando de los viejos tiempos.

—Tú pagas —dijo Mahoney a la hora de la cuenta.

Caminaron hasta el banco de Mahoney, que se hallaba a menos de dos manzanas, el hombre sacó el dinero y se lo dio a Jude en billetes de cincuenta. Luego le entregó las llaves de su casa y le dijo dónde podía encontrar las llaves del Volvo estacionado en la parte trasera del edificio.

—Luego me dejas las llaves en el buzón. Trudy me abrirá... si no está demasiado cabreada conmigo.

Mahoney le deseó suerte, le estrechó la mano, dio media vuelta y echó a andar. Jude sintió una oleada de afecto viendo cómo su amigo se alejaba con paso decidido por la acera, sin apartarse para ceder el paso a nadie.

Después de recoger el coche, Jude hizo una rápida llamada para decirle a Tizzie que se marchaban de Washington, y para comunicarle lo que habían averiguado hasta el momento. Tizzie parecía nerviosa y no pudieron hablar durante mucho rato. Luego Jude y Skyler pasaron el resto de la tarde en la biblioteca del Congreso. Jude utilizó su verdadero nombre y la credencial del *Mirror* para conseguir que el bibliotecario los recibiera en su oficina. Tras una breve entrevista, el hombre les permitió utilizar la sala de investigación. Los condujeron a una gran recámara carente de ventanas situada en los sótanos del edificio. El lugar estaba desierto, salvo por tres tipos con pinta de ratones de biblioteca que parecían haber pasado sus vidas allí.

A lo largo de una pared había una serie de cubículos. Jude y Skyler se acomodaron en uno que tenía una gran mesa vacía y un ordenador en un rincón.

En primer lugar pidieron mapas —náuticos, topográficos, todo tipo de mapas a todo tipo de escalas—, en los que apareciese la costa de Carolina del Sur, de Georgia y de Florida oriental. Los extendieron sobre la mesa como si se encontraran en un despacho de estado mayor.

Jude bajó de la web la foto de Tibbett junto al avión e imprimió una copia. Dejó ésta junto al ordenador, se conectó a la red y procedió a buscar docenas y docenas de documentos referentes a avionetas. Al fin, encontró una que parecía encajar, una Cherokee monomotor de cinco plazas. Hizo clic sobre «Datos técnicos» y dio con lo que buscaba: capacidad del depósito, consumo de combustible y velocidad máxima. Calculó que la autonomía de vuelo a depósito completo era de más o menos mil kilómetros.

Con un compás que le prestó un ayudante de biblioteca y guiándose por la escala del mapa, marcó la distancia máxima. Luego centró el compás en el punto que representaba a Valdosta –el lugar en el que había aterrizado Skyler–, y describió un semicírculo, creando un arco que se adentraba en el océano e incluía una gran sección de litoral.

–La isla tiene que estar en algún punto de este semicírculo –dijo.

Jude contempló el mapa con desaliento. La zona de mar y de tierra era mucho más extensa de lo que había pensado; por el sur abarcaba hasta la península de Florida y por el norte casi hasta Washington.

–Ahora esfuérzate en recordar algo, algún detalle del paisaje, cualquier cosa que nos ayude a ubicar la isla.

Pidieron libros de referencia sobre las islas de la zona y eliminaron las mayores y mejor conocidas, como Hilton Head, Pawley's Ossabaw, Santa Elena, las Santa Catalina y Sapelo. Las posibilidades de que una secta médica coexistiera con un centro turístico de lujo eran decididamente escasas. A continuación consultaron libros sobre las labores agrícolas en las plantaciones, cultura gullah, antiguas tribus indias. Los hojearon todos tratando de dar con algo, cualquier cosa, que evocase algún recuerdo en Skyler. No encontraron nada.

–Maldita sea –masculló Jude–. Algo tiene que haber. Esfuérzate.

Skyler se esforzaba. Cerró los ojos y recordó todo lo que pudo. Intentó calcular el tamaño de la isla, su forma, incluso su distancia del continente. Pero lo único que alcanzaba a ver con el ojo de la imaginación era la gran superficie del mar y la densa masa de los bosques. Sus recuerdos eran demasiado vagos y no se podían convertir en cálculos de hectáreas o kilómetros.

Hicieron una pausa para tomar café. En cuanto hubo dado el primer sorbo, Skyler tuvo una feliz idea.

—Se me ocurre una cosa —dijo—. ¿Recuerdas que te hablé de un faro abandonado? Ése podría ser el hito que buscamos.

Volvieron a la sala de referencias y encargaron libros sobre viejos faros, rutas marinas y lugares señalados de las marismas costeras. Los examinaron cuidadosamente, página a página, pero no encontraron ni una sola imagen que recordara a Skyler su precioso escondite.

—¿Y el huracán? —preguntó Jude—. Comentaste que un huracán había alcanzado la isla... No me refiero al huracán de Valdosta, sino a uno de hace muchos años. Intenta recordar en qué año fue.

Skyler intentó hacerlo. Cogió un lápiz e hizo unos cuantos cálculos. Pensó un poco más y al fin declaró que probablemente había sido en 1989. Jude se conectó con Nexis y pidió la información.

—Si conseguimos el nombre del huracán, podemos obtener los datos meteorológicos —explicó—. Y con ellos nos será posible trazar sobre el mapa el recorrido de la borrasca. Eso reducirá bastante el campo de nuestra búsqueda.

Esperó mientras el ordenador buscaba.

—Aquí está —dijo al fin—. Huracán *Hugo*. Alcanzó Charleston, Carolina del Sur. Vientos constantes de doscientos veinte kilómetros por hora. Causó grandes estragos.

—Ése fue —dijo Skyler—. *Hugo*. Recuerdo que oí el nombre por la radio.

—¿Cómo dices?

—Que sí, que era *Hugo*.

—Pero ¿cómo lo sabes?

—Lo oí en la radio de Kuta.

Jude lo miró, esperanzado.

—¿Y no recordarás por casualidad las letras del identificativo de la emisora?

Skyler comprendió por dónde iba su compañero.

—¡Claro que sí! WCTB.

Jude cerró los libros y enrolló los mapas.

—Creo que ya tenemos suficientes pistas —dijo—. ¿Qué hacemos aquí perdiendo el tiempo?

Se dirigieron en el Volvo a la pensión para recoger sus escasas pertenencias, pero no pudieron llegar a su destino. La calle estaba cortada por coches patrulla y camiones de bomberos, cuyos pilotos luminosos giraban y cuyas radios no dejaban de parlotear. Los bomberos, calzados con botas de goma y cubiertos con brillantes impermeables amarillos, estaban sacando las mangueras, que salían de los camiones como el sedal sale del carrete de una caña de pescar. Jude estacionó el coche a tres manzanas de distancia y regresaron al lugar. En la otra acera, varios policías uniformados mantenían a raya a la multitud. Jude y Skyler se abrieron paso hasta la primera fila.

–Jude... Ése es el edificio donde estaba la pensión.

A poco más de un metro de Skyler había un policía.

–¿Qué ha pasado? –le preguntó.

El agente lo miró fijamente durante tres o cuatro segundos antes de responder:

–Un incendio.

–¿Hay heridos?

–No.

–¿Qué lo produjo?

–No se sabe bien. Quizá haya sido una explosión de gas.

Contemplaron los daños. El aire estaba lleno de humo o de polvo. La fachada del edificio había volado por las nubes y de ella sólo quedaba un montón de cascotes. Los tejados de los edificios contiguos estaban inclinados hacia la recién abierta cavidad. El muro posterior aún aguantaba, de modo que era posible ver en él la distribución de los pisos que faltaban: parte de una escalera, las blancas líneas de escayola que marcaban la ubicación de los tabiques, parte de la madera de los techos. El espectáculo tenía algo de patético, como si el edificio arruinado fuera una descomunal casa de muñecas.

Resultaba difícil reconocer la pensión en la que, hacía sólo unas horas, habían pasado la noche.

Jude agarró a Skyler por un brazo y señaló hacia el otro lado de la multitud. Un hombre corpulento estaba mirando el edificio como el resto de los curiosos, pero de cuando en cuando se volvía y estudiaba a la gente que lo rodeaba.

Skyler contuvo el aliento mientras esperaba que el hombre se volviese en su dirección. Quería ver si tenía un mechón blanco en el cabello. El hombre se volvió. No tenía ningún mechón.

Jude y Skyler se abrieron paso entre la gente y regresaron rápidamente a su coche.

Estaba asustados y decidieron que aquél era el momento oportuno para marcharse de la ciudad.

La emisora de radio WCTB ocupaba una blanca y destartalada casa que se alzaba en un solar lleno de matojos de la calle Gloucester en Brunswick, Georgia. Tenía una parabólica y una antena emisora de más de diez metros que parecía salida de los años cuarenta. Las ventanas estaban cerradas, y la puerta delantera, pintada con los colores ashanti –amarillo, naranja y verde–, también cerrada. Junto a un árbol del que colgaba un columpio hecho con un neumático, había una mesa y una silla.

Mientras estacionaban en las proximidades, Jude y Skyler percibieron un mantenido y vibrante sonido de tambores que salía del interior del edificio. Mientras salía del coche, Skyler recordó las antropomórficas casas de los viejos dibujos animados en blanco y negro, que corrían, brincaban y bailaban con tal entusiasmo que sus postigos se desprendían.

El viaje había sido rápido. Mientras circulaban por la interestatal 95, dejando atrás Savannah, para luego enfilar por la vieja carretera de la costa, la interestatal 17, fue como si retrocedieran en el tiempo. El aire se tornó húmedo y en él se percibía el olor de las magnolias y los duraznos. Luego, más adelante, les llegó el fuerte aroma salino de las marismas. Volver a percibir los olores y los sonidos de toda una vida le produjo a Skyler un efecto relajante. Le agradaba haber vuelto al lugar en el que de las ramas de los árboles pendían líquenes y donde la gente parecía disponer de todo el tiempo del mundo.

Caminaron hasta el edificio de la emisora. Skyler llevaba seis latas de cerveza que había comprado en una licorería situada detrás de una estación de servicio Texaco. Estuvieron largo rato aporreando la puerta delantera y, al fin, durante una pausa publicitaria de la programación, un negro les abrió. El hombre, que lucía una camisa de colores explosivos y llevaba puestos unos grandes auriculares de los que salía un cable que colgaba hacia el suelo, los miró de arriba abajo y se hizo a un lado franqueándoles la entrada.

Jude comenzó a dar explicaciones, pero enseguida se tuvo que callar. El negro se sentó a una consola, conectó sus auriculares y accionó dos conmutadores en el momento en que terminaba la publicidad.

A través del cristal que separaba la sala de control del pequeño estudio, Jude y Skyler vieron al *disc-jockey*, un negro que llevaba grandes gafas de espejo y hablaba al micrófono en una mezcla de inglés y gullah.

–Escuchen, la próxima canción es estupenda para bailar –dijo en gullah.

Cuando el disco comenzó a sonar, el hombre salió de la cabina. Medía casi dos metros y les sacaba la cabeza a Jude y Skyler. Su apretón de manos era auténticamente demoledor.

–Bozman –anunció sin una sonrisa.

Jude y Skyler se presentaron.

El técnico de sonido bajó la música unos cuantos decibelios y pudieron charlar. Su mirada iba de Skyler a Jude y de Jude a Skyler.

–Dos hermanos blancos –dijo al fin–, uno criado en el norte y el otro en el sur. Podríais organizar vuestra propia guerra civil.

Y, dicho esto, lanzó una estentórea carcajada. Volvió a meterse en la cabina, se sentó frente al micrófono y puso otro disco.

–Y ahora uno que a las chicas os encantará.

Cuando Bozman regresó junto a ellos, Skyler le tendió una cerveza.

–*Dat de bes* –le dijo.

El hombre se irguió en su silla, le dio a Skyler una palmada en la espalda y sonrió de oreja a oreja.

–¿Dónde aprendiste a hablar gullah? –le preguntó en gullah.

Intercambiaron un par de frases en esa lengua y Skyler tradujo para Jude:

–Me ha preguntado dónde aprendí a hablar gullah. Yo le he dicho que cerca de aquí, que Kuta me enseñó. Bozman lo conoce, y dice que es un gran músico.

–Pregúntale... Déjalo, yo mismo lo hago. –Jude se volvió hacia el *disc-jockey* y le dijo–: ¿Sabes dónde vive Kuta? ¿Cómo se llama su isla?

Bozman lanzó una cavernosa risa y señaló a Skyler.

–Él debería saberlo, si creció por estos contornos.

–Eso es precisamente lo extraño. Vivió mucho tiempo allí, pero no conoce el nombre del lugar, y...

El *disc-jockey* volvió a su cabina. Nuevo parloteo, nuevo disco.

Transcurridos treinta minutos y consumidas tres cervezas, seguían sin dar con el nombre de la isla. Bozman, que no se explicaba cómo era posible, que Skyler creciera sin saber en qué lugar del mundo se encontraba, sólo conocía a Kuta de oídas. Admiraba su música pero ignoraba dónde vivía.

De pronto Skyler tuvo una inspiración.

–Bozman... –dijo–. ¿Sabes algo de una rebelión de esclavos, de todo un grupo de africanos que, al desembarcar de la nave que los trajo a través del océano, volvieron inmediatamente al mar, se adentraron en él andando y se ahogaron?

La pregunta dio en el blanco.

–Claro. Todo el mundo conoce esa historia. Eran indígenas igbo. En mayo de 1803, el barco que los traía arribó a Dunbar Creek. Los esclavos entonaron un himno a su dios, Chukwu, y luego se adentraron en el océano y echaron a andar hacia la Madre África. En memoria de ese suceso, el lugar es conocido hoy en día como Ebo Landing.

–Pero... ¿en qué isla está?

Bozman pronunció el nombre como si le estuviera haciendo un regalo.

–Isla Cangrejo –dijo sonriendo de oreja a oreja y separando las palmas de las manos, como señalando lo fácil que había sido encontrar respuesta a la gran pregunta.

El *disc-jockey* incluso sacó un viejo mapa de un cajón y les enseñó dónde se hallaba la isla. Era la más exterior de un grupo de ocho y no distaba mucho de allí, a unos sesenta kilómetros litoral abajo.

«Qué nombre tan prosaico –pensó Jude–. El camuflaje perfecto para un cometido infernal.» Miró la forma de la isla en el mapa: incluso parecía un cangrejo, con el cuerpo redondo y una angosta península que la unía a una isla menor y que parecía una pinza.

Skyler y Jude se despidieron de los dos negros con sendos apretones de manos. El técnico de sonido se sentó ante la consola y el *disc-jockey* regresó a su cabina. Bozman colocó ambas manos sobre el micrófono, como si se dispusiera a cantar, pero no lo hizo. En vez de ello, se lanzó a una cháchara tan rápida que Skyler no comprendió casi nada de lo que decía.

Pero sí entendió palabras sueltas, y habría jurado que oyó a Bozman pronunciar el nombre de Kuta. El disco que puso a continuación era de jazz, hot jazz de Nueva Orleans, y Skyler también habría jurado que el trompetista no era otro sino Kuta.

Decidieron pasar la noche en el Days Inn situado en la salida 11 de la interestatal 95. Preguntaron en recepción dónde se podía comer bien y el empleado les dio la dirección de un restaurante llamado Pelican Point, que sólo estaba a diez kilómetros por la 99. Allí disfrutaron de una excelente cena marinera y para cuando regresaron al motel ya había anochecido.

Skyler estaba nervioso y no tenía sueño. Se quedó levantado hasta tarde viendo viejas películas por televisión, y no se durmió hasta cerca de la una. Jude entró a saco en el minibar y se bebió un par de whiskies que lo dejaron fuera de combate. Se despertó a las cinco de la mañana y no logró conciliar de nuevo el sueño.

Se acordó de Tizzie y pensó en llamarla. No había hablado con ella desde que se marchó de Washington, pero no deseaba correr el riesgo. Sabía que la joven estaba representando el papel de espía y debían actuar con cuidado y astucia. Lo mejor que podía hacer para proteger a Tizzie era mantenerla en la ignorancia de las cosas importantes. Y aquello era importante.

Pensó en lo que harían al día siguiente. Irían al embarcadero situado detrás de la tienda Homer's de cebos y aparejos de Landing Road. Aquél, según les había dicho la camarera del Pelican Point, era el mejor sitio para alquilar una lancha. Pagarían en efectivo. Luego se dirigirían hacia la isla, y... Y a partir de aquel punto resultaba imposible hacer planes, porque no había modo de saber qué ocurriría. Comenzó a sentir un fuerte vacío en el estómago.

Llevaban días y días intentando averiguar el nombre de la isla, pero en ningún momento se habían planteado qué demonios harían si conseguían llegar hasta ella. Echar un buen vistazo. Espiar a los del Laboratorio. Reunir la mayor cantidad posible de información. Estupendo, pero... ¿cómo? ¿Escondiéndose entre los arbustos con unos prismáticos? Y luego ¿qué? A la fría luz del amanecer, los grandiosos planes que había forjado bajo el influjo del alcohol la noche anterior –planes para acabar con el Laboratorio y liberar a los clones, y detener a Baptiste e incluso a Rincon si éste se hallaba en la isla–, no le parecían sino las patéticas fantasías de un aspirante a héroe. Tenía que enfrentarse a la realidad. Lo cierto era que no tenía ningún plan, salvo el de llegar a la isla e, improvisando sobre la marcha, averiguar todo lo que le fuera posible... Y todo ello evitando que lo detuvieran. Porque, en caso de que los detuvieran... –Jude no se hacía ilusiones–, no era probable que pudieran escapar.

El vacío de su estómago aumentó, y sabía que no era a causa del hambre. Dio vueltas y más vueltas en la cama, tratando inútilmente de dormirse, y cuando ya las sábanas estaban húmedas de sudor y arrugadas logró conciliar el suelo.

Despertó sobresaltado e, inmediatamente, debido a la luz que se filtraba por las cortinas, se dio cuenta de que habían transcurrido bastantes horas. Miró su reloj. Cristo, eran las diez de la mañana. Se levantó, se vistió y fue a llamar a la puerta de Skyler. Éste llevaba una toalla en torno a la cintura y Jude vio que del baño salían densas nubes de vapor: se había estado duchando. Aquello irritó a Jude. Skyler debía de llevar un buen rato en pie. ¿Por qué no lo había despertado? El día empezaba mal, y eso que ni siquiera había salido del motel.

Las cosas no mejoraron una vez salieron. Fueron hasta la costa y les costó trabajo encontrar un sitio en el que dejar el Volvo. En el primer lugar, en un arbolado tramo de carretera, el propietario de una casa tipo rancho situada en las proximidades les dijo que se largasen de allí. Los dos lugares siguientes estaban vacíos, pero el coche habría llamado mucho la atención allí detenido. Al fin se metieron por un camino que conducía hasta las marismas y, al llegar al final, encontraron una zona semioculta entre un grupo de pacanas. Aparcaron el coche junto a un destartalado Buick con el radiador oxidado.

El camino de regreso fue más largo de lo que esperaban, y para cuando llegaron a Landing Road sudaban copiosamente. La tienda de cebos y aparejos Homer's daba a la carretera. Al otro lado había una dársena en la que la hierba crecía hasta la cintura. En el centro de la orilla, se veía un muelle flotante sujeto a cuatro viejos pontones que le permitían subir y bajar con la marea. Cuatro lanchas estaban amarradas a él. A la derecha, la carretera continuaba sobre un angosto puente de madera que parecía construido con traviesas ferroviarias. Cruzaba un brazo de mar que luego se dividía en los canales que discurrían entre las docenas de islas de las marismas.

Tres hombres estaban sentados en sillas frente a la tienda, bajo el desvencijado techo del porche. Uno de ellos, un individuo de cabello entrecano y rostro bronceado les dirigió una distraída inclinación de cabeza. Los otros dos no alzaron la vista ni reaccionaron ante la presencia de Jude y Skyler; uno de ellos estaba contando una larga historia acerca de un viaje a Mobile, y hablaba con tal lentitud y haciendo tantas pausas que Jude no se decidía a interrumpirlo.

Al fin, preguntó por Homer.

El narrador alzó la mirada, lanzó un escupitajo que fue a caer sobre el polvo, los miró de arriba abajo y señaló hacia su espalda. Jude entró en el local.

Homer era un joven que iba desnudo de cintura para arriba y llevaba unos desteñidos vaqueros azules. En el bíceps derecho tenía un tatuaje del ratón Mickey sosteniendo una daga de cuya punta caían pequeñas gotas de sangre color rojo anaranjado. El hombre no se mostró desagradable, e incluso charló con ellos sobre el tiempo –según dijo, el último huracán había sido el peor que se recordaba–, pero cuando Jude le preguntó si podía alquilarles una lancha, torció el gesto y dejó de hablar. Skyler entró en el local y la vista de Homer fue de uno a otro repetidamente, como si se muriese de ganas de hacer una pregunta.

–Queremos alquilar una lancha –contestó.

–Yo no alquilo lanchas –contestó.

Jude señaló un cartel escrito a mano que había sobre un barril lleno de lombrices y que decía: SE ALQUILAN LANCHAS POR DÍAS.

–Hemos dejado el negocio –explicó Homer inexpresivo.

–Hemos de ir a la isla Cangrejo. ¿Nos puede usted llevar?

–¿Además de la lancha, también quieren contratar mis servicios?

–Exacto.

Jude se metió la mano en el bolsillo y sacó un fajo de billetes. Probablemente, hacerlo no fue la mejor táctica, pero no había llegado hasta allí para que un patán echara por tierra sus planes.

–Pagaré lo que sea.

Aquello pareció cambiar la situación. Homer miró por un momento el dinero e inmediatamente apartó la vista.

–Les costará ochenta dólares.

–De acuerdo.

–Y tendrán que esperar a la hora del almuerzo –Explicó Homer abarcando el local con un ademán–. Estoy solo en la tienda.

–Le daré cien dólares si nos vamos ahora mismo.

Homer se rascó la cabeza y miró hacia el viejo reloj situado sobre la caja registradora. Eran las doce y diez.

–Supongo que no pasará nada porque hoy cierre un poco antes. Voy por mis cosas.

Homer salió por una puerta del fondo del local y Jude y Skyler lo esperaron fuera.

Transcurridos unos minutos, Jude volvió a entrar y oyó la voz de Homer hablando por teléfono, aunque no logró entender lo que decía. El timbre del teléfono no había sonado, así que era Homer el que había hecho la llamada. Pero... ¿a quién?

Para cuando Homer hubo cerrado el local, tras tapar los barriles de lombrices y gusanos, dejarlo todo en su lugar y apagar las luces, eran cerca de las doce y media. Cogió su caña de pescar y la dejó en la lancha. Se alejaron del embarcadero a las 12.35.

Skyler se situó en la proa y se inclinó contra la brisa cuando la lancha abandonó la ensenada y adquirió velocidad. Olfateó el aire. Una pequeña garceta aleteó y remontó el vuelo. Todo en torno a él —el cielo, la pálida luz, el olor de las marismas— le resultaba abrumadoramente familiar.

A Jude, situado en el centro de la lancha, le asaltaban un sinfín de preocupaciones, como, por ejemplo, dónde desembarcarían y si alguien oiría el sonido del motor. Le sorprendía lo bien que Skyler parecía encajarlo todo. Lo miró desde detrás. «Ni que hubiera salido a pescar cangrejos», se dijo. No parecía tener ni una sola preocupación en el mundo.

Sin embargo, Jude se equivocaba. Skyler a duras penas lograba contener su emoción. Mirara donde mirase, encontraba algo que evocaba antiguos recuerdos ya casi enterrados. Según iba quedando atrás la línea de la costa, ésta le resultaba más y más familiar, como si la silueta de los árboles encajara con una vieja imagen mental que él albergaba en su recuerdo. Todo le recordaba los profundos y contrapuestos sentimientos de la infancia: amor y temor, deseo e impotencia.

Homer rompió el trance evocativo.

—¿Y cómo piensan volver?

—Tendrá que volver usted a recogernos —dijo Jude.

—No sé si podré.

—Vamos, hombre. No va usted a dejarnos allí.

—Depende de la hora. Quizá después de cerrar la tienda. Naturalmente, eso tendrán que pagarlo aparte.

Fijaron una hora para el encuentro, las seis de la tarde. Jude no tenía ni idea de si serían capaces de acudir a la cita.

Homer los dejó cerca de la cabaña de Kuta. Tuvieron que llegar a la playa vadeando, ya que no fue posible amarrar la lancha porque el embarcadero se había derrumbado y la mitad de sus maderos se encontraba bajo el agua.

Skyler advirtió inmediatamente que algo no iba bien.

La cabaña estaba semiderruida. La gran rama de un roble cercano había caído sobre su techo. Faltaba una ventana completa, y a través del hueco pudieron ver el roto y torcido espejo que colgaba de la pared. El viejo motor fueraborda se había caído de su tocón y se hallaba medio enterrado en el suelo. El viento había lanzado una red de pesca contra las ramas de una palmera. Por todas partes se veían ramas rotas y hojas secas, y el césped estaba aplastado y cubierto de barro seco.

Mientras se ponían los zapatos, oyeron la lancha de Homer alejándose. El sonido del motor se fue haciendo más y más débil, hasta que se convirtió en un lejano petardeo. Cuando éste se extinguió por completo, se produjo un silencio casi sepulcral.

–Ésta era la cabaña de Kuta –dijo Skyler, que se movía con la cautela de quien camina por un campo de minas.

Abrió la puerta delantera y echó un vistazo al interior. En las paredes se veían grandes manchas de humedad y el suelo estaba cubierto de barro. La cama se hallaba empapada y pandeada, pero la cómoda seguía en pie, con el intacto aparato de radio encima.

–No sé si Kuta volvió por aquí después de que vi al ordenanza. Lo mismo no volvió. Tal vez... tal vez lo mataron.

–No tienes por qué pensar eso. Todos estos daños los produjo sin duda el huracán. Quizá tu amigo haya huido. Resulta difícil saber si recogió sus cosas antes de que la borrasca llegara a la isla.

Jude trató de abrir un cajón atascado. Tiró con más fuerza y lo sacó por completo de la cómoda. Mostró su contenido a Skyler. El cajón estaba lleno de ropa.

–Bueno, quizá salió con prisa –dijo.

Skyler advirtió que la trompeta no colgaba de los clavos de la pared. Aquello era buena señal, pues el instrumento sería lo último que Kuta dejase atrás.

Volvieron al exterior.

–Por aquí –dijo Skyler avanzando entre los árboles en dirección al camino de la casa grande.

Aunque intentaba que no se le notase, el corazón le latía aceleradamente y las extremidades le temblaban.

En media docena de puntos, los troncos de árboles abatidos bloqueaban el paso. Habían caído en todas las direcciones, unos sobre el suelo, y otros muchos contra las ramas de sus compañeros, rompiendo con ello la verticalidad del bosque y convirtiéndolo en una especie de selva. Las raíces habían levantado grandes montones de tierra que alcanzaban los dos y los tres metros de altura y que parecían las trampillas de acceso a unas cuevas subterráneas.

Tardaron media hora en llegar al campus.

Sin abandonar el amparo de las sombras de los árboles, esperaron varios minutos aguzando la vista y el oído.

—Qué cosa tan rara —murmuró Skyler—. No se oye más sonido que el de los pájaros y las cigarras.

No se veía ni una alma, ni se percibía el más mínimo movimiento.

—Parece como si este condenado sitio estuviera desierto —dijo Jude susurrando sin darse cuenta de que lo hacía—. Todo esto me da muy mala espina.

Skyler abandonó la protección del bosque y salió a descubierto. Consideraba que le correspondía a él tomar las decisiones, actuar como jefe. Jude lo siguió.

Caminaron cautelosamente, pegados al lindero del bosque, hasta llegar a la pradera abierta y el campo en el que Skyler y los otros miembros del grupo de edad habían hecho gimnasia todos los días. También allí había árboles derribados. Altos montones de tierra y de raíces se alzaban aquí y allá como lápidas. El campo estaba cubierto por la capa de barro que había dejado tras de sí la tormenta. Lo cruzaron no sin dificultad, dejando hondas huellas a su paso y resbalando en varias ocasiones. Al otro lado estaba el camino que conducía a los barracones.

—¿A ti qué te parece? —preguntó Jude—. ¿Crees que no queda nadie? ¿Que se fueron todos huyendo del huracán?

—Tal vez, pero no creo. Nunca había sucedido algo semejante, y eso que durante mi niñez hubo grandes huracanes. Esto es muy extraño. Nunca supuse que algo así pudiera ocurrir.

Un enorme roble arrancado de raíz había caído paralelo al camino. Instintivamente, Jude y Skyler avanzaron tras el árbol.

Skyler se dirigió a la puerta del barracón, la misma puerta cuyo umbral había traspasado miles de veces durante la niñez. La abrió y entró. Los ojos del joven no tardaron en acostumbrarse a la penumbra. Inmediatamente, se dio cuenta de que todo era igual pero distinto. Las camas y los muebles estaban donde siempre, pero había desaparecido todo lo que se podía transportar fácilmente. En un rincón había un montón de sábanas sucias, y en otro calcetines, camisas y otras prendas de ropa. La evacuación, si es que de eso se trataba, había sido apresurada.

Fue hasta un camastro y se sentó en el húmedo colchón. Vio que en la ventana más próxima faltaba una cristal. Qué extraño se le hacía mirar en torno, fijarse en objetos que, de tanto verlos, había llegado a no reparar en ellos y advertir lo distintos, lo rudimentarios y toscos que le parecían. Quizá la diferencia estuviera en él mismo, pues ahora sus ojos ya habían visto el mundo del «otro lado».

Jude iba de un lado a otro por el barracón observándolo todo.

–No se puede decir que vivieras entre el lujo y la opulencia –dijo.

Caminó hasta el otro lado del dormitorio y se sentó en un camastro que, por puro azar, había sido el de Skyler.

–Quizá desde el punto de vista médico os atendieran de maravilla, pero desde luego no les importaba un pimiento que estuvierais cómodos o no.

A Skyler se le hizo extraño escuchar a Jude haciendo comentarios despectivos sobre el lugar en el que había crecido. Sintió una extraña necesidad de defenderse, de decir que no todo habían sido miserias y crueldades. Sin embargo, permaneció en silencio.

Jude se levantó y su pie pegó contra algo que se deslizó por el suelo. Lo recogió y se lo entregó a Skyler, que lo miró con pasmo.

–Esto era de Raisin –exclamó–. Su soldado de madera. Siempre lo llevaba consigo.

Se lo echó al bolsillo y luego se dirigió hacia la puerta.

–Vamos a la casa grande –dijo.

Mientras viajaba en el metro hacia su apartamento de la calle Ochenta y siete Oeste, Tizzie no dejaba de pensar en que, y no se enorgullecía de admitirlo, había resultado ser una excelente espía. O, mejor dicho, una excelente espía doble, lo cual era dos veces más difícil, pues requería pensar permanentemente con dos cabezas.

Tío Henry había quedado excelentemente impresionado por su «informe» del viaje a Arizona. Ella había incluido bastantes hechos verdaderos –la terrible visita a la mina, el derrumbe y la enfermedad de Skyler– para dar verosimilitud al escrito. Sin embargo, no había explicado nada que pudiera dar demasiadas pistas. Aquello era como hacer equilibrios en la cuerda floja.

Por ejemplo: ¿debía incluir lo del coche que los persiguió al salir del bar de carretera? Eso dependía de quiénes, a juicio de ella misma, fueran los perseguidores. Si era personal del Laboratorio y ella omitía el hecho –un suceso tan dramático–, entonces tío Henry se daría cuenta de que su sobrina jugaba a dos bandos y nunca volvería a confiar en ella. Pero si los villanos habían sido agentes renegados del FBI –y, felizmente, ella había tenido oportunidad de hablar con Jude después del abortado encuentro de éste con Raymond en el edificio Hoover–, entonces incluirlo en el informe supondría dar una valiosa pista a tío Henry. ¿Por qué tenía ella que estar al corriente de que el FBI andaba metido en el asunto? Y si tío Henry ya lo sabía, ¿por qué tenía que enterarse de que ellos también lo sabían? Dilemas y más dilemas.

Al fin, decidió no incluir el incidente en el informe. Y tío Henry no pareció darse cuenta de nada. Esto, a su vez, significaba que tío Henry desconocía la persecución, lo cual hacía que el dedo de la sospecha dejara de apuntar hacia el Laboratorio. De pequeños detalles como aquél sacaban sus conclusiones los espías dobles.

Aunque tampoco mencionó en el informe el actual paradero de Jude y Skyler, ni de cuáles eran sus planes inmediatos. Le había explicado a tío Henry que los dos hombres temían que las líneas estuvieran intervenidas y evitaban hablar por teléfono de aquellos temas. De lo que tampoco dijo nada –pese a las peticiones en sentido contrario de tío Henry– fue de su vida sentimental y afectiva. Tío Henry parecía sentir gran curiosidad por saber cuáles eran los sentimientos de su sobrina hacia Jude y Skyler. Y aquello era lo último que ella deseaba reflejar por escrito. Esta mala disposición se debía, en primer lugar, a que le desagradaba la idea de que un hombre metiera la nariz en sus sentimientos más íntimos; en segundo lugar, a que ella conocía a su tío lo suficiente como para temer el uso que pudiera hacer de la información; y en tercer lugar, ni ella misma sabía a ciencia cierta cuáles eran sus propios sentimientos.

Ahora se proponía tomar la iniciativa. Tenía que pasar del departamento de información al frente de batalla. Tío Henry había hablado de unas investigaciones. Tizzie deseaba participar en ellas y no dejaba de pedírselo a su tío. Necesitaba averiguar el motivo de la muerte de su madre y cuál era la enfermedad que afligía a su padre. Si realmente centraban sus esfuerzos en hallar una vacuna, Tizzie deseaba participar. Como el propio tío Henry había dicho, le sobraba capacidad profesional para hacerlo. Y, como cualquier científico sabía, era imposible encontrar una vacuna si antes no se conocía la enfermedad. Quizá así podrían encontrar algunas respuestas. Y quizá tales respuestas servirían de ayuda a Skyler y a Jude.

Se apeó en su estación, compró unas cosas en la tienda de comestibles y llegó a su edificio. Cuando apenas había introducido la llave en el buzón, advirtió que un hombre se hallaba esperando en el vestíbulo. Era tío Henry, que cada vez ocupaba un lugar más dominante en su vida.

Subieron a pie los dos tramos de escaleras y Tizzie, que iba delante, reparó en lo mucho que la ascensión fatigaba a su tío. Una vez en el apartamento, le ofreció una taza de té o café, que él no aceptó. El hombre fue directamente al grano.

–Estamos muy contentos con tu informe –dijo–. Hemos decidido admitirte en nuestro laboratorio. Hay mucho por hacer y muy poco tiempo. Existen tres reglas que debes obedecer. Sigue las instrucciones. No hagas preguntas. Y nunca te muevas del lugar que te asignen. ¿Entendido?

Tizzie asintió con la cabeza. Aunque se le ocurrían infinidad de preguntas, se dijo que aquél no era el momento adecuado para formularlas. Sin embargo, supuso que había algo que sí podía preguntar.

–¿Cuándo empiezo?
–Mañana.

Jude y Skyler no fueron hacia la casa grande por el camino principal flanqueado de viejos robles, pues hacerlo les pareció excesivamente arriesgado. En vez de ello, avanzaron entre los árboles sin perder de vista las ventanas y la puerta del gran edificio, intentando detectar algún indicio de vida.

Y no era que lo esperasen. La casa tenía todo el aspecto de hallarse abandonada. La mayoría de las ventanas estaban rotas, varias tuberías de desagüe se habían soltado y se agitaban a impulsos de la brisa, y un enorme árbol había caído sobre el tejado haciendo que toda una sección se derrumbase. Una de las columnas de la entrada se había desplomado hacia atrás, debido a lo cual la pequeña galería superior se hallaba inclinada y en precario equilibrio.

El lugar parecía viejo, decrépito, encogido... No se parecía en nada a la majestuosa morada que Skyler había reconstruido en su imaginación.

Cuando llegaron a la escalinata, Skyler se adelantó. Subió casi de puntillas los viejos peldaños de madera y trató de abrir la puerta principal. Estaba atascada. Cogió el tirador de latón con ambas manos y tiró con todas sus fuerzas. La puerta se abrió de golpe y chocó contra el muro exterior con tal fuerza que toda la casa pareció estremecerse.

Jude y Skyler se miraron y permanecieron medio minuto en tensa inmovilidad. Transcurrido ese tiempo, se tranquilizaron. Si aquel estrépito no había provocado reacción alguna, lo más probable era que el lugar estuviera desierto. Entraron en el edificio, ya sin miedo de hacer ruido.

En primer lugar se dirigieron a la sala principal del sótano, la misma en la que Julia y Skyler se habían metido a hurtadillas tantísimo tiempo atrás, cuando trataban de espiar a Rincon y de enterarse de lo que éste decía. Mientras bajaban por la escalera, Jude, que iba delante, se volvió a mirar a Skyler y advirtió su expresión de angustia y que su frente estaba perlada de gotas de sudor.

«Esto tiene que hacérsele muy duro», pensó Jude.

Entraron en la sala de archivos, que estaba prácticamente vacía. Había dos archivadores a los que les faltaban los cajones. Una mesa había sido arrumbada a un rincón. Sobre el suelo había media docena de papeles. Jude los examinó. Estaban en blanco.

–Nada –dijo Skyler–. Aquí es donde estaban los archivos, toda la información.

A Jude se le cayó el alma a los pies al pensar que no podrían averiguar nada.

Apenas advirtió que Skyler había ido hacia la otra puerta, la que conducía al depósito de cadáveres. Para cuando quiso darse cuenta, Skyler ya había desaparecido y se encontraba en el quirófano. Jude fue tras él.

Afortunadamente, en aquella sala tampoco había casi nada que indicase cuál había sido su uso anterior. Se veían unos cuantos armaritos pegados a las paredes y algunos estantes vacíos.

La mesa de acero inoxidable sobre la que había reposado el cuerpo de Julia también estaba vacía.

Volvieron arriba, registraron el primer piso y no encontraron nada. Los sofás y los sillones situados junto a las ventanas abiertas estaban empapados, y el suelo de las habitaciones se hallaba tapizado de ramas y hojas. Hasta las cenizas de la chimenea estaban mojadas.

Subieron al segundo piso, en el que Skyler nunca había estado, y decidieron separarse. Jude recorrió un par de habitaciones que se hallaban prácticamente vacías y en las que sólo quedaban algunos cuadros y alfombras. Llegó a un pequeño vestíbulo y adivinó que se encontraba frente a la puerta del dormitorio principal.

En la habitación había una cama con dosel, una cómoda y una mesilla de noche. Pero lo que más le llamó la atención fue algo que había en el suelo, incongruentemente ladeado, rodeado por la arena y los pequeños cactus que antes estuvieron en su interior.

Tardó unos momentos en darse cuenta de que era un terrario.

«Qué absurdo.»

Jude dio una voz. Deseaba compartir su descubrimiento con Skyler, preguntarle qué significaba. Pero Skyler ya no estaba allí, porque había hecho su propio descubrimiento, tras el cual salió a la carrera de la casa. Y es que, al mirar por una de las ventanas del segundo piso, había divisado el viejo roble, el que Julia y él utilizaban para concertar sus citas.

Y al mirar la base del árbol, advirtió que alguien había movido la piedra. Ésta se hallaba en la posición que, según el código, indicaba que debían reunirse en el viejo faro.

CAPÍTULO
26

Skyler regresó corriendo a la casa grande, le gritó a Jude que no tardaría en volver y desapareció entre los robles. Cruzó a la carrera el terreno de ejercicios, dejó atrás los barracones y la pradera y siguió corriendo por el sendero que se adentraba en el bosque, hasta que al fin tuvo que detenerse para recuperar el aliento. A partir de allí siguió caminando a paso vivo y, en cuanto llegaba a una cuesta abajo, volvía a correr.

Sabía que era una estupidez cansarse de aquel modo. Se decía a sí mismo que debía ahorrar energías, pues no tenía ni idea de qué lo aguardaba en el faro, pero no podía evitarlo. Lo impulsaba una fuerza que estaba fuera de su control.

Tras doblar un recodo se encontró ante las dunas y el camino con las rodadas y vio la familiar imagen, la vieja torre con sus franjas rojas y blancas alzándose, incongruente, por encima de las copas de los pinos y recortándose contra el pálido azul del mar. Se detuvo un momento para contemplar el faro. Exteriormente, nada había cambiado, y resultaba imposible saber qué sorpresas albergaría en su interior.

Llegó a la base del faro y abrió la puerta de un empujón, lo cual hizo que los pájaros alzaran el vuelo en un frenesí de aleteos. Mientras las plumas sueltas se posaban en el suelo, Skyler comenzó a ascender por la escalera de caracol, moviéndose con el sigilo de un cazador que no desea espantar a su presa, fuera ésta cual fuera. Llegó a la brecha en la escalera, la saltó y siguió subiendo, sin apartar la mirada del pequeño pasadizo de la parte alta. Cuando llegó a él, hizo una pausa e intentó serenarse.

Se armó de valor, encajó las mandíbulas y siguió adelante. Cruzó el umbral y entró en el cuarto acristalado. Hacía calor y los rayos del sol producían mil destellos en el interior de la lente, por lo que fue como si hubiera entrado en una galería resplandecientemente iluminada.

Miró en torno hasta donde alcanzaba su vista, al principio con rapidez, barriendo la cabina con la mirada, y luego lenta y metódicamente, para que no se le escapara ni un detalle. Miró la habitación, y la pasarela metálica circular, y el pasamanos, y la gigantesca lente, y el suelo, y el techo y las paredes. Examinó hasta el último centímetro del lugar.

Después de registrar el dormitorio principal y otro menor adjunto, Jude oyó un sonido procedente de un angosto pasillo. Era una especie de chirrido, y sonaba magnificado en el silencio de la vieja mansión, de forma que resultaba casi ensordecedor.

Jude pensó que el responsable del ruido era Skyler. Estaría abriendo o cortando algo. Pero enseguida se dio cuenta de que era imposible, pues Skyler había salido hacía rato de la casa grande.

Fue hasta el comienzo del pasillo y quedó a la escucha. El sonido se interrumpió por un momento y luego siguió sonando. Procedía de las sombras y parecía como si fuera dirigido a él. Tanteó en busca de un interruptor de la luz y no encontró ninguno. Comenzó a avanzar lentamente por el angosto pasaje, tocando las paredes de ambos lados, adelantando tentativamente un pie antes de dar el paso, como si caminara sobre hielo delgado. A mitad de camino se detuvo y aguzó el oído; el sonido era irregular y no parecía producirlo un objeto inanimado.

Alguna persona... o algún animal lo está haciendo.

Continuó avanzando por el pasillo. Ya podía ver la habitación del fondo, anegada de luz por el sol que entraba a raudales por las ventanas. El ruido seguía sonando.

De pronto se interrumpió.

Jude echó a andar con decisión y entró en una habitación. Miró en torno. Nada se movía. Las paredes estaban cubiertas de un descolorido papel azul y en un rincón se veía un pequeño piano de cola al que le faltaban varias teclas. En la habitación no había más muebles.

Parte del techo se había venido abajo a causa de un árbol caído. Sobre el suelo, directamente debajo del agujero del techo, había un montón de fragmentos de escayola. Las tablas del entarimado de la habitación de arriba asomaban por los bordes del boquete, y a través de él entraba también la luz del sol, procedente de un hueco en el muro exterior. Lo más probable era que el sonido procediese de allí. Jude aguardó un minuto en silencio y sin moverse. El sonido se produjo de nuevo; las tablas del suelo de arriba temblaron ligeramente y parecieron doblarse bajo el peso de algo.

Jude dio un salto hacia atrás. De pronto, el ruido resultaba ensordecedor.

Se dirigió a un pequeño armario empotrado, en el que encontró una escoba. Fue con ella hasta debajo del boquete y la levantó. Empujó con fuerza las tablas sueltas, saltó hacia atrás y en ese momento algo se desplomó desde el techo. Algo vivo, que se retorció en el aire. Un animal con larga cola y escamas. Cayó de costado, lanzó un gruñido, se incorporó y corrió a un rincón, desde donde miró a Jude con malévola expresión. Era un lagarto de más de medio metro.

«Esa gente tenía a estos bichos como animales de compañía», pensó Jude al tiempo que daba media vuelta para salir de la habitación.

Salió de la casa grande, cerró la puerta principal a su espalda, bajó la escalinata y aguardó a Skyler bajo el roble cuyo tronco habían utilizado en tiempos Skyler y Julia para dejarse los mensajes. Al cabo de media hora, vio aparecer a Skyler a lo lejos. Según se acercaba, Jude advirtió que su expresión era extraña y su forma de caminar, mecánica.

Skyler se sentó a su lado y cogió la piedra. Explicó que, al mirar desde una de las ventanas de la casa grande, había visto que la piedra se había movido. Nadie excepto Julia conocía aquella señal. Había corrido hacia el faro y lo había registrado todo. Al final, en un rincón de la cabina había encontrado un papel escondido bajo una piedra.

Era una nota de Julia, escrita sin duda el mismo día en que murió. Un último mensaje, dejado con amor.

La joven había descubierto las contraseñas a fuerza de observar a los que manejaban el ordenador y las había anotado para él.

–Para acceder a los archivos son necesarias dos palabras –dijo Skyler, que parecía ofuscado–. Primero «Bacon», y luego «Newton».

Recitó para Jude el dístico que ellos habían repetido tantas veces a lo largo de los años.

> La Naturaleza y sus leyes yacían ocultas en la noche;
> Bacon dijo: «¡Hágase Newton!», y todo se iluminó.

—¿Crees que...? —empezó a preguntar Jude, quien trataba de escoger las palabras con gran cuidado—, ¿que ése fue el motivo de su muerte? ¿Que alguien la vio o que de algún modo se enteraron de lo que estaba haciendo?
—Sí —contestó Skyler.
El joven tenía la nota de Julia en la mano, pero no se la mostró a Jude. En vez de ello, la dobló cuidadosamente y se la guardó en un bolsillo.

Durante dos horas, registraron el resto de la isla. Examinaron todos los edificios: la casa de la comida, la despensa, el barracón de las mujeres, la casa de invitados, el hangar del aeródromo, e incluso la caseta de filtros de la vieja piscina. Y en todas partes vieron los grandes daños que había producido el huracán. Al caer, los árboles habían roto tejados y paredes. En el interior de los edificios vacíos sólo encontraron unas cuantas cosas olvidadas en los pasillos y las habitaciones: calcetines, camisas, cinturones, pilas eléctricas, sábanas, almohadas.

Era imposible saber a ciencia cierta qué había ocurrido. Sin duda, el lugar había sido evacuado; los miembros del Laboratorio se habían llevado sus pertenencias y sus archivos médicos. ¿Se efectuó la evacuación en momentos de pánico, quizá mientras el huracán se aproximaba? Parecía poco probable. Se habían llevado demasiadas cosas en un tiempo demasiado breve. ¿Habrían regresado después de la tormenta? Eso también parecía improbable, pues, de haber sido así, el fango estaría lleno de pisadas delatoras.

Así que lo más probable era que se tratara de una evacuación planeada y metódica que se llevó a efecto antes incluso de que se pronosticase la llegada del huracán. Pero tal posibilidad suscitaba nuevas preguntas. ¿Por qué lo habían hecho? Al cabo de dos horas de rebuscar entre los restos, Jude y Skyler no habían conseguido ni una sola pista. Ni siquiera sabían cómo lo habían hecho, qué clase de barcos se usaron ni dónde habían fondeado. Por no mencionar la más crucial de las preguntas: ¿Adónde se habían dirigido los barcos?

«Un misterio más», se dijo Jude.

«¿Por que será que siempre que avanzamos un paso a continuación retrocedemos dos?»

En pie junto a Skyler sobre un pequeño promontorio desde el que se divisaba el campus, Jude consultó su reloj. Aún faltaban dos horas para la cita con Homer. Desde aquel punto, podía ver casi todos los edificios que habían registrado. Al menos, habían sido metódicos, ya que habían mirado en cada una de las habitaciones de cada uno de los edificios. No les quedaba nada por inspeccionar.

Y entonces Skyler se acordó de un lugar que no habían registrado.

–Deberíamos mirar en la guardería. Está en una isla adyacente, no muy lejos. Creo que, con la marea adecuada, es fácil cruzar, aunque yo nunca he ido por allí.

Jude sólo tardó un segundo en comprender a qué se refería su compañero: a la colonia de niños que formaba parte del Laboratorio. Semanas atrás, cuando oyó a Skyler hablar de ellos, pensó que eran otra generación de clones. Y, lo mismo que Skyler, se había olvidado totalmente de ellos.

Skyler ya estaba siguiendo un camino que discurría en dirección norte entre los bosques. Jude caminó tras él. El bosque era denso y, mirando el suelo del sendero por el que caminaban, Jude vio gran cantidad de huellas de cascos.

Veinte minutos más tarde llegaron a la costa septentrional. Jude, que estaba sin aliento –él mismo no se había dado cuenta de lo rápido que habían avanzado–, se apoyó en un árbol para tomar aire. Una vez hubo recuperado el resuello, miró a su alrededor.

Aquella parte del litoral era mucho más abrupta. Los árboles habían sido reemplazados por un mar de crecida hierba que se extendía ante ellos verde y dorado. Más allá estaba el océano, cuyas olas batían contra la rocosa orilla. A la izquierda se hallaba la isla, a no más de doscientos metros. Pero parecían doscientos metros sumamente peligrosos. Un istmo de roca casi totalmente sumergido comunicaba con la pequeña isla y, si querían llegar a ella, no tendrían más remedio que cruzar por él. Cualquier ola un poco grande podía lanzarlos al canal, donde la fuerte corriente que se formaba entre las dos masas de tierra los arrastraría.

–¿Sabes si la marea está subiendo o bajando? –preguntó Jude por encima del ruido del oleaje.

–No lo sé a ciencia cierta, pero creo que está subiendo. Sin embargo, creo que podremos cruzar.

–Sí, pero... ¿podremos regresar?

Skyler se encogió de hombros. Tan fatalista además fue clara indicación de lo mucho que al joven le dolía aún recordar a Julia.

–Supongo que sí –fue cuanto dijo.

Volvió al bosque y un minuto más tarde regresó con dos grandes ramas para usarlas a modo de bastones. Luego se quitó los zapatos, ató un cordón con otro, se los puso en torno al cuello y se remangó los pantalones. Jude hizo lo mismo.

Skyler abrió la marcha avanzando de lado, sin perder de vista el oleaje, tanteando con el pie izquierdo hasta encontrar un apoyo seguro antes de mover la pierna derecha. Utilizó el bastón para apoyarse en él cuando recibía el embate de las olas. Pese a todas estas precauciones, su avance fue sorprendentemente rápido.

Jude lo observaba y, una vez Skyler se hubo alejado diez metros, lo siguió e imitó sus movimientos lo mejor que pudo. El agua estaba tibia y las rocas del fondo se hallaban cubiertas de algas resbaladizas. Mantener el equilibrio le resultaba más difícil de lo que al principio había pensado, ya que las corrientes que se arremolinaban en torno a sus piernas no dejaban de cambiar de dirección y velocidad. Por dos veces, el bastón lo libró de caer al agua. En determinado momento, alzó la vista y vio un pequeño barco de pesca anclado en alta mar, a menos de un kilómetro.

No tardaron en llegar al centro del istmo, y el agua se hizo menos profunda. A partir de allí avanzaron con más rapidez y al cabo de menos de un minuto estaban ya en la otra orilla. Skyler se sentó en el suelo para ponerse los zapatos y Jude lo imitó.

–¿Ves ese barco de ahí? –preguntó Jude.

–Sí. Está pescando. En esta zona siempre hay alguno.

–Sí, claro.

Skyler miró en torno.

–No te imaginas lo extraño que se me hace estar aquí. Cuando éramos pequeños, ni siquiera nos permitían acercarnos. Así que, como es natural, fantaseábamos sobre este lugar, nos hacíamos todo tipo de preguntas.

–¿Acerca de qué?

–Acerca de los niños. ¿Quiénes eran? ¿A qué fines estaban destinados?

–Este lugar debía de daros mucho miedo.

–No lo creas. Aunque supongo que, en el fondo, todos sentíamos el temor de que los niños fueran a ocupar nuestros puestos...
–Y probablemente no andabais muy desencaminados.
–Sí, supongo que dimos en el clavo. Y, teniendo en cuenta que nosotros somos clones, lo más probable es que ellos también lo sean, sólo que más jóvenes. Pensándolo bien, resulta lógico. De ese modo, cuando nuestros órganos envejezcan, será posible usar los suyos. Otro gran avance en la búsqueda de la longevidad –dijo Skyler sin ocultar su rencor, mirando fijamente a Jude, como si de algún modo lo hiciera responsable–. De todas maneras, no tenemos ni idea de lo que vamos a encontrar aquí, si es que encontramos algo.

Jude asintió con la cabeza. Él había estado pensando lo mismo. De nuevo le asombró el hecho de que su cerebro y el de Skyler parecieran funcionar en simetría. En un montón de cosas eran parecidísimos, aunque en el fondo eran totalmente distintos. Reparó en que Skyler, en terreno conocido, parecía sentirse más seguro de sí mismo. Y Jude volvió a sentirse orgulloso de su gemelo; pero también picado en su amor propio.

–¿Sabes...? Ahora que estoy aquí y lo veo todo con mis propios ojos –dijo señalando con un amplio movimiento del brazo la isla que acababan de abandonar–, todavía me cuesta creer que esto sea cierto. Es totalmente inconcebible que algo así exista frente a las costas de Georgia, el laboratorio privado de un loco que se dedica a producir seres humanos con fines experimentales.

Skyler lo miró por un largo momento sin decir nada, y luego se puso en pie.

–Continuemos adelante –fue cuanto dijo–. Sígueme.

Se hallaban totalmente rodeados por la alta hierba de las marismas. Desde el lugar en que se encontraban saltaba a la vista que aquella segunda isla era mucho menor. Medio centenar de metros más adelante había una línea de árboles. En aquel punto, la isla se ensanchaba, aunque seguía siendo lo bastante estrecha como para que se pudiera cruzar a pie en cinco o diez minutos. No se veía ningún edificio, ni otra indicación de que hubiera habitantes más que un pequeño sendero abierto entre la hierba.

Siguieron el camino hasta llegar a la altura de los árboles, donde el sendero desapareció. A partir de allí se vieron obligados a avanzar abriéndose paso entre la maleza, que era más tupida que en la primera isla. Había todo tipo de arbustos espinosos que se les enganchaban en los pantalones y les arañaban los brazos. Su avance fue lento, pero al fin consiguieron llegar a una pequeña pradera.

Fue entonces cuando lo oyeron por primera vez.

Era un extraño sonido que les llegó fantasmalmente transportado por el viento, similar a un quejido, claramente humano, pero distinto a cuanto ellos habían oído anteriormente.

Se miraron y, sin articular palabra, echaron a correr a través de la pradera. Delante había un grupo de altas palmeras y, a través de sus gruesos troncos, divisaron, a lo lejos, una edificación.

Al acercarse, distinguieron un muro de ladrillo de metro y medio de altura, coronado por alambre de espinos. Parecía sólido e inexpugnable, sin una sola abertura. El ruido sonaba ahora en un volumen más alto. Siguieron el muro hasta un recodo en ángulo recto y luego hasta otro recodo igual. Allí los árboles eran más escasos y se divisaba una avenida, una pequeña caseta de ladrillo y, a lo lejos, un embarcadero. No se veía ni a un alma.

Skyler y Jude caminaron hasta la puerta de acceso al recinto, que era lo bastante ancha para permitir el paso de un vehículo y cuyas dos puertas se hallaban abiertas. Las cruzaron y se encontraron el patio principal de un viejo edificio de estilo colonial francés, provisto de galerías y porches, y con el tejado de tejas. En las paredes se veían grietas; en el suelo, tejas caídas; las ventanas estaban rotas. En el centro del patio se alzaba un gran roble, cuyas ramas colgaban tan bajo que los líquenes que pendían de ellas casi rozaban el suelo.

Comprendieron inmediatamente que allí había alguien. No por lo que vieron, sino por los sonidos –un murmullo, una tos, un gemido, unos susurros– que parecían proceder del sombrío interior del edificio.

La puerta más próxima daba a una especie de oficina que estaba vacía. Vieron un taburete junto a una repisa sobre la cual el viento movía las hojas de un libro. Junto al libro, una taza en cuyo fondo había una capa de café seco.

Contigua a la oficina encontraron una habitación grande y tenebrosa. En la puerta tuvieron que detenerse debido a la fetidez. Olía a podredumbre y a enfermedad. Entraron y, una vez sus ojos se hubieron acostumbrado a la penumbra, comenzaron a distinguir formas y movimientos: había gente sobre los colchones desnudos pegados a una de las paredes. No se trataba de personas normales, sino de figuras menudas y arrugadas que se volvían lentamente hacia ellos para mirarlos.

—Dios bendito —dijo Jude—. ¿Qué es esto?

Se acercaron a una pequeña criatura desnuda que permanecía tumbada de espaldas, con la vista en el techo. Parecía un niño, pero resultaba difícil asegurarlo. Era totalmente lampiño, hasta el punto de carecer incluso de cejas y pestañas. La piel de su enorme cráneo era fina, arrugada y casi transparente, y bajo ella eran visibles las pulsantes venas. No debía de medir mucho más de metro veinte, y sus proporciones eran grotescas: cabeza enorme, rostro pequeño, mandíbula prognática, ojos saltones y nariz grande con forma de pico. En la piel tenía infinidad de manchas amarillo parduscas. El pecho era estrecho, el abdomen prominente, las rodillas huesudas y los órganos sexuales parecían hipertróficos.

Era un ser peculiar que guardaba cierto parecido con un pájaro. Mientras lo observaban, abrió las pestañas y los miró en silencio con ojos que eran negros pozos sin fondo. Estaba más allá del alcance de Jude y Skyler, totalmente ido. Los dos hombres tuvieron la extraña sensación de estar contemplando los ojos vidriosos de un anciano en su lecho de muerte.

Al parecer, aquello era una especie de pabellón de hospital, sólo que no se veían por ningún lado ni médicos ni enfermeras. La presencia de los dos hombres no produjo ningún tipo de reacción en las criaturas. Los gemidos que los habían llevado hasta allí habían cesado, y el lugar se hallaba sumido en un extraño silencio, roto ocasionalmente por un quejido o una tos. El único movimiento era el de un ventilador de techo, que giraba lentamente, revolviendo los olores del vómito y la diarrea y repartiéndolos por todo el pabellón.

—Los dejaron abandonados —le dijo Jude a Skyler en un susurro.

Skyler, que lo miraba todo con expresión de furia, no respondió.

Había más seres sobre los mugrientos colchones. Algunos parpadeaban al aproximarse Skyler y Jude, y éste era el único indicio de que reparaban en la presencia de ambos. Otros seguían con los ojos cerrados, sin apenas respirar, exhaustos y resignados.

Algunos parecían sollozar en silencio. En el segundo pabellón volvió a sonar el gemido que habían oído cuando se hallaban al otro lado del muro. Procedía de una muchacha, y cuando trataron de ayudarla, ella quedó de nuevo en absoluto silencio, una momia de piel arrugada y ojos rodeados por oscuros círculos.

Muchos de ellos eran similares al primer muchacho que habían visto, con el mismo cuerpo pajaril. La única diferencia era que algunos tenían pelo. Un pelo finísimo y totalmente blanco.

Skyler y Jude entraron en un tercer pabellón. Allí, algunos eran capaces de caminar, pero lo hacían torpemente y con las piernas muy abiertas, como si les costase un gran esfuerzo moverse.

Skyler se aproximó a un muchacho que caminaba lentamente en círculos.

–¿Quién eres? –le preguntó–. ¿Qué te ocurre?

El muchacho se detuvo, encogió los hombros, frunció el entrecejo y lo miró, asombrado. Luego, sin decir palabra, fue a un rincón, se sentó, se puso a chuparse el pulgar y comenzó a mover ligeramente el cuerpo hacia delante y hacia atrás.

En el cuarto pabellón había tres cadáveres cubiertos de moscas. El olor era tan fétido que Skyler y Jude no pudieron permanecer allí más que unos segundos.

En conjunto, habría un par de decenas de aquellos pobres seres. Ninguno medía más de metro veinte, y la mayor parte no alcanzaba siquiera el metro. Parecían exosqueletos en los que la criatura interior se hubiese encogido y secado.

Jude tomó a Skyler por un brazo y lo llevó bajo el roble que crecía en el centro del patio. El hombre tenía el estómago revuelto y sentía ganas de vomitar, pero logró contenérselas.

Se quedaron allí plantados varios minutos, demasiado atónitos para hablar. Al fin Skyler se repuso de la impresión y miró a Jude a los ojos.

–Parecen niños. Tienen estatura de niños. Pero cuando los miras a los ojos y ves el sufrimiento que hay en ellos, parecen ancianos. ¿Qué es todo esto?

–No lo sé. Nunca había visto nada parecido. Es sencillamente horripilante.

–Están esperando la muerte, eso salta a la vista.

–Pero... ¿qué dolencia padecen?

–Eso sólo Dios lo sabe.

–¿Piensas que nacieron así?

–No, no lo creo. ¿Por qué los habrán abandonado para que mueran? Alguien debía cuidar de ellos. Alguien debía alimentarlos.

Se quedaron de nuevo en silencio.

–Tenemos que hacer algo –dijo al fin Skyler.

–Sí; pero... ¿qué?

En la parte posterior del patio principal encontraron una fuente y llenaron un cubo con su agua. Luego, con unos vasos que había en una especie de despensa, recorrieron los tres pabellones yendo de colchón en colchón, ofreciendo agua a cada uno de los niños. La mayor parte no la quiso, y el agua se derramó sobre sus mejillas hundidas, pero otros la bebieron ansiosamente, a grandes tragos. Skyler, preocupado por la higiene, trataba de lavar cada vaso después de cada uno, pero esto llevaba tanto tiempo que pronto dejó de hacerlo y se limitó a ir llenando y sirviendo vaso tras vaso.

En el interior de un cobertizo encontraron una pala y la utilizaron para cavar tres tumbas a la izquierda de la puerta de acceso a los terrenos. Después llegó el momento más terrible. Se taparon bocas y narices con sendos trapos y entraron en el último pabellón. El hedor era insoportable; Jude sufrió un acceso de arcadas pero no llegó a vomitar. Cubrieron uno de los cadáveres con una sábana, atrapando bajo ella a docenas de moscas y haciendo que otras muchas zumbaran furiosamente a su alrededor, y envolvieron el pequeño cuerpo con el improvisado sudario. Luego, sin aparente esfuerzo, Skyler se echó el cadáver al hombro y lo llevó hasta una de las tumbas, en cuyo fondo lo depositó cuidadosamente. A continuación procedieron a cubrir la fosa con paletadas de tierra.

Cuando se disponían a volver a por el segundo cuerpo, Skyler agarró a Jude por un brazo.

–¡Escucha! –dijo.

Jude no oyó nada.

–Voces –explicó Skyler–. Estoy seguro de que he oído voces.

El joven subió por una escalera exterior que daba al segundo piso. En éste había una pequeña torre, y Skyler encontró una escalera vertical que subía hasta ella. Desde lo alto de la torre, divisaron parte de la isla que se extendía en derredor del edificio. La exuberante vegetación concluía en un perímetro herboso tras el cual estaba ya la playa.

Al otro lado del recinto, vieron seis u ocho tumbas recién cavadas. «O sea que alguien ha estado aquí, y tal vez haya huido al vernos llegar», se dijo Jude.

Al mirar en la dirección por la que habían llegado, hacia el istmo y la mayor de las dos islas, vieron lo que Skyler había oído: cuatro lanchas ancladas en aguas poco profundas y unos hombres que iban vadeando en dirección a la orilla. Parecían ir armados.

Otros ya estaban en tierra y se habían desplegado estratégicamente, impidiendo el acceso a isla Cangrejo. Skyler y Jude estaban atrapados.

–¿Quiénes son? –preguntó Skyler.

–No tengo ni la más remota idea, pero no parecen muy amistosos.

–Quizá sean del FBI.

–Puede que sí. Y puede que no.

Skyler se volvió y miró hacia el océano.

–El barco de pesca ha desaparecido. Probablemente, formaba parte de la operación.

Permanecieron allí unos segundos, temerosos, sin saber qué hacer.

–Bueno, aquí no podemos quedarnos –dijo al fin Skyler.

Señaló hacia el extremo oriental de la isla, donde la costa sobresalía y el bosque de cipreses, arces y brezos llegaba más cerca de la orilla.

–Deberíamos ir hacia allí –afirmó.

–Hacia allí esperan que vayamos.

–Porque ése es el lugar más lógico.

Jude permaneció inmóvil y Skyler, irritado, lo fulminó con la mirada.

–Si te quedas aquí, tratando de adivinar lo que piensan ellos, terminarán atrapándote. Si no vienes conmigo, me iré solo. No pienso quedarme esperando.

Skyler dio media vuelta y comenzó a bajar por la escalera vertical. En cuanto su cabeza hubo desaparecido, Jude lo siguió. Llegaron a la planta baja y cruzaron el patio sin dejar de oír los gemidos y las toses de los enfermos. Dejaron atrás la tumba y las dos fosas que aún seguían abiertas y salieron del recinto.

En cuanto llegaron al bosque los árboles y la vegetación los envolvieron y se sintieron más protegidos. Pero sabían que no podían permanecer allí escondidos. Desde lo alto de la torre se habían dado cuenta de lo pequeña que era la isla; si aquellos hombres organizaban una batida; no tardarían en dar con ellos.

Cuando apenas habían avanzado cincuenta metros por el bosque, Skyler se desvió a la izquierda. Jude fue tras él y los dos siguieron el cauce de un arroyo bastante caudaloso. El terreno no tardó en convertirse en un pantano de cuyas oscuras aguas surgían árboles y una enmarañada vegetación. Los insectos zumbaban por doquier. Skyler se metió en el agua y comenzó a vadear. Jude lo siguió, yendo con mil ojos por si había serpientes, que a él lo horrorizaban.

Resultaba difícil encontrar sitios en los que hacer pie y no despegarse de Skyler. Éste se volvía de cuando en cuando a mirarlo y le indicaba por señas que se diera prisa. Jude comenzó a mascullar maldiciones y dejó de mirar a su compañero para concentrarse en cada paso que daba. Sudaba a mares. Cada pierna le pesaba una tonelada. Se sentía agotado y no sabía cuánto tiempo más podría aguantar.

Alzó la vista hacia Skyler y vio que éste había desaparecido.

Parpadeó y miró de nuevo. Frente a sí, el pantano concluía, y entre las siluetas de los árboles se veía el cielo azul perla. Habían llegado a la orilla.

Jude se disponía a salir del bosque cuando de pronto vio a Skyler corriendo hacia él.

—¡Atrás! —gritó—. ¡El pesquero! ¡Ha vuelto!

Jude giró sobre sus talones y ambos volvieron a correr por el pantano.

—Creo que me han visto —dijo Skyler sin aliento—. Yo ni siquiera me he dado cuenta de que estaban allí hasta que casi me doy de bruces con ellos.

Continuaron a la carrera, chapoteando, sin importarles ya hacer ruido, y sólo se detuvieron al llegar a una orilla sólida. Subieron a tierra firme y permanecieron inmóviles y en silencio, con el agua chorreándoles de los pantalones. Aguzaron el oído. A lo lejos, delante, entre los árboles, se oía un murmullo de voces de timbre metálico. Alguien hablaba por una radio, probablemente por un walkie-talkie. Estaban rodeados.

—Tenemos que encontrar un escondite —dijo Skyler—. Ésa es nuestra única esperanza... y no es gran cosa.

Miraron en torno y los dos lo vieron a la vez: el gran cráter que habían dejado las raíces de un enorme árbol derribado por el huracán. El hueco estaba parcialmente cubierto de ramas y hojas y ellos echaron más. Luego saltaron al fondo, se cubrieron totalmente de vegetación muerta y quedaron a la espera. Aguardaron durante largo rato.

Al principio, sólo se oían los sonidos naturales del bosque. Después comenzaron a sonar los walkie-talkies, a través de los cuales llegaban voces y órdenes. Resulta imposible saber a qué distancia se encontraban los que producían tales ruidos, ni de qué dirección procedían éstos. Poco a poco, los sonidos se fueron alejando hasta que al fin desaparecieron por completo. Pero entonces otro ruido tomó su lugar. El de unos pasos que se aproximaban entre la vegetación, firmes, seguros de su camino. Iban derechos hacia el escondite de Skyler y Jude. Los pasos sonaron cada vez más fuertes hasta que al fin se detuvieron junto al cráter.

Jude y Skyler contuvieron el aliento. Jude permanecía petrificado, con un enorme nudo en el estómago. Skyler trató de mirar entre las hojas. Le pareció ver las punteras de dos viejos zapatos. Percibió junto a su cabeza el murmullo de las hojas del suelo al moverse, y de pronto notó en el costado el doloroso aguijonazo de la punta de un bastón.

Cogido por sorpresa, lanzó un grito.

Se puso en pie de un salto, agarró el extremo del bastón y comenzó a tirar de él con todas sus fuerzas. De pronto vio quién sostenía el otro extremo y se quedó inmóvil y boquiabierto. Jude, en el fondo del cráter, no tenía ni idea de lo que estaba sucediendo.

–¡Dios mío! –exclamó el atónito Skyler–. ¿Realmente eres tú?

–¿Y quién esperabas que fuese? –respondió una voz que a Skyler le resultó muy familiar.

Jude se puso de pie y las hojas se desprendieron de su cuerpo como si fueran escamas. Allá arriba había un viejo negro que empuñaba un largo bastón.

El negro lo miraba sorprendido.

–¿Y tú quién eres? –preguntó.

Skyler lanzó una larga y sentida risa de alivio.

–Jude –dijo–. Te presento a Kuta. Kuta, te presento a Jude.

Jude salió del agujero, le dio la mano al viejo y quedó sorprendido por el vigor del apretón del otro. Kuta retrocedió un paso y lo miró de arriba abajo negando ligeramente con la cabeza.

–Si no lo veo, no lo creo –dijo–. Bueno, supongo que habrá que dar muchas explicaciones –añadió al tiempo que giraba sobre sus talones y echaba a andar de regreso hacia la playa–. Pero creo que será mejor dejarlas para otro momento y otro lugar. En estos instantes, lo principal es sacaros de aquí cuanto antes.

Kuta le pidió al dueño del barco, un joven gullah llamado Jonah, que se adentrara en el mar hasta perder de vista la isla, para luego navegar un trecho con rumbo sur y dirigirse por último hacia tierra. Vieron con alivio que ninguna lancha los seguía.

Al cabo de cuarenta y cinco minutos, al barco llegó a una pequeña aldea de pescadores gullah. Skyler vio con satisfacción que Kuta parecía ser una figura respetada. Ordenó a un joven que fuera a recoger el Volvo de Jude y Skyler, y el muchacho obedeció inmediatamente.

Se acomodaron en torno a una mesa situada en el centro de un terreno baldío. De una casa cercana llegaban deliciosos aromas a sopa de mariscos y pescado frito, los manjares del festín que estaban preparando para ellos. Abrieron unas cuantas cervezas y, mientras la noche caía y las pequeñas luces de las luciérnagas salpicaban la penumbra del anochecer, todos contaron sus historias.

Skyler relató su fuga de la isla y sus aventuras en Nueva York. Después Jude contó su encuentro con Skyler y la gran impresión que le produjo encontrarse con alguien que se parecía tanto a él. Mientras hablaba, los congregados en torno a la mesa los miraban, maravillándose de la enorme similitud entre los dos.

Cuando llegaron las humeantes ollas, todos se sirvieron generosas raciones y abrieron nuevas latas de cerveza. Fue entonces cuando Kuta tomó la palabra. Contó que la noche en que Skyler abandonó la isla, él oyó cómo un grupo de mayores y ordenanzas salían de la casa grande. Antes de que llegaran a su cabaña, corrió a esconderse, después de detenerse en su casa sólo un momento para recoger su trompeta. Los mayores y los ordenanzas registraron la cabaña, y Kuta supuso que buscaban a Skyler.

Luego Skyler desapareció. Kuta se enteró de que Julia había muerto, y presenció su entierro desde lejos, observando con tristeza cómo bajaban el ataúd a la tumba.

Kuta decidió que no seguiría llevando pescado a la casa grande, por lo que dejó de estar informado de lo que allí ocurría. Sin embargo, los rumores que le transmitieron los compañeros que seguían yendo por la casa parecían indicar que en el lugar había un gran revuelo. Se lo estaban llevando todo. Durante días y días estuvieron cargando en barcos cajas y más cajas.

Las cosas alcanzaron su punto crítico con el huracán. Debido a que éste amenazaba ser el peor en muchas décadas, un barco lleno de policías llegó a la isla con órdenes de evacuarla. Por lo que a Kuta le habían contado, los mayores se negaron. Insistieron en que tenían derecho a quedarse allí y se fortificaron en el interior de la casa grande. Pero unos cuantos jiminis aprovecharon la ocasión para marcharse, y la policía les dio escolta hasta el continente. Skyler supuso que aquél debió de ser el pequeño grupo de compañeros que le tomó en serio cuando él trató de advertirles de que el Laboratorio era peligroso.

–¿Y sabes qué les ocurrió a los que se fueron? –preguntó Skyler a Kuta.

El viejo movió negativamente la cabeza.

A Skyler se le ocurrió una posibilidad que le puso la carne de gallina, una idea tan estremecedora que el joven no se atrevió a expresarla en voz alta: quizá aquellos clones que, como él, decidieron marcharse al continente, eran los que habían sido asesinados por el «ladrón de vísceras» del que tanto hablaban los periódicos. Esto al principio le pareció demasiado fantástico, pero cuanto más pensaba en ello, más probable le parecía. ¿Por qué, si no, se molestarían en hacer algo tan horrible como eviscerarlos? Sólo podía ser alguien que fuera igualmente capaz de abandonar a su suerte a los niños de la isla, para que murieran de hambre o de una horrible enfermedad.

Trató de no pensar en aquellas cosas.

Kuta explicó que había oído al *disc-jockey* poner un disco suyo, haciendo de pasada el comentario de que un viejo «amigo de la isla» había vuelto a la ciudad. Kuta supo inmediatamente a quién se refería Bozman.

Tras algunas cervezas más, Kuta los deleitó con unos cuantos solos de trompeta. Pero Jude y Skyler no estaban para fiestas. Se sentían demasiado impresionados por lo que habían visto en la isla.

Aquella noche Skyler durmió en el sótano de una casa de madera situada en las proximidades de la playa. El aire era cálido y fragante, como en los días de su juventud. Jude dormía en una cama pegada a la pared opuesta –Skyler podía oír su acompasada respiración– y Kuta se hallaba en una de las habitaciones de arriba. Por primera vez en mucho tiempo, Skyler se sentía seguro, casi a gusto.

Había algo que lo inquietaba, un comentario que Kuta había hecho poco antes de que todos se retirasen a dormir. No es que fuera gran cosa, pero se le había quedado grabado y no lograba quitárselo de la cabeza.

Una vez todos hubieron contado sus historias, Kuta miró a Skyler, después a Jude, luego otra vez a Skyler, y comentó:

—No dejáis de decir que Skyler es más joven que Jude, pero la verdad es que me parecéis idénticos. Si no me hubierais dicho lo contrario, creería que erais de la misma edad.

Ambos estuvieron de acuerdo: Skyler era idéntico a Jude. ¿Qué había sucedido con la diferencia de edades? ¿Por qué nadie la advertía?

CAPÍTULO 27

Tizzie había oído hablar vagamente de la filial de Purchase de la Universidad de Nueva York, pero siempre había creído que el lugar era una escuela de artes escénicas. Y, efectivamente, cuando cruzó la puerta sin vigilancia situada en Anderson Hill Road, el primer edificio que la joven vio fue el teatro.

Pero la limusina que tío Henry le había enviado, conducida por un taciturno chófer que subió el vidrio de separación entre la parte delantera y la trasera en cuanto ella montó en el vehículo, pasó de largo el teatro y continuó hasta una zona arbolada situada al fondo del campus, donde se alzaba un grupo de edificios aislados del resto. Desde el exterior podría haber pasado por una escuela de comercio, de no ser por la alta cerca de madera que los rodeaba. En el césped frente al edificio, un letrero anunciaba con grandes letras metálicas: ESCUELA SAMUEL BILLINGTON DE CIENCIAS ZOOLÓGICAS.

El coche se detuvo ante una puerta con barrera situada en el centro de la cerca. El chófer abrió el maletero, dejó el pequeño maletín de Tizzie en el suelo, y tras indicarle a su pasajera, que debía utilizar el intercomunicador situado junto a la entrada, se alejó en la limusina.

Una voz incorpórea le preguntó su nombre y le pidió que esperase. Pasados varios minutos, un hombre corpulento que se cubría con una gorra de vigilante apareció en la puerta, comparó a Tizzie con la foto que llevaba, le franqueó el paso y la condujo a una pequeña caseta situada junto a la entrada principal. Una batería de monitores de televisión indicaba que el lugar era el centro de control del sistema de seguridad.

–Primero formalizaremos sus credenciales –dijo el hombre,

que luego procedió a hacerle unas fotos con una Polaroid–. Tendrá una autorización de seguridad de grado tres.

–¿Y eso qué significa?

–No es una autorización muy alta. En realidad, es la más baja. Pero le permitirá acceder a su edificio y a la cantina.

Tizzie echó un rápido vistazo a los monitores. Parecía haber cuatro cámaras. Tres estaban situadas en el exterior, y la cuarta se hallaba en el interior de algún edificio, enfocada hacia una puerta que tenía una cerradura de combinación.

El hombre le entregó a Tizzie una tarjeta plastificada con su foto, colgada al extremo de una cadenita metálica.

–Llévela siempre.

El guardia la hizo salir por la puerta trasera, cruzó con ella un patio y ambos entraron en un edificio de tres pisos de estuco blanco en cuyo interior se percibía un desagradable olor a orina.

–Son los monos –explicó el guardia–. Están en el segundo piso, que es zona restringida. Usted trabajará en el primero. No se preocupe por el olor, terminará acostumbrándose.

A Tizzie no se le había escapado el hecho de que, mientras la acompañaba, el hombre había dejado sola la oficina. Al parecer, pese a las cámaras de televisión y a las tarjetas identificadoras, las medidas de seguridad no eran demasiado estrictas.

El guardia llamó a una puerta. Un cartel indicaba que aquél era el despacho del doctor Harold Brody, el director del Laboratorio de Ciencias Zoológicas. Después de llamar, el guardia se retiró.

–Adelante –dijo una voz masculina desde dentro.

Tizzie esperaba encontrar al doctor Brody leyendo un informe científico o algo así. Pero el hombre estaba sentado a su escritorio, de espaldas a la puerta y con las manos entrelazadas tras la nuca, mirando a través de las lamas de la persiana un desolado paisaje: una extensión de césped con grandes calvas que llegaba hasta la cerca. La actitud de Brody era la de un hombre sumido en la más profunda depresión.

Su apretón de manos fue débil y su atención parecía hallarse en otra parte. Tras un cuarto de hora de hablar de temas triviales, Brody la condujo a lo que iba a ser la «estación de trabajo» de la recién llegada. Una vez allí, le presentó al que sería su compañero, un joven pelirrojo llamado Alfred. Brody le dio a Tizzie unas cuantas instrucciones mecánicamente y se fue.

Tizzie sintió una inmediata antipatía hacia el pelirrojo Alfred,

que era más o menos de su misma edad. El hombre era a un tiempo oficioso y adulador, y poco menos que se había postrado ante el doctor Brody. Por otra parte, no se mostró nada amable con ella, e inmediatamente dejó claro que sólo la consideraba una simple y sumisa auxiliar. No dejaba de mirar la tarjeta de identidad de Tizzie, y ésta comprendió el porqué de tales miradas en cuanto le echó un vistazo a la tarjeta de su compañero, cuya autorización de seguridad era de grado uno, lo cual significaba que el hombre tenía acceso a todos los departamentos. La joven hizo como si no se hubiera fijado. ¿Para qué darle la satisfacción?
—¿Qué tal un café? —preguntó Alfred.
—Lo tomaré con mucho gusto.
—No. Quería decir qué tal si me preparas un café.
Cuando Tizzie le llevó la taza, estuvo a punto de tirarle el café por encima, pero se recordó que una buena espía es capaz de todo, incluso de humillarse, con tal de cumplir con su deber.

Tizzie apenas tardó tres días en cogerle el tranquillo al trabajo. Había momentos en los que no se sentía del todo infeliz, aunque esto no terminaba de explicárselo, ya que se pasaba la mayor parte del tiempo pensando en Skyler y Jude, preocupándose por su padre, y preguntándose cómo lograría averiguar lo que estaba sucediendo.
Pasaba la jornada encerrada en el atestado laboratorio trabajando mucho y muy duro. Su cometido era rutinario y tedioso, muy por debajo de su capacitación profesional. Se pasaba horas y horas tiñendo y colocando células en portaobjetos, y luego se las daba a Alfred para que las analizase. El pelirrojo las aceptaba como si fueran las ofrendas de un vasallo. Todo en él la sacaba de quicio: la ordenada colección de bolígrafos que llevaba en el bolsillo superior, la forma como hacía anotaciones en un libro que guardaba en el interior de un cajón cerrado con llave, el tono untuoso con que hablaba con sus superiores cuando se reunía con ellos en la cantina. La joven casi esperaba verlo frotarse las manos como el dickensiano Uriah Heep, y en una ocasión le sorprendió haciéndolo realmente.
Al anochecer, cuando terminaba la jornada de trabajo, Tizzie y sus compañeros eran conducidos en autobús a una vieja posada de Nueva Inglaterra, la Homestead, en la cercana población de

Greenwich, Connecticut. El alojamiento era confortable, pero la comida, demasiado abundante y con exceso de salsas, no tardó en cansarla. Por las noches, paseaba por las cuidadas calles residenciales de Belle Haven, o se quedaba en su cuarto leyendo novelas de Agatha Christie o Jane Austen.

Algunos de sus compañeros de trabajo –entre ellos Brody–, se alojaban también en la pensión Homestead. Cuando la joven se reunía con ellos para cenar o para tomar algo en el bar, nunca hablaban del trabajo que realizaban, y si ella les preguntaba por él, le contestaban con lacónicas evasivas. Pese a su gran formación médica, Tizzie sacó muy poco en claro sobre el conjunto del proyecto. Sus compañeros le decían que investigaban la nefroesclerosis o la hiperlipemia o la acumulación de depósitos de lipofucsina en el riñón y el hígado. Cosas de ese estilo.

Sin embargo, todo el mundo estaba obsesionado por su trabajo, y a ella le dio la sensación –casi más por lo que no se decía que por lo que se decía– de que el proyecto era urgente. Todos se hallaban dedicados en cuerpo y alma a una gran tarea. Quizá ése fuera el motivo de que las conversaciones que trataban de otros temas parecieran forzadas y artificiales, y estuvieran saturadas de incómodos silencios. Al poco tiempo, Tizzie llegó a la conclusión de que sería más cómodo que dejara de tratar de mostrarse sociable.

Por lo que pudo deducir de su escasa información, parecía indiscutible que todos se afanaban en conseguir lo que tío Henry había dicho: una vacuna contra la enfermedad que había terminado con la madre de Tizzie y que también estaba consumiendo a su padre. La joven sospechaba que sus padres no eran los únicos y que había otros que padecían la misma dolencia.

Así que, sin dejar de mantener los ojos bien abiertos y el oído bien aguzado, cumplía con su trabajo a conciencia, y se pasaba tantas horas inclinada sobre el microscopio que tenía un dolor de espalda casi permanente.

Los portaobjetos aparecían como por arte de magia en una caja empotrada en una pared que tenía puertas correderas a ambos extremos. A Tizzie le intrigaba el hecho de que nunca veía abrirse la puerta del otro lado, ni a nadie poniendo los portaobjetos en la caja; al final descubrió que la caja estaba construida de forma tal que era imposible abrir las dos puertas a la vez.

La joven examinaba las células o, más exactamente, los fibroblastos, la célula central y más importante del tejido conectivo humano. Las procesaba mediante un sistema similar al de una cadena de montaje: las clasificaba en función de su morfología, las fotografiaba, las teñía y, lo más fundamental, ponía a prueba la elasticidad y la fortaleza de su colágeno, la proteína que hace a la piel tersa y flexible. Terminado el proceso, le pasaba los portaobjetos a Alfred.

Tizzie sólo tardó un par de días en aprender a realizar su trabajo con rapidez y eficiencia. También advirtió que existía una pauta. Los fibroblastos de los cultivos se dividían en dos grupos: los sanos y los enfermos. Observaba con admiración y sorpresa cómo los sanos producían colagenasa para expulsar el colágeno dañado. A veces el fibroblasto se veía obligado a dividirse para cumplir con su cometido de producir nuevo colágeno. Advirtió que cada vez, en el interior del fibroblasto, mientras el cromosoma se reorganizaba para dividirse y formar dos nuevas células, un pequeño fragmento situado en el extremo del cromosoma –el telómero– se hacía un poco más pequeño.

Las células enfermas eran viejas, de modo que tal vez no era inadecuado llamarlas enfermas, pues simplemente estaban consumidas. El problema no radicaba en que permanecieran inactivas. Al contrario, parecían producir enormes cantidades de colagenasa, pero lo extraño era que ésta, en vez de expulsar sólo el colágeno dañado, atacaba directamente a la totalidad del colágeno. Sus telómeros eran diminutos.

Tizzie teñía de rojo las células sanas y de azul las enfermas, y luego se las pasaba a Alfred. Éste efectuaba sus propias pruebas y análisis, y anotaba los resultados en el cuaderno que guardaba bajo llave en un cajón.

Pero el trabajo no era lo único en que Tizzie ocupaba su tiempo. También, de cuando en cuando, abandonaba el laboratorio durante breves períodos con la excusa de que tenía que ir al baño. En su primera excursión, subió el tramo de escalera que conducía al prohibido segundo piso, dispuesta a hacerse la despistada y la inocente si alguien la sorprendía. Desde el último peldaño, vio la puerta con cerradura de combinación y, en la pared, enfocándola, la cámara de vídeo.

El segundo día averiguó la combinación que abría la puerta.

A través de la ventana, vio que el guardia se había ausentado. Ella salió del laboratorio, cruzó el patio y se metió en la sala de seguridad. En uno de los monitores aparecía la imagen de la puerta cerrada. Tizzie abrió un cajón, encontró el aparato de vídeo correspondiente al monitor y oprimió la tecla de retroceso rápido. En la pantalla del monitor, la imagen fluctuó marcha atrás hasta que apareció una persona haciendo movimientos espasmódicos. Tizzie pulsó la tecla de reproducción y observó cuidadosamente. La persona fue hasta la puerta, alzó un dedo y pulsó cuatro veces el teclado. Tras pasar la grabación repetidamente, Tizzie consiguió averiguar la combinación: 8769.

Avanzó la cinta de vídeo hasta el punto en que la había encontrado, volvió a poner el aparato en función de grabado y salió. Un vistazo al reloj le indicó que había estado ausente seis minutos. No estaba mal: le habían parecido quince.

−¿Dónde has estado? −le preguntó Alfred−. El trabajo se te amontona.

−Problemas femeninos −respondió ella bajando la vista.

Normalmente, aquello bastaba para disipar las curiosidades masculinas. Alfred movió la cabeza pero no dijo nada.

Tizzie volvió a inclinarse sobre el microscopio, diciéndose que obtener la combinación había sido lo más fácil. Utilizarla para entrar en el laboratorio restringido −y salir de él de una pieza− sería lo verdaderamente peliagudo. La joven se sentía bastante asustada, y se alegraba de que, sólo por si acaso, Jude le hubiera dado el teléfono de Raymond.

Jude esperaba a Raymond cerca de un grupo de pinos situados en el interior del parque, junto a la entrada. De ese modo, le sería posible ver aproximarse los faros del coche del federal. Además, el estacionamiento estaba dividido en distintas secciones separadas por árboles, lo cual también resultaba muy conveniente. Raymond no se daría cuenta de que él no había estacionado allí su coche.

Encendió un cigarrillo y aspiró una honda bocanada.

Había intentado planearlo todo de antemano. Sabía que correría un riesgo al dejarse ver. Siempre existía la posibilidad de que el FBI lo detuviese, y él apenas podía hacer nada por evitarlo. Sin embargo, partía de la base de que no era a él a quien buscaban los federales, sino a Skyler, pues éste era quien podía identificar a los conspiradores. El FBI quería obtener la colaboración de Skyler; los ordenanzas trataban de matarlo. De un modo u otro, Jude debía asegurarse de que podría abandonar el lugar de la reunión sin conducir a los del FBI hasta Skyler; en otras palabras: sin que lo siguieran.

Cuando habló por teléfono con él, Jude se dio cuenta de que Raymond estaba muy nervioso. El hombre parecía ansiar desesperadamente esa llamada, y no hizo nada por ocultar la alegría que le produjo escuchar la voz de Jude, ni tampoco trató de hacer ver que no pasaba nada.

–¿Dónde estás? –preguntó apremiante–. Tengo que verte.

–Eso se puede arreglar –dijo Jude representando una escena que había visto infinidad de veces en las películas: el hombre perseguido llamando a la policía desde un teléfono público–. Pero todo tendrá que hacerse a mi modo.

–Lo que digas –respondió Raymond representando a su vez el papel de policía ansioso de obtener información.

Ni trucos, ni armas, ni más agentes que el propio Raymond le dijo Jude.

Raymond estuvo de acuerdo e incluso se mostró dispuesto a acudir sin su compañero. Jude fijó la hora y el lugar, un lugar cuidadosamente elegido, el Delawar Water Gap, un pequeño parque natural situado a sólo hora y media de Nueva York.

Naturalmente, Jude ya había visitado el sitio cuanto efectuó la llamada telefónica.

Aspiró una nueva bocanada del cigarrillo y trató de acallar la vocecilla que le decía que estaba cometiendo un error.

No podía hacer otra cosa. Tizzie, Skyler y él no podían enfrentarse solos al Laboratorio. Necesitaban aliados. Ellos solos ya habían hecho todo lo que estaba en su mano, que no era poco. Habían rastreado los orígenes de la secta hasta Jerome. Habían encontrado la isla. E incluso habían averiguado la identidad de varios de los conspiradores. Pero ahora necesitaban ayuda. No disponían de pruebas y ni siquiera sabían adónde se había ido el grupo ni cuáles eran sus planes. Conocían la contraseña que les permitiría acceder a los archivos, pero no tenían ni idea de dónde estaban los condenados archivos.

Descubrir que Eagleton estaba implicado había cambiado radicalmente el panorama. Se enfrentaban a gente muy poderosa. ¿Quién podía decir hasta qué altura se extendía aquella conspiración, o a qué extremos eran capaces de llegar sus miembros? ¿Cómo se explicaba el lastimoso grupo de niños enfermos y agonizantes de la guardería? Y, por otra parte, si las víctimas de los asesinatos de Georgia eran quienes Jude creía, eso significaba que el grupo seguía cometiendo asesinatos.

La noche era calurosa, casi sofocante y, sin embargo, Jude temblaba. Nervios. Delante de Raymond tendría que controlarse, pues en caso contrario el federal advertiría lo asustado que estaba.

Quince minutos antes de la hora fijada, un coche se detuvo frente al parque. Era un Lexus negro, el coche privado de Raymond. Probablemente, el federal había decidido utilizarlo a sabiendas de que Jude lo recordaría del ferry.

Un hombre alto y delgado se apeó del coche y miró hacia los pinos. Jude aspiró de su cigarrillo haciendo relucir la brasa y señalando con ella su presencia. El recién llegado se dirigió hacia él.

–Te lo digo y te lo repito, pero tú no haces caso –dijo Raymond–. El tabaco te matará.

Volvía a ser el de siempre.

–Ya, como en todo lo demás llevo una vida tan saludable...

Raymond miró en torno.

–Elegiste bien el sitio.

Jude sabía que Raymond estaba pendiente de todo: de si había otros coches u otras personas, de si algo parecía fuera de lugar. Pensó en hacer un chiste, pero decidió que no era el momento.

Jude señaló un sendero que se adentraba en el bosque. Había llegado el momento de hablar.

–Demos un paseo –dijo.

Raymond se encogió de hombros.

–Tú mandas –respondió.

Caminaron en silencio entre las sombras. La pinaza del suelo amortiguaba sus pisadas y llenaba el aire de un grato aroma. Tras diez minutos de caminar por el sendero y después de que Jude tuvo que hacer uso de su linterna un par de veces para orientarse, Raymond comentó:

–Espero que luego sepas volver. Yo soy un animal de ciudad. Si me dejas en mitad de Central Park, no valgo para nada.

Jude contestó con un gruñido.

Tras coronar una cuesta, llegaron a un tendido ferroviario que se perdía de vista en ambas direcciones. La oscuridad era absoluta y sólo se veía, a lo lejos, la luz verde de un semáforo.

Raymond extrajo de un bolsillo un frasco de píldoras y se echó una a la boca. Luego sacó una petaca y dio un largo sorbo para engullir la píldora. Cuando se volvió hacia Jude, éste le notó aliento a whisky.

–Desde luego, es un buen sitio –dijo Raymond–. Espero que hayas consultado el horario de trenes. Por cierto, ¿a qué ferrocarril corresponde este tendido?

–A una vieja línea de carga. La Pennsylvania.

Terminados ya los preliminares, Jude echó a andar en dirección oeste junto a los raíles, con el hombre del FBI a su lado.

–Necesito tu ayuda, Raymond. Estoy metido en este asunto hasta las cejas y no sé a qué carta quedarme.

–Bueno, no me digas que no te lo advertí. –El federal se detuvo y, mirando fijamente a Jude, preguntó–: Por cierto, ¿por qué huisteis el día que ibais a ir a visitarme a la agencia?

–Creía que el de las preguntas sería yo.

–Unas veces se pregunta y otras se responde. Es lo que se conoce como toma y daca.

–De acuerdo. Contestaré. Pero primero me gustaría saber algo. Los que estaban en aquella isla, en isla Cangrejo, erais vosotros, ¿no? Nos andabais buscando, ¿a que sí?

–Te repetiré algo que ya traté de advertirte en el ferry cuando hablamos por última vez. Estás en una situación muy precaria. Apenas posees información. Te has metido en un asunto muy complicado y de enorme envergadura. No sabes de quién te puedes fiar. O sea que si lo que me preguntas es si aquellos tipos eran del FBI, la respuesta es sí, lo eran. Pero si me preguntas si eran de los míos, la respuesta es no.

–¿Qué quieres decir? ¿Que la agencia está dividida? ¿Que algunos de sus miembros están en un bando y otros están en el otro?

–Sí, podríamos decir que la agencia está dividida, pero quizá fuera más exacto decir que está en guerra. Una guerra en la que se utilizan todas las armas: el espionaje, la intervención de teléfonos, la traición..., todo lo que se te ocurra. Lo cierto es que en este asunto, o en esta conspiración, o como quieras llamarlo, están introducidos personajes muy importantes y extraordinariamente bien relacionados. No se trata sólo de un par de chiflados que abandonaron la Facultad de Medicina porque estaban convencidos de haber encontrado la fuente de la juventud.

–Pues cuéntame de qué se trata.

Raymond lanzó un suspiro.

–Existe un pequeño grupo de científicos que ha descubierto y perfeccionado nuevas e importantes técnicas de investigación genética –comenzó a explicar–. Esos científicos están asociados con personas muy acaudaladas y que ocupan posiciones preeminentes. Todos forman parte de una conspiración. A falta de otro nombre mejor, yo los llamo el Grupo. Está formado por grandes personajes de los negocios, la política, el gobierno y los medios de comunicación. Manejan millones de dólares. Sus fines no están del todo claros, y lo único que sabemos es que pretenden mantener en secreto su trabajo. Y, además, quieren seguir controlando las palancas del poder, y también vivir durante mucho, mucho, mucho tiempo.

–¿Cómo llegó a tomar esa magnitud?

–Yo sólo conozco la historia a grandes rasgos. Aparece un médico muy brillante, el tal Rincon. Se trata de uno de esos tipos carismáticos que surgen de cuando en cuando, y a los que todo el mundo se mata por seguir y obedecer. Rincon les habla de un mundo nuevo y feliz. Y cumple lo que promete. Con una pequeña inversión de dinero y la ayuda de un par de investigadores médicos competentes que trabajan en un laboratorio subterráneo, logran hacer un gran descubrimiento. Por primera vez en la historia, descubren un método para clonar. Jugando con las fuerzas más básicas de la naturaleza, convierten dos células en dos personas idénticas. Ése es el tipo de cosas que impresionan a la gente, así que al tal Rincon no le faltan seguidores.

»¿Qué uso hacen de su descubrimiento? La técnica que logran desarrollar sólo es aplicable a las etapas más tempranas de la vida: cuando el óvulo está recién fertilizado. En consecuencia, sólo tiene una aplicación para los humanos: se puede clonar un embrión, y eso es todo. Así que los miembros del Grupo clonaron a sus propios hijos al poco de concebirlos. Ése fue tu caso y el caso de tu novia. Supongo que todo lo que te he contado hasta ahora tú ya lo habías deducido. Lo que inicialmente impulsó al Grupo fue el amor paterno, mezclado con una saludable dosis de narcisismo. Si tú no consigues la vida eterna, al menos la logras para tus hijos. Parte de ti sobrevivirá. Lo cual nos lleva a la utilidad de los clones. Ésa es la parte más atroz y también la que constituye un delito. Los clones no son sino una reserva de órganos para trasplantes. Si necesitas un nuevo hígado, ahí lo tienes, de tu propia cosecha privada. Con lo cual, básicamente, lo que estás haciendo es crear una subclase humana cuyo único cometido es servirte a ti. Se cultivan clones para luego cosecharlos. Como las plantas. Y espacias las fechas de sus nacimientos: a unos los produces cinco años más tarde, a otros veinte años más tarde, y así sucesivamente.

–Los niños de la guardería. ¿Qué ha sido de ellos?

–Ya hablaremos de eso. Si dejas de interrumpirme, puede que te enteres de algo de lo que digo. ¿Dónde estaba? Crías a los clones en una isla. Los tratas bien, hasta cierto punto, porque los necesitas. Lo único que te preocupa es aislarlos de la población general. Porque lo que en ningún caso puedes permitir es que los clones conozcan a los originales, pues en tal caso se descubriría todo el pastel y sería un desastre. Eso tú lo dejaste bien claro.

–Fue Skyler quien lo dejó claro. Él fue el que huyó. Yo, simplemente, me lo encontré en el vestíbulo de mi edificio.

–Sí, bueno. El caso es que esos científicos están bajo el influjo del tal Rincon. Él dirige sus investigaciones. Las cosas van viento en popa. Están mucho más avanzados que nadie. Eso se debe en parte a que nadie más actúa como ellos. Son fanáticos, muy astutos y metódicos. Aquí y allá, algunos científicos convencionales se dedican a experimentar en laboratorios universitarios, pero casi todo el mundo los toma por chiflados. A veces, nuestros amigos incluso sitúan a algunos de los suyos en universidades, donde efectúan experimentos espurios... Afirman que han conseguido lo que buscan, pero cometen errores premeditados y queda de nuevo demostrado que lo que dicen son locuras. Con lo cual despistas a otros investigadores. Ejercicios de desinformación. Astutos, ¿no te parece?

»Mientras tanto, ellos siguen trabajando como hormiguitas en su laboratorio secreto. Y en determinado momento alcanzan un éxito que supera sus sueños más descabellados. Consiguen clonar a un adulto. Creemos que consiguieron este avance en el laboratorio subterráneo de Jerome... Por cierto, lo de llegar hasta allí fue un gran trabajo. El caso es que se trata de un logro de vital importancia, que los coloca a ellos a un nivel muchísimo más alto. De pronto, te encuentras con que eres una estrella. Puedes clonar a quien te dé la gana: al presidente, al cartero, a tu primo favorito. Incluso puedes clonarte a ti mismo. Y eso significa que tú puedes vivir eternamente. Bueno, quizá no eternamente, pero sí otros cincuenta, sesenta, setenta años. No está mal. Toda una segunda vida. Lo único que necesitas es tener a tu clon bien cuidado y en lugar seguro, conseguir que crezca lo suficiente, que supere la adolescencia.

—Pero esos tipos —lo interrumpió Jude—, los científicos fundadores, ya son viejos. No podrían hacer uso de un clon donante hasta que éste hubiera alcanzado la edad adulta.

—Tienes razón. No sabemos si esos científicos produjeron clones de ellos mismos. Para ser un reportero, no eres tonto. Pero aún te quedan cosas por saber.

—¿Cuáles?

—Si sigues interrumpiendo no te enterarás de la historia.

—Lo siento. Sigue.

—Volvamos al Laboratorio. El gran avance que han logrado tiene también importancia en otro sentido. Ahora dispones de la herramienta más imprescindible: el dinero. Porque ahora puedes vender tu pequeño experimento. Es un sueño hecho realidad. Todo el mundo sueña con tener una vida más longeva y, si eso se consigue, ¿qué importa que sea a costa de tener un clon en alguna parte? Tú nunca lo ves, nunca piensas en él. Quizá ni siquiera sepas que existe. Lo único que sabes es que si pierdes un órgano, lo recuperas sin el menor problema. Es como un seguro. Así que ahora Rincon y sus muchachos pueden elegir a su clientela. Y se muestran sumamente selectivos. Sólo escogen como clientes a personajes importantes. Y una vez logres atraparlos, los tendrás comiendo en tu mano y utilizando toda su influencia para favorecerte. Así que ahora ya tienes dinero e influencia. Eres invencible.

—O sea que la gente a la que le vendieron su descubrimiento también tiene clones, ¿no?

Raymond se encogió de hombros.

—¿Y eso quién demonios puede saberlo?

Siguiendo el tendido ferroviario habían llegado a un puente sobre el Delaware. A un lado había una pasarela para peatones y Jude echó a andar por ella. Raymond miró hacia el río, que discurría lento allá abajo.

—¿Adónde vamos? ¿Al otro lado del río?

—¿Por qué no? Es un bonito paseo.

Jude comenzó a cruzar el puente y Raymond lo siguió de mala gana. El federal permanecía callado y Jude deseaba reanudar la conversación.

—Entonces, ¿qué pretende esa gente en realidad?

—Ésa es una pregunta difícil. Yo diría que ese grupo, el Laboratorio, ha conseguido un montón de grandes avances científicos. Y eso es algo que a cualquiera se le sube a la cabeza. Debe de hacer que te sientas una especie de dios, capaz de jugar con el propio origen de la vida. Están convencidos de que realmente pueden prolongar la existencia humana y, lo más importante, además han logrado convencer a otros de que son capaces de hacerlo. Venden su invento y, según tenemos entendido, lo que piden para empezar son diez millones de dólares.

–Dios bendito. ¿De veras hay gente que paga esas cantidades?

–¿Bromeas? Estamos hablando de algunos de los tipos más ricos y poderosos del país. Gente que está en la cima, que tiene poder, dinero, fama, influencia. Poseen todo eso, sí, pero les falta algo. ¿Qué le piden a la vida todos esos tipos? La oportunidad de seguir aferrándose a ella. Si pudieras venderle a esa gente sesenta o setenta años extra, años útiles, productivos, ¿crees que no te los comprarían, que no harían cualquier cosa con tal de conseguirlos?

–Así que ya has averiguado lo que hacen. En ese caso, ¿por qué no los detenéis?

–No es tan fácil. Por un lado, tenemos que saber quiénes son, todos ellos. Si metemos la pata y sólo detenemos a unos pocos, será inútil. Porque los otros volverán a la clandestinidad y resultarán aún más peligrosos.

–¿Y por otro lado?

–¿Cómo?

–Comenzaste diciendo: «Por un lado», ¿qué pasa por el otro lado?

–Ah. Bueno, por otro lado... Gran parte de lo que te estoy contando son simples conjeturas que carecerían de valor probatorio ante un tribunal y que el juez desestimaría por poco bueno que fuese el abogado defensor.

–Pues a mí me parece que tenéis suficiente información.

–Tendrías que ver el expediente. Un manojo de informes parciales, algunas transcripciones de conversaciones telefónicas, recortes de periódicos. Un montón de espacios en blanco. No parece sino que alguien haya estado retirando documentos del expediente.

Jude no necesitó ninguna aclaración. Alguien del FBI se había pasado al otro bando.

–Esos agentes renegados de la agencia... ¿son los que estuvieron a punto de matarme en la mina y los que luego me persiguieron?

–En efecto.

–¿Y volaron también la pensión de Washington?

–De nuevo diste en el clavo.

–¿Por qué no los desenmascaráis?
–Eso es más fácil decirlo que hacerlo. Creo que ellos son más que nosotros.
–¿En quién confías?
–En nadie. Sólo en mí mismo. Y en mi compañero, Ed Brantley. Estuve a punto de traerlo conmigo, pero supuse que tú te asustarías.
–¿Por qué no practicas alguna detención?
–¿A quién quieres que detenga?
Jude tardó unos momentos en contestar.
–¿Qué tal ese multimillonario que mencionaste? ¿Cómo se llama?
–Billington. Sam Billington. Sí. El tipo tuvo una importancia crucial. En determinado momento, él fue quien los financió. Los sacó de Jerome. Les proporcionó el dinero suficiente para comprar la islita que exploraste. No es mal sitio, ¿verdad? Sin isla Cangrejo no creo que el plan se pudiese haber llevado a cabo.
–¿Quién es Billington?
–Quién era. Recuerda que está muerto. Ganó montones de dinero con el plástico. Consiguió vivir muy bien, y deseaba prolongar su existencia al máximo. Esto llegó a convertirse en una obsesión: asistía a conferencias, patrocinaba investigaciones, incluso llegó a poner anuncios. Así que cuando se tropezó con el Laboratorio fue un caso de amor a primera vista. Les financió con millones y millones de dólares, incluso cuando ya se hallaba en su lecho de muerte. Los descubrimientos importantes llegaron demasiado tarde y Billington no pudo beneficiarse de ellos. Pero congelaron su cuerpo, como hicieron con Disney. El tipo debió de pensar que, cuando los del Laboratorio lograran los avances necesarios, descongelarían a su benefactor. Así que supongo que el tipo murió feliz.
–Una duda que tengo. Ese sitio web que tiene por nombre la letra W, y que se ocupa de la extensión de la vida humana, ¿lo puso el Laboratorio?
–Es posible. No estamos seguros. Imagino que ellos lo crearon, probablemente como medio para conseguir clientes. Pero con ello debieron de atraer a muchos curiosos y chiflados. El esfuerzo no compensó. Así que probablemente se desentendieron de W y la página web continuó en Internet por simple inercia.
–Entonces, ¿cómo captan a sus clientes?

—No lo sé a ciencia cierta. Quizá los recluten en geriátricos de lujo. Quizá tengan suficiente con el boca a boca. A fin de cuentas, todos los tipos que dirigen el mundo se conocen, y cuando el Laboratorio recluta a uno de ellos, éste se lo cuenta a todos sus amigos.

—¿Sabes quiénes son?

—La verdad es que no. Conocemos a un par de ellos. Pero necesitamos la nómina completa. Por eso, para que los identifique, queremos localizar a tu amigo.

Jude no deseaba que la conversación fuera por aquellos derroteros.

—¿Tiene esa gente algún nombre concreto? —preguntó.

—Que yo sepa, no. Por eso los llamo el Grupo. En mi opinión, los científicos iniciales y sus hijos son el Laboratorio. Luego están los multimillonarios a quienes el Laboratorio vendió su secreto, ellos son el Grupo.

—O sea que son cosas separadas, ¿verdad?

—Sí. Probablemente.

—¿Has oído hablar de algo llamado Comité de Jóvenes Dirigentes en pro de la Ciencia y de la Tecnología en el Nuevo Milenio?

—No —respondió Raymond—. ¡Vaya nombrecito! ¿Quiénes lo forman?

—Sólo es un nombre con el que me tropecé. Probablemente, no significa nada.

Se produjo una pausa. Raymond tenía la vista fija en el agua que discurría a sus pies.

—Creemos que ha surgido algún problema grave —dijo en tono reflexivo.

Era un cebo y Jude picó.

—¿A qué te refieres? —quiero saber.

—Son puras especulaciones, pero creo que, de algún modo, a ese gente le ha salido el tiro por la culata.

—¿Qué tiro y por qué culata?

—No lo sé. Pero quizá hayan cometido algún error terrible e irreparable.

—¿Por qué lo crees?

—Por dos motivos. En primer lugar, últimamente ha habido una gran agitación en el Grupo: llamadas telefónicas, reuniones, cosas por el estilo. No me sorprendería que hubieran celebrado una convención general. Algo está ocurriendo, algo grave y urgente. Gracias a los teléfonos que tenemos intervenidos, hemos conseguido algunos indicios. Naturalmente, esos tipos no hablan claramente del problema, así que tenemos que leer entre líneas. Como digo, todo son puras conjeturas.

»Y, en segundo lugar, está la guardería. Sí, encontramos a aquellos niños. Los han trasladado a un hospital de Jacksonville. Pero no parece demasiado probable que logren recuperarse.

–¿Qué les pasa? ¿Qué enfermedad padecen?

–Progeria. Vejez prematura. Su nombre técnico es síndrome de Hutchinson-Gilford. Lo que les ocurre a esos niños es que tienen organismos de personas de noventa años. Eso, al, menos, es lo que dicen los médicos.

–Cristo. Morirse de viejos a los doce años. Pobres chiquillos.

–Se trata de una extraña enfermedad. Los niños de la isla suman más que la totalidad de casos antes conocidos. Los médicos están desconcertados.

–Tienes razón. Han debido de cometer un error garrafal.

–Suceden cosas muy extrañas. Como lo de la sala de autopsias de New Paltz. Tú estuviste allí. ¿Te contó McNichol, el forense, que habían forzado la entrada y habían robado algunas de las muestras? ¿Por qué iba nadie a hacer algo así?

–Raisin.

–¿Qué es eso de Raisin?

–Así se llamaba el muerto. Era un clon. Trataba de llegar hasta el juez.

–Bueno pues lo consiguió. Y por eso lo mataron. Y, quienquiera que lo hizo, después necesitó recuperar alguno de los órganos. Al menos eso es lo que yo supongo. De todas maneras, ¿qué clase de nombre es Raisin?

–Qué más da. Háblame del juez.

–Está enfermo. Últimamente, no ha ido a trabajar.

–No era eso lo que quería saber. ¿Por qué me facilitaste su identidad? ¿Querías que yo me metiera a fondo en el asunto?

–Sí. Siempre te he tenido por un excelente periodista.

–Pero... ¿por qué no me dijiste que el juez estaba vivo?

–Quizá no te lo creas, pero lo cierto es que esa información tú la obtuviste antes que yo.

–¿Y por qué el juez se alarmó tanto al verme?

–Buena pregunta. El tipo es más o menos de tu edad, y tenía

un clon, así que pertenecía al Laboratorio. Quizá te recordó de los felices días de Jerome, aunque eso resulta muy poco probable. O quizá todo el grupo estuviera al corriente de que tu clon, Skyler, había huido. Quizá avisaron de ello a todo el mundo, y quizá incluso hicieron circular su foto. Tal vez el juez pensó que tú eras Skyler. Todo es posible.

El viento era fresco y Raymond se cerró la chaqueta. Ya casi estaban al otro lado del río.

A Jude le bullían un montón de preguntas en la cabeza.

–¿Qué pretendían los tipos que fueron por la isla?

–Te buscaban a ti. Tuviste suerte al lograr escapar. En otro caso, en estos momentos tú y yo no estaríamos hablando.

–Y esos otros tipos que también me siguen, los ordenanzas... ¿Qué hay de ellos?

–Acerca de eso, los dos sabemos lo mismo. Lo único que puedo decir es que los he visto, y a mí me parecen psicópatas. Yo no me cruzaría en su camino. Quizá sean clones de alguien... ¿Cómo decirlo? De algún indeseable. Tú has visto películas de terror y has leído novelas de ciencia ficción. En cuanto esos científicos locos comenzaron a hacer descubrimientos de gran envergadura, empezaron también a pensar en la seguridad. Probablemente, tú, en su lugar, también querrías tener a mano a un Boris Karloff... o dos o tres.

–¿Y Tizzie?

–¿Qué pasa con ella?

–¿En qué bando está? ¿Puedo fiarme de ella?

Raymond lo miró fijamente.

–Escucha –dijo–. Yo no soy un puñetero oráculo. Para ciertas cosas, tendrás que confiar en tu instinto.

–¿Tibbett?

–¿Qué?

–¿Sabías que forma parte del Grupo?

–Acabo de enterarme en este momento. ¿Qué puedes decirme sobre él?

–No mucho. Skyler lo identificó. Tibbett fue, junto con otros, a la isla para participar en una especie de gran convención. Rincon también acudió, pero los clones no tuvieron oportunidad de verlo. De todas maneras, Skyler está seguro de que Tibbett se hallaba entre los visitantes. Lo cierto es que yo, personalmente, no sé de qué va ese tipo. Pero lo más extraño es que, haciendo memoria, me doy cuenta de que Tibbett siempre me ha ayudado. Mi libro fue publicado y recibió una gran promoción. Y sospecho que, de algún modo, se orquestó que Tizzie y yo nos conociéramos. Y en el par de ocasiones que he tenido oportunidad de hablar con él, Tibbett siempre me ha tratado como si el personaje fuera yo y no él.

–Quizá el tipo sea un caballero a la vieja usanza.

—No sé por qué, pero lo dudo.

–Y yo también. Y eso nos conduce al motivo de esta reunión.

Jude se puso en guardia. Habían llegado a la otra orilla y estaban a un lado de los raíles. Oyeron un lejano rumor: un tren se aproximaba. Se apartaron más de las vías.

–Sigue.

–Tal vez puedas ayudarme.

Jude miró a su amigo, que de pronto parecía inerme, casi patético.

–¿Que yo te ayude a ti?

–Escucha, no podemos seguir andándonos por las ramas. No nos queda tiempo. Tú estás metido hasta el cuello en este asunto. Tienes a Skyler, que puede identificar a los miembros del Laboratorio. Tienes a Tizzie, que se ha infiltrado en el Grupo. Y, como tú mismo dices, por algún motivo, tú también eres especial para ellos. Os necesitamos a los tres.

–Y... ¿dónde está ahora el Laboratorio?

–Eso es lo que a mí me gustaría saber.

–Pero... ¿no los localizasteis en la isla? ¿Por qué no los seguisteis cuando se fueron?

–A eso voy, Jude. Yo ni siquiera sabía que estaban en una isla. No me enteré hasta que ya se hubieron ido. Y no tengo ni puñetera idea de dónde están ahora.

–¡Cristo!

–Ya lo sé. Resulta patético.

–¿Sabes al menos por qué se marcharon de la isla? ¿Fue a causa del huracán?

–No, no creo. En mi opinión, cuando el huracán llegó, ellos ya estaban preparados para desaparecer. El día que Skyler huyó, ellos comprendieron que tenían que desalojar el lugar. –El ruido del tren estaba haciéndose más fuerte y Raymond se veía obligado a hablar casi a gritos–: ¿Qué me dices? ¿Nos ayudarás?

Jude dispuso de tiempo para meditar su respuesta. El tren pasó, levantando polvo y agitando las ramas de los árboles e incluso las ropas de los dos hombres. Cuando el estruendo hubo cesado, Jude miró fijamente a su amigo.

—Tal vez pueda hacer algo —dijo—. ¿Quieres averiguar quiénes son los componentes del Grupo? Te puedo conseguir la lista de los miembros, y también puedo conseguir los archivos médicos, aunque antes hay que averiguar dónde están. Pero que conste que deseo algo a cambio. Más adelante ya te diré qué. Para empezar, necesito ver el expediente del FBI.

—Eso es ilegal. Esos expedientes están clasificados.

Por toda respuesta, Jude lo atravesó con la mirada.

—Muy bien —dijo Raymond—. Veré qué puedo hacer.

—Estupendo.

Jude miró hacia el bosque que había junto a la vía.

—Ándate con ojo. Tuviste suerte al conseguir escapar de esa isla. Por cierto, hay una orden de busca y captura contra ti.

—Supongo que esa orden procede del otro FBI.

—En efecto.

—Muy bien. Tendré cuidado, no hace falta que me lo sigas recomendando.

Raymond lo miró con una extraña expresión.

—Hay otra cosa que debes saber —le dijo con voz que parecía reflejar auténtica inquietud—. Los clones no son los únicos que están siendo asesinados. Nosotros también hemos perdido a algunos hombres.

Jude echó a andar hacia el bosque. Había escondido allí su coche, en un camino de tierra, a más de ocho kilómetros de la carretera general. Advirtió que en el rostro de Raymond alboreaba la sorpresa.

—Oye, ¿adónde demonios vas?

—Yo me quedo aquí —respondió Jude.

—¡Mierda!

Jude no hizo nada por ocultar la satisfacción que le producía el enfado de su amigo.

—No te costará encontrar el camino de regreso, Raymond. Ah, otra cosa. Te voy a dar un adelanto de la información que tengo para ti. Uno de los principales conspiradores es tu jefe, Eagleton —dijo Jude ya prácticamente a gritos—. Por eso salimos huyendo en Washington. Así que recuerda: no te fíes de nadie.

El viernes, Tizzie decidió mover pieza. Por la tarde le dijo a Alfred que no tomaría el autobús y que tenía que salir temprano, porque su tío Henry había quedado en pasar a recogerla. Suponía que la simple mención del nombre de tío Henry bastaría para que Alfred se abstuviera de hacer más preguntas, y no se equivocó.

Alfred no preguntó nada pero se quedó ceñudo.

A las seis de la tarde, ella recogió el equipo de trabajo y tomó su bolso.

—No quiero hacerlo esperar —dijo desde la puerta—. Cenaremos en el restaurante Maison Indochine. Si quieres, te traigo algo en una bolsa de plástico, como a los perritos.

El entrecejo fruncido se hizo furibundo.

Quizá no había sido prudente refregarle la falsa invitación por las narices, pero, desde luego, había resultado divertido, se dijo la joven.

Al salir al patio, en vez de dirigirse hacia la puerta principal del recinto, miró en torno y se metió en el hueco de poco más de un metro de ancho que había entre el garaje y la cerca. Una vez allí, esperó... y esperó. Aunque le parecieron horas, no pasaron más que cuarenta y cinco minutos. Transcurrido ese tiempo, la joven comenzó a oír el sonido de puertas abriéndose y de gente hablando con la euforia propia de los viernes por la tarde. Oyó que el autobús se alejaba, y que unas cuantas personas salían del edificio, se dirigían hacia la entrada principal del recinto y la cerraban a su espalda. Después oyó el sonido de arranque de un par de automóviles.

Al fin reinó el silencio. Tizzie estaba a punto de salir de su escondite cuando oyó otro sonido: alguien estaba entrando por la puerta del recinto. ¿Alguno de los vigilantes nocturnos? Con aquello no había contado. Aguardó otra media hora, sin dejar de aguzar el oído, pero no percibió nada más. ¿Se habría marchado ya el que fuera sin que ella lo advirtiese? ¿Quizá por una puerta trasera?

Tenía que arriesgarse.

Con movimientos lentos y sigilosos, salió de detrás del garaje. Bajo la mortecina luz del crepúsculo, cruzó el patio, utilizó su placa para abrir la puerta principal y subió por la escalera hasta el segundo piso, la zona restringida. Allí estaba la puerta. Y la cámara. ¿Funcionaría ésta por la noche? No podía confiar en la suerte. Se quitó un zapato, se puso de puntillas y lo colocó sobre el objetivo de la cámara.

Luego se acercó al bloque de teclas numéricas: 8769. Inmediatamente sonó un zumbador y la puerta se abrió con un clic. Tizzie ya estaba en el interior de la zona restringida. El olor a orina le hirió el olfato.

En la primera habitación, la única fuente de luz era el resplandor tenue que entraba por la ventana. Había hileras y más hileras de jaulas apiladas unas sobre otras, hasta llegar al techo. Y en el interior de cada jaula había un mono rhesus. Cuando Tizzie pasó ante ellos, algunos de los simios se agarraron a la tela metálica con ambas manos y sacudieron ruidosamente las jaulas. Otros permanecieron inmóviles, estupefactos. Tizzie reparó en el hecho de que los monos más pasivos parecían viejos y encorvados, con abundantes canas en las mejillas y en las sienes.

Salió rápidamente de la sección de jaulas y entró en la segunda habitación, el laboratorio central. Se trataba de una cámara carente de ventanas en la que los ordenadores controlaban la temperatura de la estéril y limpia atmósfera. Al ver los microscopios y los demás aparatos de laboratorio, Tizzie tuvo la certeza de que se encontraba en el lugar adecuado. Cerró la puerta y encendió la luz.

Sobre el escritorio había un montón de informes y de notas de laboratorio. La joven se sentó y procedió a examinarlos. Después siguió hojeando el resto de los papeles, entre los que había gran cantidad de copias de ordenador de textos y gráficos. Poco a poco, en la cabeza de la joven fue formándose una imagen de la investigación. Fue al banco de trabajo, conectó el microscopio y echó un vistazo a los portaobjetos. Éstos contenían células muy similares a las que ella manejaba. Más aún: en algunos de los portaobjetos, que permanecían ordenadamente amontonados a un lado, reconoció los tintes rojo y azul que ella usaba.

Pero la mayoría de aquellas células eran distintas.

Miró con más atención. Había docenas, centenares de células enfermas que, como las otras, mimetizaban los síntomas de la vejez. Parecía como si, simplemente, hubieran llegado al final del camino, al límite Hayflick. Aquello, en sí mismo, no tenía nada de extraño. Lo asombroso era que ella estaba viendo con sus propios ojos cómo se producía el fenómeno.

Le costaba creerlo. Colocó otro portaobjetos en el microscopio y volvió a pegar los ojos a los binoculares. Allí estaba, sucediendo de nuevo. Aquellas células se encontraban en una crisis terminal instantánea. Era como si pasaran de la primavera de la vida a la senectud en un abrir y cerrar de ojos, sin que existiera ni la más mínima etapa intermedia. Mirando por el microscopio le daba la sensación de estar viendo pasar la película de la vida a movimiento acelerado. Era un espectáculo sobrecogedor ver cómo la muerte se apoderaba de células que se hallaban en la flor de la juventud.

No tardó en darse cuenta de cuál era, en parte, el problema. Las células enfermas estaban anegadas de telomerasa, lo cual resultaba extraño. Se suponía que la telomerasa mantenía las células jóvenes, sellando los extremos de los cromosomas con secuencias protectoras de ADN, de forma que los cromosomas no perdían tamaño a causa de la duplicación. Todas las células tenían un gen que producía telomerasa, pero ese gen permanecía inactivo salvo en dos casos: en las células de la línea germinal, las que pasaban de padres a hijos, y en las células de los tumores cancerosos.

Pero las que tenía ante sí eran células normales, de carne, hueso y órganos, y sin embargo todas estaban anegadas de telomerasa. Y, lejos de prolongar la vida de las células, la enzima, aparentemente, estaba matándolas.

La joven movió la cabeza. Células germinales y células cancerosas. El comienzo de la vida y el final de la vida.

Apagó el microscopio, cerró los libros y, tras echar un buen vistazo en torno para asegurarse de que nada quedaba fuera de su lugar, apagó la luz. La sala de los simios estaba aún más oscura que antes, y mientras ella caminaba entre las jaulas los monos comenzaron a agitarse. Uno se abalanzó contra la tela metálica y se puso a lanzar gritos. Luego otro hizo lo mismo. Y después otro, y otro más. El alboroto se hizo ensordecedor y Tizzie echó a correr. Cuando llegó a la puerta, la abrió de golpe y la cerró rápidamente a su espalda. No obstante, el estrépito de los monos resonaba en todo el edificio. La joven se colocó tras la cámara de vídeo, recuperó el zapato, se lo puso y voló escalera abajo.

Cuando estaba cruzando el patio a la carrera, oyó un sonido. Miró hacia atrás y vio que un perro guardián salía de detrás del edificio principal y corría hacia ella. Tizzie volvió sobre sus pasos tan deprisa como pudo, abrió de golpe la puerta principal y cruzó el pequeño vestíbulo en dirección a la otra puerta.

Sabía que el perro entraría en el edificio, pero había conseguido ganar unos momentos preciosos. Se lanzó hacia la puerta. A su espalda oía los gruñidos del animal, el batir de sus pezuñas contra el suelo. Frente a sí estaba la cerradura. Si tenía echado el cerrojo, era una mujer muerta.

El cerrojo no estaba echado. Sin apenas darse cuenta de que lo hacía, abrió la puerta, entró y cerró rápidamente. Tras la puerta sonaban los furiosos ladridos del perro. Sólo ahora, cuando el peligro había pasado, comenzó Tizzie a reaccionar, y el pánico se apoderó de ella de tal modo que las piernas comenzaron a temblarle y tuvo que sentarse.

Y sentada seguía cuando una figura que casi se fundía con las sombras pareció materializarse ante ella.

–Sabía que me estabas mintiendo –dijo una voz masculina.

Era Alfred.

CAPÍTULO
28

−Bueno, ¿cómo quieres que lo hagamos? ¿Los llamo ahora mismo, vamos hasta allí, te denuncio y vemos qué pasa... o primero hablamos y después te denuncio? Tú eliges.

«A Alfred le encantaba su posición de poder. Eso es lo malo de los aduladores −se dijo Tizzie−. Les das un poco de autoridad y se les sube a la cabeza. Un poco de autoridad. Qué demonios, él cree que me tiene totalmente a su merced.»

Circulaban por Anderson Hill Road, una carretera que serpenteaba entre las colinas de Purchase y que más adelante empalmaba con King Street y llegaba a las enormes fincas residenciales de Greenwich. Pasaron frente a un pequeño bar de carretera que tenía en la fachada un rojo anuncio de neón.

−¿Qué tal si bebemos algo? −propuso Tizzie.

−Estupendo. La señorita escoge la opción número dos −dijo Alfred en el melifluo tono de los presentadores de televisión.

«Menudo imbécil», pensó ella.

Se sentaron a una mesa de un rincón. Tizzie pidió agua y un vodka solo; él, para no ser menos, hizo lo mismo. Cuando llegaron las bebidas, ella apuró la suya de un solo trago y él la imitó.

−Muy bien, y ahora ¿por qué no me cuentas qué estabas haciendo en el laboratorio restringido tú solita y por la noche? Supongo que, como has dispuesto de más de cinco minutos para inventarte algo, tendrás una explicación razonable.

−¿Por qué crees que estuve en el laboratorio restringido?

−Por los monos. Arman una gran escandalera cuando ven a alguien que no conocen.

«Me ha pillado», se dijo Tizzie.

—No todos. Algunos son demasiado viejos para hacer nada. Me pregunto a qué se debe eso.

El pelirrojo frunció el entrecejo. Tizzie buscaba un modo de ganar tiempo. Se bebió el agua y escondió el vaso bajo la mesa. En aquel momento llegó la segunda ronda de vodkas y, mientras Alfred apuraba el suyo, Tizzie vació su copa en el vaso de agua vacío.

—Dime una cosa, ¿por qué sospechaste de mí?

—Vamos, por favor. Llevo mucho tiempo vigilándote. Siempre ausentándote. Husmeando. Problemas femeninos. Por el amor de Dios... ¿por quién me tomas?

Tizzie estuvo tentada de contestarle; pero, en vez de hacerlo, pidió otra ronda. «El alcohol no tardará en hacerle efecto», se dijo.

Había llegado el momento de correr un riesgo calculado. Tarde o temprano, todos los espías –o, al menos, todos los espías dobles– llegan a un punto del que no hay retorno.

—Te diré la verdad –comenzó Tizzie–. A fin de cuentas, no tengo nada que perder.

Advirtió que había conseguido captar la atención de su compañero. El hombre estaba echado hacia delante, acodado en la mesa.

—Me descubriste muy pronto. No todo el mundo lo habría hecho.

Los halagos eran uno de los trucos más viejos del manual.

—Supongo que te estarás preguntando para quién trabajo.

Él asintió con la cabeza.

—Me gustaría poder decírtelo con todas las letras, porque puede ser importante. Muy importante. Para ti es fundamental saber a qué te enfrentas, del mismo modo que para mí era fundamental saber a quién me enfrentaba. Esta gente juega sobre seguro, a dos bandos. ¿Comprendes?

Alfred asintió de nuevo con la cabeza, inseguro, y fue él mismo quien pidió la siguiente ronda.

—Es imposible no sentir admiración por el Laboratorio cuando se piensa en todo lo que ha conseguido: los grandes avances científicos, las instalaciones subterráneas de Jerome, la isla, la colonia de clones. Son cosas muy notables.

Tizzie alzó su copa en brindis. Alfred, confuso, hizo lo mismo.

—Y sería mucho más notable si el Laboratorio hubiera conseguido todo eso sin llamar la atención de... ciertas agencias. Pero supongo que, de algún modo, el Laboratorio es víctima de sus grandes aspiraciones. Quiero decir que es un proyecto demasiado ambicioso, demasiado grande. La página web. Toda esa cantidad de equipo e instrumental. La verdad es que resulta impresionante, pero... ¿cómo pensasteis ni por un momento que era posible mantener una cosa así en secreto? La gente habla, los rumores circulan. ¿Entiendes a qué me refiero?

Alfred entendía. Tizzie se dio cuenta de ello por el leve brillo que relucía en el fondo de sus ojos.

–El otro día estaba haciendo recuento de todas las leyes que habéis infringido. Múltiples asesinatos en primer grado... Conspiración para asesinar. Y recuerda que en algunos de los estados de nuestro país sigue existiendo la pena de muerte. Leyes contra el crimen organizado. Leyes federales. Violación de los derechos civiles. Conspiración para infligir daños corporales.

Tizzie movió la cabeza, como admirada de la maravillosa amplitud del sistema legal.

–En este asunto hay de todo. Desde delitos castigados con la pena capital, hasta fraude fiscal e incluso uso ilegítimo del correo. Esto último suelen añadirlo como propina.

»Y, naturalmente, las personas para las que trabajo saben lo que yo estoy haciendo. Incluso saben de ti.

–¿De mí?

–Desde luego. No creerás que he venido aquí sola y sin contactos. ¿Por qué crees que doy esos paseos por la noche? Como me suceda algo malo, las consecuencias serán muy graves para vosotros.

Ahora saltaba a la vista que Alfred estaba preocupado.

–Por una cosa así podrías pasar una buena temporada a la sombra. Y tú ya estás metido en bastantes líos.

–¿Para quién trabajas? –preguntó arrastrando las palabras.

«Hay que pedir otra ronda», se dijo Tizzie, y le hizo seña a la camarera.

–Me gustaría poder decírtelo. De veras. Pero nos hacen firmar una serie de documentos por los que nos comprometemos a guardar en secreto nuestras actividades. Noto en tus ojos que no terminas de creerme. Pero hay un modo de verificar que te estoy diciendo la verdad. Mi contacto se llama Raymond. No hace falta que hables con él. Basta con que te des cuenta de quién responde al teléfono. Verifica que el tal Raymond existe.

Tizzie anotó el número de Raymond en una servilleta de papel. Había llegado el momento de hurgar con el cuchillo dentro de la herida.

—Las cosas se te podrían poner feas en la cárcel, con ese pelo tan rojo que tienes. El cabello de ese color llama mucho la atención. Hace que todos hablen de ti. Y, teniendo en cuenta cómo son algunos de los reclusos, lo más probable es que actúen como los toros bravos cuando les ponen un trapo rojo delante.

Alfred se levantó y fue con paso vacilante hacia el servicio. Al regresar parecía demudado.

«Creo que ya está en mis manos», pensó Tizzie.

—¿Sabes lo que estoy pensando? —siguió—. Que posiblemente ésta haya sido tu noche de suerte. Encontrarme donde me encontraste quizá sea lo mejor que te ha sucedido.

Él la miró, irritado, confuso, inseguro.

—Tal vez yo pueda ser tu salvadora —continuó ella poniéndose en pie y casi derribando el vaso de agua lleno de vodka que había en el suelo—. No tienes que hacer nada ni decir nada —añadió persuasiva—. ¿Qué tal si volvemos a la pensión y consultas con la almohada? Quizá por la mañana, con la cabeza más despejada, te parezca adecuado llamar al número que te di antes. Después de eso hablaremos y veremos qué se puede hacer.

Salieron del bar de carretera y ella tendió una mano hacia su compañero.

—Dame las llaves del coche. Será mejor que conduzca yo. Tú has bebido demasiado.

A la mañana siguiente, a la hora del desayuno, Tizzie vio con satisfacción que Alfred tenía un aspecto espantoso. Su cabello, normalmente tan repeinado, estaba revuelto, y sus ropas, siempre impolutas y recién planchadas, estaban arrugadas, como si el hombre hubiera dormido vestido. La joven se fijó mejor y llegó a la conclusión de que había sido así. Alfred llevaba la misma camisa y los mismos pantalones de la noche anterior. Además, tenía los ojos enrojecidos.

Tizzie lo dejó desayunar en paz y luego propuso una excursión sabatina. Él accedió mansamente. Fueron en coche hasta el pequeño puerto situado en el centro de la ciudad, que estaba lleno de embarcaciones de polícromas velas. Allí compraron dos billetes y abordaron un ferry que los llevaría hasta Island Beach, que se encontraba a kilómetro y medio de distancia, en la ensenada de Long Island.

Era un día de julio radiante. Se sentaron en cubierta y dejaron que el sol los acariciase. El cielo era de un azul cristalino. Las lanchas a motor pasaban petardeando junto a ellos, en dirección a mar abierto. A ambos lados de la bahía se veía, sobre las verdes colinas, mansiones a lo Gran Gatsby. Cada una tenía su propio embarcadero.

Tizzie miró a los otros pasajeros. Había adolescentes flirteando, parejas entradas en años absortas en sus libros y familias enteras que iban de picnic. Los hombres cuidaban de las bolsas de utensilios y comida, y las mujeres corrían tras los niños. No se veía a una sola persona de aspecto sospechoso.

Sintió que se le desgarraba el corazón. Ver a todas aquellas familias le producía una turbadora sensación se soledad. El tiempo pasaba para ella casi tan deprisa como para aquellas células del laboratorio.

Miró a Alfred a los ojos.

—¿Qué? ¿Anoche estuviste despierto hasta las tantas, pensando?

Él la miró con algo muy similar al odio.

—Llamé al número que me diste. No hablé con el tipo, pero lo que dijiste era cierto.

—Bien. Empecemos.

—No sé nada de las otras cosas que mencionaste. Yo sólo estoy al corriente de la parte científica del asunto.

—Bien, pues hablemos de esa parte científica. ¿Tú también tienes tu clon?

A Tizzie le producía una sensación de irrealidad estar preguntando aquello mientras cruzaban en un ferry la ensenada de Long Island en una luminosa mañana de sábado.

—No —contestó Alfred.

Tizzie no pudo discernir si el hombre decía o no la verdad.

—Entonces, explícame una cosa. Tú y yo trabajamos con células. Algunas son jóvenes y saludables, otras son viejas y están enfermas. Anoche vi células de una tercera clase. Se morían tan deprisa que parecía que se estuviesen suicidando. Estaban anegadas de telomerasa. Alguien modificó esas células, ¿verdad?

Alfred miró hacia el horizonte y suspiró.

—Hablamos en hipótesis —dijo al fin—. ¿Entendido?
—Sí.
—Sólo me referiré al aspecto científico. A abstracciones.
—Explícame cómo llegó allí la telomerasa. Alguien la puso. Alguien que investiga para conseguir la prolongación del tiempo de vida.

Él la miró sin decir nada y ella se sintió obligada a continuar.

—Es una idea lógica. Lo de añadir telomerasa exógena a las células resulta atractivo. Quiero decir que si las células mueren porque sus cromosomas se acortan en exceso, ¿por qué no añadir unas cuantas enzimas para evitar que el fenómeno se produzca?

—Desde luego —contestó Alfred con voz opaca—. Con ello se intentaba restaurar el equilibrio normal u homeostasis que poseen las células sanas.

—Ya.

—Y, dado que hablamos en hipótesis, ¿cómo podría introducirse esa enzima en las células?

Así que Alfred quería ser el que hiciera las preguntas. Por Tizzi no había inconveniente.

—Lo más probable es que fuera por inyección. Ése sería el método más sencillo. Es lo que hacen los médicos cuando en el organismo de un paciente existe una carencia. Como la insulina que administran a los diabéticos. Puesto que el páncreas no la produce en suficiente cantidad, el paciente se pone una inyección todos los días, en sustitución de la proteína que su cuerpo ha dejado de generar.

»No debe de resultar difícil. Primero, aíslas el gen para la proteína. Luego lo introduces en una bacteria, y ésta comienza a producir proteínas con todos sus genes, incluido el nuevo ADN. Se divide, depuras el material conseguido y lo mezclas con un suero de inoculación.

—Demasiado engorroso. Las inyecciones diarias dan resultado durante un tiempo. Ciertamente, son eficaces, pero resultan excesivamente molestas. No olvides que tratamos de conseguir que la gente firme un contrato a largo plazo.

—¿A qué te refieres?

—Me refiero a que queremos que la gente se avenga a pagar inmensas cantidades de dinero a cambio de la promesa de que conseguirán una salud y una longevidad sin precedentes. Si quieres conseguir adeptos, has de hacerles una oferta más atractiva que la de pincharse todos los días.

–Comprendo –murmuró Tizzie–. ¿Y cuál es la solución del problema?

–¿Hipotéticamente?

–Desde luego. Hipotéticamente.

–Genoterapia. Terapia genética. Utilizar a la propia naturaleza. Que sean las células quienes hagan el trabajo.

–¿Cómo?

–Es muy sencillo, si sabes lo que te traes entre manos. Para duplicar ADN en un tubo de ensayo se puede utilizar la técnica de la reacción en cadena de la polimerasa. Haces millones de copias de un pequeño segmento de ADN. Luego necesitas un portador para introducir el ADN en las células. Los virus son portadores naturales, ésa es su especialidad. Forman proteínas inyectando su ADN en las células, utilizando a éstas para hacer proteínas de virus y reestructurando luego las proteínas virales. Así que colocas el gen de la telomerasa en el interior de un virus y haces que el virus infecte a unas células. Esas células asimilan el virus y comienzan a producir telomerasa.

Tizzie sonrió alentadora.

–Haces que parezca fácil.

–Es fácil –dijo Alfred con la vista en el mar–. Y rudimentario. El problema radica en que es tan rudimentario que si la más mínima cosa sale mal, descabala todo el proceso. Y las consecuencias pueden ser devastadoras.

–¿A qué te refieres?

–Pues, por ejemplo, a la telomerasa mutante. Un pequeño error en la selección de la proteína original o en la producción de centenares de miles de copias. Cualquier pequeño fallo, cualquier minúsculo cambio en uno de los ladrillos de la estructura, se multiplica por mil, por un millón. Acabas teniendo entre las manos una enzima loca que hace lo contrario de lo que tú quieres que haga. En vez de reforzar los topes de telomerasa, se queda en el interior de las células, haciendo que los cromosomas formen grumos o, peor aún, haciendo que surjan otros nuevos. Y entonces empieza la locura. La enzima mutante se convierte en caníbal y llega a atacar el ADN, partiéndolo en dos con un tajo de carnicero.

Tizzie hizo una pequeña pausa tratando de asimilar la enormidad que su compañero le estaba diciendo.

–Eso fue lo que vi anoche –dijo al fin la joven.

–Y lo peor es que, naturalmente, no puedes detener el proceso, porque tú mismo te has ocupado de que siga indefinidamente. E indefinidamente sigue, hasta que al fin hay algo que lo detiene. La muerte celular. Y cuando se produce la muerte celular masiva, el producto se llama progeria.

—¿Progeria?

—Vejez prematura. El síndrome de Hutchinson-Guilford.

Alfred se volvió. Quedó de espaldas a Tizzie y de cara hacia la isla, que cada vez estaba más próxima.

—Resulta irónico, ¿no? —preguntó—. Tu intención es prolongar la existencia humana y terminas produciendo el Hutchinson-Guilford. ¿Sabes cuál es el promedio de vida de los que padecen el Hutchinson-Guilford?

—No —dijo Tizzie—. ¿Cuál es?

—Desde el nacimiento hasta la muerte, 12,7 años.

Ella lanzó un suave silbido, alargó la mano, cogió a su compañero por el brazo y lo obligó a volverse.

—¿Habéis descubierto algo para combatir ese fenómeno? ¿Una vacuna o algo así?

—No.

—O sea que todos los del Laboratorio, los científicos, sus hijos, mi padre, están muriendo de eso, ¿no?

Alfred asintió con la cabeza.

—Malditos cabrones —masculló Tizzie.

Él permaneció unos momentos en silencio.

—Naturalmente —dijo al fin—, todo lo que hemos hablado era en hipótesis.

—Sí, claro.

—¿Te parece suficiente?

—¿Suficiente?

—Suficiente información. Para salvarme.

Por primera vez, Tizzie sintió algo parecido a la compasión hacia Alfred.

—Creo que sí. Sobre todo, si mantienes la boca cerrada. No le cuentes nada de mí a nadie. ¿De acuerdo?

—De acuerdo. Te lo prometo.

Alfred miró hacia la playa, que ya estaba llena de toallas, sombrillas y bañistas.

—¿Qué tal si nos volvemos en el ferry? —preguntó—. No me apetece nadar.

Tizzie regresó a Nueva York nerviosa e inquieta. No sabía qué hacer. Le parecía peligroso seguir trabajando en el Laboratorio de Ciencias Zoológicas y, además, creía que ya había averiguado todo lo que necesitaba saber. Dudaba que los investigadores consiguieran domar la enzima mutante. El lugar apestaba a fracaso. Cuando le dijo al doctor Brody que había pensado volver a la ciudad, so pretexto de terminar unos trabajos de investigación que tenía pendientes en la Universidad Rockefeller, el hombre, que estaba en la cafetería leyendo una novela, apenas la escuchó y se limitó a despedirse de ella con un ademán.

La joven se sentía en una especie de precaria semiclandestinidad. No deseaba regresar al apartamento. Recordaba demasiado bien la forma en que tío Henry se había presentado allí sin previo aviso. Por otra parte, si no volvía por su casa y el Laboratorio hacía indagaciones, su comportamiento resultaría inmediatamente sospechoso. Y comenzarían a perseguirla. Así que decidió que se instalaría en su casa y seguiría yendo a su trabajo, como le había dicho a Brody que haría.

Y fue en su apartamento donde la encontró Skyler. Tizzie sólo llevaba en casa unas horas cuando llamaron a la puerta. El sonido le produjo un enorme sobresalto. Al abrir, se encontró con Skyler, que le sonreía tímidamente. Ella le echó los brazos en torno al cuello.

—Dios mío, cómo me alegro de verte —dijo con una emoción tan sentida que a ella misma la sorprendió—. ¿Cómo te encuentras? ¿Cómo está Jude?

Skyler explicó que habían regresado a Nueva York el día anterior y se habían alojado bajo nombres falsos en un hotel del centro, el Chelsea, esperando pasar inadvertidos entre los roqueros y los trotamundos. Skyler se había apostado en las proximidades del edificio de Tizzie y la había visto llegar, pero había decidido aguardar unas horas antes de subir para cerciorarse de que nadie lo seguía.

Skyler le relató el viaje a la isla, el encuentro con Kuta y el descubrimiento de los niños enfermos y envejecidos en la guardería.

—Creo que eso puedo explicarlo —dijo ella—. Nos reuniremos con Jude y, entre los tres, haremos recuento de todo lo que cada uno de nosotros ha averiguado.

Tizzie le habló del Laboratorio de Ciencias Zoológicas de la Universidad de Nueva York, y le relató cómo había escapado de las fauces del perro sólo para caer en las garras de Alfred.

Reparó en que Skyler, sentado ante ella, parecía pálido y demacrado. El joven se llevó una mano al pecho e hizo una mueca.

–¿Te sientes otra vez indispuesto? –preguntó Tizzie, y su compañero no pudo sino asentir.

Lo condujo hasta el dormitorio, le quitó los zapatos y lo hizo acostarse. Le puso las almohadas de forma que Skyler pudiera ver la calle por entre los hierros de la escalera de incendios. Le tocó la frente y le dio la sensación de que el joven tenía unas décimas de fiebre.

Tizzie cogió las aspirinas del botiquín, le dio tres a Skyler, se inclinó para darle un suave beso en la frente y le subió el embozo hasta la barbilla. Luego salió a hacer la compra cargada con un bloc de recetas. En la farmacia de la esquina compró más aspirinas, un termómetro, algodón, alcohol y un frasco de pastillas de nitroglicerina. En un supermercado próximo compró cuatro botes de sopa de pollo y otros alimentos.

Cuando regresó al apartamento, Skyler dormía. Lo despertó, le administró la nitroglicerina y le tomó la temperatura: casi treinta y ocho grados. Después le llevó una bandeja con un tazón de sopa y galletas de soda, y le dio la sopa a cucharadas.

Después de comer, Skyler se sintió mejor. Se recostó cómodamente en las almohadas y le dirigió una sonrisa.

–No sé qué habría hecho sin ti –dijo.

Tizzie se sintió bien, como llevaba mucho tiempo sin sentirse, lo cual le pareció bastante extraño teniendo en cuenta la desesperada situación en que se encontraban.

Se puso en pie con la bandeja entre las manos y le dirigió una sonrisa al enfermo.

–Ponte cómodo y procura descansar –le dijo.

Algo rondaba la cabeza de Tizzie, pero ésta no atinaba con lo que era. Al fin, minutos más tarde, regresó al dormitorio con un paño de cocina en una mano y el tazón de sopa recién fregado en la otra.

–Skyler... –comenzó– dices que en la isla, cuando erais niños, os ponían muchas inyecciones. ¿Os explicaban para qué os las ponían?

–No siempre.

Tizzie terminó de secar el tazón y regresó a la cocina.

Jude no esperaba tener noticias de Raymond tan pronto. El federal le había dejado un breve mensaje en el contestador. Sin nombre. Raymond daba por hecho que él reconocería su voz. Jude no hacía uso del teléfono del Chelsea, y para llamar a su propio contestador utilizaba teléfonos públicos. Desde que regresó del parque Delaware Water Gap no había notado que nadie lo siguiera, pero no quería confiarse.

–Llámame cuanto antes.

Aquél había sido todo el mensaje de Raymond.

Desde una cabina telefónica situada a diez manzanas del hotel, llamó a la oficina de Raymond. La secretaria le dijo que llamara a otro número al cabo de diez minutos. Raymond respondió al primer timbrazo. Por los sonidos del tráfico de Washington que se oían de fondo, Jude comprendió que el federal también hablaba desde una cabina.

Raymond no se anduvo por las ramas.

–Tú ganas. Reunámonos. Yo llevaré el expediente, y tú me facilitarás el resto de los nombres que conozcas. Hoy mismo.

–Dijiste que el expediente no valía para nada.

–Sólo dije que era muy poco voluminoso. Además, he averiguado algo acerca de tu amigo Rincon que creo que te interesará.

Concertaron una cita para aquella tarde en Central Park.

–No llegues tarde –recomendó Raymond.

–Sí, ya sé, el parque es peligroso al anochecer.

–Muy gracioso.

Jude entró en Central Park por la Quinta Avenida, a través del acceso próximo al Museo Metropolitano. El cielo era de color azul intenso y las luces de las calles comenzaban a encenderse. Los senderos exteriores del parque estaban llenos de gente que salía del parque. El único que entraba era Jude.

Tomó la amplia avenida que discurría en dirección norte, pasando ante el obelisco de Cleopatra. Los árboles y el follaje no tardaron en bloquear la luz del crepúsculo, haciendo que Jude se sintiera como en la selva. No se veía ni un alma. Era asombroso cómo la ciudad parecía desvanecerse. El murmullo del tráfico se atenuó primero y desapareció por completo después. Los pasos de Jude resonaban sobre el pavimento. Se había levantado una leve brisa que agitaba las hojas de los árboles.

La avenida se estrechaba ligeramente y describía una suave curva en dirección al túnel que pasa bajo el East Drive. Al aproximarse, Jude oyó el ruido de los automóviles que circulaban por arriba y el clip-clop de un coche de caballos. En el otro extremo del túnel se veía un círculo de luz.

De pronto, vio que algo se movía dentro de la luz, una sombra, algo vertical que avanzaba bamboleándose ligeramente. Una persona se acercaba por el túnel.

Incluso desde lejos advirtió que se trataba de un hombre y, aun consciente de que su reacción era exagerada, pues a fin de cuentas podía tratarse de cualquiera, Jude se batió en retirada. Se desvió hacia unos árboles y matorrales que había a la derecha de la avenida y se escondió sigilosamente entre la vegetación. Allí permaneció inmóvil, deseando que el hombre no lo hubiera visto, sin apenas atreverse a respirar. Los pasos sonaban cada vez más fuertes sobre el pavimento. Segundos más tarde, la figura pasó ante él. Iba corriendo y llevaba algo en una mano.

Jude reaccionó tardíamente. El hombre tenía algo de amenazador: su corpulencia, su modo de moverse, la crueldad de su expresión. El periodista quedó paralizado por el pánico. ¿Era una carpeta lo que aquel individuo llevaba en la mano? Casi involuntariamente, Jude retrocedió y se ocultó tras el árbol. Se apoyó en el tronco y notó en las manos el roce de la áspera corteza. Ya no trataba de mirar, se limitaba a permanecer a la escucha, esperando que las piedras se perdieran en la distancia.

Aguardó hasta que su encabritado corazón se calmó, y luego salió a la avenida y miró cuidadosamente en ambas direcciones. No vio a nadie. Aguzó el oído y sólo percibió el rumor del tráfico allá arriba. Se llenó los pulmones de aire, lo expulsó lentamente y se dirigió hacia el túnel. Lo atravesó a la carrera. Sus propios pasos le resonaban atronadores en los oídos, y experimentó una gran sensación de alivio cuando al fin salió de nuevo al aire libre por el otro lado.

Decidió seguir corriendo por el sendero. Éste, tras rodear el lago Belvedere, ascendía hacia el castillo situado en lo alto de un promontorio. Justo como le había dicho Raymond. La empinada cuesta le hizo aflojar el paso, pero siguió corriendo, sin importarle ya el ruido que hacía, deseando únicamente llegar a su destino y reunirse con Raymond. Coronada ya la cuesta, encontró, a la izquierda, un sendero flanqueado por arbustos, como Raymond le había indicado. El sendero torcía primero y después seguía recto, hasta llegar a un pequeño cenador, con un banco. Raymond estaba sentado en él, entre las sombras.

Jude sintió que el temor lo abandonaba para ser sustituido por una cálida sensación de alivio. Miró de nuevo. En vez del habitual traje de negocios, Raymond llevaba una cazadora de ante y un pañuelo al cuello o quizá un fular. Simulando no haber visto a Jude, el federal siguió en la misma posición.

Jude se sentó a su lado, recuperó el aliento y estuvo a punto de hacer una referencia al hombre que acababa de ver. Y entonces advirtió que algo raro ocurría. Raymond no decía nada ni se movía. Le dio con el codo. Pareció agitarse, erguirse un poco y luego, como a cámara lenta, se desplomó hacia un lado y fue a caer sobre las piernas de Jude. No es un fular. ¡Es sangre! La garganta de Raymond estaba cubierta de líquido rojo y viscoso, y por un momento Jude quedó paralizado por la incredulidad. Alzó la cabeza de Raymond y enderezó el cuerpo. Al retirar la mano se dio cuenta de que estaba cubierta de sangre. Vio un cuchillo en el suelo.

Raymond estaba muerto. ¡Lo habían asesinado!

Jude se puso en pie. El cuerpo de Raymond comenzó a desmoronarse de nuevo y volvió a enderezarlo. No quería que cayera al suelo. Deseaba que siguiera erguido, en posición sedente. Y entonces oyó un ruido entre las sombras. Alguien llegaba por el sendero. Jude echó a correr a través del bosque, entre los arbustos, uno de los cuales le desgarró una manga. Continuó a la carrera y, tras pasar un grupo de árboles y cruzar un nuevo sendero, comenzó a atravesar un claro y volvió la cabeza. Lo perseguían. Un hombre acababa de salir de entre los arbustos e iba tras él. La luz de un farol lo iluminó brevemente y Jude pudo verlo mejor. Lo que vio le congeló la sangre en las venas. ¡Un ordenanza! El odioso pelo blanco brillaba a la luz como una mancha de nieve.

Jude cruzó el claro a tal velocidad que sus pies apenas tocaron el suelo. No se volvió a mirar, pero sabía que el hombre continuaba persiguiéndolo. El claro terminaba en un grupo de árboles, y tras éste Jude encontró otro sendero. Corría a tal velocidad que las plantas de sus pies golpeaban dolorosamente contra el pavimento. Le pareció oír las pisadas de su perseguidor como eco de las suyas. Se volvió. Efectivamente, el ordenanza seguía tras él. Pero no había ganado terreno. En todo caso, lo había perdido. Era más lento que Jude, y éste aceleró aún más su carrera.

Llegó a un muro de piedra de poco más de un metro que marcaba el límite con la calle, lo saltó y aterrizó en los adoquines octogonales de la acera. Dos o tres peatones lo miraron sobresaltados. Tras correr un trecho por Central Park West, se metió por una calle lateral y, en el momento en que doblaba la esquina, echó una mirada hacia atrás. El ordenanza lo había visto y seguía tras él.

Jude había pensado que fuera del parque se sentiría más seguro, que las aceras estarían llenas de peatones. Pero la calle lateral estaba sumida en las sombras y su aspecto era hostil e inquietante. Las pocas personas con que se cruzó parecieron asustarse al verlo, y se dio cuenta de que sería inútil pedir su ayuda. Estaba totalmente solo. Siguió corriendo y llegó a la avenida Columbus. En ésta el panorama era algo mejor, había algunas tiendas, más luces, aceras más amplias.

Cruzó la calle en el momento en que el tráfico se ponía en movimiento e, instintivamente, alzó la mano como un agente de tráfico para detener la masa de vehículos. Llegó a la otra acera entre un coro de claxonazos. Se sentía totalmente exhausto. La puerta de una tienda de comestibles coreana estaba abierta y Jude se metió en el local. Inmediatamente, se volvió para mirar a través del cristal del escaparate. Allí, en la otra acera, estaba el ordenanza, moviéndose indeciso, esperando que hubiera un hueco en el tráfico. Vio a Jude y echó a correr esquivando los coches, con los brazos levantados. Parecía aturdido por los vehículos que pasaban a su lado haciendo sonar el claxon. Retrocedió un paso en el momento en que un coche hacía un viraje para no atropellarlo. Luego siguió avanzando y se puso ante otro vehículo. Sonó el ruido de un frenazo, después un golpe sordo y violento y al fin un grito desgarrado.

La gente se aglomeró ante la tienda mirando hacia la calle. Los coches se detuvieron, una multitud pareció materializarse de la nada. Jude salió del local. Se acercó al grupo de curiosos y esperó varios minutos. Después se abrió paso hasta la parte delantera del corro de mirones. Una mujer en traje de chaqueta estaba arrodillada sosteniendo la muñeca del caído. Un hombre hablaba por un teléfono móvil, pedía una ambulancia.

Pero saltaba a la vista que ya era demasiado tarde. Era evidente que el hombre que yacía de bruces en el suelo estaba muerto. La sangre que brotaba de su nuca formaba un pequeño charco sobre el pavimento. La mujer arrodillada junto al caído le puso a éste el brazo sobre el pecho antes de levantarse y retroceder un paso.

Jude contempló el cuerpo inmóvil, las piernas separadas, el charco de sangre. Lo que más lo sorprendió e intrigó fue el rostro y la cabeza del ordenanza. El cuerpo del hombre parecía juvenil, pero el rostro estaba lleno de arrugas y parecía el de un viejo. El mechón había desaparecido por la sencilla razón de que ahora todo el pelo era totalmente blanco.

«Por eso no logró alcanzarme –se dijo Jude–. Es un viejo.»

CAPÍTULO
29

El asesinato de Raymond dejó aterrado a Jude. Cuando regresó al Chelsea, estaba temblando y le costó un gran esfuerzo relatar coherentemente lo ocurrido. Skyler, que nunca lo había visto así, salió un momento, se dirigió a la habitación en la que se alojaban unos músicos y regresó con una botella de Jack Daniel's.

—Toma, bebe esto —dijo tras servirle a Jude un vaso.

Después se sirvió otro para él.

Jude relató de nuevo cómo había encontrado el cadáver de Raymond.

—O sea que debí fiarme de lo que me decía. Pero desconfiaba de él, lo admito.

—¿Crees que lo mató un ordenanza?

—No. Creo que el asesino fue el primer tipo que vi. Él se llevó el expediente. Probablemente, el ordenanza se limitaba a seguirme a mí.

Jude bebió otro sorbo de whisky y permaneció unos momentos pensativo.

—Y hay otra cosa que no entiendo —dijo—. ¿Por qué el cadáver del ordenanza parecía el de un viejo? En el metro tuve oportunidad de verlo, o al menos vi a uno de ellos, y te prometo que el tipo parecía muchísimo más joven. Esto encaja con lo de los niños de la guardería, pero que me aspen si sé cómo.

—Tizzie lo sabe... o cree saberlo —dijo Skyler.

Jude se quedó atónito, agitado por diversas emociones.

—¿La has visto? ¿Está bien?

—Sí, muy bien, aunque algo cansada. Lo más importante es que ha averiguado algo. Quiere que nos veamos con ella mañana en su despacho. Para hacer recuento de todo lo que sabemos.

—¿En su oficina? ¿En la Universidad Rockefeller? ¿No será excesivamente arriesgado?

—Según Tizzie, el lugar estará tranquilo. Únicamente debemos evitar que nos sigan mientras vamos hacia allí.

—De acuerdo. ¡Tizzie! ¡Qué ganas tengo de verla! –De pronto, Jude miró fijamente a Skyler y añadió–: Has pasado fuera mucho rato. ¿En todo momento has estado con ella?

—Sí. Yo... Bueno, tuve una pequeña recaída.

—¿Cómo? ¿Qué ha sucedido? ¿Te encuentras bien?

—Sí, sí, estoy bien. No ha sido nada. En realidad, el momento no podía haber sido más oportuno. Tizzie ha hecho unas cuantas llamadas y ha conseguido que me hicieran una nueva transfusión con esa medicina... ¿Cómo se llama? Urocinasa.

—¿Has dado tu nombre?

—No. Hemos ido a una clínica de Brooklyn. El doctor decía ser practicante de no sé qué clase de medicina alternativa. Ha dicho que «por el bien de mi salud» estaba dispuesto a saltarse algunas normas. Y que quería cobrar en efectivo... y por adelantado.

—Pero ¿ya te encuentras bien? Desde luego, tienes mejor aspecto.

—Llevaba tiempo sin sentirme tan bien.

—Estupendo –dijo Jude tumbándose en la cama–. Cristo. Menudo día.

Cerró los ojos dispuesto a dormir. Skyler se quedó a su lado un rato, montando guardia.

Jude y Skyler fueron cada uno por su lado a la oficina de Tizzie, y llegaron con cinco minutos de diferencia. A Tizzie no le costó justificar su presencia, ya que, a causa de sus investigaciones, los guardias estaban acostumbrados a que la visitaran parejas de gemelos.

La joven abrió la puerta de su despacho.

—Creo que ha llegado el momento de que pongamos las cartas sobre la mesa –dijo–. Hagamos recuento de todo lo que sabemos. Luego lo analizaremos, le daremos vueltas y, con un poco de suerte, se nos ocurrirá qué debemos hacer para salir con vida de este embrollo.

Mientras Tizzie preparaba café, Jude, sentado en un sillón, contemplaba las tallas africanas. Y no pudo por menos de evocar el día en que se conocieron. El recuerdo tuvo algo de doloroso, fue como un eco de tiempos más felices. No le sorprendió sentir aquello. Tantas cosas que él consideraba imposibles habían ocurrido desde aquel día, tantas cosas habían cambiado...

Aquellos lúgubres pensamientos le parecieron por un momento exagerados. Pero no, estaban plenamente justificados. Su vida había sufrido una inmensa mutación. Hasta hacía unas semanas, lo único que le preocupaba era su trabajo y sus amigos. Ahora su problema era la posibilidad de que lo cosieran a cuchilladas en la calle.

Miró a Skyler y de nuevo le impresionó lo que el joven había madurado, lo mucho más asentado y dueño de sí que parecía.

Skyler y Tizzie estaban sentados el uno al lado del otro en el sofá. Hacían buena pareja y Jude detectó entre ellos una nueva intimidad. Se preguntó si se habrían acostado juntos. Y también se preguntó si lo que él mismo estaba comenzando a sentir eran celos. Trató de analizar sus emociones, como quien tantea una muela con la punta de la lengua para tratar de localizar una caries. Pero lo malo de analizar emociones era que luego uno no sabía cómo interpretar los resultados de tal análisis.

Sin embargo, la nueva situación, fuera cual fuese, creaba efectivamente una cierta tensión, una especie de incomodidad. De pronto le pareció que sus dos compañeros se mostraban excesivamente solícitos con él. Tizzie le sirvió el café y Skyler se lo llevó. Y Jude siguió fijándose en pequeños detalles, en cómo se miraban Skyler y Tizzie, en cómo parecían apoyarse el uno en el otro mientras hablaban sentados en el sofá...

Puso freno a sus pensamientos. «Desde lo de Raymond ando un poco desquiciado –se dijo–. Como siga por este camino, terminaré espiando a través de las cerraduras.»

Fue Tizzie quien tomó la voz cantante. Se levantó del sofá, fue a sentarse tras su escritorio y le pidió a Jude que se lo explicase todo de principio a fin: el viaje a la isla, la conversación con Raymond junto a las vías, el hallazgo del cuerpo del federal en Central Park. Él lo contó todo, incluido el episodio del envejecido ordenanza que murió atropellado. Luego Tizzie les habló de sus informes a tío Henry, de su trabajo en el laboratorio de la Universidad de Nueva York y de su viaje en ferry con Alfred.

—Dime una cosa —le pidió de pronto Skyler—. ¿Qué aspecto tiene ese tal Alfred?

Ella arrugó el gesto.

—Es un tipo repulsivo.

—¿Es un pelirrojo de nariz aguileña?

Tizzie se quedó atónita.

—¿Cómo lo sabes?

El joven lanzó una breve carcajada.

—Conocí a su otra mitad... Allá en la isla. Un géminis llamado Tyrone. También era insoportable. Y un chivato.

—Cristo —exclamó Jude—. Tú deberías ser nuestro asesor en todo lo referente a esas personas. Tú creciste con ellas, así que sabes lo que van a hacer antes de que lo hagan.

De pronto se le ocurrió que aquel comentario también era aplicable a Tizzie.

Después del café, Tizzie se levantó muy seria y fue a sentarse frente a Skyler.

—Ayer, cuando te pregunté por las inyecciones que os ponían en la isla, tú me dijiste que no siempre sabíais para qué eran. Explícame eso.

Skyler se retrepó en el sillón y, tras un carraspeo, comenzó:

—Bueno, en primer lugar estaban las inyecciones que nos ponían todas las semanas. Vitaminas, creo. Al menos, eso nos decían. A veces, gammaglobulina u otros fortificantes. Además, nos inoculaban todo tipo de vacunas.

»Pero en determinado momento, hace de esto muchos años, un grupo del que yo formaba parte comenzó a recibir un tratamiento especial. Nos ponían inyecciones una vez a la semana. La cosa duró bastante. Quizá un par de meses, no lo recuerdo con exactitud. Sin embargo, me acuerdo muy bien del tratamiento porque gracias a él no teníamos que participar en las actividades comunes. Pero yo detestaba las agujas, que eran enormes. Y, después del tratamiento, nos siguieron examinando con regularidad, haciéndonos todo tipo de análisis y pruebas.

—¿Cuántos recibisteis el tratamiento especial?

—Creo que éramos seis. En el grupo estaban Raisin, otros tres géminis, yo y... —Skyler bajó la vista incómodo y añadió—: Y Julia.

Jude se volvió hacia Tizzie.

–¿Adónde quieres ir a parar? –preguntó.
Ella no respondió directamente.
–Quiero que veáis algo –dijo con voz grave.
Salieron del despacho y Tizzie los condujo por el corredor hasta un laboratorio. La habitación estaba dotada de una serie de estaciones de trabajo con repisas de formica provistas de ordenadores y todo tipo de instrumental. Las luces del techo ya estaban encendidas. Tizzie había estado allí poco antes de que llegaran sus dos visitantes.
La joven los llevó ante un microscopio situado en un rincón. Junto al aparato había una bandeja de portaobjetos. Tizzie cogió uno de ellos, lo colocó en el microscopio, conecto éste, hizo los ajustes necesarios y se apartó para que sus compañeros miraran.
Jude y Skyler lo hicieron por turnos, y Tizzie procedió a poner otros cuatro portaobjetos en el microscopio al tiempo que iba explicando:
–Esto corresponde a los cromosomas de una célula humana madura. Fijaos en los extremos. Esos pequeños topes que veis son los telómeros, que se acortan cada vez que la célula se divide... Aquí veis una célula vieja. Ya se ha dividido cincuenta veces y se aproxima a la senectud. Reparad en que los telómeros ya casi ni se ven... Esta otra es muy parecida. Los telómeros son cortos, la célula agoniza. La diferencia radica en que, en este caso, la vejez es prematura. La célula procede de un muchacho que, cronológicamente, sólo tiene trece años. La enfermedad que padece está matando sus células.
–Como les ocurre a los niños de la guardería, en la isla...
–Exacto. Fijaos en lo oscura que está esta última célula. Eso es indicio de que existe superabundancia de telomerasa. Se supone que la telomerasa es beneficiosa. Su misión consiste en proteger los extremos de los cromosomas, cubriéndolos con secuencias de ADN. Pero si se introduce en células inadecuadas y se produce una variedad mutante, el problema es mayúsculo.
–¿Fue eso lo que hicieron?
–Sí. Reflexiona. Ellos ya han encontrado un sistema para efectuar trasplantes sin riesgo, lo cual es el primer paso en el camino hacia la longevidad. Pero la vejez no es una simple cuestión de órganos que se desgastan. En la vejez, todo el organismo se deteriora: la sangre, las células, el cerebro, la médula ósea.
–Comprendo.

—No hace falta ser un científico para saber que el proceso de la vida es complicado. El total es algo más que la suma de las partes. No puedes limitarte a cambiar un órgano por otro para luego cruzarte de brazos diciéndote que has hecho realidad el sueño de la juventud eterna. Tienes que hacer algo más. Y los del Laboratorio eran científicos de primera... Ya tenían resuelto el problema de la clonación.

—¿Qué hicieron?

—Con los clones obtuvieron una reserva de órganos de repuesto. Pero tenían que ir más allá. Así que retomaron la investigación de los temas básicos. La estructura de las células, la inmortalidad celular, los telómeros. Actualmente, se están efectuando muchísimos estudios académicos acerca de esos temas. Las revistas especializadas no dan abasto para publicarlos. Así que nada tiene de extraño que los científicos del Laboratorio se sintieran atraídos por tales investigaciones. Y, como es natural, ellos tenían una gran ventaja sobre el resto de los investigadores.

—¿Cuál?

Tizzie miró significativamente hacia Skyler.

—Disponen de un grupo de cobayas hechas a la medida. Cobayas humanas. Lamento decirlo, Skyler, pero tenías que saberlo.

Skyler hizo un gesto de asentimiento.

—¿Qué hacen los científicos que actúan dentro de la legalidad cuando desean probar una vacuna? Utilizan a reclusos. Y eso mismo sucedió en este caso. Lograron un gran avance. Aislaron la enzima telomerasa. Y tenían que someterla a prueba. ¿No os dais cuenta? Creyeron haber dado con la clave del enigma. Si las células mueren porque sus cromosomas se acortan en exceso, ¿por qué no ponerles enzimas extra para que los mantengan largos? ¿Cuál es el método más simple de hacerlo? Por inyección. ¿Y a quién se les inyecta? A los clones.

La joven hizo una pausa durante la cual miró de Jude a Skyler y de Skyler a Jude. Luego continuó.

—Escogieron a tres sujetos. Uno fue Skyler. Él no era imprescindible, pues su clon, tú, Jude, ya había abandonado el grupo. El otro fue Raisin. Sabemos que ellos lo tenían en poca estima por su condición de epiléptico. El tercero fue Julia, mi clon. ¿Por qué? No lo sé a ciencia cierta, pero tal vez fuera porque mis padres ya se habían manifestado abiertamente contra las inoculaciones. Así que yo, en su opinión, en opinión de Rincon, ya estaba condenada a tener un tiempo de vida más breve. Los otros tres géminis eran un grupo de control. Probablemente, lo que les inyectaban eran placebos.

–Lo que dices no deja de tener su lógica, tengo que admitirlo –dijo Jude.

–Para ellos fue lo más natural del mundo. Pensaban en los clones como en objetos, los habían deshumanizado. Según Skyler, a veces les ponían vacunas. ¿Contra qué afecciones? ¿Por qué iban a protegerlos de nada si sabían que no saldrían jamás de una isla que, supuestamente, estaba exenta de toda enfermedad? La respuesta es que deseaban que su sangre y sus órganos estuvieran inmunizados para el día en que los prototipos tuvieran que usarlos.

–¿Los prototipos? –preguntó Jude.

–Tú eres uno de ellos –respondió Tizzie. Después de una pausa prosiguió–: Algo que no alcanzo a entender es por qué se interrumpió el régimen de inoculaciones. Según Skyler, les estuvieron inyectando durante un tiempo y luego dejaron de hacerlo.

–¿Qué crees que pasó? –quiso saber Jude.

Conocía a Tizzie lo bastante como para estar seguro de que ella ya tendría preparada alguna posible explicación.

–Obtuvieron otro gran avance. Éste fue de inmensas proporciones. Se llama genoterapia y es una idea sumamente brillante. En vez de inyectar directamente la proteína o la enzima, lo que haces es introducir el ADN que la encierra. Una vez metes el ADN en la célula, la maquinaria de producción de proteínas normales de la persona se ocupa del resto. El nuevo y el viejo ADN son leídos al mismo tiempo, y sus secuencias se convierten en proteínas.

Jude la observaba con admiración. Skyler bebía cada una de sus palabras.

–La genoterapia se utiliza en la actualidad para cierto número de dolencias, sobre todo para las enfermedades genéticas. Una de ellas es la fibrosis quística. A los niños que la padecen les falta una proteína imprescindible para el buen funcionamiento de los pulmones. Las compañías farmacéuticas utilizan ADN en aerosol para intentar que el gen necesario llegue a los pulmones de los enfermos de fibrosis.

»Ese tipo, Alfred, el que trabajaba conmigo en el laboratorio, prácticamente admitió que la habían utilizado. La ventaja de la genoterapia, si da el resultado que se busca, es que sólo se tiene que realizar una vez. La desventaja es que resulta difícil de controlar. Y si se descontrola, puede ocurrir cualquier cosa.

—¿Por ejemplo?

—Puedes terminar con una proteína mutante. Normalmente, las células cometen errores al leer su ADN y convertirlo en proteína. El error suele descubrirse durante lo que se conoce como la fase de «lectura de pruebas» de la síntesis de la proteína. Pero probablemente los nuevos genes inoculados por medio de la genoterapia no pasaron por esa lectura de pruebas, así que sus mutaciones no fueron percibidas.

»¿Qué sucede a continuación? Hay varias posibilidades. Una de las cosas que puede ocurrir es que la variable mutante se pegue al extremo del cromosoma y se quede simplemente allí, sin reforzar el tope protector. Esto impediría a la telomerasa, digamos, "buena" cumplir su misión, que no es sino la de mantener largos los extremos. Así que nos enfrentamos a una paradoja: en vez de prolongar la vida manteniendo a raya la degeneración natural, el mutante acelera el acortamiento de los cromosomas, provocando la vejez prematura.

»Existe otra posibilidad que podría afectar a la descendencia. Digamos que la genoterapia produce un exceso de telomerasa en la línea germinal, en las células que se reproducen para crear una nueva vida. La enzima mutante parece conferir viscosidad a los extremos del ADN, haciendo que los cromosomas formen grumos. Durante la duplicación, los cromosomas deben separarse en dos células hijas. Si el mutante hace que los extremos sean viscosos, las células hijas pueden terminar con cromosomas de más o de menos.

—¿Y sus descendientes serían anormales? —preguntó Jude.

—Bueno, quizá habría en ellos alguna anomalía —respondió Tizzie, que no dejaba de asombrarse del poco tacto que tenía Jude a veces.

—Si tu teoría es cierta, ése fue el motivo de que dejaran de ponernos las inyecciones —dijo Skyler.

Tizzie y Jude lo miraron extrañados.

—¿Por qué? —quiso saber Tizzie.

—Si consiguieron un gran avance por medio de la genoterapia, lo más probable es que quisieran poner a prueba cuanto antes su eficacia. ¿Por qué usar a personas jóvenes? Sería más lógico emplear niños. En ellos los resultados se pondrían de manifiesto con mayor rapidez, ya que el proceso de envejecimiento es más evidente y, por tanto, más conmensurable.

–Claro –dijo Jude–. Trasladaron el experimento a la guardería. Pero la cosa les salió mal y provocó esa enfermedad... ¿Cómo se llama?

–Progeria.

–Eso explicaría otra cosa más –continuó Skyler–. Si Raisin formaba parte del grupo experimental inicial, no cabe duda de que los del Laboratorio deseaban examinar sus órganos después de la muerte. Necesitaban enterarse de si algo andaba mal. Eso explica el robo de las muestras que estaban guardadas en la sala de autopsias de New Paltz.

–Sí –dijo Jude.

Recordó que Raymond había llegado a aquella misma conclusión. Y pensar en ello le recordó un asunto que podía tener relación con el caso.

–¿Y qué me decís de los cadáveres que han estado apareciendo en Georgia y otros lugares? Como están mutilados y es imposible identificarlos, debemos partir de la base de que eran clones. Pero a ellos también les extrajeron las entrañas.

–Hay una explicación posible –dijo Tizzie–, pero es bastante macabra. Sólo a un monstruo se le ocurriría hacer una cosa así.

–Adelante –la animó Skyler.

–Tal vez los órganos les hagan falta para algo. Digamos que los prototipos de los clones recibieron el tratamiento original de rejuvenecimiento, que se sometieron a la genoterapia. Durante un tiempo, todo fue de maravilla. Habían puesto freno al envejecimiento y se sentían más jóvenes que nunca. Luego las cosas se torcieron y el proceso de envejecimiento se aceleró. Los del Laboratorio lo intentaron todo. Iniciaron un programa acelerado de investigaciones, experimentaron con monos, experimentaron con niños clones... Hicieron todo lo que se les ocurrió. Pero la gente a la que le habían vendido la promesa de la eterna juventud comenzó a perder la paciencia y a enfadarse, y ellos no podían darles ninguna solución. Una forma de tratar de detener el proceso, un último y desesperado recurso, sería una especie de trasplante masivo de órganos. Lo que se llama un trasplante en bloque. No es frecuente y las posibilidades de éxito son escasas, pero... si uno está lo bastante desesperado...

–Cristo –exclamó Jude–. ¿Lo que dices es realmente posible?

–Me temo que sí.

–Entonces, debemos encontrar a los demás –dijo Skyler–. Por

eso se llevaron a los clones. Tenemos que rescatarlos antes de que los maten también a ellos.

Tizzie apagó el microscopio, volvió a ponerlo todo en su lugar y regresaron a su despacho.

—Hay un montón de cabos sueltos —dijo Jude—. Por ejemplo, esos tipos que forman parte del Grupo, como Tibbett y Eagleton. ¿Ellos también tienen clones?

—Sabe Dios —respondió Tizzie—. Sospecho que sí. Pero sus clones deben de ser demasiado jóvenes para servirles de ayuda. No puedes trasplantarle un órgano de un niño a un hombre de sesenta años y esperar que funcione.

—¿Tú crees que...? —Jude se interrumpió y bajó la voz—. ¿Crees que tengo otro clon? ¿Más joven?

Tizzie se asombró que Jude pudiera pensar en sí mismo en unos momentos como aquellos, que no hubiera entendido el subtexto de su conversación en el laboratorio. Debería sentirse más preocupado por Skyler.

—Creo que, probablemente, lo tuviste. La duda es: ¿le aplicaron el tratamiento y enfermó de progeria? Si la respuesta es no, probablemente estará vivo en alguna parte; si la respuesta es sí, probablemente estará muerto.

Jude se quedó en silencio y se encaminó hacia el servicio de caballeros.

Detenido ante la puerta de la oficina de Tizzie, Skyler la miró a los ojos.

—O sea que, en resumidas cuentas, si simplemente me inocularon, quizá tenga alguna posibilidad. Si fue genoterapia, estoy listo.

A la joven le resultaba imposible articular palabra, así que se limitó a asentir con la cabeza.

El lunes, un día sorprendentemente agradable para mediados de julio, Tizzie se dirigió al trabajo cruzando el East Side. Sentía una débil esperanza. Quizá, de algún modo, las cosas terminaran saliendo bien. Quizá lograsen encontrar a los clones y avisar al «buen» FBI. Quizá la enfermedad de Skyler mejorase, como los accesos de malaria cuyas recaídas eran cada vez menos severas. Quizá descubriesen una vacuna que lograra salvar a su padre.

Frunció el entrecejo: demasiados quizá.

Decidió ir sin tardanza a visitar a su padre. Le resultaba difícil debido a la rapidez con que el hombre se estaba deteriorando, y además ella no sabía qué decir ni qué hacer cuando se encontraba en el lúgubre dormitorio del enfermo. Tizzie nunca había sentido tal incomodidad en presencia de su padre, y sabía a qué era debida: no podía perdonarle los secretos que habían salido a relucir durante los dos últimos meses. Sin embargo, siempre le quedaba el disimulo. Y, fuera como fuese, no podía permitir que transcurriesen dos semanas sin acudir a verlo. Ahora que su esposa había muerto, él necesitaba a su hija más que nunca.

La recepcionista la recibió cálidamente, y su secretaria le llevó una humeante taza de café y se la dejó sobre el escritorio, junto a un montón de correspondencia.

Cinco minutos más tarde, la secretaria asomó la cabeza por la puerta.

–Tienes una llamada importante –dijo.

La llamada era del hospital St. Barnaby, de Milwaukee. La mujer del otro extremo de la línea hablaba con el tipo de voz compasivo y severo que se utiliza para dar las malas noticias.

–Señorita Tierney, la llamo porque su padre ha ingresado en nuestro hospital a primera hora de esta mañana. Su estado no es bueno y creo que, si le es posible, debería usted venir a verlo cuanto antes –dijo, e, innecesariamente, añadió–: No deja de preguntar por usted.

La secretaria entró con un horario de aviones mientras Tizzie anotaba la dirección. Al hacerlo sintió ganas de gritar. St. Barnaby. Habitación 14B. Pabellón Samuel Billington.

A Tizzie apenas le dio tiempo de llamar a Jude antes de salir para el aeropuerto. Él no quería que hiciera el viaje, por considerarlo demasiado peligroso, pero ella, que no quería llegar demasiado tarde, como le había ocurrido con su madre, no le hizo caso, aunque prometió tener cuidado.

En el hospital parecían estar esperándola. Entró, sosteniendo en una mano el papel en el que había anotado el número de la habitación y, antes de que abriera la boca, la recepcionista le dio una serie de complicadas indicaciones que implicaban un cambio de ascensores y un recorrido a través de atrios flanqueados por tiestos con palmeras. El pabellón Billington eran suntuoso. Las puertas de los ascensores estaban cromadas y la consulta de las enfermeras era de mármol travertino. La habitación 14B se encontraba en un ángulo del pasillo, y resultó no ser un cuarto individual, sino una suite de tres habitaciones similar a la de un hotel. Una mujer vestida con un uniforme azul cielo le mostró el camino y la introdujo en una salita de estar con sillones tapizados en chintz.

Tizzie no se sentó. Dejó la chaqueta en uno de los sillones y abrió la puerta de la habitación contigua, que se hallaba en penumbra. La única luz era la que se colaba entre las hojas de la persiana cerrada. La cama estaba en el centro de la pared, y resultaba tan imponente que parecía ser el único mueble de la habitación. Se oía el rumor de los aparatos médicos, y también un débil susurro que Tizzie tardó unos momentos en identificar: la respiración de su padre.

No había nadie más allí: sólo él.

Tenía los ojos cerrados y los párpados le temblaban ligeramente. La cabeza estaba hundida en una gran almohada y la hendidura la hacía parecer pesada, como un pequeño y duro melón semienterrado entre blancos algodones. El hombre parecía frágil, incluso lastimoso... Aquélla era la palabra que no dejaba de acudir a la cabeza de la joven.

Arrimó una silla a la cama, se sentó y se quedó observándolo. Tal vez mirarlo fijamente durante tanto tiempo fue un error, pues los pensamientos de la joven comenzaron a vagar. Ahora que el momento había llegado, no sabía cuáles eran sus sentimientos. Aquel marchito manojo de carne y huesos no parecía su padre. ¿Lo era realmente? ¿Era posible que aquel hombre hubiera formado parte de aquel horrible plan, el mismo hombre que la acostaba por las noches y mantenía a raya a los monstruos contándole amorosamente cuentos hasta que se quedaba dormida? ¿No habría sido él, en realidad, el monstruo?

Algo le rozó la mano y dio un respingo, sobresaltada. Era la mano de su padre. Tizzie la tomó en la suya y lo miró. Los acuosos ojos del enfermo la observaban. El hombre, que parecía estar lúcido, se humedeció los labios. Deseaba hablar.

¿Habría llegado el momento crucial? ¿El de las últimas palabras? Un tópico literario, el momento de la sinceridad total, de la absolución. Resultaba tan extraño estar allí, sosteniendo la mano de su padre, sintiendo tantas y tan contradictorias emociones, amándolo al tiempo que lo despreciaba por lo que había hecho. Se sentía ajena a toda la situación, a todo lo que estaba sucediendo. Y la asustó sentirse tan distanciada.

La entrecortada respiración del enfermo hacía que resultase difícil entenderlo. Tizzie le sirvió un vaso de agua y se lo ofreció con una pajita doblada de cristal al tiempo que lo ayudaba a incorporarse poniéndole una mano en la espalda. El hombre pesaba tan poco que fue como levantar la almohada.

Los labios se movieron. Tizzie se inclinó, pegó la oreja a su boca y notó el cálido aliento del enfermo cuando éste dijo:

—Lo sabes todo.

¿Fue una afirmación o una pregunta? Resultaba imposible saberlo.

—Sí —respondió la joven—. Lo sé todo, excepto el porqué.

El hombre permaneció tanto tiempo en silencio que Tizzie no supo si había oído su respuesta.

Pero luego comenzó a hablar, al principio lentamente, y después, decidido ya a contarlo todo, con mayor premura.

—Lo hicimos por ti. Todo fue por ti. Queríamos hacerte un obsequio. Te habíamos dado la vida y deseábamos que disfrutases por más tiempo de ella. Todo iba a ser tan hermoso... perfecto. Ibais a ser los primeros que alcanzaran el eterno anhelo de la humanidad. Ibais a vivirlo, no sólo a desearlo ni a soñar con él.

La joven escuchó la descripción que su padre hizo de los primeros días del Laboratorio, intentando hacerla comprender lo emocionante que había sido traspasar el umbral de un gran descubrimiento científico, «hacer cosas que jamás se habían hecho». El hombre lo relató todo desde el principio, pero divagando y dando saltos que dejaban grandes huecos en la historia. Tizzie tuvo que ir reordenando mentalmente el relato mientras su padre hablaba.

Describió a Rincon y el hipnótico poder que poseía. Relató el primer gran descubrimiento que tuvo lugar en la cámara subterránea de Jerome: cómo separar las células en el blastómero, mantenerlas vivas y hacerlas crecer aisladas unas de otras. Las largas discusiones acerca de hacer lo mismo con la propia descendencia de los científicos, los inacabables debates nocturnos: qué era lo mejor, qué era permisible y qué no lo era, los dictados de la ciencia. El óvulo fertilizado parecía tan pequeño bajo el objetivo del microscopio, que resultaba increíble que de él pudiera surgir la vida. Y al fin decidieron crear lo que el enfermo llamaba «la reserva». Repitió el término tres veces antes de que la joven comprendiera. En ningún momento utilizó la palabra clon, aunque, ciertamente, tampoco mencionó la palabra hermana.

–Procurábamos no pensar en ellos. Estaban lejos, en aquella isla, y no los veíamos ni tampoco hablábamos de ellos. Sólo Henry... él fue el único que visitó la isla.

Contó que habían creado a los tres ordenanzas partiendo del embrión de un inadaptado social. Relató la ruptura con el padre de Jude, que se produjo debido a que el hombre sufría fuertes remordimientos que al fin se solidificaron el día en que Skyler fue «activado» como óvulo fertilizado. Y habló, lentamente y con tristeza, del accidente de coche en el que había muerto el padre de Jude, que en realidad no había sido un accidente. Por último, relató su propia ruptura, años más tarde, con el Laboratorio, que no había sido total –no eran estúpidos y habían aprendido de lo que le sucedió al padre de Jude–, y explicó lo difícil que resultaba enfrentarse a Rincon. Y todo fue por amor a Tizzie. No aprobaba el uso de las inoculaciones, pues éstas se encontraban en una etapa experimental y resultaban demasiado arriesgadas para que su hija se sometiera a ellas.

–Y tuve razón –jadeó el hombre con un desmedido orgullo que a Tizzie le pareció extemporáneo.

El enfermo siguió hablando, y relató cómo –diez años antes de lo de *Dolly*– habían descubierto el modo de clonar a un adulto, y cómo esto hizo que el dinero acudiera a raudales en cuanto se les hizo a los «potentados», como él les llamó, la oferta de una extensión del tiempo de vida. Para entonces, él ya había dejado el Laboratorio y se encontraba trabajando tranquilamente en Milwaukee. Su único contacto con el grupo era a través de tío Henry, que pasaba por allí de cuando en cuando para tenerlo controlado y cerciorarse de que no los delataba a las autoridades.

El hombre comenzó a hablar con voz cada vez más queda. Ella trató de que siguiera hablando.

–¿Dónde están ahora? ¿Qué ha sido del Laboratorio?

Él frunció el entrecejo y movió la cabeza; pero... ¿decía que sí o que no?

Le preguntó por Rincon.

–¿Dónde está Rincon?

Él trató de hablar, pero sufrió un súbito acceso de tos. Abrió mucho los ojos alarmado. Cuando la tos remitió, el hombre cerró los ojos y ya no volvió a abrirlos. Cayó en un profundo sueño y más tarde entró en coma. Al cabo de tres horas, murió, más o menos pacíficamente.

Caminando por el pasillo, Tizzie estaba tan aturdida que ni siquiera sabía cuáles eran sus sentimientos. Llevaba semanas –meses, en realidad– esperando que su padre muriese y, cuando llegaba el momento, sentía emociones tan distintas y encontradas que unas y otras se anulaban, dejándola a ella sin otro sentimiento más que el agotamiento.

Cerca ya de los ascensores, pasó ante una gran sala de reconocimiento cuya puerta estaba abierta. Algo que vio con el rabillo del ojo la impulsó a mirar mejor, y lo que descubrió la hizo detenerse en seco. Una mujer corpulenta estaba imperiosamente sentada en una mesa de reconocimiento, vestida con un camisón de hospital, y un médico y varias enfermeras se afanaban en torno a ella. La luz que brillaba detrás de la mujer hacía que su pelo refulgiese como un halo.

Tizzie se estremeció debido a lo impresionante que resultaba la imagen. El grupo parecía una pintura del Renacimiento. *La adoración de los Magos,* o los frescos de Giotto en la iglesia de San Francisco, en Asís. Las enfermeras atendían a la mujer con las cabezas bajas, en actitud casi reverente, mientras el médico mantenía el estetoscopio pegado al vientre de la paciente.

De pronto Tizzie reparó en algo. La mujer era bastante mayor. Probablemente, pasaba de los sesenta. Su cuerpo era voluminoso y su rostro, enérgico, de facciones alargadas y boca extrañamente fina y sensible. Pero lo más llamativo de todo eran sus ojos, que brillaban como dos brasas adheridas a un bloque de arcilla. La mujer notó la mirada de Tizzie y taladró a ésta con la suya.

Tan absorta se encontraba Tizzie, que casi le pasó inadvertido lo más extraño de todo: la mujer tenía una gran tripa de piel enormemente estirada que el médico le estaba examinando. ¡Dios mío! Estaba embarazada, aunque debía de sobrepasar por lo menos veinticinco años la edad límite para alumbrar.

El médico se volvió, vio a Tizzie y frunció el entrecejo. El nombre que llevaba en su placa de identificación era Gilmore. Luego la puerta se cerró. Tizzie permaneció unos momentos inmóvil, viendo aún el brillo de aquellos ojos que eran como brasas. Después movió la cabeza, salió del hospital y se dirigió directamente al aeropuerto. En esta ocasión no se quedaría para el entierro. No deseaba ver a tío Henry.

Tizzie se encontró con Jude en la cafetería cercana al hotel Chelsea, concurrida por la habitual clientela matutina: viejos sin afeitar con tazas de café delante y músicos de rock duro, con las cabezas rapadas, que trataban de reponerse de sus resacas. Parejas de todo tipo y de todas las configuraciones sexuales permanecían sentadas a las mesas.

Jude y Tizzie aguardaron a Skyler sentados a una mesa de un rincón. Ella ya había contado todo lo que su padre le había dicho antes de morir, y ahora ambos permanecían en incómodo silencio.

—Bueno, ¿y ahora qué hacemos? —preguntó Jude.

—No sé qué decirte. No se me ocurre nada. ¿Volvemos al juez de New Paltz?

—No creo que pueda sernos de mucha ayuda. Además, Raymond dijo que estaba enfermo.

—Quizá hable con nosotros y nos cuente algo.

—¿Te refieres a una confesión en el lecho de muerte? No me parece demasiado probable.

Tizzie se preguntó si aquel comentario era una alusión a su padre. Decidió que no lo era. Le había contado a Jude lo que su padre le había revelado: que la muerte del padre de Jude no fue un accidente. La noticia le había dejado muy trastornado.

—¿Qué me dices del otro tipo del FBI? ¿Cómo se llama?

—Ed no sé cuántos. Ed Brantley, creo.

—Podrías llamarlo.

—Sería un tiro a ciegas. Sabe Dios de qué lado está.

—Ya, pero tú confiabas en Raymond, y Raymond confiaba en él.

—Y Raymond está muerto.

—Es verdad, tienes razón. —Tizzie bebió un sorbo de café y dijo—. Jude, tenemos que hacer algo. No podemos quedarnos de brazos cruzados.

Jude fue a contestar, pero en aquel momento un joven se sentó a una mesa que estaba lo bastante próxima como para oírlos. Llevaba una cazadora de cuero negro, pantalones ajustados y guantes de cuero negro con los dedos recortados. Lucía todo tipo de anillos y collares de plata; tenía el negro cabello enmarañado y su oreja izquierda tenía el borde cubierto de imperdibles y pendientes de plata. Al sentarse, todo él tintineó.

Jude se dijo que el joven no tenía aspecto de agente federal. Pero nunca se sabe. La muerte de Raymond había hecho que todos sus temores resucitaran.

Con el rabillo del ojo, Jude vio una figura familiar a través de la ventana. Era Skyler. Viéndolo aparecer así, caminando por la acera, Jude pudo hacer una rápida y casi objetiva evaluación de su sosia. Los andares eran muy parecidos a los suyos: paso desenvuelto, cabeza erguida. Lo que más lo impresionó fue advertir que Skyler se sentía ya a sus anchas en las calles de la ciudad, lo rápidamente que se había adaptado a aquel nuevo mundo. Jude se preguntó si él, en su lugar, lo habría hecho igual de bien.

Al divisar a Skyler, Tizzie lo escrutó con gran atención. Últimamente, cada vez que se encontraba con él, lo examinaba con detenimiento, tratando de discernir si parecía más viejo en algún sentido. No pudo saber si era así.

Skyler entró en el local, los vio, los saludó con la mano y fue a sentarse con ellos. Llevaba un ejemplar del *Mirror* y sonreía satisfecho.

—He encontrado algo —anunció.

—¿El qué? —preguntó Tizzie.

—Primero, lo primero.

Pidió una taza de café, y cuando se la sirvieron, le dio un largo trago.

—Comprendo la afición que le tenéis a este mejunje. En la isla nos lo tenían prohibido.

—Muy bien, tipo listo —dijo Jude—. ¿De qué se trata?

—¿Has visto tu periódico?

—No, y me revienta que la gente lo llame «mi periódico». ¿Cuál es la gran noticia?

—Página sesenta y cuatro.

Skyler le tendió el diario. El titular de primera página hacía referencia a un sex shop que había abierto a dos manzanas de la Mansión Gracie, y rezaba: EL ALCALDE CALIENTE CONTRA LA PORNOGRAFÍA.

Buscó la página 64 y no tardó en encontrar la gacetilla en una columna dedicada al chismorreo.

REUNIÓN DE GENIOS

Nueva York.– Los Jóvenes Dirigentes en pro de la Ciencia y la Tecnología en el Nuevo Milenio anunciaron ayer que iban a celebrar el primer congreso de su historia. El grupo, formado por los mejores pesos pesados del mundo del intelecto, celebrará su reunión en el DeSoto Hilton de Savannah, Georgia, el próximo martes. Si había pensado usted tomarse allí sus vacaciones y su coeficiente intelectual es de menos de 150, tal vez deba pensarlo mejor.

–Mierda –exclamó Jude.

El joven sentado en las proximidades alzó la vista y los miró sorprendido por la imprecación.

–Han convocado una reunión y utilizan el periódico de Tibbett para anunciarla.

–Vayamos a tu habitación –dijo Tizzie.

Mientras pasaban entre las mesas, el joven agarró a Jude por el brazo y lo miró con nublados ojos.

–Oye, tío, los dos sois igualitos –dijo, arrastrando ligeramente las palabras–. ¿Pertenecéis a algún grupo de rock?

–Sí –respondió Jude.

–¿Cómo se llama?

–Xerox.

En la habitación de Jude, en el cuarto piso del hotel Chelsea, Tizzie y Skyler permanecían sentados en la cama, mientras Jude, ante el escritorio, tecleaba en el ordenador portátil. A través del espejo de la pared, por encima de su cabeza, podía ver a sus compañeros, las partes inferiores de sus cuerpos decapitados, sentados en el borde de la cama. Tecleó su contraseña y se conectó con Nexis. En la pantalla apareció la página de búsqueda.

Probó en primer lugar con los nombres de «Savannah» y «Jóvenes Dirigentes». Nada. El Grupo no se había reunido allí con anterioridad o, si lo había hecho, la noticia no apareció en los periódicos. De todas maneras, en la gacetilla del *Mirror* se decía que era su primer congreso.

Durante veinte minutos, introdujo sin éxito distintas combinaciones.

–Bueno, ¿cuál es el problema? –preguntó Skyler–. Sabemos dónde estarán el martes. No tenemos más que ir allí.

–Desde luego –dijo Jude–. Pero... ¿y luego qué? Lo que buscamos es su cuartel general, el nido de víboras. Intentamos encontrar una colonia de clones, y no daremos con ella en el Hilton.

–Y tú crees que está en algún lugar próximo a Savannah. Los podemos seguir.

–Sí, pero ¿a quién seguimos? Nosotros somos tres, y ellos dos docenas. Llegarán de todos los rincones del país. No podremos vigilarlos a todos. Además ellos saben cuál es nuestro aspecto, recuerda al juez. Así que no podemos permitir que nos vean. Debemos espiarlos sin que adviertan nuestra presencia.

Jude volvió al ordenador. Durante media hora, probó con otras combinaciones de palabras, pero el resultado siempre fue el mismo: cero documentos encontrados.

Masculló una maldición y se volvió hacia sus compañeros. En los ojos de Tizzie advirtió que se le acababa de ocurrir algo.

–Tengo una idea –dijo–. Prueba con «Savannah» y «Samuel Billington».

Jude supo que era una buena idea antes de pulsar las teclas, y lanzó una exclamación de alegría cuando vio aparecer el documento. Era un breve artículo procedente del *Atlanta Journal and Constitution,* del 12 de septiembre de 1992. Se trataba de una nota acerca de la venta de una vieja base militar situada a cien kilómetros de Savannah. Un congresista de Georgia, P. J. Clarkson, había conseguido que se aprobase una ley especial que autorizaba que la base, abandonada hacía años, pasase a manos de un particular. El comprador fue Samuel T. Billington.

–Clarkson es el tipo al que reconociste en la sala del Congreso –dijo Jude–. Forma parte del grupo. Y, una vez más, Billington pone el dinero. Él entregó la propiedad al Laboratorio.

–Todo encaja –dijo Tizzie–. Hemos encontrado el nido de víboras del que hablabas.

La alegría de Jude se vio mitigada en cierto modo por algo que vio a través del espejo. Cuando alzó la vista hacia los cuerpos sin cabeza, advirtió que Tizzie tenía la mano sobre la rodilla de Skyler. Aunque no exactamente sobre la rodilla, sino más bien sobre el muslo.

En realidad, se dijo Jude, la mano reposaba probablemente sobre el punto en el que se hallaba la marca de géminis de Skyler.

CAPÍTULO
30

Tizzie alquiló un coche en el aeropuerto de Savannah y los tres se dirigieron hacia las afueras de la ciudad, pasando ante una serie de bases militares. Tomaron por Ogeechee Road y cruzaron los pantanos que bordeaban el Aeródromo Militar Hunter. Treinta kilómetros más adelante, se desviaron por la interestatal 144 y dejaron atrás el aeródromo. Al llegar a la interestatal 119, giraron a la derecha, en dirección a Fort Stewart.

«Posibilidad de carreteras cerradas», advertía el mapa, y el aviso era exacto. En un par de puntos sendas barricadas impedían el paso. Se dirigían hacia la base anexa que, en los tiempos en que Jude estaba en el Ejército, recibía el nombre de Stewart II, una zona secreta que, durante años, no apareció en ningún documento asequible al público general. Sin embargo, puesto que la base había sido abandonada y había pasado a manos privadas, sus planos podían conseguirse a través del Cuerpo de Ingenieros Militares. A primera hora de aquella mañana, Jude había obtenido un juego de planos del grosor de la guía telefónica de una pequeña población. Ahora sentado en el coche, le indicaba a Tizzie la ruta.

Tuvieron que seguir otros treinta kilómetros en dirección norte, hasta la 280 y luego enfilaron en dirección oeste, atravesando las pequeñas poblaciones de Pembroke, Groveland y Daisy, para tomar al fin en dirección sur, hacia Midway. Estaban entrando en la región militar por la puerta trasera.

–Tuerce aquí –dijo Jude.

No había señales, pero el agudo ángulo del desvío era una indicación, lo mismo que el asfalto ligeramente elevado, lo cual sugería una sólida construcción y un adecuado sistema de drenaje: aquella carretera estaba pensada para soportar los grandes pesos de los transportes militares y era recta como el cañón de un fusil. Tras recorrer dos kilómetros y medio, llegaron a un bosque de pinos. Un camino de tierra se desviaba a la izquierda y desaparecía entre los árboles. Se metieron por él, escondieron el coche y caminaron entre los pinos hasta llegar a un campo cubierto por hierba de más de un palmo de altura.

En el centro se hallaba la base militar. El perímetro estaba protegido por una cerca metálica con alambre de espinos en la parte superior, por lo que apenas podían ver los edificios.

–Y ahora ¿qué? –preguntó Tizzie–. Si disponen de algún sistema de seguridad, por ínfimo que sea, no podremos llegar ni siquiera hasta la cerca.

Jude lanzó un gruñido, sacó unos prismáticos y miró por ellos moviéndolos lentamente de izquierda a derecha y de arriba abajo.

–Por lo poco que veo, no parece que exista mucha actividad –comentó–. Junto a la entrada principal hay una garita de vigilancia, pero no alcanzo a ver si hay alguien dentro.

Enfocó los prismáticos en los agudos dientes del alambre de espinos.

–La cerca parece fuerte. Y no tiene aberturas.

–¿Hay luces? –preguntó Skyler.

–No estoy seguro. No se ven farolas de alumbrado. Pero podría haber focos en el suelo. Y, si vamos a eso, quizá la cerca esté conectada a una alarma. En los planos vi un centro de seguridad, y había una nota acerca de los sistemas de alarma.

–Estupendo –comentó Tizzie–. ¿Alguna idea?

–En los planos aparecía una entrada trasera. Y, si no recuerdo mal, había un panel de controles a cosa de siete metros de la cerca. Eso está en el otro extremo del campo, así que es imposible verlo desde aquí. Si logramos introducir a una persona en el perímetro, podría abrirnos la puerta.

–Meter a una persona es tan difícil como meter a tres –dijo ella.

–Lo sé. Ya se nos ocurrirá algo. Sólo necesitamos algo de tiempo.

–No disponemos de tiempo. Hoy es lunes. Mañana el Laboratorio se reúne en Savannah. Sin duda, sus miembros vendrán aquí. Y una vez se encuentren en el interior del cercado, podrán hacer lo que les plazca. No podremos impedírselo.

–¿Por qué no me dices algo que yo no sepa?

Aquel comentario era propio de Raymond. Lo echaba de menos, sobre todo en esos momentos en los que no les habría venido nada mal disponer de un aliado del FBI.

—Volvamos a Savannah —dijo Jude—. Allí podremos inspeccionar los planos y echarle un vistazo a ese hotel.

Apenas hubieron regresado al bosque, oyeron el motor de un automóvil en el camino. Echaron a correr y, tras la corta carrera, se tumbaron sobre el suelo y miraron. El coche, un Ford Taurus, avanzaba lentamente y se detuvo frente a la puerta principal. Un hombre salió de la garita, se inclinó sobre la ventanilla del conductor y dijo algo. Luego retrocedió un paso, la portezuela del coche se abrió y un hombre se apeó. Los dos fueron hasta la parte posterior del vehículo y el conductor abrió el maletero para que el otro lo inspeccionase. El guarda alargó la mano y tocó algo.

Tizzie tiró de la manga de Jude.

—Pásame los prismáticos —dijo—. Aprisa.

Se los quitó de la mano y los alzó en el momento en que el conductor volvía junto a la portezuela.

—Enséñame la cara —murmuró—. Enséñame la cara, maldita sea.

El guarda abrió la puerta y el hombre hizo intención de regresar al interior del vehículo. La suerte quiso que se quedara unos momentos apoyado en la portezuela, hablando un poco más con el guarda.

Cuando salieron del bosque, y mientras avanzaban por el camino de tierra, Tizzie explicó por qué se había puesto tan nerviosa.

—Lo he reconocido. Es el médico que estaba examinando a la vieja preñada del hospital. Su apellido es Gilmore —dijo colocándose entre Jude y Skyler y tomando a uno y a otro del brazo—. Y yo que creía que ya nada podía extrañarme...

Pasaron la noche en el Planters Inn de Savannah. A la mañana siguiente, tras un desayuno de huevos con beicon, Tizzie se fue en busca de una tienda de suministros médicos, mientras Jude y Skyler vigilaban el DeSoto, un edificio de catorce pisos que se alzaba en la calle Liberty. No se atrevían a entrar en el vestíbulo y se apostaron por turnos en distintos puntos de la acera de enfrente.

Skyler estaba en una cafetería, bebiendo café tras café y sin quitar ojo a la fachada del hotel cuando vio que un coche se detenía en la rampa circular de acceso del DeSoto. Del vehículo se apeó el juez, a quien Skyler reconoció inmediatamente, ya que no era sino una versión envejecida de Raisin. El hombre le pareció sorprendentemente frágil cuando traspasó con paso inseguro la puerta principal. Skyler se dirigió a un teléfono público y llamó al móvil de Jude, quien se encontraba a tres manzanas de distancia y regresó a toda prisa. No alcanzó a ver al juez, pero llegó a tiempo de contemplar un desfile de otros recién llegados.

«La verdad es que ya no parecen jóvenes dirigentes», se dijo Jude, mientras los coches y los taxis se detenían ante la entrada y de ellos se apeaba una sucesión de hombres y mujeres aparentemente de mediana edad, aunque vestían atavíos juveniles.

Tizzie regresó en el coche y lo estacionó frente al hotel. Los dos hombres montaron en el vehículo y Jude, tras ponerse unas gafas oscuras, se acomodó en el asiento del acompañante, mientras Skyler lo hacía en la parte de atrás. Ver al doble de Raisin había sumido al joven en el silencio. Cogió los planos de la base, localizó el edificio que buscaba, el hospital, y lo estudió detenidamente. Sólo con que uno de ellos lograra entrar en el perímetro cercado podrían...

Una limusina negra con los cristales teñidos avanzaba majestuosa por la calle, se detuvo por un segundo y después se metió rápidamente por la rampa circular de acceso. Del impresionante vehículo salió un grupo de personas. Luego el coche siguió calle abajo y se desvió rápidamente hacia un garaje situado a la vuelta de la esquina. Tizzie se apeó del coche, cruzó a toda prisa la calle y desapareció en el interior del hotel. Minutos más tarde regresó mostrando a escondidas los pulgares vueltos hacia arriba.

—Ya está —dijo una vez montó en el vehículo—. La mujer se aloja en la suite presidencial. ¿Tenía razón en lo que os dije o no?

—Muy bien —respondió Jude—. Pero sigo sin entenderlo. ¿Por qué demonios está una sexagenaria a punto de dar a luz? ¿Qué significado tiene eso, aparte de que esa mujer podría figurar en el *Libro Guinness de los récords*? ¿Y qué relación puede tener con el Laboratorio?

—Sabe Dios. Pero algo me dice que si somos pacientes, no tardaremos en averiguarlo. Préstame tu móvil Jude. Skyler, ¿aparece en esos papeles el teléfono de la base?

Permanecieron en el coche una hora y media. Cuando ya los temas de conversación se habían agotado y la atención de los tres comenzaba a flaquear, la limusina reapareció doblando la esquina. Tizzie se sintió tan sorprendida que tardó unos segundos en salir de su abstracción y tender la mano hacia la llave de encendido. Después comenzó a seguir al vehículo dejando un par de coches de por medio.

–Esa mujer debe de haber salido por una puerta trasera –dijo–. Espero que vaya ahí dentro.

Siguieron a la limusina a respetuosa distancia, y cuando el vehículo tomó la ruta que ellos habían seguido el día anterior, avanzando con rapidez y seguridad, como si el conductor se supiera bien el camino, la confianza de los tres aumentó, pues tenían la razonable certeza de saber adónde se dirigía el coche y a quién transportaba.

La duda era si serían capaces de acceder al interior del perímetro cercado.

La limusina se metió por la carretera de la base y ellos aguardaron hasta que el vehículo se perdió de vista. Diez minutos más tarde, se metieron por el desvío y enfilaron el camino de tierra para detenerse entre los árboles. Tizzie abrió un paquete y se puso la bata blanca de laboratorio que acababa de comprar. Sacó su placa identificadora de la Universidad Estatal de Nueva York y se la colgó del cuello. Jude y Skyler la abrazaron.

–Buena suerte –dijo Jude–. No estoy seguro de que estemos haciendo lo más adecuado.

–Es nuestra única posibilidad. Tengo la bata y la placa de identificación. Si logro convencerlos de que soy la ayudante de Gilmore y me franquean la entrada, podremos seguir el plan de Skyler. ¿Qué otra posibilidad nos queda?

Los dos hombres dieron media vuelta y desaparecieron entre los árboles mientras ella se alejaba en el coche. Jude y Skyler se apostaron en el mismo lugar que el día anterior y observaron cómo el coche se detenía frente a la puerta de acceso. Un guarda se adelantó para hablar con Tizzie y consultó una tablilla.

–Mierda –masculló Jude–. Esperemos que Gilmore tenga, efectivamente, una ayudante, porque de lo contrario Tizzie tendrá que salir por pies.

El guarda examinó la placa identificadora de la joven, volvió a mirar la lista e hizo una marca a bolígrafo en ella.

Les pareció que Tizzie y el guarda hablaban durante un tiempo exageradamente largo; pero al fin la joven se apeó y abrió el maletero. Mientras el guarda lo inspeccionaba, Jude miró por los prismáticos y vio que Tizzie, que tenía las manos a la espalda, volvía a mostrarles los pulgares hacia arriba. Instantes más tarde, la joven estaba de nuevo en el interior del vehículo, la puerta principal se abrió, y el coche desapareció en el interior del perímetro cercado.

–Debemos colocarnos en posición –dijo Skyler–. Tal vez Tizzie logre acceder al panel de controles y nos abra.

Aunque no le dijo nada a Jude, Skyler volvía a sentirse indispuesto. El malestar lo había asaltado súbitamente, comenzando con una sensación de flojera en las piernas. Sabía cuáles serían los siguientes síntomas: pesadez en todos los miembros, sensación de debilidad y un horrible dolor en el pecho que podría terminar en un desmayo.

Rezó porque las fuerzas le duraran lo suficiente para hacer lo que debía hacer.

Rodearon al campo sin salir de los límites del bosque. A Skyler, que iba detrás de Jude, le costaba caminar al paso de su compañero. Le daba la sensación de estar avanzando con agua hasta las rodillas y tuvo que detenerse un par de veces para tomar aliento. Jude, que caminaba delante y no se había dado cuenta de que su compañero se estaba rezagando, volvió la cabeza y se detuvo para esperarlo.

–Vamos –dijo–. Debemos apresurarnos.

Cuando al fin llegaron a la parte posterior de la base, se tumbaron en el suelo y Jude procedió a examinar el terreno con ayuda de los prismáticos. Skyler respiraba entrecortadamente. Jude, sin dejar de mirar por el aparato, le dio un ligero codazo.

–Por ahí hay una zanja de drenaje –dijo señalando hacia un punto situado a unos veinte metros–. Parece que va derecha hasta la cerca, no lejos de la entrada posterior. Podemos meternos y avanzar por ella. Así dispondremos de una cierta protección.

Se puso de nuevo en pie y echó a andar por el bosque. A Skyler le resultó difícil levantarse, y para lograrlo tuvo que apoyarse en el suelo con los brazos.

Jude se colocó detrás de un arbusto, bajó la cabeza y echó a correr agachado por el campo hasta que se metió en la zanja. No desapareció del todo –Skyler aún podía ver su espalda y su coronilla–, pero resultaba más difícil distinguirlo. «Si tienen vigilantes, nos descubrirán», se dijo Skyler, mientras Jude le hacía frenéticas señas para que se acercase.

Correr constituía un enorme esfuerzo. Skyler se sentía débil y vulnerable, y cuando llegó a la zanja y se arrojó al fondo lo único que deseó fue quedarse allí. Pero Jude ya estaba arrastrándose boca abajo entre los arbustos de ambos lados, que lo ocultaban parcialmente. Skyler notó que le subía la adrenalina y siguió a su compañero, arrastrándose dolorosamente sobre rodillas y codos. Era como encaramarse a pulso por un barranco.

Para cuando llegó junto a los pies de Jude y alzó la vista, vio que la cerca coronada de alambre de espino se alzaba a poca distancia. Skyler estaba exhausto.

–Quédate aquí –susurró Jude–. Voy a probar suerte con la puerta.

Salió de la zanja y avanzó pegado a la cerca hasta llegar a la puerta, que era de hierro forjado y tenía un tirador metálico. Empezó a tirar de él sin éxito. Skyler lo veía mascullar imprecaciones mientras seguía esforzándose denodadamente en abrir por la fuerza. No consiguió nada, pues la puerta estaba sólidamente cerrada. Tras dirigirle una mirada de impotencia, Jude volvió corriendo a la zanja.

–Estamos jodidos –dijo.

A Skyler se le cayó el alma a los pies, pero sabía que existía otra posibilidad.

–Quizá no.

Señaló al frente, hacia un punto en el que la zanja descendía ligeramente para luego desaparecer en un conducto subterráneo situado al pie de la cerca. La abertura era de menos de medio metro de diámetro y se perdía en la oscuridad. Pero tal vez sirviera para sus propósitos.

–Esto no me gusta nada –dijo Jude–. Tú primero.

Skyler obedeció. Apenas hubo avanzado unos palmos, una reja metálica le bloqueó el camino. Agarró los barrotes y tiró. La reja se estremeció ligeramente sin moverse de su lugar. El joven se quitó el cinturón y sujetó su extremo a uno de los barrotes laterales. Retrocedió y tiró con fuerza, ayudado por Jude, hasta que la reja se soltó. La sacaron del conducto y Skyler se metió de nuevo por él.

Avanzó reptando hasta que el cilindro de hormigón lo rodeó por todas partes. Intentó alzar la cabeza para quedar mirando hacia delante, pero no había sitio, y se dio repetidos golpes en la coronilla. Alargó ambas manos hacia delante, más que nada como protección, y siguió reptando centímetro a centímetro. Notó algo frío y viscoso que le empapaba las ropas primero en los codos y luego en el pecho, el estómago y los muslos. Aguas negras. «Si el nivel sube quince o veinte centímetros estoy listo –se dijo–. No podré respirar.»

Se detuvo un minuto para controlar el creciente pánico que sentía. A su espalda oía a Jude gruñendo y resoplando. Con su compañero detrás, Skyler se sentía aún más atrapado.

Y entonces se produjo el sonido, agudo, dolorosamente alto. Era un timbre, pero en el angosto túnel más parecía una sirena. A Skyler se le aceleró el corazón. El sonido se extinguió con débil eco. Después comenzó de nuevo, tan ruidoso como antes, de nuevo se interrumpió y de nuevo volvió a sonar.

Jude lanzó una imprecación.

–¡Maldita sea!

Skyler lo oyó debatirse con brazos y pies en medio de un leve chapoteo.

–Cochino teléfono.

Jude, que había sacado su móvil, se lo pegó a la oreja. Era Tizzie.

–Ya sé que la puerta está cerrada –susurró el hombre–. Estamos bajo tierra, maldita sea. ¿Para qué demonios llamas? El ruido del timbre es ensordecedor.

Jude quedó unos momentos en silencio y luego volvió a hablar:

–De acuerdo. Y, por el amor de Dios, no vuelvas a llamar.

Desconectó el aparato y le susurró a Skyler:

–Tizzie cree saber dónde termina este conducto. En el interior del cercado hay una tapa de registro. Espero que vayamos hacia ella.

–¿Tizzie está bien?

–Eso parecía.

Skyler siguió avanzando entre las sombras. Si se detenía, no sería capaz de reunir ánimos para comenzar de nuevo. Avanzaba centímetro a centímetro, y cada uno resultaba más penoso que el anterior. Al cabo de diez minutos, sus manos tocaron un gran charco de agua. Siguió adelante y entró en un espacio distinto que le permitía alzar la cabeza. Vio finos rayos de luz grisácea que llegaban desde arriba. El conducto terminaba en un cilindro vertical de unos noventa centímetros de ancho por metro veinte de alto. Se metió en él y quedó casi en cuclillas. El agua le cubría los pies. Más arriba había una gruesa tapa de registro.

Fuera como fuese, se dijo, habían llegado al final. O lograban levantar la tapa y salir o probablemente morirían allí mismo. No había retirada posible, pues el cilindro era demasiado angosto para girarse y regresar al conducto.

Por el extremo del pequeño túnel asomó primero la cabeza de Jude y después sus hombros. Entre gruñidos, logró salir del todo y quedó en cuclillas junto a Skyler. Estaban prácticamente embutidos en el interior del tubo de hormigón.

–Estoy aquí.

La voz no fue más que un lejano e incorpóreo susurro. Procedía de arriba. Tizzie.

Skyler se sacó el cinturón e insertó un extremo por un orificio de la tapa de registro.

–Mete la punta por el otro agujero. Luego, cuando diga tres, tira del cinturón con todas tus fuerzas –ordenó.

La punta del cinturón reapareció. Sin perder un momento, Skyler cerró la hebilla, dio un tirón y luego Jude y él enderezaron las piernas hasta que notaron el metal de la tapa contra la parte superior de sus espaldas.

–Una... dos... ¡Tres! –contó Skyler.

Empujaron con todas sus fuerzas enderezando las espaldas para que fueran las piernas las que soportaran todo el peso. Arriba, Tizzie agarró el cinturón con ambas manos y, a horcajadas sobre la tapa de registro, tiró de él con los brazos extendidos.

La tapa se alzó. Se movió. Quedó suspendida unos centímetros por encima del orificio, mientras los tres se esforzaban en mantenerla en aquella posición. Luego Tizzie saltó a un lado y tiró del cinturón con todas sus fuerzas. Poco a poco, la tapa se deslizó rozando ruidosamente contra el suelo. La joven hizo una pausa, tiró de nuevo y la tapa quedó lo bastante desplazada para permitir el paso de un hombre.

Ambos agradecieron estar de nuevo al aire libre, al tiempo que miraban a su alrededor. No se veía a nadie. Se encontraban entre dos maltratados edificios rectangulares cuya pintura gris se estaba cuarteando. Parecían barracones para la tropa, o quizá oficinas.

–Vamos. Por aquí –dijo Tizzie guiándolos hacia una esquina.

Tras doblarla, se encontraron ante una puerta gris con un letrero que anunciaba: SERVICIOS GENERALES.

Entraron. En la habitación había cuatro escritorios y las ventanas estaban cubiertas por persianas venecianas. Se veían también varios archivadores, algunos de ellos con los cajones abiertos y vacíos, unas cuantas lámparas y varias sillas de madera.

–Encontré sin dificultad el panel de control de la puerta –explicó Tizzie entrecortadamente–; pero cuando lo abrí lo encontré vacío. No había más que cables sueltos. Vine hasta aquí, vi el teléfono y os llamé.

–Eso ya lo sabemos –dijo Jude.

–Disculpa. Pero no te preocupes. Nadie se ha enterado. No hay centralita. En realidad, casi no hay nada de nada. Este lugar es de lo más extraño. Está casi desierto, las cosas se caen a pedazos, y hay un puñado de personas yendo de un lado a otro como si estuvieran perdidas. Nadie me detuvo. Y nadie me dirigió siquiera la palabra. Resulta irreal. Mientras caminaba por el recinto, tuve una sensación de lo más extraña. Me pareció que así debían de sentirse los que se encontraban en el interior de una ciudad sitiada, de una de estas ciudades amuralladas de la Edad Media. Sólo que aquí no hay ningún asedio.

–Al menos, que nosotros sepamos –respondió Jude.

Skyler se derrumbó en una silla.

–Tienes mala cara –dijo Tizzie.

Él se encogió de hombros.

–No te preocupes por mí. Estoy bien.

Tizzie miró a Jude.

–Bueno, y ahora ¿qué? ¿Cuál es el plan?

–Busquemos los archivos.

Tizzie lo miró exasperada.

–¿Y se puede saber dónde vamos a buscarlos?

–Estos tipos son científicos, ¿no? Metódicos, ordenados. Los archivos son muy importantes para ellos. Estuvimos en su último cuartel general y allí los guardaban en el sótano de la casa grande. Lo más probable es que aquí hagan lo mismo. Propongo que vayamos al edificio principal y busquemos en él.

Todos estuvieron de acuerdo en que la deducción era lógica. Tizzie insistió en ir delante. A fin de cuentas, dijo, ella conocía más o menos la base, ya que había estacionado el coche cerca de la entrada principal y había cruzado los terrenos. Y, además, llevaba la bata de laboratorio, que era una especie de camuflaje protector. A fin de cuentas, la bata y una buena dosis de desfachatez era lo único que había necesitado para entrar en la base. Jude y Skyler podían seguirla, lo más discretamente posible. Ella los avisaría cuando no hubiera moros en la costa.

La idea no terminó de gustarle a Jude, pero antes de que pudiera airear sus objeciones, Tizzie ya había salido por la puerta. Los dos hombres la observaron por la ventana de la oficina, caminando sobre el asfalto con paso firme, como si tuviera pleno derecho a encontrarse allí.

«Si alguien puede lograrlo, ese alguien es Tizzie –pensó Jude con admiración–. Es una simple cuestión de actitud.»

Se disponía a abrir la puerta cuando notó la mano de Skyler en el hombro.

–Atiende. Ve tras ella. A ver si podéis encontrar los archivos. Yo no puedo ir con vosotros. Tengo algo que hacer.

Jude sabía a qué se refería Skyler. Lo había visto examinar los planos, aprenderse de memoria la disposición de los barracones y del hospital. Jude sabía además que no tenía ni la más remota posibilidad de disuadir a su compañero.

–De acuerdo.

Entonces hicieron algo que a ambos los dejó sorprendidos: se abrazaron estrechamente. Después se separaron, se miraron a los ojos y se desearon suerte. Skyler giró sobre sí mismo, salió por la puerta y desapareció tras el edificio del otro lado de la calle. Instantes más tarde, Jude también salió y corrió en pos de Tizzie.

Dobló una esquina y la vio andando calle abajo. La joven se volvió disimuladamente para cerciorarse de que él la seguía. Jude fue tras ella intentando no llamar la atención. No trató de esconderse en los huecos de los edificios, pues hacerlo habría resultado absurdo y habría llamado la atención, pero intentó caminar lentamente por la sombra, fundiéndose con el paisaje. Tizzie tenía razón: gracias a Dios, por allí no había mucha gente deambulando.

Probaron primero en las oficinas generales, que destacaban entre un grupo de edificios situados en torno a una avenida oval de acceso. Entraron por una puerta lateral, y Jude esperó en una escalera del sótano mientras Tizzie inspeccionaba los pisos superiores. No tuvieron suerte. Cuando iban de salida, ella le preguntó por Skyler. La respuesta le hizo fruncir el entrecejo y mover reprobatoriamente la cabeza. A continuación probaron en el almacén de intendencia, en la cocina y en el comedor, enormes instalaciones ya en desuso. El polvo blanco de la escayola desprendida lo cubría todo y estaba surcado por minúsculas huellas de ratas.

Llegaron al edificio que albergaba el auditorio. En la escalinata principal y en el interior del vestíbulo había tres o cuatro personas, así que dieron un rodeo para probar suerte en la parte posterior. Encontraron unas puertas dobles que estaban cerradas. Jude sacó de la billetera una tarjeta de crédito, la deslizó entre las dos hojas de la puerta de forma que el borde de plástico empujara hacia adentro el pestillo, y la puerta se abrió en silencio.

–Ventajas de una juventud delincuente –comentó.

Llevados por el instinto, bajaron la escalera que conducía al sótano e inmediatamente comprendieron que habían encontrado lo que andaban buscando. A través del vidrio de una puerta vieron una serie de escritorios y archivadores pulcramente alineados. Aquélla era la única habitación limpia que habían visto hasta el momento. Sobre una larga mesa de roble había cuatro ordenadores. La puerta no estaba cerrada.

Jude se sentó frente a un ordenador y lo conectó. La pantalla cobró vida y arrojó una luz fantasmal sobre el pecho y los antebrazos del hombre. Pulsó unas cuantas teclas y la pantalla respondió inmediatamente con una exigencia expresada en una sola palabra: CONTRASEÑA. Cuidadosamente, con dedos que casi temblaban, tecleó la palabra que había aprendido en la isla, la palabra por la que Julia había dado su vida: B-A-C-O-N. La pantalla parpadeó y apareció una nueva demanda: 2.ª CONTRASEÑA. Jude tecleó el segundo nombre: N-E-W-T-O-N. Al cabo de un instante apareció un menú. Jude leyó rápidamente los ítems: datos médicos, lista de correspondencias, doctores, miembros del Grupo, investigación del Laboratorio, ubicación de niños, experimentos, nacimientos, muertes, publicaciones, historia.

Seleccionó el ítem LISTA DE CORRESPONDENCIAS. Unos cuantos parpadeos, una fugaz fluctuación y allí estaba. Dos listas. La de la izquierda, bajo el título «Prototipos», constaba de nombres, direcciones, profesiones, familias, tipos sanguíneos, historiales médicos resumidos. La situada a la derecha, «Géminis», constaba de nombres, fechas de implantación y nacimiento e información general. En ella, la dirección que figuraba bajo cada nombre era la misma: isla Cangrejo.

Tizzie montaba guardia junto a la puerta.

—Cristo bendito —murmuró él—. ¡Mira esto!

Ella se le acercó rápidamente y miró por encima de su hombro izquierdo.

—Dios mío —dijo casi con reverencia.

Sabían que la lista principal existía, habían viajado cientos de kilómetros y pasado muy malos momentos para encontrarla, y, sin embargo, una vez la tenían en blanco y negro ante ellos no sentían sino pasmo.

La diferencia era como la que hay entre seguir un curso de física teórica y presenciar la explosión de una bomba atómica.

Tizzie volvió a apostarse junto a la puerta. Jude hizo avanzar el texto que aparecía en la pantalla hasta que encontró su propio nombre, junto al que había una anotación: «INACTIVO. Ver expediente individual». Al otro lado de la pantalla aparecía la correspondencia con Skyler. Bajo ella ponía: «Fugado de isla Cangrejo. Marcado para el retiro. Ver expediente individual».

—Jude —dijo Tizzie en voz baja desde el otro lado de la habitación—. Escucha. Viene mucha gente. Creo que se dirigen hacia este edificio.

Él, absorto en la lista, no prestó mucha atención. Tizzie abrió la puerta, salió y regresó pasados unos minutos.

—Jude, escucha. La gente se está reuniendo arriba. No dejan de llegar coches. Han venido todos, procedentes de todos los rincones del país. Son los jóvenes dirigentes, los prototipos. Van a celebrar una gran asamblea, y lo harán justo en el piso de arriba.

Jude seguía estudiando la lista. En la columna izquierda encontró un nombre que no le dijo nada. Pero en la derecha, bajo el título «Géminis», el extenso historial médico finalizaba con una fecha y cinco palabras: TRASPLANTE EN BLOQUE DE ÓRGANOS. Aquél, se dijo, era uno de los que huyeron de la isla y fueron asesinados.

—Ya te he oído —respondió—. Pero no podemos irnos sin este material. Tenemos que copiarlo. Mira por ahí, a ver si encuentras un disquete.

—No trato de detenerte —dijo ella—. Lo único que digo es que tenemos que averiguar qué se proponen. Voy a asistir a la reunión.

Tizzie abrió la puerta y salió.

Un segundo más tarde, Jude asimiló el significado de sus palabras e inmediatamente comprendió que aquello era un error, que debía detenerla. Pero habiendo encontrado al fin lo que buscaba, habiendo bebido ya de la fuente de la sabiduría, detestaba la idea de interrumpir su labor.

Hizo correr el texto de la pantalla hasta que encontró el nombre de Tizzie: ELIZABETH TIERNEY...

Skyler asomó la cabeza por la esquina del edificio y vio, a menos de veinte metros, el hospital. Se alzaba aislado en un ángulo de la base, lo cual parecía lógico, pues así los pacientes podrían contemplar un paisaje arbolado durante su convalecencia y, en caso de que padecieran enfermedades contagiosas, mantenerse aislados de la población general.

El aislamiento favorecía también sus propósitos.

Ya había registrado los barracones. Eran en total diez edificios bajos de suelo de hormigón y con los camastros en distintos grados de desorden. Saltaba a la vista que nadie los había ocupado en bastante tiempo. Mientras los inspeccionaba, caminando lo más deprisa que podía con la creciente debilidad que sentía, entrando por una puerta y saliendo por la otra, experimentaba una creciente sensación de ansiedad. Inmediatamente comprendió qué la motivaba: los barracones suscitaban en él recuerdos de su propio pasado, años y años de dormir y despertar en una estructura similar, creciendo con su grupo de edad en un mundo solitario.

Sin embargo, no pudo examinar uno de los barracones, el más próximo al hospital, porque había gente dentro. Había oído voces en el momento en que iba a hacer girar el tirador y se refugió en la parte lateral del edificio justo en el momento en que se abría la puerta. Apareció una enfermera, con una bandeja de implementos médicos, que se dirigió hacia el hospital. Un minuto más tarde salió otra cargada con un montón de mantas. Skyler se acercó a una ventana y miró hacia el interior. Éste, lejos de estar sucio, se hallaba impoluto y estéril. No había ni una arruga en las sábanas que cubrían las camas de hospital. Había soportes para sueros intravenosos, bacinillas, pulsadores de llamada al extremo de largos cordones y todo tipo de monitores de seguimiento médico. El lugar parecía una sala de recuperación.

Asomó de nuevo la cabeza a la calle y advirtió que la base había cobrado vida. A lo lejos se oía algarabía de voces, de coches llegando y de portezuelas cerrándose. Había gente yendo de un lado a otro, entrando en lo que parecía ser un gran auditorio. Algunos miraban en su dirección, hacia el hospital. Una figura ataviada con indumentaria de hospital, lo cual produjo un espasmo de terror en Skyler, avanzaba hacia él.

No disponía de mucho tiempo. Y no se sentía nada bien.

Se llenó los pulmones de aire y echó a correr hacia el hospital. Cuando llegó al muro del edificio, se recostó en él para recuperar el aliento. Permaneció así unos momentos, recuperándose. Al fin, haciendo acopio de voluntad, siguió adelante. Estaba temblando pero se sentía algo mejor.

Se repitió a sí mismo que debía hacer lo que estaba haciendo.

«No te queda otro remedio.»

Sin dejar de apoyarse en el muro, rodeó el edificio y llegó a la parte posterior. Allí encontró lo que buscaba: un gran ventanal panorámico. En el interior había sillas y mesas; el lugar parecía un solario. Miró hacia la puerta del otro lado y, más allá de su umbral, alcanzó a ver la sala de ingresados.

Y lo que vio en ella lo dejó helado. Notó que todos sus sentidos se avivaban y que la sangre le circulaba con mayor rapidez por las venas.

Acostados en las camas, uno junto a otro, estaban los miembros de su grupo de edad, sus compañeros géminis. Los reconoció a todos y cada uno, y su corazón estaba con ellos. Se hallaban atados a sus camas, tumbados boca arriba, con la vista en el techo o mirándose entre sí. Y todos tenían en los rostros una misma expresión de pánico apenas controlado.

A Jude le tranquilizó que el expediente de Tizzie corroborase la historia que la joven le había contado. Allí estaba todo: la enfermedad infantil, el trasplante de riñón, la marcha de su familia de Arizona y, por último, la muerte de su clon, Julia. Este último acontecimiento estaba anotado con un eufemismo burocrático: EXTINCIÓN DEL GÉMINIS.

Lo que resultaba definitivamente tranquilizador era que el expediente de Tizzie terminase con la misma palabra que el suyo: INACTIVA.

Detestaba admitirlo, pero su alivio le indicó algo. Desde su encuentro en la mina de Jerome, había confiado en Tizzie, pero sólo hasta cierto punto. Inicialmente, había sentido un considerable recelo hacia ella y, aunque había logrado mantener a raya sus sospechas, no fue capaz de desecharlas por completo. Ahora, sí. Aquella única palabra –INACTIVA– era argumento suficiente.

Mientras examinaba los archivos leyendo con voracidad, estaba demasiado ansioso para sentir miedo. Oía el rumor de la gente reunida en el salón de arriba: el taconeo de sus zapatos moviéndose sobre las tablas del suelo resultaba magnificado por los muros de hormigón de la oficina del sótano. Sabía que podían sorprenderlo en cualquier momento. Bastaría con que una sola persona decidiera bajar la escalera. Imaginó la escena: él tecleando en el ordenador, un grito agudo, ruido de pisadas descendiendo hasta el sótano, la gente rodeándolo y expulsándolo de allí. Sin embargo, no era capaz de interrumpir su trabajo. Lo que estaba descubriendo era demasiado valioso. El riesgo merecía la pena.

Aquellas dos contraseñas habían logrado abrir la cueva del tesoro, como un ábrete sésamo. Le habían permitido acceder a la fuente principal de información. Casi todo estaba en el interior del ordenador: la forma de operar del Laboratorio, sus miembros originales, los avances científicos, los nacimientos de los niños y de sus clones, la contabilidad, los contactos externos. Había incluso una crónica de los hechos. En ella se contaba cómo los primeros investigadores, incluido el padre de Jude, habían llegado a reunirse. Relataba cómo habían ido más allá de lo que se consideraba admisible en sus distintas escuelas médicas, cómo se habían obsesionado con la clonación y habían pasado a la clandestinidad en Arizona y, finalmente, cómo habían dejado de ser una secta de brillantes científicos para convertirse en una red de conspiradores que utilizaba el cebo de la inmortalidad para acceder a los centros de poder de la nación. Los expedientes, sin embargo, no decían nada –y la omisión era significativa– acerca de la araña que ocupaba el centro de aquella red, el doctor Rincon.

Era como un rompecabezas en el que sólo faltaba una pieza, una pieza situada justo en el centro.

Sin embargo, había más que suficiente para que el FBI actuase y para que los fiscales desarticulasen el Laboratorio. Una de las cosas más importantes era una relación de los conspiradores externos que se habían unido al grupo. Jude estuvo a punto de lanzar un silbido mientras leía la lista de nombres, veinticuatro en total. Allí estaba Tibbett. Y Eagleton. Y el congresista por Georgia.

Y otros de similar preeminencia. Todos eran miembros de la elite de las profesiones, los que llevaban la batuta en el mundo de la política, las finanzas, los medios, el comercio y la distribución de bienes. Raymond estaba en lo cierto: habían pagado diez millones de dólares por cabeza a cambio del derecho de participar en el experimento. Recibieron un tratamiento de genoterapia: inyecciones semanales de ADN en el interior de virus sin núcleos, destinadas a reforzar la médula ósea, el lugar en que se fabrica la sangre. Cada uno de ellos también consiguió un clon. En un archivo de respaldo, Jude encontró sus nombres y direcciones: hijos adoptivos ingresados en hogares de acogida de todo el país. Jude advirtió, no sin desagrado, que el mayor de ellos contaba siete años.

En otro archivo, encontró el relato de cómo las cosas se habían torcido, de cómo el tiro del complicado proceso médico había salido por la culata, desencadenando en realidad un proceso de envejecimiento prematuro. Para los que habían recibido la genoterapia, la mayor parte de los miembros del Laboratorio y del Grupo, el error resultó particularmente severo, y los llevó a la enfermedad y después a una dolorosa muerte. Incluso los que sólo habían recibido las primeras inyecciones experimentales –como Skyler, se dijo Jude–, eran susceptibles a contraer la enfermedad.

La solución era una medida desesperada. Los prototipos de los clones, los hijos de los científicos fundadores, debían someterse a un proceso de cirugía radical. Apabullado, Jude advirtió que las operaciones –que aparecían anotadas en mayúsculas, TRANSPLANTE EN BLOQUE DE ÓRGANOS– ya habían sido programadas. Leyó las fechas y consultó su reloj. ¿Sería posible? Según aquel archivo, el primer trasplante en bloque estaba a punto de producirse.

Jude abandonó el ordenador y comenzó a buscar en los armarios y en los cajones de los escritorios. Junto a un montón de papel de carta, encontró lo que buscaba: un estuche de plástico lleno de disquetes. Cogió uno, lo introdujo en el ordenador y comenzó a copiar. Observó cómo el proceso de copia avanzaba con horrible lentitud. Una y otra vez fue pulsando las teclas adecuadas. No podía copiarlo todo, ya que eso llevaría demasiado tiempo; sólo se llevaría los archivos básicos referidos al Laboratorio y al Grupo.

Siete agónicos minutos más tarde terminó su tarea. Retiró el disquete y se lo metió en el bolsillo.

Aún le quedaba una cosa por hacer.

Buscó rápidamente el archivo correspondiente a Eagleton. A su espalda, o quizá en el piso de arriba, le pareció oír un ruido, tal vez de pasos. Sin duda, sería Tizzie regresando al sótano.

No podía interrumpir su trabajo, ya que aquello era de inmensa importancia. Tenía que localizar los archivos de respaldo. Tenía que averiguar qué otros miembros del FBI eran citados como conspiradores, o quiénes trabajaban para ellos. Debía saber en quién podía confiar.

El ruido sonaba más próximo, aparentemente justo a su espalda. Estuvo a punto de volverse, pero cuando ya iba a hacerlo encontró el archivo que andaba buscando y comenzó a leerlo...

Respingó sobresaltado cuando unas manos se posaron bruscamente en sus hombros y brazos. Las manos lo alzaron de la silla y le retorcieron dolorosamente el brazo a la espalda. Le quitaron el teléfono móvil.

Luego lo empujaron fuera de la habitación.

Tizzie estaba sentada en una silla, al fondo del auditorio. No se hallaba en la última fila, pues esto, a su juicio, habría llamado demasiado la atención, y esperaba encontrarse lo bastante alejada de la parte delantera como para que, desde el estrado, resultara difícil verla. Quería pasar inadvertida y deseaba que alguien se sentase a su lado o le dirigiera la palabra, a fin de dar la sensación de que tenía derecho a estar allí. Pero nadie lo hizo. La joven también se había puesto las gafas de sol que llevaba en el bolsillo de la chaqueta. No sabía quién podía estar entre el público, pero lo último que deseaba era ser reconocida.

Comenzaba a pensar que había actuado con imprudencia. Simplemente, subió la escalera, se unió a la gente que entraba por la puerta principal y se metió en el auditorio, que tenía un gran balcón de madera en la parte de atrás y cuyo techo era abovedado. Desteñidos gallardetes colgaban de las vigas, un vestigio de los anteriores ocupantes. La sala era lo bastante grande como para que todos se sintieran empequeñecidos.

En total habría unas cincuenta personas. Todas ellas parecían gente próspera, y podrían haber pasado por un grupo de miembros de la clase media alta, por ejemplo, pares de alumnos en una reunión de un colegio privado. Sólo que no iban en parejas. Cerca de la mitad, eran los prototipos, se dijo, los bienamados vástagos. Debían de ser más o menos de su edad, aunque lo cierto es que parecían mayores. También estaban presentes algunos de los padres, los fundadores del Laboratorio. Eran los apóstoles, los que lo habían iniciado todo. Todos parecían muy viejos, tenían el cabello ralo y canoso, manchas de edad en la piel y estaban diseminados entre el público como blancos champiñones. Aquí y allá había hombres y mujeres vestidos con batas clínicas como la que ella llevaba, lo cual la hizo sentirse menos llamativa.

La gente guardaba un extraño silencio. Lo más raro era que todos los miembros del público parecían aislados, desconectados del resto. La joven no podía decir con exactitud en qué consistía el fenómeno, pero jamás había formado parte de un grupo que diera la sensación de estar tan atomizado, tan poco conjuntado. Se dijo que cada uno de los asistentes sólo pensaba en sí mismo. «Quizá sea esto lo que ocurre –se dijo–, cuando un grupo de hombres está a punto de entrar en combate.»

El hecho de que ella no deseara estar cerca del estrado se debía a que en él se hallaba tío Henry. El hombre, rígidamente sentado en una silla plegable, miraba hacia el público como un capitán observando la mar picada. Tizzie advirtió que estaba a punto de tomar la palabra, ya que sacó un sobre del bolsillo superior de la chaqueta y lo utilizó para anotar algo.

Y, efectivamente, tío Henry se puso en pie, se dirigió hacia un atril situado a la izquierda del escenario y carraspeó. No lo hizo para conseguir la atención del público, pues nadie hablaba y todos los ojos estaban fijos en él.

–Todos sabéis por qué nos hemos reunido –comenzó, sin más introducción–. No es necesario que os recuerde el camino que nos ha traído hasta aquí. Diré simplemente, en nombre de todos los médicos mayores, y también en nombre del doctor Rincon, que lamentamos el revés que ha obstaculizado momentáneamente nuestro viaje, ya que estamos seguros de que nuestras actuales dificultades serán pasajeras. No hay camino, por bueno que sea, que en determinado momento no tenga un desvío. No es que vayamos hacia atrás. Es, simplemente, que seguimos adelante en una dirección distinta.

Un hombre sentado cerca de Tizzie, que lucía un bien cortado terno, masculló algo ininteligible. Aunque el sonido fue débil, bastó para crear una ligera alteración que provocó un fruncimiento de entrecejo en el orador.

–Os preguntaréis qué ha ido mal. Permitidme que os recuerde el principal axioma: la ciencia no distingue entre bien y mal. La doble hélice carece de sentido moral. Cada uno de nosotros es un universo separado. «Toda criatura viviente –escribió Darwin–, debe de ser considerada un microcosmos, un pequeño universo formado por una pléyade de organismos que se autorreproducen, inconcebiblemente diminutos, y tan numerosos como las estrellas del firmamento.»

»No debéis preocuparos. El péndulo del ciclo histórico-cultural se mueve a nuestro favor. Recitemos al unísono la Primera Ley de Rincon: "Sólo la vida humana es sagrada; su protección y su prolongación son nuestra gran tarea".

Tizzie advirtió que la mayoría del público no había recitado aquellas palabras.

Tío Henry sacó el sobre del bolsillo superior de la chaqueta.

–Ya hemos tomado medidas drásticas. Efectuaremos diez operaciones cada día, y tendremos a tres cirujanos trabajando a pleno rendimiento. Son de los nuestros. Desde el comienzo hasta el final, las operaciones llevarán tres días. Colocaremos el programa de intervenciones en el tablero de anuncios situado en el exterior de este auditorio. Los que no se atengan a él, no serán operados. ¿Está claro?

La severa mirada del hombre barrió el auditorio.

–¿Alguna pregunta?

Se produjo un rumor de descontento. Aquí y allá sonaron algunas toses. Una mano se levantó. Sólo una.

–Doctor Baptiste. ¿Qué posibilidades hay?

–¿Posibilidades?

–De supervivencia.

–Yo diría que no son excesivas. Pero tampoco son insignificantes.

«Ese hombre lo ha llamado doctor Baptiste –se dijo Tizzie–. ¡Dios mío! Tío Henry es Baptiste.»

Aquello la asustó más de lo que ella consideraba posible.

En un aparte que no iba dirigido a nadie en particular, el hombre del terno masculló:

–Ciento cincuenta años... Suerte tendré si llego a los cuarenta.

Otro hombre lo taladró con la mirada.

–Cállese, señor juez –dijo.

En el estrado, la voz de tío Henry –Baptiste– seguía, resonante:

–Os alegrará saber que los clones están en buena forma. Durante toda su vida han estado preparándose para un evento como éste. Ésta es, realmente, su mejor hora. Han soportado bien el viaje, y se han adaptado sin dificultad al nuevo entorno. –Su voz cambió ligeramente y el tono pasó a ser el de un severo maestro–: Evidentemente, no podréis conocer a vuestros clones mientras ellos sigan vivos. Hacerlo sería una violación de primer orden del protocolo. Os recomiendo, o, mejor, os ordeno, que permanezcáis en vuestros alojamientos.

Tizzie trató de hundirse más en su silla. La mirada de tío Henry iba como un látigo de un lado a otro del salón de actos. Cuando se posó en Tizzie, el hombre pareció fruncir los párpados, como intentando, sin conseguirlo del todo, ver su rostro.

–Y tú... –clamó el hombre–. Tú, la de la bata blanca. ¿Quieres hacer alguna pregunta?

La joven notó que la sangre le subía a la cara y que tenía las piernas entumecidas. Hizo un débil gesto negativo.

–Pero yo te vi levantar la mano. Dinos quién eres. ¿Por qué llevas bata de laboratorio? ¿Qué haces aquí?

Vagamente, Tizzie se dio cuenta de que la gente se volvía a mirarla. Un rumor se extendió por todo el auditorio. Uno de los miembros del público era un pelirrojo cuyos ojos casi se desorbitaron. Alfred. El hombre comenzó a abrir la boca.

–He venido para ayudar en el parto –dijo con voz temblorosa.

–El parto –repitió el hombre del estrado con falso regocijo–. El parto. Yo diría que si lo que deseas es asistir a un parto, no podrías haber venido a un sitio menos adecuado.

El público rió pero el sonido no resultó nada jovial.

Con el rabillo del ojo, Tizzie vio que dos hombres de cabellera casi blanca avanzaban hacia ella. Notó que sus manos la agarraban fuertemente por los brazos, la levantaban de la silla y la sacaban del auditorio. En el proceso, las gafas de sol se cayeron al suelo. Tizzie volvió la cabeza y vio que tío Henry la miraba con expresión triste.

La sacaron del salón y, llevándola casi a rastras, cruzaron con ella el patio en dirección a un edificio en el que no había reparado antes. En uno de sus costados tenía una escalera exterior. Sus captores la hicieron subir por ella y cruzar una gruesa puerta de madera. Para cuando echaron a andar por un largo corredor con puertas a ambos lados, Tizzie comprendió dónde se encontraba: en la prisión militar.

La dejaron a solas en una pequeña celda. Al cabo de menos de un minuto, la joven oyó que en la habitación contigua alguien pronunciaba su nombre. Reconoció inmediatamente la voz de Jude.

CAPÍTULO
31

Por los planos que se había aprendido de memoria, Skyler sabía que el hospital tenía un falso techo. Lo problemático era acceder a él.

Se dirigió a la parte posterior del edificio rectangular de un solo piso y alzó la vista. Los dos aleros del tejado se unían formando una pequeña cúspide triangular. En el centro del pequeño triángulo había algo redondo, un orificio de entrada de aire para el ventilador del ático. El hueco no se encontraba lejos de la extendida rama de un roble. Un recuerdo lejano acudió a la memoria de Skyler: Julia y él encaramándose a un árbol para espiar a Rincon.

Mientras ascendía por el árbol, le sorprendió su propia agilidad. Hacía sólo diez minutos apenas había sido capaz de recorrer la distancia entre dos edificios, y ahora, allí estaba, trepando de rama en rama. Llegó hasta la que había divisado desde el suelo. Se agarró a ella con la mano izquierda, alargó el brazo derecho y cerró los dedos en torno a una de las aspas del ventilador. Tiró de ella pero el aspa no cedió. Hizo tres nuevas intentonas, todas sin éxito. Luego trepó hasta más arriba, se colocó de lado sobre la rama y adelantó los pies poco a poco, hasta que estuvo lo bastante cerca como para asestar una fuerte patada de kárate. El ventilador cayó hacia dentro y chocó contra el suelo con un fuerte golpe. Skyler aguardó conteniendo el aliento, por si alguien aparecía. No apareció nadie y se metió por el hueco.

El espacio del falso techo del ático era tan estrecho que Skyler se vio obligado a gatear. Aparentemente, el lugar había sido pensado para servir de almacén, aunque daba la sensación de que nunca había llegado a usarse para tal fin. La oscuridad quedaba mitigada por los rayos de luz procedentes de abajo que se filtraban entre las tablas del suelo. Junto a una trampilla había una escalera vertical deslizante que, aparentemente, descendía hasta la sala en la que se encontraban los géminis. Aquello era todo un golpe de suerte que le ahorraría bajar por el árbol y acceder a la sala desde el exterior.

El ático era un lugar perfecto para inspeccionar el hospital. A través de los resquicios entre las tablas, podía ver el interior de todas las habitaciones. Se tumbó y pegó el ojo a una de las grietas. Inmediatamente debajo se encontraba la sala de los clones. Desde arriba, Skyler vio las gruesas correas que los mantenían amarrados a las camas, y las temerosas y confusas expresiones de los cautivos. No hacían el menor ruido y Skyler se preguntó si los habrían sedado. Caso de encontrarse drogados, sus posibilidades de salvarlos, que ya de entrada resultaban remotas, pasarían a ser nulas.

Todas las camas tenían las cabeceras pegadas a la pared, aunque una de ellas se hallaba fuera de lugar. Estaba provista de ruedas y sólo pudo divisar los pies. Se situó encima gateando silenciosamente y se inclinó para atisbar de nuevo. No era una cama, sino una camilla y, tendido en ella –al verlo sintió como si le hubiesen asestado un bofetón– estaba Benny. Skyler reconoció inmediatamente a su amigo. Parecía menudo y demacrado, lo cubría una sábana y su rostro redondo estaba rodeado de almohadas. Junto a la camilla había un soporte para sueros intravenosos del que pendía una bolsa que contenía el líquido que estaban suministrándole. Sin embargo, el joven no estaba inconsciente, aún no. Su nerviosa mirada iba de un lado a otro. En determinado momento, se posó en la grieta a través de la que Skyler lo estaba mirando, y a éste, por un instante, le dio la sensación de haber establecido contacto visual con su amigo.

Skyler gateó un poco más y miró por otra grieta. Vio una habitación en la que no había nadie. Tenía puertas batientes a ambos lados, un banco de monitores de seguimiento médico, y cinco camas vacías y listas para ser ocupadas. Evidentemente, se trataba de una sala de recuperación. Siguió gateando y llegó al punto en el que una segunda sala, menor que la que acababa de ver, se unía a la primera. Mirando a través del resquicio, vio lo que ya había temido ver, algo que señalaba hacia una conclusión que su cerebro se negaba a aceptar. Allí debajo había un paciente que tenía exactamente el mismo aspecto de Benny.

El prototipo.

«Van a efectuar un trasplante –pensó Skyler–. Se disponen a extirparle a Benny sus órganos para ponérselos al prototipo.»

Supo que estaba en lo cierto aun antes de mirar la sala contigua. Lo que vio en ella confirmó su horrible conclusión. Allí abajo había un quirófano plenamente equipado en el que los cirujanos se estaban lavando las manos, preparándose para la intervención.

–Jude, ¿eres tú? –preguntó Tizzie en un susurro, pese a que había oído a sus captores alejarse.

–Sí.

–O sea que a ti también te atraparon.

–Estaba ante el ordenador. Acababa de copiar los archivos cuando me descubrieron.

–El móvil... ¿lo tienes?

–No, qué va.

–¿Estás al corriente de lo que sucede, de que van a efectuar un montón de operaciones?

–En el ordenador encontré un calendario de intervenciones. Las van a realizar aquí mismo. Debemos encontrar el modo de impedirlo.

Ella dirigió una mirada circular a la especie de celda en la que se hallaba. El lugar apenas estaba amueblado y tenía un pequeño ventanuco en lo alto de la pared, cubierto con una tela metálica embutida entre dos cristales y, más allá, protegido por barrotes de hierro. La puerta era gruesa, aunque de madera, y la parte inferior de la hoja no llegaba a tocar el umbral.

–Encerrados aquí no nos va a resultar fácil –comentó la joven.

–¿Dónde te han detenido?

–En el auditorio. Me han reconocido. Allí estaba hasta el tipejo aquel, Alfred. Lo que he hecho fue una estupidez. Ah, ¿sabes una cosa? Resulta que tío Henry es Baptiste. Pese a lo mucho que Skyler ha hablado de él, nunca se me había pasado por la cabeza que Baptiste fuera mi tío.

–Ni a mí tampoco.

–Era increíble... Toda esa gente es de mi edad, y parecen seres normales, yuppies. Y, sin embargo, están dispuestos a que toda esa gente, sus clones, mueran por ellos.

–Están desesperados. Han dedicado sus existencias a un único propósito, vivir el doble que el resto de la gente, y ahora se encuentran con que van a vivir la mitad. Es algo como para creer en un poder supremo. Siempre he pensado que Dios posee un sentido de la ironía sumamente fino.

–Jude... ¿qué habrá sido de Skyler? ¿Crees que también lo han detenido?

Jude estaba seguro de que sí.

–Probablemente, no. Es un chico listo. Con suerte, estará bien oculto en algún escondite.

–¿Qué crees que nos harán?

Jude estuvo a punto de mentir de nuevo, pero cambió de idea diciéndose que Tizzie tenía derecho a saber lo que pensaba realmente.

–Si de veras quieres saberlo, creo que nos enfrentamos a fanáticos. A gente dispuesta a lo que sea con tal de conseguir sus fines. Y, como digo, están desesperados. Creo que piensan matarnos.

Tizzie no respondió inmediatamente, y no sólo por lo terrible que era lo que Jude acababa de decir, sino también porque estaba ocupada en examinar su celda, inspeccionándola centímetro a centímetro, intentando encontrar una forma de escapar.

Desde su puesto de observación, Skyler podía ver y oír todo lo que ocurría en el improvisado quirófano. Eran en total cinco personas, tres hombres y dos mujeres, que evolucionaban por la habitación siguiendo una complicada coreografía. Unos inspeccionaban los instrumentos, otros anotaban las lecturas de las máquinas o hacían inventario. Al principio Skyler no logró distinguir a los cirujanos de los auxiliares médicos.

El quirófano en sí era pequeño y estaba atestado de equipo. Junto a la mesa de operaciones había un impresionante muestrario de instrumentos que iban desde diminutos bisturíes hasta sierras y mazas. Había cilindros de más de metro veinte que contenían anestesia, un gabinete blanco con puertas correderas que albergaba todo tipo de implementos quirúrgicos, cajones llenos de vendas, cubos para tirar los desperdicios. Uno de éstos, provisto de ruedas, tenía un forro blanco de plástico y Skyler comprendió con un estremecimiento de horror que estaba destinado a órganos desechados.

Cuando los de abajo hablaban, sus voces sonaban con tal claridad que a Skyler le dio la sensación de que estaba en el quirófano, junto a ellos.

—Este mismo año hice dos de éstas en Minnesota —dijo uno de los médicos—. Consideré que la experiencia me vendría bien.

—¿Y qué tal salieron?

—Las operaciones, bien; pero los pacientes fueron otro cantar. Uno sobrevivió un tiempo y el otro murió. El que vivió... No me gusta decirlo, pero lo cierto es que no lo pasó nada bien. El pobre diablo no sabía si iba o si venía. Comía, cagaba, meaba y hacía todas las demás funciones con órganos ajenos. Los desechos corporales se le fueron acumulando y el tipo se hinchó como una pelota de playa. Al final, su organismo rechazó los órganos. O tal vez fueron los órganos los que rechazaron el organismo.

—Eso no sucederá en este caso.

—Desde luego. Pero hazte a la idea de que no va a ser ninguna fiesta.

—Yo he hecho tres —dijo una de las mujeres—. Son arriesgadas, pero no imposibles. Aunque os cueste creerlo, lo más difícil es retirar todos los órganos al mismo tiempo. Siempre hay alguna pequeña conexión de la que uno se olvida. Y los tiempos de viabilidad son distintos. Así que hay que volver a conectar los órganos con rapidez y en el orden adecuado. En una ocasión, se me olvidó conectar la uretra. La cosa no terminó nada bien.

—Hay algo que deseo saber —dijo el tercer cirujano—. ¿Quién de vosotros me operará a mí?

—Creo que seré yo quien lo haga —respondió la mujer—. Y el doctor Higgins —señaló con un ademán al tercer cirujano—, me operará a mí.

—Pero Higgins es el mejor.

—Lo sé —respondió la mujer con una sonrisa.

—¿Y quién operará luego a Higgins? No quedará nadie. Todos estaremos en recuperación.

—Evidentemente, habrá que recurrir a alguien de fuera —contestó Higgins—. Tendré que actuar con tiento. El tiempo es un factor importante. Mi clon sufrirá un accidente de tráfico en el momento oportuno. Y, naturalmente, deberá quedar desfigurado. No queremos que nos hagan preguntas incómodas.

—Otro puñetero accidente de coche. A estas alturas deberíamos poder ser un poco más imaginativos.

—No sé por qué. Si funciona, sigue con ello.

—Exacto. Si no está roto, no lo arregles.

–Y si se rompe, extrae todos los condenados órganos y empieza de nuevo.

Todos rieron sin jovialidad. Higgins se apartó de los otros y fue a lavarse las manos. Se quitó el gorro verde, se salpicó con agua la cara y, al hacerlo, volvió la cabeza hacia el techo, de resultas de lo cual Skyler tuvo oportunidad de echarle un buen vistazo.

Lo reconoció al instante. O, más bien, reconoció al clon del cirujano. Teniendo en cuenta que, durante dos décadas y media, Skyler había dormido a menos de dos metros de él, reconocerlo no fue ninguna gran proeza.

En la cabeza de Skyler estaba tomando cuerpo un plan. No se le ocurrió inmediatamente, sino poco a poco. Se trataba de algo audaz y sin duda arriesgado; no obstante, era un plan, y resultaba preferible a quedarse cruzado de brazos. Además... Sabía Dios. Quizá la idea diera el resultado apetecido.

Se sentía mucho peor. Se llenó los pulmones de aire y trató de volver silenciosamente sobre sus pasos. Cuando apenas había hecho la mitad del trayecto, sus piernas se negaron a obedecer sus órdenes y comenzó a arrastrarse lastimosamente. Llegó hasta la escalera y se sentó para recuperar el aliento. El pecho le ardía. El dolor era cada vez más fuerte.

Permaneció así un buen rato, recuperándose. Al fin, tras hacer acopio de fuerzas, se obligó a ponerse en pie y quedó un poco tembloroso, pero pese a todo erguido, lo cual le hizo sentirse algo mejor. Ahora lo único que tenía que hacer, se dijo, era levantar una escalera que debía de pesar unos cincuenta kilos.

Jude no esperaba que fueran por él tan pronto. Cuando apenas había tenido tiempo de inspeccionar su celda, oyó pasos en el corredor. Al principio, parecían los de una sola persona que caminaba pesadamente. Luego se dio cuenta de que correspondían a dos personas que caminaban al mismo ritmo. Eso debió de haberle dado una pista, pero no fue así. No comprendió quiénes eran sus visitantes hasta que la puerta de la celda se abrió y se vio frente a los dos ordenanzas supervivientes.

Verlos en persona le impresionó. Parecían más viejos de lo que había esperado y, ahora que los tenía delante, se sentía mucho más atemorizado de lo que había previsto. Había algo siniestro en la actitud de los dos hombres, un brillo tétrico amenazador en sus ojos.

Ambos sonreían. Pero no porque estuvieran encantados de ver a Jude, no porque les alegrase estar en su presencia, sino por el sencillo motivo de que les satisfacía verlo prisionero e indefenso. Uno lo agarró por la garganta mientras el otro lo sujetaba por detrás, le ponía los brazos a la espalda y le colocaba unas esposas. El primero lo miró fijamente a los ojos con evidente odio. Se echó hacia atrás, como un discóbolo tomando impulso y de pronto lanzó un fortísimo golpe que le alcanzó en el mentón. La cabeza de Jude salió disparada hacia atrás, y el hombre sintió un fortísimo dolor en la barbilla que se extendió hasta las vértebras del cuello.

Luego los dos ordenanzas cambiaron de lugar. El segundo afianzó los pies, mantuvo la pose durante un largo medio segundo y lanzó el puño como si fuera un martillo. Jude ladeó la cabeza y el golpe lo alcanzó en la sien izquierda con tal fuerza que se quedó sin aire, perdió el equilibrio y se hubiera derrumbado si no lo hubieran sostenido por detrás.

«Me culpan de la muerte de su hermano –pensó. Y comprendió que por eso se había sentido él tan aterrorizado al verlos–. Han venido a matarme.»

Comprender aquello fue como si un gélido dolor estallara en su estómago y se extendiera por todo su organismo como una densa masa de aceite. La cabeza le daba vueltas: no había modo de disuadir a aquellos hombres de sus propósitos, y nadie acudiría a ayudarlo. «Esto es el fin.» Había dejado de pensar y en su cabeza ya sólo había lugar para las sensaciones. Hubo algo que lo sorprendió. Siempre había sentido hacia la muerte un terror frío imposible de describir. No era la muerte en sí lo que lo asustaba, sino los momentos que la precedían, la conciencia de que el fin estaba próximo. Por eso siempre había pensado que, sometido a tortura, se convertiría en un abyecto cobarde. Pero ahora que el momento había llegado y su vida pendía de un hilo, tuvo una extraña sensación de distanciamiento. No era exactamente valor, sino una extraña disociación con lo que le estaba ocurriendo que podía pasar por valor. Se observaba a sí mismo. Y se sorprendía de su propia entereza y también de la lentitud con que discurría todo a su alrededor.

Le intrigó lo que uno de los ordenanzas dijo a continuación.
–No le sacudas en la cara. Baptiste se dará cuenta.

Para corroborar sus palabras, el hombre giró sobre sí mismo y disparó un puñetazo contra el plexo solar de Jude que lo dejó sin aire y lo lanzó contra el suelo.

—¿Qué sucede? —preguntó Tizzie desde la celda de al lado.
—¡Silencio! —dijo uno de ellos—. Tú también vas a recibir tu merecido.

Sacaron a Jude al corredor. Uno lo sostenía por el cinturón mientras el otro iba a abrir la puerta de la celda de Tizzie. Apenas el hombre hubo metido la llave en la cerradura, Jude entró en acción. Alzó un pie y lanzó la dura punta del tacón contra la espinilla de su captor. El ordenanza lanzó un gruñido, se dobló sobre sí mismo y soltó a Jude. El periodista echó a correr dificultosamente pasillo abajo, con los brazos inmovilizados a la espalda.

Lo alcanzaron cuando ya casi había llegado al fondo del corredor, y le cayó una lluvia de puñetazos. Lo golpearon en la cabeza, en el cuello, en la espalda y los riñones. Lo obligaron a enderezarse, levantándolo por detrás por las muñecas y alzándolo en vilo sobre el suelo como a un pavo amarrado. Luego lo soltaron. Cuando salieron al exterior y se encontraron en la parte alta del tramo de escalera, Jude tuvo la certeza de que lo iban a arrojar peldaños abajo.

Pero no fue así. En vez de ello, se colocaron cada uno a un lado, escoltándolo como si de pronto se hubiera convertido en un objeto de gran valor.

«Bueno, ahora estamos al aire libre, y ellos no querrán testigos», se dijo. Pero... ¿tenía algún sentido pensar así? A fin de cuentas, los únicos que podían ver a los ordenanzas eran los que formaban parte de su propia conspiración.

Bajaron la escalera y siguieron adelante, no en dirección al auditorio, como Jude esperaba, sino en dirección opuesta. Los ordenanzas se pegaron a él y continuaron avanzando como un trío de borrachos.

—¿Adónde vamos? —quiso saber Jude.

No le contestaron.

El trío rodeó el comedor y enfiló por una calle que pasaba entre dos desiertos barracones. Jude alzó la vista al cielo, que ya comenzaba a oscurecerse. Hacia el oeste se divisaban tonos rojos y anaranjados, y no pudo evitar decirse que el crepúsculo iba a ser espectacular.

Llegaron a una rampa de acceso circular que conducía a la única edificación atractiva de toda la base: una casa de tres pisos de madera pintada de blanco que en tiempos sirvió de residencia del comandante de la base. Los ordenanzas obligaron a Jude a subir la escalinata delantera. El hombre notó que sus captores respiraban con dificultad, y por segunda vez sintió un secreto regocijo a causa de la debilidad que percibía en ellos. También estaban envejeciendo. Podían liquidarlo a él, pero su propio fin estaba próximo. Uno lo sujetó con fuerza mientras el otro abría la puerta principal.

Entrar en el vestíbulo fue como penetrar en otra época. La exquisita decoración era victoriana, con alfombras tejidas a mano, un paragüero de plata lleno de bastones y un reloj de pared cuyo péndulo producía un majestuoso tictac. Los peldaños de la escalera estaban cubiertos por una alfombrilla persa sujeta mediante finas barras de latón.

En el aire se percibía un extraño aroma parecido al de flores mustias, aunque el olor era más medicinal que marchito.

No se dirigieron al piso de arriba. Giraron a la derecha y, tras cruzar una arcada, entraron en lo que parecía ser un salón. Estaba lujosamente amueblado con sofás victorianos, canapés de dos asientos cubiertos de cojines, escabeles y mesas Pembroke. Las paredes estaban cubiertas de cuadros de la escuela romántica que reproducían paisajes y escenas de caza.

La estancia se hallaba en penumbra, lo cual dificultaba la visión e hizo que Jude no advirtiera que allí, sentado en un sillón, había alguien. Percibió su presencia por el hecho de que sus captores le soltaron y quedaron deferentemente vueltos hacia el sillón.

Y, de pronto, Jude lo vio. Sentado en una butaca de alto respaldo que casi parecía un trono. Un elegante anciano de enjuto rostro.

Comprendió inmediatamente que aquél era el hombre del que tanto había oído hablar a Skyler y Tizzie: Baptiste. Tío Henry.

El teléfono sonó en el quirófano en el momento menos oportuno. Sin embargo, como la primera operación aún estaba por comenzar, decidieron responder. ¿Quién sabía qué problemas podían haber surgido?

—Doctor Higgins, es para usted —dijo el auxiliar que había contestado.

El médico, ceñudo a causa de la interrupción, se puso al teléfono y tras escuchar unos momentos colgó bruscamente el receptor.

—Vaya por Dios —dijo malhumorado—. Problemas en la sala de pacientes. Lo resuelvo y regreso inmediatamente. No hagáis nada hasta que vuelva... No tardaré.

Salió al antequirófano, se despojó del gorro verde, de la bata y de las zapatillas, y lo echó todo en un cubo, malhumorado por el hecho de que al volver tendría que desinfectarse de nuevo. Se puso unos pantalones rápidamente, una camisa a rayas rosas y azules y unos mocasines. Miró hacia la camilla, donde el clon yacía estupefacto, listo para la sedación profunda. Los ojos del médico examinaron expertamente las partes visibles: piel, tono muscular, ojos. Sin duda, se trataba de un buen espécimen.

Luego Higgins entró en la sala de pacientes con la actitud de un severo maestro de escuela.

El doctor Higgins cumplió su palabra. Sólo tardó unos momentos en regresar al quirófano, se lavó, se vistió de verde y apareció en la sala de operaciones tirando de la camilla ocupada por el clon. Sus colegas se apresuraron a congregarse en torno a él.

Prepararon los instrumentos, contándolos y situándolos en el orden adecuado sobre la bandeja. Ajustaron las luces de arriba y pasaron al clon de la camilla a la mesa de operaciones. Le colocaron los electrodos para monitorizar el corazón y el cerebro, le limpiaron el tronco con antiséptico, lo afeitaron, le cubrieron la boca con una mascarilla de oxígeno, y le suministraron una enorme dosis de anestesia.

Era una rutina que habían realizado cientos de veces a lo largo de sus carreras, y sin embargo eran conscientes de que todas las ocasiones anteriores sólo habían servido como preparativo para la operación que ahora iban a efectuar.

–Comience usted –dijo ampulosamente el doctor Higgins–. Le cedo los honores.

La cirujana se sintió sorprendida, pero también halagada por aquella muestra de respeto profesional.

Se situó junto al cuerpo mientras los demás ocupaban sus posiciones: el anestesista en la parte alta de la mesa, la auxiliar principal a la derecha de la cirujana, junto a la bandeja de instrumentos. La doctora extendió la mano derecha y no necesitó decir ni una palabra. La auxiliar le colocó en ella el mango del primer bisturí.

–Muy bien, caballeros, allá vamos –declaró de forma casi melodramática.

Después procedió a colocar la hoja bajo la punta del esternón, en el centro de la caja torácica, y oprimió con fuerza cortando la pálida piel. El primer chorro de sangre brotó como un pequeño surtidor.

Baptiste indicó a los ordenanzas que se retirasen y, con un lánguido ademán, le señaló a Jude un sillón. Unió las yemas de los dedos de ambas manos y flexionó éstas varias veces. Durante largo rato, guardó silencio, como si esperase que Jude tomara la palabra. Pero al fin habló.
—Ésta es una reunión en la que muchas veces he pensado —dijo.
—¿Ah, sí? —preguntó Jude—. ¿Y eso por qué?
Baptiste lanzó un suspiro.
—Es una larga historia —dijo.
—Una historia que yo conozco casi en su totalidad —afirmó Jude.
—¿Ah, sí?
La pregunta fue hecha en un tono de condescendencia que a Jude le resultó difícil de trabar.
—Sí.
—A ver si es verdad.
—Sé lo del Laboratorio. Sé que todo comenzó en Arizona. Se lo de la isla, isla Cangrejo, y lo de los clones y lo de que los criaron para que sirvieran simplemente como depósitos de repuestos de órganos. Estoy al corriente de los descubrimientos científicos que lograron, y de que vendieron sus hallazgos a los ricos. Y también sé que todos ustedes esperaban vivir ciento sesenta años.
Baptiste escuchaba con atención pero no parecía impresionado.
—Estoy al corriente de lo de W, la conspiración. —Jude hizo una pausa valorativa y añadió—: Y conozco los nombres de cuantos participan en ella.
—No importa —lo interrumpió Baptiste—. No seguirán en ella durante mucho tiempo.
—Lo dice porque están envejeciendo. Eso también lo sé. Progeria. Todos la tienen. Los miembros del Laboratorio la padecen. Y sus hijos también. Y usted también.
Baptiste asintió con la cabeza y se encogió de hombros.
—Sé que han matado a mucha gente.
Baptiste volvió a encogerse de hombros.
—Clones —dijo—. Matamos a clones, no a personas.
—Los clones son personas.

Baptiste volvió a mirarlo con condescendencia, como diciendo: «Tienes mucho que aprender».
—¿Y Raymond? ¿Qué me dice de él? ¿Lo mataron ustedes?
—Nosotros, desde luego, no. Fue el FBI. Muchacho, trata de distinguir entre unas conspiraciones y otras.
Jude se sintió, no sólo escandalizado, sino también fascinado por el cinismo del hombre.
—No, lo de Raymond no fue cosa nuestra. Hubo alguien a quien sí matamos... hace mucho tiempo... Pero eso fue todo –dijo Baptiste y no añadió más.
—Mi padre.
—Querido muchacho, tu padre murió en un accidente de automóvil. Y no hubo nadie que sintiera más que yo su fallecimiento. Lo quería entrañablemente.
—No es eso lo que me han contado.
—Pues te han contado mal. –De pronto, con solícita actitud, Baptiste preguntó–: ¿Te apetece un café o un té?
Jude se quedó atónito.
—Cristo bendito. Me encarcelan. Me dan una paliza. ¿Y ahora usted me invita a tomar el té? ¿Qué demonios está sucediendo? ¿Qué demonios pretende usted?
Baptiste se permitió una fina sonrisa.
—Pero... ¿no acabas de decir que lo sabes todo?
—Todo, no. Casi todo.
—Es evidente que desconoces las parte más importante. La pieza que falta del rompecabezas. Y ésa es la pieza que le da sentido a todo el rompecabezas. Será mejor que me aceptes una taza de té.
Jude trató de calmarse. Baptiste hizo sonar una campanilla y apareció un viejo criado negro que, tras recibir la orden, se retiró. El anciano se retrepó en el sillón. Su actitud era la de quien se dispone a divulgar un secreto de enorme importancia, y eso parecía divertirlo.
—¿Dices que te dieron una paliza? ¿Los ordenanzas?
—Sí.
Baptiste movió reprobatoriamente la cabeza.
—Eso es grave. Esos hombres tienen la obligación de obedecer las instrucciones al pie de la letra. Ocurre, sin embargo, que están muy trastornados. En su opinión, tú fuiste el responsable de la muerte de su hermano. Y los criaron para la agresión, por así decirlo. Además, ellos fueron los primeros en recibir el tratamiento,

que por entonces aún no había pasado de la etapa experimental, y también fueron los primeros afectados por la reacción adversa. Cuando uno está acostumbrado a la fortaleza, debilitarse con tanta rapidez debe de resultar muy duro.

–El tratamiento. ¿Se refiere a la telomerasa?

Baptiste se limitó a asentir con la cabeza y consultó su reloj.

Jude quería saber cómo habían criado a los ordenanzas, además de otras cosas, pero lo que más deseaba era conseguir la pieza clave del rompecabezas. Permaneció en silencio mientras el criado negro, que había llegado con el té, servía las tazas. El periodista puso dos terrones de azúcar en la suya y Baptiste lo imitó. Mientras revolvía la infusión miró a Jude en pensativo silencio.

–Hace unos momentos nos acusaste de haber matado a gente –dijo al fin–. Estando en esa equivocada creencia, ¿nunca te preguntaste por qué no te matamos a ti?

–Claro que me lo pregunté. Oportunidades no les faltaron.

–Sí que las hubo. Nueve, si mis cuentas no fallan.

Jude no dijo nada.

–¿Nunca se te pasó por la cabeza que esos ordenanzas, de cuyas iras acabas de ser blanco, no se proponían eliminarte? ¿No se te ocurrió que tal vez trataran de protegerte?

Jude, atónito, no fue capaz de articular palabra.

–¿Y tampoco te preguntaste por qué no matamos a Skyler? A fin de cuentas, él nos causó muchos problemas. Su fuga supuso un gravísimo revés para nosotros y, en realidad, fue la causa de que todo el edificio se derrumbara, de que nos viéramos obligados a abandonar la isla.

–¿Por qué respetaron su vida?

–Por ti. Porque tal vez tú tengas que vivir ciento sesenta años. Quizá te veas obligado a hacerlo. Estás señalado para representar un especialísimo papel en nuestro gran drama histórico.

–¿El drama de la muerte de todos ustedes?

–No, todo lo contrario.

Con súbita animación, Baptiste se puso en pie y comenzó a caminar en círculos. Cuando se acercó a la luz, Jude advirtió por primera vez que el cabello del hombre no era negro, sino gris.

–¿Qué es lo contrario de la muerte? El nacimiento, claro. Y ése es el motivo de que yo esté aquí, junto con otros cuantos, los escasos elegidos que nos hemos congregado en este lugar tan poco acogedor. Me apresuro a aclarar que no me refiero a los que van a ser operados, que sólo piensan en ellos mismos y en sus propias vidas. Me refiero a la selecta minoría, los que ya estamos listos para la siguiente etapa, para el gran avance final.

—¿A qué se refiere?

—No te preocupes. Tú mismo serás testigo de ello.

—Pero... ¿por qué yo? ¿Cuál es ese papel esencial que, según usted, debo desempeñar?

Baptiste lo taladró con la mirada durante unos largos momentos.

—Pobre muchacho. Lo cierto es que no tienes ni idea, ¿verdad? ¿Por qué no me acompañas al piso de arriba y así podrás verlo con tus propios ojos? Pero, antes, un poco más de té.

Hizo sonar la campanilla y el criado negro regresó y les sirvió sendas tazas. Al tiempo que tendía a Jude la suya con firme mano, el criado negro lo miró fijamente y dijo:

—*Tie yuh mout. Study yuh head.*

—Cornelius —dijo Baptiste—. Nuestro huésped no habla gullah.

—¿Qué pasa? ¿Qué me ha dicho?

—Cornelius es mi cocinero. Es un artista de la cocina tan consumado que lo llevo allá donde voy.

—¿Y qué ha dicho?

—Me temo que ha sido un poco descortés. Literalmente, la traducción sería: «Cierra la boca y usa la cabeza».

El viejo negro se inclinó sobre Baptiste y le susurró algo al oído. Éste frunció el entrecejo y se puso en pie.

—Me acaba de informar de que no disponemos de tiempo para terminarnos el té.

—Pero... ¿adónde vamos?

—Arriba. —Hizo la más breve de las pausas y añadió—: Creo que ha llegado la hora de que conozcas a Rincon.

La cirujana se sentía preocupada por lo que estaba viendo. Al principio la operación había ido bien. Había cortado limpiamente la piel y la había retirado con una simetría en la que se veía sin duda la mano del experto. Luego pasó a la siguiente etapa, abrió la cavidad torácica y amplió el corte para dejar al aire las partes superior e inferior del abdomen.

Fue entonces cuando reparó en que los órganos no tenían buen aspecto. El color del estómago era desvaído; la textura del hígado, inadecuada; y el tacto del intestino, flácido.

—No lo entiendo —dijo bajo la mascarilla—. Se supone que los clones están en perfecta condición. Para eso fueron criados. ¿Cómo vamos a trasplantar estos órganos con alguna posibilidad de éxito?

—Algo anda mal —dijo el segundo cirujano.

—Un momento —intervino la auxiliar.

Sin pedirle permiso a nadie, la mujer retiró los instrumentos que habían quedado sobre el paño blanco estéril situado sobre la parte inferior del cuerpo del paciente. Uno a uno, fue dejándolos sobre la bandeja.

—¿Se puede saber qué haces? —preguntó la cirujana.

—Quiero verificar algo —respondió la mujer comenzando a bajar la sábana.

Primero dejó a la vista el vello púbico, luego los genitales y por último las piernas. Todos se dieron cuenta más o menos al mismo tiempo, y a todos se les hizo difícil articular palabra debido a la impresión que les produjo lo que no vieron en el muslo. No vieron el tatuaje de Géminis. Al que estaban operando no era un clon, sino un prototipo.

La auxiliar dejó caer la sábana.

—Higgins —exclamó la cirujana dándose media vuelta—. Has cometido un error. Un terrible error. Te equivocaste de paciente.

La mujer miró en torno pero Higgins no estaba en el quirófano. Se había escabullido en algún momento. La cirujana dejó el bisturí que tenía en la mano, se arrancó la mascarilla y cruzó corriendo las puertas dobles. Atravesó el antequirófano e intentó entrar en la sala de pacientes, pero la puerta golpeó contra algo. Resultaba difícil abrirla y tuvo que empujar con el hombro. Una vez logró trasponer el umbral, vio qué había bloqueado la puerta: el cuerpo de Higgins. Lo habían dejado inconsciente de un golpe, y yacía en el suelo, en pantalones y camisa a rayas. La cirujana se inclinó para tomarle el pulso y, estaba tan concentrada en hacerlo, que no comprendió por qué los que llegaban tras ella perdían la compostura y se ponían a dar voces.

En cuanto alzó la vista lo entendió todo. Vio que todas las camas que habían estado ocupadas por los clones se hallaban ahora vacías. Las sábanas estaban diseminadas por el suelo, la puerta del otro extremo de la sala estaba abierta y las gruesas correas que habían servido para inmovilizar a los clones colgaban hacia el suelo. Algunas todavía se mecían suavemente.

Tizzie llevaba casi media hora peleándose con la llave que el ordenanza había dejado puesta en el otro lado de la cerradura. Había quitado el imperdible de la parte posterior de su placa de identificación y, tras enderezar el extremo punzante, lo había insertado en el orificio tratando de alinear la llave con el hueco de la cerradura. Luego desenroscó su bolígrafo y utilizó la punta del tubo de plástico para tratar de empujar la llave hacia fuera. Le resultó difícil porque no la podía ver –tenía que usar las dos manos, y éstas le impedían distinguir la cerradura–, y porque la llave no dejaba de resbalar hacia su posición inicial.

Pero al fin lo consiguió. Notó que la llave cedía y caía al suelo. El tintineo quedó ligeramente amortiguado debido a que la llave había caído sobre la blusa de Tizzie, que ésta había pasado por debajo de la puerta, extendiéndola todo lo que pudo. Ahora, lenta y cuidadosamente, tiró de la blusa rezando porque la llave no hubiese rebotado y caído sobre las baldosas. No se creyó del todo que lo había conseguido hasta que vio asomar la redonda cabeza de la llave por la rendija inferior de la puerta.

La llave encajó perfectamente desde el interior, y Tizzie abrió la puerta en un santiamén.

Corrió por el pasillo, pasando frente a la puerta de la celda de Jude, que estaba abierta, y salió a la escalera exterior. Estaba oscureciendo. A lo lejos le pareció oír sonidos amortiguados y voces de gente, y creyó ver difusas sombras que corrían. Tendría que andarse con mil ojos.

Bajó por la escalera, corrió hacia el perímetro exterior de la base y siguió la cerca hasta llegar a la oficina de servicios generales. Entró atropelladamente, cogió el teléfono, marcó el teléfono de información de Washington, y consiguió el número del FBI.

«¿Cómo se llama el tipo?» Jude mencionó su nombre.

El teléfono estaba sonando.

«Oh, no. Es muy tarde. No estará. No habrá nadie.»

Pero alguien respondió. Tizzie recordó el hombre.

–Brantley. Señor Brantley. Ed Brantley. Es urgente.

–Un momento, por favor.

Y luego, para asombro de la joven, el hombre se puso al aparato. Y si no sonó como si estuviera en un lugar tan lejano como Washington, fue porque estaba mucho más cerca.

En lo alto de la escalera, el olfato de Jude fue asaltado por un olor fuerte, medicinal, que nada tenía de agradable.

Baptiste lo había conducido hasta el piso de arriba. Subió apoyando la mano derecha en la barandilla mientras con la izquierda conducía a Jude por el codo, lo cual resultaba curioso, teniendo en cuenta que Baptiste era el más débil de los dos. El viejo parecía nervioso. Doblaron una esquina y se metieron por un corredor. Baptiste apretó de pronto el paso, como si tuviera prisa, hasta que llegaron ante una puerta, en la que apoyó una oreja. Quedó unos momentos a la escucha; a Jude le pareció oír extraños sonidos en el interior, quizá un gemido. Luego reinó el silencio. Lenta y cuidadosamente, Baptiste hizo girar el tirador.

La habitación estaba anegada de luz, tanto que al principio Jude apenas pudo ver nada. En cada uno de los cuatro rincones había un foco montado sobre un soporte, y todos apuntaban hacia el centro de la habitación. Había una cama extragrande de matrimonio, cubierta por sábanas tan blancas que parecían refulgir. En el centro de la cama, semirrecostada, yacía una corpulenta mujer empapada en sudor y cuyos largos cabellos, como los de Medusa, se extendían sobre las almohadas que tenía tras de sí. Cuatro personas la atendían, y una de ellas le enjugaba el sudor con un paño frío.

Era una escena absurda. A un lado había un trípode que sostenía una cámara de vídeo apuntada hacia la cama. Contra la pared de la derecha de la puerta había una gran pantalla en la que aparecía la misma imagen en color. En la pared más distante había un lavamanos y una mesa cubierta con un paño blanco en la que había varios implementos médicos, entre ellos una incubadora. En la pared frontera, visible desde la cama, había un terrario de metro veinte de altura, con arena, ramas y un cactus. Para asombro de Jude, una de las ramas se movió, y en ese momento se dio cuenta de que se trataba en realidad de un gran lagarto cornudo.

La mujer gimió y encajó los dientes. Lo primero que a Jude se le ocurrió fue que estaba agonizando, pero entonces advirtió la gigantesca tripa, la inmensa mole de carne que parecía iniciarse en el pecho y llegar hasta los muslos. En ese momento, todo encajó. Estaba preñada y en plenos dolores del parto. Aquélla era la mujer que Tizzie había visto. Y allí estaba el médico que había descrito, tomándole nerviosamente el pulso a la paciente.

La mujer lo miró. No sonrió, pero frunció los viejos párpados, arrugó la frente como si lo reconociera, y le hizo seña de que se aproximase. Él avanzó hacia la cama, y el obsesivo olor a antiséptico se hizo más fuerte. Cuando estaba a menos de medio metro, el cuerpo de la mujer pareció brincar, como si un cable invisible hubiera tirado del ombligo. Lanzó un grito largo y penetrante que casi ensordeció a Jude. Éste retrocedió un paso. Los asistentes se acercaron más a ella, le secaron la frente, le tocaron el brazo. El momento pasó y el grito se extinguió.

Jude volvió a acercarse. Ella alzó la vista hacia él y los ojos de ambos se encontraron. De pronto el periodista recordó algo, la descripción que había hecho Tizzie de los ojos de la embarazada que, según su amiga, eran como dos brasas adheridas a un bloque de arcilla y parecían taladrar hasta el alma con su mirada. Él también se sentía como hipnotizado por ellos. Y fue entonces cuando la comprensión comenzó a alborear en él, y se dio cuenta de que la horrible verdad no tardaría en iluminar cegadoramente todo el cielo.

A su espalda, Baptiste dijo algo que Jude oyó difusamente, como si sonara muy lejos.

–Jude, te hallas en presencia del doctor Rincon.

Éste es Rincon.

–Acércate –dijo una voz profunda y resonante que procedía de la mole de carne, sudor y dolor–. Acércate para que pueda verte bien. Ha pasado tanto tiempo...

Rincon era una mujer.

Jude se aproximó hasta rozar la cama con las rodillas. La mujer alargó una mano, una mano ancha y gruesa, y tocó la suya. El contacto no fue frío, sino cálido, casi –así le pareció a Jude– ardiente.

Se percibía un fuerte olor, acre, casi antiséptico.

–¿Comprendes? –preguntó Rincon en tono amable, casi amoroso.

Él, incapaz de hablar, negó con la cabeza.

–Me alegro de que al menos estés aquí, de que presencies este momento.

Otra oleada de dolor se apoderó de ella, le hizo arquear la espalda, levantar el cuerpo y lanzar otro largo y estremecedor grito. Luego, exhausta, volvió a quedar en silencio. Tras una pausa, abrió de nuevo los ojos y siguió hablando como si no hubiera pasado nada.

–Tú tenías que desempeñar un papel especial. Durante todo ese tiempo, no he dejado de pensar en ti. Por eso te buscamos. Por eso te protegí incluso cuando estabas fuera del grupo. Por eso deseaba que estuvieras conmigo en estos momentos.

Jude seguía sin entender.

«¿Por qué yo?»

–Quería que presenciaras el nacimiento virginal.

Otro paroxismo volvió a enviar a Rincon a la isla de dolor que no parecía sino alejarla más y más del dormitorio. Esta vez, la mujer tardó aún más en abrir de nuevo los ojos.

–No me gusta cómo va esto –dijo el médico.

Le puso a Rincon un electrodo sobre el corazón y otro sobre el abdomen. El sonido de los dos monitores marcando ritmos separados llenó la habitación. Jude se volvió y vio el movimiento de piernas y brazos en la pantalla de vídeo, cuya cámara estaba enfocada hacia el abdomen de la mujer.

Rincon dejó de agitarse y se llevó la mano de Jude a la mejilla.

–¿Por qué yo? –preguntó Jude.

Ella lo miró.

–Porque tú fuiste el primero. Porque tú eras mi príncipe. Cuanto tu padre te arrancó de mi lado, me llevé el mayor disgusto de mi vida.

Y en aquel momento la verdad pareció desplomarse sobre él, como una enorme ola. La había visto venir desde lejos, pero se había negado a prestarle atención, y ahora surgía aparentemente de la nada y lo dejaba totalmente anonadado.

–Hijo mío –dijo ella–. Eras un bebé tan precioso. Tus manos eran tan pequeñas... me encantaba cuando tus dedos se cerraban en torno a los míos. –Alzó un único dedo y le pidió–: Vuelve a darme la mano.

Él lo hizo horrorizado.

Su madre comenzó a gritar de nuevo. Jude notó que le clavaba los dedos en la mano y que las uñas le desgarraban la palma. Los monitores resonaban como tam-tams.

El médico lo hizo a un lado.

–Apártese. Está sufriendo una crisis.

Jude se dirigió a un rincón y se quedó mirando las espaldas de los médicos y enfermeras que se afanaban en torno a la cama y los difusos movimientos que aparecían en la pantalla. Baptiste se colocó junto a él.

–Bueno, ahora ya lo sabes.
El hombre parecía preocupado, angustiado.
–¿Qué significa eso que ha dicho del nacimiento virginal?
–Pues eso. No existe padre. Ella se fecundó con un embrión que contenía su propio ADN.
–¿Cómo? ¡Eso es imposible!
–No lo es en absoluto.
–Pero eso significa que ella...
–Sigue.
–Se está pariendo a sí misma.
–En efecto. Una réplica exacta. Un nuevo ser. Todo va a comenzar de nuevo. Será un momento maravilloso para el Laboratorio. El momento supremo.

En aquel instante, Rincon volvió a gemir y arqueó de nuevo la espalda. De pronto, quedó en silencio, hinchó las mejillas, clavó los talones en la cama y empujó con todas sus fuerzas. No sucedió nada.

–Es excesivamente vieja –gritó el médico–. El bebé es demasiado grande. Es inmenso.

Jude miró hacia la pantalla. Por entre las arrugadas piernas de Rincon asomaba una oscura cresta, la parte superior de una cabeza. Después desapareció y por la vagina salieron torrentes de sangre y de agua. Rincon jadeó estranguladamente.

Baptiste agarró el brazo de Jude.

Cinco minutos más tarde, el médico decidió operar. Anestesiaron a Rincon, le hicieron la cesárea y alzaron el bebé con el cuidado con que hubiesen alzado una carga de dinamita. Jude no soportó mirar la pantalla de vídeo. Baptiste estaba derrumbado en un sillón, con la cabeza entre las manos.

El sonido del monitor principal se hizo primero más pausado y luego cesó por completo. Sin él, la sala pareció extrañamente silenciosa. El médico recurrió a todo para salvarla. Le dio oxígeno extra y le inyectó adrenalina. Incluso probó a golpearle el pecho para activar el corazón, pero esto resultó contraproducente, ya que hizo aumentar el flujo de sangre que salía por la cavidad abierta.

–Apagad la cámara –gritó Baptiste.

Rincon aún no estaba muerta.

Abrió ligeramente los ojos y miró de nuevo a Jude. En su mirada había algo más que dolor. Jude trató de interpretar lo que decía. La expresión hipnótica había desaparecido y había sido sustituida por otra cosa, más sencilla y humana. Pero... ¿qué? ¿Remordimientos? ¿Vergüenza? ¿Orgullo? ¿Temor? ¿Amor?

Quizá todo ello.

Los ojos se cerraron y, tras un estremecimiento final, la cabeza de Rincon cayó hacia un lado.

El doctor miró a su paciente con los ojos muy abiertos. La mujer estaba muerta. El médico cejó en sus intentos de salvarla.

Las enfermeras formaban corro en torno al bebé. Por la actitud de las mujeres –parecían no querer acercarse mucho, lo miraban y luego apartaban la vista– era evidente que algo andaba terriblemente mal. Jude se acercó y tuvo un breve atisbo de la criatura, pero el cuerpo de una enfermera le impidió seguir viendo, y él no intentó mirar de nuevo. Ya había visto lo suficiente de la gran y deforme criatura cuyos ojos permanecían cerrados, como si estuviera dominada por la furia.

Se dijo que era extraño que, aunque estuviera muerta, nadie prestase atención a Rincon.

La miró por unos momentos y pensó que poseía una cierta belleza. Luego alzó la sábana y tapó el rostro de su madre.

Los clones siguieron al pie de la letra las órdenes de Skyler. Corrieron al salón de actos y atrancaron las puertas, de modo que dejaron a los prototipos encerrados dentro. Apilaron tal cantidad de cosas contra las puertas –escritorios y sillas, troncos, bloques de hormigón, motores de coches procedentes de los talleres– que la huida resultaba totalmente imposible.

Varios de los clones se encaramaron por la fachada del edificio para mirar hacia dentro por las ventanas. Trataban de encontrar a sus prototipos y, cuando lo conseguían, los señalaban con gran nerviosismo.

La aparición de Tizzie y Jude, surgidos de entre las sombras del anochecer y procedentes de direcciones distintas, creó toda una conmoción. Los clones se congregaron en torno a ellos, mirándolos y hablando unos con otros.

Aún estaban en ello cuando se oyeron las sirenas. En la base comenzaron a entrar coches patrulla con las luces refulgiendo. En cuanto se detuvieron con un fuerte sonido de frenos, de los vehículos se apeó gran cantidad de policías de uniforme y de paisano.

Uno de ellos se fue directamente hacia Jude y Tizzie.
–¿Están ustedes bien?
–Más o menos –respondió Jude.
–Soy Brantley –dijo el agente alargando la mano.
–Y yo Jude.
–Lo suponía.
–Y yo soy Tizzie.
–Ya. Menos mal que nos telefoneó.
–¿Cómo han llegado tan pronto? –preguntó Jude.
–Estábamos en Savannah cuando llamó –contestó Brantley señalando hacia Tizzie–. En la prensa vimos el anuncio del grupo Milenio. Es una suerte que mencionara usted el nombre del grupo. Usted se lo dijo a Raymond, y él me lo dijo a mí.
–A Raymond no se le escapaba nada.
–No, nada.
–¿Y los otros tipos? –preguntó Jude–. El grupo Eagleton.
–Después de matar a Raymond, decidieron esconderse. Pero estoy seguro de que terminaremos dando con ellos. Los archivos nos dirán quiénes son, y todos se pasarán una buena temporada a la sombra. –Tras una pausa, el federal añadió–: Y ahora en Nueva York está vigente la pena de muerte. Me gustaría que la utilizaran, y me gustaría que el tipo que mató a Raymond fuera el primero en ir al patíbulo.

La policía retiró los muebles y enseres apilados contra las puertas, las abrió y efectuó los arrestos. Uno a uno, los prototipos fueron saliendo con las manos esposadas, y fueron obligados a montar en los coches celulares que esperaban. Los prototipos eran tantos que los coches tuvieron que hacer varios viajes. Unos cuantos –entre ellos los cirujanos y las enfermeras– permanecían esposados bajo un roble. Tenían un extraño aspecto, como si se dispusieran a efectuar una excursión dominical.

Una ambulancia se llevó a Rincon. Baptiste necesitó una camilla. Los dos ordenanzas se rindieron mansamente y permanecieron juntos en la trasera de un coche patrulla, esposados el uno al otro, imágenes en espejo.

Brantley bajó al sótano y cuando regresó parecía preocupado.
–Sabotearon los ordenadores –dijo–. Han borrado todos los archivos y documentos, e incluso han destrozado los aparatos. Eso hará que resulte más difícil llevarlos ante los tribunales.

Jude sonrió por primera vez en mucho tiempo.

—Copié lo más importante en un disquete. Pero si lo quieren, tendrán que pagar su precio.

—Dígame sus condiciones.

Jude lo hizo. Luego, Brantley y él se estrecharon las manos y el periodista metió la mano en el bolsillo y sacó el disquete.

Skyler no aparecía y Tizzie estaba preocupada. La joven lo había buscado por todas partes: en los barracones, en el hospital, en el comedor, en las oficinas. Jude colaboró en la búsqueda y el FBI también, pero no lo encontraron por ninguna parte.

Ya había oscurecido y en el cielo brillaba una gran luna amarilla que de cuando en cuando quedaba parcialmente oculta por finas masas de nubes.

Jude acababa de encender un cigarrillo, Brantley estaba hablando por un teléfono móvil y Tizzie, nerviosa, se hallaba junto a ellos cuando entre las sombras se materializó la figura de un fornido hombretón que les indicó que lo siguieran. Era el cocinero gullah.

Los condujo hasta la parte posterior de la residencia del comandante de la base. Una puerta trasera conducía al sótano del edificio. Descendieron unos escalones y llegaron hasta la puerta de la habitación del negro, que estaba pulcramente decorada. Contra la pared había una cama cubierta con una colcha de retales. Skyler estaba tumbado encima con los ojos cerrados.

Tizzie se abalanzó sobre él. Jude le tocó la frente y Brantley le tomó el pulso. El federal sacó de nuevo su teléfono y lo utilizó para llamar a una ambulancia.

—No tiene buen aspecto —dijo.

Jude no pudo sino estar de acuerdo. Tizzie se sentó en el borde de la cama, le cogió la mano y rezó en silencio.

Cuando llegó la ambulancia, Tizzie montó en el vehículo con él y lo acompañó sentada en una banqueta de la parte trasera. Brantley llevó a Jude en un coche. El hombre se quedó en el hospital esa noche y la siguiente, junto con Tizzie, mientras los médicos administraban a Skyler grandes dosis de medicamentos para el corazón. Los doctores dijeron que no sabían qué podía ocurrirle. Todo aquello era demasiado nuevo para ellos. Lo único que podían hacer era esperar.

En mitad de la larga vigilia, Jude miró a Tizzie, que parecía de-

macrada y tenía los ojos cerrados. Jude deseaba con todas sus fuerzas que Skyler se recuperase. Pero también sabía que debía hacer una pregunta.
—Tizzie —dijo.
Ella abrió los ojos.
—Pronto tendré que volver a Nueva York. ¿Has decidido qué vas a hacer tú?
Tizzie negó con la cabeza, pero sus ojos relucientes le dieron a Jude una respuesta distinta.
Jude pensaba que se sentiría peor, sin embargo, por algún extraño motivo, la cosa no fue tan dura. A fin de cuentas, no era ninguna sorpresa, pues siempre supo que ella se sentía atraída por Skyler. Esperaba que fuera porque Skyler se parecía mucho a él.
Pero resultó que se debía a lo distinto que Skyler era de Jude.

EPÍLOGO

Dos años más tarde, la vida de Jude había vuelto a algo parecido a la normalidad. Como muchas personas de su edad, se había trasladado a los barrios residenciales: a Larchmont, en Westchester, Nueva York. Todas las noches se le podía ver saliendo de la estación Grand Central en el tren de las 6.40 o en el de las 7.20, uno más en la legión de viajeros de cercanías que se peleaban por conseguir asiento a fin de hacer el trayecto de regreso a casa dormidos. Su domicilio, situado en una calle bordeada de árboles, estaba a un corto trecho de la estación. La casa era pequeña pero confortable, y en los fines de semana a Jude le gustaba trabajar en el jardín, plantando, desbrozando y, sobre todo, recolectando verduras. Las únicas que se le resistían eran los tomates. Se estaba convirtiendo en un aceptable cocinero.

Seguía trabajando en el *Mirror* y, aunque no viajaba tanto como antes, esto se debía en parte a su propia voluntad. Estaba a mitad de su segunda novela, que llevaba el título de *Doble exposición*. Era una obra de ficción, desde luego, pero el tema –dos gemelos idénticos que dirigían una agencia de detectives– estaba sacado en gran medida de su propia experiencia en la vida real. Su agente estaba muy entusiasmado con lo que ya llevaba escrito, pero Jude seguía preocupado. En sus horas bajas, estaba convencido de que su primer libro sólo había alcanzado el éxito debido a que contó con el pleno apoyo del imperio de Tibbett.

El propio Tibbett había muerto de una fulminante enfermedad que resultaba un misterio para todo el mundo menos para Jude y para otra media docena de personas. Corrían rumores de que había sido el sida. El hombre pasó sus últimos días en la cárcel, adonde fue a parar acusado de traficar con información privilegiada. Un número indeterminado de grandes nombres de la política, las finanzas y la ciencia había terminado también entre rejas por delitos cuya simple diversidad resultaba sorprendente; iban desde la corrupción política hasta –en el caso de un pelirrojo de treinta años que se dedicaba a la investigación médica– el fraude postal. Habían muerto tantos de ellos que los de la sección de necrológicas del *Mirror* trabajaban frenéticamente para poner al día todos sus obituarios. Jude, naturalmente, podría haberles dicho en qué nombres debían concentrarse, pero le producía un secreto placer guardarse tal información para sí. A fin de cuentas, él nunca llegó a escribir el gran reportaje. Ésa fue una de las condiciones que impuso el FBI y que él aceptó.

La Agencia le había impuesto el silencio como condición para dar satisfacción a sus demandas. Éstas eran muy concisas: que los miembros del Laboratorio y de la conspiración W tuvieran su merecido, y que se incautaran las posesiones del Grupo para crear un enorme fondo fiduciario. Los beneficios del fondo irían a parar a dos categorías. Una estaba formada por un grupo de jóvenes menores de treinta años, brillantes pero con escasa formación, que necesitaban de una educación especial para ajustarse a las exigencias del cambiante mundo moderno. La otra era una serie de niños que habían sido colocados en hogares de acogida repartidos por todo el país. Como un observador perspicaz habría advertido, todos aquellos niños tenían un enorme parecido físico con una serie de peces gordos de la sociedad que en aquellos momentos se encontraban recluidos en las redes del sistema carcelario. Aquellos jovencitos fueron adoptados por buenas familias, recibieron una excelente educación y con el tiempo fueron beneficiarios de una Beca Raymond LaBarret para asistir a una escuela de elite de la costa atlántica.

El propio FBI fue sacudido por una misteriosa y dramática conmoción: la inesperada dimisión y suicidio del poderoso subdirector, Frederick C. Eagleton. Catorce hombres y una mujer fueron expulsados ignominiosamente de la Agencia, y todos terminaron en prisión. Se vertieron toneladas de tinta tratando de explicar aquella «limpieza general», pero los motivos que la causaron –algo relacionado con unas intervenciones telefónicas ilegales– resultaron vagos y difusos para el gran público.

Para ocupar el cargo de Eagleton nombraron a un agente relativamente desconocido, Edward Brantley. Poco después de tomar posesión del puesto, el propio Brantley viajó a Prairie du Chien, Wisconsin, donde vivía un niño de cinco años que tenía un gran parecido físico con Eagleton. De una lista de colegios a la que el pequeño podía asistir, Brantley, no se supo muy bien si como recompensa o como castigo, escogió la Academia Phillips Andover.

El FBI limpió totalmente la isla Cangrejo. Aunque todos los niños que fueron abandonados en la guardería murieron, un puñado de los que gozaban de buena salud pudieron sobrevivir. El hecho de que tanta gente muriese a la vez de progeria condujo a un gran aumento en las investigaciones acerca de tal enfermedad, y a un ciclo de conferencias en Berkeley en el que se dieron a conocer varios estudios científicos de gran importancia.

Baptiste –cuyo auténtico nombre resultó ser Henry Burne– cayó en coma y expiró a las dos semanas de los arrestos masivos de Fort Stewart. Una vez se dio por cerrado el caso, Jude recibió un permiso especial para examinar el expediente que el FBI había compilado partiendo de los interrogatorios a los miembros del Laboratorio. De este modo se enteró de su propia historia, incluida su primera infancia como hijo de un ardiente predicador fundamentalista de la Biblia. Jude descubrió también que Burne era el conductor del coche que, tras matar a su padre, huyó de la escena del accidente. Esta información en particular procedió de alguien muy próximo a Baptiste que había decidido colaborar con la policía: el cocinero gullah. Kuta le había pedido que no perdiera de vista a Skyler y lo protegiese.

Jude nunca llegó a averiguar gran cosa acerca de su madre, y lo que descubrió le hizo ver lo equivocado que había estado respecto a ella. Antes de morir, los miembros fundadores del Laboratorio aseguraron que la mujer había estado muy enamorada del padre de Jude. No se trató de un matrimonio acordado, pues se conocieron cuando ambos asistían al instituto secundario. Los motivos por los que la expulsaron de la Facultad Médica de Harvard –a fin de cuentas sí había sido Harvard– cuando estuvo matriculada bajo el nombre de Grace Connir nunca quedaron claros, ya que los archivos se habían perdido. Posteriormente, mientras jugaba al Scrabble, Jude se dio cuenta de que Rincon era un anagrama del apellido Connir.

Los historiales médicos, los cuadernos de notas y las descripciones de los experimentos W fueron declarados material clasificado y quedaron en poder de una unidad especial creada conjuntamente por el Instituto Nacional de Salud y la Agencia Nacional de Seguridad.

En cuanto a Tizzie y Skyler, Jude los veía siempre que visitaban Nueva York. Vivían en Raleigh, Carolina del Norte, donde ella trabajaba allí como investigadora en el hospital de la Universidad de Duke; Skyler, que iba camino de conseguir su doctorado en Ciencias Sociales, estaba interesado en trabajar con los sin techo. La pareja se había casado el año anterior y Jude, naturalmente, fue su padrino. A la boda asistieron personas de todo el país que habían crecido en isla Cangrejo. Desde entonces, Tizzie escribía a Jude semanalmente, y en su última carta le anunciaba que estaba embarazada.

Skyler había tenido suerte en lo referente a su salud. Como recibió inyecciones de telomerasa en lugar de genoterapia, la variedad de la enfermedad del envejecimiento que padeció resultó ser menos severa. Tenía que tomar medicinas para el corazón y estar pendiente de la arteriosclerosis cardíaca. Lo que sí había necesitado era un nuevo riñón, ya que los suyos quedaron dañados por sus heroicos intentos de eliminar de su sistema los agentes patógenos. Jude mal podía negarse. Como él mismo le dijo en broma a Skyler, la donación constituía una especie de ironía poética. La operación no fue tan difícil como había imaginado, pero el período de recuperación fue largo. Al menos, se había visto obligado a restringir su consumo de alcohol y a dejar de fumar de una vez por todas.

Jude admitía que en ocasiones, cuando los días eran largos, lentos y calurosos, pensaba en Tizzie y en lo que podrían haber compartido. ¿Y si las cartas se hubieran barajado de modo distinto? A veces se preguntaba si la otra –Julia– habría correspondido a su amor si él se hubiera enamorado de ella. Si algo había aprendido, era que la vida podía resultar muy extraña. Uno se encuentra una noche con alguien en el vestíbulo de su edificio, y el encuentro lo cambia para siempre.

Pero no se sentía desdichado. Ni tampoco estaba totalmente solo. Uno de los escasos niños que sobrevivieron en la guardería resultó ser su propio clon. El muchacho no fue sometido al tratamiento de telomerasa porque Jude no era por entonces un miembro bien visto del Laboratorio. Su primer encuentro, en el aeropuerto JFK con el chiquillo de aspecto perdido que iba de la mano de un corpulento agente del FBI era algo que Jude se llevaría consigo a la tumba.

Así que ahora regresaba a casa por las noches, en el 6.40 o en el 7.20, y era recibido por un ama de llaves y un muchacho, Harold, llamado así en memoria del padre de Jude. Cuando Jude iba a recogerlo a la escuela después del entrenamiento de fútbol de los sábados, o cuando asistía a una representación teatral escolar, la gente decía que el muchacho se parecía muchísimo a él. De tal palo, tal astilla. ¿Quién sabía lo que terminaría sucediendo con el tiempo? Jude ni siquiera pensaba en ello. Tal vez cuando el muchacho cumpliera los veintiún años se iría a vivir su vida. Y quizá evitara cometer los errores que él había cometido.

Mientras tanto, Jude disfrutaba de su compañía. Su vida en común era casi idílica. Salvo por los domingos, cuando iban a la institución a visitar a la chiquilla –si es que se le podía dar tal nombre–, la inmensa niña a la que mantenían en una habitación aparte, porque su presencia hacía que los demás huérfanos se echaran a llorar.

Título de la edición original: *The experiment*
Traducción del inglés: Josefina Meneses,
cedida por Editorial Planeta, S. A.
Diseño: Serifa
Fotografía de la sobrecubierta: Photonica

Círculo de Lectores, S. A. (Sociedad Unipersonal)
Travessera de Gràcia, 47-49, 08021 Barcelona
www.circulo.es
1 3 5 7 9 10 0 7 8 6 4 2

Licencia editorial para Círculo de Lectores
por cortesía de Editorial Planeta, S. A.
Está prohibida la venta de este libro a personas que no
pertenezcan a Círculo de Lectores.

© Talespin, Inc., 1999
© de la traducción: Josefina Meneses, 2000
© Editorial Planeta, S. A., 2000

Depósito legal: Na. 1532-2001
Fotocomposición: Víctor Igual, S. L., Barcelona
Impresión y encuadernación: RODESA (Rotativas de Estella, S. A.)
Navarra, 2001. Impreso en España
ISBN 84-226-8897-2
N.º 35717